Imaginary Friend

幻想中的朋友

Stephen Chbosky
史蒂芬·切波斯基 著

陳芙陽一譯

獻給莉茲
及天下所有母親

致謝

我只想說沒有這些人，就沒有這本書，奉上我衷心的感謝。

莉茲、梅希和希奧・切波斯基
韋斯・米勒
凱倫・柯佐林伊
班・塞維爾
伊馬德・艾克塔
露莉亞・瑞登柏格
蘿拉・約史德
蘿拉・雀卡斯
艾瑞克・西蒙諾夫
傑夫・葛林
蘿拉・波納
凱爾西・尼可・史考特
艾娃・德萊亞
藍迪・魯登斯基
吉兒・波洛托沃葛
羅比・湯普森
史黛西、約翰和德魯・杜德爾
佛瑞德和莉亞・切波斯基

最後是……
艾瑪・華森，謝謝她啟發了《壁花男孩》的最後安排。
以及史蒂芬・金，感謝他啟發了一切。

五十年前

不要離開街道。只要不離開街道，它們就沒辦法抓到你。

大衛．奧森小男孩知道慘了，等爸爸媽媽回家，他就遭殃了。塞在毯子底下的枕頭成了唯一的指望，但願這樣會像是他還在床上，電視上都是這麼演的，只是現在這些都不重要。他是爬下常春藤偷溜出房間，卻打滑傷了腳。幸好傷得不重，不像哥哥打美式足球受傷那樣嚴重。這不算太壞。

小男孩一瘸一拐走在乾草路上，霧氣襲人。濃霧聚集在山坡下，他抬頭望著月亮，今天是滿月，是連續第二天的月圓日，也是藍月[1]，這是哥哥告訴他的。就像爸媽不時會隨之起舞的那首歌，那是當他們還很快樂，當大衛還沒有讓他們感到害怕之前的事。

藍月。

我見到你獨自佇立。

大衛小男孩聽見灌木林一陣騷動，一度以為可能又是他最近常做的那種夢。但不是，他知道不是。他強迫自己保持清醒，即使頭痛難耐，他今晚還是得去那裡。

一輛車子駛來，車頭燈沐浴在濃霧裡，大衛小男孩閃身躲在郵筒後方。這輛舊福特野馬洋溢著搖滾樂，一對青少年情侶大笑。許多孩子被徵召入伍，酒駕日益嚴重。總之，老爸是這麼說的。

「大衛？」一個聲音低語。嘶嘶的氣音，嘶。

有人說話嗎？他真的聽到聲音嗎？

「是誰？」

一片寂靜。

這必定是他腦海裡的聲音，這沒關係。至少不是嘶嚇夫人，至少他不是在夢裡。

或其實是在夢中？

大衛望向山坡，看著街角蒙特雷路的那盞巨大街燈。青少年呼嘯而過，帶走所有聲響。就在此時，大衛見到了一個人影。一個身影站在街燈光圈中央，等候中吹著口哨，吹著口哨等候著，曲調有點像是——

藍月。

大衛後頸寒毛直豎。

別靠近那個街角。

離那人遠一點。

大衛小男孩改而穿越各家庭院。

他躡手躡腳翻過一道老舊籬笆。**別讓他們聽見你，看見你；你離開街道了，這樣很危險。**他抬頭看到一扇窗子，窗裡的臨時保姆在跟男友親熱，而寶寶一旁哭個不停。但寶寶的哭聲像貓咪。他依舊確信自己不是在做夢，只是已越來越難分辨。他爬過籬笆下方，睡褲沾上溼草地的痕跡。他知道這件事瞞不過媽媽，就跟他又開始尿床時一樣，他得自己洗睡褲。他每天早上都在洗床單，他不能讓媽媽知道。她會問一堆問題，一堆他無法回答的問題。

無法大聲回答的問題。

他穿過馬魯卡家後方的小樹林，經過馬魯卡先生為兒子架設的鞦韆。結束一天辛苦的工作後，這裡總有兩片Oreo餅乾和一杯牛奶在等候。小大衛幫忙過他們一、兩回，他好喜歡他們家的Oreo，尤其是餅乾放得略久略略變軟之後。

「大衛？」

低語聲現在變大了。他回頭看，四下無人。他瞇眼看向幢幢房屋那頭的街燈，那個影子人不見了，去向不明，有可能就在他的身後。**哦，拜託，千萬不要是嘶嚇夫人；拜託不要讓**

1. blue moon，陽曆月份原本一個月有一次滿月，這是指同月份的第二個滿月。因為西方採行的陽曆沒有陰曆的閏月，所以每隔兩、三年，就會出現一年有十三個滿月的現象，這多出來的滿月就是「藍月」，所以也引申為罕見的事。

我睡著。

啪。

後面傳來樹枝的斷裂聲。小大衛忘了腳痛，拔腿就跑。他穿過普尚家的草地，跑上卡梅爾車道，然後左轉。他聽到狗兒喘息、逼近，但不見狗兒，只有聲音。就像夢境，就像小貓咪的叫聲。它們就在身後追趕他，他越發用力狂奔。他的小靴子重重踩著潮溼的路面，啵，啵，啵，有如老奶奶的親吻。

等終於來到蒙特雷路的街角，他往右轉，有如竹筏行河，跑上街道中央。**不要離開街道，只要留在街道上，它們就無法接近你。**他聽見兩旁傳來聲響，小小的嘶嘶氣音，還有狗兒的喘息聲，舔舐聲，小貓咪的聲音，以及那些低語。

「大衛？離開街道，不然會受傷的，快點過來安全的草地。」

這是嘶嚇夫人的聲音，他知道的。她剛開始的聲音總是親切無比，彷彿過度努力的代課老師。但是，當你看向她，親切模樣便蕩然無存。她開始齜牙咧嘴，嘶聲威嚇，比邪惡女巫還可怕，比任何東西都可怕。像是狗兒的四條腿，又像是長頸鹿的長脖子。嘶嘶。

「大衛？媽媽的腳受傷了，好多傷口，快過來幫幫我。」

嘶嚇夫人現在換上媽媽的聲音，真不公平，但她就是這麼做了，甚至外表也能像她。第一次時，它真的奏效了。他跑向她，來到草地。她便抓住他，之後兩天他都沒睡覺，這段期間她把他帶進房子的地下室，還有烤爐。

「快來幫幫你媽媽一把，你這小混蛋。」

現在變成奶奶的聲音了，但這不是他的奶奶。大衛感覺得到嘶嚇夫人露出白晃晃的牙齒嘶嚇。**不要看它們，只要一直往前看，腳步不停歇，奔向街底迴轉環道。你可以讓她徹底離開，奔向最後的街燈。**

「嘶嘶。」

大衛望向佇立在街底迴轉環道的最後一盞街燈，然後，停下腳步。

影子人回來了。

那個身影站在街燈光圈的正中央，等候中吹著口哨，吹著口哨等候著。不管是不是夢，都很糟糕。只是，大衛不能停，現在全靠他了，他就是得經過那街燈人影，前往會面的地方。

「嘶嘶嘶嘶。」

嘶嚇夫人更近了，就在他後面。大衛突然覺得好冷，雖然罩著外套，他的睡衣還是潮溼了。就是一直往前走，他現在只能這樣，要跟哥哥一樣勇敢，要跟被徵召上戰場的青少年一樣勇敢。要勇敢，一直走，一小步，兩小步。

「哈囉？」大衛小男孩說。

身影沒有回應，身影沒有移動，只是吸氣、吐氣，它的氣息成了一團雲霧。

「哈囉？你是誰？」大衛問。

一片靜寂。整個世界都屏住了氣息。大衛小男孩腳尖踩進光圈裡，身影擾動。

「不好意思，但我需要經過，可以嗎？」

還是悄然無聲。大衛的腳趾再稍稍挪進燈光底下。身影開始轉向。大衛想著要回家，但他必須完成，這是阻止她的唯一辦法。他整隻腳都踩進燈光底下。身影又轉向了，一座雕像醒來。他整條腿都進去了，又一個轉動。最後，大衛終於克制不住，他進入燈光。身影發出呻吟，伸出手臂，朝他跑來。大衛橫越光圈，身影就在他後頭，舔舐，尖叫。大衛感覺到它伸出長長的指甲，就在頭髮即將被抓住的當兒，他有如棒球一般滑向堅硬的街道路面。他的膝蓋挫傷，但沒關係。他跑出燈光，身影停下動作。大衛來到街底，這個迴轉環道有一座小木屋和一對新婚夫妻。

小大衛看向路邊。夜晚寂靜無聲，只有些許的蟋蟀叫聲。薄霧映出通往樹林的小徑。大衛畏懼害怕，但是他不能停，全靠他了。他必須完成，不然嘶嚇夫人就會現身，他的哥哥會第一個受死。

小小的大衛・奧森離開街道，邁步向前。

經過籬笆。

穿過田野。

進入使命街樹林。

第一部 今日

1

我在做夢嗎？

一輛破舊的福特旅行車顛簸開過減速丘，震得小男孩醒來，他心中閃現了這個念頭。他有種舒服躺在床上，卻突然想上洗手間的感覺。他在陽光下瞇起了眼睛，往外看著俄亥俄收費道路。路面散發出八月高溫的熱氣，看起來就像媽媽以前帶他去玩的游泳池中的蕩漾水波。為了帶他去，媽媽會好一陣子不吃午餐來省錢，她會眨眨眼睛說：「我減了一公斤半的體重。」真是美好的時光呀。

他揉揉疲倦的眼睛，在前座坐直身子。媽媽開車時，他享受坐在前座的滋味，這就好像屬於一個俱樂部，一個他和這名纖瘦酷帥女共同加入的特別俱樂部。他轉頭看著她被朝陽勾勒出的輪廓，她的肌膚黏貼著灼熱的塑料座椅，掛頸露背上衣的肩頭通紅，短褲下方一片白皙。她一隻手架著香菸，有如他們週五電影夜一起觀賞的老派電影明星，魅力四射。他好喜歡香菸末端沾上她鮮紅唇膏的模樣。他以前在丹佛的老師說過，香菸對人有害。他告訴媽媽這件事，結果她笑說老師對人有害，就繼續抽她的菸。

「其實，老師是很重要的，所以忘了我剛說的話。」她說。

「好。」他說。

他看著她捻熄香菸，接著旋即點了一根。她只有焦慮時才會這樣，在他們搬家時，她向來很焦慮。這一次或許會不一樣，爸爸死後，她總是這麼說。這一次會不一樣，雖然從來就不是這樣。

而這一次，他們是在逃離。

她深深吸了一口菸，煙霧繚繞經過她上唇的八月汗珠。她在方向盤上方盯著外頭，陷入沉思。整整一分鐘後，她才發現他醒了，她馬上綻開笑顏。

「這個早晨很不錯吧？」她輕聲說道。

男孩根本不在乎早晨，但既然媽媽這麼覺得，那他也一樣。

「是呀，媽，真是這樣。」

他現在都改叫她「媽」了，因為三年前她要他別再叫她媽咪，說這會讓他弱小，而她從來不想要她的兒子弱小。有時，她會要他展現肌肉給她看。他就會伸出瘦巴巴的手臂，竭力擠出二頭肌，不使它扁平一片，讓它跟那張耶誕相片中的爸爸一樣強壯。

「夥伴，你餓了嗎？」她問。

男孩點點頭。

「過了州界，收費道路上有個休息站，我相信那裡一定有餐廳。」

「他們會有巧克力豆鬆餅嗎？」

男孩還記得以前住在波特蘭的巧克力豆鬆餅，那是兩年前的事，當時他們市區公寓樓下有一家餐館，廚師總是會給他們巧克力豆鬆餅。後來，他們又待過丹佛和密西根，但他始終記得那些鬆餅，以及做鬆餅給他們的那個好人。直到遇見那個人，男孩才知道除了爸爸以外，也有男人會親切。

「如果沒有的話，我們就買一些M&M's巧克力，撒在鬆餅堆裡好嗎？」

小男孩現在開始擔心了，他從來沒聽過她這麼說，就算在搬家途中也沒有。搬家總讓她覺得內疚，但就算在她最為內疚的日子中，她也會告訴他，巧克力不是早餐；就連在她拿SlimFast巧克力奶昔當早餐，她也會跟他這麼說。她說，不，這些奶昔不能算是巧克力。他早就問過她這件事了。

「好。」他露出笑容，暗中希望不會僅此一次。

他的視線轉向道路，發現車流變慢，一輛救護車和一輛旅行車映入眼簾，急救人員用紗布包紮一個男人鮮血淋漓的頭部。那人像是傷了額頭，可能還掉了幾顆牙齒。再往前開，他們見到旅行車引擎蓋上有隻鹿，鹿角還卡在擋風玻璃上，鹿眼圓睜，身體不斷掙扎扭動，像是不知道自己就要死去。

「別看。」媽媽說。

「對不起。」他回答，轉開視線。

她不喜歡他看到不好的事。他這一生已看見太多不好的事了，尤其是在爸爸過世之後。他轉頭，打量她包在圍巾下的頭髮。她說這叫做頭巾，但小男孩喜歡把它想成圍巾，就好像出現在週五電影夜那些老片中的一樣。他看著她的秀髮和自己的棕髮，他的頭髮就像耶誕照片裡的爸爸一樣。他不太記得爸爸了，就連聲音也不復記憶，只記得爸爸襯衫的菸草味和Noxzema刮鬍膏的氣味。就是這樣，他對爸爸一無所知，只知道他必定很偉大，因為天下的爸爸都很偉大。

「媽？」小男孩問：「妳還好嗎？」

她露出她最棒的笑容，臉上卻是害怕的神情。就像八小時前，她在半夜搖醒他，要他打包東西時的表情一樣。

「快點。」她低語。

小男孩聽話，把他所有東西丟進睡袋。他躡手躡腳走進客廳，發現傑瑞在沙發上喝得爛醉。傑瑞用帶有刺青的手指揉著眼睛，剎那間，像是要醒來了，但是沒有。趁傑瑞昏睡，他們上了車，帶著前座手套箱中傑瑞所不知道的錢，不過他們其他東西全被傑瑞拿走了。在靜悄悄的深夜中，他們開車離去。在前一個小時，她注視後視鏡的時間遠比看著前方道路還多。

「媽？他會找到我們嗎？」小男孩問。

「不會。」她說著，又點了一根菸。

小男孩抬頭看著媽媽，在晨間陽光下，他終於注意到她媽紅的臉頰不是因為妝容。他心中頓時湧現一股感覺，他告訴自己——

你不能失敗。

這是他的承諾，他望著媽媽心想，我會保護妳。不像他以前真的很幼小，什麼都做不了；現在，他已經比較大了。他會做伏地挺身，這樣手臂就不會一直細瘦扁平。他會為了她變得強壯，他會保護她，會替爸爸做到這件事。

你不能失敗。

你必須保護媽媽。

你是家中的男人。

他看著窗外，見到一個形如拱心石的舊廣告牌。飽經日曬雨淋的看板上寫著：「賓州是你的好朋友」。或許媽媽說得沒錯，或許這一次不一樣。這是他們兩年來的第三個州。或許這一次，他們會成功。而且不管怎樣，他知道自己永遠不能讓她失望。

克利斯多夫現在七歲半。

2

事情發生時，他們已在賓州待了一星期。

克利斯多夫的媽媽說她選擇磨坊林這個小鎮，是因為它小而安全，還有一家優良的小學。但在內心深處，克利斯多夫認為，這裡自外於世界其他地方的隱密感，或許才是她挑選這個城鎮的理由。公路一進一出，周遭淨是樹林。他們在這裡誰也不認識，而如果沒人認識他們，傑瑞就無法找上門。

磨坊林鎮是個絕佳的藏身處。

她只欠缺一份工作。克利斯多夫每天早上都看著媽媽塗上口紅，精心梳理頭髮，戴上讓她顯得聰明伶俐的眼鏡，然後為她唯一一件面試西裝外套的右袖腋下破洞而煩惱。破洞是在布料，不是縫線，所以除了別上安全別針，然後祈禱之外，別無他法。

等他吃完他的香果圈早餐之後，她就會帶他到公共圖書館，挑選當天要看的書，而她會在一邊查看報紙的徵人廣告。當天的書是他吃香果圈的「費用」，如果他看完一本書，練習文句，就可以吃香果圈當早餐，不然就得吃穀物粥，或更可怕的東西。所以，天哪，他絕對要唸完這本書。

當媽媽記下幾筆有希望的工作機會後，他們就會回到車上，開車到各處接受不同的面試。她告訴克利斯多夫，她要他一起來，這樣才能享受只屬於他們兩人的冒險。她說那輛舊福特是陸鯊，他們正在找尋獵物。但其實是他們沒錢找臨時保姆，不過他不在乎，因為他是跟媽媽在一起。

所以，他們就開始「陸鯊狩獵」，她會在開車時，盤問他各州首府、數學題目，還有單字。

「磨坊林小學真的很不錯，有電腦教室等等，你一定會喜歡上二年級的。」

不管住在哪裡，克利斯多夫的媽媽搜尋優秀公立學校的態度，就像其他媽媽找尋特價蘇打

（不知為何，這在磨坊林叫做「汽水」）。而這一次，她說，他會進入最好的學校。汽車旅館在一個良好學區附近，她保證在存夠錢搬進公寓之前，會每天載他上下學，這樣他就不會被說是「摩鐵小孩」。她說，她要他得到她不曾接受過的教育，唸得辛苦也沒關係，在這個年級中，他會變得比較擅長數學。這將是他所有的努力學習得到收穫的一年，看書時再也不會覺得文字錯亂。他露出笑容，因為她相信他，所以他也相信她。

然後，每一次去面試之前，她就會來一段私人時刻，說一些在自我提升書籍中看到的句子，因為她也在努力相信自己可以。

「他們一定會喜歡妳。」

「你的工作由你決定，而不是他們。」

等她終於充滿信心之後，他們就會進入建築物。克利斯多夫會坐在等候室，按照她的希望看書，只是文字還是錯亂，他的心思就會開始飄走，他會想著他的老朋友。他想念密西根，要不是傑瑞，他真想永遠待在密西根。那裡的孩子很友善，而且大家都很窮，所以沒人知道什麼叫做窮困。他最好的朋友是外號「狂人」的藍尼・柯迪斯可，藍尼好笑有趣，總是在天主教教區學校的修女面前拉下褲子。克利斯多夫不知道藍尼現在在做什麼，可能又被賈桂琳修女狂吼了。

每當面談結束後，克利斯多夫的媽媽總是帶著顫抖的表情出現，承認要不要雇用她是由他們決定，而不是她。不過，除了爬回車內，重新再試之外，也沒有別的辦法。她說，世界可以試著奪走你的一切。

但是，你必須把驕傲送給它。

到了第六天，媽媽把車子停在鎮上一處停車計費錶前，然後拿出那個寫著「故障」的可靠紙袋，把它扔在計費錶上。她告訴克利斯多夫，偷東西不好，但是停車收費單更壞。等她重新站起來，就會補償這個世界。

通常，克利斯多夫必須進去等候室看書。但是在第六天，對街餐館有個警長和他的副手在用餐，她大聲叫喚，問他們是不是會在那裡待一陣子。他們舉手致意，說是會留意她的男孩。所以，她讓克利斯多夫在她進去安老院面談的時候，到小公園玩，做為他看書的獎勵。在克利斯多夫的眼中，安老院的名字看起來像是……

松林蔭

「林蔭松。」她糾正。「有需要，就叫警長。」

克利斯多夫跑去玩盪鞦韆，鞦韆椅上有一條小毛毛蟲。他知道藍尼會把牠們壓成一團漿糊，但是克利斯多夫看到人們殺死小東西時，總覺得難過，所以他找了一片葉子，把毛毛蟲移到牠會感覺涼爽和安全的樹下。然後他回到盪鞦韆，開始往後拉，他或許沒辦法鍛鍊肌肉，但哎呀，他可是能跳高高的。

開始搖盪後，他看著白雲，天空有數十朵雲，全是不同形狀，其中一片雲看起來好像大熊，還有一朵像小狗，他還看到鳥兒和樹木形狀的雲，不過有一片雲比其他雲朵更美麗。看起來就像臉孔的一朵雲。

不是男人，也不是女人，只是由雲朵構成的俊美臉龐。

而且在對他微笑。

他放開鞦韆，一躍而下。

克利斯多夫假裝自己落在棒球場上的警示區[2]，九局上半，兩人出局，一個特技接殺，老虎隊獲勝！但是克利斯多夫現在比較接近賓州的匹茲堡，該是轉換支持球隊的時候了，這樣孩子才會喜歡他。海盜隊[3]加油！

玩了十分鐘的盪鞦韆之後，他媽媽出來了。這一次，她的臉上沒有顫抖的表情，只有大大的笑容。

「妳得到工作了嗎？」他問。

「我們今天要吃中國菜。」

她謝過警長的幫忙，又因為「故障」的紙袋被警告了一番後，她把兒子帶回陸鯊，準備享受電影之夜。星期五是屬於他們的夜晚，無論如何，她都不會錯過它。而今晚將是長久以來最棒的一夜，沒有傑瑞，只有他們兩個會員的專屬俱樂部。垃圾食物，加上從圖書館借來的老電影。

所以他們開車到7-Eleven，開始像每個星期五那樣計算數字。拿了幾罐啤酒後，他們回去圖書館，替克利斯多夫借了兩本週末的練習書，以及當晚要看的電影。既然有免費的，何必要花錢買？而警察向來是美食通，所以他們聽從警長的建議，去了中國門餐廳。她看到價格時倒抽了一口氣，卻竭力對他隱藏表情。然後，她面露微笑說傑瑞不知道的威士卡裡還有一些額度，又說再一星期就可以拿到薪水了。開車回汽車旅館的途中，伴隨著餡餅捲、糖醋雞塊和克利斯多夫最愛的撈麵（菜單說「這是你一定會喜歡的中式義大利麵！」）等食物香味，在還沒迷路前，他們開始像每個星期五一樣，計畫中了樂透要做什麼。

克利斯多夫說要買棟房子給她，之前甚至還用方格紙畫好藍圖，房子裡有他的電玩及糖果室，廚房後面有籃球場和寵物園，一切精心設計。不過，最棒的還是媽媽的房間，它是屋子裡頭最大的一間，房間有陽台，陽台上有可以直接跳進她私人游泳池的跳水板。房間還有超大的衣櫃，掛著超級漂亮而且腋下沒有裂縫的衣服。

「媽，那妳要買什麼呢？」他問。

「我要替你找個家教，買下全世界所有的書。」

「我的計畫比較棒。」他說。

回到住處，他們發現汽車旅館的小冰箱不給力，等到要享用這頓大餐時，她的啤酒還不夠冰。所以當她在小小電視機上看樂透開獎時，克利斯多夫走去大廳的製冰機，藉由看老電影學到

2. warning track，即棒球比賽中接近全壘打牆前約三公尺寬的區域，主要是警示球員小心在防守中受傷。

3. 美國大聯盟匹茲堡的主場球隊是海盜隊，而克利斯多夫之前住在密西根，該州底特律的球隊是老虎隊。

的方法拿了冰塊，再把啤酒倒進冰塊，讓它變冰。

「媽，拿去，冰塊加啤酒哦。」

他不知道她為什麼笑得這麼用力，但好高興她是這麼開心。

＊ ＊ ＊

克利斯多夫的媽媽啜飲冰塊上的啤酒，發出沁涼好喝的聲音，使她兒子驕傲地為自己的聰明才智——即使有點誤入歧途——露出燦爛的笑容，他可是解決了她溫啤酒的難題。發現樂透又沒中之後，她撕掉彩券，放了一片ＤＶＤ到以前在密西根的車庫二手拍賣買到的舊播放機裡。第一部電影開始了，這是她小時候很喜歡的一部音樂劇，是她少數的美好回憶之一；現在則是他的美好回憶。等吃完大餐，馮崔普一家[4]安全到達瑞士之後，他們打開了幸運籤餅。

「媽，妳的上面寫了什麼？」他問。

「隨便做什麼都幸運。」

……在床上，她心想，卻沒說出來。

「夥伴，那你的呢？」她問。

「我的是空白的。」

她看了一眼，他的幸運籤除了有一連串數字，的確是空白的。他一臉失望。這籤餅已經夠難吃了，還不給幸運嗎？

「這其實是好運。」她說。

「真的嗎？」

「沒有籤語就是最好的運氣，這樣就可以寫下自己的籤語，要不要交換？」

他認真想了好久好久，然後說：「不要。」

協商結束，該是看第二部電影的時候了。在劇終前，克利斯多夫就在她的膝上睡著了，還來不及看到好人贏得戰爭。她就這樣坐了好一陣子，看著他沉睡的模樣。她回想起他們看吸血鬼片子的星期五電影夜，他裝作自己不害怕，後來卻整整穿了一個月的高領衫。

她心想，童年時光總有結束的時候，但願現在距離他的結束時間還有很長的日子，但願她的兒子能夠聰明到掙脫這個噩夢，卻又沒那麼聰明到能了解自己其實就在噩夢之中。

她抱起睡著的兒子，放進他的睡袋。她親吻他的額頭，本能地確認他有沒有發燒。然後，她回到流理台，喝完「冰塊加啤酒」，接著又倒了一杯這樣的啤酒，因為她明白自己將會記得這一晚。

她不再逃跑的一晚。

已經四年了。

自從發現丈夫渾身是血死在浴缸裡，沒留下隻字片語，已經過了四年。這四年來，她悲傷、憤怒，以及做出像是脫離自身的行為。但是，真的夠了。別再逃跑，別再抽菸，別再殘害自己。妳的兒子值得更好的對待，妳也是。不要再欠債，不要再找壞男人。就過著努力求取成功的寧靜生活，對某人來說，一個擁有工作的單親也是英雄，即使這個工作是在安老院跟在老人後面清理打掃。

她拿著冰塊加啤酒走到外面的逃生梯，感受沁涼的微風，真希望不是這麼晚了，不然她就會播放她喜歡的史普林斯汀歌曲，佯裝自己是英雄。

她喝完啤酒，抽完人生最後一根菸，看著煙霧裊裊升起，然後消失在八月夜色那一大片雲朵後方的美麗星辰之中，她覺得心滿意足。

那片雲看起來好像笑臉。

4. 電影《真善美》（The Sound of Music）的主角人物，最後高潮是在他們全家人抵達瑞士，成功逃離納粹。

3

媽媽找到工作後的那個星期，是克利斯多夫隔了許久以來，過得最美好的日子了。每天上午，他都會看著窗外，看到對街的自助洗衣店，電線桿，還有映襯著小樹的街燈。以及雲朵。

它們總是在那裡，給人安慰。就像棒球手套的皮革氣味，或是媽媽因為他更喜歡小麵條，所以不用康寶濃湯而改用立頓濃湯的時候，他得到的感受。雲朵讓他有安全感，不管他和媽媽是在買學用品、衣服、橡皮擦或文具，雲朵都伴隨著他們。媽媽很開心，他也不用上學。

直到星期一。

克利斯多夫星期一醒來的那一剎那，發現雲朵的臉孔已經不見。他不知道它去了哪裡，只覺得好難過。因為今天就是那個日子，是一個他真的很需要雲朵來安慰他的日子。

今天是開學日。

克利斯多夫沒辦法對媽媽說實話，她是這麼努力工作要讓他讀好學校，所以光是有這樣的念頭就夠他內疚的了。但事實就是，他討厭學校。他才不在乎沒認識任何人，他早就習慣了。到一個新學校，還有另一個讓他緊張的理由，簡單來說就是——

他是笨蛋。

他或許一直是個好孩子，卻是個很糟的學生。他寧可她像柯迪斯可的媽媽一樣，大罵他是笨蛋。但是她沒有，即使他帶回不及格的數學考卷，她總是說著同樣的話。

「別擔心，繼續努力，以後你就會了。」

只是，他的確很擔心，因為他不會，而且知道自己永遠弄不懂，尤其是就讀磨坊林小學這樣困難的學校。

「嘿，這樣第一天上學會遲到哦，快點吃完你的早餐。」

克利斯多夫趁著吃香果圈時，練習閱讀盒子背面上的文字。上面畫著痞子貓的卡通圖案，痞子貓是星期六上午最好笑的卡通，即使是在早餐穀片盒子的版本，牠還是很滑稽有趣。痞子貓跑去一個工地，偷走一個工人的三明治，一口氣吃光光。被逮到後，牠說了牠的名台詞。

「抱歉，你有打算要了結它嗎？」

但是今天早上，克利斯多夫緊張到連看到這卡通漫畫也笑不出來了，所以他立刻尋找其他可以轉移焦點的事。他的視線移向盒裝牛奶，上面有一張失蹤女孩的照片。她露出缺了兩顆門牙的笑容，媽媽說這女孩叫做艾蜜莉．波托維奇。對他來說，這名字看起來像是——

艾莉蜜．托波奇維。

「夥伴，走嘍，我們要遲到了。」媽媽說。

克利斯多夫喝光碗裡剩餘的些許甜味牛奶，替自己壯膽，然後拉上紅色連帽夾克的拉鍊。開車到學校的路上，克利斯多夫聽媽媽解釋他們是怎樣「技術性」不是真的「住在」新學校的學區，她算是「謊報」工作地點做為居家住址。

「所以，別跟別人說我們住在汽車旅館，好嗎？」

「好。」

汽車駛過各個山坡，克利斯多夫望著鎮上不同街區。街區前面草地的車子，油漆斑駁、屋瓦缺失的屋子，住宅車道上準備狩獵過夜的露營卡車，這有點像是密西根。接著，他們開到較好的區域，石造大型房屋、修剪整齊的草地、車道上亮麗的汽車，他得把這個加到方格紙上媽媽房子的草圖裡。

開車途中，克利斯多夫看著天空找尋雲朵，都不見了，但他還是看到了喜歡的東西。不管在什麼地方，附近總是有著許許多多高大美麗的樹木，蔥蔥鬱鬱。一瞬間，他覺得像是看到什麼東西竄進樹林，快如閃電。他不知道那是什麼，或許是一隻鹿吧。

「媽，那是什麼？」他問。

「使命街樹林。」媽媽說。

到校之後，克利斯多夫的媽媽原來想在一大堆新同學面前親親他。不過，他要面子，所以她只拿了一個牛皮紙袋和五十美分的牛奶錢給他。

「放學等我來接你，不要理陌生人。如果要找我，打電話到林蔭松安老院，電話號碼就繡在你的衣服上。我愛你，寶貝。」

「媽？」他有點害怕。

「你做得到，你以前就可以，對吧？」

「媽咪——」

「要叫媽，你已經不是小孩子了。」

「但是他們一定都比我聰明——」

「分數級等和聰明是兩回事，繼續努力，以後你就會了。」

他點點頭，親了她一下。

克利斯多夫下車，走向新學校。已經有好幾十個學生來了，互相問候暑假狀況。一對雙胞胎推來推去大笑，比較小的那個一眼戴了眼罩。幾個女孩子搔抓身上的新制服，其中一人綁了馬尾。看見他時，大家就像新地方的人會做出的必然反應，全都停下動作。他成了櫥窗裡的閃亮新貨。

「嗨。」他說。他們做出孩子般的回應，點點頭。彷彿動物群體，剛開始只是安靜，不太信任的樣子。

克利斯多夫默默走進集合教室，在後面找了一個座位。他知道不要坐前面，因為這代表軟弱。媽媽說：「絕對不要錯把和善當成是軟弱。」克利斯多夫心想，或許這在大人世界管用。但這在孩子世界不管用。

「烏賊，這是我的位子。」

克利斯多夫抬頭，看到一身有錢男孩運動衫和髮型的二年級生。他沒多久就知道對方叫做布瑞迪．柯林斯，但現在對方只是一個生氣克利斯多夫不懂規則的孩子。

「什麼？」

「烏賊，這是我的位子。」

「哦，好，對不起。」

克利斯多夫知道該怎麼做，於是站了起來。

「連爭都不爭，真是烏賊。」布瑞迪．柯林斯說。

「你看他的褲子，短到連襪子都露出來了。」一個女孩說。

等待會兒老師點名過後，克利斯多夫就會聽到她的名字是珍妮．霍卓克。但現在，她只是一個齙牙、膝蓋一邊貼著ＯＫ繃、瘦骨嶙峋的女孩子，嘲笑說著：

「淹水了！淹水了[5]！」

克利斯多夫的耳朵整個通紅，馬上換到唯一的空位，那是在老師講桌正前方。他低頭看著褲子，發現自己必定長高了，因為他看起來像是電影《一窩小屁蛋》裡的艾佛法[6]。他試著拉低褲腳，但是丹寧布不為所動。

「各位小朋友，抱歉，我來晚了。」導師急急走進教室時說道。

勒斯可老師年紀大得像是可以當媽了，卻一身少女打扮。她穿著短裙，一頭《真善美》裡的金髮，以及克利斯多夫在馬戲團以外所看過最厚重的眼影。她咚的一聲，把手中的保溫瓶急急放在講桌上，然後以無懈可擊的字跡在黑板寫下她的名字。

5. Floods! Floods! 嘲笑別人褲子短時，常用這句話，表示褲子短，所以不怕淹水。
6. Little Rascals，一九九四年美國電影，改編自二〇到四〇年代的短片，主題是一群孩子的冒險故事。

勒斯可老師

「嗨。」一個聲音小聲說道。

克利斯多夫轉身，見到一個胖小子。不知怎地，他沒辦法確定，因為胖小孩口中吃著培根。

「嗨？」克利斯多夫低聲回應。

「別理布瑞迪和珍妮，他們是混蛋，好嗎？」

「多謝。」克利斯多夫說。

「想來點培根嗎？」

「上課中還是不要好了。」

「隨便你嘍。」胖小孩邊說邊嚼。

小孩子的世界就是這樣，克利斯多夫就這樣以一個新的好朋友，取代了藍尼・柯迪斯可。最後發現，在閱讀補救教學、午餐時間和體育課，艾德華・查爾斯・安德森都和克利斯多夫在一起，同時證實他的踢球能力和閱讀能力一樣糟。克利斯多夫叫他艾德。但是，班上其他孩子都叫他的綽號。

「極品」艾德。

4

隨後的兩個星期，克利斯多夫和極品艾德是秤不離砣，每天在自助餐廳一起午餐，胡說瞎扯；再一起跟著親切的老圖書館員韓德森太太及她的手作木偶海豚杜威，上閱讀補救教學；而且數學考試都不及格；兩人甚至一星期有兩晚去上同一家ＣＣＤ（教區學校）。

極品艾德說天主教的孩子就是得去上ＣＣＤ……以便對地獄的狀況預先做好準備。馬克．皮爾斯是猶太人，問他ＣＣＤ是什麼意思。

「市區垃圾場。」極品艾德爆笑式回答。

克利斯多夫其實不知道ＣＣＤ[7]是什麼字的縮寫，卻很早就學會不去抱怨它。以前住密西根的時候，克利斯多夫有一次躲在樹叢裡，想說這樣就用不著去。媽媽一再地叫喊，他都沒有回答。最後，她終於生氣地大喊：

「克利斯多夫．麥可．里斯，你給我出來……立刻！」

她用上了包含他中間名的全名，當這樣的叫法出現時，表示已別無選擇。去上課，就是這樣，遊戲結束。她板著臉，告訴克利斯多夫說，他爸爸是天主教徒，而她早已自行承諾，她的兒子必須也是天主教徒，這樣他和爸爸會有除了那一張耶誕節照片以外的聯繫。

克利斯多夫好想死掉。

那天晚上，在他們開車回家的途中，克利斯多夫想著爸爸會看聖經，爸爸可能不像自己一樣拼字錯亂；可能也聰明多了，因為所有的爸爸都是這樣，比他聰明好多好多。所以，克利斯多

7. Confraternity of Christian Doctrine的縮寫，基督教教義同盟會，是天主教為兒童設立的宗教教育。極品艾德之前的回答是Central City Dump，縮寫一樣是ＣＣＤ。

夫承諾他會學著看聖經，了解聖經字句的意義，這樣除了爸爸襯衫上的菸草氣味回憶之外，還有另一種方式可以親近爸爸。

* * *

選擇教會時，克利斯多夫的媽媽總是按照祖母最喜歡的總統隆納・雷根的冷戰策略：「信任，但核實」，這就是她在磨坊林鎮找到聖約瑟教堂的方法。教堂的湯姆神父才從神學院畢業不久，沒有醜聞，沒有先前教區。湯姆神父得到查核，他是好人，而克利斯多夫的人生中需要好人。

至於她自己的信仰，神父不重要，彌撒和音樂是否美好也不重要。她的信仰跟著丈夫死在浴缸裡了。當然，當她看著兒子，她了解到人們相信神的理由。只是，當她坐在教堂，卻聽不到神的言語，只聽見來自所有天主教優秀女人把她視為勞工階級媽媽（也就是垃圾）的交頭接耳和八卦。

尤其是柯林斯太太。

有關凱瑟琳・柯林斯的一切都是完美無瑕，從她整齊的棕色頭髮、優雅的套裝，到對於耶穌還是會愛的「那些人」所表現出的客套輕蔑。柯林斯一家總是坐在前面，如果丈夫的髮絲垂落，她的手指就會有如經過高雅修剪的鴉爪，立即把它撥回原處。

至於他們的兒子，只能說有其母必有其子。

如果克利斯多夫的媽媽只需要星期天和柯林斯太太打交道，倒是還可以接受。不過，柯林斯先生是房地產開發商，擁有一半的磨坊林鎮，包括她工作的退休機構林蔭松安老院，而他讓妻子管理此處。柯林斯太太聲稱自己是為了「回饋社區」才接受這個職位，但它代表的真正意思是讓柯林斯太太可以對員工和志工大吼大叫，該死地確保她那罹患失智症的年老媽媽得到最完善的照護，以及最好的房間、最好的飲食，最好的一切。克利斯多夫的媽媽遊歷多廣，知道磨坊林鎮其實只是一個小池塘，但對柯林斯家族來說，這裡可能就像太平洋。

「媽，妳在想什麼？」克利斯多夫低語。

「沒什麼，寶貝，專心。」她說。

就在湯姆神父運用精挑細選的文詞讓紅酒變成聖血之前，他告訴會眾，從亞當夏娃開始，耶穌愛所有人，這使得極品艾德開始唱起奇利斯美式餐廳的廣告歌。

「我想要我的寶貝回家，寶貝回家，寶貝回家！亞當的寶貝背肋骨。」

全場哄堂大笑，尤其是極品艾德的爸媽。

「艾德，真會唱，我的寶貝好聰明！」他的媽媽說，多肉的手臂顫動不已。

湯姆神父和教區學校的老師瑞克里太太嘆了一口氣，像是了解到極品艾德的規矩現在完全成了他們的職責。

「第一次聖餐禮一定很棒。」彌撒結束後，極品艾德在停車場說：「我們會拿到錢，甚至可以喝酒。」

「真的嗎？」克利斯多夫問：「媽，真的是這樣嗎？」

「是聖餐禮儀式的一部分，不過會是葡萄汁。」她說。

「沒關係，我可以在家裡喝酒。里斯太太，再見。」極品艾德說完，就跟爸媽走向糕餅販賣攤位。

＊　＊　＊

開車回家的路上，克利斯多夫想著彌撒的事，想著耶穌愛所有世人，即使是珍妮、布瑞迪和傑瑞這樣刻薄的人。克利斯多夫覺得耶穌真是了不起，因為他永遠不可能愛傑瑞這樣的人，不過他以後還是會試試看，既然這是應該要做的事。

回到汽車旅館後，克利斯多夫替媽媽拉著門，媽媽露出笑容，說他是紳士。他進屋前，抬頭望了一眼，然後他看到了。它浮現在天空，一顆流星劃過，像是它在閃動眼睛。

那張雲朵的臉。

克利斯多夫通常不會多想，雲朵很正常。但是，每一天當媽媽開車載他去上學，每一次他們經過使命街樹林，每當他們開車去教區學校的傍晚。雲朵的臉總是浮現。

而且總是同一張臉。

有時大，有時小。有一次它甚至藏在其他形狀的雲朵後面，就像在爸爸意外淹死在浴缸時，那人給他看的槌子、小狗或墨水斑點。它總是在那裡，不是男人，不是女人，只是一張雲朵形成的俊俏漂亮臉蛋。

克利斯多夫敢發誓，它是在看著他。

他很想告訴媽媽這件事，但她對他已經有夠多事要煩心的了。他可以忍受她認為他是笨蛋，可不敢冒險讓她認為他是瘋子。

不能像他爸爸。

5

星期五開始下雨了。

突如而至的霹靂雷聲讓克利斯多夫從噩夢中驚醒，那夢境實在太可怕，所以他馬上就忘了。但是，他沒忘記那種感覺，就好像有人在他的耳朵正後方，舔著它。他環視汽車旅館的房間，外頭自助洗衣店的霓虹燈讓前面窗簾有如眨眼般一亮一暗。

但沒有人在。

他看著媽媽睡覺的另一張床旁的時鐘，它顯示凌晨兩點十七分的時刻。他試著繼續睡，卻不知為何睡不著，所以他只是閉起眼睛躺在那裡，任由思緒飄蕩。

一邊聽著傾盆大雨。

雨勢好大，他不知道這麼多雨是打哪裡來的，心想可能會倒光整個海洋。

「淹水了！看他穿的褲子！淹水了！淹水了！」

這些話湧上心頭，克利斯多夫的胃不由得打結。他再幾小時就得去學校，學校意味著集合教室，集合教室意味著……

珍妮・霍卓克和布瑞迪・柯林斯。

每天早上，他們都等著他。珍妮等著罵他，布瑞迪等著和他打架。克利斯多夫知道媽媽不希望他打架，她老是說他不會變成她娘家那些暴力無賴，她甚至不讓他玩玩具槍。

「為什麼不？」極品艾德在午餐時問道。

「因為我媽是和品主義者。」克利斯多夫說。

「你是說和平主義者嗎？」極品艾德回答。

「對，就是它，和平主義者，你怎麼知道這個名詞？」

「我爸討厭這種人。」

於是，克利斯多夫不還擊，而珍妮就在那裡等著取笑他和其他笨蛋班中的呆瓜。媽媽會說，不要說笨蛋，永遠不可以用笨蛋這個詞。但到頭來，這根本不重要。他還是在笨蛋班，而珍妮又特別針對笨蛋學生。她說艾德是「極品艾德」，麥特因為眼罩的關係，被取了「海盜鸚鵡」的綽號。麥特的雙胞胎哥哥麥克是學校最棒的運動員，但珍妮取決於心情，喜歡叫他「兩個媽的麥克」或「麥克女同同」，因為他和麥特有兩個媽媽，沒有爸爸。不過，克利斯多夫是新來的學生，所以遭遇最慘。每次集合教室的開場都一樣，就是珍妮指著他的褲子，高唱著：

「淹水了！淹水了！」

這種感覺糟糕到克利斯多夫要求媽媽買新褲子給他，但看到她露出買不起的表情時，他裝作自己只是在開玩笑。後來，午餐時間，他就跟自助餐阿姨說不喝牛奶，這樣每天就可以省下五十美分，好讓他自己買長褲。克利斯多夫已經存了三塊半美元了。

他只是不知道長褲要多少錢。

他去問了勒斯可老師，但她的眼睛有點血絲，氣息聞起來就像傑瑞泡了一整夜的酒吧之後一樣。所以，他等到當天下課，再跑去問親切的韓德森老太太。

即使是圖書館員，韓德森太太的個性也實在太安靜了。她嫁給了自然科學老師韓德森先生，他的名字叫亨利。克利斯多夫覺得非常奇異，老師居然還有姓氏以外的名字，不過他還是從善如流。亨利．韓德森。

是英文拼字中好多E的名字呀。

克利斯多夫問韓德森太太長褲一件要多少錢時，她說他們可以用電腦來查看看。克利斯多夫的媽媽沒有自己的電腦，所以這真是件好玩的事。他們上網搜尋「長褲」，查看了一堆商店，發現有一堆價格。而傑西潘尼百貨行的長褲價格是十八美元十五美分。

「這樣是多少個五十美分？」他問韓德森太太。

「我不知道哩，是多少呢？」她回答。

克利斯多夫的數學幾乎就跟他的閱讀一樣差，不過韓德森太太跟所有好老師一樣，不是給他答案，而且給了紙筆，要他自己計算，她等一下會再回來看看他的答案。所以他就坐在那裡，一次加五十美分。兩天是一百美分，那就是一美元。三天是一百五十美分，就是一美元五十美分。他的小豬撲滿裡有七美元，這表示他可以……

嗨

克利斯多夫看著電腦，它剛才發出了聲響。電腦螢幕左邊角落有個小方框，上面寫著「時即息訊」，但克利斯多夫知道它的意思是「即時訊息」，有人寫訊息給他。

嗨

克利斯多夫轉身去找韓德森太太，卻不見人影，現在只有他一人。他回頭看著螢幕，游標不斷閃呀閃。他知道不該跟陌生人說話，不過這其實不算說話，所以他用右手食指敲敲敲，敲敲敲。

「嗨。」克利斯多夫敲著。

你是誰？

「克利斯多夫。」

嗨，克利斯多夫。很高興認識你，你現在在哪裡？

「我在塗輸館。」

你不太會拼字，對吧？哪裡的圖書館？

「學肖。」

你是哪個學校？可別告訴我是磨坊林小學，是嗎？

「泥咋麼蜘到？」

只是剛好猜到，你喜歡學校嗎？

「孩好。」

克利斯多夫頓住了，覺得不太對勁，他又敲了字。

你什麼時候放學？

「你是誰？」

沒有回應，只見游標閃動。

「你是誰？」克利斯多夫再敲一次。

還是沒有回應。克利斯多夫看著游標一直閃。圖書館寂靜無聲，但是他有種異樣感，空氣中有種緊繃感，就像躲在被子底下太久一樣的感覺。

「哈囉？」克利斯多夫在空蕩蕩的圖書館探問。

克利斯多夫環視書架，想說可能有人躲著。他湧現一種恐慌感覺，就像當初在密西根，傑瑞心情惡劣從酒吧回來的時候一樣。

「哈囉？」他再次大喊：「有人在嗎？」

他感覺到後頸有種刺痛感，就像媽媽給他晚安吻時一樣，一種沒有文句的呢喃。電腦傳來嗶聲，他望去，看見那人的回答。

一個朋友

韓德森太太回來時，螢幕變成空白。她看了他的計算，告訴他應該去找勒斯可老師幫忙。而同時，她給了他三本書在週末看，協助他提升閱讀能力。其中有一本是字數很多的舊書，還有兩本遊戲書。一本是痞子貓吃了字母Z，一本是史努比。史努比不像痞子貓那樣好看，不過還是很不錯，尤其是加入史努比住在針葉鎮的表哥史派克。「針葉」（Neeldes）這個字。英文拼字有好多E。

鐘聲響起時，韓德森太太陪克利斯多夫走到停車場。克利斯多夫看著她和韓德森先生坐進他們的舊休旅車，跟他們揮手道別。勒斯可老師的座車是櫻桃紅跑車，看來這輛車必定要花上一百萬份的五十美分牛奶錢。老師一個接著一個離開，學生也一樣。雙胞胎兄弟「海盜鸚鵡」和「兩個媽的麥克」邊走邊丟小小的塑膠美式足球，搭上校車。極品艾德在校車上把舌頭放在雙唇間嘟嘴吹了一聲，克利斯多夫不禁笑了。然後，最後的校車也開走了。等大家都離開後，克利斯多夫四下張望找尋警衛。

但是他不在。

只有克利斯多夫獨自一人。

他坐在一張小小長凳上，在停車場等待媽媽接他展開星期五電影夜。他努力想著這件事，不去理會心中浮現的不好感覺。這是一種讓他很不舒服的感覺，在外頭等候讓他很緊張，好希望媽媽今天可以早一點過來。

她在哪裡？

雷聲響起，他看著自己的數學考卷，十分只拿了四分。他必須更加用功。他拿出第一本書《兒童詩歌花園》，這本書好舊，滿是灰塵。克利斯多夫摸到書脊已有點裂開，皮製封面聞起來有點像棒球手套。書皮正面有個用鉛書寫出來的名字。

D・奧森

克利斯多夫翻動書頁，直到找到他喜歡的圖畫。然後，他坐好，開始閱讀，但是字還是亂跳。

高的高桃櫻樹

除了我小小的，該爬誰呢？

突然間，書頁上出現一道陰影。克利斯多夫抬頭望，見到它飄浮在空中，擋住了光線。

是那張白雲的臉。

大得跟天空一樣。

克利斯多夫合上書，鳥兒安靜無聲，空氣顯現超乎九月的冷冽。他張望看是否有人在看守，卻仍不見警衛的蹤影。所以，克利斯多夫轉向雲臉。

「哈囉？你聽得到我嗎？」他問。

遠處傳來低沉的隆隆聲，一陣雷聲。

克利斯多夫知道這一定是巧合，他或許是笨學生，卻是聰明的孩子。

「如果你聽得見我，請眨眨左眼。」

雲朵慢慢眨了左眼。

克利斯多夫說不出話來，剎那間嚇到了。他知道這樣不對勁，也不尋常，但是好神奇。一架飛機飛過上方，擾動雲臉，使得它露出柴郡貓[8]般的笑容。

「我要求你下雨的話，你辦得到嗎？」

他還沒來得及說完最後一個字，停車場就開始下起大雨。

「還有讓雨停呢？」

雨停了。克利斯多夫微笑，他覺得好有趣。雲臉必定知道他在笑，所以它開始下雨，然後雨停，又下雨，又雨停。克利斯多夫笑得和痞子貓一樣暢快。

「停！你毀了我的校服了！」

雨停了，但當克利斯多夫往上看，雲開始飄走，再次留下他孤伶伶一人。

「等等！」克利斯多夫大喊：「回來！」

雲朵飄向山坡，克利斯多夫知道不應該，卻管不住自己。他開始跟著它走。

「等等，你要去哪裡？」

沒有聲音，只有落下的大雨。只是，雨滴不知怎地沒打在克利斯多夫身上。他完美地被保護在暴雨眼，即使球鞋因為溼答答的街道泡了水，紅色帽衫卻仍舊乾爽。

「拜託，別走開！」他大喊。

雲還是不斷飄動，沿著道路，飄向棒球場。雨水滴落在紅土結塊的泥土上，有如淚滴的泥土。雲再飄往高速公路，汽車在雨中打滑，猛按喇叭。又飄進另一個他不認得的街道和房屋地區。乾草路、卡薩路、蒙特雷路。

雲朵飄過一道籬笆，來到一處草地上方。克利斯多夫終於在街燈附近一個籬笆上的大型金屬指示牌停下腳步。他花了好一段時間，才讀出這些字，才終於弄懂它的意思。

柯林斯建設公司

使命街樹林建案

禁止入內

「我沒辦法再跟著你了，這樣我會惹上麻煩。」克利斯多夫高喊。

雲朵徘徊了一會兒，就飄走了。飄離道路，來到籬笆後方。

克利斯多夫不知道該怎麼辦，他環視周遭，沒看到看守人員。他知道這樣不對，知道他不該這麼做。但克利斯多夫還是從建築工地的籬笆下方爬過去，他的小小紅色連帽衫被勾住了。等解開衣服後，他站上了覆滿泥土和雨水的草地。他敬畏地往上看。

雲朵好巨大。

笑容成了牙齒。

開心的笑容。

8. Cheshire Cat，《愛麗絲夢遊仙境》中一隻會露出笑臉的貓。

克利斯多夫微笑，雷聲同時響起。

然後，他跟著雲臉。

離開街底迴轉環道。

走上小徑。

進入使命街樹林。

6

克利斯多夫仰著頭，再也看不見雲臉了，這裡的樹木就是這樣茂密。他依舊聽得到下雨的聲音，卻沒有雨水滴落土壤，地面還是乾的，龜裂如年老皮膚。感覺這裡的樹木就像一把大雨傘，保護著某種東西的安全。

克利斯多夫

克利斯多夫轉身，後頸寒毛豎起。

「是誰？」他問。

一片寂靜，然後是一聲悄然的淺淺呼吸。或許可以說是風聲，但克利斯多夫感覺得到有東西在這裡，就像知道有人盯著你，就像他遠比媽媽還早知道傑瑞是壞人的那種狀況。

他聽見一個腳步聲。

克利斯多夫轉身，發現那只是松果從樹上掉落的聲音。咚咚咚，它在地上滾動，停止在——步道上。

步道上覆滿針葉，還有幾根歪扭的樹枝，但它絕對是一條步道。經過多年來的單車、升降裝置和跑步活動，以及被孩子用來抄近路前往城鎮的另一頭，而逐漸磨損成了一片泥土。不過，它現在像是被遺棄了，外面的建築圍籬像是已把孩子隔離了好幾個月，甚至是好幾年，上面已經沒有新的腳印。

只除了一處。

克利斯多夫看到泥地上有一個鞋印，他走過去，和自己的小小球鞋比對，大小差不多。

這是小孩的腳印。

就在這時候，他聽見了一個小孩的哭聲。

克利斯多夫往步道方向望去，看著這往前延伸的小孩蹤跡好一陣子。聲音像是從那個方向傳來，從遙遠的地方傳來。

「哈囉，你還好嗎？」克利斯多夫大喊。

哭聲更大了。

克利斯多夫感覺胸口緊繃，內心的聲音告訴他轉身，走回學校去等媽媽。但是，那個小孩困住了，所以他不理會心中的恐懼，跟著腳印往前走。剛開始，他緩慢謹慎，走向一條架了狹窄山羊橋的古老小溪。腳印穿過溪水，出現在對岸。腳印溼漉漉的，那個小孩一定在附近。

救救我。

那是說話聲嗎？還是風聲？克利斯多夫加快腳步。小孩的步跡領著他經過一根雕鑿得像一艘大獨木舟的古老中空圓木。克利斯多夫往前看，沒看到人影，那聲音必定是風聲。他覺得這樣不太合理，卻也沒有別的解釋，因為他什麼也沒看到。

只除了那亮光。

亮光在步道的遠處，是明亮的藍色，也是哭聲的來源。克利斯多夫開始走向它，想要幫忙那個小孩子。每走一步，光團就變得更大，樹下空間就更寬闊。不多時，他的上方已經沒有任何樹木了。

克利斯多夫來到了空地。

一個完美圓形的草地坐落在樹林中央，沒了樹木，他可以看到天空。但是，情況不對勁，他幾分鐘前進入樹林時還是白天，現在卻已是晚上。天色全暗，星星顯得比往常還要閃亮，彷彿煙火一樣。月亮好大，照亮了整個空地，是藍月。

「哈囉？」克利斯多夫呼喊。

寂靜無聲，沒有哭聲，沒有風聲，也沒有人聲。克利斯多夫環視空地，空無一物，只見步道上的腳印通往——

那棵樹。

那棵樹矗立在空地中央，有如老人罹患關節炎的手指歪扭彎曲，它像是想要攫獲空中的鳥兒，從土壤拔出。克利斯多夫控制不了自己，他順著腳印，走向那棵樹，伸手碰觸。它觸感不像樹皮，也不像木頭。

像是血肉。

克利斯多夫猛然往後跳，突然驚覺到一種可怕感覺，這不對勁，一切都不對勁。他不應該在這裡，他低頭再次尋找步道，他必須離開這裡，媽媽一定很擔心。他找到步道，見到小孩的步跡，只是現在看起來有點不一樣。

現在旁邊出現了手印。

彷彿小孩是用四肢走路。

咔！

克利斯多夫轉身，有東西踩上樹枝。他聽見周遭傳來生物甦醒的聲音，環繞了整個空地。克利斯多夫毫不遲疑，他拔腿就跑，沿著步道離開。他跑到空地邊緣，回到樹林裡。但是，一進入樹木底下後，他愣住了。

步道不見了。

他四處張望找尋，但現在天色變暗，雲層遮住了星辰。月亮透著雲臉照射，彷彿海盜的一顆完好眼睛。

「救救我！」克利斯多夫對著雲臉大喊。

但是風在吹，雲層恍如毯子遮住了月亮。克利斯多夫看不見東西了。哦，主啊，求求您。克利斯多夫跪在地上，撥開松葉，狂亂地想要找到底下的步道。他的兩隻手掌沾滿了針葉。

他現在聽得到小孩的聲音了。

但不是哭聲。

而是咯咯笑的聲音。

克利斯多夫的雙手找到了步道，他開始四肢並行。**離開這裡！快！**他的心中只有這個想法。**快！**

笑聲越來越接近。

克利斯多夫開始發足狂奔，但速度太快，偏離了步道。他跑進黑暗之中，穿過一棵棵的樹木，他的雙腿發軟，跌跌撞撞穿過小溪，經過山羊橋。他跌倒，割傷了膝蓋。但他不在乎，他還是一直跑，全力衝刺。他見到前方高處有亮光，就是它，他知道就是它，是街燈。他總算又找到了街道。

笑聲就在他身後。

克利斯多夫加快速度往街道跑去，跑向光亮。他穿過最後一棵樹的樹冠層，頓時停下腳步，因為發現到那不是街道。

他回到了空地。

亮光不是街燈。

而是月亮。

克利斯多夫環顧四周，感覺到有東西盯著他。是生物、是動物，眼睛發出精光，就在空地周圍。咯咯笑聲接近了，越來越大聲。克利斯多夫被包圍了，他必須離開這裡，找到路出去，找到任何出路。

他跑向那棵樹。

他爬上樹，手底下的樹木感覺好像血肉之軀。就好像爬上的是手臂，而不是樹枝。但他不理會這種感覺，他必須爬上高處眺望，找到出路。爬到一半時，雲散了，月亮照亮了整個空地。然後克利斯多夫見到它了。

在空地的另一頭，隱藏在枝椏和樹葉後方，看起來像是洞口，但它不是山洞，而是隧道。

木製框架的人造隧道，地上有老舊火車軌道穿過。克利斯多夫了解這代表什麼，鐵軌通往車站，通往城鎮。

他出得去了！

他爬下樹木的臂膀，來到地面。他感覺樹林中有個身影凝視著他，等著他採取行動。

克利斯多夫快跑。

竭盡全力，全速狂奔。他感覺到身後的生物，但看不到它們。他抵達洞口，望進隧道。鐵軌有如生鏽的脊椎穿過它，他見到另一頭的月光，是逃生道路！

克利斯多夫跑進隧道，木框像是鯨魚肋骨撐住了牆壁和天花板。但木頭老舊，殘破腐朽，隧道也沒有足以讓火車行駛通過的寬度，這是什麼地方？廊橋？下水道？山洞？

是礦坑。

這個字詞像是水流衝向他。賓州的煤礦坑。他在課堂上看過礦坑的電影。礦工利用手推車和鐵軌，運出可以燃燒的土塊。他更加深入，跑向另一頭的月光。他低頭看著軌道，穩住腳步。就在此時，他見到小孩腳印又出現，咯咯笑聲也回來了，就在他的身後。

雲朵像在玩躲貓貓，使得前方的月光隱去，整個世界陷入一片漆黑。他在黑暗中摸索，設法摸到牆壁，以便引導他出去。他有如盲人般伸出手，雙腳刮過軌道。他終於找到東西了，終於在黑暗中碰觸到東西了。

那是一隻小孩的手。

克利斯多夫

整整

六天

失去

蹤影。

第二部

夢境成真

7

瑪利凱薩琳有罪，這不是什麼新鮮事，打從十年前跟著瑞克里太太上生平第一堂教區學校課程，她就知道自己有罪。不過，這一次卻很嚴重，她不敢相信自己居然讓事情如此失控。法律明確規定未成年人在午夜過後，不得單獨駕駛，而現在晚上十一點五十三分了，她至少還要開十分鐘才能到家。她怎麼會讓這種事發生？

「妳才拿到駕照！妳真是太蠢了！」她痛罵自己。

她花了多久時間才拿到駕照？記得嗎！她得懇求媽媽，拜託媽媽去和爸爸說。接下來，等媽媽終於累積出足夠的勇氣，再撤下好幾瓶（箱）白酒以展開話題，兩人可是花上好幾星期才讓爸爸同意她去考實習駕照。當其他孩子只上了一堂駕駛教育，瑪利凱薩琳卻需要上兩堂。當其他家長讓孩子開上麥拉林路，甚至天哪！直接開上十九號公路，瑪利凱薩琳還困在教堂的停車場，而且不是耶穌升天教會的大型停車場，只是小小的聖約瑟教堂！是在哈囉嗎！

在人稱「榨乾女」的小賤人黛比．鄧罕和惡名昭彰的酒鬼米歐爾．高曼已經一路開到匹茲堡市中心時，瑪利凱薩琳還在自家車道上進出。

「嗨，聖母瑪利亞。」黛比總在學校更衣室這麼說：「可以載我一程到我家車道嗎？」

瑪利凱薩琳已習慣其他孩子嘲笑她了。「小孩越虔誠，侮辱就越虔誠。」媽媽在她淚眼聽取往常的「棍子和石頭」[9]忠告時，時常這麼說。而黛比一直是其中最惡劣的。說到基督徒，她還會幫獅子加油[10]。所以，當瑪利凱薩琳從天主教中學畢業，來到公立高中時，這段過渡時期真是困難透頂。說到底，在擁有多重選擇的世界中，成為忠實的信仰者並非簡單的道路。

但天主教原罪的好處是，它有缺點也有其優點。瑪利凱薩琳完美的出席率、等級全拿A，更在早就拿到一個九十九分的情況下，另外加分，全美學術能力測驗（SAT）還考出二〇二〇分的高分，這終於讓她爸爸軟化。最後，就連他也必須承認自己擁有大家都想要的有責任感的女兒。他准許她考駕照，而她高分通過！感謝主。等正式駕照寄來時，她的照片真是美呆了。這讓她覺得有罪，因為虛榮也是一種罪。不過，這感覺很快就過去，因為她十七歲了，擁有自己的駕照。她再一年就要畢業，正在申請聖母大學，人生是無盡的自由和可能。

她必須在午夜前趕到家。

不然她可就全搞砸了。

時鐘顯示11:54 PM。

「天殺的！」她說，旋即在身上畫十字。

「甜塞的。」她糾正，希望這樣就夠了。

瑪利凱薩琳回想她的錯誤。她和道格約看晚上九點三十分的電影，電影院經理說播映時間是兩小時，那就是十一點三十分。如果不看最後的工作人員列表，那會是十一點二十七分，不過這讓她有罪惡感，畢竟這些人是那麼努力。但不管怎樣，她都有充分的時間，不是嗎？但是，電影院一直播放廣告，以及「痞子貓」3D電影（好像我們需要再看一部似的！）等電影正式放映，她其實已經忘了他們是來看哪部片。她想要看迪士尼最新的浪漫喜劇，但不，不，道格想看他的災難片。

笨蛋道格。

為什麼聰明絕頂的男孩子會喜歡這種蠢斃了的電影？道格從幼稚園開始，就全拿A。他會是畢業生致詞代表，申請任何大學都沒問題——即使是非宗教的學校，但他就是一定要看世界幾乎再度毀滅。

9. 出自英文的一句順口溜：「棍子和石頭或許可以打斷我的骨頭，但言語永遠無法傷害我」，意思是要孩子別理會旁人的言語侮辱。
10. 在部分小說和畫作中，會以基督徒被丟至競技場和獅子搏鬥做為題材，以彰顯古羅馬帝國對基督徒的迫害。

「而且，不，道格。」她在車上大聲自言自語，練習一場她永遠不會真正展開的爭吵。「我不喜歡你把薄荷巧克力豆加進爆米花，我根本不覺得這樣比較好吃！」

時鐘顯示11:55 PM。

天殺的！

瑪利凱薩琳思索她的選擇，她可以超速。不過，要是拿到罰單，她可能會受到更長的懲罰。她可以闖過一、兩個汽車停看標誌，但這更嚴重。唯一合理的計畫是走十九號公路，但是爸爸禁止她開高速公路。「尊重爸爸媽媽」在大部分的日子生效，但這是緊急狀況，要嘛開上十九號公路來節省兩分鐘車程，要嘛就是趕不及。

她轉上高速公路。

車流速度飛快，她的心跳隨著所有疾馳左側車道的車子而加快，她自己在右側車道仍保持法定的四十五英里[11]時速。她不能冒險拿到罰單，絕對不行，尤其是在十九號公路。爸爸會因此沒收她的駕照，而她永遠沒辦法再開媽媽的富豪汽車。

「主啊！」她說：「如果您讓我在午夜前趕到家，我保證一定會在這星期的捐獻盤中額外加錢。」

說完這句話後，她心中一陣緊揪。這一種熟悉的罪惡感，一種熟悉的恐懼。第一次出現這種感覺是在去年耶誕節，當時她和道格去磨坊林小學附近停車，然後忘情舌吻，道格隔著奶奶給她的絨毛毛衣撫摸她的左邊乳房，這只持續了一秒鐘，他聲稱他住手了。但她很清楚不只如此，她很氣他，不過事實上是，她更氣自己。

因為她很喜歡。

她絕對不會跟道格坦承，但那天晚上回家後，她忍不住一次又一次回味那個時刻。想著他的雙手伸進她的上衣裡，覆上她的胸罩；再滑進她的胸罩底下，裸露袒裎。她好有罪惡感，因為她真的認為道格的手撫摸她的絨毛毛衣會讓她懷孕。她知道這樣很瘋狂，明知只有性交才會懷孕，她可是上過健康教育，爸媽並不是那麼瘋狂的天主教徒。然而，她還是無法擺脫恐懼。所以，她向神承諾，如果祂讓她免於懷孕的恥辱，她就會懺悔自身的罪孽，並且把自己當臨時保姆所賺到的錢全放進捐獻盤。隔天，她的生理期就來了，她安心得哭了出來。那個星期，她對湯姆神父懺悔了她的罪，把自己臨時保姆的打工錢全部奉獻給天主。

但是，這個經驗讓她顫抖不已。畢竟，思罪即行罪，瑞克里太太在教區學校課程就是這麼教的。所以，要是她還來不及懺悔洗滌自身罪惡之前就死掉的話，會發生什麼事呢？她知道答案，也嚇壞她了。

所以，她必須找到預先警示系統，讓她得以知道自己的所作所為會讓主判定她有罪，會讓她下地獄。有好幾個星期，她都想不到辦法。後來，當她開始獨自開車上路，她開車經過一隻鹿，突然一個念頭迸現。

開車撞到鹿。

「主啊！」她說：「如果我會下地獄，那就讓我的車子撞到鹿。」

她知道這樣聽起來很瘋狂，但這種協議立刻帶走了她的恐懼。她承諾永遠不會跟別人提起這件事，不告訴媽媽，不告訴瑞克里太太，不告訴湯姆神父，甚至不會告訴道格。這是她和造物主之間的私人諒解。

「主啊，如果我撞到鹿，我就會了解到我犯下違背您的罪已重到您會放棄我，這將給予我時間去補償您。對不起，我很享受他撫摸我的毛衣（他真的沒有碰到我的乳房！），真的很對不起。」

11:57 PM。

她一再地這麼說，重複到成了一種背景噪音。就像爸爸在書房打造模型船時，從收音機收

11. 約七十二·五公里。

聽的棒球比賽，或是媽媽吸塵器吸地毯的聲音。每當她看到路邊出現鹿，她就會放慢速度，祈禱牠會留在原處。

11:58 PM。

她下了高速公路，前往麥拉林路。月色朦朧陰暗，她瞪大眼睛留意。附近有很多鹿，尤其是在柯林斯先生為了他的新建案，而砍掉一部分的使命街樹林之後，所以她必須額外小心。

11:59 PM。

她的心臟狂跳，腹部緊繃。她離家還有兩分鐘車程，如果不加速，她就趕不上了。但要是加速，可能會有鹿衝到她車前。唯一的選擇就是衝過在山坡頂的最後那個汽車停看號誌。她看得出鹿離那裡五十公尺，樹林也離街道很遠，所以闖過那個停看號誌也不會有問題。

午夜12：00。

就是這樣。她必須抉擇，闖過停看號誌，準時到家；或是遵守號誌，然後晚到接受處罰。

「主啊，請告訴我該怎麼做。」她以最為謙卑和真誠的聲音說道。

感覺立刻閃現。

她踩下煞車。

車子徹底停住。

如果沒這麼做，她就不會放眼山坡，也不會見到從樹林現身的小男孩。男孩渾身骯髒，營養不良，那張小臉就出現在鎮上處處可見的失蹤海報上。如果她闖過停看標誌，根本就不會看見他。

而且絕對會開車撞死他。

8

「克利斯多夫？」一個聲音說：「克利斯多夫？」

男孩全身冰冷，身上罩著一條毛毯，一條扎人的醫院薄毯。

「克利斯多夫？聽得到我們的聲音嗎？」那聲音繼續說道。

小男孩張開眼睛，但眼睛卻像下午離開電影院那樣疼了起來。他瞇眼環視周遭，看到許許多多身著長袍的身影。這裡還有個醫師，克利斯多夫看不到對方的臉，但是他的聽診器卻像冰塊般壓在他的胸口。

「他恢復血色了。」醫師說：「克利斯多夫，你聽得到我說話嗎？」

小男孩瞇視，見到媽媽，感覺像是一團帶著光輝的朦朧。他的額頭感受到她光滑溫暖的手，就像以前生病時那樣。

「寶貝，我在這裡。」媽媽說，聲音略顯沙啞。

克利斯多夫試著說話，聲音卻卡在他乾啞的喉嚨，每次吞嚥都像沙紙一般。

「寶貝，如果你聽得到我們說話，就動動腳趾頭。」媽媽說。

克利斯多夫不知道自己有沒有辦到，他不太感覺得到腳趾，他還是好冷。不過，他猜自己是成功了。

「太棒了。」醫師說：「你可以動動雙手嗎？」

他照辦，有點酥麻感，全身像是手肘被撞到的感覺。

「克利斯多夫。」另一個聲音說：「你可以說話嗎？」

克利斯多夫瞇眼往上看，見到警長。他記得媽媽得到林蔭松安老院工作那天，在公園見過警長，他很強壯，就跟學校繩球球杆一樣高大。

「你可以說話嗎？」警長重複。

克利斯多夫的嗓子好乾，想起之前得到鏈球菌咽喉炎時，他吃到像是怪異櫻桃味的藥。他吞嚥一下，努力擠出話，喉嚨卻疼到受不了。

克利斯多夫搖搖頭，表示沒辦法。

「孩子，沒關係。」警長說：「但我需要問一些問題，你只需要點頭或搖頭，表示是或不是就好了，好嗎？」

克利斯多夫點點頭。

「很好。我們在使命街樹林北邊區域找到你，是有人帶你過去那裡嗎？」

在場所有人如坐針氈等待他的回答。克利斯多夫努力回憶，卻一片空白，什麼都不記得。不過，他隱約有種感覺，不是別人帶他去樹林。想了一下後，他搖搖頭，不是。然後，他感覺到大家恢復了呼吸。

「那麼，你是迷路了嗎？」警長問。

克利斯多夫彷彿在練習識字那樣，非常用力思索。如果沒有人帶他去，那他必定是迷路了，這樣才合理。

他點點頭，是，他迷路了。

醫師移走聽診器，改用厚厚的粗糙雙手，檢查克利斯多夫的四肢和關節，接著把血壓計的魔鬼氈固定在他細瘦的手臂。聽到自己必須把尿液尿進杯子裡時，克利斯多夫嚇了一跳，他老是覺得做這種事很丟臉。

「在樹林裡……有人傷害你嗎？」警長追問。

克利斯多夫搖搖頭，沒有。醫師按下按鈕，血壓機發出刺耳的聲響，勒緊了他的手臂。量完後，醫師唰的一聲撕開魔鬼氈，寫下筆記。克利斯多夫聽得到書寫的聲音。

沙沙沙。

「你是聽到汽車的聲音，才找到走出樹林的路嗎？」

克利斯多夫看著醫師的記事本，開始有種不適感，腦袋有種壓迫感。這種悶沉的頭痛通常在媽媽給了他味道像橘色粉筆的阿斯匹靈後就會好轉，但這一次不一樣，像是他替他們雙方一起感到頭痛了。

「在樹林裡……你是聽到汽車的聲音，才找到走出樹林的路嗎？」

克利斯多夫振作起來，他搖搖頭，不是。

「所以，你是自己找到路的？」

克利斯多夫搖搖頭，不是，所有人安靜下來。

「不是你自己找到路的？是有人幫助你走出樹林的嗎？」

克利斯多夫點點頭，是。

「克利斯多夫，是誰幫助你的？」警長問。

他給了克利斯多夫便條紙和鉛筆，要他寫下名字。克利斯多夫用力吞嚥了一下，氣如游絲。

「好心人。」

9

凱倫．薛頓醫師：克利斯多夫，你是在哪裡見到那個好心人的？
克利斯多夫：在空地那頭的小徑，他離得很遠。
凱倫．薛頓醫師：你看到他之後……發生了什麼事？
克利斯多夫：我大聲求救。
凱倫．薛頓醫師：他有聽到嗎？
克利斯多夫：沒有，他只是一直走。
凱倫．薛頓醫師：你跟著他嗎？
克利斯多夫：對。
凱倫．薛頓醫師：你之前說，你認為那是白天？
克利斯多夫：對，他走出樹林，光線好亮，所以我認為是白天。
凱倫．薛頓醫師：結果卻是瑪利凱薩琳的車燈？
克利斯多夫：對。
凱倫．薛頓醫師：你離開樹林之後，好心人怎麼了呢？
克利斯多夫：我不知道，他一定是走掉了。

警長按下錄音帶的停止鍵，盯著使命街樹林。這個下午他幾乎都停在這樹林外，盯著擋風玻璃外頭，聽著錄音帶，一次又一次聽著，他其實已經不知道自己想聽出什麼了。不是這個，是某種他不太能掌握的東西。

他已經連續值了兩個班，不知道局裡預算還夠不夠支付他和手下（包括兩名女士）的加班費，尤其是在連更換老舊錄音系統的預算都沒有的情況下。不過，這不重要，他們必須找到這個「好心人」。

當然是說，如果他存在的話。

警長頗為懷疑。身為一個飢餓脫水、深受驚嚇的七歲小孩，是很容易出現幻想；在需要有人抱抱你時，就會說服自己，樹枝看起來像手臂。

但是，他必須確認沒有這個好心人。

不是為了要謝謝他的好心腸。

而是要確定，一開始帶走克利斯多夫的是不是他。

凱倫．薛頓醫師：克利斯多夫，那個好心人長得什麼樣子呢？

克利斯多夫：不知道，我一直沒看到他的臉。

凱倫．薛頓醫師：你對他有什麼印象嗎？

克利斯多夫：他有一頭白髮，跟白雲一樣。

警長在以前職務中，對這件事可見多了。在希爾區最惡名昭彰的區域，他見過施加在孩子身上的壞事，見到孩子說謊保護罪犯，這可能是出自恐懼，或甚至最糟的是……出自於忠誠。但醫師說，克利斯多夫看起來很健康，這男孩的身體沒留下什麼痕跡，他沒遇上事。

不過，警長從經驗得知，不是所有傷害都會留下痕跡。

凱倫．薛頓醫師：你還想得到其他事嗎？

克利斯多夫：他走路一瘸一拐的，腳像是骨折了。

警長停止播放，眼睛盯著人像素描。薛頓醫師嘗試了教科書每一種手法，但是克利斯多夫完全不記得看過好心人的臉。其餘描述倒很一致，高大、走路一瘸一拐，還有白頭髮。

像是一朵雲。

警長拿起Doukin' Donuts甜甜圈的杯子，喝了一口，任由涼掉的苦澀咖啡沖刷過牙齒。他再次打量了人像素描，不太對勁，他骨子裡知道。

警長打開車門。

下車。

走進使命街樹林。

他不是很熟悉這片樹林，他不是這附近的人。結束希爾區最後一個案子之後，他申請轉調，為了寧靜，他選擇了磨坊林鎮，不去科展法官主持的不起眼小小毒品實驗室。他如願以償，除了未成年飲酒及老爹跑車租賃公司後面偶爾出現的裸體青少年，這裡沒什麼犯罪事件，沒有槍枝，沒有謀殺，沒有幫派。

這裡是天堂。

一個僅僅持續一年的天堂，就在他接到電話說有個叫做克利斯多夫．里斯的男孩失蹤，男孩媽媽想立刻找警長談談時結束了。他當下從床上爬起來，把走味的咖啡放進微波爐，並且加了三撮鹽化解苦味，便一路喝著它來到警局。到達時，他已做好萬全準備要傾聽男孩媽媽的說法，再調動手下，提供一個訓練有素的警察肩膀讓她好好哭泣。

但是，克利斯多夫的媽媽沒有哭。

她做了充分準備。她帶來男孩近照、朋友名單、活動行程，以及男孩平常的例行活動。當警長詢問是否會有人想要傷害他們母子時，她說了一個名字：傑瑞．戴維斯，這是她在密西根的前男友。

警長只點點滑鼠，就發現傑瑞是可能的嫌疑犯。雖然案底不多，但已有足夠的暴力行為，酒吧幹架、前妻帶傷。他酒後揍了克利斯多夫的媽媽，便昏睡過去，她當晚就離開他。得知她沒有等著看傑瑞是否會實現「永遠不會再犯」的承諾，警長對她充滿敬意，他知道的大部分女性都是在為時已晚才下定決心。

「里斯太太，妳認為會是傑瑞帶走克利斯多夫的嗎？」

「不，我有掩飾行蹤，他不可能找到我們。」

不過，警長想要確認，他以不顯示來電號碼打了室內話機，跟傑瑞的領班通電話，對方說傑瑞整個星期都待在工廠。如果他不相信，還有保全錄影帶可以確認。領班詢問是什麼狀況，只是警長認為最好不要讓傑瑞有方法找到克利斯多夫母子，就編造了理由，說是他從加州打過去，然後謝謝領班，掛上電話。

排除傑瑞．戴維斯的嫌疑後，警長進行了盡職調查。他詢問了老師和同學，而他的副手梳理方圓十哩的監視錄影帶和交通畫面，卻完全沒有男孩的行蹤，沒有綁架案，甚至因為下過雨而沒有留下任何腳印。

他唯一可以確定的是，克利斯多夫原本在學校外頭等人來接。克利斯多夫的媽媽說，雨下得極大，能見度不佳，到處都有小事故。她說，感覺就好像天氣想要阻擋她去接小孩。

凱倫．薛頓醫師：克利斯多夫，你為什麼離開學校？

克利斯多夫：我不知道。

凱倫．薛頓醫師：但你知道媽媽就要來接你了，那為什麼還離開學校？

克利斯多夫：我不記得了。

凱倫．薛頓醫師：想想看。

克利斯多夫：我的頭好痛。

第六天快結束時，警長開始胃痛，認為就是有人開車抓了男孩。他當然會繼續搜查，但沒有新的頭緒、線索和可能的嫌疑犯，這個案子眼看就要成了懸案。而他最不想做的事就是，把壞消息告訴一個好女人。

所以，當消息傳來說瑪利凱薩琳．麥奈爾在使命街樹林的北端找到克利斯多夫，警局裡的人都不敢相信。一個七歲小孩到底怎麼能在沒被任何人看見的情況下，從磨坊林小學一路走到這一大片樹林的另一頭呢？警長當慣了城市老鼠，並不了解一千兩百二十五英畝[12]到底有多大，卻也明白和這片樹林相較之下，南丘村購物中心不過像根熱狗罷了。當地人開玩笑說這片樹林就像紐約的中央公園（如果中央公園夠大的話）。這似乎不可能，卻不知怎地發生了。

這是奇蹟。

警長趕到醫院詢問男孩，在受理區見到了瑪利凱薩琳和她的父母，她淚眼汪汪。

「爸，我對天發誓，看到那個小男孩時，我就快到家了。我有提早，我絕對不會在午夜過後開車的，不要沒收我的駕照！求求你！」

警長在他媽媽去世後，是由阿姨扶養長大，而他阿姨本身算是聖經狂熱分子，所以他有點同情這女孩，便對他們露出燦爛的笑容，熱絡地握手。

「麥奈爾先生、夫人，我是湯普森警長，你們一定很為令嬡感到驕傲。」

然後，他看著記事板，讓接下來的部分顯得很正式的模樣。

「我的同事告訴我，瑪利凱薩琳在午夜前五分鐘，打電話到警局通報。這真是非常幸運，就在交接班之前。所以，下一張違規停車罰單就拿到我的辦公室，我會親自撕掉它。你們家的女兒是英雄，整個城鎮都欠你們的恩情。」

警長不知道是記事板、握手，或是不用付費的停車罰單（它總是比實際三十五美元罰款感覺更多錢）的緣故，但這的確發生作用了。媽媽露出驕傲的笑容，爸爸則拍拍女兒的肩膀，彷彿她變成他原本比較想要的兒子。瑪利凱薩琳垂著頭，不是鬆了一口氣的模樣，警長立刻明白女孩說她有提早是騙人的。但是，在救了小男孩之後，保住駕照是她應得的回報。「妳做了一件好事，上帝知道的。」

「謝謝妳，瑪利凱薩琳。」他說，又加了一小句話來緩和女孩的罪惡感：「妳做了一件好事，上帝知道的。」

離開麥奈爾一家後，警長穿過走廊查看克利斯多夫母子的狀況。看到她抱著她沉睡中的兒子，他湧現一股奇特至極的想法。就在進行職責之前的一瞬間，他發現自己從未見過比這女人愛那小男孩更深的情愛，他心想被這樣擁在懷裡，而不是被阿姨斥責說他是個大包袱會是怎樣的光景。被愛不知是怎樣的感覺，即使只是一點點，被她所愛。

凱倫．薛頓醫師：克利斯多夫，你怎麼會走進森林？

克利斯多夫：我不知道。

凱倫．薛頓醫師：你對這六天有任何記憶嗎？

克利斯多夫：沒有。

警長走在樹冠層底下前往空地，茂密林木阻擋了光線。即使在白天，他仍舊需要手電筒。樹枝在他腳下噼啪斷裂，有如媽媽感恩節餐桌上的許願骨[13]。願她的靈魂安息。

啪。

警長轉身，見到遠處有一隻鹿盯著他。他停下動作一陣子，只是看著這和平的動物打量他。警長上前一步，鹿便拔足跑向另一個方向。警長微笑，繼續前進。

最後，他終於抵達空地。

12. 約四．九六平方公里，而紐約中央公園大約是三．四一平方公里。
13. 吃完感恩節的火雞大餐後，人們會拿火雞的叉骨許願。兩人各持這Y形骨一端，許完願後拉斷骨頭，據說手中留下比較長的骨頭的人，願望會實現。

警長抬頭，見到美麗的秋天太陽。他緩緩走過現場，找尋可以支持克利斯多夫說法的證據。但是，這裡沒有斷裂的枝椏，沒有任何腳印，只有克利斯多夫留下的腳印。

警長踢踢泥土。

找尋有無活板門。

有無煤礦坑內的隱藏通道。

但什麼也沒有。

只有一棵孤木和許許多多的問題。

凱倫．薛頓醫師：克利斯多夫，抱歉，讓你頭痛了。我只要再問一個問題，然後我們就結束，好嗎？

克利斯多夫：好。

凱倫．薛頓醫師：如果你一直沒看到他的臉……你怎麼會認為他是好心人？

克利斯多夫：因為他救了我一命。

警長按下錄音機的停止鍵。他離開森林，開車返回醫院。他把車子停在救護車旁保留給執法人員使用的空地，然後穿過熟悉的走廊，走進克利斯多夫的病房。他看到克利斯多夫的媽媽守在她兒子身旁，但看起來不像他已認識快一星期的那個失眠女人。她的頭髮不再綁成馬尾，運動褲和連帽衫已換成牛仔褲和西裝外套。如果他不是非常專注在工作上，她可能會讓他忘了呼吸。

「抱歉，里斯太太。」警長輕敲了一下門之後說：「我剛從樹林回來，可以談一下嗎？」

她輕聲坐起，然後帶他到等候室讓克利斯多夫繼續睡。

「警長，有什麼發現？」

「一無所獲。聽著，我保證會讓手下再次仔細搜索樹林，但是我幾乎已確定他們會證實我直覺想法。」

「什麼想法？」她問。

「或許是營養不良和脫水兩者結合的關係，不管怎麼說，女士，就我專業的看法，並沒有他說的好心人。這只是一個迷路受驚的小男孩，在絕望無助中把眼前的東西轉變成幻想中的朋友之類的，不然還能怎麼解釋，現場只有克利斯多夫的腳印？往好處想，薛頓醫師說像這樣的想像力是極度聰明的象徵。」他努力保持親切的語氣。

「把這點告訴他的老師。」她開玩笑說。

「沒問題。」他也回敬。

「但是你們會繼續留意。」她並非只是詢問。

「當然。我會讓人每天巡邏這片樹林，如果有所發現，我會第一個告訴妳。」

「謝謝你所做的一切，警長。」

「應該的。」

說完後，凱特．里斯微微一笑，就回去繼續當克利斯多夫的媽媽。警長目送她回到她兒子的病房，想起八月見到她的事。當時，他和手下在吃午餐，她把克利斯多夫帶到公園的小小盪鞦韆，請他們照看一下。令他驚訝的是，她只瞄了一眼，就從他們兩人剛咬了一口的三明治，推斷出她至少擁有由兩名警察提供的三十分鐘優質保姆時間，沒有比這更安全的了。所以，不管她是否受過良好教育，警長知道她必定很聰明。也不需要她換衣服，就知道她很美麗。警長向自己承諾，他會花時間在這個案子上，讓它好好結案，然後他會約凱特．里斯吃晚餐。屆時，他希望她會穿這件漂亮的西裝外套，這件她拚命想要遮掩腋下裂縫的外套。

10

凱特走進病房時，克利斯多夫望著窗外。許多許多的滿月以前，她看過他的爸爸做同樣的事。她剎那間忘了醫院，想起他的未來，他會一天天更像他的爸爸。有一天他會變聲；有一天他會比她高。想到克利斯多夫六年後會開始刮鬍子，感覺好不真實。但就跟所有男孩一樣，這個日子一定會到來，而她的責任就是確保他會是個好男孩，以及日後成為好男人。

還要保護他。

他轉頭對她微笑。她的手握住他的手，一副要說秘密似地，對他用耳語。

「嗨，寶貝，我有個驚喜要給你。」

當她伸手探進包包時，她見到他的眼睛亮起來。她非常了解兒子，感覺得到他向耶穌和聖母瑪利亞小小祈禱了一下，希望她會拿出一盒香果圈。他已經吃了好幾天的醫院餐，吃了好幾天他的第二可怕天敵——燕麥粥。

「是學校給的東西。」她接著說，見到兒子心裡一沉。

克利斯多夫的媽媽沒拿出香果圈，而是抽出一個大大的白色信封。他們一起打開，見到痞子貓在一張大型問候卡封面，吃著「早日康復」的字。

「你們全班同學都簽了名，是不是很棒呀？」

克利斯多夫不發一語，但從他的眼神中，她看得出他知道所有孩子都被迫在問候卡簽名，就像他們被迫要給所有人情人節巧克力，這樣就不會有人落單。不過，他還是露出笑容。

「湯姆神父星期天時，讓上教堂的人為你一起禱告，他人真好，是不是？」

她的男孩點點頭。

「哦，我差點忘了。」她說：「我也有個小東西要給你。」

然後，她從包包拿出一小盒香果圈。

「媽，謝謝妳！」他說。

這是那種不需要用碗的蠟質紙盒包裝，他貪嘴地打開它，她拿出從自助餐廳帶來的湯匙和牛奶。當他開始吃的時候，她認為他簡直像在享用緬因州的龍蝦。

「醫師說你明天就可以回家了。」她說：「明天是星期幾？我不記得了，是星期三，還是星期四？」

「是星期五電影夜。」他說。

他臉上的神情幾乎讓她心碎，他是這麼開心，絕對想不到有四萬五千美元的醫藥費。她在林蔭松安老院上班天數還不夠久，保險公司拒絕支付這筆錢。她為了照顧他又請假，所以少了這星期的薪水，事實上他們現在已經破產了。

「那麼，你明天想做什麼？」她問。

「跟圖書館借電影。」他說。

「這聽起來好無聊哦。」她說：「你不想做點別的嗎？」

「像什麼？」

「我聽說痞子貓３Ｄ電影明天上映耶。」她說。

突然之間，鴉雀無聲。他嘴巴停下來，只是盯著她。他們沒看過第一輪上映的電影，從來沒有。

「我跟艾德媽媽說過了，我們明天晚上去看。」

他緊緊擁抱她，她整個背脊都感受到了。醫師告訴她，沒有精神創傷、沒有性侵害或其他受虐的跡象，他的身體狀況沒有問題。所以要是她的兒子需要父親角色或幻想中的朋友，來讓他覺得安全的話呢？不妨想想有時人們會在烤乳酪三明治上看到耶穌的臉，她的七歲兒子可以相信任何他需要相信的事。她的兒子活著，這才是最要緊的事。

「克利斯多夫。」她說：「那天雨下得好大，路上又有事故，還有鹿衝到我前方的卡車前。你要知道，我是絕對不會把你留在學校門口，我絕對不會這麼做的。」

「我知道。」他說。

「克利斯多夫，現在只有你跟我，沒有醫師。你有發生什麼事嗎？有人傷害你嗎？」她問。

「沒有，媽，沒有人，我發誓。」他說。

「對不起，我應該在那裡的。」她說。

然後，她緊緊抱住他，緊到他無法呼吸。

＊＊＊

那天晚上之後，克利斯多夫和媽媽肩並肩躺著，就跟過去她說他已經夠大可以打擊怪獸之前那樣。等她睡著之後，他聆聽她吐出的氣息。他發現，即使在病房這樣的地方，她聞起來還是有家的味道。

克利斯多夫轉身朝窗，等候眼皮浮現睡意。他看著無雲的天空，納悶那六天之中他發生了什麼事。克利斯多夫知道大人不相信好心人是真的，或許他們是對的，或許就像極品艾德說的，好心人是「他幻想出的無花果夾心餅」。

也可能不是。

他只知道他在樹林中央醒來，在只有一棵樹的大型空地中，他不知道自己是怎麼到那裡，也不知道怎麼出去。就在此時，他看到遠方出現他認為是好心人的人，就跟著他走出森林。

太陽變成那個好心女孩的車燈。

然後她尖叫：「上帝，謝謝您！」

她旋即把他送到醫院。

就在克利斯多夫的眼皮即將合上前，他看了窗外一眼，見到雲朵飄移，遮住了月亮。這些雲朵有種熟悉感，他卻不太記得是什麼。在寂靜之中，他發現自己有點頭痛，然後慢慢墜入寧靜的睡眠之中。

11

「不！」他大叫，從夢中驚醒。

他的眼睛過了一陣子才適應黑暗，他見到有艾蜜莉．波托維奇照片的小型盒裝牛奶，還見到房間上方懸掛著畫面沙沙模糊的舊型電視。媽媽在他身邊的大椅子上睡著，然後他想起來了。

他在醫院。

周圍好安靜，唯一的燈光來自時鐘，它發出綠光，顯示現在是晚上十一點二十五分。克利斯多夫幾乎從來不曾在半夜醒來。

但那個夢好可怕。

他的心臟猛烈撞擊肋骨，他聽得見心跳，就好像鼓手在他的身體裡面敲擊鼓棒。他試著回想剛才的噩夢，卻拚了命也想不起細節。唯一的證據只是他的頭隱隱作痛，就好像有瘦細的手指戳著他的太陽穴。他爬進被單底下尋求安全感，只是當身體在這張扎人的薄毯下放鬆之後，他卻感覺到病人袍底下有種熟悉的壓力。

克利斯多夫需要去尿尿。

他的腳掌踏上病床旁邊的冰冷瓷磚，接著他踮腳走向洗手間。就在拉開門之前，他有了一種奇怪感覺。他瞬間認為，如果打開洗手間的門，會發現有人在裡面。他的頭靠向門板，仔細聆聽。

水龍頭的滴水聲。

他可以對裡面喊，但他不想吵醒媽媽。所以他拍拍門，等看狀況。毫無動靜。克利斯多夫握住門把，準備打開。然後，他停下動作，不太對勁。感覺裡面好像有怪獸或其他東西，某種會發出嘶嘶氣音的東西，這種嘶嘶聲讓他聯想到搏浪鼓，但不是寶寶玩的搏浪鼓，而是響尾蛇。

他改而走進走廊。

克利斯多夫穿過黑暗和儀器細微的嗡嗡聲，他抬頭瞄向晚班櫃台，有兩個護士坐在那裡，其中一人在講電話。那是譚米護理師，她一直很親切，會多給他甜點。

「爸，好的，我會去酒類商店買媽媽生日的紅酒。梅羅紅酒。晚安。」譚米護理師說完就掛上電話。

「妳爸爸知道它的發音其實是梅洛嗎？」另一個護士問。

「不知道，但他供我上護理學校。」她帶著笑容說道：「所以，我永遠不會糾正他。」

克利斯多夫拉開男士洗手間的大門。

洗手間陰暗、空無一人。克利斯多夫走向孩童用的小便斗，然後花了一點時間才從病人袍裡找到正確位置。尿尿的時候，他想起極品艾德上完閱讀補救課程後，總會直接去洗手間。他會站在離便斗四步遠的地方，試著發出「遠射砲」。克利斯多夫好想念艾德，真是等不及明天要跟他一起去看痞子貓3D電影了！

克利斯多夫興奮地幻想著明天的電影，沒注意到後面傳來開門聲。

他走去洗手槽洗手，但不太搆得到，所以他竭力踮腳，以便取到洗手皂。自動給皂機呻吟一聲，朝他的手腕噴出一小團洗手乳。他用洗手乳搓洗兩手，再伸手啟動自動給水。不過，他不夠高，雖然盡力靠近，卻不見動靜。

就在此時，他的身後伸出一隻乾癟的手，啟動給水。

「她來了。」一聲音說道。

克利斯多夫放聲尖叫，馬上轉身。

他見到一名老婦人，她的臉上布滿皺紋，背部佝僂有如問號。

「我看見她，她來找我們了。」她說。

她點燃一根香菸，在火花中，他見到她染色的假牙，非常整齊的一口黃牙。她一隻手拿著拐杖，香菸在上了年紀的關節炎手中晃動。她的手揮著拐杖，叩，叩，叩。

「小男孩需要替她把手洗乾淨。」她說。

看到她如惡龍般噴氣，克利斯多夫急急退開。

「小男孩要去哪裡呀？」她走向他。「小男孩必須把手洗乾淨！」

他的背部撞到無障礙洗手間，隔間門像生鏽的柵門般嘎地打開。

「你躲不開她的！小男孩需要為了她弄乾淨！死神來了！死神到了！我們在耶誕節就會死翹翹！」她說。

克利斯多夫背部抵著牆壁，他已無路可退。他的臉龐感覺到她吞雲吐霧的氣息。克利斯多夫大哭，他想要大喊：救命呀！住手！快來人呀！但這些話卻卡在喉嚨，就像爸爸死後，他怎樣也醒不來的噩夢。

「死神來了！死神到了！我們在耶誕節就會死翹翹！」

最後，他終於凝聚了聲音，放聲叫喊：「救命！」

幾秒鐘過後，上方的燈光亮了。克利斯多夫見到一個戴著厚厚圓框眼鏡的老人推開隔間門，走進光線底下。

「凱澤太太，妳搞什麼鬼呀？別再偷偷抽菸，驚嚇這可憐的小男孩了，快挪動妳的老屁股回床上。」他說。

老婦人怒視眼前的老頭子。

「不關你的事，滾開！」她說。

「當我想看《今夜脫口秀》，而妳卻在走廊那頭，把小孩嚇得屁滾尿流，這就關我的事。」他咆哮。

他抽走她關節炎手指中的香菸，扔進馬桶，只見它怒滋一聲沒入水中。

「好了，快別發瘋了，回去妳的病房。」他指向門口。

老婦人看著因為菸灰變得混濁的水面，然後轉向克利斯多夫，漆黑的眼珠怒氣沖天。

「小男孩，這裡沒有瘋子，只有在監視你的人。」

她的眼睛剎那間像在閃動，就像有人開門時的燭火一樣。

「哦，去你媽的，妳這嚇人的老妖怪。」老人領著老婦人走出洗手間時說道。

克利斯多夫就這樣好一陣子原地不動，感覺心臟找回原來胸口的位置。等他確信沒有人會回來時，他走到洗手槽，設法啟動給水。他迅速把雙手沖乾淨，離開洗手間。

他望著陰暗的長長走廊，唯一的燈光來自走廊另一頭的單人房，唯一的聲音是電視播放《今夜脫口秀》的聲音，主持人拿著總統對中東危機的遲鈍反應開玩笑，成年觀眾大笑喝采。

「對極了。」老人從病床上大笑。「把笨蛋趕下台。」

「安柏斯，關掉電視。」隔壁簾後一個男人聲音說：「我們可有人想睡覺。」

「不是，是我們有人想死掉，你何不去——」

突然間，老人的眼睛猛然盯向站在門口的克利斯多夫。

「——搞搞你自己。」

老人沒有等待病友的回答。

「孩子，你還好嗎？」他問：「凱澤老太婆嚇壞你了嗎？」

克利斯多夫點點頭。

「她失智了，就是這樣。她在安老院住跟我同一走廊，那真是美好時光。不過，她沒有惡意，不要被嚇到好嗎？」

「是的，先生。」

「別再叫我先生，叫我安柏斯，成嗎？」

「成。」

「好，那你坐下來，不然就回去你的病房。隨便都可以，就是別說話，我快錯過獨白脫口秀的部分了。」老人說。

克利斯多夫從來沒有深夜不睡覺看《今夜脫口秀》，他露出笑容，然後爬上訪客座椅。他看著老人的餐盤，裡面的甜點還在，是一大片濃重巧克力脆片餅乾。

「你喜歡巧克力脆片餅乾？」老人問。

「是的，先生。」克利斯多夫說。

「嗯，我也是。這個是我的，你別想碰。」他嚷嚷。

克利斯多夫點點頭，看著老人拿起餅乾。安柏斯默默把餅乾折成兩半，給了克利斯多夫較大的半邊。克利斯多夫微笑，吃著餅乾，和老人一起看電視。克利斯多夫大多聽不懂有什麼好笑，但他想要融入，就跟著笑。他一度看向老人，見到他粗糙皮膚上有一個褪去的老鷹刺青。

「先生，你是在哪裡做這個刺青的？」克利斯多夫問。

「軍中，快住口。我給了你餅乾，你可別再說話了。」

「你有打過仗嗎？」克利斯多夫毫不懼怕地問。

「打過幾場。」老人咕噥。

「哪幾場？」

「好的那幾場。」

今夜脫口秀的主持人說了經濟崩潰的事，安柏斯先生笑到咳了起來。克利斯多夫看著他的臉。

「先生，你的眼睛怎麼了？」他問。

「白內障。」老人說：「我有白內障。」

「所以是因為很白的關係嗎？」他問。

老人嘀咕。「很白？我的天呀，是白內障，我眼睛看不清楚，像是裡面裝滿了白雲。」

克利斯多夫愣住了。

「白雲？什麼意思？」他問。

「我看得到形狀，只是全都覆上了雲霧，所以我才會在這裡，我開車撞到了一隻鹿。我甚至沒見到那該死的東西，我的頭就直接撞上擋風玻璃。這次他們會吊銷我的駕照了，我知道，現在我連離開安老院五分鐘都不成了。他媽的。」

克利斯多夫微笑聽著他罵人的髒話，感覺就好像犯法一樣。所以，他保持安靜，看著電視燈光在老人臉上舞動，同時聆聽滔滔不絕的評論。過了一會兒，安柏斯先生就跟脾氣暴躁的老人那樣「休息」了一下眼睛，最後便開始打呼。克利斯多夫拿起安柏斯先生手中斑駁的塑膠遙控器，關上電視。

「謝謝你，少年。」他說。然後，他轉過身，繼續打呼。

過去從來沒有人叫克利斯多夫「少年」，這讓他露出笑容。他回到走廊，而不知怎地，走廊已經不再讓人害怕。他經過護理站，譚米護士又在講電話，她沒見到他。

「爸，拜託別再打來了，我得巡病房，我保證會帶梅羅回家。」她氣呼呼地說。

就在他準備回去自己病房睡覺之前，他望了走廊一眼，結果看到湯姆神父。他從來沒在教堂外看過神職人員，這讓他很好奇，他踮著腳行經走廊探看，發現湯姆神父對著一個老人畫十字。老人的家人也在，有老人的太太、兩個邁入中年的女兒、女婿，以及幾個像是上了中學的孫子。在湯姆神父進行最後儀式時，他們傷心哭泣。

「克利斯多夫。」譚米護理師低語。「親愛的，回去睡覺，這不是小男孩該看的事。」

她帶著他穿過走廊，回到他的病房。在安頓下來前，他們經過凱澤太太的病房。老婦人坐在床上，看著電視的雪花雜訊畫面，泛黃的假牙泡在床頭櫃上的杯子裡。她轉頭看到克利斯多夫，露出令人不舒服的無牙笑容。

「她又帶走一個了，到最後，她會殺光我們所有人。」她說。

「克利斯多夫，別理她，她不知道她在說什麼。」

12

克利斯多夫隔天早上醒來時，記不得自己是什麼時候睡著的。見到陽光從百葉窗透進來，表示今天已經是星期五，表示不用再住院了，也表示可以看痞子貓3D電影了！

他轉向洗手間，門開著。

媽媽在洗手。

那種令人毛骨悚然的感覺不見了。

「懶骨頭，該起來嘍。」她微笑。「準備好要回家了嗎？」

當護士用輪椅把他推出醫院，他假裝自己是痞子貓的敵手愛司，那是一隻有著動暈症老是暈車的飛鼠。他們家老車的塑膠座椅坐起來從沒這麼舒適過，媽媽帶他去汽車旅館旁的餐館，他點了巧克力脆片鬆餅。平常來說，這個時刻是他一天中的最高潮。

不過，這可不是平常的一天。

這是痞子貓3D電影日，克利斯多夫整個上午和下午都想著痞子貓，以及牠會做好吃霜淇淋的最好朋友「冰淇淋乳牛」。他看著牆上的時鐘，運用勒斯可老師教他們怎麼看時鐘的方法，看著秒針一步步走向他們電影票的四點三十分，這真是比等待耶誕夜還難熬呀。

「為什麼耶誕節不能提早一天呢？」他常這麼問媽媽。

「那麼，你在十二月二十三日又會哀嚎了。」她會這麼回答。

到了三點鐘，他們前往南丘村購物中心附近的電影院排隊。四點鐘時，排隊隊伍已繞過了街區。極品艾德和他媽媽一起來，兩人都打扮得像痞子貓的角色。克利斯多夫的媽媽認為可能是艾德強迫他媽媽出醜的，至少，她希望是這樣。就算沒有一個自願打扮得像叫做踢客驢子的媽媽，這孩子就已經有夠多的難處要面對了。

當領座員終於開門時，克利斯多夫興奮萬分，他拿到厚重的3D眼鏡。「好像有錢小孩哦！」他說。在找到他們位於正中央的好位子後，克利斯多夫的媽媽離座去買零食，然後帶回克利斯多夫喜歡的所有垃圾食物。

預告片播完時，他已吃掉一半的零食。而每一個預告片和每一口爆米花，只會讓他的興奮心情越來越高漲。等電影終於開始時，場上小孩爆出熱烈的掌聲。

＊ ＊ ＊

這將會永遠是他們的童年回憶，克利斯多夫的媽媽心想。

她還記得自己小時候喜歡看的電影，在那個時候，她相信自己可能是一個流落民間多時的公主，她擁有一個比自身家庭更美好的家族。這是假的，但她終究還是生了一個王子。

「克利斯多夫，我愛你。」她說。

「媽，我也愛妳。」克利斯多夫小聲地說，電影吸引了他的注意力。

她微微一笑，抬頭看銀幕，見到痞子貓走向螃蟹鄰居李奧納多·狄大鉗，對方剛把他的女友哼哼莉莎畫到一半。

痞子貓說：「畫得好，李奧納多，你有打算要了結它嗎？」

小孩全部歡聲雷動。

電影結束後，極品艾德的媽媽「對上帝堅持」說要帶他們四人去星期五餐廳，由她請客。

「這樣小孩子可以吃雞翅，我們可以喝我們的『媽媽果汁』。」她使使眼色說道。

在晚餐當中，克利斯多夫的媽媽聽著艾德的媽媽說「看在老天的分上，叫我貝蒂」，並且一路瑪格麗特[14]（現在這是動詞）說著她當時就快大學畢業，然後嫁給艾德的爸爸，最近他才剛在鄰近三州地區開了第六家「數吧，第六！」五金行。

她湊過來，滿嘴酒氣地耳語：「妳知道那個『我們下星期二見』的柯林斯太太嗎？呃，她的老公，那個惡名昭彰的死豬，不斷推出房子建案，而大家不斷借錢出來來好好整修它們。我只能說，上帝祝福他們吧。去他的，家得寶[15]！我老公才是有錢人！服務生，我的杯子空了，但我記得我的煩惱事呀！」

克利斯多夫的媽媽心想，或許她可以和貝蒂·安德森成為朋友。有些人生來就是要說話，有些人生來就是要聆聽，這兩種人相遇時可真是太棒了。

「我喜歡妳，凱特。」在大家走去停車場時，貝蒂說：「妳是一個很棒的聽眾。」

開車回家的途中，克利斯多夫睡著了，肚子吃得飽飽的。媽媽抱他上樓到汽車旅館的房間，再放到床上。

「媽？」他睡眼朦朧說道。

「寶貝，什麼事？」

「我們可以再去看痞子貓嗎？」

「寶貝，當然，隨時都可以。」

她親親他的額頭，送他進入夢鄉。她做了一杯冰塊加啤酒，享受這個夜晚，知道明天帳單就到期了，而她根本付不出來。

14

當克利斯多夫星期一醒來的時候，他的「假期」結束了，他要回學校上課，回到有布瑞迪．柯林斯和嘲笑他褲子短的珍妮．霍卓克的地方。而更重要的是，他要在缺席整整兩星期後，回去上課。

他心想，**就連極品艾德現在都比我聰明了**。他低頭，看到一圈小小的香果圈如救生艇般在牛奶中漂浮。

「我會在三點鐘過來接你。」媽媽放他進學校時說：「可不要離開學校。」

「好。」他說。

克利斯多夫接受媽媽給了他的一個特別久的擁抱後，便走向校門。通常，在直到走教室前，大家都會無視他，但今天早上，他是「失蹤」孩子。馬尾女孩看到他時，停下跳繩，目不轉睛盯著他。幾個孩子對他說「嗨」，然後，雙胞胎兄弟匆匆趕到校。當他們見到他時，神奇的事情發生了。

「嗨，克利斯多夫，小心。」麥克說，順手把他們的小小塑膠美式足球丟給他。

克利斯多夫不敢相信，麥特和麥克居然想跟他玩。他抬頭，見到球往他飛來。他的運動細胞很差，但他全心全意祈禱，他不會漏接這顆球。球往下墜落，它就快要打中他鼻子……

然後他接到了！

「嘿，克利斯，長傳給我。」戴著眼罩的麥特說，就跑開了。

14. margarita，一種雞尾酒。
15. Home Depot，知名的美國家居建材零售商。

克利斯多夫知道自己辦不到，所以迅速思考要怎麼讓自己繼續玩下去。

「跳蛋傳球[16]。」他說，低手傳球給麥克。

成功了！麥克接到球，就沿著人行道傳了二十碼球給他弟弟，一記漂亮的螺旋球。

他們後來一起玩了三分鐘的接傳球，而對克利斯多夫來說，這就跟玩了整個星期六一樣有趣，他後來已經很會接球了。

麥克和麥特喜歡別人叫他們M&M's，他們真的還說他跑得很快。麥克比麥特年長三分鐘，身高高了五公分，他絕對不會讓弟弟忘記這一點。不過，要是其他人敢取笑麥特，尤其是他的獨眼罩，那就等著瞧。不知怎地，珍妮說他「海盜鸚鵡」倒是沒事，但換做別人說，麥克就會直接揍上去。

即使是五年級的學生。

當克利斯多夫進入集合教室時，大家停下聊天，所有眼睛都盯著他。克利斯多夫坐在極品艾德旁邊，努力和課桌融成一體。但是雙麥兄弟走了過來，問克利斯多夫在失蹤期間，遇到了什麼事。

有小孩跟他說話時，克利斯多夫通常非常害羞，但是雙胞胎很和善。所以，當班上等待勒斯可老師總是晚到五分鐘的這段時間，他告訴他們狀況。他注意到在他敘述的時候，班上其他人都安靜下來，所有人都拉長耳朵在聽。

克利斯多夫忽然覺得稍稍有信心了，所以他開始加上住院的細節，以及深夜不睡觀看今夜脫口秀的事，這件事讓大家嘖嘖稱奇。

「你過了大半夜沒睡？我的老天呀！」麥克說。

「我的老天。」麥特說，語氣努力和哥哥一樣強悍。

克利斯多夫正說到男士洗手間那個老婦人的事時，突然聽見一個聲音。

「騙子，閉嘴。」

克利斯多夫抬頭，見到是布瑞迪。在克利斯多夫失蹤的這兩星期，他剪了頭髮，少了劉海讓他看起來更加刻薄了。

「你假裝失蹤，我知道你在樹林見你的男朋友，你這大騙子，馬上給我閉嘴。」布瑞迪說。

克利斯多夫的臉龐脹紅，立刻緘默不語。

「布瑞迪，他在跟我們說事情經過。」麥克說。

「對，他在跟我們說事情經過。」麥特附和。

「所以，住口。」極品艾德知道有麥克挺他，端出剛找到的虛張聲勢。

教室陷入連針掉下來都聽得見的緊張氣氛。

克利斯多夫馬上想要維持和平。「各位，沒關係，我不說了。」

「不要，克利斯，去他的。」麥克說。

「對，去他的。」極品艾德搶在麥特之前說。

麥克最後露出不懷好意的笑容，低聲說：「布瑞迪，屁股坐好，省得我再揍你。」

布瑞迪的眼睛瞇了起來，一副惡狠狠的模樣。直到雀斑女孩笑出聲，接著戴眼睛的怪胎笑了，沒多久，大家都笑了起來，只除了布瑞迪。他看起來既生氣又困窘，身體像是突然間變小了。不過，他還是表現出三十四公斤體重的威嚇性。克利斯多夫在旁人眼中也見過同樣的戾氣，只是傑瑞大多了。

「在老婦人出現之後呢？」麥克問。

克利斯多夫再度開口敘述這件事，他真感激有了新朋友，所以做了一件大膽的事，他模仿了痞子貓３Ｄ電影中的李奧納多。

「你有打算說完這故事嗎？」他說完便轉換成痞子貓的語氣。

16. flea flicker，美式足球一種欺敵戰術，四分衛開球後傳給跑衛，跑衛往前假跑幾步在過發球線前，向後傳球給四分衛。

全班哄堂大笑。等勒斯可老師帶著她的保溫杯和血絲密布的眼睛進來後，故事時間就結束了。她從她的桌子抽屜拿出馬口鐵盒，倒出幾顆阿斯匹靈，然後說出最可怕的四個字。

「臨時抽考。」

班上發出呻吟，克利斯多夫的心中一沉，第一堂是數學，可怕的數學。

「好了，我們這兩星期都在學加法。各位同學，你們辦得到的。」她說著，給了第一排同學每人一小疊考卷。考卷有如美式足球的波浪舞往後移，克利斯多夫洩氣地縮在座位，感覺到勒斯可老師的美甲放在他的肩膀上。

「克利斯多夫，我不要求你會，但盡量試試，隨時可以重考，好嗎？」她說。

克利斯多夫點點頭，但其實不好。他的數學一直很差，現在還幾乎落後兩星期的進度，媽媽又得要說：「別擔心，繼續努力，以後你就會了。」

他拿起一枝綠色大鉛筆，在右上角寫下名字，然後抬頭看時鐘。紅色秒針滴答滴答經過數字十二，現在是上午八點整。

克利斯多夫看著第一題。

2+7=______

勒斯可老師總喜歡把第一題出得很簡單，讓大家有信心。

2+7=9

他確定答案沒錯，克利斯多夫看了一下考卷，只剩下六題。他決心至少再答對一題，至少再一題。

24+9=______

克利斯多夫停下筆，九的加法通常很難纏，因為就不能直接加十。如果是二十四加十，可就簡單了，答案是三十四，沒什麼難的。但這時候，克利斯多夫靈機一動，只要加十再減一，有道理，這樣很容易。他的綠色大鉛筆寫下了答案。

24+9=33

不敢置信，他前兩題都會。只要再答對一題，七題就對了三題，三加七等於十，十減七等於三。他看著接下來的問題，是金錢問題。

如果你有兩個五分錢、一個十分錢，以及一個二十五分錢硬幣，那你總共有多少錢？＿＿分錢？

勒斯可老師喜歡在第三題給他們一個挑戰，通常這就是克利斯多夫覺得自己很笨的時候。但這次並沒有，克利斯多夫了解到錢也是數字，如果他會加兩個數字，那他就會加四個數字。

四十五分錢！

克利斯多夫好興奮，幾乎從椅子上跳了起來。在臨時抽考中，他從來沒有前三題都答對，一次也沒有。

36-17=＿＿

勒斯可老師又開始變得精明了，不過他現在知道怎麼做。三十六減掉十六再減一。

36-17=19

他慢慢有了一種感覺，一種悄悄出現的小小希望，或許他可以拿滿分給媽媽看。他考試從來不曾拿滿分，不管什麼科目都一樣，他這一輩子都沒拿過。媽媽可能會買一整年的香果圈給他吃。

如果你打了一小時又六分鐘的棒球比賽，那樣是多少分鐘？

這次勒斯可老師又變親切了，同學可以抬頭看時鐘，需要的話就算算鐘面。但是克利斯多夫不需要，六十滴答滴答，再加六。

六十六分鐘

再兩題。他好想拿滿分，想要媽媽為他感覺驕傲，他甚至不在乎香果圈了。他敲敲綠色鉛筆，看著下一題。

船上有九十一個人，但只有八十五件救生衣，還需要多少件救生衣？

克利斯多夫從題目中找到數字，發現是九十一減八十五。這一次，他甚至不需要用九十一減十再加四，什麼都不需要，他就是知道答案。

六件救生衣。

最後一題。克利斯多夫幾乎不敢看。他只需要再一題就可以拿到滿分。布瑞迪每次都拿滿分，多明尼克．區奇奈利和凱文．杜渥特也是，就連珍妮也一樣。不過，這次是他的滿分。

加分題：

12x4=______

克利斯多夫心中一沉，他去樹林前才剛開始學乘法，他絕對算不出來的。所以，他只是想著數字十二，以及星期五電影夜觀看媽媽的老片時，十二個人坐在陪審團席次的模樣。如果有四部電影，有四組十二人陪審團，那就是四十八名陪審團員。

克利斯多夫屏住氣息。

答案是四十八。

他知道這就是答案，就像他學會自己綁鞋帶，以及怎麼分辨左邊和右邊（左手可以擺出L！）的時候。他的腦筋啪的一聲，腦海裡所有像是被雲霧籠罩的事情全都清晰了。

加分題：

12x4=48

克利斯多夫需要再次確認，以便拿到第一次的滿分，所以放下鉛筆前，他重新再看了整張考卷，再次計算每一題。來到第三題時，他愣了一下。

如果你有兩個五分錢、一個十分錢，以及一個二十五分錢硬幣，那你總共有多少錢？______分錢？

第一次計算時，克利斯多夫甚至沒想到這件事，畢竟這是數學考試，不是閱讀考試。不過，這題目有好多字，他發現自己不會錯亂文字了，一次也沒有。他甚至用不著唸出聲，就看懂題目。他覺得其中一定有問題，所以他再看了一次。

如果你有兩個五分錢、一個十分錢，以及一個二十五分錢硬幣，那你總共有多少錢？——分錢？

四十五個，還是五十五個？這裡有好多個「錢」字，事實上是五個。但是他不會錯亂，而且五分錢看起來也不像……

錢五分

就是五分錢，而二十五分錢就是二十五分錢，不是……

錢五十二分

他的心臟重擊著胸口，他抬頭看著教室四周的海報，這些讓他困擾了一整個月的東西。

讀閱礎是基

他甚至用不著唸出聲，在腦海裡就辦得到。

閱讀是基礎

聲音隱去了。

敢讓離遠品勇孩子毒

現在只有教室，和克利斯多夫內心裡的聲音。

勇敢讓孩子遠離毒品

克利斯多夫看得懂文字了！

他趴在桌上，努力隱藏興奮之情。他不再是笨蛋，媽媽也用不著再假裝了。她永遠不需要再說：「別擔心，繼續努力，以後你就會了。」他終於會了。他會讓媽媽為他的考試感到驕傲。不是媽媽式的驕傲，而是真正的驕傲。

就在克利斯多夫準備放下綠色大鉛筆，對勒斯可老師舉手時，他愣住了。他環顧四周，發現所有同學都還在寫考卷。大家全都低著頭，綠色大鉛筆發出沙沙沙的聲音，就跟醫院醫生的筆一樣。大部分的孩子都還在算第二題，包括布瑞迪。

此時，克利斯多夫才終於抬頭看時鐘。考試是上午八點鐘開始，克利斯多夫甚至不用在頭腦裡計算，他就是知道。

他只用了四十二秒鐘就寫完考卷。

他真的好驕傲，甚至沒注意到頭又開始痛了。

15

那天上完課後，克利斯多夫的頭痛已經非常嚴重，但他太迫不及待想對媽媽展現他新的閱讀能力，就沒有在意這件事。他去圖書館挑選了練習書籍，韓德森太太跟平常一樣在那裡協助他。他選了痞子貓偷走字母E的故事，這是她特意為他留下來的。就在她準備給他另一本史努比的故事書時，他阻止她。

「韓德森太太，有沒有難一點的書可以讓我試試？」

「我想想可以找什麼書。」她微笑說道。

韓德森太太拿了羅伯特・路易斯・史蒂文生的《金銀島》過來，克利斯多夫不敢相信居然有這麼厚的書。他一度想著，自己應該挑選其他比較沒這麼進階的書。但是，當他翻開這本舊書，所有的文字都好好排在眼前任他閱讀。

十五個男人在棺材島——

唷嗬嗬，還有一瓶蘭姆酒！

感覺不錯，況且封面看起來也滿吸引人。海盜和寶藏？可是雙贏呢。

「還是你要看比較簡單的書？」

「不用了，這本書似乎很有趣。」他說。

他向她道謝，把兩本書丟進背包。時鐘終於到了三點，鐘聲響了，學生有如螞蟻農場的螞蟻一樣塞滿走廊。克利斯多夫從置物櫃拿出防風夾克，和極品艾德及雙麥兄弟說再見。走到外面時，天空雲層密布。

等媽媽停好車，他爬上車，興奮地想向她展示他第一本大人看的書，卻看見她難過的表情。

「媽，怎麼了？」

「沒事，寶貝。」她說。

克利斯多夫心中卻很明白，她一臉疲憊，愁容滿面，就跟他們逃離傑瑞之前的那個星期一樣。不過，他也很了解媽媽，知道她絕對不會告訴他實情，她不想讓他擔心。

而這就是讓他擔心的事。

他想要告訴她自己整天的讀書狀況，但現在卻不像好時機。在回家的路上，她幾乎不太說話；到了晚餐時間，她甚至更加不開口了，還發了一頓脾氣，說汽車旅館的房間變得好亂，怎麼可以「只有她一個人在收拾」。當晚間新聞說完中東報導的引言後，她為自己暴躁易怒道歉，然後就在她的床上睡著了。

所以，克利斯多夫就讓媽媽好好睡，而他一邊收拾房間。他希望她醒來看到乾淨的房間，這星期就不會太煩惱，那麼他們就可以共度一個美妙的星期五夜晚。他全都計畫好了，打算等到星期五電影夜再給她這個特別的驚喜。他不只會表現閱讀能力給她看，還可以讓她看他的數學滿分。她會非常驕傲，堅持說他們要再去看一次痞子貓3D電影。他甚至可能吃到麥當勞，也或許不會，但總有可能！

克利斯多夫關上所有燈光，然後把電視音量慢慢調小，這樣才不會吵醒她的「眼睛休息」。他坐在書桌前，就著窗外燈光看著《金銀島》。他希望能在星期五前看完一個或兩個章節讓她知道。書桌好亂，堆了好多紙。剛開始，他只是拿起咖啡杯，看到它在下面留下一圈印子。接著，他仔細一看，才知道那是什麼。

一堆帳單。

克利斯多夫看過媽媽計算帳單，這可能是她除了停車罰單以外最討厭的東西。只是，每當克利斯多夫問說怎麼了，她總會微笑回答同樣的話。

「沒事，寶貝。」

克利斯多夫拿起第一張帳單，是電話公司的帳單。以前，他甚至不會去嘗試看像這樣的大人文字。但現在，他看了。

第三次催繳

逾期

他翻看帳單，一張一張看。直到咖啡汙漬從溼溼一圈變成小小的環狀凹痕。在每一張帳單上，他都看到遲繳、罰款和逾期的字樣。

如果你有兩個五分錢、一個十分錢，以及一個二十五分錢硬幣，那你總共有多少錢？——分錢？

不夠錢。

克利斯多夫沒辦法加總所有數目，數字實在太大了。但他知道，不管他考多好，她都沒辦法再帶他去看痞子貓3D電影，可能連上星期那次都付不起。

他突然很羞愧自己浪費掉的那些東西，像是香果圈，還有住院和醫師費用。他花了她太多錢，就跟爸爸那時一樣。她用信用卡支付爸爸的葬禮，讓他可以莊嚴入殮。而她一直沒能恢復狀況。以前在密西根時，他有一次不小心聽到她和一位親切的鄰居提到這件事，還一邊喝了好多啤酒。後來，當他問她怎麼了，她微笑說道：「沒事，寶貝。」

就像她今天一樣。

所以，他對自己承諾，等到她看到他的滿分數學考卷，想帶他去吃麥當勞時，他會說不要。如果他們再次跟極品艾德的媽媽上餐館，他只會點菜單上標明「市價」的東西，因為如果只收和超市一樣的錢，對媽媽就是好買賣。但最要緊的是，他永遠不會再去看昂貴的3D電影了，他會從圖書館借舊片子。他會大聲唸書給她聽，她就會知道所有辛苦都有了代價。

克利斯多夫帶著這些念頭，躡手躡腳走到他的睡袋。他拿出一隻舊的長筒襪，探進去掏東西。

他的長褲資金。

然後，他小心翼翼繞過媽媽，把錢放進她的皮包底下。珍妮・霍卓克大可以嘲笑他褲子短不怕淹水，嘲笑他一輩子，他也不在乎。

16

「淹水了！淹水了！」珍妮在走廊上大喊。

但這一次，克利斯多夫才不介意，他只是替珍妮感到難過，就像他對媽媽的心情一樣。這不合理，但他真的是這種感覺。他就是認為珍妮有許多比他被嘲笑不怕淹水更糟的事，或許她的爸爸在家有很多帳單要付，而且脾氣一直很暴躁。不管怎樣，他很高興把錢給了媽媽。他等不及勒斯可老師今天過來發昨天的考卷了，這樣他就可以把他第一個滿分給媽媽看。

數學課上課後，勒斯可老師把考卷傳給大家。克利斯多夫環顧四周，見到凱文七題全對，布瑞迪對六題，極品艾德對兩題，麥特和麥克都各對五題。但是克利斯多夫的考卷沒有發回來，他不知道為什麼。當下課鐘聲響起，同學都跑出去休息時，勒斯可老師要克利斯多夫留下來。

「克利斯多夫。」她嚴肅地說：「我知道你缺了兩星期的課，你不想落後。那你……你考試的時候，有看別人的答案嗎？」

克利斯多夫吞嚥了一下，搖搖頭說沒有。

「我不會生氣的，但我不希望你騙自己說學會做這些問題。所以，我再問一次，你在臨時抽考時有看別人的答案嗎？像是看凱文．杜渥特的考卷？」她問。

「勒斯可老師，我沒有。」

勒斯可老師仔細端詳他的眼神，克利斯多夫覺得自己就像解剖檯上的青蛙。

「嗯，我見過學生在承受重大壓力下，在平時考不好的考試中表現良好。聽到別人說沒關係時，他們最後更是有傑出表現。」她說。

然後，她露出笑容，把他的抽考試卷發給他。

「我為你感到驕傲，好好保持。」

考卷上用紅色麥克筆大大寫著「7／7」，還有一顆金星和說著「你超棒！」的大大痞子貓貼紙。

「勒斯可老師，謝謝妳！」

克利斯多夫笑得合不攏嘴，就是忍不住，他根本等不及星期五電影夜了。媽媽進入停車場停下車後，她招手，而克利斯多夫拿著考卷用力揮手。

「怎麼啦？」她問：「你看起來就像吃了金絲雀的那隻貓。」

克利斯多夫把考卷交給她。

「這是什麼？」她問。

他什麼話也沒說。她打開考卷，看了一下，然後驚得說不出話來。他第一個滿分，七題全對。她再次悄悄打量試卷，然後轉向克利斯多夫。原本的憂愁變成了驕傲的眼神。

「你看吧！我就說你以後就會了！」她說。

然後，他拿出《金銀島》給她看。

「我已經看到第三章了。」他說。

她真的好驕傲，她大叫一聲，給了他一個擁抱。

「絕不放棄的人就是這樣。」

如他預測的，她提出要再帶他去看痞子貓3D電影。

「不用了，謝謝，我們去圖書館借影片就好。」他說。

剛開始，她顯得有些困惑，然後就鬆了一口氣。尤其當他說，他不想去麥當勞或其他餐廳來慶祝這件事，而是想吃她的烤乳酪三明治時，她更是如釋重負。所以，他們去圖書館，借到痞子貓第二集的《這次呼嚕嚕好滿意》，以及給她看的《非洲女王號》。

接著，他們去巨鷹超市買了製作烤乳酪三明治大餐的材料。克利斯多夫看到媽媽伸手探進皮包，就是這樣！他看到她掏出藏起來的錢幣，眉頭深鎖一臉疑惑。她不知道這是哪裡來的，但很高興看到有錢。就在她準備把錢放回皮包，以備不時之需時，克利斯多夫阻止了她。

「媽，妳應該替妳自己買點東西。」他說。

「不，我不用。」她說。

「不，妳真的該買。」他堅持。

他就像媽媽在選購番茄那樣，輕捏她的手。她似乎很驚訝，克利斯多夫不是那種會很堅持己見的小孩。她停頓了一下，然後聳聳肩。

「管他的。」她對店員說：「給我一包Sarris椒鹽捲餅和一張樂透彩券。」

青少女店員給了她全世界最棒的巧克力椒鹽捲餅和一張樂透彩券，為了向兒子致敬，克利斯多夫的媽媽決定從他第一張滿分考卷來選擇數字。她給了年輕女孩五美元，找回十七美分。他見到她的皮包已經空了。她看著慈善募捐的馬口鐵小罐子，見到中東難民營的孩子凝視著她，便把十七美分投進罐子，然後帶著沒有半毛錢的皮包離開商店。

開車回家的途中，克利斯多夫看到媽媽瞄了油箱刻度，還有四分之一滿。他很感謝艾德的媽媽提議共乘去上教區學校，不然他們可能撐不到發薪日了。

回到家時，夜晚寧靜沁涼。他們並肩站在小廚具前，克利斯多夫看著媽媽把烤乳酪放進加熱板，奶油滋滋作響，他笑容滿面。他把媽媽的啤酒倒進冰塊裡，聽著冰塊敲擊的聲音。一如既往，他們計畫擁有無盡的財富後要做的事。克利斯多夫在他們的夢想屋外的車道上，為媽媽加了一輛像勒斯可老師的跑車。至於媽媽，她很欽佩克利斯多夫選看金銀島，所以承諾要給他一個書架來搭配他自己的圖書館。

克利斯多夫打開電視，汽車旅館的房間旋即充斥晚間新聞的聲音。媽媽把烤乳酪三明治翻面，此時體育新聞結束，樂透的開獎時間到了。她非常專心在烤三明治，幾乎沒聽到第一個開獎號碼。

第一號碼是九。

克利斯多夫打開他們在車庫二手物拍賣中買的折合桌，再把桌子拉到床前，眼睛看著他那張用字母磁鐵貼在旅館小冰箱上的數學考卷。

她舉起手要他別出聲，他閉上嘴巴看著她。她從小冰箱上拿下他的數學考卷，走到電視機前。樂透號碼球在玻璃容器中舞動，這件事克利斯多夫一直沒有留意過。

「媽，妳要不要——」

第二個號碼是三十三。

「媽？」他說。

「噓。」她說。

她跪在地板，看著報數員。克利斯多夫看過她中過兩個號碼，這種事發生過。但現在，她擰扭著雙手。第三個號碼被吸進開獎機。

四十五

「哦，老天。」她低語。

克利斯多夫從沒見過媽媽在教堂禱告，但現在，她十指緊扣，指關節都發白了。第四個號碼開出，報數員宣布：

十九

「哦，主啊，求求您。」她說。

克利斯多夫看著他滿分考卷在媽媽手中顫動，下一個答案是六十六。媽媽屏息等待下一個號碼出現。

「六十六！」播報員宣布。

克利斯多夫的媽媽已經不知所以了，只是前後晃動。她緊緊抱住他，用力到他幾乎無法呼吸。但他什麼話也沒說，不敢作聲，她全身緊繃得跟板子一樣。他看著考卷下一個答案，是六。接下來的樂透號碼球出現。

九

「不！」她倒抽了一口氣。

在報數員倒過號碼球，讓橫線出現在正確地方時，感覺像是過了永恆。

「六！」播報員說。

「哦，我的天。」她說。

現在只剩下一個號碼，就一個號碼。號碼球在玻璃箱中舞動，克利斯多夫看著滿分考卷最後一個答案。四十八。克利斯多夫的媽媽閉上眼睛，像是不敢看，不敢承受在中了這麼多號碼後，卻錯失一個數字。

「告訴我。」她說。

「媽，妳贏了。」

他沒有看，但感覺到她的淚水落到他的脖子。她的手臂緊緊抱住他，他感覺脊椎像是快斷掉了。要是煙霧警報器沒有響的話，他們可能會這樣待一整晚。他們衝到加熱板，發現烤乳酪三明治現在已焦黑得跟葡萄乾一樣。媽媽關上加熱板，打開窗戶通風，讓煙霧散去。

「沒關係，我們還是可以吃的，烤乳酪沒那麼焦。」克利斯多夫說。

「去他的。」媽媽回答。「拿你的外套來，我們出去吃牛排。」

他們去了市區的茹絲葵牛排館，雖然媽媽要他想點什麼就點什麼，但他還是選擇了龍蝦，因為上面寫著「市價」。

17

「這是我們所見過最好的房子。」索羅卡太太在他們開上車道時說道。

她是個高雅的女士，外表優雅，但凱特知道，這是後天學習得來，就跟有些人會比親生父親更能言善道，並且佯裝出身不一樣。有些人的假裝比他人的真實還真誠，索羅卡太太說話或許天花亂墜，但每一個字都出自真心。

「車道有點崎嶇不平，還可以撐幾年再重鋪。我認識可以幫妳做這件事的人，我們女生必須團結在一起。」

她使使眼神說著，就打開車門。這是他們今天看的第三棟房子，第一間太大，第二間太小，就跟金髮姑娘[17]一樣，他們希望第三間恰到好處。

「門有點卡。」索羅卡太太嘗試門鎖說著，手中鑰匙叮噹作響。「不過我們可以把它加入確認清單，由對方付費。」

索羅卡太太咔的一聲打開門鎖，再用肩膀一頂，推開大門。凱特和克利斯多夫暫且待在後面一會兒，環視附近的清爽秋意。巷底迴轉環道的房屋看起來全都乾淨富裕，就跟變色的樹葉一樣美麗。對街的小山丘上甚至有一間小木屋，讓她聯想起克利斯多夫的小木屋組合玩具。一個老婦人坐在閣樓，看著窗外，即使距離遙遠，凱特卻像是聽見了老婦人吱嘎作響的搖椅聲。

「克利斯多夫？地球呼叫克利斯多夫？」凱特說：「走吧。」

克利斯多夫從小木屋移開視線，跟著她進屋。

房子很漂亮，索羅卡太太說這是真正職人的大作。客廳有內建書架和壁爐，還有足夠空間可以放一台很棒的電視機。在十二間開放參觀的房屋中，這地方聞起來就像巧克力脆片餅乾。索羅卡太太告訴他們，餅乾是房屋仲介用來哄騙客戶讓他們感覺像是回到家的手法。

「嗯，這真的管用。」凱特說笑。

「可不是嗎，在成為房屋仲介前，我可是很苗條的哩。」

索羅卡太太穿過房子，一路打開燈光。隨著房間一間間看過去，凱特的興奮心情也隨之增加。餐廳適合四人用餐，但也可以輕鬆容納八個人，她甚至可以邀請朋友共進耶誕大餐。

還有廚房。

哦，老天，那個廚房。

這可不是汽車旅館房間那種微波爐和加熱板，這裡是天堂，嶄新的不鏽鋼廚具，不會漏水的洗碗機，配備製冰機的冰箱，用不著再拿著冰桶一路穿過汽車旅館的走廊。這裡甚至還有中島廚房設計，真是好得要命的中島呀！

「媽，妳覺得呢？」克利斯多夫問。

「還不錯。」她說，努力保持平常的語氣。

索羅卡太太一直在說洗衣機和烘乾機的配線及維修，但凱特已關上耳朵。對客廳的一見鍾情在上樓來到臥室時，已變成熾熱的情愛。她從來不曾有過樓梯，只有戶外樓梯和防火梯。

她終於可以要求兒子不可以在樓梯上奔跑。

「我們先看看主臥。」她說。

「妳說了算。」索羅卡太太微笑。

凱特愛上了那張陳列的大床，以及大面窗，而最後成功達陣的是衣帽間，她不禁咧嘴傻笑。只是想到必須填滿這麼大的衣帽間空間，她的手心開始冒汗。她的罪惡感可禁不起去那麼多趟購物中心或暢貨中心，但或許可以去非營利導向的善意商店買些東西。

17. Goldilocks，即童話《三隻小熊》裡的小女孩，她走進熊的屋子，嘗試了屋內的椅子、粥和床，每一種物件都是第三個最恰到好處。

凱特，夠了，這是妳應得的，呼吸。

「好了，第二間房間稍稍舒適，房間小是它的重點法則。」索羅卡太太開玩笑。「嗯，或許這可以給親戚當客房。」

沒有好親戚，也永遠不會有訪客，但索羅卡太太用不著知道。等凱特終於重返校園，客房可以當做完美的辦公室。它就在可以容納兩部車的車庫上方。再也不會在街道清潔日拿到停車罰單了，也用不著把牛皮紙袋套在停車計費表上了。他們全新的（認證二手車）陸鯊號會有專屬的碼頭。

「而這會是克利斯多夫的房間。」索羅卡太太打開房門時說道。

太完美了。

搭配書桌的小床，一扇讓小孩可坐、可看和可探究的凸窗，一個大型衣櫃，還有存放玩具的單獨儲物櫃，漂亮乾淨的地毯。整個房間聞起來彷彿春天，就像沒有酸味的檸檬。

「寶貝，你喜歡嗎？」她問。

「媽，我好愛。」

「我也愛。」

「所以，我們開心了嗎？」索羅卡太太問。

「我們非常開心。」凱特說。

「你們準備出價了嗎？」

凱特沉默下來。想到要拿筆簽下名字，就讓她的心臟狂跳。但她已經拿到樂透彩金，全部加總再扣除稅金之後，她已經無債一身輕。她付清了克利斯多夫的住院費用，清償了亡夫的葬禮費用。然後，就跟蘇西·歐曼[18]在電視上說的，她把所有卡債都還清了，而且設立了一個大學基金（同時為了母子兩人）。完成這一切之後，她還是剩下足夠的錢，可以付頭期款給克利斯多夫一直承諾要買給她的東西。

他們自己的房子。

不用再逃，不用再搬家。她的男孩即將有個家。

慢慢來，凱特，好好問問題。

「這算是好買賣嗎？老實跟我說，我們女生要團結在一起。」

「是的，這的確是一樁好買賣。屋主為了避寒和躲開女婿，去棕櫚泉買了一間公寓，所以才會賣這房子。這個地點就要開始繁榮，就算高於開價，也是超便宜的了。」

凱特知道仲介說得沒錯，因為她自己也做過功課。

「你覺得呢？」她問克利斯多夫。

「這是我所見過最棒的地方。」他說。

「那麼，我們就來出價吧。」她說。

索羅卡太太拍拍手。

「妳真是做對了！而且知道嗎？我還沒帶妳看最棒的部分哩！」

索羅卡太太穿過克利斯多夫的房間，來到大面凸窗。她拉開窗簾，景色躍入眼簾，克利斯多夫的房間下方有個大型後院，院子裡有一棵樹和輪胎盪鞦韆，還有一個攀登架和玩沙區。這是所有男孩的夢想，後院修剪整齊又平坦，真是玩美式足球的好地方，玩什麼都適合。

「想想看。」索羅卡太太說：「你們有這樣的後院，然後再看看它的後方。」

那是使命街樹林。

克利斯多夫或許已經忘記他在森林迷途六天的事，凱特卻永遠忘不了。

「我不想住在那樹林附近。」她說。

索羅卡太太點點頭，彷彿想起克利斯多夫的照片曾出現在各家報紙，那是小男孩失蹤的

18. Suzy Orman，美國作家，同時也是財務顧問。

新聞。

「聽著，我、你們，還有那道牆……柯林斯先生打算在離這裡不遠的地方推出新的建案。」

「我知道。」凱特說。

索羅卡太太點點頭，然後壓低聲音像在說秘密。

「對，但妳可知道他雇用我的老闆來賣那些房子？而且他打算開一條連結城鎮兩端的道路？不出六個月，妳就會擁有磨坊林最熱門地區的房子，這會讓妳付出的屋款增值十萬美元呀！凱特，我喜歡妳。我也是個媽媽，我不想妳錯過這個機會。說，好……噹啷，妳就等著數鈔票吧。」

「妳確定？」

「相信我，這片樹林在耶誕節前就會消失了。」

18

他們在萬聖節後搬家。

克利斯多夫和媽媽跪在地上，打包人生。他們現在已習慣搬家，密西根不過是幾個月前的事，但這一次用不著為了逃離傑瑞，在深夜動身；這一次也不是要躲開那個任何號誌都會讓她想起亡夫的城鎮。

這一次是她自己的家。

這次是她的新生活。

凱特打包了舊的加熱板和餐盤，想到新廚房，她興奮到差一點不小心拿了刊登克利斯多夫照片的報紙來包陶碗。

《匹茲堡郵報》報導了他的故事。凱特不想要自己的照片出現在報紙上，但希望兒子能夠擁有榮耀，所以他在下課時間和勒斯可老師一起到攀登架，由一個胸懷製片人抱負的攝影師拍了照片。星期天時，凱特到她買彩券的巨鷹超市，買光架上所有報紙。

〈男孩考卷中樂透〉

她看著她的七歲兒子拖著他的痞子貓睡袋，放進門口附近少少的小箱子裡。沒有太多舊生活的東西，只有她可以偷偷塞進老陸鯊後車廂以逃離傑瑞的一些東西，以及象徵這時期開啟的一些新事物。

幫忙的人手沒多久就到了。凱特真的很自豪能在這麼短的時間內，交到這麼多的朋友。極品艾德和他的媽媽貝蒂帶著艾德的爸爸一起來協助他們搬家，大艾德擁有不遜於他碩大男性乳房的慷慨心胸。他整個下午都在說自己是在搬家公司打工以完成大學學業的往事，大家聽得津津有味。

「那個時候，我可是線條分明的肌肉男。」他不斷強調。

「親愛的，你現在的肌肉依舊線條分明呀！」貝蒂說道，一副被愛情蒙蔽了雙眼。

雙胞胎也加入幫忙行列，還有他們兩個媽媽。一個是叫做賽琪的文靜女士，另一個叫做維吉妮雅，倒是不怎麼文靜。一個是來自康乃狄克的素食主義者，另一個是出身德州的肉食動物，兩人天生一對。

大家揮汗使力把東西搬上由大艾德五金行慷慨提供的小卡車。

等一切都搬上車之後，克利斯多夫和媽媽回去檢查有無漏網之魚，發現汽車旅館房間只留下回憶，他們便和舊時生活道別。

「我永遠不用再付房租了。」凱特邊說邊關上門。

等新的陸鯊號停在巷底迴轉環道的蒙特雷路二九五號時，凱特母子得到一個特別待遇。極品艾德的媽媽和爸爸（「老天！我說過叫我們貝蒂和艾德就好。」）先前用了一瓶夏多內白酒賄賂索羅卡太太拿到車庫鑰匙，再由大艾德五金行兩名最佳員工裝設了車庫自動門。當克利斯多夫的媽媽準備下車，手動打開車庫門時，貝蒂按下按鈕。艾德還佯裝這是靈異事件，讓大家好歡樂，隨後所有人就進屋開始卸貨。

既然他們的東西不多，卸貨整理就沒花太多時間。尤其等警長交班後過來幫忙，大家來回卡車的趟數就更少了。克利斯多夫出院後，警長和凱特繼續保持聯繫。警長的手下在森林一無所獲，他也按照承諾致電告知。在她為這棟房子出價前，她也先打電話確認，克利斯多夫的安全還是最重要的事。警長做了盡職調查，梳理過近十年的警方檔案，向她保證這棟房子安全無虞，街坊鄰里更是安全。但如果她想要的話，他可以陪她行走勘查這地區，做為三重保障。

「沒有這個必要。」她說，讓他頗為失望。「但如果搬家那天你過來，我請你吃披薩。」

成交。

凱特整天都看著克利斯多夫和他的朋友努力擺出大人模樣，當警長幫忙她把（從購物中心買來的）新家具搬進屋時，四個小男孩就待命接手。當大艾德休息喝啤酒時，他們也休息喝檸檬汽水。等搬好新家，大艾德替烤肉架升好火，準備烤他出名的「鬆餅熱狗」來「搭配」披薩時，男孩以行家的眼神打量他的技術，聆聽他和警長說話，並且不時點點頭，裝作成年人的態度。

畢竟，大艾德是他們這幾年來，唯一認識的父親人物。

而警長就只是警長。

盛宴結束後，朋友說晚安道別。賽琪和維吉妮雅承諾這星期還會過來幫凱特打掃，貝蒂承諾會在這星期過來幫忙她喝酒，看著她們打掃。大艾德說，如果她需要任何五金用具，來修理新屋入住第一個月討人厭的常見問題時，他會提供一臂之力。克利斯多夫則跟朋友說，大家星期一見。

警長是最後一個走的人。

「警長，你人真好，過來幫忙。」她跟他握手致意。

警長點點頭，視線轉向地板。他挪挪腳，彷彿成了中學男孩子，他的話突然聽起來像在胸口狂跳，有如壁球場中拍擊的壁球。

「嗯，是呀。我知道沒人幫忙搬新家是什麼情況，我一年前才從希爾區搬過來。」

她點點頭。然後，他吞嚥了一下，努力嘗試。

「里斯太太……妳吃過普氏兄弟三明治嗎？那可是道地的匹茲堡風味餐廳。」

「沒去過。」

「我可以帶妳去嗎？」

或許不像他原本計畫得那樣優雅，但他說出口了。

她看著他，這個恍如大熊般的男人，驟然變得微小。她這一生認識太多壞男人了，所以一眼就能認出好男人。但她還沒有準備好，完全沒有，在傑瑞之後還不行。

「警長，給我一點時間。」她說。

這句話似乎就讓他心滿意足了。

「我有很多時間，里斯太太。」他微笑說道：「晚安。」說完後，他走向他的車子。她站在門廊，目送他在剛落下的細雨中駛離。然後，她走進屬於她自己的第一棟房子，鎖上大門。

她聽著雨水滴滴答答敲打著屋頂，爬上屬於她的樓梯，走向兒子的臥室。克利斯多夫已換上睡衣，窩在床上看著《魯賓遜漂流記》。韓德森太太看到克利斯多夫那麼喜歡《金銀島》，又推薦了這本書。

凱特不敢相信兒子這個月的閱讀能力會進步這麼多，他的數學也一樣。他在他爸爸死後不久，才開始上幼兒園。經過了這麼久的掙扎努力後，他終於有了成果。所以，或許他早期的學習困難，是跟壓力大有關係。無論如何，她要自己記得為韓德森太太和勒斯可老師準備特別的耶誕禮物。

這兩位女士真是奇蹟製造人。

她坐在他身邊，越過他的肩膀看了幾行字，手中把他的髮絲塞在耳後。她環顧房間，看著她答應要用彩金買給他的兩件東西。

第一件是書架。

這個書架不是從購物中心買來，也不是來自ＩＫＥＡ。為了兒子人生第一個書架，她找遍整個城鎮，最後發現了一家古物店。她說隨便他想買什麼，那裡有好多漂亮的書架，橡木、松木和杉木製的應有盡有，但克利斯多夫卻選這個貼滿可笑鴨子壁紙的舊書架。它簡直像是書架版本的查理布朗耶誕樹[19]。

「寶貝，你可以選任何想要的書架，但為什麼你會選它呢？」她問。

「因為它聞起來像棒球手套。」

第二件東西是擺放他父親照片的銀製相框。他驕傲地把它放在書架最上方，做為房間的主要擺設。她看著照片中那個凝結在黑與白的時刻，克利斯多夫的爸爸笑容滿面站在耶誕樹旁邊，這是一個往昔的美好日子。

她在那裡躺了二十分鐘，聽著兒子朗讀這本書，他的聲音有如外面的雨滴一樣輕柔。等他唸完書後，她親吻兒子的臉頰，讓他躺好準備睡覺。

「克利斯多夫……你買了一棟房子給媽媽，可知道什麼人會做這種事？」

「不知道。」

「是贏家做的事。」

說完，她便數著「一、二、三……哈啾！」關上燈。然後，她下樓到廚房，咕嚕喝了幾口冰塊加啤酒後，開始整理她的房間。這是屬於她自己一人的房間，除了多年前和丈夫共建的家庭，她這一生從來不曾有過安全的家。

而現在，她給了兒子一個安全的家。

等打開收拾好她最後的衣物，她發現這僅占用了三分之一的衣帽間空間。通常，凱特會等著看又有鞋子掉下來，但這裡是天堂，完完全全的天堂。她回想起每一個決定，回想讓她得以站在自己屋子，聆聽雲層落下雨滴打在自己屋頂的每一個時刻。

她覺得就算有人精心策劃，也不會有更好的結果。

19. 美國花生漫畫的主角查理布朗在為話劇挑選耶誕樹時，沒有選擇高大美觀的樹，而是選擇了一棵枝條稀疏的小樹。他受到夥伴嘲笑，最後大家卻藉此闡揚了真正的耶誕節意義。

19

克利斯多夫蜷縮在痞子貓的睡袋裡，聽著屋外滴滴答答的雨聲，感覺溫暖舒適。月光從雨絲中透進凸窗，在他的新書架和爸爸照片投下小小的影子。媽媽說他可以隨心選擇想要油漆的牆壁顏色，因為他們永遠不必再像以前那樣要擔心押金問題。他告訴媽媽，他想要有雲朵的藍色，就像天空，就像安柏斯先生的眼睛一樣。

克利斯多夫悄然無聲，爬出了睡袋。

他走到凸窗，爬上窗台。他交叉雙腳，坐在那裡眺望後院。他看著輪胎盪鞦韆，適合和朋友打棒球的偌大場地。

以及使命街樹林。

天空劃過一道閃電，雨水彷彿擋風玻璃滑下的淚滴，在草地上留下印記。在教區學校，有人說雨水是天主的淚水。他心想，諾亞方舟是不是來自怒火。

還是天主的哭泣。

克利斯多夫打開凸窗，抬頭看向雲層。小雨滴從屋簷滑下，冷冽滴落在他如玫瑰般紅潤的雙頰。他就這樣坐了半小時，眺望聆聽，感覺特別又快樂。雲朵有種熟悉感，只是他想不起來是什麼緣故。雲朵像在微笑，克利斯多夫也報以笑容。

這不是聲音，是風，是低語，不像聲音，它只是給人一種聲音的印象。克利斯多夫沒怎麼細聽，便想起是有人在跟他說話。它就在那裡，從樹林而來。

要他過去。

克利斯多夫拿起地板上的靴子和紅色連帽夾克，迅速看了銀製相框中的爸爸。然後，他打開房門，望向走廊，媽媽的房間已經熄燈了。他躡手躡腳下樓，走過廚房，這裡已經沒有餅乾的味道。

克利斯多夫推開通往後院的玻璃拉門，現在霧氣濃厚，但還是看得出樹木在微風中搖曳。這就像搖籃曲，又像枕頭舒適的那一面，撫慰了他。

他的腳踩在潮溼冰冷的草地上，他穿過濃霧，經過輪胎盪鞦韆，來到後院的邊緣。他回頭看向他的家，見到對面的小木屋，每個窗戶都是暗的。然後，他轉頭面對樹林，它就在那裡，一步之遙。

使命街樹林。

克利斯多夫看著樹林，一大片毫無掩飾的樹木寂然矗立，它們搖曳生姿，彷彿在教堂中揮舞的雙臂，不斷來回擺動。他看不到任何人，卻感覺到有人在。他聞到棒球手套的氣味，即使他的棒球手套仍打包放在客廳的箱子裡。

「你在那裡嗎？」克利斯多夫終於輕聲問道。

樹木沙沙作響，他聽見樹枝的噼啪聲響。克利斯多夫耳朵變得通紅，他知道自己應該害怕，但是他沒有。他深深吸了一口氣，覺得放心，因為他知道有人在那裡注視著他。

「謝謝你讓我媽媽有了房子。」克利斯多夫低語。

四周悄然無聲，但不是寂靜，它在聆聽他說話。克利斯多夫心想，它可能就在他身後，他的脖子後面一陣搔癢。

「你是想要跟我說話嗎？」克利斯多夫問。

微風沙沙吹動樹葉，克利斯多夫覺得風中有個聲音。它沒有說話，但他仍舊感覺到脖子上有言語。彷彿風兒穿過樹林，卻不足以解語。

克利斯多夫進入樹林。

雨水打在樹葉上方，匯成細流滑落樹幹。克利斯多夫不知道自己要去哪裡，但雙腳像是知道方向。這感覺就好像騎單車，頭腦或許已經忘記，但身體卻絕對不會遺忘。

雙腳帶著他走向聲音。

克利斯多夫的心臟漏了一拍，他沒看到任何人，卻感覺到了動靜。就像雙手終於碰觸時，靜電迸現。他跟著它穿過森林，步道上的光線越發明亮。一陣味道傳來，一種美好的秋天氣味，像是咬蘋果的感覺。他見到樹木刻著名字，那是一百年前青少年情侶的名字縮寫，而現在已經年老的人們。

或是已經作古的人們。

克利斯多夫走到空地，他靜靜佇立，盯著那棵巨木，它的模樣就好像罹患關節炎的一隻手。他見到地上有一個布滿灰塵的塑膠袋，他撿起來，愛惜地在冰涼乾淨的雨水沖洗它，再用紅色連帽夾克擦拭，直到洗淨灰塵，顯現白色。然後，他走向巨木，把塑膠袋掛在低懸的枝椏。克利斯多夫看著它恍如扯動牽線飛舞的風箏，他想不起來，只覺得它不尋常，它有一種溫馨安全的感覺，就像老朋友。

「嗨。」克利斯多夫對白色塑膠袋說。

你聽得到我說話嗎？

白色塑膠袋像是鬆了一口氣。

「對，我聽得到。」克利斯多夫說。

真不敢相信，終於有人聽得到我了。

克利斯多夫臉蛋緋紅，他用力深深吸了一口氣。

「你是真的嗎？」克利斯多夫問白色塑膠袋。

對。

「你不是我想像出來的無花果夾心餅。」

對。

「所以，我沒有瘋。」克利斯多夫問。

對，我一直嘗試和大家說話，但你是唯一聽到的人。

克利斯多夫如釋重負。

「為什麼我現在可以聽到你的聲音？」

因為我們單獨在森林裡，所以我才讓你擁有那棟房子，你喜歡它嗎？

「那是我所見過最棒的房子。」

我很高興。

「我什麼時候可以見到你？」

很快。但首先，我需要你替我做些事，可以嗎？

「可以。」克利斯多夫說。

然後，小男孩跪在樹根處，盯著白色塑膠袋像髮絲般在風中舞動。克利斯多夫在那裡坐了好幾小時，忘卻寒冷，和他新交的好朋友，無所不談。

這就是那位好心人。

第三部 永遠的好朋友

20

「你們要蓋樹屋嗎？」

「樹屋？」極品艾德問，一邊喝著Yoo-hoo巧克力飲料嚥下培根。「我爸爸曾經用套件做了一間給我，他當時真是醉醺醺，然後它就壞掉了。」

他們坐在自助餐廳，今天是索爾茲伯利牛肉餅[20]日。克利斯多夫不知道索爾茲伯利到底是什麼意思，但媽媽給了他可以購買熱騰騰午餐的午餐錢，不用再吃過去裝在牛皮紙袋的芹菜拌花生醬。尤其因為到了十一月，天氣已變得有點冷。萬聖節的裝飾品已經拿下，換上了感恩節的裝飾品。

「艾德，不是那種樹屋。」克利斯多夫解釋。

克利斯多夫打開筆記本，小心翼翼把示意圖遞給朋友。雙麥兄弟看著在方格紙上完美繪製出精緻細節的樹屋藍圖，黑色瓦板的屋頂、鉸鍊、紅門，還有用二乘四吋木板搭建，彷彿嬰兒乳牙蜿蜒繞行樹幹的階梯。

「哇，這好像真的房子哦！」麥特在眼罩底下瞪大眼睛驚嘆。

「全是你畫的？」麥克大感佩服。

克利斯多夫點點頭。星期天早上一覺醒來，他想到了示意圖，腦海中出現幾乎可以直接畫下來的影像。他花了一整天，像以前計畫媽媽的夢想屋那樣，用色鉛筆和方格紙把它畫下來。不過這一次，屋子裡沒有電玩、糖果室，也沒有廚房外的寵物園。

這一次，它是真的。

「你有可以上鎖的大門？」麥克問。

「對，以及百葉窗、真正的玻璃窗，下面還有一道具備繩梯的秘密暗門。」克利斯多夫興奮地說。

20. Salisbury steak，牛肉搭配其他肉類，加入辛香料等調味的絞肉排，以燒烤或香煎料理後，搭配醬汁食用，是一八九七年由索爾茲伯利醫師在美國推薦食用的食譜。

「但為什麼需要暗門？」麥特問。

「嘖，因為這樣很酷呀！」麥克說。

「我來看看。」極品艾德說，從麥特手中搶走藍圖。

他帶著懷疑的眼光，不時吸上一口巧克力牛奶，彷彿勘測員那樣研究藍圖。克利斯多夫看到艾德使藍圖邊角沾上培根油漬，這讓他有點生氣，不過他不發一語，他需要朋友協助。過了一會兒，艾德把藍圖還給克利斯多夫。

「不可能，我們永遠無法自己蓋出這樣的東西。」他說。

「不對，我們辦得到。」麥特說：「我的喬治叔叔是——」

「——巧手工匠。」麥克搶過弟弟的話。「今年夏天我們幫他做過事，我們辦得到。」

「但現在已經十一月了，冷得要命。」艾德提醒他們。

「你是女孩子呀？」麥克問。

「我不知道，那你是嗎？」艾德巧妙地回答。

「別這樣嘛，艾德，這會是我們的秘密俱樂部。」克利斯多夫說。

「到你家後院，打造一間只離配置真正電視機的溫暖客廳十公尺的愚蠢樹屋，到底有什麼好玩？」

「因為我們不是要蓋在後院。」克利斯多夫小聲說：「我們要蓋在使命街樹林。」

突然間，鴉雀無聲，這個計畫的嚴重性揭曉。這可不是什麼後院遠足，而是高度冒險，這是犯規，這是……

「了不起。」艾德低語。

「但這是非法入侵。」麥特說。

「不會吧，福爾摩斯，這真的很讚耶！」艾德說。

「我不知道。」麥克說：「柯林斯建設公司到處架了圍籬。」

「你是女孩子呀？」艾德問，這樣的「一針見血」引來一陣沉默。

「不是到處。」克利斯多夫說：「我家後院有一條路可以進入樹林，我們用不著翻越圍籬，但需要工具。」

「簡單。」極品艾德說，現在他成了計畫的最大贏家。「我爸擁有一整個車庫的工具，他從來都不用。」

「那木材呢？」克利斯多夫問，儘管他已知道答案。

「那裡到處都有柯林斯建設公司堆放的廢木材。」麥克說。

「我們叔叔有許多釘子。」麥特說，像在努力發揮作用。

他們在接下來的午餐時光，就這樣繼續計畫，然後發現他們幾乎可以討到、借到或偷到除了瓦板、門把和窗戶以外的所有東西。不過，艾德的爸爸收藏了一堆《花花公子》舊雜誌，還有一部彩色影印機，而附近地區又有許多大孩子。

所以，他們可以籌到資金。

當然，柯林斯建設公司有嚴禁擅入的規定；而且艾德從爸爸那裡得知，柯林斯先生砍伐了部分樹林，來建造住宅區。所以，這是違法的，但不知為何，這卻是部分的吸引力所在。

「大家來犯法！犯法！」艾德唱著他媽媽大學時代一首喜愛歌曲的歌詞。

「但我們的爸媽呢？」麥特問。

哦，對，還有他們的爸媽。嗯。

他們想不出有什麼辦法可以讓爸媽同意他們獨自進入森林遊玩，尤其是在克利斯多夫的失蹤事件過後。或許可以哄騙艾德的爸爸同意，但是媽媽們呢？絕無可能。

他的朋友束手無策，但在克利斯多夫的腦海裡，這個問題其實感覺很舒服，有點像是結合了早上用力伸懶腰和背部搔癢感。在思索解決方案時，他發現到這兩分鐘他都沒有頭痛。他真的想到了辦法。

過夜活動。
當然就靠它了。
他們可以帶睡袋，然後在樹屋過夜。如果他們跟爸媽說，要到對方家過夜，這樣就可以從星期六晚上一直工作到星期天。這樣很冒險，媽媽可能會打電話來確認，不過在手機的幫助下，或許可以蒙混過關。不管怎樣，他們都可以在不受干擾下，工作幾乎整整兩天。
麥克喜歡這個主意，麥特卻似乎很怕去樹林，不過他不敢在哥哥面前說什麼，所以他也同意了。
「我可以負責食物嗎？」極品艾德問。
「當然。」
安排好計畫之後，克利斯多夫往後坐，看著興奮輕狂、大聲交談的三個朋友。對克利斯多夫來說，當疼痛悄悄爬回他的頭部時，餐廳幾乎是安靜的。他不在乎頭痛，他現在已經慢慢習慣。他只是覺得鬆了一口氣，因為朋友準備幫他蓋樹屋，少了他們的話，他知道自己不可能及時蓋好它。
「來吧，克利斯。」艾德大喊。
克利斯多夫突然清醒，發現到大家舉起飲料，正等著他一起乾杯。克利斯多夫拿起飲料，艾德的Yoo-hoo巧克力牛奶加入三小盒牛奶，一起為樹屋的榮耀乾杯祝賀。克利斯多夫喝冰牛奶時，看到盒裝牛奶上的失蹤女孩照片。
艾蜜莉．波托維奇。
現在他很輕易就看懂她的名字了。
樹屋讓克利斯多夫興奮極了，搭校車回家時，他幾乎心不在焉。在他的新校車路線和鄰居中，他不認識任何孩子，只除了一個人。
珍妮．霍卓克。

「淹水了！淹水了！」她嘲弄，即使克利斯多夫的媽媽已經在購物商場替他買了較長的新長褲。

他們的校車站牌在一條長長街道的末端，就在一棟街角房子的旁邊。珍妮衝回緊貼鋁製牆板的她家，克利斯多夫走進街底迴轉環道，看著對街的小木屋和環繞此地所有房子的使命街樹林。

他們即將去那座樹林建造樹屋。

克利斯多夫有點內疚，因為他沒把所有事情都告訴朋友，他不想讓他們覺得他瘋了，就跟他爸爸一樣瘋了。他也不想嚇到他們。在克利斯多夫和好心人徹夜聊天時，好心人的確跟他說了其他事情，大部分是讓人困惑，而有一些很嚇人。

不過，克利斯多夫信任好心人，他的聲音很不一樣，有種親切和溫暖。即使當克利斯多夫心存疑慮，但好心人告訴他的一切的確都是真的。結果發現，艾德的爸爸真的有一整個車庫的工具，麥克和麥特的確幫過他們的喬治叔叔蓋過東西。克利斯多夫那天被移出韓德森太太的閱讀補救課程，而珍妮站在他的校車站牌。

他必須在耶誕節以前蓋好樹屋。

「但為什麼要這麼急？樹屋要用來做什麼？」他問。

你絕對不會相信我的，必須由你親眼看見。

21

他們在一個星期六動工。

十一月下旬，天氣真是冷斃了，樹林遮蔽了所有雲層可能透出的陽光。但是四個男孩好興奮，完全不在意。這個星期再好不過，雙麥兄弟找到柯林斯建設公司存放建築材料的地方，然後小組成員想到了運送所有物品到空地的辦法。

「你聽過獨臂車嗎？」艾德在教區學校問道。

「你是說獨輪車嗎？」克利斯多夫說。

「我知道我在說的東西啦。」艾德惱怒地說。

他以聰明的商業頭腦，彌補了字彙上的不足。他突擊爸爸的工具箱，找到兩本香豔雜誌來大展鴻圖（轉售價格可是超級高！）。

到了星期六，克利斯多夫一早便醒來了。他找出最愛的背包，就是那個痞子貓問著「這裡可有食物？」的特別包包。他下樓，到長沙發挨著媽媽坐著。她就跟她的咖啡一樣暖和，氣味更加好聞。

「你為什麼要這麼早出門？」她問。

自從克利斯多夫失蹤一星期之後，媽媽就格外保護他外出的事。

「我要跟艾德、雙麥兄弟出去玩。」他說：「我們大家要去艾德家，準備玩上一整天，或許會一起過夜。」

「他媽媽知道嗎？」她揚起眉毛問道。

當然，訊息幾乎同時響起。

凱特，艾德要求我約小孩一起過夜，維吉妮雅和賽琪已經同意了，妳可以嗎？

克利斯多夫的媽媽不知道在八點三十分準時發訊息，然後又立刻刪除訊息的人是艾德。她更沒有想到雙麥兄弟也做了同樣的事，好讓艾德晚上外出。四個男孩不知道等大人真的親口對話時，他們要怎麼脫身。不過，訊息計畫卻像咒語一樣管用。克利斯多夫的媽媽回覆了訊息。

貝蒂，當然沒問題。我現在就去排加班，多謝了。

呼。

「開著手機。」她讓他在艾德家門口下車時說：「我會在明天上午十點準時來接你。」

「媽，拜託——」

「好，那就九點半。」

「好吧，十點，沒問題！」他說，免得事態惡化。

「小心一點哦。」她說：「別離開艾德家，別到處亂跑，這可不是鬧著玩的。」

「好。」他說。

她抱了一下他，就放他下車。

克利斯多夫在車庫找到其他男孩，艾德的爸爸把他們家完全沒用過的各種露營用具存放在這裡。艾德驕傲地向雙麥兄弟展示他堆放在獨輪車上的窗戶，這可是他藉由花花公子資金買到的。

「我跟你們說過，我爸有一台獨輪車。」他說。

然後，他們開始作業。

男孩拿了手電筒、提燈，還有艾德的媽媽懶得提醒他們管家丟掉的舊睡袋。他們把麵包、花生醬和火腿切片塞進一個睡袋，再放進紙盤、塑膠湯匙以及牛奶和香果圈，當然，還有兩包奧利奧餅乾。睡袋現在看起來就像結塊的雪茄。

他們的背包幾乎沒有放工具的足夠空間。

所以，當艾德的媽媽為「橋牌之夜」補眠時，四個男孩走去通往使命街樹林的柯林斯建設公司入口。他們很幸運，守衛外出巡邏，而工人忙著挖附近的工地，使得他們輕易找到了木料堆。他們懷中抱滿二乘四吋的木板，前往圍籬。他們先把獨輪車推過鐵絲網底下，再跳過去，在場上形成一條小小路徑，再經過柯林斯建設公司的標示牌。

標示牌就在使命街樹林的邊緣。

他們停下腳步，小心翼翼保持安靜，就像小時候床邊故事中的糖果屋兄妹一樣。在那個時候，他們還相信巫婆和野狼這樣的事物。

「夥伴們，或許我們應該先告訴爸媽，我們要去哪裡。」麥特說。

「開什麼玩笑？媽絕對不會讓我們來的。」麥克說。

「但要是我們迷路的話，沒人知道要去哪裡找我們。」

「克利斯多夫在這裡迷路了六天，他知道附近的路。」艾德說。

麥特望著克利斯多夫，尋求支持，但克利斯多夫卻盯著色彩鮮豔的大大樹葉。風兒輕輕吹過他們身邊，感覺像樹林在呼吸。

「好喔，別再當膽小鬼了。」麥克三分鐘後，對弟弟這麼說。

「我不是膽小鬼。」

「那麼，證明一下，你先走。」

「好，我會。」麥特說，卻動也不動。

「快呀，你在等什麼？樹又不會咬人。」

「我說我會走！」

但麥特一步也沒動，他太害怕了。

「來吧，各位，跟我來。」克利斯多夫終於說道。

克利斯多夫率先出發，結束遊戲，挽救了麥特的自尊。三位男孩跟著他的腳步在樹冠層底下行走，他們的身影很快就被使命街樹林吞沒。

克利斯多夫走上一條小徑，努力找到從柯林斯工地到空地的步道。但是，他只見到他們的行蹤沒有留下腳印，或許是因為地面乾燥。如果他們迷路了，沒有人找得到他們。空地隱藏在好幾英畝的樹林後方，絕對沒有人會知道他們去了那裡。

他一時之間，有種似曾相識的感覺。小孩子的腳印留在地上，就像麵包屑形成的步道。在他心中，他見到自己跟著足跡走過一條步道，他不知道那是不是夢。他只知道他或許不該跟朋友提起這件事，因為他們會說他瘋了。上方傳來爆裂聲，樹枝有如骨頭。

「克利斯，你看。」麥特低語。

麥特指著步道前方。

一隻鹿凝視著他們。

牠就站在步道上，彷彿草地裝飾品般動也不動。牠和克利斯多夫對望，然後緩步走進樹林深處，前往一個克利斯多夫從未去過的方向。

「牠要去哪裡？」麥特輕聲問道。

克利斯多夫沒有回答，只是跟著牠，一步又一步走過去。頭痛感覺悄悄爬上他的脖子，來到了太陽穴，促使他更加往前進。他們走上一條狹窄的小徑，克利斯多夫往左看，見到……

……一台廢棄的冰箱。

它倒在地上，彷彿一個生鏽的骸骨，裡面滿是樹葉枝椏，像是某種東西的巢穴，或者是某個人的巢穴。

「克利斯？」艾德指向前方，語氣駭然。「那是什麼？」

克利斯多夫抬頭往前看，見到那隻鹿走進一個大型隧道。它看起來像是一個山洞洞口，架著逐漸腐朽的木製框架。克利斯多夫走近這個舊煤礦坑，感覺是那麼熟悉。

「我們不應該走進去。」麥特說。

但克利斯多夫沒有理會，他有種必須前進的感覺。他走進漆黑的隧道，其他男孩尾隨在後。世界變得一片黑暗，老舊的礦坑軌道顛簸不平，讓人寸步難行，而整個地方聞起來就像來自「遠射砲」洗手間的尿味。

艾德打開手電筒，克利斯多夫卻一把搶過來關上。

「別開，你會嚇跑牠。」克利斯多夫低語。

「我會嚇跑牠？」極品艾德問。

男孩跟著鹿走出煤礦坑道，克利斯多夫低頭看，見到許多腳印，像是來自數百隻鹿，又像是世世代代在這森林生長死亡，從不知人類為何物的其他生物。然後，他抬頭望。

男孩來到了空地。

他們之前一直沒察覺小徑有多陰暗，因為他們的眼睛需要時間來適應光線。他們眨動眼睛，又覆住眼睛好一陣子。

這時候，他們才見到了那棵樹。

它是方圓百碼內唯一的一棵樹，就生長在空地正中央。一隻歪扭的手從地球臉頰拔地而出，彷彿粉刺一般。

男孩噤聲不語，完全忘記了鹿的事，那隻鹿現在靜靜站在一旁凝視他們。他們開始舉步向前，緩緩走向獨木。麥克的雙臂原本因為獨輪車的重量而沉重不堪，卻倏然感覺輕盈。麥特的喉嚨原本因為口渴，加上吃了抗生素的咽喉炎最後餘威，而顯得發癢難耐，現在卻可以毫無疼痛地吞嚥。艾德前五分鐘還在圖謀怎麼不用和大家分享那兩包奧利奧的方法，現在突然間不在乎自己能不能再吃到。克利斯多夫隱隱作痛的頭痛問題，不管是用Tylenol的兒童止痛藥或混著蘋果醬的Advil解痛劑都去除不了，現在終於離開他的腦袋，他覺得如釋重負。這裡沒有疼痛，沒有恐懼，再也沒有了。

克利斯多夫率先走到樹木處，他伸出手，半是期待樹皮會有皮肉的感覺。但是，它摸起來卻很正常，飽經風霜的強壯樹皮有著皺紋般的縐摺。它讓他想起安柏斯，醫院那個親切老人。

「我們就蓋在這裡。」克利斯多夫說。

「這樹真是好嚇人——」極品艾德說，又急急加上「——的厲害」。

克利斯多夫攤開藍圖，大家開始動工。在其他三人卸下建材用品時，克利斯多夫解下肩膀上的痞子貓背包，哐啷倒出裡面的工具。他拿出一把鐵鎚和一根釘子。

「麥特，第一根釘子歸你釘。」

「不。」麥特說：「克利斯，該由你，你釘。」

克利斯多夫看著他的朋友，大家全都點頭附和。麥克和麥特舉起第一片二乘四吋的木板貼著樹，旁邊鄰著有一世紀歷史的名字首字母。這是青少年在邁向成人之前鑿下的，WT＋JT、AH＋JV，還有像是相似屋的一排排名字，強尼和芭芭拉，麥克和蘿莉。就在克利斯多夫往樹幹敲下第一根釘子時，他見到最新鑿刻在樹上的名字縮字母，只有單一個字母。

D。

釘進第一根釘子後，男孩開始把二乘四吋的木板，一塊接著一塊往上釘，一道小梯子有如一排嬰兒乳牙攀上樹。他們很快就會用光木材，但克利斯多夫早就預見這個問題。其他男孩從未問他這一大堆木材是怎麼來的，或許他們沒有注意到，也或許他們只是自行猜想。

但是，他已經開始蓋樹屋了。

他其實已經為它工作了三星期。他和好心人談話，往柯林斯的木材堆跑了好多趟，做好事前準備和計畫，為了和朋友合作的這個時刻儲備物品。好心人說，最好對這些東西保密，直到必須發聲。

幸好，保全人員總是坐在工頭的拖車裡，從小型可攜式電視機收看體育節目。他忙著大喊「太棒了」、「天呀」以及「你這瞎眼笨蛋，敢判這是阻擋犯規？」他從未看到小男孩偷襲老闆的木材堆。

克利斯多夫現在好想跟好心人說說話，但是他不想嚇到朋友。他們不知道他就在這裡，看照著他們。麥克一度伸手去拿那個白色塑膠袋，想用來裝釘子。

「別碰它。」克利斯多夫說。

麥克立刻把袋子放回那根低懸的樹枝，繼續回去工作。從來沒人說這計畫是由克利斯多夫負責主導，但沒有人質疑他，就連最強壯的麥克也沒有。

冥冥之中，孩童總是知道誰才是領袖。

在他們工作時，天空起風，樹木左右擺動，好像青少年在演唱會上高舉的手臂。只是，儘管風大，每當克利斯多夫抬頭望向天空，雲臉卻始終沒有移動。

就好像它在注視他們，建造樹屋。

22

克利斯多夫的媽媽把兒子載到艾德的家後，還有一點時間，所以她沿途循著景色優美的道路去上班。她望向天空，朵朵白雲好漂亮，彷彿放在微波爐還未加熱的蓬鬆棉花糖。不過，雲朵卻遠不及使命街樹林美麗，樹葉已經開始變色，樹木有如藝術家的調色板，混亂卻又潔淨。她拉下車窗，深深吸了一口氣，清爽的秋日氣息是那麼令人精神煥發，天空是那麼蔚藍，樹木是那麼動人，這個時刻再完美不過了。

那麼，她為什麼如此焦慮？

多年來，她一直把身為人母的直覺，視為一種祝福。無論是什麼情況，她始終相信腦海中的悄然聲音會保護兒子的安全，會讓她理智清醒，讓他們生存下去。

而現在，它有如音叉般，嗡嗡作響。

當然，她是保護過度，但哪個媽媽不是？歷經克利斯多夫失蹤的那可怕一星期後，她就算嚴加管控他長大成人前的生活，也不會有人指責她。但是，那個讓事情保持準則的小小聲音卻告訴她，她必須讓他過自己的生活，而不是追隨她的恐懼。英文中的媽媽（mother）和扼殺（smother）只差了一個字母。現在，她的兒子安安全全待在艾德家，吃著垃圾食物，玩著電動。他會在那裡過夜，那她的感覺為什麼這麼糟？

或許是因為妳沒有自己的生活，凱特。

對，或許就是這樣。

她抵達林蔭松安老院，打卡後開始忙碌。每當身為克利斯多夫的媽媽那部分開始擔憂，超級凱特就開始狂躁。她清床位、打掃浴室，協助護士照護總是以肌肉退化症為藉口，成天「不小心」摸到女性的魯斯柯維奇先生。

「一千個對不起。」他總是用他的破英文這麼說，掀舉隱形的帽子致歉。

早餐過後，狂躁感讓她席捲了所有的雜務工作，除了擔心兒子之外，已經沒多少事可以做。幸好，今天是護理師口中的「新糖果日」。每個月會有一個星期六，林蔭松會迎接柯林斯太太以大學學分（或社區服務時數）等低廉代價所網羅的新志工，讓他們從事護理助手、廚房幫手，或任何她所想得到的可怕雜務。

志工通常是同一批族群，像是知道自己申請大學的備審資料太過寒傖的地方高中生，因為「發簡訊」、「吸大麻」、「強迫性自慰行為」等課外活動絕對不會贏得哈佛讚賞。這些孩子一個月會過來工作幾個下午，便能拿到可以交給大學的證書，隨後便失去了聯絡。也就是說，只有少數抱持罪惡感的天主教徒會待上兩個月，而最高紀錄是四個月。

這是一種了不起的互惠關係。

身為林蔭松安老院老闆的柯林斯先生可以得到免費勞工，而柯林斯太太又有新的孩子可以折磨，說他們沒有好好照顧她那七十八歲的瘋癲母親凱澤太太。柯林斯太太不斷告訴她在鄉村俱樂部那些友敵說，她只是想「回饋這個惠賜他們家族甚多的社區」。而孩子可以虛報他們的大學申請資料，得到自以為可以永遠年輕下去的燦爛未來。

這可是三贏狀態。

聖父、聖子和聖靈。

由於新學年的大學申請就要截止，假日便成了志工主義者的聖杯。在還來不及說出「常春藤」這三個字前，林蔭松安老院就瞬間湧進大批想要哄騙大學相信他們有顆仁愛之心的熱切年輕面孔。凱特數了數，大約有二十人，是平常的十倍。

克利斯多夫的媽媽通常不會參加迎新會，不過這次的「新糖果日」卻有個屬於她的既得利益。因為在路上發現了失蹤六天的克利斯多夫的人，就站在這群人前面，那個身著細絨毛衣和長裙，帶著緊張笑容的美麗少女。

瑪利凱薩琳・麥奈爾

她站在男友旁邊，她的男朋友名叫道格，像是對女友言聽計從的類型。兩人都很親切和善、都很陽光健康，都是很理所當然敬畏天主的天主教徒，完全不知道柯林斯太太為他們準備了什麼。克利斯多夫的媽媽希望他們能夠分配到最不困難的工作，所以默默走向他們。

「嗨，里斯太太。」瑪利凱薩琳說：「令公子還好嗎？」

「很好。」克利斯多夫的媽媽輕聲說：「聽著，挪到後面去，別打斷迎新演說，自願擔任廚房的工作。」

說完，她便擠擠眼溜進隔壁房間，佯裝在鋪床，眼中看著柯林斯裝模作樣的微笑。

「歡迎參加迎新會。」柯林斯太太說。

然後就展開了克利斯多夫媽媽已聽過兩次的演說，她強調林蔭松是一個愛心機構，這裡對於長者的照護自會得到社會公評，以及她的家族是怎麼開始投入長者照護設施，因為長者應該擁有尊嚴（即使有工作人員證明並非如此）。反正就是胡說八道，胡說八道，諸如此類，諸如此類，還有鄉村俱樂部，鄉村俱樂部。克利斯多夫的媽媽等著第一個打斷演說，犯下致命錯誤的孩子，就像鐘錶規律走著，這件事一定會發生……

「抱歉，柯林斯太太，我們什麼時候可以拿到證書？」一個男孩問道。

克利斯多夫的媽媽見到那個聲音正是來自……

道格。

笨蛋道格。

柯林斯太太微笑。「這個月底就可以拿到。」

道格報以笑容。「很好，我十二月要申請學校。」

「很棒，你迫不及待想要幫忙了。真是好青年，那是你的女朋友嗎？」她指著瑪利凱薩琳說道。

「對，柯林斯太太，你好。」瑪利凱薩琳說。

兩人在劫難逃。

「你們兩人要不要接受特別任務呢？」她問。

死定了。

瑪利凱薩琳看起來像是被車頭燈照到的鹿，她轉向克利斯多夫的媽媽，見到對方搖搖頭示意不要，再轉向柯林斯太太。

「嗯，呃……我比較擅長廚房工作，我想自願到那裡。」她的語氣甜美。

「妳確定嗎？這可是非常特別的任務哦，由你們來照顧我的親生媽媽。」真要命。

「嗯，呃……真是榮幸。」瑪利凱薩琳說。她轉向道格，絞盡腦汁。快點讓他們脫身，說什麼都好，他卻沉默不語。

然後，奇蹟出現了。

「對，孩子，可是很榮幸。」一個聲音嘲諷。「她的媽媽就跟她一樣，是個刻薄的老賤人。」全場同時倒抽了一口氣，響起緊張的笑聲，紛紛轉頭看著聲音來源。大家看著那個圓框眼鏡的主人。

是安柏斯。

醫院的那個老人。

罹患白內障的老人。

他的眼睛有著雲朵。

柯林斯太太轉向他。「你好大的膽子。」她說。

「我好大的膽子？柯林斯太太，這些孩子為了申請大學，不得不聽妳鬼扯淡，但我可不。所以，去妳的，妳這賣便宜貨的惡霸。」他說。

孩子們大笑。

「先生，在孩子面前說話注意一點，不然你就離開林蔭松。」

「妳保證？」他譏諷。

然後，他轉向群眾。

「嗨，孩子們，你們是為了前途才來這裡的，對吧？那麼，看看周遭的老人，這就是你們的前途。所以，別鬼混浪費時間。去上大學，去滾床單，去賺錢，旅行，然後結婚，記得別把小孩養成像柯林斯太太或她老公一樣的人，懂嗎？」

老人不待回答，就支著不良於行的膝蓋一瘸一拐回到交誼廳，留下全場被他圈粉的人。當然，這阻止不了瑪利凱薩琳和道格獲得院內最糟糕的指派任務，也沒有扼止柯林斯太太變本加厲虐待這些孩子和員工，只因為她沒辦法伸出她的美甲對付安柏斯。不過，這個插曲的確給大家帶來一道陽光，消磨時光。

彷彿被鏈在一起的囚犯聽到了歌聲。

午餐過後，克利斯多夫的媽媽到安柏斯的房間打掃，發現他正在收看電視益智節目《危險邊緣》，而他每一個答案都知道，也大聲說出來。在廣告時間，他轉向她。

「我見到妳想要幫助那個可憐女孩。」他說。

「對，我聽到你也幫忙了。」凱特回嘴。

克利斯多夫的媽媽從護理師那裡，得知許多安柏斯的事。在白內障、青光眼和年紀的因素下，他的眼睛無法治療。眼科醫師告訴他說，他很快就會失明了，可能撐不到耶誕節。聽到這個消息，他大聲咆哮「去他的，反正沒人可見了」。他沒有親人，沒有訪客，沒有人照顧他，耶誕節無處可去。

然而，他不知怎地成了這地方最明亮的光芒。

「里斯太太……這也是妳的前途，知道嗎？妳是個很好的女士，妳的孩子也是，所以不要鬼混。」

她對他微笑，點點頭。然後，克利斯多夫的媽媽就沐浴在安柏斯的笑容下，離開房間。

＊　＊　＊

安柏斯關上電視，喝了一口水。他把塑膠杯放在床邊，杯子旁邊有一張照片，照片裡是一個滿臉皺紋的漂亮老婦人，四十年的婚姻過後，她依舊美麗。

已經兩年了。

她去世了，就像他童年時的弟弟，在他中年時的父母，就像他從軍時的同袍一樣。他成年後，唯一放膽去愛的人已經離世。現在，伴陪他的只有林蔭松牆內的這些人，只有院內這些老人，他們有如被託付給日間照護，卻永遠不會有父母來接回的孩子；只有盡力給予他們一些生活品質的這些醫師和護理師；以及有著愉快笑容的里斯太太。

他的妻子走了。

到了這個時候，大家多多少少會告訴他必須繼續前進。「繼續到哪裡？」他總是這麼回答。他知道大家說得沒錯，但是他的情感卻拒絕如此。他每天早上醒來，就會想起她呼吸的聲音，她不願丟棄任何東西的作風（當然，他的東西例外）。而現在，他願意付出一切，只求能再有一個早上為培根蛋跟她爭執；再有機會看到她跟他一樣衰老，然後互相謊稱對方的身體還是很美麗；而不是老實說，在彼此眼中，對方的身體真的永遠美麗。

這是安會說的話。結合自立自強，和「走一走事情就過去了」的愛爾蘭勞工階級想法。現在，每天早上醒來，他在床上翻身，見到的不是她的臉龐，而是裝在塑膠杯裡的一杯水。這裡的老人不能用玻璃杯，在柯林斯太太的媽媽因為失智，割傷自己後就出現這種規定。安柏斯還是保持警覺，想著要像克林伊斯威特和惡魔島那樣，逃離這個地方。他可以逃離林蔭松，卻逃離不了年華老去。在髖部無力、視力衰退，以及足以讓三十歲成年人大哭的關節炎之下，是絕對逃不了的，更別提身體裡裡外外還留下了戰爭創傷。變老其實不會變得膽怯，身體上的疼痛更是最微不足道的事。他可以接受看著年少時代的英雄成為註腳，甚至可以承受他的彩色記憶變成黑白片段。但是，老人卻知道在有生之年，他將永遠無法克服妻子死去的事實。

安柏斯是在天主教教育下長大，但是自從弟弟在他們兒時死去之後，他就認為發生過的事，不可能是神讓它發生的。見到原本有弟弟存在的房間變得空蕩蕩，見到媽媽慟哭成那樣，就連爸爸也是。從那個時刻開始，他對神就再也沒有想法。只有堅定的信念認為大家全是碳電所組成，就這樣。人死了，就是死了。而他的安就長眠在一處美麗的墓地裡，他會在公車可以載他前往時去見她。等他也躺在她身旁的土地裡時，她的照片就會被扔入垃圾，因為她的容貌對任何人都不再有意義。他是在世的人中，最後一個還記得她、還愛她的人，就像他的弟弟、媽媽、爸爸。像他的妻子，她是這麼說的：「別擔心，死亡只是一場不再醒來的睡眠而已。」並且用這句玩笑要他承諾會為她舉辦傳統的愛爾蘭守夜，說是「沒有好好守夜就沒辦法好好睡」。

就在閉眼準備睡午覺之前，他有如克林伊斯威特在惡魔島那樣躺在床上，努力找出逃離年老的方式。他透過眼睛的雲霧睇視，像每一次打盹兒或睡覺之前，心中祈禱就此長眠不起。他低語：「主啊，如果您在的話，請讓我再次見到家人，我懇求您。」他不知道自己的眼睛什麼時候合上，只是之後又會張開，了解到神以祂的旨意又讓他活下來了。可能有其目的，或是為了懲罰，也可能兩者皆是。然後，他會轉身……

見到一個塑膠杯，那是妻子以前的所在。

＊　＊　＊

凱特穿梭在林蔭松安老院時，心中想著安柏斯先生真是好人。她看著交誼廳裡的老人家，有些在玩跳棋、玩西洋棋，有些在看星期六下午的電視節目，還有在聊天、編織。大部分都是坐著，也有一些老人家賣力早早去排隊吃午餐，想要率先吃到Jell-O果凍和Dibs脆皮冰淇淋。

里斯太太……這也是妳的前途，知道嗎？妳是個很好的女士，妳的孩子也是，所以不要鬼混。

這種想法不會讓人沮喪，而是現實，讓人清醒冷靜。她感覺到胸口傳來滴答聲，她想起早期看過的自我療癒書籍中的一句話，那是讓她得以掙脫棲身在可怕小鎮的可怕小小原生家庭的話：

我們擁有這個時刻，別無其他。

她知道星期五的晚上將永遠保留給克利斯多夫。

但是，或許星期六的夜晚可以保留給她自己。

她起身，走向電話。猶豫了一下子，她撥了電話。

「喂，這裡是警長辦公室。」對方說。

「請幫我接警長，我是凱特．里斯。」她說。

「請稍候。」

她站在那裡，聽著罐頭音樂，這首曲子是〈藍月〉。過了一會兒，電話接起。

「喂？」警長說：「里斯太太，一切都還好嗎？」

「嗯，很好。」她說。

她聽得出他領悟到這通電話不是為了警務工作而來，他的語調變了。

「哦，好，很好。」他說。

他等候。

「對，所以，聽著，呃……我今天晚上不用上班。」她說。

「我也是。」他說。

她等著對方當個男子漢，上前一步。

他的確這麼做了。

23

「妳聞起來像是要出門去。」

這是克利斯多夫小時候常說的話，她會塗上朱紅唇膏，穿上黑色小洋裝，在手腕噴上如雲霧的香水，再互相搓揉讓雲霧消失。然後她小小的兒子會踩著小小腳兒跟著她在公寓裡繞行，然後說：「妳聞起來像是要出門去。」

不過，他現在不在。

她打開衣帽間的門，看著她為新生活準備的新衣裳。那天下午，她認為昔日的衣物已不再適合，不再適合她的身體、她的人生。熱褲、緊身裙、蹩腳的丹寧裙，那些全屬於舊日的凱特．里斯。全新的凱特．里斯值得更好的。

她還有一些彩券獎金的存款。她還不能很快就辭去工作，但這個月的貸款已經繳了，個人退休帳戶和大學基金已達最多可存入額度。只是，把錢花在自己身上，她還是一如往常覺得內疚和浪費。不過這一次，她決定冒險嘗試揮霍的滋味。只是稍微試一下。

所以，下班之後，她立刻開車到林市暢貨廣場。

逛了十家店，吃了一個紐結麵包，喝了一杯冰紅茶後，她終於找到了。那是掛在清倉衣杆上的一件設計師款洋裝，原價六百美元，但現在卻只要七十二點五美元。她真不敢相信。她去試衣間，謝天謝地，裡頭有一面顯瘦長鏡。她脫下工作的白色服裝，套上洋裝，見到鏡子裡的自己時，她愣住了。

哦，我的天，那居然是我。

她看起來好漂亮，看起來好像這一生從不曾受到虐待，看起來好像男人總是會回電話給她，像是男人對她一直都很親切，她的丈夫不曾拋下她，她也不曾認識傑瑞。

她買了這件洋裝，同時在清倉區找到那雙十二點五美元的絕頂鞋子。

沒錯，只要十二點五美元。

她去了美食廣場，以她最愛的ＴＣＢＹ草莓霜凍優格，小肆慶祝。然後，她開車回家，接下來的時間都用在感覺無限可能。到了七點半，她穿上新衣新鞋，在全身鏡前打量自己。即使這面鏡子不像店家鏡子那樣顯瘦，她還是不介意對自己承認——

她看起來很不錯。

開車前往和警長約好的餐廳時（這是她想法——絕對要有可以脫身的車子），她決定完全不要提到傑瑞。她在丈夫死後的首次約會中，有多少次的聊天主題都是說著她上一次交往的混帳東西？她以為自己得到的是善解人意的耳朵，但事實上她的作為卻給了下一個混蛋有跡可循，知道她對於不幸，可以說服自己說是愛情，又願意為它忍耐到怎樣的見鬼程度。

但這次跟警長不會這樣，她再也不會留下可以追蹤的麵包屑，不再留下如何虐待她的訣竅。沒錯，在克利斯多夫失蹤時，他的確知道了傑瑞的一些事，但也僅止於此。就他所知，她是寡婦，她死去的丈夫正直仁慈，奉她有如電影裡的女性。他用不著聽到自殺這個字眼，而且更重要的是，她用不著說出來。

她開進停車場，找到殘障車位隔壁的一個絕佳車位，得到額外的斜線下車空間，這真是好預兆。她比約定時間提早十分鐘，想要先坐定，但沒想到警長已經坐在窗邊一個好位置了。她猜他可能提前二十分鐘到，並且給了黃先生額外的小費，以便得到全場最佳的座位。

警長一開始沒有看見她，所以她先打量了他一會兒。凱特知道在沒有人盯著自己時，人會展現原本的樣子。就像她的老公，她回到家發現他在對牆壁說話；或是傑瑞，她回家會見到他旁邊放了六瓶空啤酒。她已經受傷太多次了，不得不像應付期末考那樣，利用這三十秒鐘來臨時抱佛腳衡量約會對象。

警長不是在看手機，也不是在研究菜單，而是掃視全場，彷彿習慣使然，一再地掃視，查看這裡有無威脅，有無可疑人士。或許，這只是身為警察的訓練，但她認為不僅這樣，而是他知道這世界有其危險所產生的一種原始回應。他是真正的男子漢，結實可靠，擁有藍領的帥氣，以及勞工階級所能呈現的性感。

還有那雙手。

凱特除了跟兒子有關的事情，不算是多愁善感的女人。不過，她對於手有種癖好，或隨便怎麼說都行，反正這就是她熱愛的東西。她喜歡擁有強壯雙手的真男人，可以讓她感覺到被擁抱。

警長擁有一雙漂亮的手。

而且他朝著雙手吹氣。

他的手心冒汗，他很緊張。

「嗨，警長。」她揮手。

「哦，嗨。」他略顯急切地說著，同時站了起來。

他像是本能地在長褲上擦擦手，才跟她握手。他的手乾爽平滑，而且強勁。

「我選了窗邊的位子，希望沒什麼問題。」他說。

「很棒。」

他起身替她拉開椅子，她一時難以置信，她的丈夫以前也會這麼做，但之後就再也沒有人這麼做了。

「謝謝。」她說。

她脫下外套，露出身上的設計師款洋裝，然後入座。

「不客氣，妳看起來好漂亮，這件衣服很不錯。」

「花了七十二點五美元在暢貨中心買的。」她說。

要命，我幹嘛跟他說這種事？

「清倉商品，這雙鞋也是。」她又加上一句。

凱特，別再說了。

這些話縈繞片刻，然後警長面露笑容。

「哪一家暢貨中心？林市？」他問。

她點點頭。

「那是最棒的暢貨中心，我所有衣服都是在那裡買的。」他以實事求是的語氣說道。

之後，凱特就沉浸在克利斯多夫的爸爸之後，最棒的一次首度約會。她不曾提起傑瑞，甚至連想都沒想到他。容忍傑瑞的舊凱特是穿著腋下有裂縫的面試外套；而新凱特是穿著美麗的設計師款洋裝，身邊的男人擁有一雙漂亮的雙手，對方在晚餐中不斷對著這雙手吹氣，因為在她人生中就這麼一次，有個男人緊張不安，想要給她留下好印象。而不是反過來的狀況。

24

克利斯多夫打電話給媽媽，他覺得有些困惑，因為家裡電話沒人接，她接的是她的新手機。而且，背景音樂聽起來不像來自家裡的電視，而像是餐廳音樂。

「喂，媽？」他說。

「嗨，寶貝。」

「妳在哪裡？」克利斯多夫問。

「中國門餐廳。」

「只有妳一個人嗎？」他問，對於答案有些疑心。

「不是，我和朋友一起。」

克利斯多夫知道這是什麼意思，她總是把約會的新對象稱為「朋友」，直到關係變得比較認真後，才會告訴他名字。他想起在密西根的事，過了沒有提及名字的一個月之後，她才終於說朋友的名字叫做傑瑞。

「哦，很好。」克利斯多夫說。

「那你呢？你玩得開心嗎？在外過夜好玩嗎？」

「嗯，但我很想念妳。」克利斯多夫說。

「寶貝，我也想念你。」

「或許等明天去過教堂後，我們可以做些有趣的事。」他說。

「好呀，寶貝，隨你想做什麼，去Dave & Buster's[21]也可以哦。」

21. 美國結合電子遊樂機台的連鎖餐廳。

「好，媽。我愛妳。」他說。

「我也愛你，寶貝，明天見。」

說完話後，他們結束通話，電話另一頭一片寂靜。

克利斯多夫把電話交給極品艾德後，就回去工作。從眼角餘光，他見到麥克和麥特從艾德媽媽的手機（這是艾德在週末巧妙「弄丟」的），發簡訊給他們的媽媽。同時，他也聽見艾德從麥克和麥特的手機，打電話給他爸爸，說他們在麥克和麥特家玩得很開心，還有，哦，沒有……他沒看到媽媽的手機，或許她去做美甲時，把手機忘在美容院。

不過，克利斯多夫對這些舉動都不怎麼在意，他只希望這個新「朋友」可以對媽媽好一點，不要跟其他那幾個人一樣。他想起他隔著牆壁聽到的那些尖叫聲及辱罵她的字眼，雖然他太小還聽不懂。過了幾個月，他聽見遊樂場上的大孩子說了「賤人」；大概再過了兩個月，「廢話」就變成了「放屁」，「笨蛋」變成「混蛋」，然後是那些讓他們變得更醜陋、更老的字眼。如果他可以把樹屋的牆壁打造得夠厚實，就沒有人可以透過樹屋牆壁傳來髒話。如果他可以把牆壁建造得夠堅固，就沒有人會再聽見「幹，賤人」這種話。所以，他盯著那個白色塑膠袋，釘進一根又一根的釘子……

「各位，來吧，休息時間結束了。」他說。

沒有人質疑他。大家排成一列，回到樹上。他們已經這樣工作了一整天，其間只有偶爾停下來喝一下櫻桃口味的酷愛飲料（Kool-Aid），或是咬一口碎切火腿三明治。在接近中午時，樹屋的地板木梁就已經架好；午餐時分，搭好繩梯暗門；下午時，牆壁梁柱完成。即使氣溫下降了攝氏十一度，他們還是以一種近乎虔誠的專注程度，繼續建造樹屋。他們心懷小男孩的大志氣，任由寒冷的秋意滲入骨中。

艾德聊著乳酪漢堡，不懂麥當勞為什麼會比自助餐廳的漢堡好吃那麼多。不過，他倒是對麥當勞的蘋果派很有意見。「哈囉！可聽過有焦糖這玩意？」他的胡言亂語很快就轉換到感恩節的白日夢，可以吃到外婆拿手的蘋果派。再五天就是感恩節了，嗯嗯。

麥特在說他的弱視斜眼不知什麼時候會好，這樣就可以拿下眼罩。他希望可以趕快好起來，這樣珍妮就不會再叫他「海盜鸚鵡！海盜鸚鵡！」。

麥克沒有說他被叫做「麥克女同同」的事，只是專心在打造樹屋。他說這些釘子很棒，每一次都釘進去，沒有問題。通常釘子很難纏，會釘彎掉，那就得拔出來敲直。但這些釘子不會，總是可以好好釘進樹裡。麥克看著對他微笑的弟弟也福至心靈報以笑容。

「還記得你踩到生鏽的釘子，不得不去打破傷風的那一次嗎？」麥克對弟弟說。

「你的意思是打破砂鍋吧？」極品艾德糾正。

「記得，那好痛。」麥特說。

「不過，你沒哭。」麥克說。

「對，我沒有。」

對話很快就變成激烈爭辯哪個復仇者英雄最棒，艾德是綠巨人浩克的支持者，而麥特喜歡鋼鐵人，直到聽到哥哥喜歡雷神索爾，就改口說索爾最棒。大家都想不出浩克去拉屎會是什麼樣子，但都同意這是他們聽過最好笑的事。

大家決定他們應該要有各自的角色。艾德先是說服大家，麥克擅長使用鐵鎚，所以是完美的索爾，然後就得到他最愛的浩克。而麥特絕對是美國隊長，因為他是從小人物變成強大有力。所有人都說克利斯多夫是唯一的鋼鐵人人選，他是領袖，也是最聰明的智多星。

「投票是不具名的。」艾德說。

然後就決定了。後來那個下午，他們都沒有再說話。那棵大樹就有如懷抱嬰兒的母親，感覺安全又溫暖。只有在離開樹，寒意迎面而來時，他們才了解到天氣有多麼寒冷。他們沒有察覺到時間流逝，空地自成一個小世界，一個由樹木和雲朵保護的一個大圓，像是汪洋中央的一個島嶼。

克利斯多夫是唯一不覺得安全的人。隨著暮色來到，他發現自己在守望空地，有如眼睛位於頭部兩側的鹿，在警戒有無掠食者接近。肉眼看不到掠食者，但他仍舊感覺得到它的存在。隨著鐵鎚的每一次敲擊，他可以察覺到有低語探入他的心中。同樣的字句不斷迴響，彷彿天主教主日時，會眾隨著湯姆神父和瑞克里太太吟誦的主禱文。

我們還不夠快。

克利斯多夫要大家加快速度，他們照辦。他們磨破了雙手，在十一月的寒意下還是曬傷了臉蛋。他們全都不願承認自己已筋疲力竭，尤其是麥特，他永遠也不想在哥哥面前顯得軟弱，但即使是麥克也顯得疲憊。不過，他們還是繼續工作，默默在心中吟唱著一首歌。藍月。最後，終於在那天晚上十一點鐘左右，他們的身體開始無法運作，不太可能出現的理智聲音發聲了。

「這太瘋狂了，我好餓。」艾德大喊。

「我們不能停。」克利斯多夫說。

「克利斯，別這樣，放下鞭子，這只是第一個晚上。」麥克說。

「對呀。」麥特附和。

「各位，我們必須在耶誕節前完工。」克利斯多夫說。

「為什麼？」艾德用力呼了一口氣。「有什麼要緊？」

克利斯多夫看著白色塑膠袋，然後聳聳肩。

「沒什麼，你說得對，我們來吃東西吧。」他說。

四個男孩肩並肩坐在最長的樹枝上，有如打造洛克斐勒中心的那些工人。克利斯多夫曾跟媽媽在圖書館看過那張照片，工人坐在淩空跨越城市上方的鋼梁，稍有不慎，就可能全部喪命。

吃晚餐的時候，他們傳喝裝滿愛酷果汁的水壺，吃著花生醬三明治和Town Talk葡萄醬麵包。甜點是奧利奧餅乾，以及浸在山羊橋附近溪流的冰牛奶。經過一整天的工作，這是他們所吃過最好吃的奧利奧。隨後一個小時，他們比賽最近和最大聲的打嗝和放屁，惹得彼此笑聲連連。

大家還說了鬼故事。

麥特說了大家早已聽過百萬次的鐵鉤怪手，麥特沒有假扮怪手（因為也沒有人有鉤子），就不怎麼嚇人。克利斯多夫還是竭力裝作被嚇到了，以免麥特難過自己說的故事不成功。

克利斯多夫接著說了《鬼店》這部電影的情節，那是傑瑞在沙發上睡著的一個晚上，電視所播放的節目。媽媽當天在餐廳值晚班，傑瑞應該要當保姆照顧他。克利斯多夫最喜歡那個黑人廚師，只是不懂如果他看得到未來，為什麼還要直接走向斧頭。除此之外，這部片真的很好看。

麥克的故事也很好聽，他用手電筒照著下巴開場。

「你們知道屍體為什麼要埋在六呎之下嗎？」他問，語氣就像主持電視恐怖節目的嚇人傢伙。

「因為很臭。」艾德說：「我在電視上看過。」

「不對。」麥克說：「埋在六呎之下是因為這樣才不會爬出來，屍體在地下全都醒著，然後會像蟲一樣爬出來，吃你們的腦袋！」

麥克接著說了一個殭屍故事，說有個殭屍在地下醒來後，爬出來報復射殺他和他女友的人。最後結局是，殭屍用刀叉吃了兇手的腦袋。大家都好愛這個故事！

只除了一個人。

「我有更好的故事。」艾德充滿自信地說。

「最好是。」麥克說。

「沒錯。」麥特附和，努力擺出強硬的語氣。

「真的有，我從我爸那裡聽來的。」艾德保證。

麥克點點頭，催促艾德「放馬過來」。艾德拿起手電筒，放在下巴底下。

「很久以前，在這個城鎮，有一個房屋，是奧森的家。」艾德說。

麥克和麥特立刻安靜下來，他們聽過這個故事。

「奧森先生和奧森太太外出晚餐，留下大兒子在家照顧瘋瘋癲癲的弟弟大衛。整個晚上，哥哥一直努力想和女友接吻，大衛卻不斷下樓說了這樣的鬼話。」

「『我的窗外有個女巫。』」

「『她有一隻貓，叫聲像是嬰兒在哭。』」

「『有人躲在我的衣櫃。』」

「每一次他下樓，哥哥都會要他回樓上，這樣才能繼續和女朋友喇舌。即使大衛嚇到尿溼睡衣下樓，哥哥還是要他回去。因為大衛近來一直很奇怪，哥哥認為這是他佯裝的，只是想要引人注意。所以，哥哥帶他上樓，讓他換了睡衣。接著又帶他在樓上走一圈，證明沒什麼嚇人的東西。不過，大衛不肯聽，只是放聲尖叫。後來狀況糟到哥哥把大衛鎖在房間裡，不管大衛怎麼尖叫踢門，哥哥就是不放他出來。最後，尖叫和踢門聲都停止了，哥哥便下樓再去陪女朋友。」

「此時，他們聽見了寶寶哭聲。」

「聽起來像是門廊傳來的，但他們不知道誰會這麼晚帶寶寶來，也不知道是怎麼回事。所以，他們走向大門。」

「『哈囉？』哥哥開口問。」

「哥哥從門上的窺看孔往外瞧，但沒看到任何東西，只聽見寶寶的哭聲。他正準備打開大門時，他的女友抓住他的手臂。」

「『住手！』她說。」

「『怎麼回事？』他問：『外面有個小寶寶。』」

「『別開門。』她說。」

「『妳在說什麼？萬一只有小寶寶，他可能會跑到街上。』他說。」

「『那不是小寶寶。』她說。她的臉色慘白，嚇壞了。」

「『妳瘋了呀。』哥哥說。」

「她開始爬上樓梯，走向大衛的房間。」

「『妳要去哪裡！』他大喊。」

「『你弟弟沒騙人！』她說。」

「哥哥打開大門，看到門廊上有個嬰兒提籃。哥哥躡手躡腳地走向它，拿開毯子，然後見到……」

「……見到一個播放寶寶哭聲的小小錄音機。哥哥跑上樓，發現女朋友在大衛房間放聲尖叫。窗戶被打破了，玻璃和牆壁上到處都是泥濘的手印。弟弟不見了，從此再也沒有人找到他。」

大家全都安靜下來，克利斯多夫用力吞嚥了一下。

「真的發生過這種事嗎？」他問。

三個男孩點點頭。

「這是地方傳說。」艾德說：「每個父母都說過這個故事，叫我們晚上要上床睡覺。」

「對，但我叔叔的版本是，門廊外還有個兇手跟寶寶哭聲錄音機在一起。」

「沒錯。」麥特附和：「而且沒有女朋友。」

不管怎麼，這都不重要，艾德拿到鬼故事之王的稱號。這時候，已經過了午夜時分好一陣子。一天辛勞工作，加上飽飽的肚子，讓大家昏昏欲睡。由於他們都被故事嚇得發毛，決定三個人睡覺時，要有一個站哨。就像一個好領袖，克利斯多夫第一個輪值，讓隊友先好好休息。同時讓他自己有機會和好心人獨處。

克利斯多夫看著三個朋友在地上攤開睡袋，然後爬進去，擠在一團尋求溫暖。沒多久，閒聊聲不見了。手電筒關上，只剩下黑暗，以及一片沉寂。

克利斯多夫坐在樹屋裡面，環視空地，找尋有無小寶寶、貓咪或女巫的跡象。但是，他只看到那頭鹿。牠凝視了他一會兒，就回去嗅聞地面覓食。

克利斯多夫稍稍裹緊睡袋，咬了一片奧利奧，他的舌頭舔著黏黏的白色夾心。他看著月光底下的樹林，樹葉有如營火變紅變橘。看到葉子的剎那，他聞到棒球手套的氣味，還有爸爸的菸草味襯衫、割過的草地、潮溼的葉子、巧克力脆片鬆餅，以及曾經讓他覺得氣息美好的所有一切。他抬頭望，見到雲散了，月光灑下，月亮後面是成千上萬的星星。

他從未見過這麼多又這麼明亮美麗的星星，他見到一顆流星，然後再一顆，又一顆。在教區學校課程中，瑞克里太太曾說過流星是升往天堂的靈魂。他也看過電視的科學節目說，流星是在地球大氣層燃燒的隕石。但是，他最喜歡的理論來自密西根的小朋友遊戲場。克利斯多夫聽到流星只是垂死星星的最後氣息，而且星光來到地球要六百萬年，所以我們知道那星星已經死去。於是，他納悶，哪一個是哪一個？是靈魂還是星星？要是所有的星星都已經燃燒殆盡，而地球要花六百萬年才能知道，可怎麼辦？要是六百萬年的時刻是在明天到來呢？要是大家全都是孤伶伶呢？要是除了太陽之外，已經沒有別的星星了呢？要是太陽也燃燒完畢，會發生什麼事？我們的流星可以在幾百萬年後被看見嗎？由打造樹屋的一個小男孩和他的朋友見到，他們會吃著冰冷的奧利奧或遙遠宇宙的任何食物。所有的星星和靈魂到頭來是不是都到了同一個地方？

世界末日是不是就是這種光景？

這個想法讓他的頭微微發疼，這很奇怪，因為來到這棵樹上，他就不再頭痛了。但這個想法不一樣，它導向了美好的一面，就像舒適的火焰，家裡溫暖的床鋪，以及入睡時，媽媽的手撫過他的頭髮的舒服感覺。這二十天來，他幾乎都沒怎麼睡覺，因為他每天都熬夜把建造樹屋的木材搬進森林。而現在，他感覺到前所未有的睡意。

當眼睛違反他的意願閉上時，克利斯多夫對這棵樹有了似曾相識的感覺，彷彿他以前也曾在這裡入睡。他以為自己感覺到媽媽的手碰觸了他的頭髮，就好像有時他發燒，媽媽會做的動作一樣。但是媽媽不在這裡，這裡只有樹枝，而樹枝不會擺動到像在撫摸頭髮。

當然也不會給人有血有肉的感覺。

25

克利斯多夫，醒來。

克利斯多夫睜開眼睛，低頭看向在微風中起縐的白色塑膠袋。

嗨。

他真高興好心人回來了，卻不敢說話，他不希望朋友認為他瘋了。

別擔心，你的朋友都睡了，聽不到我們說話。

克利斯多夫往下看著空地，見到朋友蜷縮在地面上。

「你去哪裡了？」克利斯多夫低聲問道。

我一直在這裡看著你，你做得非常好。

「謝謝你。」克利斯多夫說。

你累了嗎？還是可以繼續蓋？

克利斯多夫看看手機，他只睡了十分鐘，不知怎地卻有種在星期天睡很晚的感覺。他的肌肉痠痛又強壯，不知為何，他並不疲倦。

「我可以繼續蓋。」克利斯多夫愉快地說。

很好，我們去木料堆，準備明天要用的材料。

克利斯多夫爬下像是寶寶乳牙的二乘四吋木板階梯，然後拿起一根細木棍，勾起白色塑膠袋。

克利斯多夫和好心人一起離開空地。

到目前為止，克利斯多夫已去過木料堆數十次了。但這次不太一樣，情況不太對勁，他感覺到有視線盯著他，那隻鹿的眼白，還有那些小生物，腳下的樹枝如易碎的骨頭。他覺得背後傳來了呼吸聲，就像玩躲貓貓時，他會努力不要太大聲呼吸那樣。他認為有人在他身邊，發出淺淺的氣息，像是小孩子在呼吸。

他想起一隻小孩的手。

還有小孩的歡笑聲。

那是在做夢嗎？還是真實的？

我發現一條捷徑，在這裡轉彎。

克利斯多夫跟著白色塑膠袋走，他一一跨過圓木，被一根樹枝絆倒。他打開手電筒，照向樹林深處，覺得枝椏像是伸出來想要勒死他的手臂，他好想尖叫，但是他不敢。好心人跟他警告過這種感覺，說是風感覺不再像是風，就必須格外小心。

尤其是感覺像有人在呼吸。

「克利斯斯斯斯多夫？」風兒在他身後輕拂。

他感覺它拂上了他的脖子，他想要轉身，但知道自己不能。如果他真的轉身，他擔心自己可能會變成鹽柱[22]，或是石化，或是湯姆神父和瑞克里太太在教會及教區學校所講述的可怕東西。是一條蛇，或是一個小孩子。

「嘶嘶嘶。」風在他背後輕觸。

克利斯多夫發足狂奔，衝向柯林斯建設工地。他見到前方的街燈，高掛的藍色光芒。他竭盡全力衝刺，就在那嘶嘶氣息貼上他的脖子後方時，他衝出了樹林……

……來到街上。

他回頭看，只見到樹木，沒有眼睛，沒有形體。一定是他自己疑神疑鬼，是嗎？

「剛剛是什麼？」他問好心人。

我們得趕快。

克利斯多夫走向木料堆，幸好，保全在工頭的拖車裡睡著了。克利斯多夫找到最長的二乘四吋木板，從木料堆上方把它拖下來，結果木料啪地散成一地。克利斯多夫見到保全在椅子裡挪動了一下，但沒有醒來。只是像傑瑞喝醉後睡著那樣，說著夢話。

「克利斯多夫？」保全在睡夢中說。

克利斯多夫後頸的寒毛豎起，他見到那人的眼球在眼皮下顫動，像是正在做夢。

「你拿木頭做什麼？」保全低語。

克利斯多夫開始後退。

「你去那裡做什麼？」保全在睡夢中細語。

克利斯多夫小心翼翼退回樹林，在黑暗的掩護下，他拖走長木板。

「你真的不應該來這裡。」保全輕聲說：「不然你會落得跟他一樣的下場。」

克利斯多夫覺得心臟像是要跳了出去。

哦，天呀。

好心人聽起來好害怕。

站好，別動。

保全起身，開始夢遊。

「就像他，克利斯斯斯多夫。」保全以氣音說道。

別說話，很快就會結束了。

保全朝克利斯多夫走來，鼻子一邊嗅聞，最後他停在克利斯多夫身前，雙膝跪地。他張開眼瞼，眼珠卻整個翻白，沒有瞳孔，只有眼白，彷彿撞球的白色母球。

也像雲朵。

22. 出自聖經創世紀，當上帝摧毀罪惡之城時，天使前來提醒善人羅得一家離去，並警告不可回頭看，但羅得的妻子卻好奇回頭看，因此變成了鹽柱。

「就像那個寶寶！」保全尖叫。「哇哇哇！」

說完之後，保全閉上眼睛，走回拖車。

拿起木板，快。

克利斯多夫像是脫韁的小馬，連忙拖起長木板，然後一路順著樹下步道回去。等終於安全回到空地後，他轉向白色塑膠袋。

「剛剛是怎麼回事？」

好心人沉默不語。

「他說『會落得跟他一樣的下場』，這是什麼意思？」

我不知道。

「不，你知道。我會跟那個寶寶有一樣的下場，這是什麼意思？」

拜託，克利斯多夫，不要問我這件事。

「告訴我。」克利斯多夫嘶吼。「不然我不幹了。」

白色塑膠袋在他手中的棍棒上隨風飄揚，經過了很長的一段沉默後，一個悲傷認命的聲音響起。

我沒辦法告訴你，但可以展示給你看，但是要記住……

嚥下恐懼，或是讓恐懼吞噬我們。

26

那是什麼聲音？

麥特坐起身，他轉頭，發現自己在睡袋裡，裹得像是塞進中空圓木的人。他的手本能地撫上額頭，發現汗水淋漓。

他剛剛從噩夢醒來。

他困在像是捕蠅紙的地面，街道成了流沙。他站不住，也跑不了，只是一直陷進去街道，流沙淹沒了他的肺部。

他彷彿哥哥死去那樣放聲尖叫。

麥特從睡袋探出頭，抬頭看著星星。藍月像是一盞燈照亮空地，亮得有如垂死天際的太陽。有一隻鹿在看他，麥特身體一震，鹿受到驚嚇，跑向舊礦坑。礦坑彷彿巨人的血盆大口，吞沒了整隻動物。

麥特踏出睡袋，冰冷的十一月空氣襲向他的長褲。就在這時候，他感覺到了，那一片濡溼，他又尿床了。這一次，他不是在家裡，而是在外過夜，在朋友面前。他心想，就像是小寶寶，像是愚蠢的小寶寶。

麥克會一輩子嘲笑他這件事。

他慌張看向停在樹旁的獨輪車，想說可以去拿背包，可以趁麥克還沒醒來前，穿上備用的保暖衣。他走向樹木，小心避開可能會嘎嘎作響的小樹枝。他躡手躡腳安全經過哥哥的睡袋，抓起他的背包，撤離麥克身邊，背對坑道走去。他一步步拉近距離，直到瞥見月光底下有所動靜。有個身影縮成一團，挖著泥土。

那是克利斯多夫。

他在自言自語。

「對，我聽得到小寶寶。」他低語。

麥特忘了換衣服的事，他小心翼翼走向挖著土彷彿狗兒在埋骨頭的克利斯多夫。走近之後，他注意到之前那個白色塑膠袋掛在一根細樹枝上。

「我不想看，那好可怕。」克利斯多夫低語。

「克利斯多夫？你還好嗎？」麥特說。

克利斯多夫霍然轉身，像是大吃一驚。

「你站在這裡多久了？」他問。

「才剛來，你的眼睛怎麼了？」麥特問。

「什麼意思？」克利斯多夫說。

「充滿血絲。」

「沒事，別擔心，好嗎？」

麥特點點頭，不過他確實很擔心。克利斯多夫揉揉疲憊的雙眼，然後低頭看著麥特的褲子，看到尿液把丹寧布染成深藍色。麥特羞得臉蛋燒紅。

「別說，拜託。」麥特說。

「我不會。」克利斯多夫輕聲說。

「我是說真的，我哥哥會一輩子嘲——」

克利斯多夫不發一語，往下指指自己褲子上的尿漬。

「你也做了噩夢？」麥特問。

「對，所以別擔心。」

克利斯多夫對他微笑，不知怎地，麥特感覺好多了。

「你剛剛在做什麼？」麥特問。

克利斯多夫頓了頓。

「挖寶。」他最後說道。

「我可以幫忙嗎？」麥特問。

「好呀，去拿鐵鍬。」

「我們可以先換褲子嗎？我不想麥克看到我尿床，好嗎？」

克利斯多夫微笑，兩人急急翻找背包，找出乾淨的內衣和褲子。兩個男孩像剝香蕉般脫下內衣，他們的小弟弟（麥特的用語）被冷風一吹，有如受驚的烏龜縮回身體。然後，他們迅速套上乾淨衣物，衣服感覺柔軟又溫暖乾爽。克利斯多夫打開工具組，拿出一把小鐵鍬給麥特。他們肩並肩，開始挖寶。

「你剛剛在跟誰說話？」麥特問。

「自言自語。」克利斯多夫說：「動作快一點，你可不想其他人拿到寶藏，對吧？」

他們沒怎麼交談，就這樣挖了半個小時。麥特注意到克利斯多夫不時看著那個白色塑膠袋，但沒想太多。麥特知道極品艾德是克利斯多夫最好的朋友，但麥特私下把克利斯多夫當成自己最好的朋友。他不介意排在艾德後面，他現在已經習慣這樣了，他這輩子都排在麥克後面。唯一困擾他的是，他心中有個揮之不去的問題，一開始吵醒他的那個東西。

那是什麼聲音？

這句話到了嘴邊。

「你們兩個在做什麼？」艾德說，讓麥特來不及問出口。

麥特和克利斯多夫轉身，見到艾德和麥克揉著惺忪睡眼走過來，兩人的呼吸化成白霧。

「挖寶。」麥特說。

「我們可以幫忙嗎？」麥克問克利斯多夫。

「好呀，麥克。」

「我來做早餐。」艾德找到適合他的工作。

麥克拿起鐵鍬，強壯的手臂挖向凍硬的土地。麥特看看克利斯多夫，想知道他會不會告訴麥克尿床的事。克利斯多夫微微一笑，像是在說：「我會好好保守你的秘密。」

＊　＊　＊

後來，四個男孩以香果圈配上存放在小溪的冰牛奶，做為早餐。克利斯多夫沒有說出昨晚的恐怖事件，沒說呢喃他名字的保全，沒說吵醒麥特的寶寶哭聲。他知道事實會嚇壞麥特，他不想除了自己之外，還有其他人被嚇到。所以，克利斯多夫絕口不提好心人告訴他，要是他沒能及時完成樹屋會有怎樣的遭遇。他們知道得越少越好，大家也越安全。他知道要是他真的說出實情，他們可能會嚇得逃跑，而他需要他們的幫忙。

吃完香果圈後，他讓麥克得到糖粉，麥特拿到贈品，又謝謝艾德準備了這麼美味的早餐。讓他的小隊保持愉快，是很重要的事。

黎明來臨，陽光溫暖了他們冰冷的骨頭。他們輪班工作，兩個男孩蓋樹屋，另外兩人挖土。吃完一包結凍的奧利奧和最後的牛奶後，艾德加入克利斯多夫一起挖掘硬凍的泥土，找尋寶藏。

沒挖到寶藏。

不過，在上午七點零六分，他們卻挖到了一具小孩屍骨。

27

電話在上午七點半打來。

消息開始散播出去。

警長的夜班副手在那個星期天上午上教堂禱告，他告訴了湯姆神父，而湯姆神父改變布道講詞，轉而說明在使命街樹林找到一具孩童骸骨的經過。他說，儘管整個城鎮陷入憂傷，但這孩子現在已到了天堂，大家應該歡欣基督寬容的力量。

這次布道撼動人心，瑞克里太太激動得難以自抑，直到領聖餐禮時，她都一直輕抹眼角。她和瑞克里先生為了擁有自己的孩子祈禱了多少次？她流產了多少次？又有多少次瑞克里先生擁抱著她說，她的身體並不殘缺，只有美麗。

瑪利凱薩琳為這個孩子禱告，但沒多久，她十七歲的腦海裡就開始玩起跳房子。那個可憐的孩子，應該像她一樣有機會長大，然後上大學，像是去唸聖母大學。她責罵自己居然會想到自己的生活，但是她好擔心上不了聖母大學，這樣爸爸會對她非常失望。她對天主許諾會為這孩子禱告，並且認真從事安老院的服務工作。不過，柯林斯太太好刻薄，她的媽媽也好瘋狂，那個老婦人整個週末都在對她高喊說「他們」在監視。她要怎麼聽上一個月呢？尤其道格已經退出，他說忍受這樣的折磨根本不值得，就算可以上康乃爾大學也不值得。瑪利凱薩琳急急訓斥自己別再這麼自戀，專心想著那個孩子。

妳可不想開車撞上鹿，對吧？

等彌撒結束後，人們紛紛打電話給親友，確認外出唸大學的孩子安全無虞。當媽媽的人更加注意牽好小孩，心中記著要在感恩節加上特別的餐點；當爸爸的人決定把美式足球比賽從三場改為限定成一場，以便有更多時間陪伴家人，而不只是觀看花稍的美式足球聯賽。小孩子發現一整天都可以得到想吃的糖果，有些人認為這樣於理不合而有罪惡感，但，哎呀……糖果就是糖果。

柯林斯太太似乎是唯一波瀾不興的人。

凱瑟琳．柯林斯望彌撒時，跟兒子布瑞迪坐在前排。當然，她已經聽說過這個消息。身為地主，她的丈夫是在警長之後，第一個接獲通知的人。他立刻出門，前往現場。他有太多資金和使命街樹林建案捆綁在一起，禁不起建案的未來掌握在政府官僚手中。柯林斯太太發現自己更加關心家裡可能破產，遠勝於林中孩子屍骨的家人。畢竟，會發生這種事只有一個理由。

家長管教有問題。

很簡單，如果是好家長，就會看好孩子、確保孩子安全。要是自己不稱職，是不能怪罪什麼外在力量。人應該照照鏡子看看自己，負起責任。沒人承擔責任，這才是世界的問題所在。有朝一日，警方會逮到犯下這樁可怕命案的變態兇手，然後，她知道這禽獸一定會流下鱷魚眼淚，說自己曾遭到父母虐待。嗯，這可真是——原諒她說髒話——屁話。天底下就是有這樣荒唐的事，就是有這樣邪惡的事。

這不是雞生蛋的爭論，柯林斯太太在想這世界上是否有不曾遭受虐待卻虐待自己孩子的家長。她敢賭一百萬美元，絕對有。要是有人可以找到一個這樣的父母，一勞永逸證明此事，她可就死而無憾了。

至於她的丈夫柯林斯先生，他整個星期天都在跟警長爭執。使命街樹林開發案已經從最偉大的夢想，變成他最慘烈的噩夢了。先是克利斯多夫．里斯那個小孩在開發預定地失蹤，現在又找到屍骨？他媽的。使命街樹林真是處處讓他難堪，不是踩到狗屎，就是踏到捕熊陷阱。環保團體不斷抱怨說野鹿失去天然棲息地，歷史協會埋怨說城鎮失去了「重要核心」，就連維護協會也嘮叨要他把那個該死的舊坑道改為煤礦博物館。是，這樣很有道理，大家都喜歡這樣。操他們全家。他知道自己必須在耶誕節前動工，因為貸款就要到期。不過，警長（也就是「政府雇員」）

對這件事可有任何了解？當然沒有。警長一直跟他說，他必須封鎖樹林，因為那是犯罪現場。

「你什麼時候會讓我開挖？等到積了六十公分厚的大雪嗎！警長，可真是非常去你媽的！就好像你和全世界都不想讓我完成那該死的建案！」

至於柯林斯太太的媽媽，她坐在安老院的交誼廳。她記不得自己是怎麼到那裡，不記得自己是誰，也不記得她的女兒和她有錢的女婿。新聞上的女人告訴她說有個孩子死了，目前尚未公布其他細節，這件事讓她想了好一陣子。然後，一個叫做安柏斯的大嗓門男人走進來，跟她說那不是她的小孩。他說，她的女兒還好好活著，等著稍後在那天下午折磨青少年志工。好了，閉嘴。他想要好好收聽新聞。

柯林斯太太的媽媽不喜歡安柏斯，她不在乎他是不是就要失明了。粗人就是粗人。她的注意力轉回電視，努力想起來，想起重要的事情來，但就是想不起來。然後，就在新聞結束，美式足球比賽開始時，她想起來了。

大家很快就要死掉。

對，就是這個。

大家就快死掉。

死神來了。

死神到了。

我們在耶誕節就會死翹翹。

28

當四個男孩來到警長辦公室，整個停車場已擠滿攝影車和採訪車。從他們跑去要柯林斯建設保全人員報警以來，才過了四十五分鐘，但小孩屍骨已成了地方大新聞。極品艾德看到採訪車時，面露笑容。

「哇，我們就要出名了！」

然後，他轉向開車的警員。

「我可以看看你的霰彈槍嗎？」他問。

「不可以。」警員回答。

「你可知道坐駕駛座旁邊的位子，又叫做『搭乘霰彈槍』（riding shotgun）的理由嗎？那是來自篷車時代，坐在駕駛車夫隔壁的人真的要拿霰彈槍，以保持篷車。」

「不，我不知道。」警員嘆了一口氣，彷彿希望坐上駕駛座旁邊位子的人是其他三個男孩。

「我可以用你的無線電嗎？我爸爸的悍馬車上有裝掃描儀，用來得知哪裡設有測速陷阱，我知道你們所有的代碼，十六表示你們要去上洗手間，對吧？」

男孩未對媒體發言，就被送進警長辦公室。嗯，只除了極品艾德，他開心地對記者大喊：「我們發現屍體了！」一些地方報紙拍到幾張頭版照片，而其中最知名的是《匹茲堡郵報》。採訪車為五點鐘新聞拍攝了輔助鏡頭，四名男孩在森林裡發現一具骸骨，這可是天大的地方新聞。

「有見血，才能上頭條。」艾德若有所思說道：「我媽媽是這麼說的。」

男孩走進警長辦公室，看到爸媽在等著他們。從爸媽的表情看來，男孩知道他們到朋友家過夜的掩飾說法已經炸為碎片。這三家的大人可能瞬間了解到，他們被一連串的簡訊給糊弄了，他們的孩子在無人監督的情況下在外遊蕩了一整夜。

「我們死定了。」麥克說。

但是極品艾德證明自己不只具有媒體洞察力，他馬上放聲大哭，衝向媽媽。

「媽咪！我們發現了一具屍骨！真的好嚇人哦！」

他淚眼汪汪抱住她，不管他的謊言引起她多大的怒火，現在全都像放在口袋裡的巧克力那樣立刻融化了。

「艾德，你到底去哪裡了？我們擔心得要命。」她說。

「是呀！」大艾德說，一邊確認手機上的比數。

「我們聽說森林裡有寶藏，想要找到金戒指，送給媽媽當耶誕節禮物。」他說。

「哦，心肝寶貝。」她緊抱著他說：「你真是太貼心了。」

麥克和麥特追隨他的做法，衝向兩個媽媽。男孩對說謊一事認錯，然後說他們真的很想找到寶藏，當做驚喜。雙麥兄弟的媽媽不像貝蒂那樣馬上原諒他們，但也算是擁抱了兒子，說沒關係。

然後是克利斯多夫的媽媽。

克利斯多夫等著媽媽的怒吼，或是擁抱，或是生氣，或是傷心。但是，她卻做出最可怕的反應。

毫無反應。

「媽，對不起。」他低聲說道。

她點點頭，看著他的模樣像是不太認識他。克利斯多夫想要抱住她，化解這種有了大麻煩的可怕感覺。但是，這樣化解不了。因為她不只是氣壞了，還很受傷。她的小男孩居然騙她，是什麼時候開始的？她到底做錯了什麼，讓他認為再也沒辦法跟她說實話？當他發現她是對自身感到失望不是對他，欺騙她的罪惡感簡直讓他無法承受。

「各位，我需要問你們一些問題。」警長說，仁慈地化解僵局。

隨後十五分鐘，他們「被嚴刑逼問」，極品艾德星期一對學校所有人都這麼說。但事實上，警長只各自問了他們幾個問題。他無意處罰七歲男孩非法入侵或竊取木材，他把紀律問題交由父母處置。

他只想知道屍骨的事。

對於骸骨，男孩所知不多。警長在男孩之間來回詢問，確認他們的說法一致。確定毫無疑問後，他斷定他們只是一群前往樹林蓋樹屋，結果卻發現屍體的孩子。只有一件事讓他不解。

「克利斯多夫。」他終於開口問：「你為什麼會挖那個地方？」

克利斯多夫感覺到全場的目光都投向他，尤其是他媽媽。

「我不知道，我們只是想挖寶藏。媽，我們可以走了嗎？我的頭真的好痛。」

「可以了，孩子。」警長拍拍他的肩膀說道。

就在這個時候，克利斯多夫察覺到了，警長聞起來就像媽媽「出門去」時的味道。警長的外套上隱約傳來媽媽香水味，或許是因為擁抱，也可能是親吻。無論如何，克利斯多夫知道警長是媽媽的新「朋友」。媽媽很快就會以名字稱呼警長。然後，他就會來他們家，感恩節或許還不會來，但耶誕節可能會。他希望警長是好人，會好好對待媽媽。但這一次，克利斯多夫對自己承諾，要是警長變得像傑瑞一樣卑鄙，他就會採取行動。

* * *

那天晚上，克利斯多夫的朋友和家人相依偎，有如盤子上的餅乾一般，感受到廚房的溫暖。當然，他們還是被禁足了，表面工夫仍需要維持。但是，想到被埋在樹林裡不是她們的小孩，三個媽媽就很難嚴厲教訓兒子。

尤其她們的兒子還表現良好。

雙麥的兩個媽媽做了他們最愛吃的千層麵，然後驚訝地發現兒子洗好自己的餐盤。極品艾德的爸媽想不起兒子上次只吃一份甜點是什麼時候了，這次他只吃了媽媽特製的巧克力。

在晚餐和床邊時間，這兩家人都像家人一樣閒聊，聊著許多最後會有重大意義的小事。兩家家長全都很訝異地發現兒子想看書而不看電視，但整體而言，晚上過得很愉快。等兒子看過書，上床睡著後，每個爸媽都產生他們絕對不會大聲說出的同樣想法……

我家兒子長大了，幾乎像是一夜之間變聰明了。

只除了克利斯多夫的媽媽。

* * *

當然，凱特也像其他家長那樣，為兒子感到驕傲。她看得出兒子自從拿到滿分考卷以來，就一直很快樂。克利斯多夫從來不擅長運動，不擅長課業，但還是勉強自己面對。她知道兒子是世界一流的人，如果頒發奧運金牌給好人（應該要這樣），那麼克利斯多夫每隔四年就會上頒獎台唱國歌。而現在，他依舊是她永遠了解也永遠疼愛的那個相同小男孩。

不過，他變得不一樣了。

不，他不是被附魔了，也不是內在換了芯，或成了分身體。她認識她的兒子，而這的確是她的兒子。但是，她看過多少次克利斯多夫掙扎著想要看懂補救課程的讀物？教了他多久的數學習題？又看了多少年兒子哭著說，不知道他看的文字怎麼錯亂移位？他感覺自己像是失敗者，像是白痴。接著突然間，幾乎一夜之間，他改變了一切。只是，這並非一夕促成。

而是用了六天。

她原諒自己沒有一開始就注意到這件事，畢竟當局者迷。她是那麼高興能夠找回他，那麼開心見到他平安，那麼驕傲他學業猛進。不管是閱讀能力、滿分的數學考卷、樂透彩券、新家、新衣服，以及貼著鴨子壁紙的書架，架上滿是克利斯多夫突然可以很快看完的書籍，這一切都讓她驕傲不已。只是，在內心深處，她始終覺得不安。

在一切美好到不像真的時，往往就不是真的。

而這次就是。不只是閱讀能力、不只是分數，而是他打量事情的方式，以及觀察人們互動的模樣。這讓她聯想到大人開始採取拼音來隱瞞孩子，像是「嗨，親愛的，我們該不該帶她去ㄨㄢˊ・ㄐㄩˋ・ㄉㄧㄢˋ呢？」「嗨，我們是不是要讓他吃點ㄅㄧㄥ・ㄑㄧˊ・ㄌㄧㄣˊ呢？」等孩子大到學會了拼音之後，大人就必須找其他方式來隱瞞眼前的世界。彷彿魔術師的誤導手法一樣，罪惡、甜蜜、性事和暴力都隱藏在外表、姿態和障眼法底下。

克利斯多夫以前從未注意這些事。

而現在，他洞曉一切。

她的兒子在原本只拿到C的科目，突然間連連得A。她的兒子開始速讀《金銀島》，不再是跌跌撞撞想要看懂蘇斯博士兒童繪本。克利斯多夫帶著過去在密西根所沒有的精明眼神衡量世界，現在，他的聰明才智出現一種狂躁感。

就跟他的爸爸一樣。

而且現在，他開始欺瞞她。

離開警長辦公室之後，他們努力掙脫記者和攝影師的包圍，克利斯多夫的媽媽才終於把他帶上車。她沉默不語好一陣子，才啟動引擎，讓除霧裝置施展隱形的魔法，去除擋風玻璃上的霧氣。

他們在半沉默中開車回家。

克利斯多夫一路上都在道歉認錯，但她完全沒有回應。不是要處罰他，而是想要取回制高點。兒子成長得太快，她必須了解其中的原因。太過活躍的心智，已經讓她失去了丈夫，她絕對不要再失去兒子。等回到車庫，終於只剩下兩人獨處後，她停車熄火。

「克利斯多夫。」她輕輕說道：「我有事要問你。」
「好呀。」聽到她開口，他像是鬆了一口氣。
「你為什麼對我說謊？」
「我不知道。」
「不對，你知道。說吧，沒關係的。」
她看著他的眼皮顫動，知道他在衡量答案。
「我，呃……我知道妳不會讓我去樹林。」
「為什麼？」
「因為我可能會再次在樹林迷路，可能凍死在那裡。」
「但你還是去了，為什麼？」
「我頭好痛。」
「克利斯多夫，跟我說原因。」
「我要去蓋樹屋。」
「為什麼？樹屋為什麼這麼重要？」
「我想它應該是沒什麼重要。」他說。
「所以，你冒著生命危險去蓋一個沒什麼重要的樹屋？」
他突然安靜下來，然後，竭力做出她所見過最美好的笑容。
「既然妳說了，我想這似乎是有點蠢。」他說。
「很高興你能這麼想，因為你永遠都不可以再去樹林。」
「但是，媽——」
「你被禁足到耶誕節了。」
「但是，媽！」

「克利斯多夫，你的朋友可以對爸媽說謊，地球上每個孩子都可以對他們的爸媽說謊，但是你不能說謊騙我。沒有爭辯的餘地，沒有暫停例外，沒有熱烈的擁抱後說『我能諒解』。我是嚴厲的大魔王，我的職責就是要保護你的安全。所以，你被禁足了，永遠不得再踏進森林一步。聽懂了嗎？」

「對不起。」他拚命道歉。

「道歉還不夠，對我並不夠。」

他的眼睛充滿淚水。「對不起。」

「回你的房間！」

克利斯多夫上樓回去自己的房間，不知道房門一關上後，他的媽媽的心情可是比他糟糕太多了。她痛恨自己對他如此嚴厲，但既然她無意讓他嘗到她小時候被狠抽皮帶的滋味，那這就是她所能使出的最好紀律。她不能容忍他說謊，她的規定依舊黑白分明，不能讓他有灰色的模糊地帶。她也不能放他前往找到孩童屍骨的森林。

她罰了他一整天，其間除了給他烤乳酪漢堡當晚餐，以及兒童Tylenol緩解他頭痛等短暫休息外，他都只能待在房間，不能看電視，不能看書。他只是躺在床上，看著銀色相框裡爸爸的照片。她在想，他是不是希望爸爸能在這裡，或許他爸爸就能對他解釋事情狀況，他或許會跟爸爸說實話。在上床之前，她進去他的房間。

「聽著。」她說：「我還是很生氣，不過我很抱歉對你大吼大叫。」

「沒關係。」他說。

「不對，有關係。我們彼此之間不能有秘密，要辦到這件事的唯一方式就是，我們不能互相吼叫，是吧？」

克利斯多夫點點頭。

「克利斯多夫，你什麼話都可以對我說，永遠記得這件事，好嗎？」

「我知道。」

她等著看他會不會實行，不過羅馬不是一天造成的。

「我愛妳。」他終於說道。

「我也愛你。」

說完後，她親吻他的額頭，關上房門，穿過走廊。她打開電視收看《今夜脫口秀》來轉移注意力，主持人說了許多笑話，但凱特．里斯都笑不出來。她只是盯著電視螢幕，心中假裝在跟兒子吵架。

「你騙我，你還是沒有把一切說出來。我知道，而你也知道。所以，克利斯多夫，你的頭腦裡到底在想什麼？」

在閉上眼睛睡覺時，她幾乎可以聽到他的回答。

那是給我知道，而妳要去發掘的事。

29

警長獨自一人走進森林，現在是星期四晚上。這裡氣息不像感恩節，太過溫暖、太過乾爽，太過美妙。只有樹葉染上秋意，顏色變黃，變得血紅。皮鞋底下的步道踩起來很輕軟，悄然得像隻老鼠。

事情不太對勁。

尋獲屍骨，已經五天，但他就說不上來。他想起以前待在希爾區時，隊長有隻老狗叫做尚恩，牠會不時坐起身，無端端開始吠叫。隊長總會說：「安靜，小子，這裡什麼也沒有。」不過，或許真的有東西在，狗哨的頻率只有狗兒才聽得見。

或許，也存在著只有狗兒才看得見的東西。

警長不知道自己為什麼出現這種想法，他是很實際的人，對他來說，這就跟其他案件調查一樣。對，這裡有個死去的孩子，這是可怕的悲劇。但是，他早已見怪不怪。在城市中，每天都有人死去，包括孩子。在他之前的工作中，他見過孩子生活在汙穢環境，住在衣櫃或地下室。他見識過極其惡劣的事，經過警方心理醫師好幾次強制輔導，才能把事情洗白後逐出腦海。

只除了那個塗了指甲的小女孩。

他永遠不會忘記她。

但為什麼這星期他會頻頻想起她呢？

他無法解釋。

他也無法解釋心中的聲音，它一直說這個案子很重要。人們並不了解警方工作，他們從電視上見到案件發生，真心認為會有足夠的人力，可以對單一兇殺案件，投入十個全職警探。在真實的世界裡，會有所取捨，會分配資源。警長很擅長此事，有時是太擅長了。但這一次，他心中出現想法，要他破釜沉舟。所以，發現屍骨後，警長馬上請求協助。

他的老朋友卡爾體能訓練有多糟糕，法醫能力就有多厲害。既然是在調查兒童案件，警長就要卡爾立刻到犯罪現場，即使當天是星期天。雙倍工資真是該死。他想要盡可能了解這具骸骨，如果有人可以告訴他，那就是卡爾。多年來，聯邦調查局向他招手好多次，但是卡爾的太太卻比聯邦調查局可怕多了。

「卡爾，政府去死吧！我才不要留我媽一人在霍姆斯特。」

結案。

卡爾抵達案發現場後，兩人就到處走動，交換意見。就屍骨缺少門牙看來，兩人都認定死者是七到八歲的孩子，也認為屍體已被埋在土裡很久了。

不然，還怎麼能解釋樹根為什麼會像蛇一樣纏繞住骸骨？

傍晚過後，卡爾和他的團隊帶走屍骨，準備盡可能進行驗屍工作。卡爾說，假期前後他的行程滿檔，尤其是一星期還有三天要載岳母去望彌撒，不過他會盡可能擠進這個案件，然後星期五以前回覆警長。

警長在那星期剩下來的時間，都用來處理餘波。在大城市，人們聽到屍體的新聞，還是會繼續過活。但在小城鎮，人們可是會害怕萬分。

就像塗了指甲的那個女孩一樣害怕。

警長甩開這個思緒，望著前方的步道。有一隻鹿在一座小橋附近吃草，這座橋彷彿像是從《三隻山羊》[23]裡面出來的，老天，他已經有好多年沒想到這個故事了。小時候，他真的好害怕這故事裡的巨怪，就跟《糖果屋》裡的漢塞爾和葛瑞朵兄妹一樣害怕。

就像塗了指甲的那個女孩一樣害怕——

23. Billy Goats Gruff，挪威童話，描述三隻山羊要過橋吃青草，卻在橋上碰到巨怪阻撓，最後打敗巨怪的故事。

「停！專心。」他對自己大喊。

警長不知道自己到底想找什麼，畢竟，他和手下不顧柯林斯先生的怒火，在這星期幾乎已踏遍這樹林的每一吋土地。他們沒有多少收穫，沒有雕刻，沒有奇怪的標誌，沒有跡象顯示這片樹林是某種邪教或獻祭兇手的根據地。

只有一堆樹，

一些鹿。

以及一堆啤酒罐。

當然，這些他料想得到。當新聞開始報導屍骨，病態的好奇人士（又稱青少年）開始把這片樹林當成喝啤酒及遊蕩的地點。他心想，這就是圍觀看熱鬧的人。到處都是他們留下的啤酒罐，他要手下動手撿啤酒罐，用來補償預算中的加倍工資。他們聽到大笑，但發現他沒有笑時，便動手撿。

警長走到了空地。

他抬頭看著天空飄移的雲朵，多麼宜人的一個十一月夜晚。想到再不到一個月就是耶誕節，這真是很不可思議。他凝視空地中央的那棵樹，它彷彿探向天空的一隻手，樹枝有的粗壯，有的扭曲得像是罹患關節炎而變形的手指。

警長走向克利斯多夫的樹屋，他還是不敢相信七歲小男孩可以做出如此精細的設計。不管是梯子、地基，還是架構，凱特．里斯的兒子簡直是天才，這樹屋就像真正的房子。

但這一次，樹屋看起來有點不一樣。

彷彿有人又蓋了一整個星期。

不過，他低頭查看，沒見到腳印。

沒有證據。

只有一個白色塑膠袋在低垂的枝椏上飄蕩。

警長伸手摸著樹，樹皮的觸感冰冷粗糙，就跟他上小學時爬的那些樹一樣。他在這樣的樹下嘗到初吻滋味，潔絲汀戴著牙套，穿著一件夏日洋裝，還有一頭美麗的金髮。

就跟塗了指甲的那個女孩一樣。

爹地。

警長移開手，甩掉蜘蛛網，試著回到中心點。他撿起白色塑膠袋，一心想要把它放進口袋，再當成垃圾丟掉。但不知為何，他發現自己有如要把新的棒球手套搓軟的孩子那樣，不斷擺弄手中的塑膠袋。他一再地擺弄，一再地——

咔。

警長轉身，見到一隻鹿盯著他。警長低頭看著白色塑膠袋，突然好想快點離開這片樹林。某種聲音要他離開，馬上離開，聲音不是在威脅他。

而是在警告他。

他把塑膠袋掛回樹枝上，急急離去。他迅速穿過隔離這塊空地和樹林另一頭的礦坑。他打開手電筒，見到蝕刻在鐵軌上的英文字首，以及有如象形文字般，噴漆在木框上的舊時名字。離開礦坑時，他見到一個讓人不安的東西。

一個廢棄的冰箱。

他不知道手下怎麼會漏了這玩意兒，回去之後，他可要好好教訓他們一頓。孩子可能會在這裡面玩耍，然後被困住，最後窒息死亡。

警長走過去。這是一個老舊的白色大型冰箱，邊緣已經生鏽，有如發白鬢髮。讓人想到教堂，想到卡爾岳母的彌撒。冰箱裡面被一個動物巢穴占滿了，他看不出是鳥巢還是浣熊的巢穴，不過也沒有兩者的蹤影。警長抓起冰箱門，關上它。

就在此時，一條蛇竄出。

是響尾蛇，牠盤成一圈，蛇信嘶嘶作響，嘶嘶嘶。

警長後退，響尾蛇滑移過來，有如寶寶的博浪鼓，不斷嘶喝。警長蹣跚撞上圓木，腳步一跌，蛇衝向他，毒牙大張，準備攻擊。就在蛇撲向他的臉龐時，警長及時抽出手槍。

砰！

蛇頭被子彈打爆。

警長站起來，看著蛇在地上扭動，蜷縮的蛇身有如纏繞孩子骸骨的樹根。他預防萬一朝蛇身迅速再補一槍，便走去關上冰箱門。此時，他才往下看了一眼巢穴，發現小小響尾蛇在殼內沙沙扭動。他合上門，把小蛇關在裡面，然後檢查脖子有無任何蠕動的東西。

他立即離去，心中惦記得打電話給毒物防治單位，要他們派人過來。他不知道為什麼十一月還有響尾蛇幼蛇，春天已經過了好久，沒有在冬天孕育的生物。

這裡不太對勁。

他看不到，卻感覺得到，就好像隊長的老狗聽見狗哨那樣。它聽起來像是風聲，又不真的是風。聲音像是蛇盤繞在樹枝上，像是……像是……

無形的嘶嘶聲。

警長急急走向山坡下的建築工地，到處都是樹樁、樹木的殘骸，以及伸出硬凍土壤的巨大樹根。路上停了幾輛推土機，每一輛的門上都有「柯林斯建設公司」的字樣。在警長因為調查需要，封鎖整個樹林之後，推土機便毫無生氣蹲踞在那裡。柯林斯先生已經找了律師處理此事，如果警長對於權力和政治有所了解（他的確了解），那麼工地不久就會復工。柯林斯先生很快就會把樹林變成木頭，用來建造房子。鋸屑會送到另一個公司，拌進易燃膠，製造耶誕節使用的假燃木。這就好像柯林斯先生要使命街樹林自掘墳墓，儘管樹林廣大，它們卻無法真正反擊。

警長穿過警方封鎖帶，經過樹樁區，這裡的樹木早在九月時就被柯林斯先生砍除。它們看起來有如小型墓碑，終究不會有人探訪。

就像那個塗了指甲的女孩。

開車返回警局的途中，警長看著從雲層落到擋風玻璃上的小雨滴，回憶和凱特．里斯共度的美好時光。不過才五天前，老天，感覺像是過了一整年。他好想再跟她見面，但今天是她要和兒子共度的感恩節，明天又是他們的星期五電影夜。所以，必須要等到星期六，或許她會找個臨時保姆，然後用她兩小時的陪伴，去除他這一星期的噩夢。上星期六，她看起來好漂亮。她穿著林市暢貨中心買來的新洋裝，還有她的唇膏。

就像那個塗了指甲的女孩。

爹地。

電話響起時，警長嚇得心臟差點跳出來。

是卡爾。

「嗨，卡爾。你提早一天了，真驚訝在感恩節接到你的電話。」

「如果見過我的丈母娘，你就不會驚訝了。」

警長沒有笑，這個笑話就跟他們的友誼一樣長久。

「有什麼消息給我？」警長問。

卡爾滔滔不絕說了一堆他招牌的技術行話，警長總是不懂為什麼天才不能像常人一樣講話，但或許這樣才讓他們成為天才。費力聆聽了十分鐘的生物數據、DNA和碳年代測定後，警長終於彙整了這具骸骨的資料。

這孩子年約八歲。

這孩子是男孩。

這孩子大約已埋在地下五十年。

最令人印象深刻的是，卡爾居然有辦法判定死因。

警長聽到這件事，非常震撼。科技在他當警察的這二十年來，有了很大的發展。不過，他還是從未聽過來自五十年前屍骨的死因，畢竟這只剩下骨頭可以檢驗。

但就是這樣，有了死因。

卡爾認為土壤裡必定曾有什麼物質。在足夠的壓力下，煤變成了鑽石，所以或許是跟煤礦，跟樹根，跟某種他還不了解的體溫調節有關，也可能是因為有朝一日會跟指紋或ＤＮＡ一樣稀鬆平常的某種醫學奧秘。總之，它保存了足夠的腦組織，讓驗屍分析有了結論。

警長已準備好聽取任何死因，不管是刺傷、槍傷，他還見過更可怕的，可怕透頂的。但是，當卡爾說出真正的死因時，答案還是令人震驚到警長愣住好一陣子。他看著手中的電話。

「卡爾，我想剛才通訊不太好。」警長說：「請再說一次。」

「死者是被活埋的。」

30

在森林的另一頭，克利斯多夫跟媽媽坐在餐廳餐桌兩側，準備度過在他們新家的第一個感恩節，這不是兩人所期盼的節慶夜晚樣貌。

而這全是他的錯。

克利斯多夫幾乎沒怎麼吃晚餐，他跟媽媽說他頭痛沒胃口，但實際上是，他不希望有睡意。他吃了足夠的蘋果派，避免媽媽起疑心，然後兩人默默一起看了一部查理布朗的感恩節，便上樓睡覺。

她替他蓋好被子，送上晚安吻，一副欲言又止，最後她終於回到自己的房間。克利斯多夫聽著媽媽打開電視，等了好幾小時，直到媽媽關上電視，媽媽睡著了。現在安全了，克利斯多夫接著爬出被窩。

他整個星期都是這樣。

他走去五斗櫃，拿了保暖衣物，套在睡衣外頭，多層次穿法以確保他能夠舒服地工作。他把枕頭放在毯子底下，裝作他還在床上。

然後，他躡手躡腳走下樓。

等安全走完吱嘎作響的樓梯後，他套上靴子，從玻璃拉門走到屋外。他抬頭看著漆黑的天空，一顆流星劃過雲層。克利斯多夫走到草地遠端，那剛好是使命街樹林的外圍。就是警長封鎖起來以進行調查的樹林，這使得柯林斯先生沒辦法繼續砍掉樹，而給了克利斯多夫在耶誕節前蓋好樹屋的時間。

所以我才會讓你找到骸骨

不然我絕對不會這麼做的

我不想嚇到你，克利斯多夫

克利斯多夫原本可以協助警長調查，他知道他是怎麼找到骸骨，知道它在地底下已經很久了。他甚至認為自己知道死去孩子的名字，但是他沒辦法告訴大人這件事，因為他們最後會問他怎麼知道這一切，而他只有一個誠實的答案。

「是我的幻想中的朋友告訴我的。」

有時候，克利斯多夫的信念會在事實和幻想之間搖擺不定。他已經變得非常聰明，不會不知道，要嘛是好心人真的存在，不然就是他成了隻身遊蕩樹林的瘋小孩。

但是，克利斯多夫還是繼續去蓋樹屋。

他覺得如果不去蓋，他的頭會痛到裂開。

頭痛時而緩和，時而刺痛，有時他整天吃兒童Tylenol，卻完全沒有用處。就像學校、香果圈或星期六上午的痞子貓卡通，克利斯多夫的頭痛現在只是他生活的一部分。唯一讓這種情況可以勉強忍受的是，蓋樹屋。

所以他就這麼做了。不只感恩節的夜晚，還有隔天夜晚，以及之後的夜晚。

在樹屋時，他從來不會頭痛。

靠近好心人時，他從來不會頭痛。

隨後一星期的每個晚上，克利斯多夫都傾聽等待媽媽的電視聲音關上。然後，他會把枕頭塞進被子底下，抓起外套和手套，衝去樹屋，去多釘一根釘子到骨架，或是再多漆一面牆，而其間不斷跟白色塑膠袋說話。他會一直熬到雙手麻木到無法再上油漆，或是痛到沒法敲釘子。然後，到了黎明時分，他會趕回家，確保媽媽起床時，會見到他在被窩裡。這樣的疲累太過嚴重，最後他不得不拿媽媽的化妝品來掩飾黑眼圈，這樣她才會認為他晚上還是在睡覺。

只是，他是一直在蓋樹屋。

他不敢停手。

在星期五電影夜那晚，他終於無法抵擋這樣的疲憊。媽媽為他準備了一大盤肉丸子義大利麵和奶油餐包當晚餐，而甜點是冰淇淋聖代。到樹屋時，他的眼睛已幾乎要自行合上。

克利斯多夫努力對抗睡意，他必須保持清醒。他必須把窗子拖上樹屋，必須蓋好屋頂，他必須……睡覺。我不行。但你太累了。不，我沒有。那麼，或許你應該只是讓眼睛休息一下。對，就是這樣，就只躺在樹上，消除你的頭痛，而讓你的眼睛——

休息。

當他在星期六上午醒來時，人已經回到自己的床上。克利斯多夫不知道自己是怎麼回去的，而他很生氣自己居然讓整個晚上平白溜走。但是，現在也一籌莫展，媽媽整個星期六都會陪著他。所以，他沒辦法偷溜到樹林，他沒辦法跟好心人說話，只能忍受頭痛直到夜晚來臨。

克利斯多夫下樓，走到廚房櫥櫃，拿出媽媽的Excedrin止痛藥瓶。他吃了四顆阿斯匹靈，把它當成聰明豆巧克力一樣，用牙齒咔滋咔滋咬著。這種粉筆般的滋味實在太可怕了，所以他拿了香果圈。這次是新包裝，沒有糖粉。不過，當克利斯多夫倒出圈狀麥片，一個驚喜也跌了出來。那是一個小小的痞子貓塑膠玩偶。克利斯多夫把它放在流理台上，面露笑容。這是頭痛再度來襲之前，難得出現的歡欣時刻。他拿出盒裝牛奶，把牛奶倒進麥片，然後看著艾蜜莉．波托維奇的照片。他在心中暗記，要問問好心人，為什麼每次他們買新的牛奶之後，盒子上她的照片都會有一些改變。

克利斯多夫把牛奶放回冰箱，坐下來等著看星期六上午的卡通。他想起很小的時候，他曾經以為關上電視後，再打開電視時，畫面會保留在同一個地方。他花了好一段時間才弄懂，痞子貓和其他電視節目，沒有他也一直在進行。這讓他好難過，但媽媽讓他高興起來，說他也有作為，而全世界必須要趕上他。

克利斯多夫打開電視，畫面浮現，開始播放他最愛的星期六上午卡通。

痞子貓。

克利斯多夫好開心，復仇者聯盟可能是他的電影新歡，但是痞子貓將永遠是他最愛的電視節目。他剛好及時看到片頭字幕名單，一大堆角色遊行走過百老匯，引吭高歌。

誰是那個最棒的？

誰是永遠不寂寞？

誰是有肉又有骨頭？

痞子貓！

誰是最帶勁的？

誰是最有貓性格的？

最「就要了結的那個」？

痞子貓！

痞子貓！

痞子貓！

然後，痞子貓會跑到遊行隊伍前方，高喊：「你們已經想要了結這首歌了嗎？我要去吃東西！」

克利斯多夫每次都會哈哈大笑，因為它就是這麼好笑。這一次他甚至更加用力大笑，因為他需要釋放這星期的一些壓力蒸氣，就像媽媽的煮水笛音壺發出哨音一樣。

節目開始了，克利斯多夫有些失望，因為這一集是重播的，痞子貓從一個有錢胖母貓的男管家那裡偷了魚，而痞子貓愛上那母貓。克利斯多夫已看過這集十幾次了，但裡面的確有一個好笑的橋段，男管家追著痞子貓高喊：「加托，回來！」痞子貓說：「勞爾，你可是得叫加托先生。」所以，他還是坐下來看這集卡通了。

但這次不一樣。

痞子貓沒有說這些台詞，在克利斯多夫的注視下，痞子貓只是一直看著鏡頭。最後，痞子貓停下動作，注視著螢幕。

「哦……嗨，克利斯多夫，喜歡這卡通嗎？」

克利斯多夫環顧空無一人的屋子，媽媽還在樓上睡覺，這裡只有他一人。

「別擔心你媽媽，現在只有我們。不要怕。夥伴，你在做什麼？」痞子貓一派友善地問他。

「你怎麼會知道我的名字？」克利斯多夫終於輕聲問道。

「你開玩笑的吧？你可是我的頭號粉絲，我怎麼可能不知道你的名字？聽說我的電視節目是你這輩子的最愛，天哪，這真是太棒了，謝謝！」痞子貓大喊。

「噓，你會吵醒我媽。」

「哦，那只是一堆鬍鬚啦。昨晚你睡著後，你媽和警長講了好幾小時的電話，他的人真的非常好，比傑瑞好太多了，你不覺得嗎？」

克利斯多夫後頸寒毛頓時豎起。

「你怎麼會知道傑瑞？」

「我知道你的一切，老弟。我知道傑瑞在找你媽媽，天哪，如果他找上門，一定會傷害她的。所以，我們不能讓這種事發生，對吧？」

「對。」克利斯多夫說。

「天哪，你好勇敢。你媽把你教得很好，她一定很以你為傲。所以，別害怕，我保證我們會保護好你媽的安全，不用慌張。」

「要怎麼做？」克利斯多夫問。

痞子貓左右張望，努力探看電視外頭，像是掃視有無視線死角。

「哦，天哪，克利斯多夫，恐怕我們沒有太多時間了。我會告訴你怎麼保護你媽的安全，但首先我得問你一個問題，好嗎？」

克利斯多夫點點頭，痞子貓瞇起眼睛。

「老弟，你是怎麼找到那具骸骨的？」

克利斯多夫的心臟開始狂跳。

「什麼？」他說。

「有人跟你說了骸骨的地點，對吧？是誰在幫忙你？哦，天哪，我們需要知道。」

「沒有人。」克利斯多夫謊稱。

「我才不信真是這樣，我想是有人跟你說了那具古老骸骨。我需要知道是誰告訴你的，老弟。哦，天哪，我要知道，因為這裡情況變糟了，她現在氣壞了。天哪……沒見她這麼生氣過。」

「誰？」

「抱歉，老弟，我們不能告訴你這件事，不然就會有麻煩。她一直讓人犯些蠢事，想找出是誰在幫你。那些尖叫聲真是讓我的耳朵快痛死了，所以如果你直截了當告訴我們你是怎麼找到那骸骨，一定會讓這裡的情況好多了。你可以告訴痞子貓老朋友，這會是我們之間的小秘密。」

「沒有人跟我說，我當時只是在挖寶。」

「哎呀，老弟，這真是該死的令人失望啊！你也是這麼騙警長和你媽，你可不想變成小木偶皮諾丘，對吧？謊話讓他的鼻子變長，想知道你的謊言會怎樣嗎？」

「什麼？」

「如果你不跟我說是誰在幫忙你，你媽就會遇上壞事。」

克利斯多夫的喉嚨緊縮，就像那次他想吞下彈珠，結果差點噎住那樣。他的臉蛋整個脹紅。

「她會遇上什麼事？」他問。

「我不能告訴你，不過如果你調高電視聲音，我就可以讓你知道，可以麻煩把電視音量調大聲一點嗎？」

克利斯多夫拿起遙控器，調大音量。

「天哪，不，克利斯多夫。不能用遙控器，用電視機按鈕，不然就不管用了。」

克利斯多夫猶豫了，但他必須知道媽媽會發生什麼事，就慢慢走向電視。

「老弟，就是這樣。沒事的，我不會咬人。」

克利斯多夫朝著音量鍵伸出手，痞子貓兩眼發出精光，舔舔嘴巴。

「天哪，我們等不及要見你了，老弟，她會展現一切給你看。」

痞子貓的貓爪開始伸過螢幕，靠向音量鍵，靠向克利斯多夫。

「你只需要碰觸螢幕，我們就會拯救你媽媽。我保證，不然就不得好死。」

克利斯多夫伸出手，而痞子貓伸出貓爪，兩者只距離幾公分，手指幾乎就要碰在一起。頭痛開始消失，克利斯多夫已經感覺得到滋滋聲。

「克利斯多夫！」他的媽媽大喊：「我不是跟你說過，不能坐離電視機那麼近嗎？」

克利斯多夫睜開眼睛轉身，媽媽下樓了，她穿著睡袍，一臉困惑；他發現自己的鼻子離電視機咫尺之遙。

「媽，對不起。」他說。

「沒事。嗯，回去桌子吃早餐，要有正常人的樣子，我可不是在養猩猩。」

克利斯多夫點點頭，視線回到電視上。痞子貓不再盯著他了，現在牠被男管家追著跑。

「過來這裡，加托。」

「勞爾，你可是得叫加托先生。」痞子貓說。然後，牠衝進下水道，帶走好吃的魚兒。

克利斯多夫坐在廚房餐桌旁吃著麥片，媽媽則在一旁煎自己要吃的鬆軟炒蛋。他看著她，想到她可能發生的事，就一陣害怕。他原本是會說些什麼話，但現在他知道有東西在監視他。

如果不是，那就是他真的完全瘋了。

克利斯多夫想要相信這不是無花果夾心餅，這全是他平空想像出來的，而尤其是痞子貓。他希望自己只是瘋子，就跟爸爸一樣；而眩目的頭痛只是先前那種讓「爸爸手舞足蹈」的閃電。

以前媽媽在爸爸發作時，就是這麼說的。爸爸因為這樣的狀況而吃藥，卻有時候藥物太有效，變得好幾星期都下不了床。媽媽照顧他，同時還得在餐廳工作到好晚。

也就是這個時候，他在浴缸死去。

那天晚上的深夜，克利斯多夫聽到媽媽關上《週六夜現場》之後，就偷偷溜出房子，跑去使命街樹林。他不理會和風兒玩躲貓貓的氣息，拚命衝向那棵樹。

「你在嗎？」他問白色塑膠袋。

沒有回應。

「請回答我，我好害怕。」他說：「那是什麼？她是誰？痞子貓要對我媽做什麼？」

就在此時，克利斯多夫像是觀眾一樣，置身事外回頭看。他見到一個小男孩跪在地上懇求一個白色塑膠袋，希望對於那些無人可以解釋的事，得到答案。如果真要從這件事是真的，還是成為瘋子做選擇，克利斯多夫會選擇瘋了。因為儘管媽媽會很傷心有個像死去瘋子老公一樣的發瘋兒子，但至少她不會遇上什麼壞事。

「我瘋了嗎？」他問白色塑膠袋。

沒有回應。

「拜託，跟我說我是瘋了。」

一片沉寂。

克利斯多夫在那裡坐了一整晚，向白色塑膠袋懇求一個始終沒有出現的回答。好心人似乎消失了，克利斯多夫不知道他去哪裡，或許是躲起來了，或許是要逃開痞子貓，也或許它就只是一個白色塑膠袋。

不管怎麼，克利斯多夫孤獨無依了。

在曙光劃破天際時，他衝回床上，躺進被窩裡，凝視銀色相框裡爸爸的照片。他越是看著爸爸在耶誕樹旁邊微笑的照片，那個問題就越像是舊黑膠唱片卡針，不斷迴盪在他的心中。我瘋了嗎？我瘋了嗎？我瘋了嗎？在媽媽為了上教堂而設的鬧鐘響起前二十分鐘，克利斯多夫終於閉上眼睛。就在睡著之前，他覺得像是聽見隱約的耳語。這可能是個想法，也可能是個聲音，也可能兩者都不是。但它就是說著……

蓋好樹屋，你就會知道了。

31

「你瘋了嗎？我爸差一點取消我房間的ＨＢＯ了。」極品艾德低語。

克利斯多夫在兩家家長互相高喊致意時，尾隨艾德穿過教堂停車場。

「你不明白，我們必須蓋好它。」克利斯多夫說。

「你有錢付ＨＢＯ嗎？」艾德問。

「沒有。」

「那麼，你自己蓋。」

他們走進教堂，經過整整被禁足感恩節那一星期（以及外加的隨後一星期），兩個男孩耐著性子撐完這次特別長的彌撒。湯姆神父講述耶穌對中東難民的愛，但是克利斯多夫只注意到人們盯著他，以及交頭接耳低語。

「那就是找到骸骨的小男孩。」

「新聞報導的那些男孩就在那裡。」

「他們上了報紙。」

「他幾個月前中了樂透。」

他們的聲音讓克利斯多夫的頭發疼，離開樹屋的每一分鐘都讓他的頭痛更加劇烈。湯姆神父布道時，一度從英語轉成了拉丁語，這個語言在克利斯多夫的腦海裡盤旋。「diem」就是「day」，這些單詞很合理，卻也帶來一波可怕的疼痛。

O Deus Ego Amo Te

克利斯多夫知道這句話的意思是「主啊，我愛您」。

彌撒結束後，艾德的媽媽走出教堂，到停車場點了一根菸。她深深吸了一口氣，呼出一團白霧。

「我的天，真是好長的一次彌撒。」她說：「湯姆神父難道不知道我們全都還有耶誕購物的事情要做？」

這句話完全不帶諷刺意味，克利斯多夫的媽媽承認這讓她更加喜愛貝蒂了。等貝蒂買完肉桂餅烘焙義賣後，她提議大家去吃披薩以慶祝一個好消息。

「什麼好消息？」克利斯多夫的媽媽問。

「艾德升級離開笨蛋班了！」她說。

「嘿！」極品艾德發怒。

「寶貝，對不起。但這是實情，你本來就是在笨蛋班。」她拍拍自己的頭髮。「但是，韓德森太太真是天才，因為你現在在看第四級的讀物了。我們真是太驕傲了，對吧，大艾德？」

「太驕傲，太驕傲了。」艾德的爸爸說，眼睛卻盯著手機上的鋼人隊精采片段。

克利斯多夫見到媽媽牢牢記住極品艾德的事，接著，兩家人就跟麥特、麥克及他們兩個媽媽會合。他們才剛在他們位於十九號公路旁的教會，完成貝蒂口中「路德教徒所需要做的事」。

他們的宗教信仰或許不一樣，嘿，卻是……同樣的主，同樣的披薩。

在大人賣力喝完一大罐鋼城啤酒時，四個男孩在一旁玩電玩。

「我只需要有人幫忙架設屋頂和窗戶。」克利斯多夫提議：「其他我會自己弄。」

「抱歉，克利斯，我們被媽媽禁足了。」麥特說。

「是呀。」麥克說，他還想恢復他們的甜點權利。

但是克利斯多夫不能放手，頭痛不會同意。那天晚上媽媽睡著後，他試著獨自把窗戶搬上階梯，但是太重了，所以克利斯多夫只好把它們藏起來，先架設屋頂。只是，一個人根本辦不到，他已經達到單獨一個小孩所能做到的極限。他一停止建造屋頂，他的頭痛就猛烈來襲。

好心人不見蹤影。

隔天到了學校，克利斯多夫在集合教室找到他的朋友。

「屋頂是四人工作，我沒辦法一個人完成。」他懇求。

「夥計，我們跟你說過了，我們被禁足了。」麥克惱火。

「對，克利斯，別煩我們，你真是瘋了。」極品艾德說：「你看起來好慘，去好好睡一覺。」

克利斯多夫看向麥特，他知道這是他可以指望的人。麥特低頭默默看著書桌。

「麥特？」他問。

「別煩我弟弟。」麥克說。

「讓他自己回答。」克利斯多夫對麥克說。

麥克對他施加了十公斤的力道，但克利斯多夫不在乎。兩個男孩擺開架式，但麥特不想要他們開打。

「夥伴，坐下，我們的麻煩已經夠多了。」麥特說。

克利斯多夫轉向麥特，直視他的眼睛。

「你要不要幫我？」

麥特沉默，抬頭看他的哥哥。

「不要，克利斯，對不起。」

頭痛使得克利斯多夫想都沒想，就脫口而出。

「那麼，去你媽的。」

他一說出口，就立刻感到羞愧，他已經不知道自己在做什麼了。等那天結束後，克利斯多夫的頭痛已痛到像在放聲尖叫。雖然他把媽媽的Excedrin止痛藥偷偷帶去學校，整天把它當成糖果吃，還是不管用。就連最後一節課取消，讓所有小孩到外面遊戲場進行特別活動時，也沒有差別。克利斯多夫的頭痛就是不停歇。

即使氣球大賽也一樣。

他環顧遊戲場，看著套著冬天大衣和冬帽的所有孩子，每個人都拿不同顏色的氣球，氣球的綁線末端附了一張小卡片。韓德森太太要大家在附有學校聯絡資訊的卡片上寫下名字。誰的氣球飛最遠就得獎，在耶誕節假期前的最後上課日，學生就會知道結果。他突然想起在醫院時，凱澤太太悄悄潛行到他身邊高喊：「死神來了！死神到了！我們在耶誕節就會死翹翹！」

別哭。

他的頭真的好痛，他永遠也沒辦法蓋好樹屋。所以，不是痞子貓會去傷害他媽媽，就是他已經徹底瘋狂。

別哭。

克利斯多夫想要擺脫這樣的疼痛，寫下名字，但第一滴淚水落到卡片，弄髒了鉛筆字跡。

別哭，你是小寶寶啊。

但是，他就是停不了。他只能讓自己躲在溜滑梯後方，雙手摀住不斷抽痛的頭部，開始啜泣。過了一會兒，他的眼皮感覺到一個影子落下。他抬頭，見到麥特的手搭在他的肩膀上。

「克利斯，怎麼了？」

克利斯多夫說不出話，只是一直哭，麥克和艾德也跟著跑過來。

「發生什麼事了？」麥克問：「是布瑞迪嗎？我要殺了他。」

克利斯多夫搖搖頭。不，不是布瑞迪。艾德環視周遭，樣子有些多疑。

「嗯，站起來，你不想布瑞迪看到你哭，對吧？」

三個男孩扶他起身，然後他用夾克袖子擦擦眼睛。

「對不起。」克利斯多夫說：「我不是有意要對你們說髒話，我不是有意害你們大家惹上麻煩。」

「嘿，別在意這件事。」麥特說。

「是呀，我們的媽媽已經沒那麼生氣了。」麥克加上一句。

「對呀，我媽媽現在認為我是天才。」艾德讚嘆。「況且，我們還自己在外頭露營了一整晚，真是雙贏啊。」

「所以你們會幫我蓋完嗎？」

「為什麼這對你如此重要？」麥特問。

「因為那是我們的地方，因為我們是復仇者聯盟。」克利斯多夫說，知道他們永遠也不會相信真正的實情。

瀝青地面上一片沉默，三個男孩想了一分鐘。

「好，克利斯。」艾德說：「我們會幫你。」

「當然。」麥特附和。「但我們得想出辦法，我們現在還在禁足期間。」

「要是我們蹺課呢？」麥克提議。

「我不能蹺課。」艾德立刻守護他在課業上的新成就。「如果我今年的考試有拿到一個A，我爸說會讓我的房間裝Showtime頻道，Showtime可是有很多裸女。」

「要是我們裝病呢？」麥特提議。

「太可疑了。」艾德說。

男孩越是思索，就越是了解到沒有任何管用的計畫。克利斯多夫是唯一住家近到可以晚上偷溜去森林的人，而另外三人的媽媽每天下課和週末都跟他們在一起，況且她們絕不會允許他們另一次在外過夜了。

「各位同學，準備好你們的氣球。」韓德森太太說。

「來吧，各位。」艾德說：「我們還有一場氣球大賽要贏。」

三個男孩為克利斯多夫舉高氣球，他把他的氣球跟他們的綁在一起。四人看向布瑞迪和珍妮，他們受歡迎的友人已和許多氣球綁在一起，看起來就像《天外奇蹟》那部電影。但克利斯多夫和復仇者聯盟不在意，他們又是最好的朋友了。

「一、二、三！放！」韓德森太太歡呼。

所有小孩同時放開氣球，白色的天空布滿了小小色點，像是一幅畫似的。天空美麗浩瀚，如禱告般沉靜。克利斯多夫仰頭望向飄浮的雲朵，白得有如那個塑膠袋，他腦海頓時出現三個字。

下雪天。

頭痛隨著這個答案停止了。克利斯多夫直到此時，才知道他的頭有多痛。

「各位，要是我們有個下雪天呢？」克利斯多夫問。

「這樣可以！」艾德說：「但太可惜了，你控制不了天氣，克利斯。」

那天晚上，媽媽睡著後，克利斯多夫去了樹林，直接走向那個白色塑膠袋。

「我不知道你是不是真的，但要是你真的存在，你得要幫我完成樹屋。要是你不存在，那麼我就不再蓋了。我不在乎我的頭會不會爆炸，因為我不要再自己一個人做了。我需要證據，所以跟我說話，請跟我說話。」

在隨後的無聲沉寂中，克利斯多夫看著白色塑膠袋在低垂的枝椏上靜靜飄動。

「這是你最後的機會，我需要有一個下雪天來完成樹屋。所以，你最好讓天空下雪，不然我發誓，我永遠不會再相信你。」

32

一場暴風雪。

該死，警長心想，我現在最不需要的就是暴風雪。

天氣預報員預測會下五公分厚的雪，結果多了三十公分。學校當天宣布停課，包括磨坊林小學、鎮上兩間中學及一間高中。暴雪狀況嚴重到連黎巴嫩山校區也封閉，沒有要其年輕學子接受該校區傳說中的「延後三小時上課（沒有上午的幼兒園）」政策。

孩子到外頭玩雪橇、堆雪人，警長非常願意當一個拉雪橇到處跑的小孩，而不是一個要查清鎮上是否還有預算進行額外道路撒鹽的成年人。小時候，他痛恨讓雪融化的鹽，現在他更痛恨鹽。

因為這讓他不能專注於那件案子。

或許其實是因為那件案子涉及凱特．里斯的小孩，或許其實是警長習慣了城市的步調，而就跟他原本想要小鎮的寧靜生活一樣，他還是想要再次執行真正的警察工作。

無論如何，他越是花時間在樹林巡查犯罪現場、找尋線索，他就越覺得自己專注、熱情和參與感。要不是他很清楚狀況，他會說自己幾乎是變聰明了，因為儘管有這麼多讓人分心的事，他還是可以從四個基本資訊……

男孩。

八歲。

五十年前。

活埋。

……轉換成近乎確認的屍骨身分。他還需要ＤＮＡ檢測來確定，但他幾乎已肯定受害者的名字。

大衛・奧森

警長坐在辦公室前，打開懸案檔案，同時攤開已褪色的棕色失蹤人口海報。大衛・奧森是個很可愛的小男孩，臉頰圓嘟嘟，笑容燦爛，即使缺了門牙。

那具骸骨也少了同樣的牙齒。

警長把海報放到一旁，看著《匹茲堡新聞報》停刊前以及《匹茲堡郵報》所有新聞剪報，甚至當地的廣告報《精打細算》（Pennysaver）都有提到此事。

根據報導，大衛當時和哥哥及哥哥女友一起在家，他的父母去了市區。奧森夫婦在杜肯俱樂部用過晚餐後，就前往海茵茲音樂廳看表演。按照最初的警察報告，哥哥說有人把一個嬰兒提籃放在他們家門廊，再用錄音機播放嬰兒哭聲。犯人（們）必定是利用這種聲東擊西的手法，把大衛帶出他的房間。

警方竭盡所有（並且用掉了該鎮大部分的預算，警長知道這點）封閉道路和公路，警員和志工踏遍整個城鎮，甚至包括使命街樹林，但到最後，他們甚至連腳印都沒找到。

就好像，是鬼魂帶走了大衛。

找不到嫌犯，猜疑就轉向了大衛的家人。為了報紙銷量，有些狗仔記者指稱大衛的爸爸殺害了自己的兒子。「瘋父」的說法深植人心了好一陣子，尤其是在大家發現大衛家為大衛買了一份終身壽險時，更是甚囂塵上。但在缺乏證據的情況下，這個說法（以及報紙銷量）很快就消退，記者的視線接著轉向大衛的哥哥。

最惡劣的記者就直接指控哥哥是兇手，即使最和善的也會直接問出：「大衛是在你看家的期間被帶走，得知此事，你有什麼感覺？」不知該說哥哥是值得讚揚還是自損其利，他總是坦率面對記者，使得新聞熱度不減。不過，終究會出現更有趣的新聞，所以大衛一家被抛下了，背負著重擔，只剩下他們知道故事怎樣結束，而案子怎樣始終未能解決，兇手（們）怎樣始終未能找到，最後全家只能放棄答案，改而追尋這件事的意義。鎮上也不再尋找，因為毫無線索，而且他們還需要保有預算替道路撒鹽，以保護其他鎮民的安全。

警長把檔案放在剛才移開的失蹤人口海報上方，然後抬頭凝視辦公室布告欄當下的失蹤人口招貼，上面是一張張男女老幼的面孔。就好像小孩交換棒球卡，警局會互相發送這些照片，只希望（不管是渺茫還是真切）在赫爾希鎮被帶走的小孩或許會奇蹟似地出現在費城；或是在哈里斯堡走失的失智老人，會不知怎地找到路，回到匹茲堡。有時候，失蹤臉孔更換，那是因為有孩子獲救、老爺爺尋獲，或是有逃家的青少年發現和街頭苦難相較，家中的痛苦根本算不了什麼。但不管面孔怎麼更換，布告欄卻始終不變，總是像《脫線家族》影集開播那樣擁擠。

布告欄永遠是這樣的狀況，警長幾乎不會從中特別注意到某個失蹤面孔。不過，現在對他來說，上面卻有一張特別突出的失蹤人口招貼。或許是因為她的年紀、她的金髮，或是她的長相有點像那個塗了指甲的女孩。無論如何，警長總是記得一個失蹤女孩。

艾蜜莉．波托維奇。

她是四個月前失蹤的，但是她的父母在其家鄉的賓州伊利市必定有一定的影響力（或是很有錢），因為她的案子仍受理得像是二十四小時前才發生的。新的照片、新的招貼海報，就連舊日的牛奶盒宣傳也為這女孩重新出現。她的海報印得又新又清晰，相較之下，大衛的卻顯得易碎褪色。有朝一日，艾蜜莉的海報也會變得老舊，希望屆時她已經安全回到母親的懷抱。警長感覺到自己的思緒從艾蜜莉身上，再次飄回那個塗了指甲的女孩身上，他急急打住。

他還有工作要做。

警長走到外頭，把他的車子從雪地裡挖出來，然後開車行駛過撒鹽道路，一路上看到孩童在那片極適滑雪橇的山丘，揮打三洞高爾夫；身著色彩鮮豔外套的年幼孩子奔跑衝上覆雪的銀白山脊。

就像空中的那些氣球。

他把車窗稍稍開了一道縫隙，去除擋風玻璃的霧氣，車內頓時充滿冷冽的新鮮空氣。他聽見孩子的聲音，以及衝下山坡時的開心尖叫，他們接著又跑上山坡，只為了再度滑下來。歡笑聲讓他會心一笑，這是灰暗一天的愉快時刻。

警長終於抵達安老院，只見柯林斯太太站在門廊，身旁是她坐著輪椅的媽媽。她的媽媽胡言亂語說著世界末日，而柯林斯太太則在訓斥三名青少年志工「好好加把勁」把門廊的積雪鏟乾淨。其中一人讓警長尤其同情。

「瑪利凱薩琳，我們可不想讓我媽媽跌下去，摔傷她的臀部，是吧？」

「是的，女士。」瑪利凱薩琳說。她的臉蛋凍得通紅，掛著鼻涕。

警長不怎麼期待和柯林斯太太閒聊，他記得剛上任時，柯林斯家邀請他去家中共進晚餐。柯林斯家的偽豪宅（McMansion）占地兩百八十坪，具備長長的車道、游泳池、網球場，以及比他的公寓還大的紅酒酒窖。這只是一頓愉快舒適的晚餐，以便客氣地提醒他「公僕」的第二個字就是「僕人」的意思。如果他是城鎮的僕人，那他們就是主人。儘管這些話並沒有說出口，但不言而喻。警長忍耐他們密集炫耀「我們平常，我們精緻」。尤其當布瑞迪把湯灑到精緻桌巾，緊張得像是被抓到從蘗頭身上揩油時，警長知道等他一走出大門，布瑞迪就慘了。但至少，他可以在兩百八十坪的豪宅受苦，塗了指甲的女孩可只二點八坪。

而且，布瑞迪的媽媽廚藝不錯，他得讚美這一點。

主人和僕人之間一直相處良好，直到挖出了一具骸骨，而警長下令在執行進一步調查時，封鎖樹林。

「警長，我可禁不起再損失一星期。」柯林斯先生這麼對他說：「但我有一整個律師團隊。」

「很好，那麼或許你可以派遣他們來這裡，協助我們在你的土地上挖掘更多骸骨。你正在打造友善家庭的郊區住宅，可不想讓採訪車認為你不在乎孩童死者，是吧？」警長說。

這並不真的算是驚世一槍，但已足以促使柯林斯先生在下次選舉時，準備「選購新警長」。但警長不在乎，只要能解決這個案子，就會得到社區支持，他就能保有工作。要是不能，那就算了。他已見識過比居於次位更糟糕的事了。

「嗨，柯林斯太太，柯林斯先生還好嗎？」警長有禮貌地問候。

「很好，他非常高興你讓他的工地停工……又一個星期。」

「只是要維持城鎮的安全，女士。」警長抬抬帽子致意，語氣像是對她比了中指。

「嗯，你的確做了很了不起的工作。」她微笑說道。

警長走進安老院，見到凱特．里斯在走廊盡頭搬出箱子裡的耶誕裝飾。她看起來就跟他們約會那一晚一樣美麗，那場約會從晚上八點開始，直到黃先生用他的破英語說「我們打烊了」。警長不知道三小時怎麼就過了，但時間確實結束，該打開他們的幸運籤詩了。

「妳的寫什麼？」他問。

「患難見真情。你的呢？」

「新的愛情會讓你幸福。」

十分鐘後，他們像是十六歲的青少年那樣，在停車場上他的車子裡親熱。他們只有接吻，這樣卻讓感覺更美好。

「在這樣的暴風雪中，你出來做什麼？」凱特問。

「我可是警長，那妳又在做什麼？」

「我有貸款要付，而且克利斯多夫跟他的朋友出去玩雪橇了。」

警長可以感覺到她心中的變化，得知那具骸骨已被埋了五十年，她對兒子就比較放鬆，只是稍微放鬆而已。

「不再禁足了？」警長問。

「假釋期間。」她說：「但是他不能再去樹林……獨自前往。」

警長感覺到來自場內各角落窺探兩人對話的視線，從憑藉關節炎雙手打牌的老婦人到在外頭偷偷抽菸的員工，所以他悄悄湊過去，低聲說明來意。她點點頭，帶著他穿過走廊來到其中一個房間，就留下他進行警務工作。警長見到坐在椅子上的老人，老人頭上因為眼睛探查性手術而包紮著繃帶。

「先生，打擾一下，我是湯普森警長。」他說。

「哦，哈囉，警長，很高興知道你有確實在工作，因為我有投票給你。」安柏斯說：「有何貴幹？」

即使老人看不到，警長還是脫帽表示敬意，然後面對他坐下。

「先生……我的手下搜索森林過後，找到一個小男孩的屍體。」

「是哦？」

「我認為他是你的弟弟大衛。」

大衛．奧森的哥哥安柏斯，如雕像般動也不動坐著。警長看不到他的眼神，但慢慢注意到，老人的繃帶下緣流出了眼淚。

33

克利斯多夫看著雲層密布的天空，不記得曾看過這麼多雲。美麗的大片雲朵往他們身上灑落雪花，感覺好像遊行隊伍中的彩屑。

他的朋友不敢相信他們的運氣。

下雪天！

一個美妙的大雪日子。

「老天，克利斯，或許你真的控制了天氣。」極品艾德說笑。

克利斯多夫擠出笑容，當然，他知道下雪可能只是巧合。

也可能不是。

那天上午，媽媽載他到三洞高爾夫場地讓他和朋友會合「玩雪橇」。下車時，她給他了一個親吻擁抱，並且嚴厲提醒他。

「不准去樹林，我可不是隨便說說。」

「媽，謝謝妳。」他說。

「不用謝，我讓你來這裡的唯一理由是因為半個鎮上的人都在這山坡了。在我回來之前，不要離開這個地方。」

「遵命，女士。」他說。

每個媽媽各自告訴兒子說下班後就來接他們，只有艾德的媽媽會在完成美容療程後過來，但無論如何，這給了他們八小時時間回去蓋好樹屋。

這是他們的機會。

等媽媽紛紛開車離去，他們就拉著紅色塑膠雪橇轉頭穿過停車場。他們經過嘀咕抱怨道路狀況及通勤時間變長的眾多家長，而小孩則和朋友計畫要好好利用這個上天意外給予的放假日。

男孩跋涉雪地，一路走回使命街樹林，途中艾德裝在保溫瓶的熱巧克力和背包裡的垃圾食物為他們補充了體力。他們在樹林外圍駐足，樹木承受大雪重量，無力地垂下，默默見證歷史。克利斯多夫認為這些樹已存在這裡數百年，甚至數千年。這些樹比他們國家還年長，在他們大家死後，也還會長久屹立在這裡。

除非先被柯林斯先生砍掉。

克利斯多夫帶領男孩來到他藏放窗戶的地點，為了挖出窗戶，他們的手腕覆滿白雪，手臂傳來像是吃了冰淇淋的頭痛。但是克利斯多夫毫無感覺。

他們用紅色塑膠雪橇拖走窗戶，不到五分鐘就抵達空地。男孩艱辛走過雪堆，這些美麗白雪讓空地顯得遺世獨立，彷彿一座不曾有人前往滑雪的高山。

他們來到那棵樹。

他們沒有說話，只是默默工作，偶爾嘟囔一聲來協調綁好繩子以便抬起窗戶，或是拿到正確的螺絲起子，得到密封膠條封好窗戶。

男孩發揮肌力讓屋頂木板就定位，手中的鐵鎚有如刀子劃過溫奶油一樣，把釘子敲進木頭。風兒呼嘯而過，他們的臉頰凍紅潮溼。艾德和麥克在兩小時內釘好屋頂，而這段期間，麥特和克利斯多夫替窗戶裝上了黑色百葉窗。屋頂架好後，四個男孩全都爬上樹屋頂部，開始釘上瓦板。一片接著一片，他們盡可能加快動作，就好像四台手動打字機，敲敲敲。

直到完工。

當克利斯多夫拿起最後一片瓦板時，他頓了頓。只要再一根釘子，就大功告成。他詢問大家，誰想釘下最後一釘。

「你來。」麥克說。

「克利斯！克利斯！克利斯！」他的朋友歡呼。

克利斯拿起鐵鎚，敲進最後一根釘子。大家小心翼翼爬下屋頂，來到地面。男孩靜靜站著，懷著崇敬之情，仰望他們的創作。這是一個完美的小樹屋，有百葉窗、窗戶，以及一扇帶鎖的真正大門，而地板還設有應付緊急狀況的暗門和繩梯，完全是克利斯多夫心中刻劃的模樣。它比他在方格紙畫出的藍圖還棒，如果不提為媽媽規劃的房子，還比他所設計過的任何房子都棒。

樹屋完成了。

「誰要第一個爬上去？」麥特問。

毫無爭議。

克利斯多夫爬上去。

他的朋友緊隨在後。

男孩爬上乳牙般的二乘四木板木梯，來到迷你門廊。克利斯多夫像門房般拉開樹屋大門，讓朋友先行進入。他們一個接著一個，先是艾德，接著是麥克，再來是麥特。三個男孩擠在樹屋裡，開始談論要怎麼搬家具和iPad來這裡看電影，或許再帶一個小瓦斯爐來烤Jiffy Pop爆米花。

當朋友興奮地計畫時，克利斯多夫回首看向空地。他見到鹿群從灌木叢探出頭，在可能令牠們挨餓的寒冬降臨前，吃著最後的青草。他聆聽，沒有聲音，也沒有風，只有從天空不斷穩定落下的白雪。克利斯多夫看到雲臉回來了，它微笑飄移，在他身上灑下棉花糖般的細雪。積雪越來越厚，掩蓋了他們所有的腳印。

彷彿他們從未到過這裡。

「來吧，克利斯，關上門，快冷死了。」艾德說。

克利斯多夫轉身面對朋友，但在這之前，他看了一下整天都默不作聲的白色塑膠袋。他盯著它，只見它懸掛在低垂的樹枝，耐心地等待。然後，他舉步跨過門框，走進樹屋。克利斯多夫知道在關上門的剎那，他就會得到證據。不是他瘋了，就是另一頭的確存在著什麼。不是沒有好心人，就是他即將親自見到他。

「但樹屋要做什麼？」他曾這麼問過好心人。

你絕對不會相信我的，你得親自去看。

克利斯多夫關上大門。

＊　＊　＊

過了一會兒，一隻小鳥停在門把上，環視慢慢圍成一圈匍匐朝樹屋而來的鹿群，牠們步調一致踏出每個腳步。鳥兒不喜歡牠不常見到的東西，就飛走了。牠往上飛過雪花和嚴寒的空氣，往上飛過樹梢，越飛越高，直到來到看起來像是臉孔的雲朵下方。

然後，牠轉身。

鳥兒往下看向地面，見到樹林、行走在銀白雪地的鹿群、架著樹屋的小樹。如果牠能用言語描述眼前景象，牠可能會發誓說，它看起來就像有著棕色斑點的純白虹膜，以及黑色瞳孔……就像一顆巨大眼睛。

第四部

眼見為憑

34

嗨，你好嗎？你還好吧？別擔心，好好呼吸，你會適應的，只要記得幾件事。你在聽嗎？鎮靜。我知道你看不見，你沒有瞎，你正要穿越到幻想世界。

你的朋友沒跟你一起過來，他們以為你還跟他們一起待在真實世界。但你並不孤單，我一直在等你。我絕對不會讓你獨自過來這裡，我永遠是你的朋友。

哦，天啊，你已經穿越過來了。準備好，你辦得到的，克利斯多夫。我知道你辦得到。那裡，那是門把。你就要看到了。請記住一件事，我會竭盡所能保護你，但要是你在這裡死去，你在真實世界也會死亡。所以，不管發生什麼事，如果我沒在這裡等你，就永遠不要過來這裡，永遠不要晚上過來這裡。而萬一我們分開了，不要離開街道。

如果你不離開街道，她就沒辦法抓到你。

35

克利斯多夫睜開眼睛。

乍見之下，一切看起來都一樣。他站在樹屋裡，也仍置身空地，地上還是積著雪。他一度認為自己只是站在樹屋裡的瘋子，聆聽著自己想像中的虛構聲音。

只除了那個氣味。

剛才走進樹屋時，聞到的是寒冬的氣息，那種讓鼻孔黏在一起的凍意。但是，當他張開眼睛，氣息卻很香甜，有如棉花糖。

「嗨，各位，你們有沒有聞到這個味道？」他問。

沒有回應。

「各位？」他重複。

他轉身，幾乎放聲尖叫。因為坐在那裡，就在極品艾德、麥克和麥特身邊的是，他自己的身體。克利斯多夫看到四個男孩交叉雙腿坐著，搓手取暖。他朝他們放聲大喊，他們卻聽不到他。他在他們眼前揮手，但他們的眼睛眨也沒眨。他們忙著計畫要帶什麼家具來樹屋，聲音聽起來很遙遠，就像他把耳朵浸在泡澡水裡所傳來的媽媽說話聲。克利斯多夫竭力想要聽見他們，直到……

叩，叩，叩。

克利斯多夫轉向大門，敲門聲有如粉筆刮過黑板般，在他齒間顫動。克利斯多夫回頭看著他的朋友，他們聽不到敲門聲，只是一直談論要怎麼在樹屋取得供應玩具和裝置的電力。或許用電池？冰箱可以用電池運轉嗎？

叩，叩，叩。

他一步步靠近大門，耳朵附在門上。剛開始，悄然無聲。然後，他聽見一個清晰的聲音，不像朋友說話聲那樣模糊不清。

克利斯多夫，請你，出來外面。

克利斯多夫的心臟狂跳，他走到窗邊，翹首探看，卻什麼也見不到。

叩，叩，叩。

克利斯多夫踮起腳尖，努力想要看到人影，卻只聽見大門傳來聲音。

克利斯多夫，沒事的，是我，開門。

克利斯多夫打開門。

克利斯多夫用力吞嚥了一下，慢慢走向大門。他不想打開它，但他必須知道是否真的有人站在那裡，還是那只是另一個他想像中的虛構事物。他是離開了自己身體？還是瘋了？

外頭的光線令人目眩，但是克利斯多夫還是看得到那張臉，有著上千道上下交錯的傷疤，這是一個擁有古老靈魂的年輕人，或說是有著一顆年輕的心的老年人。眼睛是那麼湛藍，臉龐是那麼俊俏。

是好心人。

「你是真實的。」克利斯多夫驚訝地說道。

「嗨，克利斯多夫。」他說：「真高興終於見到你。」

好心人伸出手，克利斯多夫接過來，跟他握握手。好心人的皮膚柔軟光滑，有如冰涼的枕頭表面。

「我們只剩下一小時的日光。」好心人說：「我們去練習吧。」

克利斯多夫回頭查看朋友可曾注意到改變，是否看得到好心人？他們感覺得到大門打開了嗎？他們可知道樹林和這世界有完全相同的另一側？但是，朋友的對話始終沒變，他們什麼也沒看到，只有一棟由八隻小手打造的樹屋。克利斯多夫跟著好心人走出樹屋，關上門。他走下像是乳牙的二乘四吋木板階梯，尾隨好心人越過空地，進入幻想世界。

36

「你的手指怎麼了？」克利斯多夫的媽媽來接他時問道。

他們在三洞高爾夫球場的停車場，和朋友及朋友媽媽站在一起。太陽終於西下，空氣冷冽清爽，好像敏感性牙齒。

「沒什麼，只是一些小木屑。」克利斯多夫回答。

「來自塑膠雪橇？」

「有同學讓我們用他的木頭雪橇。」

克利斯多夫的媽媽默默看了他好一陣子，說她的眼神充滿懷疑是太強烈了一些，但亦不遠矣。

「哪個小孩？」她問。

「凱文．杜渥特，他跟我是同一個集合教室。」他眼睛眨也沒眨地回答。

正如他預期，這個問題暫且了結。因為除了小木屑及他的身體跟三個朋友在樹屋聊天的記憶外，他還從幻想世界帶了別的東西回來。他的心靈只在幻想世界待了一小時，但自從他離開後，就一直出現這樣的……

癢意。

他鼻子有癢意，但他沒辦法搔癢，因為癢意不在他的鼻子上，而是在他的腦海裡。但是，就連癢意也不是正確的字眼，因為癢意不會同時出現逗弄、低語和抓搔的感覺，癢意也不會留下想法，這些想法有如他以前的舊閃卡。

2+2=4

賓州的首府是……哈里斯堡。

但這些閃卡不一樣，當他看著朋友和他們的媽媽，癢意迅速翻過閃卡，就好像他以前在街上看到別人玩的「三卡牌」[24]一樣。

極品艾德的媽媽是……

極品艾德的媽媽是……酒鬼。

麥克和麥特的媽媽……

麥克和麥特的媽媽……在看配偶心理治療師。

「克利斯多夫，你還好嗎？」

克利斯多夫轉身，所有媽媽都看著他，面露擔憂。克利斯多夫露出要大家安心的微笑。

「我沒事，只是有點頭痛。」他說：「我想要繼續滑雪橇。」

「是呀，可以嗎？」男孩異口同聲問道。

「抱歉，太晚了。」他的媽媽說。

「是呀，男孩們，說晚安吧。我家還有一瓶寫上我的名字的仙粉黛（Zin）白酒哩。」貝蒂說。

他們互道再見，克利斯多夫跟媽媽上車。他把車子的排風口轉向他的臉，讓暖風吹融他紅通通的冰冷臉頰。他回頭，看見媽媽皺著眉頭。

「嗨，媽，妳在想什麼？」他問。

「沒事。」她說。

媽媽在想……

媽媽在想……我手指上的小木屑。

當媽媽開車來到他們家的街道時，他渾身打了個激靈。他想起在幻想世界那一側見到的東西，它就像單向玻璃讓人可以窺看真實側的人們。

並且了解事實。

他看著街上的房子，努力轉移注意力忘卻他看過的東西，但是癢意卻越發劇烈，經過了街角的舊房子。克利斯多夫的媽媽告訴過他，有一對年輕夫婦剛買下這房子，年輕妻子準備把大門漆成紅色。

街角的房子是……

街角的房子是……

什麼也沒有，他的心靈一片空白，沒有答案，只有癢意和搔撓感。克利斯多夫的媽媽開上他們家的車道，按下遙控器開啟車庫門，同時擠出微笑。

媽媽……

媽媽……在擔心我。

24. three-card monte，常被用來做為街頭騙術，玩法是莊家擺放面朝下的三張牌，讓玩家猜出哪一張才是之前抽出的特定牌。

克利斯多夫注視媽媽把湯放上爐子，湯頭加入雞肉和他喜歡的小麵條，另外準備了烤乳酪三明治，就像她以前為死去丈夫準備的餐點。

爸爸……

爸爸……腦海裡有聲音，就像我。

低語搔撓徘徊，然後消逝。克利斯多夫有點頭痛，還有些發燒，但不會太難受。廚房慢慢充滿濃湯和烤乳酪三明治的香味。媽媽問他要不要看痞子貓或復仇者聯盟，他說不要。他完全不想看電影，也不想看電視。

「那麼，你想做什麼？」媽媽問。

「我們可不可以一起看我的寶寶成長小書？」

克利斯多夫的媽媽微笑，略感訝異。他們已經有好多年沒看成長小書了，或許今天正是看它的完美夜晚。白雪蓋屋頂，濃湯爐上熬。

「當然好，寶貝，你怎麼會想起你的寶寶小書呀？」

「我不知道。」

就這麼一次，他不明所以。他不知道寶寶小書為什麼突然這麼有趣，他就是想看。所以，當湯煮好，烤乳酪三明治完美烤成金黃微焦，媽媽拿來寶寶小書。

媽媽知道……

媽媽知道……我跟以前不一樣了。

他們窩在他們的新沙發。

媽媽知道……

媽媽知道……我比我應該的樣子還聰明。

壁爐點著燃火。

媽媽知道……

媽媽知道……我對她保有秘密。

「媽，這烤乳酪三明治真的好好吃哦。」他說，想讓她展露笑顏。

「寶貝，謝啦。」她說，佯裝微笑。

克利斯多夫真希望可以把他從幻想世界帶回來的力量傳給媽媽，他希望她可以見到在人們言語間躲貓貓的思緒，這樣她就會知道他的內心是怎麼樣。

我不能說……

我不能說……媽，我不能告訴妳發生了什麼事。

它會……

它會……嚇壞妳。

好心人說他必須小心，他待在幻想世界的時間越久，他就越是了解真實世界。但這種力量是需要代價的，剛開始是頭痛，接下來是發燒，然後會越來越糟。他要克利斯多夫答應離開樹屋幾天，讓身體恢復。

他不想太操之過急訓練他。

所以，克利斯多夫把腦袋瓜挨著媽媽的肩膀，試著忘記他在想像側看到的東西。在巷底迴轉環道的灌木林附近，有個身著女童軍制服的男人；在山羊橋附近，有個套著中空圓木滾動的男人。幸好，那是白天，幻想世界的人都在沉睡。好心人說，到了晚上，幻想世界就會甦醒。然後，就會變得非常可怕。

「所以，沒有我陪伴的話，永遠不可以來這裡；也永遠不能晚上到這裡。答應我。」

「我答應你，先生。」

克利斯多夫眼睛看著寶寶小書，思緒卻回到了落日。那才是兩小時前的事，感覺卻遙遠得有如密西根。夕陽來臨時，好心人就把克利斯多夫帶回樹屋。他道歉說這麼久沒有回應他，說他不敢冒險，因為幻想世界的人們開始懷疑他。他說，如果克利斯多夫做了噩夢，就要非常小心，因為噩夢是幻想世界的查探，想知道是不是有人知道他們了。所以，如果夢境變得非常可怕時，克利斯多夫就應該直接跑上街道。

如果你在街道上，她就沒辦法抓到你。

「誰？」

「你對她的了解越少越好，我不想她找到你。」

克利斯多夫要好心人跟他一起來真實世界，但好心人說他不能，他有事情要做。然後，好心人揉揉他的頭髮，關上了門。

此時，棉花糖的味道立刻轉變成冷冽的空氣。克利斯多夫回到他在真實世界的身體裡，見到極品艾德手中拉開著樹屋大門。

「走吧，克利斯。」艾德說：「快六點了，我們快來不及了。」

「對。」麥克說：「我們得回到高爾夫球場。」

「我們可不想再被禁足。」麥特說。

克利斯多夫跟著朋友走出樹屋，他是最後一個出去的人，他順手關上門，像是棺材般把幻想世界封閉在裡面。然後，他爬下乳牙般的二乘四吋木板階梯。等他們來到地面上，克利斯多夫看著回到低垂樹枝上的白色塑膠袋。

他露出了笑容。

因為他並不孤單。

「克利斯，你還好嗎？」麥特問。

「什麼意思？」

「你流鼻血了。」

克利斯多夫伸手碰碰鼻子，再把如兔子耳朵的手指拉回到視野，他見到上面沾染了血跡。

這個力量是……

這種力量是……有代價的。

「沒事，我很好，走吧。」

然後，他跪下來，用潔淨的白雪洗掉血跡。

「克利斯多夫，你睡著了嗎？」媽媽問。

克利斯多夫跟著她的聲音回到了現實，他不知道時間過了多久，但媽媽已翻到寶寶小書的最後一頁了。

「沒有，我很清醒。」他說。

接著，他要求她翻回寶寶小書的第一頁，再次觀看舊照片，這是唯一可以讓他的腦袋停止出現癢意的事。

他不知道為什麼。

37

安柏斯打開寶寶成長小書。

現在是深夜一點鐘，他的房間悄然無聲。他打開窗戶，聆聽外面白雪紛落。聲音幾乎細不可微，眼睛沒纏繃帶的人可能完全察覺不到，但是他可以。溼重的雪花如羽毛落在地面，大衛以前很喜歡玩雪。天啊，他的弟弟好喜歡玩雪呀。

安柏斯握住寶寶小書。

他想起大衛懇求他帶他去三洞高爾夫球場滑雪橇的事。「孩子，你還不夠大。」但是大衛非常能說善道，那一次，他贏了。他們去滑雪橇，大衛戴了他最愛的帽子。那是一頂有匹茲堡鋼人隊標誌的滑雪帽，帽頂裝飾了黃色流蘇。那是在「無玷接球」[25]之前，當時鋼人隊還是一支淒慘的球隊。不過，安柏斯在肯尼伍德遊樂園贏得了這頂帽子，就送給了弟弟。那頂帽子一直是大衛的最愛，而安柏斯買來送給他的棒球手套也是。他依然記得那只棒球手套的氣味。

安柏斯起身。

他記得滑下三洞高爾夫球場險陡坡道的感覺，寒風襲來，把他們的臉頰吹得通紅，紅得像是大衛看《白雪公主》時，嚇到他的那顆毒蘋果。他們玩了一整天雪橇，冰雪滲入大衛的連指手套，凍得他手腕發疼。等他們終於依依不捨回家時，他的鼻子凍結著鼻涕硬塊。爸媽不在家，所以安柏斯拿錫箔盒的青豆拌馬鈴薯泥，為兩人做了電視餐。他們坐下來一起吃，看著匹茲堡鋼人隊輸給芝加哥熊隊。

25. Immaculate Reception，在一九七二年十二月二十三日的NFL季後賽最後三十秒，主場球隊匹茲堡鋼人隊的法蘭柯．哈里斯（Franco Harris）躲開對手突擊者隊的擒抱，接下偏斜長傳的反彈球，跑出四十二碼的致勝達陣，在二〇二〇年獲球迷選為NFL百年最偉大時刻。這個接球的命名，是採用天主教的「聖母無玷原罪」（Immaculate Conception）教義做為雙關語。

「他媽的，鋼人隊。」安柏斯說。

「他媽的，鋼人隊。」大衛說。

「別說髒話，還有，吃飯時摘下帽子。」

大衛拿下他的鋼人隊舊帽子，笑容滿面任由哥哥搓揉他的頭髮。

隨著歲月流逝，安柏斯的年紀越大，也越來越難以仔細記住弟弟的模樣。但是，有些事是他永遠也不會忘記的。

大衛的頭髮。

安柏斯還記得它的顏色，不是黑色，也不算棕色。髮質完美，髮型怎麼剪都好看。安柏斯記得媽媽剪了一綹髮絲，放在大衛寶寶小書的前頁，它驕傲地和印著D．奧森的醫院手環並列，旁邊還有小手印和小腳印。固定頭髮和手環的透明膠帶，經過歲月洗禮，早已泛黃。

安柏斯難以相信弟弟的寶寶成長小書上的髮絲，現在已放進送往匹茲堡法醫實驗室的塑膠證物袋裡，以便證實在使命街樹林所找到的骸骨確實是大衛。如果是，安柏斯終於可以在五十年後，埋葬他的年幼弟弟，這是爸媽生前始終不肯舉辦的葬禮。

他們總是說大衛會回家。

多年來，安柏斯嘗試過讓這個夢想成真，到處尋找大衛。多年來，他不時會在其他孩子身上看到大衛，有時他不得不轉開視線，免得讓人覺得他是變態。最後，安柏斯終於了解到大衛永遠不會回來了，只是把這個想法默默埋藏在內心深處。他知道大衛像其他孩子那樣被帶走了，不是為了贖金，而是因為更為邪惡的理由。他看著爸媽自欺欺人地認定大衛是被沒有孩子的家庭帶走，而不是開著廂型車的禽獸，或是需要毀滅弱小來自覺偉大的懦夫。最後，安柏斯只好以國外的戰爭，取代父母的戰爭。在軍隊中，安柏斯見識到比孩童失蹤更悲慘的事，見到村莊被炸彈炸得滿目瘡痍，見到女孩子賣身換米，被噁心至極的男人買下。當他從戰地返鄉，太太想要孩子，他說自己沒辦法再經歷那麼重大的痛苦。他辜負了弟弟，他永遠無法原諒自己，他不配擁有自己的兒子。

安柏斯拿下眼睛上的繃帶。

他從一片朦朧中瞇視，看著窗戶上自己的倒映，以及影像後方落下的白雪。安柏斯打量他的禿頭，孤單單一道灰髮從耳際覆過他的頭皮，有如柯林斯太太的貂皮披肩。大衛永遠不會見到頭髮灰白，永遠不會掉髮，也不會看到頭髮每天早上在枕頭留下松葉般的痕跡。他永遠不會聽到妻子謊稱說他看起來還是很棒。

安柏斯盯著寶寶小書。

他一一翻過頁面，見到弟弟再次重新長大。他見到一個沒有牙齒的嬰兒，變成一個開始爬行、走路，到最後因為跑步時時撞到茶几，而說醫院是「縫縫店」的小男孩。他見到弟弟坐在耶誕老人的膝蓋上號啕大哭，一個小男孩站在家中耶誕樹下，因為拿到大哥哥安柏斯送的棒球手套而開心大笑。那只手套聞起來像是新的皮革。

「安柏斯，我們可以來玩投接球嗎？」

「外面下雪了。」

「我不介意。」

安柏斯一再地翻動頁面，努力看清楚頁面。他的眼睛沒能治療，他很快就要瞎了，眼科醫師警告說，快則耶誕節時就會失明。但只要他還可以瞇視，他就會看著這本寶寶小書，盡力想起關於弟弟的一切。不是最後那些瘋狂的事，不是頭痛、發燒和那些自言自語。不是尿床，不是最後嚴重到讓他分不清是在做夢還是清醒的噩夢。

不。

他要從這些照片記起大衛，大衛是一個喜歡鋼人隊舊帽子，以及因為喜歡哥哥送的棒球手套，只好在雪地玩投接球的小孩；是一個懇求跟著安柏斯到處跑，喜歡與哥哥相處的每一分鐘的小孩；是一個到理髮院會坐在安柏斯隔壁，笑嘻嘻聽著理髮師佯裝說要把他剃光頭的孩子。

「大衛……你有一頭漂亮的頭髮。」

安柏斯翻到寶寶成長小書最後一頁，最後一張照片是大衛八歲時拍攝的，然後就是數十頁永遠空白的頁面。五十年前，剛從西爾斯百貨買回書時，頁面潔白乾淨，現在卻泛黃，又綿得如他手上的皮膚。安柏斯走回床邊，躺到枕頭上。他拿出假牙，泡進床邊的杯子，再丟進假牙清潔錠洗滌他的罪惡。滋滋作響的發泡水聲有如大雷雨中打在屋頂的雨滴，撫慰了他。雷聲交加，大衛會打開他的房門。

「安柏斯，我可以睡在你床上嗎？」

「只是打雷。」

「我做了噩夢。」

「又做噩夢了？好吧，進來吧。」

「謝謝！」

安柏斯記得大衛臉蛋上的笑容，以及缺了的門牙。可以爬進哥哥的床鋪一起睡，他看起來像是大大鬆了一口氣。他用那只棒球手套當做枕頭。

「安柏斯……我們明天一起去樹林吧。」

「睡覺，大衛。」

「我想要給你看個東西。」

「我十七歲了，才不要像小孩子那樣去森林。」

「拜託，是很特別的東西。」

「好，是什麼？」

「我不能告訴你，不然他們會聽見。你得親自去看，拜託！」

「好，我會跟你去，現在睡覺吧。」

但他始終沒去，不管大衛怎麼求他。因為他不想助長大衛更多瘋狂的作為，他不知道弟弟在那裡做什麼，不知道樹林裡發生了什麼事。但是有人知道，有人在他家門廊播放錄了寶寶哭聲的錄音帶，帶走了他的弟弟。

然後有人活埋了他的弟弟。

原始的怒火席捲而來，就像收音機播放的老歌，源源不絕的年輕怒氣回到他身上。他見到指控他殺害了弟弟的記者嘴臉，迴避他的同學，朝他開槍的敵軍，臨終前說著大衛會回家的媽媽，臨終前什麼話也沒說的爸爸，因為癌細胞比他的自我否認更加嚴重肆虐他的腦部。他見到宣布他妻子死亡的醫師，宣判他無法再自理生活的法官，吹著泡泡糖終於收走他的駕照的官僚，無法解決中東難民問題的政府。還有全憑祂的意志，就讓這一切發生的天主。

他們全部呈現成一張臉。

成了活埋他弟弟的那個人。

安柏斯對此深深吸了一口氣，然後，他呼出氣，透過眼中雲霧盯著天花板。他已經流乾淚水，已經不再為自己難過，他已經當夠在等死前先等著失明的衰弱老人。他能夠活下來是有其理由，他要查清弟弟的遭遇，如果這是他有生之年最後的作為。

他也幾乎肯定，這的確會是。

38

是誰殺害了大衛・奧森？

警長開車穿過皮特堡隧道時，心中不斷想著這個問題，直到輪胎因大雪打滑險些衝出橋外。他這輩子從未看過這樣的雪，整整兩天都沒有停止的跡象，就像地球對他們發怒，或是上帝本身需要用海倫仙度絲去除頭皮屑。非洲旱災、中東危機，以及賓州西部決定競選成為下一個北極？

到底是怎麼回事？

警長在警局前方停好車，抬頭看著這棟灰色的老舊建築，他在這裡度過了熱情急切的二字頭，以及較不急切的三字頭歲月。在這棟灰色建築，他把許多壞人繩之以法，但在它的角落辦公室，也有許多無辜人士毫無生氣躺在冰冷的金屬檯面。

像大衛這樣的無辜人士。

警長一小時前接到電話。他的老友卡爾通融，私下比對了ＤＮＡ，收藏在寶寶成長小書的頭髮和森林骸骨的ＤＮＡ相符，那具屍骨是大衛。警長希望最後的證據或許可以給予安柏斯一些安慰。他見過老人流淚，安柏斯卻不太一樣，讓他喉嚨一緊。戰地老兵的淚水透過包紮眼睛的繃帶落下，這種情景確實令人動容，況且那雙眼睛已經沒有痊癒的可能。

「他有受苦嗎？他的骨頭可有斷裂？」安柏斯問。

「沒有斷裂，先生。」

「其他方面……他有受傷嗎？」

「奧森先生，除了死亡方式，他並沒有遭受暴力的跡象。」

「我的弟弟是怎麼死的？」

警長剛開始只是保持沉默。

「警長，我是軍人，我唯一無法應付的只有哄人的屁話，告訴我實情。」

「先生，他是被活埋的。」

即使看不到他的眼睛，警長還是永遠忘不了安柏斯的表情。他的額頭先是困惑不解，最後迸現成為一道白熾的怒火。多年來，警長對許多家庭傳達過壞消息，每一次總是非常難以啟齒。他拜訪過希爾區的一個單身媽媽，或是松鼠丘的一對富裕親切夫婦後，再回到這棟灰色建築物。大家的反應總是一樣，不信、悲傷、內疚和絕望之情交織。

塗了指甲的那個女孩例外，她的媽媽過世了。

警長和卡爾約在灰色建築大廳的咖啡廳，他來取回大衛的頭髮，同時拿到正式文件，安排屍體送往殯儀館。他們坐在他們最愛的那個雅座，上方掛著老闆和鋼人隊傳奇球員泰瑞・布萊蕭握手的照片。他們第一次坐在這張照片底下時，卡爾整個午餐時間都在跟他說，他在史崔普區的梅卓波夜店認識了一個火辣的天主教女孩。他們像年輕男人一定會（而老男人絕對不會）的那樣，大笑談論著女孩子。現在，簽名褪色了，色彩也是，而卡爾在梅卓波夜店認識的火辣天主教女孩，現在已變成過胖的天主教婦人，給了他三個孩子，讓他的生活成了一個快樂的活地獄。警長微笑聽著卡爾抱怨說，又要跟霍姆斯特的岳母共度耶誕節。

「不過，那女人的蘑菇湯做得還真不賴，你要不要來？」卡爾問。

「不，謝了，有太多事要做。」

「別這樣，你已經一路忙到了感恩節，不要又孤單過耶誕。」

警長佯稱說他已經受邀到警局同事的家裡，然後謝謝他的老朋友，就走回他的車子。車子上又積了兩、三公分厚的雪。

這些雪到底是從哪裡來的？

在他啟動引擎，讓除霧裝置除去擋風玻璃霧氣時，他的心思穩定下來。他看看證物袋、髮絲及正式報告，就把它們放到駕駛座旁邊的位子。

然後，他開車出發。

他知道自己要去哪裡，這是他每次來市區時的必定行程。他要開車經過那家他帶塗了指甲的女孩就醫的醫院，即使有暴風雪，而且路況惡劣，他還是會開車經過，因為他對天主承諾過他會如此。他的邏輯腦袋知道不管他有沒有把車子停在慈恩醫院前面，觀看正面的查理布朗聖誕樹，都不會有什麼差別。但在一個罕見的悲傷時刻，他和天主做了協議，如果他這樣做，塗了指甲的女孩就會上天堂。所以，他會永遠這麼一直做下去。如果他拯救不了她的性命，至少可以拯救她的靈魂，這是他虧欠她的。

他把車子停在慈恩醫院前面，凝視那棵耶誕樹大半個小時。排氣管在冰冷的空氣中吐出團團雲霧，雨刷和除霧裝置把大量的雪花變成一道道水痕。他探過身，拿起座椅上的大衛檔案，而男孩的頭髮就在檔案旁邊。

是誰把寶寶提籃放在門廊的？

這個問題卡在警長的喉嚨，像罐子裡的蒼蠅。有人策畫了這一切，有人費了許多手腳，把寶寶提籃擦拭乾淨，不帶任何指紋留在那裡。這不是小孩惡作劇的手法，而是帶走大衛並殘忍對待他的人（或是許多人）所做的事。

安柏斯說，他沒有懷疑的對象。鄰居、老師、朋友的家長都沒有問題，因為大衛沒有任何朋友。他只是一個寂寞怪異的小孩，成天都躲在圖書館看書。當時，鄰居的友善人士說他「奇怪」、「特別」，來自南方的人會說他「有障礙」。而在今日，視醫師判定，大衛可能會被診斷為「自閉症」或「思覺失調症」。不管診斷為何，都不會提供警長解決這案子所需要的一件事。動機。

發現大衛的地方不是溝渠，也不是溪底。他們發現大衛的屍骨蜷縮在樹根底下，他被生生活埋，所以要是大衛．奧森是被謀殺的，那麼到底是誰埋了他？

因為不會是樹木。

39

克利斯多夫凝視著樹木。

他躺在床上，看著月亮從光禿禿的樹枝間眨眼睛。他害怕到不敢睡覺，害怕到不敢入夢。他不想要幻想世界的人們在他的噩夢裡探查，看看他是否知道他們。

所以他看書保持清醒。

那天晚上，他走去鴨子壁紙的書架三次，文字發揮了作用，讓他的心靈沉靜下來，讓他不會注意到癢意，還有恐懼。

以及發燒。

它緩緩浮現，剛開始只是脖子後面的細汗，然後變得好熱，熱到他只好脫下睡褲，躺在毯子上方，光著瘦削的雙腳看書。

到了早上，他已經快看完了《魔戒》。

克利斯多夫一到學校，發燒熱度就上升了。他看著學校裡的孩子，孩子紛紛覺得只放了三天暴雪假，真是詐騙。他想起媽媽曾經跟傑瑞說，「詐騙」這個英文字「gyp」不好，它是源自「吉普賽人」（gypsy），用「gyp」這個字並不好。

傑瑞在……

傑瑞在……找我的媽媽。

克利斯多夫感覺走廊整個安靜下來，癢意捶擊著他的耳朵，翻動著閃卡，越翻越快，就好像十段變速的單車在換檔。

大門警衛在……

大門警衛在……跟妻子說話。

我不會西班牙文，但我知道他說什麼。

「離婚是有罪的，我不會放棄兒子的監護權。」

「嗨，克利斯多夫。」一個聲音說道。

他轉身，見到勒斯可老師愉快地微笑。

勒斯可老師在……

勒斯可老師在……診所裡排隊。

「克利斯多夫，你還好嗎？你看起來不怎麼好。」勒斯可老師說。

「我沒事，老師，謝謝妳。」

勒斯可老師去……

勒斯可老師去……拿掉寶寶。

「那麼來吧，我們要去禮堂進行州考。」

勒斯可老師……

勒斯可老師……離開診所後就直接去酒吧。

克利斯多夫跟著她走進禮堂，他坐在按照字母順序排列的位子裡，等候老師發下州考測驗卷。韓德森太太解釋說，這應該在上星期舉行，但是暴風雪打亂了行程。她告訴大家，他們必須在學校放長假前的最後一星期，完成所有工作。她要大家不要有壓力，這個考試的確會影響州政府的資金補助，但是韓德森太太和其他老師對於他們這一年的進步情況，都非常引以為傲。

韓德森太太在……

韓德森太太在……說謊。

學校需要……

學校需要……這筆資金。

等所有考卷都發下來後，克利斯多夫拿出他的二號鉛筆開始作答。癢意不見了，只剩下答案。美麗、寧靜的答案。他塗滿小圈圈，一排又一排，直到它們看起來像是天空的星星，像是表示靈魂或太陽（或兒子）的流星。在那個時刻，克利斯多夫沒有聽見想法，所有小孩都忙著思考題目。沒有閃卡，沒有癢意，只有考試答案，它感覺像熱水澡，也像他心靈中的涼爽枕頭表面。克利斯多夫寫完考卷後，環視周遭，其他孩子都還在解第五頁。克利斯多夫是唯一寫完考卷的學生。

直到極品艾德寫完，放下鉛筆。

然後麥克放下鉛筆。

然後麥特放下鉛筆。

四個男孩互相對看，露出笑意，自豪學校最笨的四個孩子不知怎地變成最聰明的四人。

「寫完考卷的人，請趴在桌子上。」韓德森太太說。

克利斯多夫按照指示，趴在桌上，他的思緒飄向樹屋，飄向好心人，以及他們要做的訓練。他的心思如天空的雲朵飄走，就像他用來計算爸爸死後自己失眠次數的那張紙。

眼睛休息一下。

就像爸爸在浴缸裡那樣。

就像聲音要他做的那樣。

閉上眼睛，你就會永遠沉睡。

「克利斯多夫！」一個聲音高喊：「我是怎麼跟你說的？」

克利斯多夫從桌上抬起頭，看向教室前方。勒斯可老師表情嚴厲盯著他，這很奇怪，因為勒斯可老師從來不會對學生生氣，即使他們在教堂灑出顏料也一樣。

「克利斯多夫！我說到黑板前面。」

克利斯多夫環視禮堂，所有小孩都盯著他，看起來像是有話要說……

克利斯多夫，你聽見她說的話了。

快去。

我們可沒有一整天。

……但是他們沒辦法說，因為他們的嘴巴被縫住了。

克利斯多夫找尋他的朋友，但是艾德在桌上睡著了，雙麥兄弟的頭也趴著。克利斯多夫回頭，看到勒斯可老師彎著手指，示意要他到全班前面。她的指甲底下有泥土，一把銀色鑰匙從套著她脖子的小小套索垂下。克利斯多夫的心臟開始狂跳，他知道發生什麼事了。

我睡著了，哦，天哪，我在夢中。

「克利斯多夫，如果你不立刻過來黑板這裡，禮堂裡的所有人就別無選擇，只能生吃你了。」勒斯可老師以平靜的語氣說道。

到街道上。

克利斯多夫轉身，所有出口都有老師看守，他們眼睛和嘴巴都被縫住，站在那裡。無路可逃。

「克利斯多夫，馬上過來！」勒斯可老師嘶吼。

克利斯多夫不想走向她，他想要離開這裡，所以他舉步遠離黑板。但是，他移動的每一步，不知為何卻更加靠近了。一切都是相反的日子。他停下腳步，穩定地呼吸。

他踏離黑板一步。

然後他的腳踩近一步。

「不！」他大叫。

他又踏離兩步。

然後他又接近兩步。

他止步，轉動心思。「好，這是相反日，如果我靠近黑板，那麼就會離開。」

所以，他往黑板走了兩步。

結果，他往黑板靠近了四步。

不管他怎麼做都沒有用。

他一直走到了禮堂前方。

「救救我！拜託！」克利斯多夫高喊。

克利斯多夫對所有的孩子求助，他們的嘴巴被縫住，眼睛卻對他微笑。克利斯多夫走過走道，他每經過一排，那一排的學生就抬起頭看他，用氣音嘶嘶威嚇。

考試別搞砸。

考試別考壞。

克利斯多夫往前走向黑板，勒斯可老師站在一旁，她厚厚的眼影是正確的顏色，但不知怎地卻不太對勁，一切都不對勁。她聞起來沒有她平常的菸味，聞起來像是燒焦的皮膚。勒斯可老師微笑，舉起一根完好的白色粉筆，那是手指的形狀。

「拿去，克利斯多夫。」她說，伸出骯髒的指甲搓揉他的棕髮。

她把粉筆遞給他。

「好，寫黑板，克利斯多夫。」

「妳要我寫什麼？」他問。

「你知道要寫什麼。」她說。

克利斯多夫開始寫，粉筆刺耳地劃過黑板。

我不會在上課睡覺。

他轉向勒斯可老師，看到她拿出一把剪刀。

「這不是你應該寫的東西，克利斯多夫。」

「妳要我寫什麼？」他問。

「你知道要寫什麼。」她沉靜地說。

克利斯多夫轉身見到勒斯可老師走向前排的學生，她在珍妮面前屈膝，拿起剪刀，迅速剪開縫住珍妮嘴巴的縫線。珍妮鬆鬆下巴，像小嬰兒開始長牙，開始長出小小乳牙時那樣，一直流口水。

對不起，我上課時睡覺。

「這不是你應該寫的東西，克利斯多夫。」勒斯可老師說。

「勒斯可老師，拜託，我不知道妳要我寫什麼。」他懇求。
「不，你知道。午餐時間的鐘聲就要響了，有人想到黑板來幫幫克利斯多夫嗎？」每個小孩都舉起手，張開他們的嘴巴說：「我！我！我！我！」但是沒有人說出話，只有寶寶吵著要喝母奶的哭聲。

母奶是沒有紅血球的鮮血。

奶是血，寶寶要你的血。

「孩子，謝謝你們。你，穿著紅色連帽衫的你，不妨去幫幫他。」勒斯可老師說。
一個小小紅袖子舉起手，克利斯多夫看不到那孩子的臉，只見到勒斯可老師經過前排，一一剪開孩子的嘴巴縫線。咔擦，咔擦，咔擦，嬰兒哭哭啼啼要喝血。
克利斯多夫轉向黑板，絕望無助，手中的粉筆開始顫動。他知道絕對不能寫出關於樹屋、好心人、訓練或幻想世界的事，所以他開始狂亂書寫，寫下任何想得到的事。

我很遺憾妳要靠喝酒助眠，勒斯可老師。

「這不是你應該寫的東西，克利斯多夫！」她嘶喝。
勒斯可老師走向布瑞迪，咔擦，咔擦，咔擦。

我為勒斯可老師上天堂的寶寶感到難過。

「我的寶寶不在那裡。」勒斯可老師用嬰兒的聲音說：「幫幫克利斯多夫寫出他需要寫下的東西！」
克利斯多夫見到紅色連帽衫上來站在他隔壁的黑板前，他的小手抓住粉筆開始寫。克利斯多夫順著小手看向手臂，見到一個小男孩的臉蛋。小男孩轉向克利斯多夫，咧嘴一笑，他缺了前牙，眼睛發出精光，寫下碩大的粗體字。

誰在幫忙你？

「克利斯多夫，我們只想知道這件事。像個好小孩，乖乖寫出來，你就可以活著離開這裡。」勒斯可老師露出燦爛笑容說道。

勒斯可老師靜靜移向第二排，用剪刀剪開縫線。咔擦，咔擦，咔擦。

「我不知道妳在說什麼。」克利斯多夫說。

「不，你知道。」勒斯可老師說：「午餐時間就快到了，滴答。」

紅色連帽衫小男孩的粉筆拖曳過黑板，刺耳地寫下每一個字。

誰在幫忙你？

「沒有人！我發誓！」克利斯多夫說。

勒斯可老師走到最後一排，剪開最後一條縫線。咔擦，咔擦，咔擦。

「好了，誰想第一個吃他！」她尖叫。

「我！我！我！」小豬仔尖叫。

克利斯多夫轉向紅色連帽衫小男孩，絕望至極。

「我要怎麼才能醒來？」他低語。

小男孩不語，發出精光的眼睛轉向克利斯多夫，露出缺了門牙的笑容。克利斯多夫看到骸骨也缺了同樣的牙齒。克利斯多夫感覺到脖子後面的寒毛豎起。

這個東西是大衛．奧森。

「大衛，請幫忙我醒過來。」克利斯多夫懇求。

大衛停止動作，震驚地聽到自己的名字被大聲說出來。

「拜託，我認識你的哥哥安柏斯。」

男孩一臉茫然，過了一會兒，他的眼睛眨動，不再發出精光。他不是東西，他是小男孩。他張開嘴巴，試圖說話，但他像蛇一樣從缺口吐出蛇信，只發出嘶嘶聲。

「我不知道你是要說什麼。」克利斯多夫低語。

大衛轉向黑板，寫下大字。

鐘響。

鐘聲響了，克利斯多夫轉身，見到一群孩子露出森然牙齒，全力衝向他。他跑向韓德森太太看守的走廊出口，她手中拿著一疊圖書館的書。

「克利斯多夫，韓德森先生不愛我了，他晚上老是出門。」

她放下圖書館的書，抓住他的手臂，眼神迷惘絕望。

「為什麼他覺得我好醜？克利斯多夫，幫幫我！」

布瑞迪和珍妮衝向他們，像是嗷嗷待哺的小狗般嗥叫。克利斯多夫掙脫抽出手臂，跑出禮堂，但韓德森太太沒有移動，她只是站在那裡，看著擺滿數十年獎杯和班級照片的玻璃展示櫃裡的自己。

「我是什麼時候長出白頭髮的？我是什麼時候變得又老又醜？」她說著，一群小孩跳上她，齜牙咧嘴，飢渴無比。

克利斯多夫跑過走廊，找尋出口，找尋前往街道的路。只要抵達街道。他轉彎，見到遙遠的那一端有個出口。走廊兩側是一排排的置物櫃，一雙雙眼睛從透氣孔窺看，金屬框架後傳來沙沙低語。克利斯多夫奔向出口，置物櫃把手開始嘎啦嘎啦響。

置物櫃就要開了。

就像棺木蓋一樣。

克利斯多夫全力狂奔經過置物櫃，衝過走廊。只要到出口，只要到街道。就在他正要打開出口的大門時……

一個置物櫃打開，一隻手把他拉進黑暗。

克利斯多夫正要放聲尖叫，那隻手摀住了他的嘴巴。

別去，那是陷阱。

是好心人。

突然間，前門砰然打開。勒斯可老師跑回學校，她不知怎地掉頭回來。她在走廊潛行，臉上沾滿鮮血。

「克利斯斯斯多夫。」她以氣音說道：「你的朋友現在在這裡嗎？我想他可能在在在。」

別尖叫，她就是靠這樣來找到你。

克利斯多夫從透氣孔窺看，見到勒斯可老師走向不同的置物櫃，不斷用鮮血淋漓的指關節叩擊。

砰，砰，砰。

「國王下山來點名，點到誰是好運氣。」

砰，砰，砰。

「抓住新朋友的腳趾。」

砰，砰，砰。

「他會大叫，不能放他走。」

砰，砰，砰。

「國王下山來點名……」

一片沉寂。

克利斯多夫屏息站著，等著她打開置物櫃。但是她沒有，她走向走廊另一頭的體育館，消失在門後。好心人等了一會兒，放下克利斯多夫後低語。

我們得去街道。

克利斯多夫推開置物櫃的門。

整條走廊擠滿了小孩，他們的身高太矮，所以從透氣孔看不到，他們全都擠過來，同時高喊。

「誰是好運氣！」

體育館的大門砰然打開，克利斯多夫見到勒斯可老師進入走廊。但她看起來完全不對勁，她的眼睛發出綠光，有如戴著最假的綠色隱形眼鏡，像是眼睛不該有的顏色。一種病態的嘔吐綠，一種手臂骨折的綠。她盯住他，微笑中露出犬牙。

「你不在街道上！」她咯咯笑。

她跑向他。

克利斯多夫摔倒在走廊裡，無法起身。

每踩一步，他就聽見一個噁心的咔嗒聲，而她的脖子開始往上長。就好像一次一個脊椎骨，她的肩膀長出來長頸鹿的脖子。在她咔嗒咔嗒逼近他，孩子彷彿紅海般分開。噁心，咔嗒。他聞得到她的氣息，灼熱，腐臭。勒斯可老師不復見，只剩下顯露出真實形體的這個女人。她全身燒傷，頭髮瘋狂糾結，一把銀色鑰匙從套著她脖子的小小套索垂下。

她整個人撲向克利斯多夫，指甲抓進他的脖子。好心人突然跳出置物櫃，雙方碰撞在一起，跌落地面。

「我就知道是你！」她嘶吼。

此時，克利斯多夫才了解到這是陷阱，但不是針對他的陷阱。那個女人伸出她骯髒的指甲，抓住好心人。小孩在一旁跳上跳下，高聲嗥叫，只除了大衛。他站在走廊上，盡可能離得遠遠的，然後趁人沒注意，便溜進一個置物櫃躲藏。好心人擒抱住那女人，她張開大口，露出森然的鋒利犬牙。她比較強壯，動作比較快。她的眼睛發出精光，嘴巴高聲大叫，然後舔拭，接著發出氣音。嘶，嘶！

好心人看著克利斯多夫。

他正要開口說話。

「別再幫助他！」嘶嚇夫人尖叫，鋒利犬牙旋即咬進好心人的脖子。

40

克利斯多夫即使睜開眼睛之後，仍尖叫不已。

他抬起頭，見到勒斯可老師的臉衝向他。沒時間浪費了，他起身推開她。

「別碰我！」他大叫。

「克利斯多夫，冷靜！」勒斯可老師說。

「妳想殺死我！」他抓住她的手臂，尖聲高喊。他的額頭高燒發燙，他立刻把熱度順著手臂推向手指。他的手指有如小烤箱般加熱，滲入勒斯可老師棉質上衣的纖維裡。

「克利斯多夫，住手！你弄痛我了。」她尖叫。

「拜託！別讓他們吃掉我！」他說。

全場哄堂大笑，他清醒過來。

克利斯多夫環視禮堂，發現學生都坐在自己的位子寫考卷。他們的嘴巴不再被縫住，現在全都咧嘴取笑他。

「拜託！別讓他們吃掉我！」布瑞迪模仿。

「住口，布瑞迪！」艾德說。

「真要吃人的話，極品艾德可是最為鮮嫩多汁。」珍妮說。

學生笑得更大聲了，克利斯多夫看著勒斯可老師。她的指甲乾乾淨淨，沒有汙垢，也沒有嘔吐綠的眼睛，不再是嘶嚇夫人，這是真正的勒斯可老師，而且她……對他懼怕萬分。

「克利斯多夫，你做噩夢了，請放開我的手。」

克利斯多夫鬆手，勒斯可老師馬上拉起罩衫查看手臂，見到上面已經開始起小水泡了。她轉身看向克利斯多夫，發現男孩似乎比她自己還害怕。

「對不起，勒斯可老師。」他說。

「放心。」她說：「只是小傷，我帶你去保健室吧。」

「我不需要去保健室。」他說：「我現在沒事了。」

「去看一下你的脖子。」她說。

克利斯多夫不懂她在說什麼，後來才注意到她的白色罩衫上沾上他手指形狀的血跡。克利斯多夫低頭看著他的指甲，血肉翻紅得像漢堡肉一樣。他伸手觸摸脖子，剛才他像是用指甲撕裂了自己脖子，而傷口就在嘶嚇夫人抓傷他的同一個部位。

「來吧。」她親切地說。

克利斯多夫一站起來，場上笑聲又浮現了。先是他身旁孩子低聲竊笑，沒多久，就傳染了整個禮堂，大家對他指指點點，低語嗤笑。克利斯多夫低頭，發現褲子上的痕跡。

尿漬。

痕跡在他的燈芯絨長褲上散開，讓黃褐色的布料變成了栗子般的深褐色。他在全校學生面前尿溼褲子了，他抬頭看著勒斯可老師，對方迅速從手臂上的輕微疼痛回過神來，看進這羞得無地自容的小男孩的眼睛。她牽起他的手，帶他去保健室。

勒斯可老師……

勒斯可老師……把伏特加放進保溫瓶。

勒斯可老師……嚼口香糖掩飾酒味。

克利斯多夫躺在保健室的塑膠硬床上，感覺發燒頭痛，額頭發燙。他努力注視鼻梁前的體溫計，但看成了鬥雞眼，幾乎看不到爬升的數字。

38.6，38.7，38.8。

他回過頭，看到護理師在治療勒斯可老師的燙傷。她把乳膏慢慢塗抹在水泡上，再用繃帶鬆鬆纏起。

「就這樣包住。」護理師說：「水泡一、兩天就會消了。」

體溫計發出嗶聲，護理師走過來，從克利斯多夫的口中抽走它。

「三十八點九度。」她說：「待在這裡，我們會打給你媽媽。」

護士認為……

護士認為……我是故意抓傷脖子的。

勒斯可老師和護理師走進隔壁辦公室打電話給克利斯多夫的媽媽，克利斯多夫突然一陣恐慌，要是媽媽知道他生病了，絕對不會放他出門。不能上學，也不能去樹屋，沒辦法幫助好心人。而且不只是發燒的問題，媽媽還會看到燈芯絨長褲上的尿漬，以及脖子上的傷口。她會問很多問題，很多他絕對不能回答的問題，因為嘶嚇夫人現在正在監視他。

「勒斯可老師，不好意思，我可以去洗手間清理一下嗎？」克利斯多夫說。

「當然可以。」她微笑。

勒斯可老師……

勒斯可老師……想著她裝在保溫瓶裡的酒。

勒斯可老師……在學校整天都醉醺醺。

克利斯多夫溜進走廊，衝向最前面第一扇門的男生洗手間。裡面沒有人，沒有對著便斗玩著「遠射砲」的男孩子。克利斯多夫終於獨處了，他抬頭看時鐘，還有五分鐘考試才會結束，還有時間。他迅速脫下長褲，打開冷水，把褲子放進水裡來回搓揉，再加上一些肥皂，努力洗掉尿漬。但是，就是洗不乾淨，他一再地沖刷。他狂躁地搓揉、沖洗，搓揉、沖洗，卻都不管用。他的褲子越來越溼，兩頰越來越通紅，羞赧得臉蛋整個脹紅。

沒有用的，她會看到我的褲子。

她會看到我的脖子。

她不會讓我去樹屋了。

克利斯多夫知道自己必須回到樹屋，不管有沒有承諾，他都必須在嘶嚇夫人殺死好心人之前找到他。要是他太遲了呢？要是好心人像秋天森林裡的樹葉呢？當樹枝變得光禿禿，好心人就會離開了。克利斯多夫就變得孤伶伶了。

他抬頭看時鐘，只剩下兩分鐘。他關上水，擰乾褲子，再把褲子拿到熱風烘手機。他按下按鈕，讓熱風注入燈芯絨，它膨脹變得像是氣球大賽裡的氣球。他看著鏡中的自己，像以前害怕吸血鬼時那樣，拉高高領毛衣的領子來遮住脖子。他再次按下烘手機，見到棕栗色痕跡變淡了，但是乾得不夠快。

它需要更多熱度。

我要從哪裡得到更多熱度？

克利斯多夫閉上眼睛，感覺到熱度從額頭浮現。他心中想像著使命街樹林，枝椏一片光禿，只剩下耶誕樹等常綠樹木。耶誕樹全部排成一列。

接著，它們著火了。

克利斯多夫抬頭看時鐘，兩分鐘就在這樣的白日夢中流逝了，而他穿著白色緊身內褲站在這裡，拿高長褲對著烘手機。長褲已經完全乾了，在他的手中顯得灸熱。就在克利斯多夫準備穿回長褲時，布瑞迪和他那群朋友走了進來。

「不，褲子給我們！」布瑞迪從他手中搶走長褲。

「布瑞迪，還給我。」克利斯多夫說。

「布瑞迪，還給我。」布瑞迪學他說話，他的朋友同聲嘲弄。「拜託，不要吃掉我！」「拜託，不要殺我！」他們往前走，把克利斯多夫推進走廊。克利斯多夫在珍妮及一群女孩面前摔倒在地，她們哈哈大笑。

「我聽說過褲子太短不怕淹水的事，但這個實在太可笑了。」她嘲笑。

珍妮害怕……

珍妮害怕……繼兄的房間。

「布瑞迪，給我。」珍妮高喊：「淹水了，淹水了。」

布瑞迪把褲子丟給珍妮，珍妮跨腳從裙子底下甩過褲子。發燒讓克利斯多夫的臉頰燙紅，他幾乎沒時間思考，癢意就讓他脫口說出這句話。

「珍妮，妳為什麼不睡在自己的房間？」

他一副無辜的語氣，就好像孩子問媽媽天空為什麼是藍色，但珍妮立刻停止訕笑，眼睛瞇成細縫。她感覺所有小孩的目光都從克利斯多夫身上轉向她，等候答案。珍妮狠狠盯著克利斯多夫，眼神燃燒著恨意。

「去你的！」她說。

布瑞迪朝著他走來，把他釘牢在置物櫃前。癢意又回來了，把句子推進克利斯多夫的腦海裡。

布瑞迪害怕……

布瑞迪害怕……狗屋。

「布瑞迪，狗屋裡面有什麼？」他問。

布瑞迪停下動作，在全場孩子的注視下，他的臉色窘紅。克利斯多夫看著他們，見到兩人恐懼的神情。不知怎地，他就是沒辦法對他們生氣。不知怎地，他就是知道他們遠比他還害怕。

布瑞迪不發一語，只是用想殺人的目光看著克利斯多夫。

「沒事，布瑞迪，一切都會好轉的。」克利斯多夫說。

布瑞迪往克利斯多夫的嘴巴一拳，不是軟弱無力，不是警告，而是貨真價實的一擊。但極其奇怪的是……當布瑞迪揍他，感覺卻不怎麼痛，就好像搔癢一般。布瑞迪沒有收手，他氣急敗壞，想殺了克利斯多夫。布瑞迪衝向他，雙拳出擊，準備狠狠教訓他。克利斯多夫沒有舉手抵擋，只是站在那裡，等候招呼上來的拳頭。

一座等待羽毛衝擊的雕像。

布瑞迪揍完一輪後，準備再次全力對克利斯多夫揮拳。此時，卻天外飛來一拳打向他的下巴，布瑞迪轉身，見到極品艾德。

「不准碰他！」艾德說。

布瑞迪的眼神迸出怒火。麥克和弟弟麥特從群眾後面走出來，支持艾德。

「退開，柯林斯！」麥克說。

幾秒鐘內，大家開打。

布瑞迪和珍妮的夥伴一起對抗克利斯多夫的三個朋友，但這不重要。艾德和雙麥兄弟就像復仇者聯盟那樣背對背緊貼。布瑞迪率先衝向艾德揮拳，麥克拿起書包一甩，打中布瑞迪的肚子，布瑞迪摔倒在珍妮跟前。珍妮跳上麥克，咬住他的手。麥特抓住她一把頭髮，把她拉往地面。大家又咬又踢，不斷尖叫。

就好像一場戰爭。

克利斯多夫靜靜看著眼前這一切，頭陣陣抽痛，而身體發燒的熱度感覺像是大家的怒火。過了一會兒，他強迫自己站起來，冷靜地走向這片混戰。他伸出手，發燙的手抓住布瑞迪的手臂。

「一切都會好轉的。」他輕聲說。

克利斯多夫的手臂散射出熱度，有如細針從他的指尖，直入布瑞迪的手肘尺骨。

直到發燙。

「住手！好痛！」布瑞迪說。

克利斯多夫看進布瑞迪的眼睛，這男孩嚇壞了。克利斯多夫放開手，布瑞迪見到他的手臂起了小水泡。克利斯多夫走向狂抓麥特臉龐的珍妮，珍妮的手指已經伸到麥特眼罩下方，此時克利斯多夫抓住她的手臂。

「珍妮，情況會好轉的，妳等著看。」他要她安心。

熱度從他的指尖傳送出去，鑽入她長袖襯衫底下。她痛得抓住他的手，放聲尖叫，一邊搓揉右手臂上的小水泡。

克利斯多夫放下手，幫忙朋友站穩身子。

「來吧，各位。」

他手上的熱度傳到他們的手臂，卻沒有造成水泡，而是一種舒緩的感覺，有如生病的胸口塗抹了傷風藥膏Vicks VapoRub。暖意傳送到他們的臉蛋，臉頰變得紅潤。極品艾德的頭腦開始覺得有如蘇打水，輕盈冒泡。麥克突然覺得手臂變壯，麥特的斜眼開始刺痛，帶來眩目的疼痛。

「發生什麼事了？」門口一個聲音大喊。

克利斯多夫抬起頭，見到圖書館員韓德森太太從走廊那頭跑來。癢意以令人眼花撩亂的速度透過克利斯多夫抽痛的額頭，翻動閃卡。

韓德森太太……很難過。
韓德森先生……不愛她了。
韓德森先生……晚上總是不在家。
韓德森先生……直到早餐時間才回來。

克利斯多夫轉向韓德森太太，面露微笑。

「韓德森太太，一切都會好轉的，我保證。」他說。

他所記得的最後一件事是，他一隻手抓住她的手臂，竭力克制住熱度，但它卻像刺滿針孔的水球般流洩。幾秒鐘後，他感覺指尖溼溼的。他把手指舉到眼前，然後看到——

他的鼻血直流。

41

克利斯多夫的媽媽趕到學校時，極品艾德的媽媽貝蒂站在外頭把握抽菸的最後時刻，以便忍受突如其來的親師會。韓德森太太不耐煩地站在她身邊。

「其他家長都在校長室了。」她說。

貝蒂完全沒聽懂這毫無修飾的暗示，她又用力吸了一口菸，才用Ugg靴子的鞋跟踩熄Capri香菸。

「妳相信有這種屁事嗎？」她對克利斯多夫的媽媽說道，她的氣息仍有午餐夏多內白酒的芳香。「我剛剛正在做按摩哩！」

「我的兒子在哪裡？」克利斯多夫的媽媽問韓德森太太。

「他跟其他孩子在保健室，里斯太太，妳等一下就可以見他。」韓德森太太說，語氣像是很感激有人可以回嗆貝蒂。

兩人跟著韓德森太太走到校長室，在其他家長旁邊坐下。麥克和麥特的兩位媽媽一臉疲憊，彷彿承受了柯林斯太太十五分鐘的怒吼。看到援軍抵達，她們揚首微笑。

「……那麼你們要怎麼解釋他手臂上那天殺的水泡？」柯林斯太太說。

「柯林斯太太，我了解妳很不高興。」史莫校長說。

「你根本天殺的什麼都不了解。」柯林斯太太說：「等我先生的律師團處理完這間學校，你就會了解我有多不高興。」

「妳要因為妳兒子挑釁打架，而控告學校嗎？」貝蒂呻吟。

「我兒子才沒有挑起什麼事，她的兒子才是。」她指著克利斯多夫的媽媽。

「柯林斯太太。」校長堅定地說：「我已經跟妳解釋過了，克利斯多夫弄溼長褲，而布瑞迪戲弄他，搶走褲子不給他。」

「而這讓她的兒子有權燙傷我的兒子？」柯林斯太太嘶吼。

「柯林斯太太，我就在現場。」韓德森太太溫和地說：「當克利斯多夫抓住他們的手臂時，他是在試著勸架。」

「柯林斯太太，我兒子不會打架的。」克利斯多夫的媽媽終於開口。

校長室陷入安靜，他們看得出柯林斯太太的心思在各種選項飛快轉動。最後，一個聲音劃破緊繃的氣氛。

「柯林斯太太，讓我來為妳闡述這件事。」貝蒂說：「妳的兒子是個小小反社會人士，他挑起了群架，毀了我深層組織的按摩療程。」

謝天謝地，克利斯多夫的媽媽設法克制住笑聲，不然她可會被就地開除。但雙麥的媽媽沒有這個問題，兩人爆出笑聲，惹得艾德的媽媽回頭看，沒多久，整個校長室就洋溢著三人的笑聲。柯林斯太太的臉色脹紅，但眼神卻流露出真正的想法，柯林斯家族向來會得到他們想要的，砸下大筆錢和找到恰當的朋友，沒有他們擺脫不了的問題。不過，擁有一個「問題兒童」可就完全是另一回事了，隨著笑聲而至的是一片死寂。

「那麼，我欠里斯太太一個道歉。」柯林斯太太說：「我們今晚上班，再來好好談談這件事。」

「柯林斯太太，妳真是太客氣了，但沒這個必要。」

「不，有這必要，在妳值完班後，我們談談。」柯林斯太太愉快地說。

「我今天會請人代班，我今晚想要留在家裡陪我兒子。」

「可惜我媽媽最近狀況不好，她今晚真的需要有最好的照護員在場，而妳就是最好的。」

「但我的兒子發燒了。」

「而我媽媽失智了。」

等其他人了解到她們的笑聲，把克利斯多夫的媽媽送進林蔭松安老院中最糟糕的假日班表時，場上再度陷入沉默。

「凱瑟琳，別這樣，別這麼賤。開玩笑的人是我，妳罰我吧。」貝蒂說。

「這不是懲罰，我們只是沒辦法在孩子小感冒時，想請假就請假。」她說。

柯林斯太太等著看凱特．里斯是否有話要說，然後讓她找到理由開除她。但是，克利斯多夫的媽媽不發一語，因為樂透獎金清償的是過去，而不是未來的生活。她還是有房貸，她仍然需要工作，仍然需要撫養兒子。

「凱瑟琳。」貝蒂說：「妳到底怎麼能坐在教堂前排，卻完全沒聆聽到任何道理呀？」

「我聽到的比妳以為的還多。」柯林斯太太說。

經過另一個「她說，她說」的緊張時刻之後，所有媽媽都被帶到保健室，去接兒子回家。當凱特見到柯林斯太太把她的兒子布瑞迪拖到停車場時，她的內心整個擰緊了。她向來很痛恨欺負克利斯多夫的那些小毛孩，但這次感覺卻不一樣。她見到的是一個生氣的暴力孩子，被一個怒火衝天的媽媽推進賓士車裡。

「該死，你給我進去。」柯林斯太太說。

「媽……是他們先挑起的，我對天發誓。」布瑞迪說。

而老天為證，要是凱特天真一點，就會相信他。當然，她知道那個布瑞迪還很小，加上主日學的魅力，現在還不會造成任何真正的傷害。但是，等上了中學，上天可要保佑那些排隊爬進布瑞迪後座的可愛女孩。這樣的女孩包括像是坐在繼兄小卡車裡的珍妮。她們看到男孩值得拯救，卻從未回首思考那男孩根本不想被救。她們也從不承認有些男人似乎就是很樂意當渣男，所以絕對願意惡劣對待她們。她曾經看過傑瑞小時候的照片，他長得就像是可愛無邪的男孩。但這個可愛小男孩長大後，卻喜歡毆打比他弱小的東西。凱特顫抖地了解到一個令人悲傷的事實，即使是禽獸，小時候也惹人憐愛。

凱特轉向克利斯多夫，男孩用她的外套蓋住他的燈芯絨長褲，他的脖子包著繃帶，像以前害怕吸血鬼那樣豎起高領毛衣的領子。他們告訴她說，他在全州測驗時睡著了，然後做了一個可怕至極的噩夢，他尿溼褲子，並且用指甲抓傷了自己的脖子。

就像他爸爸去世時，他做的事。

當時，不只是他的脖子。他的手臂有瘀傷，夢遊撞向牆壁，還送進了急診室。凱特設法湊到錢，帶他去看了幾個不同的心理學家。醫師各有不同的處理方法，但最重要的一點就是，克利斯多夫需要時間來克服喪父的創傷。

畢竟，是克利斯多夫發現屍體的。

這花了好一段時間，不過噩夢終究是停止了；自殘行為也跟著打住。她不知道為什麼現在又再次出現，而每一次她嘗試從他身上得到直接的答案時，總是得到一個字的回應，偶爾是四個字。

「我不知道。」

凱特有上百萬個問題，但她必須上班，而且她的兒子看起來不像能夠應付盤問。所以，她做了一個策略性的決定，給他空間，並且問了她知道他會想要回答的唯一問題。

「嘿……在我回去上班之前……你想吃點冰淇淋嗎？」

他的微笑幾乎讓她心碎。

克利斯多夫並不知情，不過他的媽媽已經做了許多想要弄懂他怎麼了的事，包括一些她曾經自我承諾絕對不會做的事。她翻查他的房間找尋線索，像是圖畫、信件、日記，什麼都可以。但是，她只找到放在鴨子壁紙書架上的那張亡夫照片，以及像是被她兒子看了好多次的書。

發現在他的房間一無所獲後，凱特套上夾克走到屋外。她穿過後院，站在使命街樹林外緣。她凝視林木，看著微風吹拂枝葉。

凱特走進樹林，腳步毫不遲疑，她完全知道自己要去哪裡。她不知道自己為什麼過了這麼久才做這件事，或許是恐懼，或許是注意力的關係。畢竟，警長向她保證樹林很安全。他說，安柏斯弟弟的遭遇是難以言喻的悲劇，但那是好久以前的事。

不過這並不表示，不會再度發生。

沒多久，她就找到路了。她經過山羊橋和中空的圓木，最後來到樹林的中心地帶。

那個空地。

那棵樹。

那棟樹屋。

她震驚萬分。當兒子告訴她說，他蓋了一間樹屋時，她心中想到的是搖搖欲墜的簡陋小屋，屋子的縫隙會比她舅公齒列還多。但這東西不同凡響，每一個細節都非常完美，油漆、木工，這個作品是來自一個強迫固執的心靈。

就像她的丈夫。

一切都必須恰到好處，不然他就會非常不對勁。她很感激她的丈夫是個天性和善的人，因為他狂躁的活力從未轉移到她身上。

但它的確轉移了。

凱特凝視眼前的樹屋、樹木，以及空地。

「有人在嗎？」她大聲問道。

悄然無聲。她沉穩吐息，等待是否有動靜。

「我不知道你是不是在這裡。」她說：「但如果你在，給我記住，別去招惹他。」

她站在那裡又堅持了一陣子，讓任何可能在微風另一頭的東西知道，她的怒火遠比恐懼更強烈。然後，她步行回家，再也沒有回頭。

到家之後，她立刻上網。兩個月前，她可能會駁斥它，把它當成一個可笑的搜索名詞，但是看到克利斯多夫的樹屋，以及他突飛猛進的數學和閱讀能力，她發現自己還是打出了這個名詞。

自發性天才

不管她原本有多麼遲疑，在看到搜尋結果後，已立刻完全消散。

搜尋結果幾乎有一百萬次點擊。她研究了一些案例，當找到這種「奇蹟」的一些潛在原因後，她幾乎以網路確診自己瘋了。潛在原因包括腫瘤、囊腫，以及讓她陷入兩小時焦慮發作的……

精神病。

查過網路後，她把鎮上每一個小兒科醫師的電話都打遍了，但他們的門診已全部預約額滿。他們都說，現在是流感旺季。所以，她必須再等幾星期。不過，看到兒子狼吞虎嚥吃著香草冰淇淋時，她再打了一次電話，要求早一點看診。電話被接聽成稍候，而她身為母親的直覺，不斷在她耳際高喊。

救救他，凱特，他陷入困境了。

聽著〈藍月〉的罐頭音樂可怕版本時，她想起丈夫有次嚴重發作後，對她說的一句話。

凱特，哪兩種人會見到不存在的事物？

他低聲說出了妙語。

空想家和精神病患者。

42

下午那通電話打來時，瑪利凱薩琳正坐在房間，憂懼人生。耶誕假期就要到了，而她聖母大學申請論文的書寫進度卻嚴重落後。不只這樣，她在安老院還要值晚班。她志工時數已經夠了，足以取得申請大學所需要的證書。但是，她覺得有罪惡感，只為申請大學擔任志工，因為果真如此，就不是真的慈善工作。而如果不是真的慈善，天主就會懲罰她，讓她沒辦法和爸爸、媽媽、爺爺、奶奶等等眾多人士一樣，去聖母大學唸書。所以，她下定決心要繼續擔任志工來幫助老人，以證明她不是為了上大學才當志工，這樣天主就會協助她申請到大學。這是十分合情合理的計畫，但只有一個問題。

她真的很討厭老人。

「請不要誤解我。」她低聲對耶穌禱告：「那裡還是有一些好人，奧森先生貼心風趣，艾普斯坦太太教我烤肉桂餅乾以及做猶太丸子的方法。但是，當柯林斯太太的媽媽連續四小時放聲高喊『我們就要死翹翹』時，真的很難專心照顧他們。道格在的時候，我還可以設法做到，但後來他就辭掉志工工作，而且已經完成麻省理工和康乃爾的申請。我問他有沒有可能跟我一起去唸聖母大學，他說他會申請它做為『保底學校』，我真想殺了他。我知道要求您這件事不對，但我就是得申請到聖母大學，我可以進入聖母大學嗎？」

她等待，但沒有徵兆，只有風兒吹過她臥室窗外樹木。瑪利凱薩琳又想了想她在安老院的夜班工作，罪惡感讓她胃部一陣糾結，因為她真的不想去。他們真的好老，而且身上都有味道。有時候，她會停下來望著大廳，心中想著……「耶穌愛人，愛每一個靈魂。」

「主啊，您是如何愛每一個人？」她說：「給我一個跡象。」

她的手機響起，她輕聲驚呼。

「喂？」她說，半是期待耶穌在電話的另一頭（希望帶來好消息）。

「瑪利凱薩琳嗎？」里斯太太說：「妳今晚有沒有空來當克利斯多夫的臨時保姆？」

瑪利凱薩琳衡量了她的選項，照顧親切的里斯太太的兒子，還是聽著柯林斯太太的媽媽尖叫說「巫婆夫人」會在耶誕節把大家殺光光。

「里斯太太，對不起，但我已經安排了林蔭松的志工工作。」瑪利凱薩琳難過地說道。

「我可以承擔妳的工作，我需要有人立刻到我家。拜託，妳會是我的救命恩人。」

「那麼，當然好！我很樂意照料妳的兒子！」瑪利凱薩琳笑容滿面。

她記下住址，掛上電話。她知道耶穌會注意到自己先選擇了安老院，而里斯太太需要她看照她的兒子，這是她無法控制的事；況且里斯太太比她更知道安老院的需求。所以，這是雙贏局面。瑪利凱薩琳以擔任臨時保姆取代志工，做為尊敬長者的行動。而且，她還可以趁著看照小孩的這幾小時，準備聖母大學的申請資料。

她把這一切當成非常好的徵兆。

開車前往里斯太太家的途中，她迅速掃視路邊有沒有鹿的蹤跡。她覺得選擇當臨時保姆，真是做了一個好決定。畢竟，克利斯多夫是她救下的失蹤小男孩，湯姆神父說過，在某些文化中，一旦救下一條性命，就要對它負責。但話說回來，她還是要非常小心謹慎。

「主啊，如果我做錯了，就讓我撞到鹿吧。」

沒有鹿隻現身，瑪利凱薩琳便打開收音機，享受接下來的車程。她打算聽基督搖滾，但是道格把頻道調在102.5 WDVE，這電台正在播放門戶樂團[26]的歌曲，而她其實滿喜歡這個樂團，卻很不好意思承認。

這是盡頭，我唯一的朋友，盡頭

我們的精心計畫，來到盡頭

她在歌曲結束前，抵達里斯家，而一路上都沒有鹿的蹤跡。

「他發燒了。」里斯太太解釋：「所以，不能讓他下床，知道嗎？」

「別擔心，里斯太太。我在青年團有上過急救課程，還是個受過訓練的救生員，我不會讓他下床的。」

「但是媽，現在還是白天耶。」克利斯多夫懇求。「我不能去外面嗎？」

克利斯多夫的媽媽給了一個冷酷的「不」，以及一個溫暖的「我愛你」後，便親親兒子出門。瑪利凱薩琳跟著她走到車庫，里斯太太一邊跟她說明緊急聯絡電話與各種確認事項。

「我剛給他吃了一些Tylenol，再兩小時吃晚餐時，妳可以再給吃一些Advil。希望他會睡著，但要是沒有，他的上床時間是八點半，別讓他說服妳超過九點，一分鐘都不行。」

「別擔心，里斯太太。我對就寢時間很嚴格，我不會讓妳失望的。」

克利斯多夫的媽媽開車離去後，瑪利凱薩琳就走進溫暖的屋內。她走過廚房和客廳，想找出書寫聖母大學申請文件的最好地點。等選定廚房餐桌之後，她放下書，走去冰箱。

她拿出一盒牛奶，心中想著聖母大學的申請論文。他們要她寫出關於一位英雄的事，但她想不出要寫哪一位。寫爸爸媽媽就太平淡無奇，政治人物又太冒險。寫關於耶穌的事很棒，但既然聖母大學是天主教學校，她擔心會有太多學生選擇祂。但要是她不選擇耶穌，那要選誰呢？教宗方濟各？若望保祿二世？

聖母瑪利亞。

這個想法突然浮現，耶穌的母親，當然。這是她蒙受啟發的選擇，一定很完美！

她倒好牛奶，合上盒裝牛奶。她看著失蹤女孩的照片，艾蜜莉·波托維奇，真是可憐的孩子。她在想，艾蜜莉可有被找到的一天，可有申請大學的一天？艾蜜莉的臨時保姆是誰？

這個想法讓她不寒而慄。

26. The Doors，一九六五年成立的美國樂團，樂風融合車庫搖滾、藍調和迷幻搖滾，主唱嗑藥成性，是一個頗受爭議的樂團。

瑪利凱薩琳停下動作，環顧房子。突然間，感覺不太對勁，這裡太安靜，太溫暖，像是屋裡有什麼東西在。咕咕鐘一秒秒走向下午四點，滴答滴答。

「哈囉？」她說：「有人在嗎？」

瑪利凱薩琳等候回應，她回頭看著盒裝牛奶，照片上的艾蜜莉回視著她，露出缺了門牙的笑容。瑪利凱薩琳的心臟開始狂跳，她不知道發生什麼事了，但她就是察覺得到，就像爸爸的膝蓋會比天氣預報員早一小時知道有暴風雨要來。

「克利斯多夫？如果是你，你最好上床去。」她說。

屋內一片死寂，瑪利凱薩琳急急把艾蜜莉放回寒冷的冰箱，然後迅速走過廚房、餐廳、客廳，但什麼東西也沒有，只有那種感覺。她正準備上樓查看臥房時，視線卻穿過通往後院的玻璃拉門。牠出現了，就站在雪地裡，凝視著她。

那是一隻鹿。

時鐘四點鐘響，咕咕，咕咕，咕咕，咕咕。瑪利凱薩琳知道大事不好了，她跑上樓到克利斯多夫的房間。

「克利斯多夫！」她大喊：「克利斯多夫！回答我！」

她打開他的房門，發現克利斯多夫不在床上。他的窗戶開著，窗簾在微風中擺動。瑪利凱薩琳衝向窗戶，探出頭。

「克利斯多夫！你在哪裡？」她高喊。

她低頭看，見到他的小腳印穿過雪地。

經過那隻鹿。

進入使命街樹林。

43

有東西在監視。

克利斯多夫一關上樹屋的門，就感覺到了。一個大眼，給人如厚毯般的窒息感，游移監視，尋找事物。

以及狩獵。

克利斯多夫知道獨自來到幻想世界有極大的風險，他答應過好心人，絕對不會這麼做，不過，他別無選擇。好心人被關起來，也可能死了。克利斯多夫必須找到訊息、證據，任何東西都好。只是，他並不知道在門外等待他的是什麼。

沒我陪伴絕對不可來這裡，絕對不可晚上來這裡。

克利斯多夫走到窗戶邊，見到太陽低垂在天際。夜晚即將來臨，他已經沒有多少時間了。事不宜遲。他把耳朵貼在大門上。剛開始，一切似乎都沒問題，然後一個隱約的聲響傳來。

抓抓，**抓**抓，**抓**抓。

有什麼東西在樹下。

抓抓，**抓**抓，**抓**抓。

克利斯多夫又轉向窗戶，見到鹿群慢慢穿過空地，在冬日雪地中留下足跡。鹿群往樹上攀來，鹿蹄抓搔著樹幹。

抓抓，**抓**抓，**抓**抓。

「記住，克利斯多夫。」好心人曾這麼對他說：「鹿是她的手下。」

鹿嗅聞樹底，找尋東西。或許是食物，也或許是他。克利斯多夫只有一小時的日光，他需要找到繞過牠們的方式。他見到一隻頂著六叉角的公鹿從低垂的枝椏嚼食一片小樹葉，它旁邊的東西引起了克利斯多夫的注意。

那個白色塑膠袋。

克利斯多夫很習慣在現實世界看到它，所以沒怎麼留意它。但是，在幻想世界，它看起來卻不太一樣。掛在樹枝上的袋子比平常低垂，像是魚兒拉彎了釣竿，袋子被壓低了，因為……因為……

有東西在裡面。

克利斯多夫的心跳漏了一拍，好心人必定留了東西給他。一定是這樣，那會是什麼？地圖？線索？他得弄清楚。克利斯多夫一直等到鹿群滿足食欲（或是好奇心）離開空地。

然後，他慢慢打開門。

克利斯多夫很快走下釘在樹上有如小小乳牙的二乘四木梯，靴子踩上鬆脆的地面。他躡手躡腳走向白色塑膠袋，伸手探入袋子，拿出好心人留在裡面的東西。

一張耶誕卡。

卡片封面是耶誕老人拉著雪橇滑過雪地，對著紅鼻馴鹿魯道夫大喊。

你說你忘了眼鏡是什麼意思？

啪。

克利斯多夫轉身，野鹿回來了。六叉角公鹿盯著他，豎起耳朵像在聆聽有無掠食者。風兒颯颯吹過克利斯多夫的髮絲，然後像飛行中的鳥兒止歇。克利斯多夫屏住氣息，等候野鹿的反應，但是牠們始終沒有動作。

因為牠們看不到我。

克利斯多夫的視線轉回耶誕卡，耶誕老人對著魯道夫叫喊。

你說你忘了眼鏡是什麼意思？

這就是線索。克利斯多夫抬頭望著樹屋，見到他的身體仍在那裡。對野鹿來說，他像是還在真實側的樹屋裡，只是一個獨自玩耍的小男孩。

但是，在這裡，他是隱形的。

「在幻想世界待的時間越久，你就會變得越加強大。」好心人告訴過他。「但是，這種力量是需要代價的。」

克利斯多夫等著鹿走開，然後，他悄悄打開卡片，希望能夠看到好心人留下字條，卻只見到卡片本身的文字……

看不到光的時候……就跟著鼻子走！

克利斯多夫出發。

他走出空地，進入樹林。他找到那條清晰平坦的小徑，沿著它走到山羊橋附近的中空圓木。他在那裡見到有如裹在毛毯裡的豬仔一般，縮在圓木裡的那個男人。男人在睡覺，但他的眼皮抽動，口中有如小孩般嗚咽。

「拜託讓它停下來，我不會幫助他。」

克利斯多夫環顧四周，查看嘶嚇夫人是否在附近，但沒見到半個人。所以，從中空圓木男的附近悄然撤退後，他拔腿就跑。他衝出使命街樹林，他的靴子啪噠啪噠跑過泥濘的步道，直到來到他家前面的巷底迴轉道。

克利斯多夫掃視街道，找尋線索。在逐漸變暗的日光中，他家的街道就像拍下爸爸照片的舊底片。這是他的街坊鄰里，但左邊是右邊，右邊是左邊。久久凝視過後，太陽就像燈泡，在後頭留下本身的痕跡。

他從單向玻璃另一頭看著世界。

他見到瑪利凱薩琳跑過後院，驚慌不已。

「克利斯多夫！」她大叫：「你在哪裡！」

瑪利凱薩琳……看著鹿。

瑪利凱薩琳不知道……鹿在監視她。

瑪利凱薩琳衝過野鹿，進入使命街樹林。克利斯多夫轉身回到街上，見到穿著女童軍制服的那個男人。男人夢遊走動，像是水流出排水管那樣不斷轉彎。他的身體抽動，嗚咽著：

「拜託讓它停下來，我不會幫助他。」

克利斯多夫不知道要去哪裡，也不知道要做什麼。日光逐漸消逝，瑪利凱薩琳會找到他。他快沒時間了，他再次打開耶誕卡。

看不到光的時候……就跟著鼻子走！

他抬頭，見到雲朵飄移。他剎那間想起一張雲朵做成的帥氣漂亮面孔。克利斯多夫感覺風吹過髮絲，而風中傳來幾乎難以察覺的烤乳酪三明治味道。

看不到光的時候……就跟著鼻子走！

味道來自對街的小木屋。

克利斯多夫轉向小木屋，見到閣樓裡的老婦人。他走上車道，謹慎得有如老鼠，他不知道自己是會看到線索、陷阱，還是嘶嚇夫人，但本能讓他的雙腳不斷往前。他打開大門，真實側的這家人提早吃著晚餐，他聞得到番茄湯，以及在煎鍋上變成棕黃色的烤乳酪三明治。

「你覺得媽要不要吃一點？」妻子問道。

句子湧進克利斯多夫的心中，癢意在想像側變得更加有力，就好像包著砂紙的牙醫鑽牙器。

他立刻了解到，丈夫痛恨岳母。男人希望她死掉，這樣他們才能再度擁有人生。他不是壞人，但他在想如果他只是裝作有餵「閣樓那個東西」，那會怎麼樣。當然，他絕對不會這麼做。只是有時，在收看鋼人隊的球賽期間，他會好奇岳母多久才會餓死，還他們寧靜。

「你覺得媽要不要吃一點？」妻子洩氣地又問了一次。

「我確定她餓了。」丈夫說：「妳要我拿一盤給她嗎？」

「哦，我會送上去，反正家中其他事也都是我在做。」妻子發怒。

我都說要幫忙了，妳到底想我怎樣？

丈夫暗中想著。

天哪，他怎麼不直接要我跟他一起上去？

妻子暗中想著。

妻子走進廚房，克利斯多夫悄悄上樓前往閣樓。老婦人坐在被放置在面向窗戶的柳條椅裡。她身體有如鋼琴的節拍器一樣，不斷來回晃動。她看著窗外的雲朵，挫折地嘟囔，她的手中握著一疊紙。

都是耶誕卡。

克利斯多夫大吃一驚，但他沒有撤退。這是好心人留下的另一個訊息，他確信。他走向老婦人，最上方的耶誕卡顯得老舊泛黃。墨水和染料都褪色了。

我們太常低估碰觸的力量……

克利斯多夫觸摸老婦人的肩膀，他立刻閉上了眼睛，感受到奪走她半個心智和大部分說話能力的那場中風。他見到她曾經年輕美麗。克利斯多夫低頭看著她的手，見到老婦人的手指因為關節炎受損變形，就跟空地那棵樹的枝椏一樣粗糙不平。他牽起她的雙手，握在手中，他身上的熱度似乎注入了她。

克利斯多夫放開手，老婦人的手指如蝴蝶破蛹展翅般舞動。她驀然想起自己還能彈鋼琴的時候，出現在媽媽家客廳的那個美麗男孩是怎麼恭維她選的曲子。藍月。後來，在他們蜜月時，他們在尼加拉瀑布附近的大飯店中找到一架鋼琴，她為他彈奏了同樣的歌曲。老婦人微笑，現在她的手指放鬆了，已經可以翻動耶誕卡。

一個擁抱，一個微笑，一個親切的字眼，都擁有徹底改變人生的潛力。

克利斯多夫見到底下有一個用黑色墨水寫下的私人訊息。

所以，立刻去見見妳的母親，她需要妳。

突然間，老婦人的女兒走進閣樓，用折疊茶几帶來烤乳酪三明治和濃湯。

「還記得妳爸爸是什麼時候給妳這張卡片的嗎？」老婦人帶著笑容問道。

「記得，媽。我們昨天才好好聊過這件事，妳不記得嗎？」女兒問。

「我為他彈了鋼琴，妳爸爸真是個漂亮的男孩，我們在俄亥俄河一起游泳。」老婦人說。

妻子輕輕從她媽媽手中拿出耶誕卡。

「嘿，媽。」妻子的語氣愉快訝異。「妳的手看起來好多了，而且說話也清楚多了，妳現在感覺怎麼樣？」

「現在有人在閣樓裡。」老婦人說。

「好的，媽，我們不要想太多。」

「立刻去見你的母親，她需要你！」老婦人大喊。

「媽，請冷靜。」妻子懇求。

「去看你的母親！她需要你！馬上！立刻去！」老婦人尖叫。

「蓋瑞！來幫忙！」妻子往樓下高喊。

如果第一張卡片是要克利斯多夫跟著他的鼻子，那麼第二個就無庸置疑，他必須去林蔭松找他媽媽。當丈夫跑進閣樓時，克利斯多夫退出房間，並且迅速離開屋子。

他回頭看向對面街坊，看到他們時，幾乎尖叫出聲。街上突然出現一排排的人，他們全都像郵筒般靜靜站著，沿著院子排列。有個女人穿著藍色洋裝，有個男人戴著黃帽，是不太對勁的黃色，讓人作嘔的黃色。

他們的眼睛全都縫住了。

有的加上拉鍊。

有的用縫線。

就像他噩夢中的那些孩子。

郵筒人全都握著一條繩子，每一人都拿著，一條繩子傳到隔壁的人，再傳到下一個。就克利斯多夫目光所及，就這樣一路延續整條街道。他們是從哪裡來的？他們全都要去哪裡？

沒我陪伴絕對不可來這裡，絕對不可晚上來這裡。

克利斯多夫抬頭看著天空，太陽往地平線落下，有如掛在樹枝上的白色塑膠袋般低垂。在日落之前，他或許還有四十五分鐘。他必須去找他媽媽，但他跑步的速度絕對不夠快，他又不會開車。他需要交通工具，他掃視街坊鄰居，他的視線終於找到……

一輛腳踏車。

這是一輛三段變速的單車，是前面通常會掛著置物籃的車款。但這輛單車破舊生鏽，孤伶伶置放在一個車道中間的支架上。

在街角那間房子的車道上。

克利斯多夫跑上街道，往單車前進。他經過站在路中央的一對情侶，兩人沉睡中，彷彿人型模特兒。他們接吻著，鮮血從嘴巴淌下，一邊低語。

「拜託讓它停下來，我們不會幫助他。」

克利斯多夫抓起腳踏車，看到把手上的名字時，頓了頓。

大衛．奧森

街角的屋子是……

街角的屋子是……

大衛．奧森的家。

克利斯多夫用力吞嚥了一下，他知道這可能是陷阱，也可能是訊息。嘶嚇夫人可能等著埋伏他，只是本能呼喊著要他在太陽下山前，快去林蔭松安老院找媽媽。

他踩下踏板，變速器打在一檔，急急騎上路，等到開始下坡，他換到二檔，然後是三檔。他加快腳步，加速往公路騎去。他的雙腳越踩越起勁，同時看到越來越多郵筒人排在街道。雙胞胎小女孩、一名亞洲老人，還有一名餓得面黃肌瘦的中東婦女。

他們的眼睛和嘴巴都被縫住了。

他們在夢遊。

暫且如此。

到了晚上，幻想世界就會甦醒。然後，就會變得非常可怕。

克利斯多夫踩動腳踏車，動作越來越快。剛開始，他沒有注意速度，一心想著逐漸消褪的日光，以及在林蔭松需要他幫助的媽媽。只是，當看到道路模糊閃過，他滿腹疑問。坡道不是那麼陡，腳踏車不是那麼輕盈，但是他這一生從沒騎這麼快。他轉上十九號公路，真實世界的汽車呼嘯駛過。

而他就騎在它們旁邊。

路面以令人目眩的速度飛快離去，凍人的寒意爬進他的雙眼，刺激了淚水，而他的雙腳全力貫注。克利斯多夫見到前方有一輛載滿青少年的舊野馬跑車，他追在它後方，然後騎到它旁邊，接著又超過這些青少年。他使勁踩著雙腳，彷彿他們所有人的熱血都進入他的血管。克利斯多夫騎出公路，沿著一般道路來林蔭松。他見到太陽追逐著地平線，還有更多郵筒人排在街上。

就像護欄。

我的時間不多了。

克利斯多夫把單車藏在路上，跑過前往林蔭松的最後一段路。他透過窗戶查看，確保自己不是走入陷阱。然後，他躡手躡腳進入安老院，打開大門……

嘎的一聲。

他踮腳走過長長的走廊，進入交誼廳，一名護理師彈著角落的鋼琴，曲子是藍月。幾名老人在玩西洋棋和跳棋。

「我找到它們了，奧森先生。」一個女性聲音說道。

克利斯多夫認得這個聲音，這是他媽媽。克利斯多夫轉身，見到媽媽從地下室帶著一個小箱子上來。

「就放在你說的地方。」媽媽說。

克利斯多夫看著媽媽走向坐在交誼廳搖椅的安柏斯，她把箱子遞過去，老人移開蓋子，拿出用白色舊繩子綁起的一疊東西。

耶誕卡。

一陣寒風吹過安老院，克利斯多夫聽到有些老婦人拉緊披肩，向護理師抱怨溫度。克利斯多夫看到安柏斯把第一張卡片從信封抽出來。卡片封面是耶誕老人對著紅鼻馴鹿魯道夫大喊。

你說你忘了眼鏡是什麼意思？

場上動作停住了，克利斯多夫看著安柏斯啪地打開泛黃褪色的卡片，它跟放在白色塑膠袋裡面的卡片相同。

看不到光的時候……就跟著鼻子走！

還有潦草寫下的個人訊息……

對不起，如果我有時嚇到你的話，
我絕對不是有意的。
耶誕快樂

愛你的大衛

P.S. 謝謝你送我的棒球手套，但尤其是那些書。

留下線索給他的人不是好心人。

看不到光的時候……就跟著鼻子走！

而是大衛．奧森。

「那是什麼？」一個聲音問：「你有聽見嗎？」

克利斯多夫看向走廊，見到嘶嚇夫人走進大廳，大衛有如貂皮披肩掛在她肩膀。他是她的寵物，缺了兩個門牙的小惡魔，他真嚇人。

對不起，如果我有時嚇到你的話，

我絕對不是有意的。

「寫得真貼心。」克利斯多夫的媽媽說。

耶誕快樂

愛你的大衛

P.S. 謝謝你送我的棒球手套，尤其是還有那些書。

「謝謝。」安柏斯說，合上卡片。「大衛喜歡看書。」

克利斯多夫的心臟狂跳，他挪動重心，地板微微吱嘎作響，嘶嚇夫人轉身。

「那是什麼？誰在那裡？」嘶嚇夫人輕聲說。

她直視克利斯多夫，克利斯多夫有如被車頭燈照射的鹿。

你說你忘了眼鏡是什麼意思？

但是，她看不見他。

嘶嚇夫人環視房間，用感覺探查。

「你在這裡嗎？」嘶嚇夫人低語：「你在這裡嗎？克利斯多夫？」

克利斯多夫開始一小步一小步，慢慢撤離大廳。別呼吸，別讓她聽見我。

「說話呀，我不會傷害你的。」她低語。

克利斯多夫看向外面，太陽西下，他快用完日光時間了，郵筒人現在開始排在道路兩側。

嘶嚇夫人走向克利斯多夫的媽媽。

「你在看嗎？克利斯多夫？」她沉靜地問道。

血液怦怦在他的太陽穴跳動，他知道這是陷阱，媽媽就是餌。他在走廊上，身體半蹲，準備在她對媽媽採取行動時衝向她。嘶嚇夫人在克利斯多夫媽媽的耳邊低語，克利斯多夫看到媽媽心不在焉抓抓耳朵。

「如果你不出來，你媽媽就會死。」她以氣音說道。

嘶嚇夫人嘟嘴，在媽媽脖子上吹氣。她立刻打了寒顫，準備去找恆暖器。克利斯多夫心臟狂跳。

「準備好了嗎？克利斯多夫，現在看看這個。」嘶嚇夫人說。

柯林斯太太突然走進屋內，像蛇一樣憤怒。

「妳的兒子讓我兒子的手臂燙傷，但妳覺得那樣還不夠。」柯林斯太太對克利斯多夫的媽媽怒吼。

「抱歉，柯林斯太太，我不知道妳在說什麼。」

「妳把我媽媽單獨留在房間，她又跑出去了！」

「抱歉，柯林斯太太，我得幫忙奧森先生。志工都走了，我們今晚人手不足。」她疲憊地回答。

「如果妳每找一個理由就可以得到一塊錢，那早就變成我替妳工作了！」

「柯林斯太太，妳為什麼不自己看著她？」安柏斯咆哮：「她該死的可是妳的親生母親！」

克利斯多夫感覺得到場上的怒火越來越高漲。

「克利斯多夫，這只是剛開始。」嘶嚇夫人微笑。「我會一再……又一再……現在，給我仔細瞧！」

突然間，柯林斯太太的媽媽推著輪椅進入大廳。

「媽，謝天謝地。」柯林斯太太說。

老婦人支起彎曲的雙腳起身，眼睛直視克利斯多夫。

「哦，嗨，你在這裡，你看得到我。」老婦人大喊。

「誰看得到妳？」嘶嚇夫人問。

「那個小男孩，他就站在那裡。」她指出方向。「大家以為我在胡言亂語，但他知道，他一直知道。」

嘶嚇夫人湊上前去，在老婦人耳邊低語。

「你們全都會死。」

「我們全都會死。」老婦人複述。

「沒事的，女士。」克利斯多夫的媽媽說：「冷靜。」

「死神來了，死神到了，我們在耶誕節就會死翹翹！」嘶嚇夫人耳語。

「死神來了，死神到了，我們在耶誕節就會死翹翹！」老婦人尖叫。

「媽，回去妳的房間。」柯林斯太太要求。「里斯太太，過來幫我！」

但老婦人不肯罷休，她一再地複誦，使盡全力高喊。

「死神來了，死神到了，我們在耶誕節就會死翹翹！」

嘶嚇夫人拋下她，轉向克利斯多夫的方向，面露微笑。

「我很驚訝你沒有出聲。」她說：「但這不是我讓你看這場好戲的理由，我得招待你，直到夜晚降臨。」

太陽已落到地平線下方，大衛從她的脖子上舒展開來。

克利斯多夫感覺到周遭變得冰冷，棉花糖的味道變成血腥味，他視線回到充滿笑意的嘶嚇夫人。

「因為我們晚上看得到你，老弟，你就在那裡，真漂亮的男孩呀。」

嘶嚇夫人開始奔向克利斯多夫。

「你離開了街街街街道！」她尖叫。

克利斯多夫跑向大門，嘶嚇夫人在他拉開大門時撲上來，而他的眼睛迎上了手電筒光線。

「克利斯多夫！謝天謝地！」瑪利凱薩琳打開他的樹屋大門時大喊。

她手機的手電筒光線讓他目眩，他一度不知道自己在哪裡。他抓住她的手臂，認為她是嘶嚇夫人。發燒的熱度從額頭貫注到了他的指尖。

「噢！」瑪利凱薩琳尖叫：「住手！你燙到我了！」

克利斯多夫環顧四周，發現自己已經不在安老院。他回到了樹屋，嘶嚇夫人沒有抓住他，而是瑪利凱薩琳。克利斯多夫放開她的手，她脫下外套，捲起毛衣袖子，看到手臂肌膚發紅，冒出了小水泡。

「對不起。」克利斯多夫說。

「你剛剛到底跑去哪裡了？」瑪利凱薩琳搓揉手臂，又驚又氣。

「我睡不著，所以我想說過來這裡玩。」他說。

「呃，你可能會讓我們兩人都惹上大麻煩，你可知道？」

「對不起，妳可以原諒我嗎？」

「只有上帝可以原諒你，不過祂會的。所以，好，我原諒你。來吧，我們回家，我們得處理你的鼻子。」

克利斯多夫舉手摸摸鼻子，看到指尖有著鮮紅溼潤的血跡。發燒讓他的臉蛋通紅，關節疼痛，而癢意更是碎裂成了令人暈眩的頭痛。他這輩子從沒這麼病弱過，就連之前流感也沒有。

克利斯多夫想著他在公路上的奔馳速度、身體隱形，還有癢意帶來的清晰想法。如果這些力量讓他在真實世界如此虛弱，他覺得自己無法承受更多。

否則這會要了他的命。

瑪利凱薩琳親切地協助克利斯多夫爬下樹屋，每一步都讓他的關節格格作響。克利斯多夫抬頭看天空，天已經黑了，他見到一顆流星劃過天際。又一顆太陽，又一個靈魂。

踩到地面時，他看著垂掛在樹邊的白色塑膠袋。他本能地打開它，但裡面空無一物。沒有耶誕卡，沒有隱藏的訊息，只有癢意。克利斯多夫想著一路領著他到林蔭松的麵包屑，以及大衛寫在耶誕卡上的最後幾句話。

P.S. 謝謝你送我的棒球手套。

克利斯多夫想起聞到棒球手套氣味的時候，有時是在他的房間，有時是在公車上。他越是思考這件事，就越是了解到這個氣味有多常出現。職棒球季早已結束，他想不出有隨身帶手套的小孩，只有美式足球——發泡塑料球或塑膠球。但是棒球手套的氣味始終如影隨形。

對不起，如果我有時嚇到你的話，

我絕對不是有意的。

克利斯多夫閉上眼睛，任由癢意在他心中發揮作用。他見到擺放在他眼前的麵包屑，見到在字裡行間玩捉迷藏的想法，帶著他走上步道。要他「**跟著鼻子走**」的第一張卡片，以及要他「**立刻去見見你的母親，她需要你**」的閣樓老婦人的卡片。還有留在大衛家車道上的腳踏車，讓他可以準時在媽媽遞給安柏斯耶誕卡時出現，卡片最後寫著：「**P.S. 謝謝你送我的棒球手**

套」，以及最後謎題的線索……

但尤其是那些書。

癢意止住了。克利斯多夫睜開眼睛，感覺得到鼻血滴滴落下，嘴脣傳來鮮血的滋味。但他不在乎，因為他終於抓住玩著捉迷藏的想法。大衛不是惡魔，他只是個傳紙條的小男孩。而鎮上有個地方可以讓小孩留紙條給另一個孩子，即使兩者之間有五十年的距離，那就是磨坊林小學每個孩子借書的地方。

韓德森太太的圖書館。

瑪利凱薩琳把手電筒的燈光照向步道，見到有幾隻被光線震懾住的野鹿。

「哦，耶穌基督，我真痛恨鹿。」瑪利凱薩琳畫著十字說道：「現在，我們要怎麼離開這裡？」

克利斯多夫帶著瑪利凱薩琳離開空地，他聽見遠方傳來推土機輾過樹木的聲音。柯林斯先生贏得官司，建案復工，正如克利斯多夫認為的那樣。不用多久柯林斯先生就會推倒大部分的樹木，朝克利斯多夫的樹屋而來。

「但是，這樹屋到底要做什麼？」他曾經這麼問過好心人。

你打造了一個通往幻想世界的連接門。

克利斯多夫不知道好心人是不是被抓了，是不是被折磨當中。

他不知道好心人是死是活。

他只知道只要好心人不見了，就沒有人可以從嘶嚇夫人手中保護這世界。

除了他。

44

極品艾德醒來，他抓抓手臂，看著臥室窗外的樹。白雪覆蓋了樹木，積雪壓低了枝椏，讓它們全都看起來像是病態微笑。

病態微笑，艾德。那就是哭喪著臉，微笑中帶著病態。

外婆在瘦得皮包骨去世之前，曾這麼對他說。他不知道為什麼現在會想起她，就好像她現在就在房間跟他一起。她聞起來像是舊洋裝，而且她會低語。

聽外婆的話。

艾德下床。

他的腳沒有感覺到木質地板的冰冷，他走到窗邊，開窗看著堆積在窗台上的溼雪。他抓起雪，做了一顆雪球，非常圓，也非常光滑，就跟地球一樣。不知為何，雪球沒讓他的手覺得寒冷，事實上還覺得很舒服，就像來自肯尼伍德遊樂園的冷凍棉花糖。

艾德，不要吃太多，你會肚子痛，聽外婆的話。

艾德關上窗戶，他的臉蛋在嚴寒空氣一直不覺得冰冷。但現在，他的臉頰紅通通，而且他想喝杯水。不要浴室的自來水，要廚房的水。艾德走上走廊，經過爸爸睡覺的客房。手中的雪球開始融化，在木質地板上滴下小水珠，就好像用麵包屑留下行蹤一樣。艾德經過媽媽睡覺的主臥室。

「你們為什麼睡在不同的床上？」他曾這麼問過媽媽。

「寶貝，因為爸爸會打呼。」她說，而他相信了。

艾德下樓，走到廚房，倒了一杯廚房的水。他用自己最喜歡的杯子。**浩克……喝水！**他十秒就喝光了，但還是覺得渴，他又喝了一杯，再一杯。他覺得自己像是發燒了，卻沒有不舒服的感覺。他只是覺得熱，只是覺得廚房好悶。

我沒辦法呼吸，艾德，到外面去，聽外婆的話。

艾德推開玻璃拉門。

他站在那裡，用力吸了一口冰棒般的冷空氣，剎那間帶走了窒悶感。他不覺得像是插著鼻管的外婆，她曾要他保證永遠不會像她那樣吸菸。他在想外婆是不是被活埋，在棺木中無法呼吸。她現在是不是在敲著棺材蓋？他走進後院，坐在老橡樹下方如耶誕裝飾的鞦韆。外婆是怎麼說裝飾品的？好像是從她喜歡的一首老歌。

奇怪的果實，艾德。

艾德只是坐在那裡，想著外婆，而手中的雪球被壓得越來越實。他把雪球放在橡樹底下，又做了一顆雪球，再一顆，又一顆。他認為他可能會需要這些雪球來捍衛克利斯多夫和樹屋，因為人們會奪取不屬於他們的東西，像是布瑞迪．柯林斯這樣的壞人。

身為男人必須保護他的朋友，艾德，聽外婆的話。

當艾德做完最後一顆雪球，他低頭發現自己清掉了老橡樹周圍的積雪。翠綠的草地上沾著鬆脆的霜雪，上面放著一堆雪球，就好像他之前在參觀獨立戰爭的校外旅行中看到的砲彈一樣。

好人贏得戰爭，艾德。

他不記得是在哪裡聽到這句話，不過他很確定英文中的「步兵」（infantry）是從「嬰兒」（infant）這個字來的，就像「幼稚園」（kindergarten）來自德文「孩子」（kinder）和「園地」（garden）。所以步兵中的每一個人，都是媽媽的嬰兒。

這樣很有道理。

艾德走回屋內，關上玻璃拉門，把嚴寒鎖在外頭。他看向廚房，見到櫥櫃門微微打開。本來就這樣嗎？還是剛有人打開？這好像有人推開棺材蓋窺看客廳，死者想要記住食物的味道，因為骸骨是沒有舌頭的。他想起外婆因為得了癌症，舌頭切除，外婆沒辦法說話，所以就把話寫在紙上。

艾德，我好想念荷式蘋果派的味道哦。
代我吃點蘋果派，艾德，聽外婆的話。

艾德走到冰箱，切了一大片荷式蘋果派，看著盒裝牛奶上失蹤女孩的照片，艾蜜莉．波托維奇。他關上冰箱時，見到門上如耶穌十字架般用四個磁鐵固定住的閱讀考卷。這是他第一張成績好到可以從雜物抽屜挪到冰箱的考卷，他人生第一個A。艾德微笑，關好冰箱的門。

回到樓上睡覺前，艾德走到爸爸的娛樂室。他打開房門，聞到多年來滲入牆壁的菸草和蘇格蘭威士忌味道。他走到爸爸的木質書桌，第二層抽屜鎖上了，所以他拉開第一層抽屜，再抽出它。然後，他探手進去拿出一個散發出棒球新手套味道的皮製小盒。他小心翼翼把盒子擺上桌子打開，然後看著盒子內部，見到它時，露出了笑容。

一把手槍。

艾德拿起槍，手中點四四的手槍感覺沉重。他默默打開槍，見到膛室中還剩一顆子彈。艾德仿照他最愛的電影英雄，舉起槍，金屬槍身反映著月光，就好像眼裡的閃爍。

帶它上樓，艾德。

他上樓，站在主臥室外頭看著媽媽睡覺，然後走過爸爸沉睡的客房。艾德注意到爸爸根本不會打呼，不知道他們為什麼要騙他。

艾德走回自己的房間，看著外頭的老橡樹，這棵樹帶著病態微笑。艾德坐在床上吃荷式蘋果派，吃完之後，他把毯子上的細屑撥到地上。接著，他把槍放在枕頭底下，頭躺上去。他看到時鐘，凌晨兩點十七分。他閉上眼睛，想著復仇者聯盟第一集。復仇者英雄是怎麼站成一圈，然後贏得戰爭。因為他們是好人，而只有好人才會贏得戰爭。

戰爭就要來了，艾德，身為男人必須保護朋友，聽外婆的話。

45

時鐘顯示凌晨兩點十七分。

布瑞迪．柯林斯縮起身子，背部抵著冰冷的木門，某件事讓他很在意，就像手臂上的發癢感覺。他一直搔抓克利斯多夫留下的水泡，但怎樣也無法消除癢意。他只能一直抓，心中回想著白天的事。媽媽從校長室接走他，開車載他離開學校。她對他大吼大叫，說居然跟克利斯多夫及極品艾德這樣的暴發戶垃圾打架。她尖叫說他絕對不可以再那樣讓家族蒙羞，該死，他可是柯林斯家族的人。回到家後，她要他脫下外套，進去後院的狗屋。狗屋在夏天時還算好，但現在是冬天。他乞求她不要把他關進狗屋，但她告訴他說，等到他的行為像人時，就可以睡得像人。他一直被關在狗屋，全因為克利斯多夫和極品艾德，這兩個魯蛇讓媽媽又痛恨他了。他不能再讓媽媽痛恨他，他沒辦法再睡在狗屋，他必須做些什麼讓她愛他。他渾身發抖，他推開袖子，把手臂直接塞進上衣裡面。胸口的熱度開始讓他的手臂感覺溫暖，卻去除不了癢意。他只好一直抓一直抓，一想再想。他心中只有一個不斷出現的念頭：那兩個該死的男孩讓媽媽這麼痛恨他，他們一定要為此付出代價。

時鐘顯示凌晨兩點十七分。

珍妮．霍卓克在床上醒來，想著像是有人在她房間，還是風聲？她以為繼兄史考特溜進來了，但迅速掃視房間後，發現只有她一人。她看向房門，等著他走進來。因為他媽媽在上班，所以今天是史考特接她放學。珍妮求他不要告訴她爸爸她又打架了。如果他說了的話，今年爸爸可能不會讓她去夏令營。而夏令營是唯一可以讓她遠離史考特的事，所以，當他說她必須跳舞給他看，不然就會告訴爸爸時，她別無選擇。他要她脫掉衣服，除了包覆左手臂燙傷的繃帶外，她全身赤裸。燙傷好癢，她不斷抓呀抓，卻不見舒緩，就好像蟲子在她皮膚上一樣。她下床，走到房門，移開卡在門把下的椅子。然後，她下樓到廚房，從抽屜拿了一把刀。拿著刀微微搔了一下癢，再行經史考特的房間。她一度想要用這把刀刺進史考特的脖子，這個想法讓癢意稍減。她走回房間，把刀子放在枕頭底下，以免史考特像以前那樣，摸進她的房間。他把她的睡衣長褲丟在角落時，說它的褲管太短了，說這睡衣長褲是「不怕淹水，不怕淹水」。

時鐘顯示凌晨兩點十七分。

麥特在床上坐起身，搔搔手臂。這個消息應該讓他很開心，但是他沒有。放學後，兩個媽媽帶他去看眼科醫師。她們很生氣他和麥克在學校打架，但是當麥克解釋說這是因為要保護克利斯多夫，她們就沒那麼生氣了。眼科醫師看了他的斜視，跟他說了好消息，原本眼罩應該要戴到夏天讓眼睛不再斜視，不知怎地，眼睛現在已經好了。醫師說：「真是奇蹟。」知道珍妮不能再叫他「海盜鸚鵡」時，他應該要開心到連做幾個側身翻。但是，感覺卻不對勁。麥特想到克利斯多夫抓住他的手時，熱度是怎麼傳遍手臂，一路發癢到他的眼睛。他絕對不會對大家大聲說出這件事，他們會認為他瘋了。但是，當他搔撓手臂時，卻不禁認為克利斯多夫是設法治好了他的眼睛。這個想法讓他驚懼萬分，因為他知道要是有人發現這件事，可能會想要殺掉克利斯多夫。所以，他跟自己保證，他會在學校繼續戴眼罩，這樣就不會有人懷疑。他會一直任憑珍妮叫他「海盜鸚鵡」，來保護朋友安全。他就是得讓克利斯多夫活下來，感覺像是全世界都要依靠這件事。

時鐘顯示凌晨兩點十七分。

麥克坐在床上，癢意搞得他快抓狂。他起身走進浴室，找尋他和麥特長水痘時，媽媽拿給他使用的粉紅色乳液，卻找不到。他只看到其中一個媽媽的維他命，讓她心情愉快的維他命。他離開浴室走到沒有人會聽到他的地下室，然後打開電視，播放他最愛的電影《復仇者聯盟》，努力讓自己不去注意到癢意。他看電影看得很過癮，癢意也幾乎消失，但後來卻發生了一件事。電影播放當中，雷神索爾停下動作來跟麥克說話，兩人都徹夜未睡。索爾很親切，他說布瑞迪很危險，而珍妮打算做一件非常可怕的事。索爾告訴他要保護極品艾德和麥特，但尤其是克利斯多夫。因為麥克是最強壯的一位。戰爭就要來了，好人這一次必須贏得戰爭，不然壞人就會主宰這世界。麥克在沙發上醒來，他不知道這是不是一場夢。

時鐘顯示凌晨兩點十七分。

勒斯可老師坐在黎巴嫩山的酒吧，酒吧凌晨兩點鐘打烊，但因為她跟老闆很熟，就懇求他讓她留下來。她實在沒辦法回家。她搔搔手臂，剎那間想起媽媽，當時兩人還一起住在城裡。媽媽會不斷搔撓自己，直到拿到她的藥。勒斯可老師把它看成「媽媽癢藥」。因為，藥一塗上手臂，她就不癢了。她已經有好幾年沒想起這件事。勒斯可老師看著面前這一堆空酒瓶和杯子，數了一下，加起來總共是十七件。通常這麼多酒會讓她在計程車上醉得不省人事，但今天一整晚，不管她喝了多少，一瓶又一瓶，一杯又一杯，她就是醉不了，只是一直覺得好癢好癢，而且思緒如潮水湧來。要是她再也喝不醉呢？哦，天哪，她今天為什麼喝不醉？她回想今天的事，想到克利斯多夫。她知道這樣很瘋狂，絕對不可能是一個小男孩碰觸她的手臂後，就讓她再也喝不醉。她只需要找到自己版本的「發癢藥」。在神智清醒造成她發瘋前，她得先找回喝醉的方法。

時鐘顯示凌晨兩點十七分。

韓德森太太坐在廚房裡，這是她完美的廚房，夢中廚房，她花了好幾年打造它。蒐集每一個小擺設，每一件古物。她不是有錢人，但她有品味。這幾十年來的每一個星期天，她都會外出，進入後院拍賣和跳蚤市場的世界，找出可能在佳士得拍賣會價值數千美元的十美元舊品。一點一滴，一個接著一個，她為自己和老公打造了一個完美的家。這是她的人生傑作。她白天教導小孩子閱讀及愛書，晚上為丈夫打造了這個完美的家。但現在，她丈夫卻不回家。現在是凌晨兩點十七分，她的丈夫仍在外頭某處。所以，韓德森太太坐在廚房，就這麼盯著大門。她望著那個「歡迎回家」的小小古董飾板，以及搭配黃銅杆子的完美小窗簾。她凝視、搔抓，想著她在肯尼伍德遊樂園的摩天輪上方被求婚的情景。當時韓德森先生的雙手根本捨不得離開她身上，她會在他的車子後座說「不」，即使她的身體高喊著說「好」。因為她不是那種女孩，媽媽說男人不會跟那種女孩結婚。但是，每一次他親吻她，她肌膚就發癢，因為他而發燙。就像現在一樣發燙，就像她第一年在磨坊林小學教書一樣發燙。她永遠忘不了那個小男孩，那個嚇壞了的小男孩。他失蹤時，她是多麼難過。為什麼她現在會想起他？她不知道。但是想到他，她的手臂便不再發癢；也讓她不再自問丈夫什麼時候不再碰她。這讓她想起今年是她教書的最後一年，她就要退休，跟他共享美好生活。沒錯，她的丈夫終究會走進那道門；他終究會覺得飢餓，會再次需要她溫暖的廚房。

46

時鐘顯示凌晨兩點三十七分。

瑪利凱薩琳獨自待在她的臥房，她已經醒來二十分鐘了。她醒來是因為手臂好癢，她嘗試塗了一些乳液，卻沒有用。她喝了一杯水，因為有時候皮膚發癢是因為缺水，但這也不管用。癢意就是留在她的皮膚。

奇妙的是，她覺得很享受。

她的肌膚溫暖，有如絲綢床單般柔軟平順，癢意貼著皮膚感覺好舒服，就好像有一次道格忘了刮鬍子，他的親吻在她臉頰留下的那種舒服搔癢感。微微疼痛的搔癢感，但她喜歡，還有點希望道格會留鬍子。他以前演出《屋頂上的提琴手》時有試著留鬍子，所有參與演出的男孩子也是。結果卻發生各種不同程度的悲劇，為什麼男孩子是男孩子？她納悶。

為什麼他們不能直接加緊腳步，成為男人？

瑪利凱薩琳穿著棉質長睡衣躺在床上，環視房間。屋外吹著風，比平常稍大的風。瑪利凱薩琳想像著風兒溜進她的房間，把手臂上的癢意吹過全身。她想像癢意從前臂來到手腕再到她的手指。

在她右手的五根小手指上。

瑪利凱薩琳舉起手指，開始把癢意帶往各處。她一點一點地，從手臂開始，然後緩緩把發癢的手指往上移到肩膀，再到脖子，然後是嘴巴，在嘴唇上來回游移手指。她的嘴唇在走過使命街樹林後變得乾裂，而每一次她的手指撫過嘴唇，癢意就同時變得更加溫暖、柔軟和發癢。有點像是她想像真正鬍子貼住她的肌膚的感覺，真正的鬍子屬於真正的男人。像是警長那樣的男人，他在她發現克利斯多夫的那個晚上為她圓謊。瑪利凱薩琳伸出舌頭，舔過指尖。她慢慢地讓一根手指探入嘴巴，然後讓那根手指更加深入，再加入一根手指，再一根。她想像警長親吻著她，她想像把警長帶入她的——

停。

瑪利凱薩琳在床上坐起來，肌膚上的癢意變得發燙。她到底在做什麼？這不對。即使這樣想的對象是道格也是一種罪惡，因為他們沒結婚。至於警長？那就太令人作嘔了。瑪利凱薩琳不曾有過性經驗，也不曾自慰，因為這會導致可恥的想法。她知道規定……想了就是做了，這是瑞克里太太在教區學校教了她十年的事。

想了就是做了。

瑪利凱薩琳在床腳邊屈膝跪下，祈禱能把這些罪惡思想逐出腦外。她跪在天主面前，用嘴巴說出神的言語，但癢意卻更加嚴重。她可以感覺到它在棉質睡衣底下，胸部的肌膚可以感受到手指的癢意，兩者之間只有一小片棉布。摩擦睡衣不是一種罪，對吧？只是棉布而已，又不是她的身體。所以，這樣是沒問題的。這不是罪惡。所以，她跪坐下來，撫摸睡衣的棉布。而胸部只是不小心擦到，被粗棉劃過，就好像鬍子，就好像警長的鬍碴，在他扶起她，把她放在床上，然後——

停。

這是個考驗。

瑪利凱薩琳站起來，胸口發疼，臉蛋潮紅。她告訴自己沒有關係，她只是撫摸了睡衣，不是胸部，她沒做錯事。就差一點了，但是她還是沒有做到底。還沒有。不過，瑪利凱薩琳還是很害怕，她必須在她產生會害她進地獄的想法前，離開臥室。她必須到外面去。就是這樣，沒錯。她必須到外面的冰冷空氣中，這樣就會澆熄這樣的熱度。

瑪利凱薩琳走到衣櫃，脫下睡衣。她站在衣櫃前方，身上只著內褲，屋內的小氣流像是細吻般撫過她的肌膚，風兒吹拂在她的脖子，所到之處起了雞皮疙瘩。她不知道為什麼風兒可以被允許來觸摸她，而她不能。她卻不能。但是她還是好想撫摸自己，一再地，她好想把發癢的手指放進內褲，然後——

「停！瑪利凱薩琳！」她對自己嘶吼。「想了就是做了！別再想了！」

她必須離開這裡，遮掩住肉體，忘記自己有肉體。她套上衣櫃中最厚的白色毛衣及藍色牛仔工裝褲，加上最厚的襪子和靴子。瑪利凱薩琳離開房間，躡手躡腳經過父母的房間，然後下樓。她走到屋外，但天氣冷到沒辦法待在這裡。幸好，媽媽的車就停在車道。瑪利凱薩琳被禁止在十二點過後開車，只是坐在車內不算罪惡，對吧？對。

瑪利凱薩琳上車。

車子座椅的寒意一直滲進她厚厚的衣服裡，寒意讓她的雞皮疙瘩回來了，讓她的乳頭在工裝褲底下硬得跟石子一樣。她想到溫暖雙手覆上乳房，爬進後座，讓窗戶玻璃起霧。

這是個考驗，停止。

但她停不了，瑪利凱薩琳興奮難耐，再也忍受不了。她拿出手機，撥了號碼。

「喂？」道格半睡半醒說道。

「道格！你在家嗎？」她焦急地問。

「當然啊，現在都快三點了。」他說。

「鑰匙在門墊下嗎？」

「對。」

「那我現在過去。」

「但我明天有個考——」

瑪利凱薩琳掛上電話，啟動車子，她知道如果爸媽發現，她可就有大麻煩了。但她不知道還能怎麼辦，她必須擺脫這些念頭，必須讓皮膚消除癢意。

瑪利凱薩琳開車前往道格家，一路上都在確認有無野鹿出現。她停在屋子前方，她還沒下車，就看到他出現在門廊。他套著長袍和雪靴走向車子，每一步都踩得草地上的霜雪吱嘎作響。

「瑪利凱薩琳，妳到底搞什麼鬼呀？」

「我們進屋。」

「妳瘋了嗎？我爸媽會聽到我們的聲音，怎麼了？」

「道格，我需要你幫忙，跟我一起禱告。」

「關於什麼？」

「就跟我一起禱告，拜託。」

「好。」他說。

瑪利凱薩琳打開車門，道格上車，渾身發抖。兩人握緊雙手，閉上眼睛，準備禱告。瑪利凱薩琳想要說話，想要告訴他關於自己皮膚上的癢意，以及那些不純潔的思想，但是她做不到。她知道，說了就是想了，想了就是做了，做了就是撞上鹿，就會永墜地獄。

但是道格的雙手好溫暖。

而且味道好好聞。

「瑪利凱薩琳，妳在做什麼？」

瑪利凱薩琳睜開眼睛，發現自己湊到道格的位子，身體往下滑，讓自己來到他前方。她跪下來，分開他的長袍。瑪利凱薩琳伸手探向他的四角內褲，往下一拉。她垂目看到它，她從未見過它，從未親眼看到，只有在健康教育課的圖片上見過。

而它就在眼前。

「妳在做什麼？」他輕聲問道。

她什麼話也沒說，因為她沒有話說，只有身上的熱度、癢意，以及感覺糟糕無比的羞恥感。瑪利凱薩琳慢慢把手伸向道格，住手，這是個考驗。她觸碰了它。想了就是做了。她開始讓她發癢的五根手指上下移動。所以妳大可以直接行動。上上下下，上上下下。她真不敢相信居然會發生這種事，她不知道自己是著了什麼魔。但是，她想要，她想要他抓住她，像是男人一樣。道格，該死地像是男人一樣。他回頭看著他家，燈光亮了。

「哦，我的天，我媽醒來了。」他說。

但是瑪利凱薩琳沒有停手，她把道格放進嘴裡，他硬得跟鑽石一樣。癢意止住了，聲音止住了，言語止住了。她不知道除了用嘴巴含住它之外，還要怎麼對待它。但這似乎不重要，不到三秒鐘，他就抽出來，噴了她整件毛衣。

兩人都陷入沉默。

她仰頭看著道格，他的神情交織著欲望、厭惡、羞愧和困惑。他的表情嚇壞了她，她這時候了解到，道格不認識她是誰，而她也不認識。他拉上內褲，拉好長袍。

「我得走了。」他說。

他下車，跑回他家，瑪利凱薩琳不知道該怎麼辦。她不敢相信剛才發生的事。奶奶送給她這件白色毛衣，當成十六歲生日禮物。奶奶現在已經過世，她會見到自己剛才做的事，耶穌也是。這毛衣現在已經髒了，她自己也髒了，就跟學校的黛比．鄧罕等其他女孩一樣。她的臉蛋羞愧得整個發紅，她回頭看向房子，發現道格連轉身說再見都沒有，就直接走向家裡大門。

瑪利凱薩琳開車離去。

瑪利凱薩琳打開收音機，讓自己分心，收音機設定在媽媽最喜歡的宗教電台。神父告訴瑪利凱薩琳，耶穌愛她，會洗去她的罪惡，色欲罪，私通罪。她轉換頻道，每個電台都在談論天主，天主正在看她，天主看見每一件事。

一隻公鹿衝到她的車子前面。

瑪利凱薩琳猛踩煞車，車子跟著打滑。鹿盯著車頭燈，動也不動。瑪利凱薩琳放聲尖叫，公鹿開始越來越接近車頭燈。

「天哪！不要！」她尖叫。

車子終於煞住了，離公鹿只有咫尺之遙。

瑪利凱薩琳從擋風玻璃看出去，公鹿也看著她。沒多久，一隻母鹿來到公鹿身邊，接著是一隻小鹿。這就好像瑪利亞和約瑟在聖嬰誕生後，站在馬槽的小家庭場景。瑪利凱薩琳心臟狂跳，如果她開車撞到鹿，那她就會下地獄了。這是天主的警告，神賦予她肉身，做為容納祂的旨意的容器，而非相反。她最好停止她那有罪的想法，回家，瑪利凱薩琳，立刻回家。

但是鹿擋住了去路。

瑪利凱薩琳別無選擇，只好掉頭。她默默倒車，退到別人家的車道，再從來時路離開。這樣會多花一點時間才回到家，但要是她在下個岔路左轉，還是可以在爸媽知道她離家前回到家。但是，到岔路時，她卻見到有更多的鹿擋住了去向。

瑪利凱薩琳在停看標誌停住車，看了一眼後照鏡，發現野鹿家族跟了上來。她掃視每一條街道，都有鹿的蹤跡，擋住她所有回家的路，只剩下一條路可以行駛。

那條通往使命街樹林的街道。

瑪利凱薩琳開上那條街，來到柯林斯建案工地。她把車子掉頭，卻又見到牠們。數十隻鹿慢慢走向她，鹿角就快要刮到車子。瑪利凱薩琳靠向車子喇叭。

「不要靠近我！」她尖叫。

鹿群沒有散開，沒有跑開，牠們只是慢慢靠近。瑪利凱薩琳別無選擇，她打開車門，踏進嚴寒的夜色。野鹿開始衝向她，她爬過安全圍籬，落在泥濘的地面上。野鹿在安全圍籬止步，鹿角卻不斷戳進金屬格網。

她走進使命街樹林。

瑪利凱薩琳不知道這是夢還是真，她祈禱這只是一場夢，祈禱她會在自己床上醒來，她永遠不曾有過這些想法，永遠不曾在午夜過後開車出去，永遠不曾把道格含在嘴裡。她祈禱這一切只是可怕的噩夢，她仍舊是個值得人愛的女孩。

她聽得見森林裡有更多的鹿在後面追趕她，有如乾淨廚房地板上的蟑螂般四散。她漫無目的奔跑，找尋認識的步道。她跑過一個廢棄的冰箱，衝進隧道。

她碰掉了手機，隧道漆黑一片，腳下的融雪積水吱吱作響。瑪利凱薩琳伸手往下探，撈起手機。她甩甩手機，但沒有用，她祈禱得到光線。她在工裝褲上擦乾手機，手機突然好了。

就在此時，她見到了鹿。

數十隻鹿。

就在煤礦坑裡。

「啊啊啊！」她尖叫。

瑪利凱薩琳發足狂奔，用手機照亮道路，直到她總算在空地上，再度發現了月光。

瑪利凱薩琳見到了樹屋。她想起當天晚上稍早曾在那裡找到克利斯多夫，他抓住她的手臂，他手指傳出的熱度造成了那些小水泡。水泡很溫暖，樹屋也會是這樣。對，那就是她要去的地方。樹屋可以讓她保持溫暖，避開野鹿。瑪利凱薩琳在野鹿來到空地前，跑向樹屋。她爬上二乘四吋木板的階梯，開門往內探，裡面空無一人。瑪利凱薩琳回頭看，發現野鹿有如水族箱中的鯊魚一般不斷環繞。

然後，她開始禱告。

吟誦主禱文時，她抬頭望著雲朵後方的美麗星空。一顆流星劃過天際，她想起瑞克里太太說過，每一顆流星都是一個前往天堂的靈魂。這個回憶撫慰了瑪利凱薩琳，她想起兒時在教區學校所學到的關於耶穌的課程，天啊，她當時全心敬愛耶穌，她還是個孩子，還不知道身體會做出齷齪行為。重新當回孩子不是很棒的事嗎？想法和行為都保持純真。她低語吟誦主禱文，在說出最後一句時畫了十字。

「並救我們免於兇惡，阿門。」

瑪利凱薩琳關上樹屋的大門。

門一關上，她的感覺就好多了，感到沉著寧靜。她了解到，現在還不算太遲。天主原本可以讓她撞上鹿，但祂沒有。祂只是警告她，帶領她來到一個孩子的樹屋。提醒她要愛得如孩童一般，因為孩子是不會下地獄的。

刮搔，刮搔，刮搔。

她聽到鹿在樹屋外，但是牠們上不來她這裡，在媽媽醒來前，她還有好幾小時。所以，她可以設定手機鬧鐘，靜待鹿群離開，然後她就可以安全回家。對，她就要這麼辦。她會睡在樹屋裡，到了早上，她就會像在母親懷抱的孩子一樣安全。

刮搔，刮搔，刮搔。

瑪利凱薩琳不理會鹿群，逕自設定兩小時後的鬧鐘。她把頭枕在樹屋的地板上，忽然感覺有如穿著連腳睡衣的嬰兒一樣舒服，彷彿在耶穌懷裡那樣溫暖安全，彷彿像在電影那樣受到撫慰，告訴她得到寬恕，得到愛。她蜷縮起身子，沉沉人睡。她夢到像是聽見耶穌在她耳邊低語，祂的聲音輕柔。

幾乎像是女人的聲音。

47

克利斯多夫在床上坐起來。他望向窗外，見到風中的使命街樹林。光禿禿的樹枝來回搖晃，有如在教堂做禮拜的手臂。他感覺到在微風中擾動的癢意。

等待著城鎮醒來。

克利斯多夫深深吸了一口氣，努力平復思緒。最近這次前往幻想世界的歷程，讓癢意更增強了，同時也帶來了疼痛。克利斯多夫已經習慣頭痛和流鼻血了。

但這樣的發燒卻有點嚇人。

皮膚升起的熱度，像是柏油路散發的熱氣。他的體溫不斷爬升，直到城鎮開始入睡。克利斯多夫覺得他可以感覺到燈光熄滅、電視螢幕變暗。在寂靜中，他的熱度稍降，癢意止歇。閃卡減緩，因為大部分的城鎮已開始入眠。但是他知道，當城鎮醒來，閃卡就會像電鑽一樣鑽入他的心中。他不能讓這種事發生，他必須專注在一件事上，今天只專注一件事。

他必須找到大衛．奧森留在學校給他的訊息。

但是，可以去學校卻完全是另一回事。

克利斯多夫不知道他發燒到幾度，只知道一定糟到媽媽不會讓他去上學。所以，他拖著身子下床，走到走廊。他踮腳經過睡著的媽媽，走進她的浴室，他爬上洗手台，打開藥櫃，拿出她放在最上層的阿斯匹靈藥瓶。他很早就已經翻過廚房的藥物櫃。他拿了其他藥瓶，Aleve、Advil、Tylenol，以及任何上面標示著「不會頭腦昏沉」的感冒藥。他奮力打開兒童安全防護藥蓋，每一瓶都拿出幾顆藥丸，免得掏空藥瓶讓媽媽起疑。然後，他把所有藥品放回原處，再躡手躡腳穿過媽媽的房間。

「寶貝？你在做什麼？」聲音問道。

克利斯多夫轉身，見到半夢半醒中的媽媽。
「我做了噩夢。」他謊稱。
「什麼噩夢？」
「我夢到妳不見了，我只是想確定妳還在這裡。」
「我會一直在這裡。」她低語：「你今天晚上想在這裡睡嗎？」
想。
「不用了，謝謝，我現在好多了。」
「好，我愛你。」她說完，轉身重新入睡。
克利斯多夫回到自己的房間，等著白天到來。他大可以看書消磨這段時間，但其實他已經記下所有內容了。這些書就好像他心中的閃卡，書頁翻動有如從生到死的各個世代，從開始到結束，從樹木到紙張。
黎明破曉，癢意及隨之而來的疼痛，也跟著浮現。克利斯多夫感覺到街坊鄰居醒來，每一個伸展和呵欠，倒入咖啡，咔咔吃著早餐麥片的聲音。他不懂怎麼隨時都有足夠的咖啡讓大家喝。他想起爸爸喜歡咖啡和加了糖粉的甜甜圈，克利斯多夫想起爸爸的葬禮，放眼望去淨是白色的墓碑。他心中想著這些所有的墳墓，如果每一個曾經生存的靈魂都有一個墳墓，然後到最後……
整個地球會不會滿是墳墓？
在媽媽鬧鐘響起的前三十分鐘，克利斯多夫把三十顆藥丸全部壓成粉末，然後像在吃發臭的Pixy Stix吸管糖一樣，一口氣吞光。
克利斯多夫走到廚房。
他把水槽塞子堵上，然後悄悄放水。他從冰箱拿出兩個製冰盒，像折指關節般，把冰塊敲入水中。他再把製冰盒裝滿水，放回冰箱，掩飾行蹤。
接著，他脫掉睡衣上衣，把整個頭、脖子和肩膀浸入冰水。他好想尖叫，但還是維持在冰水中直到唸了二十五個密西西比。然後，他抬起頭，深呼吸，再從頭做了一次，又一次，再一次。

凍意有如細針刺進皮膚，他的身體變得麻木，但是他不敢起身。如果不這樣做，就要看醫生，沒有B計畫。克利斯多夫知道有很多小孩會裝病不上學，他想起極品艾德告訴他怎麼把體溫計和燈泡或電毯放在一起來作假，卻從未想過自己會是史上第一個假裝康復以便去上學的小孩。當媽媽的鬧鐘響起時（謝天謝地，她總會按「再睡一下」的按鍵），他急急用擦碗巾擦乾身子，拔出塞子，再衝回樓上，爬進被窩，裝作被她叫醒的模樣。

「寶貝，你還好嗎？」媽媽問。

「好多了。」他說，佯裝睜開眼睛。這倒沒有騙人，那三十顆藥丸已開始發揮藥效，他的確技術上感覺好多了。

「很好，你睡得如何？」她問。

「很好，我等不及要去上學了，今天可是墨西哥塔可餅的星期二。」他開心地說。

然後，他為見真章的那一刻，作好心理準備。克利斯多夫的媽媽本能地把手搭在他的額頭，摸摸他因為泡水而微微潮溼的髮絲。克利斯多夫以為他搞砸了。

直到她露出笑容。

「我想你退燒了。」她說：「我們再來檢查一次。」

她把體溫計放在他的舌頭下方，量測完成的嗶聲響起時，他低頭一看。

三十七度。

「抱歉，孩子。」她說：「恐怕你得去上學。」

這真是奇蹟。

媽媽想要……

媽媽想要……邀請警長來吃耶誕晚餐。

媽媽不會邀請……因為我的緣故。

「媽？」克利斯多夫問：「沒有家人的人都去哪裡過耶誕？」

「看情況，有些人會邀請朋友，有些人會去教堂。怎麼了？」

「因為我希望像安柏斯先生及警長這樣的人，今年有地方可去。」他說。

「你真好。」她說：「你想邀請他們過來嗎？」

「想。」

「好。」她說：「好了，快一點，你就快遲到了。」

媽媽現在……

媽媽現在……非常開心。

校車打開車門。

克利斯多夫一上車，聲音就加快了速度。他見到學生盯著自己，彷彿像在動物園看動物一樣。對他們來說，他只是剛在全校面前尿溼褲子的男孩。

對他來說，他們卻是完全不一樣的東西。

紅髮男孩……穿著媽媽的衣服。

牙套女孩……沒有吃足應有的食量。

棕眼小女孩……擔心她在中東的家人。

他們全在受苦，整個世界都將陷入苦難，克利斯多夫。

你必須找到大衛．奧森留下的訊息

克利斯多夫經過校車司機米勒先生，他見到米勒先生當海軍時在手臂上的刺青。他感覺到米勒先生在打起精神為假期做好準備。每次假期，他都會想到以前在沙漠上殺害的人們。

米勒先生認為……

米勒先生認為……他不配活著。

「米勒先生？」克利斯多夫說。

「坐下！」米勒先生咆哮。

「對不起，我只是想感謝你讓我們一路安全抵達學校。」

米勒先生沉默片刻。克利斯多夫知道這是五年來米勒先生所聽到最好的一句話，當然也是這群小屁孩有史以來對他說的最好一句。他真想當場就謝謝克利斯多夫，卻害怕一開口，眼淚就會奪眶而出，然後在這群孩子面前從此沒了尊嚴。所以，他只說了唯一想到的話。

「這是我的工作，所以，別再讓我分心，坐下來。」他大吼。

克利斯多夫點點頭後坐下，這個姿態幫助了克利斯多夫，讓他的心靈沉靜了好一陣子，讓他順利到學校，不再思考每一棟房子裡的每一個家庭。當校車停在校門口時，克利斯多夫微笑。

「米勒先生，祝你今天平安快樂。」他說。

「你也是，小子。」粗暴的男人回應。

米勒先生不會……

米勒先生不會……在這個耶誕節自殺。

克利斯多夫看著前方所有身著厚外套和帽子走進學校的孩子，這裡有數百人，數百個由數百對父母生下的嬰兒。每一個人都是自己人生中的英雄，還加上那些所有聲音、秘密和想法。克利斯多夫深深吸了一口氣後，低下頭。他努力專注在大衛身上，但聲音卻一路搔進他的腦海裡。他感覺自己像是站在打擊場裡，餵球機不斷對著他投球。這喋喋不休的聲音大多無傷大雅，羅德·費里曼擔心他的考試成績，貝絲·湯瑪斯在想午餐要吃什麼。但偶爾會有暴力想法、暴力回憶或暴力白日夢流過。有些小孩在想布瑞迪在哪裡，珍妮為什麼缺席，極品艾德和雙麥兄弟又去哪裡了。克利斯多夫見到勒斯可老師走進走廊，她抓著手臂，一臉病容。

勒斯可老師……昨晚沒睡。

勒斯可老師……因為醉不了，就裸身跟酒保在一起。

「勒斯可老師，妳還好嗎？」

「沒事，克利斯多夫，只是有一點不舒服。」她說，聲音像是淹沒在糖漿裡，顯得太低沉太緩慢了。

「或許妳應該回家。」克利斯多夫說。

「不用，回家更糟呢。」她說。

勒斯可老師拍拍他的頭頂，在學生如潮水湧向走廊時（淹水了！淹水了！），往前走。湯姆神父說，上帝發怒，讓世界淹沒。克利斯多夫見到孩子全都逆流而上，聲音混和成一種像是海浪般的白噪音。他在想，上帝是否就是這樣創造出海洋的聲音，就只是採集了數十億個聲音，再注入海洋，能量行過靜水，行過原本死亡的肉體，連結了所有的人。

就像郵筒人一樣。

克利斯多夫竭盡全力阻擋這些聲音，但他的腦海已經抑制不了它們。所以，他做了唯一能夠的事，就是屈從。他放開心靈，讓聲音像衝浪般帶他走。數百個聲音帶著他到海洋，帶著他彷彿血液流過血管，穿過學校走廊。在自然科學課，韓德森先生說我們的身體百分之七十是鹽水組成，就跟海洋一樣，我們全都連結在一起。

就像郵筒人一樣。

克利斯多夫跟隨聲音，衝過走廊來到圖書館，經過並排如棺木的置物櫃。上午的圖書館完全沒有學生，只有韓德森太太。克利斯多夫一見到她，就很替她擔憂。韓德森太太站在她的辦公桌上，調整天花板一塊鑲板。她的膚色蒼白，閃爍著一層薄薄細汗。克利斯多夫知道她病得很重，就跟勒斯可老師一樣。

韓德森太太……在廚房等了一整晚。

韓德森先生……直到早餐時才回家。

「韓德森太太，妳還好嗎？」他問。

她好一陣子都沒說話，只是低頭看著克利斯多夫，一邊搔著她的手臂。她的手臂皮膚破皮紅腫，彷彿少了十幾層皮。她從桌上下來，像是頭昏眼花。

「很好，克利斯多夫，我沒事，謝謝你的關心。」她說。

她的聲音不太對勁，顯得緩慢遙遠，像是陷入恍惚之中。

「韓德森太太，妳確定沒事嗎？妳看起來像生病了。」他說。

克利斯多夫伸手碰觸她的手。

她立刻停止搔抓手臂。韓德森太太垂下眼看著他的小臉蛋，剎那間，她忘記丈夫不再愛她了。她仍有一頭紅髮，兩人在消防局結婚，互相扶持對方上大學。在那個時候，她無法想像自己未來會教導這所有學生，這五十年來，就像能量傳過海浪，一堂又一堂的課穿梭在歲月之中。她幫助了成千上萬個學生成為更好的人，每一個學生都帶走了她秀髮的一抹紅豔，直到她的頭髮轉為灰白。他們握著她的髮絲，就像每年氣球大賽的繫線。韓德森太太不禁思考，第一年是怎樣開始，想著第一堂課以及第一個學生。她不禁露出微笑，想著那個小男孩，他要求再借一本書，然後又一本，再一本。像那樣的可愛小男孩，總是有著希望。

「克利斯多夫，你知道嗎？你讓我想起一個人。」她說：「他叫什麼名字來著？我整晚都在努力想起這個名字。」

圖書館變得寒冷，癢意又爬回他的脖子。

「大衛．奧森。」她緩緩說道：「就是它，天哪，我整個晚上一直拚命想要想起來，搞得我快瘋了。」

韓德森太太嘆了一口氣。她還是慢慢在說話，彷彿整個身子都在水中。但是想起這個名字，感覺是這麼如釋重負。

「他喜歡看書，就跟你一樣。」她說。

「什麼書呢？」克利斯多夫問。

「哦，天哪，什麼都看，他總是迫不及待。」她接著說，突然間迷失在回憶之中。「『韓德森太太，這裡有《金銀島》嗎？這裡有《哈比人》嗎？』他會一整天都在看書，我敢說，要是他沒有失蹤，他一定會看完圖書館裡的每一本書。」

回憶起大衛失蹤的事，她的神情驀然改變。克利斯多夫見到皺紋又回到她的眼睛和嘴巴周遭，這些深刻的紋路是她這一生佯裝微笑所留下的。

「你可知道他失蹤的時候，他曾經丟了一本書到還書箱。我就是不忍心去核實那本書為已歸還，我知道這麼做的話，他就永遠不會再回來了。天哪，現在這聽起來很奇怪，是不是？那一學期，我一直讓書列為借出狀態，希望他會回來。但是，他沒有。等到年底我們要進行藏書清點時，我才終於不得不把書列為歸還。」

「那是什麼書？」克利斯多夫問，聲音卡在喉嚨裡。

韓德森太太另一隻手覆住克利斯多夫的手，男孩的手比她的手溫暖乾爽多了。突然之間，她感覺好舒服，好安寧。

「《科學怪人》。」她微笑地說：「天哪，大衛借出那本書十多次了，那是他最愛的書，我一直不忍心把它換新。」

韓德森太太停頓了一下，淚水泉湧。

「那天晚上是暑假的開始，回家時，韓德森先生給了我一個驚喜，他架設了我們家第一部彩色電視機，為了買這部電視，他存了一整年的錢。我們整個夏天都窩在沙發一起看電視、看老電影、棒球比賽，我們甚至看了《科學怪人》。那是兩部電影連播中的一部，然後我想起大衛，就不由得依偎在我先生的胸口，知道自己能夠活著，就是非常幸運的事了。」

「韓德森太太，妳還是很幸運。」他靜靜說道。

「克利斯多夫，謝謝你。」她說：「這要說給韓德森先生聽。」

然後，她就放開他的雙手，眼睛眨了眨，環視圖書館，像是猛然察覺到自己在學生面前哭泣。她尷尬不已，就暫時告退去洗手間補妝。

留下克利斯多夫獨自一人。

他知道孤獨只是暫時的，他感覺到困在集合教室裡的聲音，朝他席捲而來。數百名學生忙著做白日夢、專注在課堂；懷抱罪惡和秘密的老師忙著指導學生如何知曉他們所知道的事。他有如颶風眼中的島嶼。

就像空地中央的樹屋一樣。

克利斯多夫穩住自己，然後盡快移動發顫的雙腿來到電腦前。他點擊搜尋引擎，找尋大衛所借出的書。他開始迅速打出……

科──學──怪──人

克利斯多夫看到書籍所在的區塊，他走到那個書架，找到一本舊的精裝書。多年歲月奪走了韓德森太太頭髮的紅色，也同樣讓書顯得破損老舊。他沙沙翻開書，看著書名頁。沒有東西，沒有字條，沒有筆跡。下一頁，還是沒有，只有一些劃線。克利斯多夫不明白，他確信大衛在這本書中留了訊息給他。他為什麼會來圖書館？為什麼會聆聽韓德森太太的故事？這裡某處必定留有訊息，但除了這些愚蠢的劃線外，什麼也沒有。

克利斯多夫翻回書名頁，他又看了一次，心想大衛可能是用隱形墨水書寫。或許大衛害怕嘶嚇夫人會發現他的訊息，所以設法隱藏起來。克利斯多夫停頓了一下，然後仔細看起書裡劃線的字句。這些劃線很奇怪，不是完整的句子，只是單字。有時甚至是單字中的幾個字母。克利斯多夫再次看著書名頁。

科學怪人，瑪麗・雪萊（Mary Shelley）著

劃線的文字是She（她）

克利斯多夫翻動頁面，直到找到下一個劃線處，他見到那個字是……認為。

溫度升高。克利斯多夫感覺到有人在場，他回頭查看是否有人在監視他，但是沒有蹤影。

克利斯多夫默默把視線轉回書上，繼續翻動頁面，直到找到下一個劃線處。

前兩處劃線是……她認為

接下來兩處劃線是……你現在

接下來是……正在

接下來是……看書

接下來是……不要

接下來是……寫出來

接下來是……不然

接下來是……她會知道

接著是一連串的字……克利斯多夫。

克利斯多夫默不作聲，他僵住了。他知道嘶嚇夫人現在正在幻想世界監視他，所以，克利斯多夫盡全力模仿看書的姿態，翻閱這本書，找尋大衛的劃線。他看到上面寫的是：

她認為你現在正在看書，不要寫出來，不然她會知道，克利斯多夫。她現在在監視你，她隨時都在聆聽，你絕對不能說出你的計畫，否則她會殺掉你的媽媽。不要聯絡我的哥哥安柏斯，如果她發現我在幫你，她會立刻殺掉他。

克利斯多夫快如閃電不斷翻頁。

我知道你有疑問，但我們不能直接對話，不然她會知道我已經背叛她。對不起，我在噩夢中驚嚇你，但是我必須證明我的忠心。我會盡量留線索給你，但如果我們想要擊敗她，就必須救他出來。他是唯一可能幫助我們的人，我叫他士兵，你叫他好心人。他是被帶來這裡對抗嘶嚇夫人，少了他，你們的世界就會滅亡。

克利斯多夫想著好心人，也就是士兵。

等你看到他的時候，告訴他說嘶嚇夫人已經找到方法。事情已經開始了，你已經見到其中一部分，卻還沒見到其他事。不過，它已經蔓延到森林外頭，蔓延到城鎮外頭。沒有他來牽制她的力量，她只會變得更加強大。而且等時機恰當，她就會擊碎幻想世界和你們世界之間的鏡子，這樣就只剩下一個世界。她不知道我知道這件事，但我可以告訴你一切被揭露的確切時刻。

死神來了！

死神到了！

你們在耶──誕──節就會死翹翹！

這些字眼掠過克利斯多夫的腦海，他抬頭看著日曆，十二月十七日，星期二。他回到書上。

士兵是我們最後的機會，如果我們可以讓他離開幻想世界，回到真實世界，他就可以阻止她。但如果我們辦不到，那就會喪失一切。我會盡全力幫助你，但你必須自行解救他。她把他鐐銬在我家，白天的時候過去，保持絕對安靜。她會測試看你是否在那裡。千萬不要沒通過測試。如果她抓到你，就永遠不會讓你再離開幻想世界。

克利斯多夫，我已經在這裡待了五十年。我不希望你也像我這樣受困。所以，務必小心。如果你真的找到讓他離開這裡的方法，請帶我跟你們一起離開。

你的朋友
大衛．奧森

克利斯多夫不斷翻頁，直到最後一頁。沒有其他劃線了，沒有其他字詞了。克利斯多夫把書放回書架，漫不經心地離開圖書館。然後，他走到他的置物櫃，拿出外套，再鑽進一樓那間「遠射砲」洗手間。那裡有一扇敞開的窗戶，五年級生常用它來溜出學校。他不知道自己是聽說過這件事，還是只是從別人心中讀到。他只知道，沒有人會看到他離開，他會在放學鐘響前回來。畢竟，走到那棵樹只要兩小時。

然後，再走十分鐘就可以到大衛．奧森的家。

48

這屋子比他記憶中的小。

安柏斯自從住進林蔭松安老院後，就再也沒有回來過。但是，當他那天上午醒來，似乎有什麼東西迫使他過來。不僅僅是直覺，也不僅僅是悲傷。他就是知道在完全失明前，他必須再來看看這棟老房子。

而且他必須今天過來。

要不是因為葬禮，他會上午就回來。葬禮這件事折磨安柏斯許久，他花了好幾天時間計畫，沒有繼承人，他用不著擔心金錢問題。他的弟弟生前沒能過上好日子，所以安柏斯絕對要讓他在死後得到最好的。棺木和墓碑他都盡量揮霍，同時又保有他母親最為重視的品味和品質。

「你買不到格調。」她常這麼說。

「你也買不到生命。」他心中大聲想著。

凱特．里斯和警長都參加了葬禮。警長非常體貼，親自開車過來告訴安柏斯關於DNA比對符合的消息。當警長拿出裝著大衛頭髮的證物袋時，安柏斯瞇起眼睛看著他，然後搖搖頭。軍人和警長，兩者對視。

「警長，就留在證物袋，我們要解決這個案子。」

就是這樣，警長點點頭，然後把證物袋放進口袋。

「警長。」安柏斯終於說道：「你願意來參加我弟弟的葬禮嗎？」

「先生，我很榮幸參加。」

安柏斯在葬禮上，盡可能發揮他的天主教本色。他聆聽了湯姆神父闡述和平及寬恕的彌撒；食用了味道像難聞保麗龍杯的聖餐餅。他以意志力驅使自己加入抬棺行列——就讓他的背部和罹患關節炎的膝蓋去死吧！在放手讓大衛安置墓穴之前，他都會拚命支撐下去。湯姆神父在墓地上說出最後告別，安柏斯在墓碑上放了一朵玫瑰。

但是沒有安寧，也沒有淚水。

只有這種不安的感覺。

就是這件事還沒有結束。

他的弟弟還未安息。

而安柏斯必須回他的老家，立刻就去。

他的車子還在，但因為視力不佳，州政府已經收回他的駕照。幸好，凱特．里斯就住在那附近，說可以載他過去。安柏斯很感激有她陪伴，因為隨著越來越接近老家，另一個感覺也開始在他內心浮現。

這是一種近乎恐懼的感覺。

別開門，那不是寶寶！你弟弟說的是實話！

安柏斯踏上舊門廊，按下門鈴。在等待的期間，他低頭看向他發現寶寶提籃的確切地方。他依舊聽得到那寶寶的哭聲，依舊聽得到警察對爸爸說的話。

我們在錄音帶上找不到指紋，提籃上也沒有指紋。

那麼，是誰放在那裡的？

還有媽媽對他說的話。

為什麼你沒有看好你的弟弟！

安柏斯把視線轉回街坊鄰居，讓身體擺脫這種不適感。一瞬間，他想起大衛發病前的那個夏天，附近所有爸爸都跟兒子在車道上洗車打蠟。貝瑞．霍普金一家努力想把那輛一九四二年的破道奇，變成靚車。當時的街道很安全，大家守望相助。所有男人都在收聽電台轉播海盜隊的比賽，女人在客廳忙著玩橋牌、喝白酒和琴酒。大衛失蹤後的那個夏天，人們就不怎麼在車道上消磨時間。小孩幾乎不出門，即使有橋牌活動，也沒有人家會邀請奧森家。這件事深深傷害了媽媽的情感，但安柏斯始終能夠諒解人們害怕悲劇是會傳染的想法。然而，如果媽媽在失去兒子之後，也沒有跟著失去朋友的話，那就好了。

「哈囉？有何需要幫忙的嗎？」

安柏斯轉身，見到一個年輕女子。她年約三十歲，友好而且美麗。他本能地拿下帽子，馬上感覺到冬天的空氣落在他的禿頭上。

「是的，女士。抱歉打擾妳，我以前跟家人住在這棟房子，呃……」

安柏斯隱去了聲音。他想要問她是否可以到處看看，但現在，來到這裡，他不知道自己是否想要進屋。他的胸口緊繃，這裡不太對勁。凱特上前說話。

「奧森先生想知道他能不能到處看看，我是凱特．里斯，就住在這條街上。」她指著山坡。

「當然，請進，奧森先生。我家就是你家，還是我應該說，你家就是我家。」那女人說笑。

安柏斯擠出笑容，跟著她進屋。大門在他身後關上時，他直覺轉向角落打算掛起外套和帽子，但當然，媽媽的衣帽架已經不在了，她的壁紙也不在了，她本人也不在了。

「先生，想喝點咖啡嗎？」女人問道。

安柏斯不想喝咖啡，但想要獨處來整頓思緒。所以，他同意來一杯香草榛果咖啡（不管這到底是什麼鬼），並且感謝這位女士的親切招待。里斯太太跟著那位介紹自己叫做吉兒的女士走進廚房，兩人閒聊附近房地產價格的急遽波動。

安柏斯在客廳走動，壁爐還在，但是地毯已經移除，露出下方的實木地板。他還記得當屋內鋪滿地板成為身分象徵，爸爸的加薪讓他們家可以鋪地毯，那時媽媽有多麼驕傲。他確信吉兒也一樣為她的實木地板感到驕傲，因為他已經知道古老風格再度成了新風格。他在想，當有朝一日吉兒變成老太太賣掉房子時，身分的象徵是否又會變回鋪地毯，而年輕夫妻會不會嘲笑老人的可笑實木地板。

他聽見後方的地板嘎嘎作響。

安柏斯立即轉身，以為會看到吉兒端著咖啡出現。但是沒有人在，只有空蕩蕩的屋子和他自己的呼吸聲。安柏斯見到吉兒選擇西邊角落放置沙發，而他的媽媽因為傍晚的光線而選擇東側。當時，客廳的重點是做為起居室，並沒有電視。他想起爸爸買了家裡第一部黑白電視機時，媽媽認為這意味著世界末日。

安柏斯，我們可以一起看電影嗎？

好呀，大衛，找部好看電影。

他的弟弟會拿出電視節目指南，用心翻閱。當時還不是人們隨時想要什麼就可以得到什麼的年代，小孩必須耗費心力找尋電影，正因為這樣，電影多少變得更加神聖。大衛會研究電視指南的每一個介紹，努力找到一部可以取悅哥哥的好電影。安柏斯就是這樣收看了吸血鬼、狼人、木乃伊，當然還有大衛向來的最愛——科學怪人。大衛有機會就會看《科學怪人》，他必定已從圖書館借過上百次這本書了。安柏斯終於受不了，所以計畫買一本送給大衛作耶誕禮物，但是不知為何，大衛只想看圖書館那本。

所以，安柏斯改送大衛棒球手套。

電影結束後，大衛通常就睡著了。安柏斯會抱起他，帶他上樓睡覺。這種情景一直持續到大衛開始做噩夢，開始夢到一整個比科學怪人還可怕的東西。

安柏斯聽到樓上地板吱嘎作響，他不想上樓。但是，他必須再次見到那個房間。他還來不及意識到自己的行動，他的雙腳就已開始移動。他抓住樓梯扶手，強迫膝蓋忘掉他的年齡。

然後，他開始爬上樓。

媽媽利用分期付款的款清取貨方式所買下的全家福照片已經不在，取而代之的是吉兒和她先生的家族旅遊照片。

安柏斯，我好害怕。

冷靜，你的房間沒有異樣。

安柏斯來到樓梯上方，走向走廊。每一步都踩得實木地板嘎吱嘎吱。安柏斯站在房門緊閉的大衛房間外頭。回憶有如潮水湧來，大衛在門後叫喊、亂踢，放聲尖叫。

別叫我上床睡覺！拜託不要叫我睡，安柏斯！

大衛，你的房間沒有女巫。好了，住口，別嚇到媽媽了。

安柏斯打開弟弟舊時房間的房門，房間空蕩蕩，靜悄悄。它已經設計做為育嬰室。安柏斯可以聞到新刷的黃色油漆味，還有翻新時使用的木材和石膏內牆氣味。安柏斯凝視靠著牆壁的嬰兒床，還有大衛經常亂塗鴉的牆壁。現在沒有壁紙了，沒有他噩夢裡的可怕圖畫，沒有罹患精神疾病孩子所寫下的胡言亂語。只有吉兒和她先生從此幸福快樂的一間可愛育嬰室，而不是布滿瘋狂蠟筆畫的房間。

媽，他得去看精神科醫師！

不，他只需要晚上好好睡一覺。

爸，他已經躲在床底下兩天了！而且不斷在自言自語！

我會教教他男子漢的作風。

安柏斯望向以前擺放大衛書架的角落，那個書架會放著從圖書館借來的《科學怪人》和《金銀島》。他想起弟弟小時候是多麼辛苦地學習閱讀，當時沒有「閱讀障礙」這種字眼，他們通常稱呼像大衛這樣的孩子是「遲緩兒」。但是大衛不斷努力，終於變成了不起的閱讀好手。

當安柏斯搬出這棟房子時，他無法承受面對那個書架，所以就賣給古物商。他現在願意付出所有金錢來買回它，他會把它放在林蔭松的房間，把大衛的寶寶成長小書放在書架最上層。

嘎——

安柏斯停下動作，他聽到後面地板傳來聲響。他急急轉身，身後的房門關上了，但是他剛才並沒有關上門。

「吉兒？里斯太太？」

沒有人在，但是安柏斯突然感覺到房間裡有動靜，吹過皮膚的微風，就像對著他後頸寒毛訴說的低語。

「大衛？」他低語。「你在這裡嗎？」

房間的溫度倏地下降，他聞到了舊棒球手套的味道。他透過眼裡的雲霧瞇視，白內障讓眼珠變成像是擋風玻璃上的裂縫。現在只是時間問題，他的眼睛終會失明，他再也無法見到已被油漆取代的壁紙，被實木地板取代的小地毯，被嬰兒床取代的舊書架，以及他那被吉兒新家庭取代的舊時家人，被他們的寶寶取代的弟弟大衛，還有在門廊哭泣的寶寶。

放我出去，安柏斯！放我出去！

安柏斯感覺得到弟弟在這房間。

「對不起。」他低語。

安柏斯，拜託！

「大衛，對不起。」他低語。

安柏斯感覺到地板透出的氣流，窗外呼嘯著風，這扇窗讓大衛離去再也不復返。安柏斯沿著地板細縫感受氣流，最後來到房間角落。這個角落原本擺放了大衛的床，大衛也在這個角落閱讀《科學怪人》，在牆壁上畫著可怕圖畫，而媽媽會以「他沒事，他沒事」的指望來掩飾這些圖畫。安柏斯彎曲他罹患關節炎的膝蓋，跪在角落。此時，他感覺到了。

地板鬆動。

安柏斯拿出他的軍用小刀，塞進縫隙。他來回鋸著，製造更多空間，最後終於鬆動木板，足以讓小刀找到支點，來稍稍撬開地板。他移開木板，看到裡面狀況時愣住了。置放在那裡，藏在那管線空間裡的東西。

是大衛的舊棒球手套。

安柏斯從藏物處拿起手套，像把它當成迷途孩子般抱在胸口。他用力深深吸了一口氣，皮革的味道襲向安柏斯，帶來它的回憶。此時，他注意到手套似乎太厚了。

手套裡還藏著東西。

安柏斯急急吸了一口氣，像是蚌殼般打開它。他見到一本小心翼翼用塑膠袋包好的小手冊，它的封面以皮革包覆，再綁著皮繩，繫緊小鎖頭和鑰匙。安柏斯從來沒見過它，但是他幾乎已確定自己知道這是什麼，因為弟弟說過。它是大衛的最高機密。

安柏斯現在看著的是，弟弟的日記。

49

克利斯多夫站在街道上，仰望奧森氏的老家。好心人就在裡面某處，他必須把他救出來。克利斯多夫從學校直接前往樹林，進入樹屋時，他覺得這裡彷彿老電影中超人變身的電話亭。這是一個改變的場所。等他關上門，跨越到幻想世界那一側時，他立刻感覺好多了。清晰和力量取代了發燒和頭痛。

只是，嘶嘶夫人可能在任何地方。

克利斯多夫蹲低身子，看著安柏斯站在大衛的舊房間。老人握著棒球手套，而大衛就站在他身邊，努力想要把手放在安柏斯的肩頭。但是，安柏斯不知道他的弟弟就在這裡。

大衛在……

大衛在……幫助我們

保持絕對安靜。她會測試看你是否在那裡。

千萬不要沒通過測試。

克利斯多夫踏上門廊，靜悄悄地窺看大門兩側的小窗。玄關空無一人，但是嘶嘶夫人可能在等著他，她可能蹲伏在大門的另一頭。他努力壓抑心中的恐懼，提醒自己穿過樹屋後，他在白天是隱形的。但是，他在學校做的噩夢中，她看見了他，那可是白天。他不懂其中的差異，他需要好心人來解釋規則，他需要解救好心人，就是現在。

如果她抓到你，就永遠不會讓你再度離開幻想世界。

克利斯多夫又傾聽了一分鐘，就盡可能不發出聲響，迅速打開大門。他關上門，靜靜站了一會兒，以免嘶嚇夫人聽見他。客廳悄然無聲，角落擺放了一台落地擺鐘。實木地板在他腳下吱嘎作響，他連忙跪下，脫掉球鞋。他把鞋帶綁在一起，把球鞋當成圍巾似地掛在脖子上。他穿著襪子站在實木地板，一股氣流從他腳趾間升起。他聽到外頭起風了，而幾個郵筒人站在車道的盡頭。

他們是一群玩跳繩的小孩。

而眼睛全被縫上了。

克利斯多夫走到樓梯底端，抬頭凝視二樓，等著看她會不會出現。就在他準備上樓時，一個聲音讓他愣住了。

「學校很棒。」那個聲音說。

克利斯多夫停下動作，他認得這個聲音。

「妳選了一個養育家庭成員的好地方。」

那是他的媽媽。

克利斯多夫迅速走到廚房，見到媽媽跟一個女人坐在一張小桌子旁。

她的名字叫做……吉兒。

她跟她的老公……克拉克，買下了這棟房子。

他們正計畫要生寶寶。

「嗯，我跟克拉克一直在努力要增添新的家庭成員。」吉兒說。

「如果成功可真是做得好。」克利斯多夫的媽媽笑稱。

吉兒大笑，替克利斯多夫的媽媽倒了一杯熱騰騰的咖啡。

「妳要加點牛奶嗎？」她問。
「好啊。」
吉兒和克拉克……去年幾乎就要有個小孩。她失去了寶寶，但他們留下了嬰兒床。同時改了牆壁的顏色，讓男孩和女孩都適用。
吉兒把盒裝牛奶拿到桌上，克利斯多夫見到失蹤女孩的照片，艾蜜莉．波托維奇，小女孩動也不動坐在照片裡，露出缺牙的笑容。突然間，她的視線瞄向他肩膀後頭，笑容轉為恐懼。然後，轉眼間，她轉身跑開，在照片中失去蹤跡。
克利斯多夫僵住了。
他抬頭看著廚房的窗戶，以及窗戶上的倒影。
嘶嚇夫人就站在他後面。
她從地下室走上來，拿了一個帶有腐爛食物味道的狗碗。嘶嚇夫人站著，脖子上掛著那把繫在絞索上的鑰匙，耳朵傾聽。她在等待，在聆聽。克利斯多夫屏住氣息。
嘶嚇夫人……
嘶嚇夫人……看不見我。
她等待，用耳朵搜尋聲響。過了一會兒，她像是滿意了。他看到嘶嚇夫人走到水槽，把狗碗丟進惡臭的水中，激起極大的哐噹聲響。
「那是什麼聲音？」克利斯多夫的媽媽問。

「房子還在整修。」吉兒說。

吉兒和克利斯多夫的媽媽繼續聊天，對於周遭發生的事一無所知。當吉兒往咖啡加入一匙糖時，嘶嚇夫人往她身邊坐下，她觸摸吉兒的手臂。吉兒立刻覺得發癢，開始搔撓手臂。

「天哪，天氣這麼冷，真是害到我的皮膚了。」她說。

「是啊，我再怎麼保溼也不夠。」

嘶嚇夫人直盯著克利斯多夫的媽媽，慢慢移向她。克利斯多夫好想尖叫：「媽！離開！拜託！」但是他知道這可能是測試，所以，他悄悄抓住媽媽在幻想世界的左手，閉上眼睛，心中拚命地用力想。

媽，離開這裡，馬上走。

熱度開始往他的額頭竄升，外頭風起，嘶嚇夫人馬上抬頭看。她知道這裡有變化了，但不知道是怎麼回事。

媽，離開這裡，馬上走。

克利斯多夫的頭開始冒出熱氣，手指和手臂有如融化在蛋糕上的生日蠟燭。

嘶嚇夫人打了一下克利斯多夫媽媽握著咖啡杯的右手，杯子突然翻倒，咖啡燙到她的手。

「啊！」她尖叫。

「妳還好嗎？」吉兒問，連忙抓了一條抹布過來。

克利斯多夫的媽媽走到水槽，手放在冷水水龍頭底下，讓冷水沖過燙傷。

「我看一下，哦，妳需要OK繃。」吉兒說。

嘶嚇夫人站在廚房，靜觀有沒有反應。克利斯多夫不發一語，只是跟著吉兒走到水槽，以掩飾他的腳步聲。然後，他握住媽媽沖水的手，閉上眼睛，心中拚命用力想。

媽！離開這裡！馬上走！

克利斯多夫的媽媽突然看了一下手錶。

「老天，現在幾點鐘了？」她驚慌地問。

「拜託，讓我幫妳貼個OK繃。」吉兒說。

「不用了，我沒事，謝謝妳。我得載奧森先生回去了，不然會來不及回家等我兒子放學的校車。」

克利斯多夫的媽媽起身，留下額頭汗水直流、喘不過氣的克利斯多夫。吉兒跟著克利斯多夫的媽媽走到玄關。

「呃，何不找一天帶妳兒子一起過來吃晚餐？」

「我很樂意。」克利斯多夫的媽媽說，然後往樓梯方向大喊：「奧森先生！抱歉催促你，但是我得載你回去了，我兒子就快要到家了。」

克利斯多夫看著安柏斯抱著棒球手套下樓，他的弟弟大衛跟在後頭，跟他的影子玩跳房子遊戲。

「大衛！你剛才都在做什麼！」嘶嚇夫人尖叫。

大衛什麼話也沒說，便害怕地跑回樓上。克利斯多夫默默目送安柏斯和媽媽向吉兒道謝，離開屋子。他們走向車子，遠離嘶嚇夫人，遠離危險。

吉兒拿著裝了咖啡的馬克杯走回廚房，嘶嚇夫人跟在後頭，克利斯多夫沒時間浪費。他安靜得像老鼠一樣，踮著穿了襪子的雙腳走向通往地下室的門。他迅速打開它，溜了進去。他聽得到門的另一頭傳來吉兒的聲音。

「克拉克，你能不能買個Lanacane止癢軟膏回家？我大概是過敏了，皮膚癢個不停。你有找除蟲除鼠的人來嗎？地下室還是臭得要命。」

地下室一片幽暗，克利斯多夫站在長長的樓梯上方，瞇眼想要看清楚底下的狀況。只是，他什麼也看不到，什麼也聽不到。不過，他知道不管底下有什麼，必定都非常可怕。從氣味看來。

這裡充斥著食物腐爛的味道，參雜著棒球手套的皮革味，以及像是數百年便斗「遠射砲」失準的尿味。嘶嚇夫人剛才拿了一個裝滿腐食的狗碗，是給囚犯吃的？

還是動物？

克利斯多夫聽到地下室傳來鐐銬哐啷作響的聲音，他往下看著木梯。這是開放的樓梯，想抓他的人隨時可以伸手過來。

「先生，你在下面嗎？」克利斯多夫低語。

寂靜無聲，克利斯多夫不相信真是如此。這裡非常不對勁，他深信不疑。他稍稍往前一步，想要看得仔細一點，卻險些滑倒。他低頭看著他的腳，見到襪子底下有溼溼黏黏的東西。是鮮血。

一道血跡如河流般流過樓梯，克利斯多夫頓時反胃想吐，但他克制下來。他想要逃跑，卻感覺到在廚房的嘶嚇夫人阻擋了他的逃脫之路。

除了下樓之外，無處可去。

克利斯多夫緩緩下樓，進入黑暗之中。他腳下的木板吱嘎作響，血泊差一點讓他滑倒，但他握著扶手穩住身體。他又走了一步，耳朵傳來淺淺的呼吸聲。他瞇眼凝視，努力探看是否有人站在這房間。他看不出任何形體，只有一片漆黑，還有臭味、腐爛氣味和紅銅味，一步一步更加刺鼻。

他來到樓梯底下。

克利斯多夫把穿著襪子的腳放上水泥地板，伸手開燈，但燈壞了。他覺得似乎聽到有人在角落呼吸，他在黑暗中摸索，眼睛努力適應。他又盲目往地下室走了一步。

此時，他絆到了一個身體。

那是好心人，他的手腕和腳踝都被銬住了，浸透著鐵鏽氣味的鮮血。

「先生？」克利斯多夫低語。

好心人沒有動靜，克利斯多夫在黑暗之中到處摸索。雙手碰到牆邊有兩個桶子，第一個是便桶，第二個是清水和一把舊長杓。克利斯多夫拿起杓子，雙手捧著好心人的頭，然後把杓子浸入桶子最底部，舀起冷水到好心人乾裂的嘴唇邊。他試著給水喝，但好心人動也不動。

好心人就要……

好心人就要……死了。

克利斯多夫不知該怎麼做，但他本能地伸出手，覆住好心人的傷口。他閉上眼睛，頭立即疼痛起來，熱度從額頭貫注到他的手臂，再到他的指尖。克利斯多夫感覺到鼻血流了出來，滴上嘴唇。鮮血像是銅管般嘗起來有鐵鏽味。這是好心人的血。發燒熱度燙到克利斯多夫不得不放開手，他伸手取用清水，想要清洗傷口。但傷口不見了，只留下癒合的健康皮膚。

此時，好心人抓住他。

「放開我！別再折磨我！我絕對不會說的！」

這聲音原本可能會招惹嘶嚇夫人衝下樓，但是好心人太虛弱了，聲音幾乎細不可聞。

「先生，沒事了，是我，克利斯多夫。」他低語。

「克利斯多夫？」好心人低語：「你在這裡做什麼？我說過，沒有我在場，你絕對不能過來。」

「我們必須讓你離開這裡。」克利斯多夫說：「這裡一定有東西可以讓我們撬開鎖。」

「克利斯多夫，很快就要天黑了。她就會看見你，你必須離開，快點走。」

「沒有你，我不走。」克利斯多夫說。

當下瀰漫著互不相讓的沉默，最後，好心人終於嘆了一口氣。

「桌子。」他說。

「哪裡？我看不見。」克利斯多夫說。

「燈在桌子上方。」好心人說：「伸手拉燈繩。」

好心人握住克利斯多夫的手，輕輕往黑暗中指出方向。克利斯多夫用雙手雙腳爬行，直到碰到一個金屬桌。他在黑暗中摸索，手指像盲人閱讀點字書般，探究桌上的東西。他的頭腦過了好一陣子才弄懂這些刀刃、稜角和尖端是什麼東西。

刀子和螺絲起子。

全都沾滿了溼膩的鮮血。

嘶嚇夫人在……

嘶嚇夫人在……拷問好心人。

克利斯多夫抬起身子上桌，雙腳站在血泊中，伸手找燈。過了一會兒，他的手指找到一個燈泡，下面垂著一條長繩，它就像嘶嚇夫人脖子上繫著鑰匙的絞索。克利斯多夫拉下繩子，房間瞬間籠罩在一種不舒服的泛黃燈光之中。

而目睹的景象幾乎讓他放聲尖叫。

這房間不是一個整修完成的地下室，這裡沒有懶骨頭、沒有木頭鑲板，只有一片水泥地面，加上一張金屬桌，以及掛滿鋸子、刀子和螺絲起子的四面牆壁。每一個表面都滴著血。

這裡是刑求室。

好心人像動物一般，被銬在角落，遍體汙泥、瘀傷，渾身是血。他的皮膚被割開又縫回了十多次，他瞇眼看著燈光，彷彿剛從噩夢中清醒。克利斯多夫見過這樣的表情，以前在密西根時，他曾經和傑瑞去過野狗收容所。有些狗兒被虐打多時，已經不記得除了畏縮以外的動作。

克利斯多夫迅速爬下桌子，順手抄起一把刀子和螺絲起子，衝回去遞給好心人。好心人開始撬動手腕的鎖銬，手指痛得發抖。

「你怎麼找到我的？」他低語。

「大衛·奧森。」

「大衛？但他是跟著……她的。」

好心人說「她」的那種語調，讓他的背部起了一陣寒顫。

「不，他在幫助我們，他想要我把你們兩人都帶回真實世界。」

這個消息擴散在好心人的表情上，先是困惑，然後是希望。好心人因為失血過多，神色蒼白憔悴，一臉病容。但是，克利斯多夫第一次看見他微笑。

嘶嚇夫人拔下了他一些牙齒。

好心人撬開其中一個鐐銬，螺絲起子跟著從他染血滑膩的手中滑落，哐啷掉在水泥地面。在他們上方的廚房裡，一塊木板吱嘎作響。嘶嚇夫人停下動作，傾聽地下室。

「對，霍斯凱醫師。」吉兒說：「可以幫我轉診給皮膚科醫師嗎？我的皮膚癢個不停。」

克利斯多夫拾起地上的螺絲起子，交回好心人。

「你可以嗎？」他低語。

「可以。」好心人虛弱地說。

趁好心人撬鎖的時候，克利斯多夫轉身走過地下室，找尋脫身方法。他的視線終於落在房間另一頭，那裡有一扇拉上窗簾的骯髒小窗，窗子離地至少三公尺，太高了，即使好心人也搆不到。他們需要東西墊高，椅子？書架？

金屬桌。

克利斯多夫衝到這個沾滿鮮血的桌子，著手把上面的器具安靜地移到地上。清光桌上所有可能掉落的東西後，他穿回鞋子，以便拉動桌子。他拿了幾條浸透鮮血的毛巾，放到桌腳下，以減低噪音。

然後，他等候吉兒的聲音來掩飾他拖動的聲響。

「不，霍斯凱醫師，這是突然發生的，我不知道是什麼。」

克利斯多夫費力地把桌子拖過地面，隨著她的每一句話移動，每一個靜默而止步。
「我不認為是過敏，在十二月不會。」
每一吋移動都像在拔牙。
「最近有流行什麼疾病嗎？」
毛巾在水泥地上留下醒目的紅色條痕，克利斯多夫把桌子推到牆壁邊，雙手留下小小的鮮血痕跡。
「流感季節？這也會引起疹子嗎？」
他衝到好心人身邊，好心人已撬開了三個銬鎖了。
「好，謝謝你，霍斯凱醫師，那我明天找你看診。」吉兒掛上電話。
克利斯多夫聽得出吉兒走回客廳，但廚房地板仍嘎嘎作響。噺嚇夫人還在廚房守候，好心人用螺絲起子拚命撬動腳踝的鎖銬。
「我解不開。」他低語，痛到神智不清。「別管我了。」
「不！」克利斯多夫輕聲說。
「你在白天是隱形的，你逃得掉。」
「我不會留下你。」
克利斯多夫空手握住鐐銬，額頭迸現熱度，力量貫注到他的手指。克利斯多夫開始像洗牌前的切牌一樣，分開了鐐銬。他扯下好心人腳踝上的金屬鐐銬，再輕輕把它放到地上。好心人頓時說不出話來。
「你怎麼辦到的？只有她才做得到。」好心人低語。
「我不知道。」克利斯多夫說：「來吧。」
他讓好心人靠著牆壁，好心人一副暈眩的樣子，像是就快昏迷過去。克利斯多夫往好心人臉上潑了一些水，水有如泥流般滑下他骯髒的脖子。

「我站不起來。」好心人說。

「不，你可以，起來。」

克利斯多夫牽起好心人的手，拉他起身。好心人雙腳發軟，但還是扶住克利斯多夫的肩膀來穩住身體。

以克利斯多夫做為拐杖，他蹣跚走到了窗戶。

好心人來到桌子，克利斯多夫跳上去，然後轉身握住好心人的手，協助他爬上來站好，卻險些踩到黏稠的血跡而滑倒。好心人拉開窗簾，見到數十名郵筒人在房子周遭站崗。他們手中的繩子有如瘋狂延伸的曬衣繩，整個世界掛在上頭等著晾乾。

「她的衛兵。」好心人耳語。

克利斯多夫挽起雙手讓好心人踏腳。

「我太重了。」好心人說。

「對我不會。」克利斯多夫說。

好心人把腳放上克利斯多夫的雙手裡，一臉懷疑，像是不敢相信小男孩能承受他的重量。直到克利斯多夫用力一推，好心人的身子往牆壁上移，指尖搆到窗台。他耗盡僅存的所有力氣，拉起身體，然後推開骯髒的窗戶，讓新鮮空氣流進地下室。他的胸膛探出窗口後，潰倒在地，有如被留置車內的狗兒那樣喘息。

「起來！」克利斯多夫懇求。

克利斯多夫抓住好心人血淋淋的雙腳，使盡全力把好心人在屋內的身體推出窗外。此時，克利斯多夫在血跡斑斑的桌子上腳步一滑。他伸出雙手，想要找到立足點，但是力道太強，克利斯多夫摔到地上。

金屬桌子跟著倒下。

砰！

樓上廚房地板吱嘎作響。克利斯多夫踉蹌起身，見到金屬桌有如死掉的蟑螂般四腳朝天，他絕無可能爬上桌腳。

「大衛，留在這裡。」嘶嚇夫人在樓上說道。

「她要過來了。」好心人低語：「你辦得到的！」

克利斯多夫抬頭望著窗戶，離地三公尺。好心人從窗口探進身子，克利斯多夫奔跑，縱身一躍，兩人染血的手一度觸及，卻又滑開，克利斯多夫摔倒在地。

「關燈！」好心人低語。

嘶嚇夫人轉動門把。

克利斯多夫跳起來抓住從燈泡垂下的繩子，好心人拉上窗簾，世界頓時陷入黑暗。

樓梯上方的門開了。

廚房的光線流瀉進入地下室，克利斯多夫像老鼠般爬到樓梯底下。

嘶嚇夫人走下樓梯。

吱嘎。吱嘎。吱嘎。

克利斯多夫的心臟狂跳，這裡無路可逃。

他從木板階梯的縫隙中看著她染血的鞋子。

吱嘎。吱嘎。吱嘎。

克利斯多夫屏住呼吸，血液在太陽穴跳動。嘶嚇夫人的雙腳來到他的眼睛高度，他從階梯縫隙中探出手，做好準備，一秒，兩秒，三秒，四。

嚥下恐懼，或是讓恐懼吞噬我們。

克利斯多夫往後拉住嘶嚇夫人的雙腳，她跌下樓梯，頭部撞上血跡斑斑的地面。

「啊啊！」她嘶吼。

他只有幾秒鐘的時間，克利斯多夫從樓梯底下竄出，跳過她張開的手臂。她伸出手想要絆倒他。克利斯多夫尖叫，跌在她上方的階梯上。她的雙手像在測量牆壁一樣，爬過他的身子，讓他的褲子沾染上了血跡。

「你在這裡！」她嘶吼。

克利斯多夫反擊，腎上腺素如全世界所有血液般衝過他的血管。他踢上她的胸口，踢得她四腳朝天，她撞上牆壁，放聲尖叫。他跑到樓梯上方，轉身發現嘶嚇夫人已經起身衝上樓來追趕他。他從沒見過這麼快的速度，克利斯多夫甩上門。

砰。

嘶嚇夫人衝撞門，有如籠子裡的野獸。

克利斯多夫的身體支撐在門和廚房牆壁之間。

「磨坊林水電行嗎？」吉兒打電話說：「你們可以立刻過來嗎？我覺得我的水管有點問題。」

砰。砰。

克利斯多夫死命撐住。嘶嚇夫人抓住門把，開始轉動。克利斯多夫伸向門栓，手指竭力高舉過頭。

「你死定了！」她嘶吼。

克利斯多夫盡可能伸長手，他感覺到肩膀的肌腱像太妃糖那樣撕裂。不過，門栓還是太遠了，他搆不到。他伸直雙腿把她困在裡面，只是她的力道太強了，他的腳開始彎曲。

砰。砰。砰。

突然間，克利斯多夫見到一隻鮮血淋漓的手伸向他的手臂，他放聲尖叫。直到那隻手越過他，拉上了門栓。

是好心人。

他的臉色蒼白憔悴，痛得眼睛眨個不停，一副筋疲力竭的樣子。

「走吧。」他說。

砰。砰。砰。

「大衛，你在哪裡？」

她的聲音在屋子裡迴盪，好心人蹲低身子，帶著克利斯多夫穿過廚房。吉兒站在爐邊，用大湯鍋煮熱狗，但鍋裡不是熱狗。

而是手指。

「大衛！」

克利斯多夫轉身見到大衛從客廳走來，嘶嚇夫人重擊地下室的門。大衛瑟縮了一下，神情驚懼，他伸手準備打開門栓。克利斯多夫正打算回頭阻止時，好心人抓住他的肩膀。

「不能讓她知道大衛在幫我們，她會殺掉他的。」好心人低語。

克利斯多夫點點頭，跟著好心人走到屋外。

「她會先搜索街道。」他說：「跟我來。」

好心人一瘸一拐帶著克利斯多夫穿過後院。一隻巨鹿從狗屋衝出來，朝他們咆哮，渴望嗜血謀殺。牠跳向好心人的喉嚨，卻被鐵鍊拉回，鹿跌落在布滿融雪的地面，發出哀鳴。

「看門狗。」好心人說：「走吧。」

克利斯多夫跟在好心人後頭，他們匍匐穿過一個後院，旁邊有個輪胎盪鞦韆，此時，克利斯多夫聽見啪噠啪噠的腳步聲。

他轉身，見到珍妮．霍卓克。

她穿著睡衣。

躲在後院。

凍得要命。

他心想珍妮不知能不能相信，在她藏身的後院中現在所發生的事。沒多久，外頭就冷到受不了。他見到珍妮打開家裡後門，躡手躡腳溜進廚房。好心人做了手勢，克利斯多夫便跟在她後面。屋內充滿菸味，一片昏暗。珍妮踮著腳走到玄關，努力不被發現。她的後母在客廳睡著了，菸灰缸裡的萬寶路紅菸仍在吞雲吐霧。電視播放著日間脫口秀，內容是親子鑑定。

「你才是生父。」主持人說。

珍妮沒驚動媽媽，小心翼翼上樓。她悄悄經過繼兄的房間，就在她正準備轉彎時，繼兄的房門開了。他的年紀比較大，滿臉勃發的青春痘，牙齒裝著他不斷用舌頭舔舐的牙套。

「珍妮，妳沒在床上，妳去哪裡了？」他問。

她聳聳肩。

「我以為妳病到沒辦法上學，我才留在家裡想要照顧妳。」他說。

她僵住了。

「所以，讓我照顧妳。」他說：「睡衣太小件了，淹水了，淹水了，淹水了。」

「住嘴，史考特。」她終於挑釁地回應。

「該死的別要我住嘴，妳這婊子，過來。」

她挫敗地進去他的房間，反手關上門。克利斯多夫耳朵附在房門，只聽見音樂的聲音。史考特在播放一首老歌〈藍月〉。克利斯多夫抓住門把，想要幫助珍妮。

「別去，這是陷阱。」好心人說。

但是太遲了，克利斯多夫打開房門，裡面有一打的鹿，牠們露出鋒利尖牙，衝向門口。好心人用力關上門。

砰。砰。砰。砰。砰。

好心人跟克利斯多夫急急跑過屋子，打開側門。然後他們見到……

……一個寶寶提籃。

一個郵筒人拿著它。厚實的拉鍊讓他的眼睛合上，但是嘴巴的黑色縫線卻鬆脫，足以發出警報。郵筒人從縫線中張開嘴巴，發出嬰兒哭聲。

「哇哇哇！」

好心人抓住克利斯多夫的手，拖著他經過郵筒人，前往街道。他們一起跑過草地，嘶嚇夫人衝上車道，追著他們。大衛像小狗一般，匍匐跟在她身後。

「阻止他！」

她的聲音轟然傳遍街道。郵筒人在鄰近地區散開，盲目地伸出雙手摸索，獵捕逃脫的囚犯。他們沿著街道，形成一道堅實的牆壁，封鎖住兩端去向。

「我們辦不到！」克利斯多夫說。

「抓緊我。」好心人說。

好心人鼓起全身的力量，在他和克利斯多夫就要撞上郵筒人牆時，縱身一跳。他們躍過郵筒人，安全降落在街道上。

「別再幫助他！」她咒罵好心人。

嘶嚇夫人跟著他們跳躍，想要抓住好心人，卻撲了空。她落在街道上，雙腳開始冒煙燃燒，彷彿化學品溢漏般，在路面留下液化皮膚。她從柏油路面剝離自己，拖著身子回到草地。像是被車撞到的野鹿一般，痛苦哀嚎。

「她一分鐘內就會痊癒。」好心人說：「快點。」

好心人跟著克利斯多夫跑過街道，兩人奔跑經過綿延數哩、一望無際的郵筒人，郵筒人一個接著一個握住繩子。克利斯多夫透過皮膚感覺到好心人的能量，如羊毛衣的靜電般，擴散全身慢慢癒合。好心人閉上眼睛，像在做夢一般，眼球在眼皮底下來回移動。不一會兒，他再度躍過郵筒人。

「你怎麼辦到的？」克利斯多夫問。

「我會教你。」

他們離開街道，身影消失在使命街樹林。好心人領著他走上一條小徑，大批野鹿在後頭爭先追趕，往他們的腳上咬去，像是一群貓在追著兩隻小老鼠。好心人往左急轉，越過山羊橋，沉睡男從空心圓木中探出頭來。

「他們在這裡！」男人在睡夢中大喊。

好心人跳過圓木，帶著克利斯多夫走上一條枯枝交錯的窄路，鹿被卡在瓶頸小徑。鹿群像是把空木男人當成舐鹽地，舌頭舔過男人的臉，惹得他驚聲尖叫。鹿的口水淹沒男人後，開始吃起他的臉。

「不要看牠們。」好心人說。

他們離開狹窄小路，跑向空地，奔向那棵樹。好心人潰倒在地，筋疲力竭，上氣不接下氣。

「我們只有幾秒鐘的時間。」好心人說：「她現在知道你幫了我，她會不擇手段讓你再次回來這裡。」

「那麼，跟我走。」克利斯多夫說。

「我不能，嘶嚇夫人才有唯一的鑰匙。沒有那把鑰匙，我就沒辦法離開這裡，大衛也一樣。」

一聲轟然的尖銳叫聲直上天際，嘶嚇夫人開始搜索樹林了。

「那麼，我們去拿鑰匙。我現在是隱形的，我可以對付她。」克利斯多夫說。

「聽我說。」他大吼：「不管你變得有多強，她都比你更強。等下次被她逮到，你就永遠也無法脫身。所以，保持專注，不要做白日夢，也不要睡著。我會和大衛一起設法拿到鑰匙，我會讓你知道什麼時間回來才安全。」

「但是，我來這裡是要救你的。」

「你已經辦到了，快走吧。」

好心人抓住克利斯多夫，把他推上樹。一個木板接著一個木板，一個乳牙接著一個乳牙，克利斯多夫爬到樹屋門口，此時嘶嚇夫人剛好帶著大衛和鹿群躍入空地。

「別再幫助他！」

好心人跳下去，衝向陰影之中。嘶嚇夫人向樹木奔來，克利斯多夫拖著身子進入樹屋，急忙把大門關上。

不多時，棉花糖味道的空氣就轉為寒冷的十二月。克利斯多夫開門往下望，嘶嚇夫人及幻想世界的人們都不見了，他回到了真實這一側。

而且，克利斯多夫已經救出好心人。

50

克利斯多夫從幻想世界回來的那一剎那，他就感覺到為新力量所付出的代價了。扯開鐐銬讓他的雙手刺痛萬分；把好心人抬向窗戶，現在更是讓他肩膀痛得彷彿肌腱撕裂。

不過，最糟糕的還是他的頭痛。

有如一把利刃從眼皮劃入眼珠。強迫他行走，一步，再一步。

他必須繼續往前。

他必須回到學校。

他爬下階梯，從低垂的樹枝上抓起那個白色塑膠袋，收進口袋，以保安全。然後，他掙扎地穿過雪地，回到學校。其間只暫停了一次。

在珍妮．霍卓克的家。

他走上大門，按了門鈴就跑走。他知道這樣便足以吵醒史考特的媽媽，為珍妮再爭取一個下午的安寧。

他終於在下課鐘響前五分鐘抵達學校，克利斯多夫從男生洗手間那扇敞開的窗戶溜回去。然後，他在集合教室外頭等待，直到鐘聲響起，走廊湧現學生。

「你這一整天都到哪裡去了？」勒斯可老師滿腹狐疑。

「勒斯可老師，我整天都在教室呀，妳不記得了嗎？」

克利斯多夫微笑，乖巧地碰碰她的手，手指傳送了一些熱度到她的手中。

「對。」她說：「你整天都在教室，很棒，克利斯多夫。」

她拍拍他的頭，然後他的腦袋像是海綿一般，吸收了整天的課程教案。

勒斯可老師打算……

勒斯可老師打算……放學後直接去酒吧。

克利斯多夫搭校車回家，坐在司機米勒先生後面的座位。

米勒先生打電話……給他前妻。

米勒先生打算……今年和他的孩子共度耶誕節。

「哈囉，米勒先生。」克利斯多夫微笑。

「坐好，別讓我分心！」司機咆哮。

克利斯多夫回到家，發現媽媽準備了熱呼呼的麵包和雞湯在等著他。他知道一定不可以吃麵包，因為還要保持清醒，直到好心人告訴他安全為止。

媽媽的手臂……

媽媽的手臂……仍因為嘶嚇夫人潑灑的咖啡而疼痛。

「寶貝，今天上學還好嗎？」她問。

「很好。」他說。

我不能……

我不能……告訴媽媽，不然嘶嚇夫人會聽到。

「你今天學了什麼？」她問。

「只有一些些。」他說，然後講述了一些勒斯可老師教案的內容。

媽媽不知道……

媽媽不知道……我會不計一切，保護她的安全。

那天晚上，等媽媽入睡後，克利斯多夫溜進廚房，他拿了盒裝牛奶，倒了一大杯牛奶。他看著艾蜜莉·波托維奇的照片，尋找可有嘶嚇夫人正在監視他的任何線索。

但是，他只見到艾蜜莉的笑容。

他放回艾蜜莉，迅速翻找了一下櫥櫃，找到一些奧利奧餅乾。他把餅乾放到紙盤上，然後抓了一條Town Talk白吐司、切片火腿，然後用生菜和許多美乃滋做了三明治。他收拾好證據，再躡手躡腳走到地下室。

地下室乾淨又乾爽，角落的壁爐讓房間溫暖舒適。克利斯多夫不認為好心人會過來這裡，這裡是嘶嚇夫人第一個會來查看的地方。但是，為預防萬一，他還是希望布置好這裡，等待他的到來。但其實是，好心人不在，讓克利斯多夫好害怕，他不想獨自一人徹夜不睡。

克利斯多夫端了這一大杯牛奶、餅乾和三明治，走到沙發。他想起以前他會為耶誕老人準備餅乾，媽媽會在每塊餅乾的正中央，加上美味的花生醬擠花和一顆「好時之吻」巧克力，餅乾的熱度會讓好時之吻稍稍融化。她會親吻他的臉頰問說：「我的吻都到哪裡去了呢？」他就會大笑，然後把餅乾放上盤子，再加上一杯牛奶，一起端到耶誕樹下給耶誕老人。

他忽然想起有一個耶誕節，他非常早起，當時天還沒亮。儘管媽媽曾經警告他不可以下床，不然耶誕老公公會認為他不乖，但克利斯多夫就是忍不住。他跟耶誕老人要了一個痞子貓的填充玩偶，很想知道耶誕老人有沒有買。克利斯多夫小心翼翼走過他們鐵路公寓的走廊，探頭偷看客廳。

這時候，他看到的是爸爸。

他吃掉了餅乾和牛奶。

克利斯多夫的爸爸放下耶誕老人的點心，接著走到櫃子，拿出藏在平常被子後面的一個大型白色枕頭套，再掏出一堆包裝好的禮物，放到耶誕樹下方。最後一個禮物包著痞子貓的包裝紙，又大又好。然後，克利斯多夫的爸爸走到廚房，靜靜地一片一片吃完餅乾，而克利斯多夫走回走廊，上床睡覺。

隔天上午，克利斯多夫選了包著痞子貓包裝紙的大禮物，做為他第一個禮物。

「克利斯多夫，你覺得這會是什麼呢？」媽媽問。

「我不知道。」他小聲地說。

克利斯多夫拆開包裝紙，見到他最愛的痞子貓填充玩偶。

「耶誕老公公是不是送了個好禮物呢？」爸爸問。

克利斯多夫盡責地點點頭，即使知道爸爸才是把禮物放到耶誕樹下的人。克利斯多夫那天稍後去了教堂，聽到其他孩子興奮地談論上午耶誕老人帶來的禮物。克利斯多夫不忍心跟其他孩子揭穿這件事。他從沒跟任何人說過，耶誕老人其實是幻想中的朋友。接下來的一整天，他都佯裝不知，並且在媽媽拍下爸爸站在耶誕樹前照片時，面露笑容。現在那張照片就放在他樓上書架的銀製相框裡，這是爸爸最後一次過耶誕，一星期後，他就死在浴缸裡。等隔年的耶誕節來臨時，媽媽烤了中央放著好時之吻巧克力的餅乾，把餅乾放到樹下時，她說：「我的吻都到哪裡去了呢？」隔天上午，餅乾和牛奶都不見了，換成了禮物。克利斯多夫沒有了爸爸，卻仍然擁有耶誕老人。

克利斯多夫把牛奶和餅乾放到茶几上，接著走到那個舊的行李箱。他打開它，看著裡面的舊衣服，衣服仍微微傳出菸草味。爸爸有一件很喜歡的毛衣，這件毛衣溫暖卻不扎人。他還有一件穿了很久的柔軟棉質長褲，輕柔有如睡衣。克利斯多夫拿出這套衣服，以及一個舊睡袋和一個枕頭，再把它們放到沙發上。然後，他不發出任何聲音，盡量用力大聲想著，讓好心人聽見他的心聲。

我不知道讓你藏在這裡是否安全，而且我知道我不能大聲跟你說話，因為她可能在一旁聆聽。但我希望你能聽到我的想法。我替你準備了一些食物，因為你只吃那些狗食，現在一定餓壞了。為防她在監視，我會裝作是我忘在這裡。我也會留睡袋給你，這樣你就可以在沙發上休息。

克利斯多夫攤開爸爸的舊衣服。

這是我爸爸的衣服，我不知道對你合不合身，但我知道你的衣服滿是汙泥和血漬，所以我希望你可以穿上它們，舒服一點。哦，最後還有一件事……

克利斯多夫的手伸進口袋，掏出他所有的阿斯匹靈。

我現在一直頭痛，所以隨時在吃藥，這些藥讓我稍稍退燒。我見到她把你傷得很嚴重，所以我想要你吃這些藥來止痛。我明天會拿更多藥過來，我知道你需要等候身體痊癒，這樣你和大衛才能取得鑰匙，逃出那裡。

克利斯多夫從口袋拿出那個舊塑膠袋，放到毛衣上方那個原本應該是頭部的位置，以防萬一，又加上枕頭。克利斯多夫走到地下室樓梯，但在上樓之前，他轉身看了一眼他為好心人準備的那張小小恢復床；看著那些餅乾和牛奶，這是他留給他真實生活的耶誕老人，也是他真實的幻想中的朋友。

51

情況有所改變，警長感覺得出來。那天下午稍早，他就一直待在使命街樹林。這是他第一百次來到這個犯罪現場，忽然間不知從何而來，感覺就好像他周遭的樹林整個甦醒了。原本躲在洞穴的囓齒類動物突然發出挖掘的聲音；鳥兒紛紛從枝頭上飛走，彷彿有人開了一槍，槍聲只有鳥兒聽得到；溫度迅速降到零度以下。像是有人沒關上窗戶，一股氣流嗖地竄入這個世界。

如果大衛・奧森是被活埋，那是誰做的呢？

因為不會是這些樹。

警長甩開這種不自在的感覺，回到他的工作。他來回走在小徑上，找尋線索。當然，這個案子發生在五十年前，所以他找不到剛案發的現場。沒有綁架的跡象，地面也沒有坑洞。但是，他或許可以找到別的東西。一個想法、一個頓悟或一個合理的解釋，可以讓警長心中的大衛安息，正如安柏斯今天上午讓大衛安息那樣。

但是，什麼也沒有。

只除了那種不自在的感覺。

警長經過發現大衛屍骨的地點，看著掘開的地面，想起在大衛葬禮上，站在安柏斯和凱特身旁的情景。這只不過是今天上午的事，感覺卻像是發生在兩年前。湯姆神父做了感人的悼辭，安柏斯堅持要為弟弟扶棺。警長真的只能讚揚這個老人，他想不出有多少人可以在兩個膝蓋都罹患關節炎的情況下，擔任抬棺人。

到達墓地的時候，他們扶棺來到墓穴。湯姆神父唸悼辭，警長眺望整個墓地，耳朵僅僅聽到「愛」、「寬恕」和「和平」等字眼，心中僅僅想著這些經過家族世代延續，成千上萬並列的墓碑。丈夫、妻子、母親、父親、女兒、兒子，警長想著這些所有的家人，這些所有的耶誕晚餐、禮物和回憶。然後，他浮現了一個極為奇怪的想法。

上帝是殺人犯。

警長不知道這想法從何而來，其中沒有威嚇、沒有惡意，也沒有瀆神的意思。只是一種想法，就像聚集在墓地上方的雲朵一樣，輕輕飄送過來。這些雲朵有的形狀像是手，有的像是鐵鎚，還有像留了長鬍子的男人。

上帝是殺人犯。

警長逮捕過殺人犯，有些會討饒說自己是無辜的，或是咒罵他，或是大嚷這一切都是誤會。有些只是冷靜地坐在那裡，像是雕像，身上還沾著被害人的鮮血。這些才是最駭人的兇手，只除了最可怕的那一位。那個婦人殺害了親生女兒，殺了那個塗了指甲的女孩，不是用刀槍，而是忽略不理。

如果上帝因殺人被捕，人們會怎麼處理祂？

警長望著眾多的墳墓，心中想著那個塗了指甲的女孩。在大衛之前，他最後參加的葬禮就是她的。除了神父之外，警長是唯一出席她的葬禮的人。警長無法忍受讓那女孩安息在市政府提供的簡陋松木棺材，所以他拿出部分積蓄，買下以正直警察薪水所能負擔的最好棺木。葬禮結束後，他開車回家，坐在自己的公寓裡。他想要拿起電話，打給媽媽，但是她已去世好多年；他想找爸爸出來喝酒，只是他也去世了，他的阿姨也在他高中畢業典禮過後就離世。警長是獨生子，他是家族中僅存的成員。

上帝帶走了其他人。

如果上帝因殺人被捕，人們會要求判處死刑嗎？

大衛的葬禮過後，他離開安柏斯和凱特，直接開車到使命街樹林。大衛命案的答案在這裡，他很確定。他停好巡邏車，走路經過柯林斯建設公司的推土機。法官（也是柯林斯先生這三十年的高爾夫球友）「暫時」許可柯林斯建設公司復工，只要他們不破壞犯罪現場。「暫時」

許可的效期剛好久到讓柯林斯團隊可以趕上進度，可真幸運。保全人員告訴警長，暴風雪結束後，他們已清理了一大片林地，大部分的樹木在耶誕節前就會被砍除。

如果大衛是被活埋，那是誰做的呢？

因為不會是這些樹。

保全人員解釋說，這些整地工程挖開翻動了許多新鮮土壤，工作人員不斷找到埋在裡面的奇怪玩意兒。他們找到了一把舊工具，是現在艾美許人[27]仍在使用的那種。他們還找到幾把舊鐵鎚和生鏽的釘子，一堆壞掉的鐵鍬，其中一把的木柄燒掉了。這些工具可以上溯到十七世紀，當時英格蘭為了抵償債務，把整個賓州授予了威廉·賓。

比人們想到挖煤礦之前，至少早了一百年。

警長看著這些挖到的舊工具，鋸子、鐵鎚、鐵鍬。此時，他開始有了一個想法，他感覺到心中浮現一種癢意，幾乎就像是背部的癢意。

這些工具原本是用來做什麼？

警長思索了一下問題，其中有個答案。

這些工具是為了蓋東西嗎？

警長走上狹窄的小徑。

還是用來埋東西？

警長走到空地。

抑或是用來謀殺？

空地一片寂靜，幾乎像是風兒屏住了氣息。警長仰頭，看到了它，樹屋傍著老樹而棲。

如果大衛是被活埋，那是誰做的呢？

27. Amish，是基督教新教的一個分支，拒絕電力和汽車等現代設施，過著簡樸生活。十八世紀初期，眾多艾美許人移居賓州。

因為不會是這些樹。

警長走向那棵樹，抬頭望。陽光透過上方的雲層灑落下來，樹枝上的霜雪閃耀著金色光芒。突然間，這個想法浮現，跟太陽一樣清楚明白。

如果上帝因殺人被捕，人們會要求判處死刑。

警長凝視樹屋，風兒再度揚起，有如耳語般吹過了他的髮絲。

但是，人們永遠沒法殺掉上帝，所以改而殺害祂的獨生子耶穌。

有些野鹿開始往警長走來。

耶穌是為我們的罪而死的嗎？

還是為祂的父親而亡？

他有如吸菸者捧著最後一根火柴棒那樣，懷抱著這個想法。

人們讓耶穌受難，並非視其為殉道者。

而是視為從犯，來處死祂。

他感覺到答案已來到舌尖。

耶穌原諒我們殺害了祂。

祂的父親卻不曾。

警長停頓了一下，知道他即將弄懂這一切是怎麼串連起來的。大衛．奧森，老舊工具，使命街樹林，空地，雲朵，這一切全纏繞在一起，有如纏住大衛骸骨的樹根。再一秒鐘，他就會知道大衛到底是怎麼死的。

就在這個時候，他聽見了寶寶的哭聲。

從樹屋裡傳出。

52

「哈囉？」警長大喊：「我是磨坊林警長。」

警長等候樹屋裡面是否會有人跟他打招呼。沒有回應，只有嬰兒的哭聲。

警長拔出槍，走向樹屋。他呼叫無線電請求支援，卻沒人應答，只傳來沙沙的靜電聲，這或許是因為他太深入樹林，或許是因為厚厚的雲層。

也或許是因為別的東西。

警長走到樹旁，低頭見到小孩的腳印。腳印才剛留下不久，看來有人剛剛來過這裡。警長碰觸樹木，摸起來不像樹皮，感覺像是……嬰兒的柔軟肌膚。

嬰兒就在樹屋裡面，哭泣。

「誰在上面？」他質問。

沒有回答，只有風聲，像是嘶嘶的氣音。哭聲激昂，是棄嬰嗎？他看過更糟的狀況。警長抬頭看著樹屋的階梯，小小的二乘四木板釘進樹中。警長把手槍放回槍套，手腳並行攀上階梯。爬行了幾階後，嬰兒哭聲仍未停歇。

安柏斯當時和女友待在家裡。

他們聽到嬰兒哭聲。

有人在門廊留置了嬰兒提籃。

裡面沒有嬰兒。

警長停下動作，他所受到的訓練全高喊著要他繼續爬樓梯，以便幫助嬰兒。但他的本能卻要他住手，他感覺就好像狗兒回應著隱形狗哨一般，這就是嬰兒哭聲的作用，是狗哨，是晚餐搖鈴，是埋伏。

他知道事有蹊蹺。

裡面必定有邪門歪道。

如果他的副手做出他即將做的事，他必定會暫停他們的職務。警長可不是傻瓜，他開始順著梯子往下爬，遠離這棵樹，遠離這些樹木，遠離可能做為狗哨的任何東西。就在此時，他聽到了那個聲音。

「爹地。」

聽到這聲音的當下，他的血液像是凝結住了。

這是塗了指甲的那個女孩。

「爹地。」

聽起來就像是她在醫院時的模樣，在死前一天，她用小小手指碰觸他，微笑露出斷裂的牙齒，用這個名稱呼喚他。

「爹地。」

警長往上爬，來到梯子上方。他從小窗戶窺看，樹屋空無一人，只有木頭地板上的小腳印。

「爹地，救命。」

警長聽到她的聲音就在樹屋門後，他一隻手拔出槍，另一隻握住門把。

「爹地，拜託，救救我。」

警長推開門。

他見到她躲在角落。

塗了指甲的女孩。

她的牙齒沒有斷裂，她的小小身軀沒有傷痕累累，她是個天使，脖子掛著一把鑰匙。

「嗨，爹地，你一直沒說完故事，你要唸給我聽嗎？」她微笑問道。

警長露出笑容，淚水泉湧。

「寶貝，當然好。」他說。

「那麼，進來吧。」她說。

她開始走向他，舉起小手，輕輕牽著他進入樹屋。門在他身後關上。

警長環視樹屋，這裡不再空蕩蕩，變得像是她當時的病房。塗了指甲的小女孩爬上病床，躺進被窩，再把毯子拉到她嬌小的下巴底下。

「書就在床頭櫃。」她說。

警長看到書時，出現一種不安的感覺。他想起她媽媽從未為她唸過故事書，她也一直不能去上學，所以他在醫院唸給她聽的童話書，是她這一生唯一聽到的書。這本是她死去的那個晚上，他唸給她聽的書。她在他還沒唸完最後一個故事時睡著了，然後一直沒能聽到結局。

「我想知道結局。」她說：「從這裡開始唸給我聽。」

她指著頁面一處，警長清清嗓子，開始唸書。

「外婆，妳的眼睛真的好大哦！」

「親愛的，這是為了能夠把妳看得更清楚。」

塗了指甲的女孩閉上眼睛，等唸完故事後，他發現她睡著了。她仍舊沒聽到故事結局。警長摸摸她的頭髮，微微一笑。他打開燈，就這麼看著她休息，直到自己在她身邊的椅子上墜入夢鄉。

當警長醒來，他不記得樹屋看起來像她的病房，不記得唸過那個故事。他不知道自己為什麼在樹屋裡睡著了，他唯一隱約記得的是，塗了指甲的女孩叫他「爹地」。

警長離開樹屋時，抬頭仰望，發現雲層都不見了，已到了晚上，月亮像是斜向一邊的微笑。警長覺得自己頂多只在樹屋睡了一個小時。

但是，當他看了手錶，上面卻顯示凌晨兩點十七分。

警長走下二乘四木板的階梯，他的靴子踩進雪地，發出有如骨頭碎掉的吱嘎聲。他環顧空地，發現野鹿早已不見蹤影。現在只剩下他和月光，還有他的思緒。

我為什麼沒救了她？

警長往回穿過使命街樹林，看著小徑，見到常年忽視的結果。有生鏽的舊啤酒罐、保險套、充當水煙壺的塑膠熊形蜂蜜瓶，壺中滿是抽過大麻留下的焦狀物，這些大麻八成是小鬼頭在爸媽家地下室種植出來的。此外，還有更糟糕的玩意兒，它們會使人瘋狂，使她那樣的人瘋狂。這些玩意兒使得塗了指甲的女孩的媽媽，對女兒做出如此罪無可赦的事。

我應該可以救下她的。

警長穿過森林，凍僵的雙手插進口袋。寒意刺著他的耳朵，鑽進他的腦袋。要是鄰居能早一天聞到味道，他就可以救下她。為什麼上帝不讓他早一天知道？他可以隨便找出一百個比那塗了指甲的女孩更該死的人，甚至是一千人，一百萬人，七十億人。為什麼上帝不殺別人，卻殺了她呢？此時，答案溫和冷淡地浮現在他心中。上帝並不是不殺別人，只殺她。到最後，祂會殺掉所有人。

因為上帝是殺人犯，爹地。

53

布瑞迪．柯林斯在自己的床上醒來，在他發高燒沒法上學後，媽媽終於把他放出狗屋。她問他，是否已經能夠表現得像人一樣，他說是。他們全家一起在餐桌吃早餐，爸爸抱怨那個「該死的警長」耽擱了使命街樹林的建案，貸款又快到期了。如果建案失敗，他們家就會破產。「凱瑟琳，天殺地，這樣妳怎麼還能花了那麼多錢！」當爸爸對著他誤以為是全世界的小池塘責罵時，布瑞迪迅速吃完早餐，躺回床上度過接下來的一整天。他大多在睡覺，其間只起來解了氣味像嬰兒阿斯匹靈的好大一泡尿。然後，他又上床睡覺，睡過了午餐和晚餐。等醒來的時候，他全身是汗，已經退燒，但手臂的癢意卻更嚴重了。布瑞迪望向鬧鐘，查看時間。日期像是沒問題，十二月十八日，但時間卻整個不對勁。

一小時不可能超過六十分鐘。

或許他還在睡覺，還在噩夢當中，還在媽媽誘使他離開街道後便殺了他，而極品艾德在一旁大笑的噩夢裡。布瑞迪走上走廊，進入爸媽的房間，爸媽還在睡，他們睡著時看起來親切多了。爸爸的床頭櫃堆滿文件，媽媽的床頭櫃擺滿了請柬、謝函及裁信刀。裁信刀是純銀的，花了很多錢。她指稱舊管家偷竊了裁信刀，所以開除了對方，結果卻是媽媽自己弄丟了。她一星期後找到裁信刀，卻沒讓原來的管家復工，因為新管家來自中東，薪水不高卻更勤奮。走投無路的人就是這樣，她在電話中跟朋友這麼說。布瑞迪拿起裁信刀，看著純銀表面上反映的月亮。它看起來就像是一排微笑的牙齒。布瑞迪把它塞進浴袍繫帶，然後跪下來握住媽媽的手。他手臂的癢意開始發熱，變得跟媽媽以前愛他那時的微笑一樣溫暖柔和。他把媽媽的手放在自己的頭上，假裝她在拍拍他的頭說他很乖。好孩子，布瑞迪。這感覺比她殺了他的那個噩夢好太多了。在噩夢中，極品艾德一直在笑，而她一再重複著一句話。

「布瑞迪，你真是壞小狗，真該有人斃了你。」

2:17

極品艾德從他的枕頭底下抽出槍，這次的噩夢就是可怕到這種程度。他和朋友帶著新的棒球手套到街上玩棒球，汽車卻因為有野鹿在後頭追趕，不斷加速開過來。媽媽伸出手要他們離開街道，但就在艾德即將握上媽媽的手時，布瑞迪和珍妮突然冒出來往她身上砍一刀。她的鮮血流進街道，布瑞迪伸出小小蛇信般的舌頭，像狗兒在洗手間那樣玩耍。艾德就在這時候醒來了，全身是汗。他退燒了，原本今天一整天不管把枕頭翻來覆去多少次，他仍舊感覺得到額頭上的熱度。但現在，他只感覺得到手臂上的癢意。他看著五個空彈膛，用槍管搔搔手臂。不管他搔了多少次，手臂還是好癢。而且他一直想著一件事。

你不只需要一顆子彈，艾德，聽外婆的話。

艾德下床，走下噼啪作響的樓梯。他走進書房，找了一張舒服的皮椅，耳朵附在爸爸槍枝保險箱的冰冷金屬上。他開始以三位數組合轉動轉盤。一一一、一一二、一一三，就這樣一整晚試下去，因為戰爭就要來了，好人必須贏得戰爭。到了破曉時分，艾德在二一六這個數字停下了試探，改去找媽媽。她在主臥室獨自一人睡著。他好高興她還活著，他握住她的手，癢意從他的手指傳向她。艾德的媽媽緩緩睜開眼睛，睡眼惺忪露出微笑。「我的艾德怎麼了？」她問。

「媽，沒事，我感覺好多了。」他說。

「太好了。我愛你。我在冰箱留了一片蛋糕給你。」她拍拍他的頭，就閉上眼睛繼續睡覺。艾德一直等到她睡熟，然後親親她的額頭，在她耳邊低語。

「媽，爸爸槍櫃保險箱的密碼是幾號？」

2:17

珍妮．霍卓克站在熟睡的繼兄身邊，讓她沒辦法上學的高燒已經退了。現在取而代之的是癢意，這種癢意一路搔撓進入她手中的刀子。她盯著繼兄，心中的怒火就跟他今天下午一樣強烈。當時，有人按門鈴吵醒他媽媽，打斷了繼兄的下午樂趣。月光讓他的臉龐顯得病態蒼白，青春痘醒目得像天空裡的星星。她認為他的血可能對他的臉會有一些好處，她會用他的血為他上胭紅，讓他變得跟他愛在電腦上看的妓女一樣，或是讓他變成小丑。她拿起刀子，輕輕壓向他的掌心中央。他在床上翻了身，卻沒有醒來。珍妮閉上眼睛，把手臂的癢意推向刀子再進入他的皮膚。當癢意一路進入繼兄汙穢的雙手時，她想著自己美麗的夢境。她的媽媽仍舊活著，爸爸沒有跟那個可怕女人結婚，沒有帶來比那女人更加可怕的兒子。在她的夢中，珍妮見到媽媽衝過後院，獵捕克利斯多夫。珍妮的媽媽帶著一個小小寵物男孩衝過來，但是克利斯多夫的速度更快，一下子就消失在街道上。珍妮的媽媽在後追趕，卻追不到他，所以她返回珍妮的後院，從爬滿常春藤的牆壁攀進珍妮的房間。她聞起來好香，像是香奈兒五號香水。她把珍妮抱在懷中，聆聽珍妮訴說學校和跳舞課的事。珍妮的媽媽後來解釋說珍妮不應該拿刀刺繼兄史考特，因為戰爭就要來了。她們這一方需要所有可以找到的士兵，珍妮問說戰爭結束後，她能不能殺掉史考特，媽媽說，沒這個必要。她只需要抬頭望著凝視地球的月亮，做出小小的禱告。

「主啊，沖走他，淹水沖走他，淹水了，淹水了。」

2:17

韓德森太太站在溫暖的廚房，盯著時鐘。韓德森先生終於回家了，但沒有解釋，也沒有道歉。縱使這樣，他還是回到家了。所以，她做了他最喜歡的早餐，如同過去五十年她做了不只一千次那樣。他沒注意，他不在乎。韓德森太太詢問她丈夫記不記得今天是什麼日子，她靜候他想起為她年輕美麗的臉蛋掀開頭紗的情景。在兩人婚禮當晚，她的紅髮如波浪般堆在她的肩頭。她等著他想起今天是他們的結婚紀念日，但是他始終沒想起來。

因為他不再愛妳了。

韓德森太太嘗試像在婚禮那晚一樣親吻韓德森先生，但他把她推開。當韓德森先生說，他不想再跟她親吻時，她哭了出來。原來她已經最後一次親吻過她先生了，她甚至不知道，不然當初就會珍惜它。她給了他五十年。韓德森太太走到流理台，看著窗戶玻璃中的自己，她現在不只是醜，還是隱形的。她的丈夫帶走了她的青春，卻痛恨留下來的蛇皮。這是她最後一年的教書生涯，等學年結束後，就再也沒有東西了。沒有學校，沒有工作，沒有丈夫，沒有孩子。除了這些牆壁之外，她一無所有。她開始抓頭，天哪，怎麼癢個不停，為什麼沒辦法止癢。

韓德森太太站在她老公後面，等候他是否會轉身，是否會說些什麼。但是，他只是一直吃，彷彿什麼事也沒有發生。他咀嚼時，發出津津有味的小小呻吟聲。天哪，那個咀嚼聲音，那可怕的咀嚼聲音，那些在他吃著最愛的菜餚時，所發出的呻吟。他難道不記得她不得不請教他媽媽，怎麼煮這道菜嗎？他難道不記得有個擁有一頭美麗紅髮的漂亮年輕女子操勞得像該死的奴隸，才精通這道好菜，才讓他咀嚼得像該死的狗兒嗎？他以為他現在勾搭的男人會為他學煮這道菜嗎？

你最好轉身，最好問問我的感覺如何。

韓德森先生沒有轉身，韓德森太太非常用力想著這個念頭，不懂他怎麼會沒聽見。

如果你拿起報紙，我就會讓你想起為我掀開婚紗的情景。

韓德森先生拿起報紙。

好，你可拿起報紙了，讓我們看看當你的老婆在你背後哭泣，鋼人隊會有怎樣的表現？猜，怎麼著，你的老婆剛停止哭泣。你注意到我沒再哭了嗎？你可知道在你背後發生了什麼事？你以為你小老鼠般的老婆站在那裡，只是要乞求你稱之為愛情的殘渣嗎？嗯，就轉身吧，你會發現小老鼠般的老婆到底是誰。轉身，你就會知道我不是隱形的。我是一個他媽的漂亮女人，我他媽的理應得到你的尊重。

「親愛的？」韓德森太太輕柔地低語。

「又怎麼了？」她的老公嘀咕。

此時，他轉身了，她把菜刀用力刺向他的脖子。

54

瑪利凱薩琳在一身冷汗中醒來，她已經退燒了，卻不覺得身體好轉，事實上，感覺狀況還更糟了。她全身浮腫，關節疼痛，胸部有觸痛感。手臂上的癢意讓她快抓狂，她還覺得反胃想吐。這可能是因為她在床上躺了一整天，只顧著睡，完全沒吃東西。

或者是因為那個夢。

在她的夢中，日期還是三天前，她還沒遇上這些可怕的事情。她擔任克利斯多夫的臨時保姆，後來在樹屋找到他，然後她回家了。不過這一次，當她浮現那些有罪的思緒，她並未幻想警長，並沒有把道格的駭人玩意兒放進她的嘴巴。她並沒有在樹屋中醒來，卻完全記不得自己怎麼到那裡。她並沒有在上午八點鐘才回到家，發現爸媽怒火沖天坐在客廳。而她也用不著頂著三十八點九度的高燒考期末考，只因她在嚴寒的樹屋待了一整晚而著涼。在她的夢中，這一切都沒有發生。

因為聖母瑪利亞阻止了她。

在她的夢中，瑪利凱薩琳回到房間。當有罪的思緒出現時，她聽見窗上傳來敲擊聲。她轉向窗戶，見到窗外飄浮著一個女人。

「瑪利凱薩琳，請讓我進去。」女人低語。

「妳怎麼會知道我的名字？」

「因為妳的爸媽是用我的名字為妳命名。」女人說。

「我以為我的名字是跟隨聖母瑪利亞。」

女人不發一語，只是面帶微笑，靜待對方理解這明顯如二加二等於四的事。瑪利凱薩琳打量女人的臉，女人看起來不像天使，不像瑪利凱薩琳這輩子在教堂所看到的任何繪畫人物和雕像。她沒有化妝，頭髮也不夠完美，就只是個女人。貧窮卻莊重，衣物因馬槽產子而髒汙。她是真實的。

「瑪利凱薩琳，請開窗。」女人輕聲說道。

瑪利凱薩琳走到窗戶，慢慢解開窗鎖。當窗戶打開時，凜冽的十二月空氣襲向她的白色棉質睡袍，寒意讓她全身起了雞皮疙瘩。

「謝謝，外頭好冷，而且沒人幫忙我。」女人低語。

女人坐在瑪利凱薩琳的白色柳條椅裡，渾身顫抖。瑪利凱薩琳拿出床腳備用的毛毯給她，女人握住瑪利凱薩琳的手，她冷得跟冰塊似的，但一股溫暖的癢意卻從她的手指傳來。

「妳為什麼來這裡？」瑪利凱薩琳問。

「我來這裡拯救妳，瑪利凱薩琳。」女人說。

「拯救什麼？」

「當然是救妳不下地獄。」

「太好了，拜託，我要怎麼才能不下地獄？」瑪利凱薩琳問。

女人微笑，輕啟嘴巴。但是她說話時，出來的不是句子，瑪利凱薩琳只聽見嬰兒的哭聲。

而她就在這個時候醒來。

瑪利凱薩琳在床上坐起來，夢境占據了她的內心好一陣子。但沒多久，她所作所為的回憶又湧回心中，她可怕的性欲思緒，道格的玩意兒在她的嘴裡。還有在樹屋醒來，衝回家被爸媽察覺，他們對她失望透頂。瑪利凱薩琳的臉龐羞愧發燙，反胃感揮之不去。

她覺得自己就要吐出來。

瑪利凱薩琳衝進浴室，打開馬桶蓋，像在聖壇般跪在它的前方。她開始嘔吐，卻只是乾嘔，她的胃裡沒有食物，只有反胃感。過了一會兒，那種噁心感才過去。

但是，味道仍在。

瑪利凱薩琳從藥櫃拿出漱口水，把藍色液體注入至瓶蓋邊緣，像她愛爾蘭爺爺在耶誕節喝威士忌酸酒那樣，一口飲下。李施德霖如一汪冰涼的藍色海洋般靜置在她的嘴裡。

然後，它開始發熱。

包覆舌頭的熱度就好像手臂上的癢意，當一秒秒累積成一分分時，淚水跟著聚積在眼眶，但是她沒有歇息，她無法歇息。漱口水像地獄般滾燙，但她不敢吐出來。她就這樣含著，懇求上帝能把它全都帶走，如時間毀去記憶，灼毀她舌頭上的味道。

讓我忘記。

讓我變成孩子。

讓我忘記道格的玩意兒。

讓我忘記我喜歡它。

最後，她的身體占了上風，在痛苦喘息中，一口吐掉漱口水。她離開浴室，經過走廊到主臥室。她看著特大號床上的父母睡姿，心中只想跟小時候那樣爬到兩人中間。她跪在爸爸前面，握住他的手。她閉上眼睛，乞求他原諒，癢意從她的手臂進入爸爸的手中。他一度像是被吵醒了，但接著又轉過身，開始打呼。

當晚接下來的時間，她都用在撰寫聖母大學的小論文。她的題目是耶穌的母親，聖母瑪利亞。她認為，如果她可以申請到聖母大學，爸媽就會原諒她。

到了上午，媽媽下樓來做早餐。瑪利凱薩琳努力攀談，但媽媽太失望不願多說。媽媽唯一對她說的話是，她可以去上學，可以去林蔭松當志工。然後，就得直接回家。

「不能去找朋友，不能去找道格，什麼都不可以。」

「好的，媽媽。對不起。」瑪利凱薩琳說：「爸爸呢？」

「還在床上，他今天早上覺得不舒服。」媽媽說。

瑪利凱薩琳搭公車去學校，她抬頭望著天空，見到上方飄浮的美麗雲朵。剎那間，她想起瑞克里太太在教區學校教給他們的一首兒歌。

雲朵給我們雨水。

上帝給我們洪水。

瑪利亞賜給我們她的兒子。

耶穌賜給我們祂的聖血。

到了學校，她見到道格在外頭等她。他是她現在最不想交談的人，光是見到他，就讓她反胃。所以，她繞到側門避開他，在樓梯底下等了整整十分鐘，任由世界在她上方通行。等上課鐘響，瑪利凱薩琳才衝過走廊，結果第一堂課遲到了。這三天來，她完全沉浸在自己的生活，完全忘記今天是歷史期末考。這是耶誕假期前最後的期末考，需要這科分數來保持全科A的平均。她需要這個分數來進入聖母大學，她需要聖母大學來讓父母原諒她。

瑪利凱薩琳努力專注於考試，但身體的疼痛卻占據了她所有注意力。手臂上的癢意像在吶喊，她不明白為什麼胸部如此疼痛。這是女孩口交過後的現象嗎？她不知道。她不敢上網查詢，因為爸媽會監看她的搜尋紀錄。她也不能使用圖書館的電腦，因為自從有男孩子被抓到下載A片後，學校就開始監控網路使用。她真希望有認識的輔導員可以詢問，但問題少女或聲名狼藉的女孩才會找輔導員，例如黛比．鄧罕。瑪利凱薩琳向來沒什麼不妥，直到現在。

她感覺又快吐了。

她還是設法寫完考卷，度過今天的課程。她沒去吃午餐，像拍掉蒼蠅那樣，不理會道格傳來的簡訊。放學後，她回到家，面對冰冷的沉默。爸媽唯一跟她說的話是，他們要去教堂。

「妳要跟我一起去，還是想在地獄裡腐爛？」爸爸問。

瑪利凱薩琳在乘車到教堂的途中，一路默不作聲。儘管身體不適，她還是恭順地坐在硬邦邦的長凳上。她不知道湯姆神父為什麼會在星期四舉行彌撒，也不敢詢問。瑪利凱薩琳打從出生後，每年有五十二個星期天（加上耶誕夜、耶誕節、耶穌受難日、聖灰節及教區學校課程）會來這棟建築物，但是，她發現自己從未真正看過在其他人安全待在家中的晚上，卻來到這裡的人們。她甚至不知道有這樣的人存在。但是，他們就在這裡，有些人的衣著像是無家可歸的流浪漢，有些人在互相爭吵，有些人像是略顯瘋狂、略帶病容，所以，瑪利凱薩琳特別關注湯姆神父的布道。當他請求教眾在戰爭再次爆發前為中東難民祈禱時，瑪利凱薩琳杜絕所有關於聖母大學、道格和父母的雜音，為這些可憐的人們禱告。

當他們開始宣布信仰時，她見到瑞克里太太拿著奉獻籃。瑪利凱薩琳想起過去在教區學校上課的日子，瑞克里太太當時告訴爸媽說，她是很好的學生，很好的小女孩。她好想再度成為那個小女孩，那個時候，她身著白袍領取第一次聖餐禮；從瑞克里太太身上學到聖餐餅代表耶穌的肉體、葡萄酒是祂的血；在教區學校上課時，制止男孩子取笑瑞克里太太因為她的海咪咪刷過黑板，而在上衣留下兩團白色粉筆圈。

當瑞克里太太拿著奉獻籃來到她這一排時，瑪利凱薩琳捐出她身上所有的錢。

「瑞克里太太，謝謝妳教導我天主的事。」她說。

瑪利凱薩琳微笑。

瑞克里太太並沒有報以笑容。

她只是搔撓她的手臂。

聖餐儀式開始，湯姆神父帶領教眾做主禱文。瑪利凱薩琳隨著爸媽起立，領取聖餐。她的胃部忽然有了一種可怕的感覺。瑪利凱薩琳走到隊伍前方，攤開雙手站在湯姆神父面前。

「耶穌的肉體。」他說。

就跟七歲以來，每年至少五十二次的動作一樣，瑪利凱薩琳把聖餅放進口中，畫了十字，開始嚼食。但這一次，聖餅吃起來不像淡而無味的保麗龍。

而是血肉。

瑪利凱薩琳停止咀嚼，她抬頭望，見到爸媽盯著她不放。她好想吐出聖餐餅，卻不敢。她走向拿著聖餐杯的瑞克里太太，平常她是不喝紅酒，但這次她想要沖掉嘴裡的味道。瑞克里太太把聖餐杯遞給她，瑪利凱薩琳畫了十字，喝下聖餐酒，但它喝起來不像紅酒。

而是鮮血。

瑪利凱薩琳擠出微笑，畫了十字，便衝去洗手間。她跑到水槽，吐掉肉和血，但當她看向水槽，卻只見到聖餅和紅酒。

瑪利凱薩琳突然覺得胃部一陣翻騰，她衝向無障礙隔間，這間通常是最乾淨的。她跪下來，吐出晚餐吃的蛋。她坐了一會兒，平復呼吸，再沖掉馬桶，走回水槽。

她用粗糙的紙巾，拭去額頭沁出的薄薄細汗。然後，她在包包中翻找薄荷口含錠，想沖掉嘴裡的恐怖味道。她沒有找到薄荷錠，卻在包包底下找到散落的衛生棉條。

此時，她才想到自己的生理期晚了。

瑪利凱薩琳愣住了，她想著自己疼痛的身體，敏感疼痛的乳房，以及整個上午的可怕反胃，胃部不適想吐。如果她不是很清楚狀況，她會以為自己懷孕了。剛開始，這個想法嚇壞了她，但她很快就鎮靜下來。她不可能懷孕的，絕無可能。

畢竟，她可是處女。

處女是不會懷孕的。

路人皆知。

55

窗外狂風呼嘯，燈光開始熄滅，幾乎該是老人家的睡眠時刻。安柏斯自從找到弟弟日記後，便一直在翻看。好幾次，他都想要停下來，但他不允許自己如此。他可以應付這些資訊，卻不知道怎麼面對自己的心。這不只是內疚或悔恨，近五十年來，他早已經歷過許多這樣的感覺。而是日記本身，它的一切讓他想起了大衛，它的氣味像他，感覺像他；當然，還有他的筆跡。

它看起來就像精神病院裡的牆壁。

年幼孩子的筆跡大多會顯得潦草無力，但是當大衛的思緒轉變，他更是箇中高手，他寫出了安柏斯所見過最為詭異的大寫、小寫、草寫和印刷體混合的筆跡。每一個字都有點不穩定，就像大衛本人有點不穩定。安柏斯原本預期幾小時就可以看完日記，但不知為何，都已經從一天變成兩天，甚至連一半都還沒看完。每一頁都塞滿許許多多的塗鴉、圖畫和象形文字，讓句子難以閱讀。

只能慢慢挖掘。

但要是這裡存有線索，他就要找出來。安柏斯揉揉疲憊的眼睛，再次打開日記。皮革沙沙作響，他繼續往下看。

四月一日

安柏斯說他很忙，沒辦法來樹林，但沒關係。他進入了棒球代表隊，有重要事要做。我真希望可以讓他看看我的樹屋內部，我可是花了好多時間才獨力完成。但是，或許因為這樣，才讓它如此特別。進入樹屋後，就可以在城鎮走動。不過，它不是真正的城鎮，而是複製版的城鎮。大家以為只有自己存在，但不是這樣，想像人們隨時和他們同在。有些人很好，有些人很壞。只是，沒人看得到我，所以沒有關係。在白天，我就跟神力女超人的噴射機一樣是隱形的。所以，在夜晚來臨之前，我都很安全。到了晚上，雙腳焦灼的女人就會發現我，她總是發出那種可怕的嘶嘶聲。好希望安柏斯可以過來親眼看看。

四月十三日

我就要成為超級英雄了。當我到了幻想世界，如果我非常用力去想，就可以跳得非常高。但另一方面，等離開後，我的身體就會覺得不舒服。今天早上醒來，我的頭好痛。我以為頭痛會停止，卻還是痛個不停，而且現在我又發燒了。媽媽開始擔心，但我不能告訴她發生了什麼事，因為我認為雙腳焦灼的女人在監視我。所以，我假裝自己沒事。但我不知道自己是不是沒事，我已經開始覺得好害怕。

四月二十三日

我很不舒服，所以睡得很不好。而且我也好怕噩夢，有好一陣子，我以為這是我做的噩夢，但現在，我認為我同時做了全城鎮的噩夢。人們夢到的東西真的好嚇人，每個人都好不快樂。雙腳灼傷的女人一直在找我，我今晚好害怕睡覺。

五月三日

野鹿又在看我了，牠們在替雙腳灼傷的女人工作。我知道這一點。好想跟安柏斯說實話，這樣他就可以幫助我。但我知道我說的話很瘋狂，而且她在監聽。好想逃走，但是我不能拋下安柏斯。

五月九日

我不想再睡覺了，噩夢已經糟糕到我醒著時都會見到。我不知道自己至今已做了多少個噩夢，一個晚上好幾回，因為它們一直驚醒我。每個噩夢都不同，但結局都一樣。有人想要殺掉我，通常是灼傷雙腳的那個女人。但有時候，她會找別人來做這件事。昨晚最是可怕，我站在街上，因為她會灼傷雙腳所以沒辦法走到街上。所以，她佯裝是媽媽，來叫我去到草地。當我不去草地找她，她就派安柏斯拿刀子到街上，我醒不來。斲嚇夫人要安柏斯拿刀捅我，這個夢境好真實，醒來後，我只能拿出安柏斯送我當耶誕禮物的手套，來回憶起他仍舊喜歡我。我整晚都抱著手套睡覺，而今天早上，當我問安柏斯要不要跟我玩接投球。他說好！我們整整玩了五分鐘！他說他忙著準備期末考，所以不能再多玩，不過我們暑假可以再玩。這真是太棒了，有東西可以期待是很重要的。

安柏斯合上日記，他想要繼續看，但是白內障讓他沒辦法多看。他閉上眼睛，等候刺痛過去，等候不再乾澀。在黑暗中，他仍聽得到周遭的世界。風兒沙沙吹過樹枝，行經走廊的女士在咳嗽，暖氣機嗡嗡作響。除此之外，林蔭松安老院整個陷入一種詭異的寂靜之中，這讓安柏斯想起坐在散兵坑的情景。安靜不是真正安靜，而是在吸引著暴風雨前來。

安柏斯睜開眼睛，凝視放在床頭櫃上的大衛舊棒球手套。他忽然好恐慌，不想一人獨處。他用苦於關節炎的雙膝站起來，再拿起弟弟的日記，離開房間。

走到交誼廳時，安柏斯找了他往常在壁爐附近的位置，坐進一張大型的扶手椅。他環顧交誼廳裡的所有舊面孔，威考克先生和羅素先生在下西洋棋，哈格提太太在為孫女的第一個耶誕節織新長襪，還有一些老小姐在看著無聊的實境秀。

安柏斯拿出放大鏡，打開日記。他的眼睛灼痛，但他迫使自己再看一頁。他瞇起白內障的眼睛，繼續專心解譯弟弟憂慮的字跡。

五月二十日

我不知道我現在是睡著還是醒著，我的頭好痛。家人以為我早上吃的是麥片，但其實是一碗泡著牛奶的阿斯匹靈，這樣我嚼食時，他們才分辨不出來。但是，這沒有用，我還是經常疼痛。我好慚愧。昨天，我難過到好想死掉。所以我走進樹屋，再出來到空地，等待夜晚來臨。我知道雙腳灼傷的女人晚上看得見我，她會一了百了殺掉我。但是，就在日落之前，有個人從藏匿處跑出來救了我。他在雙腳灼傷的女人攻擊我之前，把我丟回樹屋。她轉而撕裂了他。

五月二十一日

我回到樹屋，找尋救我的那個人。我發現他在小溪附近清洗雙手的傷口，他看起來像是被鞭打過上千次。發現有人可以跟我說話，讓我鬆了好大一口氣。他說他了解我昨天為什麼會難過，但是我必須變強。他說他是個士兵，曾答應他爸爸，要從她手中保護我們所有人的安全，他永遠都不會放棄。所以，我也不能放棄。對於雙腳灼傷的女人，我問他知道多少。他說，她統制了幻想世界。

五月二十二日

她的計畫開始了，真實世界的人們都察覺不到，但它的確存在。我努力幫助大家看到事情的真實面貌，但是孩子都覺得我瘋了。我走路回家，因為我不想讓他們在公車上再取笑我。我從我的樹屋前往幻想世界，我見到有個女人站在門廊對她的兒子大吼大叫，非常用力打他。她不知道雙腳灼傷的女人移動了她的手，並且在她的耳邊說話。

六月一日

現在已到處蔓延開來，我和士兵努力從幻想世界裡面保護人們的安全，但是不管用。嘶嚇夫人比我們強大太多，她每一天都更加強大。這就好像我在自然科學課學到的東西，老師告訴我們說，如果把青蛙放在滾水裡，牠會跳走；但要是把青蛙放在冷水，再慢慢加熱，牠就察覺不出來，直至為時已晚。現在，城鎮以為這只是流感，但它是更加可怕的東西。我很想請安柏斯幫助我，但我內心深處明白，就連安柏斯也覺得我瘋了。我真的希望他沒事，我真的希望自己只是個走進樹林自言自語、頭腦有問題的小孩。因為，如果這是真的，世界就是一鍋冷水，水已慢慢加熱。我是地球上唯一能夠阻止這件事的人。

「護士！」有聲音大喊。

安柏斯合上日記，抬頭望向交誼廳。他見到哈格提太太放下給孫女編織的長襪，用手覆住額頭確認體溫。護士急急走來。

「哈格提太太，怎麼了？」

「我得流感了。」

「沒事，親愛的，我們帶妳上床休息。」

安柏斯打量交誼廳，威考克先生和羅素先生在鬆開毛衣，叫人把空調溫度調低。韋柏太太抓著脖子，她的脖子蒙上一層薄薄汗水，有如煎鍋濺出的熱油。安柏斯聽見觀看無聊實況秀的其中一個老小姐在咳嗽，交誼廳中抱怨要喝水、要Advil和涼毛巾的聲音此起彼落。

人們開始生病。

只除了柯林斯太太的媽媽。

她坐在輪椅上，兩眼發直盯著安柏斯。安柏斯感覺周遭的空氣驟然變冷，一陣微風撓動他的脖子寒毛，彷彿耳語。

「那女人就站在你身邊，在你耳邊低語。」她說：「你聽得到她嗎？」
「凱澤太太，她在說什麼？」
凱澤太太露出柴郡貓般的微笑，吱嘎吱嘎推動輪椅往走廊前進。
「死神來了！死神到了！我們在耶誕節就會死翹翹！」

56

耶誕盛會應該要很棒。

大家對克利斯多夫的媽媽都是這麼說。耶誕盛會是林蔭松和磨坊林小學之間一個驕傲的傳統，可以回溯到出於法律理由稱它為「冬季盛會」的時候。在耶誕前最後一個星期五，磨坊林小學會讓孩子過來獻唱「冬季」（也就是節日）歌曲，並且做餅乾給老人家。然後，老人會給孩子氣球大賽的不同獎項，規則就是，人人有獎，但在盛會前，誰的氣球飛得最遠，誰就贏得最大獎。大家都知道獎品其實是耶誕節和光明節[28]的禮物，只是用氣球大賽做為藉口，這倒是一個避開為特定宗教站邊的好藉口。

「這就像是不說天主啊，只說天哪！」護士喜歡這麼說笑。

不管大家選哪一邊站，老人家都喜歡盛會，因為可以得到跳棋和日間電視節目以外的消遣娛樂。孩子也喜歡，因為可以離開學校。但是，沒有人比工作人員更喜歡它，因為這意味可以得到好幾小時沒有老人抱怨的恩賜時光。

人生中，沒有多少這樣的三贏狀態。

這是磨坊林鎮最棒的活動之一。

「里斯太太，妳聽到消息了嗎？」其中一名護士用她的破英文問道。

「什麼事？」

「柯林斯太太……她打電話來說她得流感了，整天都不會過來。真是耶誕奇蹟！」

接下來的上午，林蔭松的人員都像孩子在耶誕節前夕那樣，對耶誕盛會的到來興奮不已。

28. Hanukkan，猶太教的節日。猶太教在十二月並不慶祝耶誕節，但有為期八天的光明節。

克利斯多夫的媽媽努力加入他們的假日氣氛，但因為這是兒子在「寒假」前最後一個上課日，她打算在盛會過後帶走他，去看任何他想看的電影——她的好品味就別理了。然後，再用一整個週末為屬於他們的新家，布置耶誕節的裝飾。

但是，她就是揮之不去。

那種心神不寧的感覺。

「嗨，里斯太太。」

克利斯多夫的媽媽轉身，見到瑪利凱薩琳走進大門。女孩一臉恐懼。當然，這不足為奇，可憐的瑪利凱薩琳是如此擔心受怕，如此懷抱罪惡感，如此難以置信的天主教徒，所以有時她會認為「求主降福」的飯前禱不夠長，而在吃點心前做主禱文。但是，這一次的表情不一樣，女孩的臉蛋整個慘白。

「親愛的，妳還好嗎？」克利斯多夫的媽媽問。

「哦，沒事，我很好。」女孩說。

但是，她不好，可憐的東西一副就要號啕大哭的模樣。

「確定嗎？妳可以跟我聊聊。」

「我確定，我只是胃有點不舒服。就這樣。」

「那麼，回家去吧。妳已經拿到證書，用不著繼續擔任志工，沒有人會批判妳的，知道嗎？」

「不對，他們會。」她說。

說完後，她急急點頭道別，然後閃身進入凱澤太太的房間，開始她的志工工作。克利斯多夫的媽媽本來打算跟過去，但交誼廳傳來的聲音卻分散了她的注意力。

「他們來了！孩子們到了！」聲音大喊。

當校車停進停車場後，興奮之情響遍整個空間。不一會兒，大門便被推開，老師竭力讓孩子排成一列走進來。克利斯多夫的媽媽本能地找尋她認識的孩子，但這一片羊毛編織帽和鋼人隊結球帽中，完全找不到他們。

第一個走進大門的人是勒斯可老師，克利斯多夫的媽媽才剛在克利斯多夫和布瑞迪打架的那一天，在校長室見過她。那不過是幾天前，她記得當時勒斯可老師臉頰紅潤，看起來健康有活力。

現在，相去甚遠。

勒斯可老師今天神情憔悴蒼白，眼睛底下的眼袋烏黑到像是被揍了一拳。克利斯多夫的媽媽看她如此筋疲力竭的模樣，覺得她可能打從校長室那天過後就沒睡了，像是累得跟……

克利斯多夫一樣。

「勒斯可老師，妳還好嗎？」克利斯多夫的媽媽問。

「哦，里斯太太，我沒事，只是有點頭痛，謝謝妳。」

此時，克利斯多夫的媽媽注意到了。勒斯可老師聞起來像是用了一加侖的薄荷漱口水，掩飾五分之一加侖的伏特加。克利斯多夫的媽媽認得這個氣味，她就是在這個味道中長大的，這個氣味會為她唸床邊故事，又會在她打翻東西時把她揍個半死。

克利斯多夫的媽媽準備告訴其他老師，她兒子的導師像臭鼬一樣是酒鬼。

只是勒斯可老師不是喝醉了。

她甚至不是微醺。

她看起來像是經歷著戒斷狀況。

勒斯可老師轉身面對進入安老院的孩子，拍擊雙手要大家注意。

「好了，各位孩子。」她說：「我們前往大廳。」

克利斯多夫的媽媽看著孩子踏上門廊，她終於在一片雪帽海洋中找到克利斯多夫和他的朋友。這些男孩擺出軍人的模樣，極品艾德護衛著克利斯多夫，四下張望確保沒有危險。麥克在後頭幾步遠，確保沒有人跟蹤；而麥特走在前方，像是哨兵。

他們在扮演軍隊。

而克利斯多夫是他們的國王。

克利斯多夫的媽媽見到麥特率先進入交誼廳，確保安全無虞。然後，他對艾德點點頭，艾德便護送克利斯多夫進入安老院。麥克轉身，審視整個現場。她見過警長在他們第一次約會時，做過同樣的動作，她親眼目睹過需要確保一切安全無虞的本能行為。

但從未見過在七歲孩子身上出現。

麥克的視線終於找到他們的敵人。布瑞迪和珍妮看著克利斯多夫，然後跟朋友交頭接耳。這種古怪舉動原本只會讓克利斯多夫的媽媽發笑，但看到雙方如此嚴肅投入角色，她開始緊張不安。這感覺不像是遊戲。

而像是戰爭。

在交誼廳，勒斯可老師坐在老舊的直立式鋼琴前，雙手彈奏音階暖身。她不時會停下來，抓抓手臂。剛開始，克利斯多夫的媽媽認為這只是一種戒斷症狀。

直到她看到艾德撓著手臂。

還有麥特，以及麥克。

只除了克利斯多夫。

克利斯多夫的媽媽注意到布瑞迪和珍妮也在搔著手臂，他們的一些朋友及一些老師也是如此。她見過疾病和疹子在學校間傳染的情形，但這次太荒謬了。

「嗨，各位……你們還好嗎？」她問。

「很好，里斯太太，沒事。」麥克先回答。

「你確定嗎？你一直在抓手臂。」她說。

「是啊，我猜我跟麥特可能碰到毒藤蔓而過敏之類的吧。」他聳聳肩。

在十二月？她心想，卻沒有說出口，只是摸摸他的額頭。

「但是你在發燒，要我打電話給你媽媽嗎？」

「不用了，她們才真的是生病，所以我們在這裡比較好。」

「我媽媽也是。」極品艾德說。

通常，克利斯多夫的媽媽會認為現在一定是有流感大流行，因為幾天前同樣的流感也讓她的兒子發燒。但是，這感覺完全不對勁。她看得出這些男孩的身體全都有點不舒服，尤其是克利斯多夫。

「克利斯多夫，你還好嗎？」她擔心地問。

「媽，我沒事。」他說。

她本能地伸手搭上他的額頭，手下傳來的溫度卻讓她震驚萬分。今天早上她摸他的額頭確認狀況時，像是沒問題。他的額頭甚至有點發涼，現在卻是高燒。她不想在整個學校面前，讓人圍觀，所以她保持沉默。不過，她當下決定，沒有電影，只有上床休息，還要看遍三州地區所有醫師，直到有人可以告訴她，她兒子到底為什麼會病得這麼厲害。

「寶貝，好吧，去找你的朋友。」她說。

克利斯多夫和他的朋友靠近鋼琴，勒斯可老師開始彈奏第一首曲子。她彈奏了一段長長音樂，一邊為「冬季」（使使眼神，就是耶誕節和光明節）盛會這個驕傲傳統發表開場感言。

「各位先生女士以及各位小朋友，我們很高興能夠來到林蔭松安老院。我是各位的音樂指導，勒斯可老師。我們很快就會頒發氣球大賽的獎項，但首先……讓我們……歡唱〈高高的屋頂上〉！」

屋頂上，不耽擱，不遲疑
耶誕老公公的馴鹿啪噠啪噠來
帶著一堆玩具滑下煙囪
呵呵呵，為孩子帶來耶誕的歡樂。

孩子開始放聲歌唱後，便引得其他老人全數來到大廳，只除了安柏斯。他自從在大衛葬禮後去造訪兒時舊家後，就很少離開他的房間。夜班護士說他徹夜不眠在看東西，後來才沉沉墜入夢鄉。他有特別要求叫醒他來參加耶誕盛會，說他無論如何都不想沒見到孩子。只是不知為何，護士去他的房間時，卻沒有人叫得醒他。他們認為可能是熬夜，才會累得不醒人事。

也或許是因為他得了流感。

留給她一個會笑會哭的洋娃娃，

眼睛會睜開，又閉上。

當全場迴盪著笑聲和歌聲時，克利斯多夫的媽媽見到瑪利凱薩琳推著坐輪椅的凱澤太太出來，老婦人似乎比平常還更為躁動不安。

「妳不太對勁。」她對瑪利凱薩琳說。

「凱澤太太，拜託妳別說了。」瑪利凱薩琳懇求。

「妳的氣味不對，妳變得不一樣了。」她說。

「妳的孫子布瑞迪就站在那裡，我們來替妳找個好位子，讓妳看他唱歌。」瑪利凱薩琳提議。

「她骯髒，這女孩好骯髒！」老婦人尖叫。

克利斯多夫的媽媽連忙從瑪利凱薩琳手中接過輪椅，推向走廊停放。

「凱澤太太，我不在乎妳女兒是不是這裡的老闆。妳不能那樣對人說話，尤其是跟我們的青少年志工，妳聽懂我的話了嗎？」

老婦人安靜了一下，接著就對克利斯多夫的媽媽露出笑容。

「所有事情都不對勁，妳也感覺到了。」她沉靜地說。

克利斯多夫的媽媽盯著這位失智老人，手臂不由得起了雞皮疙瘩。

呵！呵！呵！誰不想去。
呵！呵！呵！誰不想去。
來到高高屋頂上，叩！叩！叩！
跟著耶誕老人滑下煙囪。

克利斯多夫的媽媽甩開這種毛骨悚然的感覺，固定住老婦人的輪椅，然後走向瑪利凱薩琳。女孩現在站在放置水果酒和餅乾的桌子前方。

「瑪利凱薩琳，她生病了，她不知道自己在說什麼。」她輕聲說。

「不對，她知道。」瑪利凱薩琳說。

「親愛的，怎麼了？妳可以跟我談談。」

瑪利凱薩琳不發一語，克利斯多夫的媽媽知道女孩必定受著可怕秘密的折磨。自己的成長過程也受夠這種狀況，所以她準備開口找女孩去廚房來一場真正交心的談話。

然後，事情就發生了。

克利斯多夫的媽媽不知道事情是怎麼開始的，但是極品艾德和布瑞迪面對面站在交誼廳中央。

「布瑞迪，別碰他！」

「去你的，死胖子！」

布瑞迪猛然往艾德的臉上揮了一拳，艾德狠狠摔倒在地。麥克和麥特衝到他身邊，而珍妮順勢跳到他身上，艾德甩開她，衝向布瑞迪。

「如果你膽敢再碰克利斯多夫，我就幹掉你！」

克利斯多夫的媽媽衝向這群男孩。

「各位男孩，立刻住手！」克利斯多夫的媽媽尖叫。

但是，他們不肯歇手，又咬又打，把對方擒倒在地。只除了克利斯多夫，他坐在地上，因為劇烈頭痛而動彈不得。

「勒斯可老師……幫幫我！」克利斯多夫的媽媽大喊。

克利斯多夫的媽媽試著把兒子的朋友拉離布瑞迪和珍妮，他們卻像狗兒一般咬打。她看向勒斯可老師，老師只是坐在那裡抱著頭，像是出現「乾醉」[29]後的宿醉現象。

「不要這麼大吵大鬧！我的頭快爆炸了！」她尖叫。

場面是如此混亂，所以沒人注意到那老婦人。

只除了克利斯多夫。

＊　＊　＊

克利斯多夫在地上無法動彈，癢意已來到前所未有的情況。各個想法以令人目眩的飛快速度進入他的心中，他根本不可能跟得上步調。他什麼也聽不進去，只除了一句。

哈囉，小男孩。

克利斯多夫看向走廊，見到凱澤太太坐在輪椅上盯著他。她拿出假牙，挺著瘦削的雙腳站起來。她往前一步，尿失禁在地板上。他想要尖叫，聲音卻一直湧上來。

天下沒有所謂瘋子。

老婦人一瘸一拐走向克利斯多夫。她露出笑容，看起來卻不太對勁。她沒有牙齒，像是嬰兒一樣。克利斯多夫想要站起來，卻被聲音釘牢在地上。

只是一個監視你的人。

替她監視。

老婦人跛著腳走過來。「克利斯斯斯多夫……」她發出氣音，然後裝回假牙，卻上下裝反了。

她非常生氣。

克利斯多夫想要尖叫，卻發不出聲音，只感覺到低語、癢意以及朝他而來的老婦人。她的雙腳發軟，跪倒在地，便開始像狗一樣，四肢爬行。

你從她手中帶走了好心人。

婦人抓搔地板，往他爬過來。克利斯多夫回頭看到珍妮的指甲往麥特臉上抓去，想要挖出他的眼珠。布瑞迪和他的朋友踢著艾德的肚子，麥克推開布瑞迪。

她想要找回他。

老婦人露出失智的瘋狂眼神。

告訴我們他在哪裡。

克利斯多夫動不了，整個人困在地上，癢意攫住了他，讓他似乎不復存在。他成了全場所有的老人，感受到他們的疼痛、痛苦，他們的癌症，疾病、失智以及瘋狂。老婦人爬向他，像是沒了牙齒的狗兒般淌著口水。

「告訴我們他在哪裡！」她高聲尖叫。

老婦人用她脆弱的手指抓住克利斯多夫的雙手，克利斯多夫凝視她的眼睛，見到一個胡亂叫嚷的老婦人。但是，這不是胡言亂語。就像新生兒知道自己在說什麼，即使沒有人了解。

「死神來了！死神到了！我們在耶誕節就會死翹翹！」

克利斯多夫把癢意推向雙手進入她的皮膚。他見到她坐在房間，望著窗外，看向雲朵，就這樣過了好多年。他在她的心智布滿迷霧前，及時帶回她。他們回到她仍擁有所有清明感官的最後那天，她像是如釋重負，彷彿腫脹的關節得到冰敷。但是，這是她的心智，迷霧散去，她看著

29. dry drunk，用來形容酒精成癮的人士，即使沒有喝酒，也出現醉酒的行為。

克利斯多夫。

「這是哪裡？」

「妳在安老院。」

「我是凱澤太太嗎？」

「是的，女士。」

「我的孫子布瑞迪在那裡嗎？」

「是的，女士。」

「我病了多久？」

「八年了。」

「抱歉，我很嚇人。」她說。

「妳沒有嚇到我。」他回答。

然後，克利斯多夫就把癢意深深推入老婦人的心中，他開始流鼻血。當孩子見到老婦人臥倒在克利斯多夫身上時，就住手了。場上一片靜默。克利斯多夫的媽媽衝向他們。

「凱澤太太！放開我兒子！」

「當然。」她說：「對不起，里斯太太。」

說完後，老婦人就放開了克利斯多夫。所有工作人員全都盯著她。這個老婦人被失智症折磨了八年，現在卻神智清楚，機靈，而且愉快。

這是奇蹟。

克利斯多夫抬頭看著媽媽，從鼻子到脖子，全都是血。他直視媽媽的眼睛。

「媽咪。」他說：「我想我快死掉了。」

57

克利斯多夫的媽媽驚慌無比，剛開始進入急診室時，她沒發現已經到了。她只有看到眼前的台階。

前往急診室的途中，她闖過路上每一個紅燈，以及停車暫停標誌。她見到道路兩旁出現野鹿，卻也沒減慢車速。她的兒子不斷流著鼻血，皮膚燙到讓她的手都起了小水泡。

而且，他還開始自言自語。

他說的不是句子，只是一些語詞，文字串連得有如野餐時的螞蟻群。克利斯多夫的媽媽祈禱這只是發燒囈語，不是更嚴重的問題。她小時候也曾經如此，當時她和一個要好的叔叔去爬山，她伸手到石塊底下，卻被蛇咬傷。整整兩天，她完全分不清什麼是真實，什麼是虛幻。

「寶貝，撐住。」她說。

她的兒子只是神智不清一直嘀咕，只聽得出一個有意義的語詞。

「不能做夢。」

克利斯多夫的媽媽把車子停在醫院的下車區，像是捧著待洗衣物般抱起兒子，衝進急診室。她直接到檢傷櫃台，譚米護理師盡責地聆聽狀況，拿了她的保險卡後，要她去候診室找位子坐。

「好，好，那他什麼時候可以看醫生？」

「大約十小時。」

「妳說什麼鬼呀？十小時？」

譚米護理師指指候診室，克利斯多夫的媽媽迅速轉身，才終於看到現況。

急診室座無虛席。

她已經習慣把候診室當成鋌而走險的地方，之前她沒有健康保險，急診室只有情非得已才會去。她見過因為藥癮而呻吟的情侶，哭喊要立即就診的窮人。但是現在，她有了保險，而且不是在城市裡，這可是小鎮。

她從未見過這樣的情景。

整個地方人滿為患，爸爸倚著牆壁站著，好把位子讓給妻兒；而老人家則直接坐在地上。

「里斯太太，很抱歉。」譚米護士說：「我們有很多醫師護士今天都打來請病假，我甚至要負責櫃台工作，我們會盡快為妳兒子看診。」

「離這裡最近的醫院在哪裡？」

「女士，到處都是這種狀況，耶誕節是流感季節，請找個位子坐。」

克利斯多夫的媽媽真想對她狂吼，但是她見到的是一個像是自己也生病了的疲倦女子。她不會對少數在這一天上班的護理師大吼，所以她嚥下怒氣，點點頭。

「護理師，謝謝妳。」她說。

「不客氣，女士。」譚米護理師回答，然後又回去接電話。「爸，對不起，我走不開。我們人手不足，我會買梅羅紅酒過去明天的派對。」

克利斯多夫的媽媽在座位區來回走著，期盼至少會有人讓座給一個生病的孩子，結果卻沒有人這麼做，讓她心煩意亂。大家都忙著鬆開衣服，減少身上發燒的熱度；或是忙著搔撓手臂。克利斯多夫的媽媽見到有個男人臉上貼著繃帶。

「該死的鹿，居然直接衝到我的卡車面前。」他對隔壁的傢伙說。

她經過一個遭到刺傷的患者；還有一個家庭主婦莫名其妙在後院睡著，醒來時就凍傷了。另外有兩個男人在酒吧因為某個「印第安女人」打架，這女人說她可以灌醉任何人，就讓這兩人全都喝醉了。她開玩笑說，她覺得兩人如果可以打得你死我活，來爭取和她上床的權利，應該會很有趣。而兩人不知為何，都敲破啤酒瓶，按照她的話去做。

直到玻璃劃破他們的皮膚，兩人才從這樣的瘋狂中驚醒。

「你們現在就得幫我媽看診！」

柯林斯太太站在布瑞迪和她的媽媽身邊，坐在輪椅裡的凱澤太太已經昏迷了。柯林斯太太本身也一副病得不輕的樣子，額頭布滿汗珠，卻不肯脫掉皮草大衣和珠寶。她不斷責罵譚米護士，而手中一邊撓著項鍊底下的脖子。

「看看那裡。」柯林斯太太嘶喊：「看到門上招牌寫著什麼嗎？『柯林斯急診照護大樓』。我就是柯林斯，所以，如果妳不馬上替我媽找到病床，妳猜明天招牌會變成什麼？吉屋待租。」

克利斯多夫的媽媽認為柯林斯太太搞不清楚目前的狀況，她的思緒飄向法國王后瑪麗安東妮的「蛋糕飲食」[30]是怎麼惹出民怨。兩個體型大的傢伙起身，走向柯林斯太太，而年長的候診者趁機搶坐他們的椅子。

「女士，妳何不好好候診？」其中一人對柯林斯太太說。

柯林斯太太轉頭，毫不畏懼怒視兩人。

「你們何不該死地自己蓋醫院？」她說。

場上一陣交頭接耳，不知道接下來會發生什麼事。

克利斯多夫的媽媽見到他們的怒火像是回聲般蔓延開來，她一度在想，這樣的回聲可否會結束，還是會像狗哨一樣變得聽不見。隨時都在，隨時在我們周遭，無時無刻。

「像妳這樣的賤人讓我反胃——」那男人說。

柯林斯太太的兒子布瑞迪走到男人面前，他的體格只有對方的三分之一，卻大膽地展現怒火。

「別惹我媽媽！」他說。

布瑞迪的出現平息了場上的騷動，足以讓保全人員過來把柯林斯一家帶離憤怒的群眾，進入一間乾淨宜人的醫院房間。少了柯林斯家族這個關注焦點，大家的怒氣又回到彼此身上。那兩

30. 即「何不食肉糜」的法國版本，但沒有可靠的證據顯示，瑪麗安東妮曾說出「沒有麵包，何不吃蛋糕」的說法。

個怒氣沖沖的傢伙回到原來的位子，命令老人滾開。這種情緒包括女人，老婦人在地板上找到位置，盯著帶著生病孩子的年輕女人，公然批判她們應該好好照顧小孩，惹得年輕婦人狠狠瞪視。

「不用教我怎麼帶孩子。」

「別那樣跟我老婆說話。」

「你最好坐下，不然我就讓你坐下。」

「打開電視。」

「不，關上電視，我已經受夠中東那些屁事了。」

「在小孩面前，管好你的嘴巴。」

「你試試，老頭。」

全場大家就跟傑瑞一樣暴怒。

救護車停下來，緊急醫療救護員衝過去，帶下一個被老婆拿菜刀刺中喉嚨的男人。太太用廚房窗簾包紮了先生的傷口後，就報警等候。傷者的雙腳狂踢，克利斯多夫的媽媽往後退，護著兒子不要看到這恐怖景象。他仍處於狂躁狀態，還在自言自語。

「她在這裡，什麼？好的。」

「克利斯多夫，撐住。」她低語。「我會替你找到醫師，我保證。」

她站在角落，這樣就可以眼觀四方、提高警覺。她把兒子抱在懷裡，等候位子。她拒絕自憐自艾。

自憐自艾無法存活，會存活的是人。

所以，她改往好處想，因為現在，知足是她唯一擁有的。她抬頭看電視，感恩自己不是在中東難民營。那些人願意付出一切，交換困在這個滿是食物自助販賣機的急診室十小時。對他們來說，世界末日必定像是就要來到。

58

爹地。

電話鈴聲響起時，警長才知道自己又睡著了。自從他離開使命街樹林後，他就一直打嗑睡。他經過了柯林斯建築工地，然後開車回到局裡。他把黑白警車換成福特皮卡，就像羅傑斯先生[31]回家時會把樂福鞋換成網球鞋一樣。

但是，警長沒有回家。

警長幾乎撐不開眼睛，卻還是強迫自己把在使命街樹林尋獲的舊工具，送到市區給他的朋友卡爾。警長知道他可以把這個工作交給副手去做，但冥冥之中卻像是有什麼在告訴他需要立刻遞交工具。

說它是一個聲音吧。

等警長遞交工具後，他發現自己的車子停在慈恩醫院外頭，看著他和指甲女孩道別的地方。她碰觸他的手，叫他「爹地」。他凝視查理布朗的耶誕樹好幾小時。

他在車上睡著了。

爹地，上帝是殺人犯。

醒來時，警長病得很嚴重。剛開始，他認為必定是流感，但身體沒有疼痛，沒有淋巴腫脹。如果真是流感，那就是他得過最為該死詭異的了。因為流感通常不會讓皮膚發燙，卻讓其他身體部位都沒事，只除了手上有一小處的癢意。

不管怎樣，警長只想拖著老骨頭回家休息。爺爺給了他一個治百病的好處方：「喝幾杯蘇

31. Fred Rogers（一九二八～二〇〇三），美國電視名人，在賓州出生。

格蘭威士忌，裹上五層毯子，等著發汗。度過地獄般的十小時，身體就康復了。」

警長正準備去買蘇格蘭威士忌時，手機響了。他低頭看著來電顯示，希望會是凱特・里斯，卻是調派電話。他搖搖頭保持清醒，接起電話。他已經跟副手說過，他染上流感不舒服，緊急事件再找他。

但緊急狀況已經出現了。

副手通知他，局裡有一半的人都打電話來說得流感請病假。更糟的是，有個小學的圖書館員刺傷她的老公，還有幾場酒吧毆架、車禍。就好像整個城鎮起床時下錯邊，整個脾氣暴躁。

「警長，我們需要你盡快過來。」

這是警長最不想做的事。

「我在路上了。」他說。

當警長從市區開回磨坊林鎮時，他發現交通狀況非常嚴重。這讓他想起小時候的星期一，只要鋼人隊在星期天贏球，大家就會開心地禮讓分享道路。「不，請過去，你先請，先生……」但要是鋼人隊輸了，大家唯一會分享的只有比中指和按喇叭。城市就是這麼愛它的球隊，星期一上午的交通順暢或癱瘓，全看匹茲堡鋼人隊。

不過，今天是星期五。

而且鋼人隊目前處於連勝當中。

等警長回到局裡時，他的發燒已到了難以忍受的程度，汗水涔涔滑下他的背部。而灌個Nyquil[32]和趁機小睡的任何希望，在他走進局裡大門的那一瞬間就已破滅。他真不敢相信居然這麼忙碌，磨坊林是個宜人的小鎮。但是，看一眼局裡的狀況，會以為這是跨年夜的希爾區。

接下來幾個小時，警長處理一切，從圖書館員刺傷親夫案到涉及野鹿的幾場車禍，忙個不停。像是剛撲滅一場火，另一場又起。搶劫、酒吧打架、惡意破壞。還有槍枝店老闆報案說昨晚有人入侵偷竊，小偷甚至沒試圖打開收銀機，他沒有任何金錢損失，只少掉槍枝。

就好像小鎮整個抓狂當中。

警長見廣多聞，知道當情況變糟，通常死亡就迫在眉睫。但是，幸運的是，車禍都沒有人死亡，流感也沒有讓小孩老人死去。儘管野鹿造成車禍，卻無人死亡。就連圖書館員刺傷案的受害者也一樣，刀子劃過韓德森先生的喉嚨和聲帶，他再也無法說話，卻仍在呼吸。

這是個奇蹟。

上完第一個值班後，警長已筋疲力竭。不管吞下多少顆阿斯匹靈，他就是無法退燒。對於找尋讓右手不再癢得令人抓狂的潤膚乳，他也早就放棄希望。他知道如果不稍微休息一下，他接下來一星期可能都派不上用場，而且他也禁不起在耶誕節那星期生病。所以他等待情況稍稍和緩，就走進辦公室，喝了一小杯Nyquil，讓濃稠的櫻桃口味糖漿滑下喉嚨。他關上燈，躺到沙發上，閉上眼睛。

他躺了整整十分鐘，卻一直很不舒服。高燒而來的黏答答汗水，已讓他的衣服溼透。他一再地翻動枕頭，該死地怎樣也找不到涼爽的那一面。他絕望地把枕頭扔到地上，直接讓頭部就著皮製沙發。

警長強迫自己躺回去，讓眼皮沉重，卻沒有用。他環視辦公室，發現自己凝視公告欄上艾蜜莉．波托維奇的失蹤協尋海報。他思忖伊利市警方可有新的線索，還是被流感、醫院和酒吧鬥毆、車禍轉移了注意力，而找不到她。就像他也心力不集中，無法找出是誰活埋了……活埋了……他叫什麼名字來著？那個孩子。那個老人的弟弟。他會想起來的，等他睡一下就好。他叫什麼名字？他是個可愛的小男孩，缺了兩個門牙，就跟塗了指甲的那個女孩……

爹地。

電話鈴聲響起時，警長不知道自己什麼時候睡著了。他的發燒狀況更加嚴重了，太陽穴附

32. 美國非處方的感冒藥水，容易造成嗜睡。

近陣陣抽痛。他看著來電顯示，心情立刻激昂，是凱特．里斯。

「喂。」他說。

「嘿。」她的語氣憂慮。

「怎麼了？」

「我在醫院，克利斯多夫得流感了。」

「嗯，現在到處是，我醒來時也發現得流感。」

「你也是？」她聽起來很擔心。

「別擔心，我已問過所有醫院，這不會致命，只是讓人感覺很不舒服，就是這樣。」

他期盼這個消息能讓她安心，但他聽得出還有別的狀況，她的沉默不語就好像他手中的癢意一樣。

「你可以派個副手來急診室嗎？」她問。

「為什麼？」他問。

「這裡的人太……」她頓了頓，找尋合適的字眼。「……憤怒。」

「每個人都討厭醫院。」警長說。

「你是要擺出施恩的姿態，還是想好好聽？」她反駁。

「好好聽。」他改過自新。

「我去過很多次急診室，看過更加貧窮地區的急診室。這次不一樣，這裡已出現不少爭吵，人們似乎真的很失常。有時光是看到路邊的警車，就足以讓駕駛放慢車速——你懂我的意思吧？」

他點點頭，很聰明。

「好，我會立刻派人過去。」他說：「等我可以放下手邊工作，也會立刻過去醫院看看。」

「謝謝你。」她說，聽起來終於如釋重負。「我得回去看照我兒子了，晚安，鮑比。」

他的名字從來沒這麼好聽。

「晚安，凱特。」他說，掛上電話。

警長真的派不出有空的副手，不過他還是要調派單位派人到急診室。警長出現一種想要保護她的原始欲望，他無法解釋這種感覺，但他就是得保護凱特和她兒子的安全。

他感覺有如整個世界全靠這件事了。

當警長走出辦公室，他發現局裡的狀況比早上更加忙碌，有更多鬥毆、意外和鄰居間的爭執。流感散播得更廣，拘留室的人全發燒了，必須把他們送走，但是醫院已經爆滿。

警長經過拘留室，查看今天的損害。他見到有幾個人在包紮因為酒吧鬥毆而造成的傷口；有幾個人被逮捕是因為停車受檢時，拒絕下車或不願交出駕駛，另外還有危險駕駛，肇事逃逸。他們怒氣沖沖，全朝著警長大吼大叫。不過，這和最後一間拘留室相較，都不算什麼。

在那一間的是韓德森太太。

老婦人的臉龐是那麼和藹可親，讓人難以相信她會持刀刺傷丈夫的喉嚨。現在，她和一級謀殺之間的距離，就只剩下那位在加護病房命懸一線的丈夫。

韓德森太太抬頭看著警長，露出愉快的笑容。

「我丈夫還活著嗎？」她問。

「是的，女士，他還撐著。」他回答。

「很好。」她說：「我希望他活著。」

警長點點頭。老婦人微笑。

「因為，我真的很想再捅他一刀。」

說完，韓德森太太就繼續看聖經。

警長從經驗得知，節慶假日會讓人們顯露偏激的面貌。有些人會密切感受到愛和慈善，有些人卻會想要殺人或自殺。對警長來說，在耶誕節期間，黑暗面就像耶誕老人一樣，司空見慣。

但這次不一樣。

這次令人不寒而慄。

警長下樓，他知道不能指望流感將永遠不會造成傷亡，也不喜歡凱特母子在醫院被流感包圍的情景。所以他想要重新審視剛接任這個工作時，他所擬定的緊急方案。他必須確定方案已做好準備，為了什麼？他不是很確切知道。

但是，他就是有種必須做好最壞打算的感覺。

警長往前，下樓，最後來到檔案室。他要羅索太太找出先前流感爆發的所有資料，而他查看緊急方案。他知道無論如何，都必須維持十九號公路的通暢。如果高速公路通暢，州警就可以進來，而人們可以出去。如果道路封閉，磨坊林就成了孤島。城鎮像是身體，道路就像把血液運出和運入心臟的動脈和靜脈。

不過，這一次，磨坊林的心臟是使命街樹林。

警長猛然想起，當鎮上爆發流感時，他正在調查從使命街樹林找到的東西。他那時是在做什麼？他好一會兒才記起來。工具，沒錯，老舊的工具。他把它們交給老友卡爾，他認為這可能關係到……那個孩子叫什麼名字來著？老人的弟弟，失蹤的那個孩子。每當他試著想起那個孩子的名字，他的手就會開始發癢，額頭就會開始冒汗。天哪，他真的生病了，他之後會想起來的。

警長回到緊急方案，他必須專注，現在手邊有流感爆發。他不能把所有時間都用在擔心五十年前的舊案子，安柏斯．奧森的弟弟的案子。他叫什麼名字？哦，對了，叫做……爹地。

警長不知道自己什麼時候又睡著了，卻被羅索太太叫醒。警長低頭看著緊急方案，上面滿是他額頭滴下的汗水。他實在病得很不舒服，已經顧不上面子。他在工作時睡著了，要是副手這樣，他可是讓他們放無薪假。

「警長，或許你應該回家休息。」羅索太太親切地說。

警長想要回家，但是不能，他是遠比主人更早知道暴風雨就要來臨的狗兒。

「謝謝妳，羅索太太。我沒事，我們來工作吧。」他說。

兩人坐下來，查看以前流感爆發時的資料。最嚴重的是一九一八年的西班牙流感，但還有其他事件。十八世紀時，流感嚴重肆虐一個艾米許人拓居地，最後存活者離開，移居俄亥俄。美國獨立戰爭後不久，也出現過一次小型爆發。

不過，引起警長注意的是最近一次的爆發。那是在夏天，而不是冬天。人們病得很嚴重，卻沒有人死亡。警長停頓下來。癢意和發燒擴散了，但這一次他不會分神。他看完牛皮紙袋裡的所有檔案，卻未在當時警長辦公室處理緊急狀況的方法中，找到有用資訊。但是，他卻發現了一件有趣的資訊。

流感爆發的那一年，有個小男孩失蹤。

那男孩的名字叫做大衛．奧森。

警長想不起是什麼緣故，但這個名字對他的確有特殊意義。

59

克利斯多夫記不得自己是醒著還是睡著，他往下看著雙腳，不懂它們怎麼如此短，不懂自己為什麼穿著病人袍。他低頭盯著雙手，以為會看到皺紋密布的老婦人的手，屬於凱澤太太的手，卻沒見到。

「為什麼我會有小男孩的手？」他百思不解。

畢竟，自從耶誕盛會後，他可以發誓自己就是凱澤太太。他不知道為什麼，他只是碰觸了她的手臂。或許這是因為他們給他的藥物。但是，她的人生就像家庭錄影帶般在他眼皮內側播放般，一幕幕閃現。

我是小女孩，我是模範生，我就要去上大學了。看看體育館那邊那個男孩，你叫什麼名字？喬．凱澤？我的名字叫琳恩．威京森。很高興認識你。對，我這星期六晚上沒事，接下來的星期天也是。我低頭看著我的雙手，哦，天哪，婚戒在我的手指上。我們在教堂手牽手，我不再是琳恩．威京森了，而是約瑟夫．凱澤的太太。

克利斯多夫在床上坐起來，看向窗戶，見到一個小男孩的映像。但是，當他閉上眼睛，映像卻換上了凱澤太太的家庭錄影帶。

喬！喬！我懷孕了。是個女孩！我們來用我媽的名字把她取名為史蒂芬妮，好，可以，用你媽的名字，凱瑟琳．柯林斯。凱西．凱澤，妳給我立刻過來！等妳爸爸看到妳做了什麼。喬，夠了，她快凍死了，讓她進來廚房。好，我會！喬，住手！你弄疼我了。喬，求你。我們的寶寶變成少女了，我們的寶寶要畢業了，我們的寶寶要結婚了。她不再是凱西．凱澤，她將是布瑞德．柯林斯的太太。喬，她懷孕了！喬，我們有孫子了！布瑞迪．威斯里．柯林斯三世！真是個高貴的名字。喬，怎麼了？喬！喬！醒來！喬。

克利斯多夫睜開眼睛，見到那個和善女人從浴室出來。她叫什麼名字來著？里斯太太，對了，就是這個。凱特．里斯。

「克利斯多夫，你聽得到我說話嗎？」她問。

里斯太太把枕頭翻到涼爽的那一面，讓他舒服一點。克利斯多夫閉上眼睛，她關切的神情不見了，取而代之的是凱澤太太的回憶，像是眨眼而過的老電影。

不，布瑞迪，外公死掉了。我知道，我也很想念他。我們已經結婚四十……四十……天哪，到底是多久？四十幾年？感覺就到我舌尖了。天哪，為什麼我想不起來？我的感覺不對勁。我記不得要填在哪裡，填我的……名字。你什麼意思？說我叫做琳恩．凱澤？什麼時候開始？我不記得我有結婚，不，你弄錯了，我不是凱澤太太，我的名字叫……我的名字叫……琳恩……我不記得。妳是誰？凱瑟琳誰？跟妳一起來的小男孩是誰？他不是我的孫子。我不認識那個小孩。護士！有人偷走我的記憶了！有人偷走我的名字了！別要我鎮靜！你難道不知道發生什麼事了嗎？你不懂嗎？死神來了！死神到了！我們在耶誕節就會死翹翹！

里斯太太拿了一根吸管到他嘴邊方便他喝東西，他嘗到冰涼的蘋果汁。這是他所吃過最美味的東西，比香果圈還好吃。但是老婦人不喜歡香果圈，所以他不是老婦人，對吧？他是個有小男孩雙手的小男孩。

「寶貝，就是這樣。克利斯多夫，你還好嗎？」

他的名字叫做克利斯多夫，沒錯。里斯太太不是護理師，她是他的媽媽。他們現在是在醫院，醫師拿了一張圖表，醫師認為這是流感，但克利斯多夫知道這不是。他這幾天只是得了阿茲海默症，就是這樣。

「小子，你感覺如何？」醫師問。

「我很好。」他說。

「克利斯多夫，你確定嗎？」媽媽問。

他想要告訴媽媽實話，想要告訴她說，他仍感覺得到凱澤太太的痛苦。她的疾病蹂躪了他的關節，他不知道自己是否能走路，是否能夠站立。但是，有醫師在場，他不能告訴她。

不能在搔撓手臂的醫師面前說。

「對，媽，我沒事。」克利斯多夫說。

醫師拿聽診器放到克利斯多夫的胸口，冰冷的金屬觸及他的肌膚，癢意貫穿他的身體。醫師整個醫學院的教育立刻湧進克利斯多夫的頭腦。醫師以為是聽診器溫度的關係，他搖搖頭，又試了一次。

我不明白，男孩的肺部沒事，心率正常。我做了所有檢測，每件事都確認過了。就體溫計看來，他沒有發燒，但這男孩看起來卻像是快死了。

克利斯多夫擠出微笑，他們無法得知他病得有多重。生病意味著藥物，藥物意味著睡眠，睡眠意味著嘶嘶夫人。但是，癢意是如此強大，就要把他掃入海洋。克利斯多夫不知道該置放何處，所以他深深吸了一大口氣，把它深深埋入肺部。

「小子，這是很好的深呼吸。」醫師親切地說。

癢意散布克利斯多夫的身體，帶來當天人們和醫師所有人的見識、疼痛和痛苦，他們發燒和頭痛。克利斯多夫可以感覺到利刃刺進韓德森先生的脖子，五十年的婚姻就這樣扔進菜刀一刺。

我用這把刀子為你做過一萬頓晚餐了！

流感無所不在，但這不是流感，而是單向玻璃另一側的嘶嘶夫人，他很肯定。克利斯多夫的媽媽讓他再啜飲了一口冰涼的蘋果汁，它喝起來像是韓德森先生流下廚房餐桌的鮮血。克利斯多夫想要吐出來，但是他不能，否則他們永遠不會讓他出院，他必須離開這裡。

「媽，這好好喝，謝謝妳。」

克利斯多夫感覺得到嘶嘶夫人在這個房間，監視他們所有人，像傀儡戲那樣，用繩子操作他們。像郵筒人的繩子，像氣球大賽的繩子。她現在開始進入人們的腦海，運用他們的眼睛。巨眼越來越大。邪惡現在就在醫師體內。他在搔抓手掌，他在醫學院考試偷帶小抄的那隻手。

「里斯太太，妳兒子的身體狀況沒有任何問題。」

「醫師，摸一下他的額頭……」

「體溫計是三十七度。」

「那麼，它壞了。」

「我們已經試過三支，不會全都壞了，他沒發燒。」

「都可以用他的額頭煮雞蛋了。」

「里斯太太，妳的兒子沒有發燒。」

克利斯多夫感覺到媽媽怒氣高漲，但她維持平穩的語氣。

「那流鼻血呢？」

「里斯太太，他沒有血友病。」

「但是他的鼻血流個不停……」

「我們做過檢驗了，他不是血友病。」

「那麼，是什麼？」

「我們不知道。」

她的怒火升高，他們的怒火全都升高了。

「你們不知道？你們對他又刺又戳了整整兩天……卻他媽的什麼都不知道？」

「里斯太太，請冷靜。」

「我才不要他媽的冷靜，再做檢驗。」

「我們做很多了，驗血、正子掃描及腦部掃描。」

嘶嚇夫人……

嘶嚇夫人……變得越來越強大。

「該死地給我再做檢驗！」

「沒有檢驗了！我們全做完了！他沒事，里斯太太！」

「看看他！」

她指著她的小男孩，克利斯多夫從她的眼睛見到自己。他蒼白得如鬼魂，鼻子都是血痂。他想要告訴她，嘶嚇夫人現在就在這裡，讓大家互相憎恨，但是他不敢，因為那樣……

「里斯太太，你們可有精神方面的家族病史？」

……他可能會像是瘋子。

「你們可有精神方面的家族病史？」醫師重複。

全場鴉雀無聲，克利斯多夫見到媽媽非常平穩坐著。她沒有回應，醫師像是很感激擁有片刻的寧靜。他開口說話，聲音小心翼翼得像是躡手躡腳走過每個音節。

「里斯太太，我這樣問的原因是，我見過許多孩子出現身心失調的疾病。每當我找不到生理上的原因時，通常都是因為有精神病方面的因素。」

克利斯多夫看著媽媽，她面無表情，但是當他握住她的手時，他瞥見她緊緊守護的家庭錄影帶。她跪著清洗浴缸，雙手因為清潔劑而發紅粗糙，不讓她丈夫的鮮血留下。後來，她離開了，從此不斷流轉各處。

「我的兒子沒瘋。」她說。

「里斯太太，妳說過他在學校抓傷過自己的脖子，自殺是一種徵兆——」

「那只是做噩夢，小孩都會做噩夢。」

醫師暫且閉上了嘴巴。

醫師認為……醫師認為……我有嚴重的問題。他見過兒童精神分裂症，它可能出現在比我年幼的小孩身上。醫師在為……醫師在為……嘶嚇夫人工作，但他本人卻不知道。

「里斯太太，我是在幫助妳兒子，不是要傷害他。我可以馬上找兒童精神科醫師過來，他可以做一個迅速的評估。如果他排除精神方面的疾病，我就會再一次進行所有生理檢測，好嗎？」

室內出現一陣沉默，十秒鐘有如一小時。最後，克利斯多夫的媽媽終於點點頭。醫師回應善意，迅速致電兒童精神科醫師。掛上電話後，他努力美化這個狀況。

「我知道這像是烏雲籠罩，里斯太太，但雲朵總是有銀邊。」他說：「妳兒子的生理狀況沒有任何問題。」

他抓抓掌心，面露笑容。

「我們可以為此感謝天主。」

60

瑪利凱薩琳看著自己房間牆壁的耶穌肖像，開始禱告。

她知道如果被爸媽逮到她跑出去，她一定會被終身禁足。但別無選擇，爸媽不准她再開車，她也想不出去藥局的好藉口，只是，她就是無法把凱澤太太的話拋諸腦後。

「妳的氣味不對，妳骯髒，這女孩好骯髒！」

瑪利凱薩琳在睡袍底下穿上牛仔褲，扣上釦子時，她發現有個釦子變緊。她希望自己只是變胖而已。**主啊，懇求您，我只是變胖而已，對吧？**她脫掉睡衣，套上字母夾克，這是她去軍樂隊吹長笛所得到的衣服。

她走到床邊，把枕頭塞在被子底下，佯裝她還在那裡。接著，她拿了她的小豬撲滿。撲滿是瑪格麗特奶奶去世前送給她的，她不想再用它了，畢竟她不是小孩子了。但這是奶奶送給她的最後一個東西，所以她沒法放手不用，這樣會太有罪惡感。

她拿出所有現金，包括零錢。

然後加上擔任臨時保姆賺到的錢。

她大約有四十三美元。

這樣就夠了。

瑪利凱薩琳離開房間，踏進走廊，然後在爸媽房門外駐足。她傾聽著房門另一頭的寂靜，直到傳來爸爸的打呼聲。接著，她下樓，從耶穌肖像底下的吊環抄起車鑰匙，再走到屋外車道。她沒等熱車，就迅速啟動旅行車。她坐進車內，雙手握上方向盤時差點凍到，直到她的高燒溫暖了皮革。

她不知道要去哪裡，但不能開去南丘村購物中心附近的來愛德藥局，因為可能會被人看到。黛比．鄧罕在巨鷹超市工作，另一家深夜營業的藥局就在那裡。瑪利凱薩琳可禁不起被熟人看見。

她決定走十九號公路。

遠離磨坊林鎮。

瑪利凱薩琳穿過自由隧道，見到市區燈光在她左邊，而右邊是監獄。奶奶過世時，她開過這座橋前往慈恩醫院。奶奶留給她一大筆她看不到也摸不著的錢，爸爸說，這筆錢是要用在聖母大學。她只留下了小豬撲滿。她甚至不知道奶奶未嫁前的名字。她為什麼一直想到奶奶？她幾乎已不再想起她了，她對此感覺好有罪惡感。

瑪利凱薩琳開上三七六號公路，然後往富比士大道出口到匹茲堡，那裡是匹茲堡大學和卡內基梅隆大學的所在地，不會有人認識她。她一直開到看見一家二十四小時營業的藥局，她停好車，就這樣坐在停車場，盯著藥局整整五分鐘，查看裡面是否有她認識的人。她只見到監視錄影機。所以她戴上厚毛帽和太陽眼鏡，這副太陽眼鏡聞起來仍有全家去維吉尼亞海灘旅遊的氣味，那真是單純的時光，充滿溫暖和陽光，爸媽沒對她生氣，她也從未做錯事。

自動門見到她來到，像鯨魚嘴巴般敞開。

瑪利凱薩琳走進藥局，心跳如鼓。她不知道它會在哪一區，她從未置身這種狀況。

「親，有何需要我幫忙的嗎？」女店員問。

「不用了，謝謝，我自己可以。」瑪利凱薩琳說。

她的心臟狂跳。她知道了，她知道了。

瑪利凱薩琳竭盡全力裝作隨意的模樣，走過陳列架的通道。她駐足看了看耶誕節袋裝糖果，然後翻看耶誕卡片，再停在書架區瀏覽書名。經過感冒藥區時，她發現架上全空了。她猜想流感必定大流行了，不過她也沒多想。她終於在衛生棉條旁邊看到她想要找的東西了。

驗孕棒。

她不知道哪種牌子比較好，也不敢問，就選了最貴的三種。她很想順手牽羊，這樣收銀員就不會知道。只是，她不能在已犯下的罪惡上，再新添一筆。光是出現偷竊的念頭，就讓她感到罪惡。

想了就是做了。

她走到結帳處，女性收銀員看了看驗孕棒，然後抬眼注視瑪利凱薩琳。女孩的緊張小小笑容，透露了一切。

「親，幸好妳用不到感冒藥，我們全賣光了，現在真是耶誕流感季節呀。」她說。

瑪利凱薩琳點點頭，努力擠出回應，但知道如果她開口，淚水就會奪眶而出。

「今天鋼人隊的表現如何？我認為他們今年會一直贏下去。」

瑪利凱薩琳點點頭，看著那女人。她非常親切，幾乎跟自己的奶奶一樣親切。

「親，謝謝，祝妳耶誕快樂哦。」那女人說。

「耶誕快樂，女士。」她回答。

女人把驗孕棒輸入收銀機，然後放進袋子。瑪利凱薩琳用二十五分錢、十分錢的硬幣，以及縐巴巴的一元紙鈔結帳，沒等待找錢就離開。

瑪利凱薩琳離開藥局時，一群大學男生開著一輛大聲嘈雜的福特野車停下來。她聽到他們談論最新的征服對象，卡帕披薩屋的「蠢騷貨」，還有「火辣淫娃」那麼醉茫茫，誰都可以上。瑪利凱薩琳急急回到媽媽的旅行車，四道車門全部上鎖。她脫下帽子和太陽眼鏡，打開第一個盒子。使用說明的字體太小了，在昏暗的車內根本看不清楚，但害怕被人看到，她不敢打開燈。她必須找到偏僻的地方，所以她發動車子，折返磨坊林小鎮。

開車回去的路上，她一直想著在爺爺家過完耶誕夜後返家的情景，他們嬉笑唱著〈老奶奶被麋鹿輾過〉，電台人員放完這首歌後，會說剛在北極外頭瞥見雪橇的蹤影。瑪利凱薩琳會要求爸爸加快速度，趕在耶誕老人來臨前到家。如果她不在床上，會惹得耶誕老人生氣，就不來她家了。

拜託，爹地，快一點。

瑪利凱薩琳開車經過監獄，穿過自由隧道、杜蒙鎮、黎巴嫩山，最後來到磨坊林。她駛出十九號公路，開上郊區街道，直到終於找到一個完美的僻靜處。

就在使命街樹林外頭。

瑪利凱薩琳從起霧的擋風玻璃往外看，確保四下無人。她只見到保護柯林斯建設公司推土機及其他設備的圍籬，卻不見保全人員，也沒有監視器，她很安全。

瑪利凱薩琳拿出說明書，平平整整打開它，仔細研讀每一個字，直到西班牙譯文出現。當看到她要怎麼做才能進行檢測時，她簡直不敢相信。

尿在試棒上？

她幾乎想放聲大哭，這真是太噁心了。為什麼牽扯到女生身體的事都這麼丟臉？男生就可以保持乾淨清爽，女生就得忍受這些骯髒事，卻又假裝不是這樣。

妳的氣味不對，妳骯髒。

瑪利凱薩琳初潮來臨時，是在奶奶家裡。她以為她弄傷了自己，不知道該怎麼辦，所以她用了衛生紙。等到無法應付時，她去了媽媽的浴室，偷拿了一條衛生棉條。她覺得好羞恥，放入棉條時，她開始哭泣，部分的她認為這是一種罪。抽出棉條時，她不敢相信自己的眼睛，它不是廣告中吸水紙那種藍色液體，而是凝塊，還有鮮血。她覺得好噁心，覺得自己好骯髒。

妳骯髒，這女孩好骯髒！

她打開車門，外頭空氣凜冽。瑪利凱薩琳脫下牛仔褲，感覺到釦子在肚子上造成的小凹痕。她蹲在車子旁邊，彎下膝蓋，採取蹲坐姿勢。她釋放膀胱壓力，尿在試棒上，思緒飛快轉動。

沒事的，妳只做了一次口交，這樣是不可能懷孕的。不可能的，對吧？沒有人會經由嘴巴懷孕的，不是這麼產生的，瑪利凱薩琳，妳在健康教育學過。妳也不會在道格撫摸妳的胸部時懷孕的，情況一樣，對吧？對的。

如果我錯了，主啊，讓我在回家的路上撞到鹿吧。

瑪利凱薩琳打開手機，取得一些亮光。她看著檢驗棒，藍色代表懷孕，白色表示沒有。說明書說這會花上幾分鐘，感覺每一秒鐘都像是永恆。

別慌張，是，他射精在妳的毛衣上，但妳不會因為毛衣沾上精液就懷孕。不是這麼產生的，不是，對吧？就算我碰觸了它，幾小時後又去了洗手間，可能這樣就懷孕嗎？不可能，當然不可能。我上過健康教育，不是這麼產生的。妳知道不是這樣產生的。

如果我錯了，主啊，讓我在回家的路上撞到鹿吧。

她看向工地，樹木在微風中擺盪。她的手臂好癢，肌膚也一樣那麼癢。她拉上牛仔褲，掩住凍僵的皮膚，回到車上。她甚至懶得關燈，只是坐在那裡，看著驗孕棒，一邊搔撓手臂，等待，並且祈禱。

求求您，主啊，讓它是白色的，讓我沒有懷孕。我發誓我什麼也沒做，我沒有撫摸自己。我是想過，我也知道想了就是做了，但是我真的沒做！我阻止了自己！拜託，主啊，救救我！讓它是白色的。我發誓我會更常上教堂，我發誓會在林蔭松安老院做完接下來這一年的志工。我會向湯姆神父懺悔，我會告訴爸媽我今天偷溜出去。求求您，主啊，我什麼都願意做，只要讓它是白色的。

瑪利凱薩琳低頭看。

是藍的。

她開始啜泣。

瑪利凱薩琳懷孕了。

61

Aripiprazole（安立復）[33]。

克利斯多夫的媽媽舉起手中的處方藥，她甚至不知道怎麼唸這個藥名。但是，兒童精神科醫師和克利斯多夫共處了一小時後，向她保證這是可以先嘗試看看的適當藥物。它已列為兒童和青少年用藥，有優良的追蹤紀錄。

「這是什麼？」她問。

「抗精神病用藥。」他解釋。

「克利斯多夫沒有精神病。」

「里斯太太，我了解妳的感覺，但是妳的兒子整整一小時都拒絕跟我對話，說是因為……」他找出筆記，強調原話引用。「『……嘶嚇夫人在偷聽。』我治療兒童精神疾病已有三十年，妳兒子可以得到協助，我只是需要妳的支持。」

當醫師沉著地低聲說明精神分裂症、躁鬱症、重鬱症等字眼，並且提出雖然她忠於克利斯多夫的感情很有幫助，但否定他潛在的問題卻不然時，克利斯多夫的媽媽竭力留在原地，她還是堅持認為醫師診斷錯誤。

直到他把她帶回診間。

眼前的景象令人震驚，克利斯多夫坐在病床上，蒼白得有如幽魂。他像是罹患僵直型精神分裂，慢慢地眨動眼睛，舔著乾裂的嘴唇。他的眼睛黑得有如煤塊，感覺不像在看著她，而是看向她身後，視線穿過她，穿過她身後的牆壁。她心中只想到克利斯多夫的爸爸。她和一個健康出

33. 台灣藥品名是安立復，一種精神神經安定劑，用於治療躁動，或重鬱症的輔助治療。

色的男人相遇，但五年不到，她下班回家卻看到他自言自語。她願意付出一切，找尋可以幫助他的合適藥物。或許當時她有這種藥，她會仍舊擁有丈夫，而且……

克利斯多夫仍會有個父親。

「這藥物的作用是什麼？」她問，痛恨自己說出的每一個字。

「協助控制躁症發作，同時有效抑制自殘、侵略行為以及情緒的劇烈轉變。如果安立復沒有效果，我們可以嘗試其他用藥。我只是覺得相較於其他藥物，它的副作用很溫和，很適合做為初次使用的藥物。」

「副作用是什麼？」

「在兒童最常見的副作用是嗜睡。」

兒童精神科醫師搔搔手，寫下處方，然後立刻放克利斯多夫離開醫院。克利斯多夫的媽媽拚命想把兒子留在醫院，希望能再做個檢查，得到其他解釋，但是醫院急診室現在已有數百人，沒有病床可以給一個瘋子小孩（從他們的表情看來，還有一個瘋子媽媽）。

離開醫院時，克利斯多夫的媽媽非常震驚地見到事態居然變得如此惡劣。整棟建築物擠滿人，每個病房、診間都是人，走廊開始出現排隊人潮。她詢問推著克利斯多夫輪椅的護理師，以前可見過類似的情景，對方說沒有，不過至少目前還沒有人死亡。

「這真是奇蹟。」她以沙啞的聲音說道。

來到停車場後，護理師推走輪椅。

留下凱特．里斯自己一人。

她把克利斯多夫放到前座，然後立即開車到巨鷹超市購買處方藥，因為醫院藥局不知為何已經沒有這種藥了。交通狀況就跟她兒子被指稱的狀況一樣，一整個瘋狂，不時有人亂按喇叭，簡直像池塘邊的鴨子。

好不容易到達超市，克利斯多夫病到幾乎無法動彈。她親吻他的臉頰，感覺它好像著火似的。她打開車門，讓冰冷的十二月空氣降低醫師向她保證並不存在的高燒。

「寶貝，你還能走嗎？」

克利斯多夫沒有回答，他只是看向擋風玻璃，眨動眼睛。所以，她協助他起身，像抱著寶寶那樣帶他進入超市。他體型太大，沒法坐在購物車小座椅上，所以她脫下外套，緩和堅硬的金屬，再輕輕把他放進去。然後，她急急趕到藥局處，把處方箋交給藥劑師。

「等我幾分鐘。」疲倦的藥劑師撓撓手說道。

克利斯多夫的媽媽知道他們可能要離群索居好一陣子，所以她迅速走過商品架，尋找足夠的補給品度過接下來的幾星期。

但是，什麼也沒有。

克利斯多夫的媽媽以前見過雜貨被掃光的情景，她流轉住過那麼多地方，見識過當出現龍捲風或暴風雨即將侵襲的警訊時，會出現什麼狀況。有時候，她不免好奇是不是超市給了地方新聞壓力，要推銷暴風雨，以方便清庫存。

不過，她從未見過這樣的情形。

所有Advil、Tylenol和阿斯匹靈，所有皮疹和止癢藥膏，所有罐頭湯、乾果和罐頭魚肉。全部沒了。

如果克利斯多夫的媽媽不了解狀況，可能會以為城鎮在為戰爭做準備。

她拿起所能找到的東西，牛肉乾、立頓濃湯和早餐麥片。起碼，克利斯多夫可以吃到他的香果圈。她走到冷凍食品區，找到因為妥善存放而留下的一些乳酪，再到牛奶區。數十張艾蜜莉．波托維奇的照片盯著眼前一切，她拿了兩瓶半加侖也是最後的塑膠瓶裝牛奶。

克利斯多夫的媽媽匆匆看了一眼購物車，確保克利斯多夫是否舒服自在。她看到他沒事後，旋即發覺超市裡的人們並非如此。大家都脾氣暴躁，為小事吵架，對補貨的男孩子大吼大叫說一直缺貨。克利斯多夫的媽媽始終埋頭購買，等購物車裝不下後，她回到藥局拿克利斯多夫的處方藥。藥師激動地在跟一名老人對話。

「我問說你們後面還有沒有阿斯匹靈。」老人說。

「我們有的都在架上了。」藥師回答。

「你能不能查看一下後面——」

「我們有的都在架上了。」藥師打斷他。

「我需要阿斯匹靈來降低血栓！」

「下一個！」

老人氣呼呼地走開。克利斯多夫的媽媽注意到他在抓搔著腳。她轉身面對藥師，對方給了她一個「妳看過這樣的混蛋嗎」的表情，然後把克利斯多夫的藥丸放進一個白色紙袋。

「這是餐前吃還是餐後吃？」克利斯多夫的媽媽問。

「看說明書，下一個！」

克利斯多夫的媽媽付完藥費後，就把雜貨拿到結帳區，卻發現隊伍排得好長，櫃台上只有一個收銀員，她是一個很漂亮的嬌小青少女，而一名穿著泥濘靴子的男人不耐煩地發著牢騷。

「我已經排了二十分鐘，你們難道不能再多開一個該死的結帳櫃台嗎？」

「對不起，先生，大家都請病假了。」少女說道。

「那麼，或許妳應該加快速度，妳這小——」

「嘿，你別煩那女孩！」他後頭的一個結實男子說道。

「你何不滾一邊去？」

「有種你上來呀！」

一名保全人員過來制止口角。克利斯多夫的媽媽默默站著，等到風暴過去。排在她前方的男人轉頭，瀏覽她購物車裡的東西。他瞥見牛奶，露出了一個非常醜陋的笑容。

「好東西。」他說。

克利斯多夫的媽媽很熟悉危險的男人，應付這樣的傢伙只有一種方法。

「嘿，龜孫子，你敢靠近我兒子，我就打斷你該死的手。」

那人盯著她的眼睛。

「賤逼。」

「我驕傲。」她擺出最嚴厲的撲克臉。

那男人終於怒氣沖沖背過身子。克利斯多夫的媽媽看著保全人員，露出討好的笑容，好讓他留在隊伍附近。等前面的男人買完東西離開後，她來到隊伍前方。當青少女收銀員確認貨品時，克利斯多夫的媽媽見到那個「龜孫子」離開走向他的四輪傳動車。收銀台後方的女孩咳嗽，像是也得了流感。克利斯多夫的媽媽看到女孩的名牌，上面寫著「黛比．鄧罕」。

「黛比，今晚很辛苦吧？」克利斯多夫的媽媽問。

「真要命。」女孩毫無幽默地問答：「下一個！」

克利斯多夫的媽媽在店裡等到隊伍裡所有男人都坐上他們的皮卡離開，她知道「龜孫子」可能還在後方，在監視器的死角，在沒有燈光的地方等著她。她以前也經歷過類似的狀況，受到嚴重的教訓。

但她已學會教訓了。

從巨鷹開車回家的路程應該只需要十分鐘，但交通狀況似乎在她買東西的期間更加惡化了，整整回堵五公里。很多人開始按喇叭。她聽見車窗搖下，在夜色中叫嚷的聲音。

「快呀！快走！」

「靠，我可沒有整晚的時間！」

等到終於駛離塞車路段後，她發現這全是因為一起車禍事故。

「都是愛看熱鬧的人。」她心中用力想著。

一隻鹿撞上一輛皮卡，鹿卡在駕駛座的車窗，看起來像是牠刻意撞上來，想要撞死駕駛一樣。駕駛委頓坐著，任由緊急救護員小心翼翼處理他手上的傷口。野鹿的鹿角如木樁般穿透駕駛的手。過了一會兒，駕駛抬起頭。發覺駕駛就是那個「龜孫子」時，她的心臟漏跳了一拍。她知道在黑暗中男人看不到她，但感覺他像是直視著她，想著那個字眼。

賤逼。

克利斯多夫的媽媽急忙經過車禍地點，決定不走十九號公路。她不能冒險遇上另一次塞車，所以她開上鄰近地區的後街。

他們經過角落的奧森老家，克利斯多夫的頭倚著冰冷的車窗，額頭的熱度消除了玻璃的霧氣。他們在那棟木屋和他們的家之間暫停，見到老婦人坐在閣樓的椅子裡睡著了。

克利斯多夫的媽媽開上車道，把車子停進車庫。她迅速下車，來到克利斯多夫那一側，打開車門。

「寶貝，來吧，我們到家了。」

克利斯多夫動也不動，只是盯著擋風玻璃外頭，他舔拭乾裂嘴脣的動作，成了唯一的生命跡象。克利斯多夫的媽媽彎腰抱起他，她已經有好多年沒這樣抱他下車了。他當時是那麼小，現在是這麼虛弱。

該死，妳可別哭。

她把克利斯多夫抱進屋子，帶上樓到他的房間。她脫掉他穿去耶誕盛會的舊校服，天哪，那是多久之前的事？兩天？兩天半？感覺像是一整年。衣服因為他的高燒已汗水淋漓，她只能像蛇脫皮一樣慢慢剝下來。她把克利斯多夫帶到浴缸，像是以前他小到可以放進廚房水槽那樣，替他洗澡。她想要替他洗掉醫院的氣味，洗掉細菌，洗掉瘋狂。她把他從頭到腳搓洗乾淨，套上他最愛的睡衣。睡衣上是鋼鐵人的圖案，不知為何，他一個月前就不再穿痞子貓的衣服了。

克利斯多夫的媽媽替他蓋好被子，再回到浴室，從藥櫃拿出止痛藥。她原本預期會有好幾個星期的藥量，但定睛一看，大約只剩下兩劑量的兒童Tylenol和一劑量的兒童Advil。

「克利斯多夫，你一直在自己吃藥嗎？」

克利斯多夫只是躺在床上，望著窗外的夜色，不發一語。克利斯多夫的媽媽認為他必定在隱瞞她這件事，他病了多久？他為什麼要假裝痊癒以便去上學？小孩子不是應該反其道而行嗎？克利斯多夫的媽媽扶著兒子坐起來，給了他Tylenol。她感覺到枕頭在他的脖子底下已經變熱，所以她本能地翻過枕頭，讓他枕著涼爽的那面。

「寶貝，我現在要去做晚餐，你就吃藥，休息一下，好嗎？」

他只是躺在那裡，沒有說話，沒有移動。克利斯多夫的媽媽急急下樓，她打開一盒立頓雞茸細麵濃湯，這是他從小就愛喝的湯。「媽咪，我要吃那個小麵麵。」

凱特，停。

她搖搖頭，她不會讓自己哭，她會堅強。軟弱毫無用處。她加入冷凍蔬菜，增添維他命，再放進微波爐定時五分鐘。然後，她拿出麵包、奶油、乳酪，開始做烤乳酪三明治。「媽咪，我想要我的烤成焦黃。」

立刻停止。

等待食物烹調時，克利斯多夫的媽媽拿出安立復，迅速看過說明書，餐前或餐後吃都可以。不過，他是如此虛弱，她可不想冒險讓他吐出可以幫助他的東西，吐出可以讓那些聲音離去的東西。「爸爸走了。」「媽咪，『走了』是什麼意思呀？」

別哭了，該死。

但是，她就是辦不到。就跟安柏斯無法阻止眼睛白濁，她也無法阻止眼睛流淚。她強迫自己閱讀說明書，見到對孩子的副作用是，疲憊，嗜睡。

「他可以睡一下，他需要睡覺。」她讓自己安心。

頭痛、反胃、鼻塞、嘔吐，出現躁動、肌肉顫抖、僵硬等行動失控。

妳兒子就跟妳的老公一樣瘋狂。

克利斯多夫的媽媽狠狠踢了櫥櫃，狠狠踢了廚具。她已兩天沒睡了，她不會讓自己睡著。她就這樣抱著兒子，看著他淌著口水，因為沒有人知道是怎麼回事。該死的體制。貪婪的一群人，騰出兒童病床，以便用同樣的病床向另一個人收取一天好幾千美元的保險金，卻不給答案。

別哭了，妳這該死的賤逼！

叮！

微波時間到，克利斯多夫的媽媽環視四周，她五分鐘前設定時間，時間到哪裡去了？她從微波爐拿出湯，把烤乳酪三明治翻面，看著它們形成完美的焦黃。她把湯和三明治放進托盤，再加上一顆安立復。她倒了一大杯冰牛奶，協助他吞藥。艾蜜莉．波托維奇在冰箱裡面盯著她，她關上冰箱門。克利斯多夫的媽媽擦掉臉上所有淚痕，然後走上樓，準備把兒子當成小寶寶那樣餵他吃東西。

但當她走進他的房間，克利斯多夫不見人影。

「克利斯多夫？」她說。

一片寂靜。她放下裝著食物和藥的托盤，衝到窗戶旁，看著後院的雪地。沒有腳印，只有兩隻鹿在嚼食使命街樹林的常綠植物。

「克利斯多夫？」她尖叫。

克利斯多夫的媽媽衝到浴室，心中閃現丈夫當時的模樣，她一直把它當成玻璃窗裡的滅火器，只有在緊急時刻才會打破那樣，緊緊鎖住這個回憶。那天克利斯多夫不見人影，那天她回到家發現丈夫靜靜坐在浴缸，而兒子在一旁放聲大哭。

她打開浴室門，他不在那裡。她走到自己的房間，到另一個浴室，他也不在那裡。她下樓，來到客廳。他在看電視嗎？沒有。他在後院嗎？沒有。車庫？廚房？前院？到處都沒見到他。

「克利斯多夫．麥可．里斯！你給我馬上出來！」

沒有回應。她看著通往地下室的門，它開著。她跑下樓，進入黑暗之中。她轉彎到角落，打開日光燈。此時，她見到兒子跪在沙發前面。他沒有什麼僵直型精神分裂，他完全清醒。而且在自言自語。

「你怎麼可以發現到的？」他對著沙發低語。

克利斯多夫的媽媽說不出話來，她走向兒子，看向沙發。她見到上面放著亡夫的舊外套和一件舊長褲，一個白色塑膠袋充當頭部，活像是一個嚇人的平面稻草人。

「克利斯多夫，你在跟誰說話？」

「你確定沒關係嗎？」他問白色塑膠袋。

過了一會兒，克利斯多夫轉身，對著她微笑。

「媽，這是我的朋友，好心人。」他說。

然後，他伸出一根手指放在嘴巴前。

「噓，不然嘶嚇夫人會知道他在這裡。」

62

克利斯多夫的媽媽握著藥丸，手心顫抖。她看著她的小男孩坐在廚房餐桌前，自言自語。他又開始流鼻血了，皮膚慘白，像是身體血液已經流光。她試著不讓他帶著白色塑膠袋離開地下室，但他尖叫發飆，使出所有可怕的「二歲吵」、「三歲鬧」、「四歲狂」的怒氣。最後，她只好讓步，讓他帶上那個塑膠袋。現在，她命令自己的嘴巴形成令人安心的微笑，活像掛著兩個魚鉤的得獎魚。

「寶貝，我會給你一些牛奶，你吃完藥後就會好多了。」她說。

克利斯多夫只是對著白色塑膠袋低語。

「先生，她不在嗎？她要來了嗎？」

妳兒子就跟妳老公一樣瘋，凱特，妳沒做錯什麼，這不是妳的錯，妳只是需要處理這個問題。

妳只需要愛他。

克利斯多夫的媽媽拿起一杯牛奶，努力維持雙手平穩。

「你會好起來的。」她以沉穩的語氣說道。

她把藥丸放進他的嘴裡，拿起牛奶，等著他吞下藥。他含著藥整整十秒鐘，然後擠出最後一絲力氣，呸了一口。

克利斯多夫把藥丸吐到地板上。

「媽。」他以幾乎難以聽聞的低語說：「好心人說我不能吃這些藥，拜託不要給我吃。」

凱特，他瘋了。就給他藥丸，這對他有好處。

「克利斯多夫，不會有事的，相信媽媽，我只是要幫助你。」

克利斯多夫的媽媽拿起藥瓶，壓下瓶蓋，解開兒童安全藥蓋。蓋子在她的施壓下，嘎的一聲。克利斯多夫的媽媽重新倒出一顆藥到手上，她抬頭看著兒子，他仍在細聲說話。

「媽，拜託，妳要相信他。不要讓我睡著了。」

凱特，妳想要讓他們帶走他，把他關進精神病院嗎？

「寶貝，吃藥。」她說。

「不！」他尖叫。

克利斯多夫推開玻璃杯，冰冷的牛奶灑到桌上，潑上她整件藍色牛仔褲。她怒氣升起。

「該死，克利斯多夫！我是在幫你！」她嘶喝。

她痛恨自己發怒、咆哮，痛恨自己沒有早一點發現他生病。她迅速起身，倒了另一杯牛奶。她回頭，看見兒子對著白色塑膠袋低語，鼻子淌血，他甚至懶得擦掉鼻血。

「我知道我不能讓她餵藥，但她覺得我瘋了，我該怎麼辦？」他低語。

凱特，看看他，這快要他的命了。

克利斯多夫的媽媽走向兒子，她會逼著兒子吞進藥，再捂住兒子的嘴巴直到他嚥下，並要求喝牛奶為止。這是唯一的辦法。她失去了丈夫，不要再失去兒子。

「媽，別叫我吃那些藥。」他懇求。

「克利斯多夫，你必須吃，藥可以讓你好好睡一覺。」

克利斯多夫轉向白色塑膠袋。

「先生，拜託，幫幫我！告訴我該怎麼說！」

他會傷害到自己，把藥給他。

「寶貝，這裡沒有其他人在！吃藥，你就會好起來。」

「不！」他對白色塑膠袋哭喊：「她已經覺得我瘋了，如果我告訴她，她就不會愛我了。」

克利斯多夫的媽媽停下動作。

「寶貝，我永遠愛你。」她說：「告訴我吧。」

「媽……」他說。克利斯多夫看著她，聲音恐懼顫抖。他的淚水盈眶，然後有如水珠落入熱鍋一般，滑下他的臉蛋。「好心人要我跟妳說一些事。」

凱特，別聽他說。

「說什麼？」

她的幼小兒子深深吸了一口氣，再轉向白色塑膠袋尋求勇氣。然後，他點點頭，輕輕地說出來。

「媽……我知道不應該是拿啤酒倒進冰塊，我知道除了一個舅舅之外，妳的家人都對妳很壞。羅比舅舅在妳十歲時死掉，他因為跟別人不一樣，就被人毒打。」

他爸爸告訴他的，凱特，餵他吃藥。

「在葬禮時，妳承諾如果妳有孩子，妳將永遠相信他。在妳小時候，沒有人相信妳。妳告訴妳的媽媽、阿姨和奶奶，卻沒有人阻止這件事。在妳小時候，妳非常憤怒，認為可以閉上眼睛，摧毀整個世界。但是妳從來沒這麼試過，因為妳不知道之後妳能住在哪裡。」

這是他爸爸告訴他的，妳知道的，妳要堅強。

克利斯多夫的媽媽感覺到屋內一道電流竄過，傳來臭氧的味道。就像閃電，就像兩道雲層撞擊。她頸背寒毛豎起。彷彿氣球在毛衣上摩擦一樣，她的兒子感受到電流了。

「沒事的，親愛的，我們會熬過去的，我保證。」她說。

「妳在逃家後遇見爹地，你們剛認識時，妳要他打妳，因為妳認為不打就表示不愛。他沒打妳，而只是抱著妳，妳以為妳的淚水永遠也停不來。」

凱特，妳的老公瘋了。他把所有事都跟妳兒子說了，餵他吃藥。

「媽……我知道爹地在浴缸裡自殺了，我知道妳很傷心，妳隱瞞我許多事。妳一直搬家，想要遠離那些鮮血，但始終擺脫不了，所以妳一直搬家。在妳最難過的時候，妳認識了傑瑞。我知道傑瑞會打妳，媽，所以妳帶我離開，保護我的安全，從來沒有人為妳做過這樣的事。」

「寶貝，你怎麼知道這些事的？」她終於問道。

「是好心人告訴我的。」

凱特，妳他媽的是怎麼回事？他瘋了，餵他藥！

「他要我打造一個通往幻想世界的連接門，來幫助他，因為嘶嚇夫人就要粉碎隔開他們那一側和我們之間的玻璃。媽！我們必須阻止她。她很危險。妳和吉兒在廚房時，我也在場。妳以為是妳打翻咖啡，其實是嘶嚇夫人做的。她想要我睡覺，她想要我帶她找到好心人，然後殺掉我，因為我太強大了！」

妳想要失去一個人？想要再次變得孤單寂寞？

「但每當我進入幻想世界，它就會傷害我，所以我才會流鼻血。這不是我的血，而是妳的血，是爸爸在浴缸裡的血，是凱澤太太的血。媽，求求妳！我可以感覺到妳手上的燙傷，我可以感覺到耶誕盛會中所有的老人，以及醫院裡所有的人，我可以感覺到他們所有的痛苦和快樂。我是這麼了解人們的感受，讓我痛苦得快死掉！」

聽到沒？這讓他快死掉了，凱特！餵他吃藥！

克利斯多夫的媽媽停下來，她把兒子拉進懷中，直視他的眼睛。

「寶貝，你知道別人的什麼事？」

「所有事。」

說完後，克利斯多夫就倒在她的懷裡，嗚咽出聲。她抱住他，知道兒子現在已虛弱到無法抗拒吃藥，這是她的好機會。

凱特，餵他藥。

克利斯多夫的媽媽緊緊抱住哭到抽搐的小男孩，感覺兒子身體因睡眠不足而顫抖著，她的腦海湧現身為人母的往日情景。每一次翻動枕頭到涼爽面，每一次照著他喜歡的口味烤乳酪三明治。

凱特，餵他吃藥！不然妳就是壞媽媽！
克利斯多夫的媽媽停下動作，再次細細聆聽這個聲音。
凱特，妳是壞媽媽，馬上餵他吃藥！
此時，她才了解到這不是她的聲音。
聽起來像是她的聲音，幾乎一模一樣。音調相同，她也會自我否定，多年來她時常會說一些言語冷酷的內心獨白。
但是……
凱特．里斯不是壞媽媽，她是好媽媽。擔任克利斯多夫的媽媽，是凱特有生以來唯一擅長的事。現在居然有什麼賤人在完美模仿她的聲音，要她相信自己其實不然。有東西想要克利斯多夫吃這些藥，有東西想要她兒子入睡，有東西想要她的兒子。
「是誰？」克利斯多夫的媽媽大聲問道：「誰在這裡？」
室內一片靜默，但她可以感覺到有東西悄悄接近。
「媽，妳現在相信我了嗎？」克利斯多夫低語。
克利斯多夫的媽媽垂下眼看著手中的藥瓶，一個動作，就把整瓶安立復倒進水槽。
「是的，寶貝。現在，去收拾你的東西，我們盡快離開這裡。」

63

瑪利凱薩琳走進教堂大門，現在已經很晚了，裡面空無一人。唯一的光線來自花窗玻璃透進來的街燈，以及一些由親人點燃，試著透過信仰讓家人永存的蠟燭。除此以外，教堂是一片昏暗。瑪利凱薩琳讓手指浸過聖水後，從中央通道走到前方。她畫了十字，然後坐上通常保留給柯林斯家族的長凳。但是，他們不在場，現在這裡只有瑪利凱薩琳和天主。

還有寶寶。

瑪利凱薩琳壓回這個想法，她幾乎不記得自己怎麼開車到這裡。她想著第一次驗孕呈現藍色的事，她知道自己不會懷孕。這不可能。所以她說服自己第一次測驗有問題，沒錯，這是遠比處女懷孕合理的解釋。她撕開另一個盒子，藉著手機燈光閱讀說明書。這個牌子的話，出現兩條線就是懷孕，一條就是沒有。她蹲下來尿在試棒上，然後像是坐在假釋委員會面前的囚犯一樣，等待結果。接下來幾分鐘像是永恆，她等著一條線，等著一條線。

懇求您，主啊，讓它是一條線。

當兩條線出現時，淚水也跟著湧現。她立刻撕開最後一盒，迅速看了說明書。加號（＋）表示她懷孕了，減號（－）表示她可以從這場噩夢中醒來，彷彿這一切都不曾發生似地回到原有生活。她在急救袋裡找到媽媽放的瓶裝水，拿來喝完之後就開始等待。她第三次也是最後一次尿在試棒，她盯著測試結果——也是神的試煉——心中承諾會更加用功唸書，然後進入聖母大學、結婚、擁有職業，並且像家族數世代的每一個女人一樣，和丈夫養兒育女。所以主啊，拜託，讓它是減號（－）。她比爸爸在觀看聖母大學及鋼人隊美式足球賽，見到四分衛在球賽最後長傳時，更加認真祈禱。他們是怎麼說來著？

萬福瑪利亞[34]。

她低頭看著試棒，見到手中出現有如她脖子上金色十字架的加號（＋）。她開始啜泣，在神的試煉裡，三次全中。聖父、聖子、聖靈。瑪利凱薩琳會凸著肚子穿畢業袍，她永遠沒辦法看自己的畢業照。而且一旦聖母大學知道這件事，她將永遠去不了那裡唸書。

瑪利凱薩琳不知道自己坐在寒風中，捂著臉哭了多久，但等她終於起身，她的膝蓋像是演出耶穌受難記一樣疼痛。她不知怎地設法坐上了車，不知怎地設法開到教堂。而現在，她跪在禱告椅上，閉上眼睛，全心全意祈禱。

主啊，我很抱歉，我不知道我做了什麼，但我知道我做了錯事。請告訴我，我做了什麼，我一定會改進。我發誓。

一片靜默。她的膝蓋陷進禱告椅，一手搔抓著手臂，她就是抓癢抓個不停。手機嗡地傳來簡訊通知，這個聲響嚇了她一跳。她想不出這麼晚誰會傳簡訊給她，或許道格還醒著，或許爸媽發現她床上沒人。她拿出手機，簡訊來自「不明來電」。

簡訊寫著……**妳尿在驗孕棒上，蕩婦。**

瑪利凱薩琳覺得心臟跳到了喉嚨，說是「無地自容」還遠遠不夠，有人從樹林裡監看著她。

手機再次嗡了一聲……**嘿，處女瑪利凱薩琳，我在跟妳說話。**

瑪利凱薩琳刪除訊息，她想要擺脫這一切，想讓自己擺脫這一切。

主啊，求求您。我不知道為什麼會發生這種事，不管我做了什麼讓您不快的事，我保證都會改進。只要告訴我該怎麼做，我只需要您跟我說話。

她的手機再次作響。**我說我在跟妳說話，蕩婦。**

瑪利凱薩琳停下動作，她環顧教堂，沒有人在，她內心深處忽然感覺到深深的恐懼。她把手機塞回口袋，但手機又嗡了一聲，再一聲，她終於忍不住拿出來看。

妳為什麼沒有回覆我？

妳以為妳比我了不起？

她回了簡訊……你是誰？

手機嗡了一聲……妳心裡有數。

她的手機寂靜無聲，教堂裡面突然變冷。

手機再次嗡嗡響……我在看著妳。

瑪利凱薩琳尖叫一聲，轉身環視教堂，但除了耶穌雕像，以及永遠凍結在花窗玻璃的聖徒外，她沒發現任何蹤影。忽然間，每一個本能都要她離開教堂，立刻上車。瑪利凱薩琳沒畫十字就從祈禱凳起身，急急衝過走道。事情不對勁，她感覺得到自己周遭的危險氣息，她打開教堂大門。

瑞克里太太就站在外面。

瑪利凱薩琳放聲尖叫，瑞克里太太也在搔抓手臂，雙眼通紅，額頭發燒冒汗。

「瑪利凱薩琳，妳在這裡做什麼？已經快凌晨兩點了。」

「抱歉，瑞克里太太，我正要離開。」

瑞克里太太走向她，一邊搔著手臂。

「妳像是跟以前不太一樣。」

「我只是很擔心聖母大學的事，所以來這裡禱告。耶誕快樂。」

瑪利凱薩琳擠出微笑，衝進停車場。她不再在乎爸媽會怎樣了，她就是必須快點回家。她上車，啟動引擎。她看著後照鏡，見到瑞克里太太的身影消失在教堂裡。瑪利凱薩琳不知道她這麼晚到教堂做什麼，或許她很悲傷，或許她想為家人點燃蠟燭。瑪利凱薩琳只知道，瑞克里太太不知為何沒穿鞋子。

瑪利凱薩琳開車上路。

34. Hail Mary，原是聖母大學美式足球賽開球前一起禱告的傳統，後來在一九七五年，達拉斯牛仔隊四分衛在比賽最後三十二秒，以一記五十碼長傳逆轉獲勝。該四分衛是虔誠的天主教徒，他表示擲出球後，便閉上眼睛說了萬福瑪利凱薩琳亞，萬福瑪利凱薩琳亞因此成了上述進攻的代名詞。

她知道了，瑪利凱薩琳。她會想起妳在領受聖餐禮後嘔吐，妳是懷孕害喜，而聖餐餅味道像是耶穌的血肉。這是吃人肉，妳真是令人作嘔。

內心聲音說個不停。她瞄了時速表，現在時速三十公里。她的心臟狂跳，她必須回家，回到安全的地方，她踩下油門。

她看到妳喝了聖餐酒，妳真的認為妳喝了天主的血？這讓妳成了吸血鬼，這太瘋狂了。教堂不容許吃人肉和吸血，教堂是美好的，無論如何這樣實在沒有道理。

瑪利凱薩琳看著後照鏡，見到教堂的尖塔越來越小。不知不覺中，她的車速來到時速五十公里。內心聲音越來越大聲，彷彿有人打開了電視。

發生這種事不是天主的錯，是妳的錯。想著性事的人是妳，妳沒有做並不重要，妳知道規則的……想了就是做了。所以，妳根本不是處女，妳是蕩婦。

她的手機嗡嗡作響，所有的簡訊都是……我還在這裡，蕩婦。

瑪利凱薩琳搔撓手臂，她就是忍不住要搔癢，心中想著這到底是誰。她抬頭望著天空，雲朵飄浮在上方。指針慢慢往前，時速五十五公里。她就是得回家，時速六十五公里。

而現在，妳想要天主的寬恕？在妳吐出祂的血和肉之後？在妳把道格的玩意兒放進嘴巴裡之後？在妳根本不在乎那些老人，一心只想著能夠進入聖母大學之後？經過這一切，妳以為神會選擇妳？去吧，瑪利凱薩琳，去問問祂吧。

「主啊？」她輕聲說著：「我懷了您的嬰兒嗎？」

她的手機嗡了一聲，只有一個笑臉的表情符號在嘲笑她。瑪利凱薩琳看著道路兩側，野鹿開始從樹木之間穿過庭院悄悄走出。時速八十公里。她撇開簡訊，開始禱告。

「主啊，我請求的理由是，呃……我想著非常不好的事，我就是不禁想讓自己摔下樓梯。我一直想要捶擊肚子，造成流產。而我不想再想這些事了，所以，主啊，請告訴我。如果我懷著您的孩子，請讓我撞到鹿。」

手機響了一聲。簡訊沒有文字，只有一個嘲笑的表情符號。瑪利凱薩琳開始喘不過氣，她看到野鹿逐漸聚集在前方道路。瑪利凱薩琳闖過一個停看號誌，一個又一個，時速九十五公里。

「求求您，就這一次，請告訴我。因為我一直想著要自殺，我永遠不會這麼做，但是想了就是做了。所以，我剛剛做了，我剛剛真的做了嗎？我剛剛自殺了嗎？我死掉了嗎？我現在有罪嗎？我永世受罰嗎？如果我永世受罰，讓我撞上野鹿。」

瑪利凱薩琳闖過一個紅燈，經過一個速限四十公里的標誌。她就是無法擺脫罪惡，她無法甩開它。不管她開得多快，她就是無法清除罪惡。她看向時速表，時速一百一十公里。

「主啊，求求您。我需要您立刻告訴我，我是否懷了您的寶寶，因為我一直在想著墮胎的事。這是彌天大罪。但是我一直在想這件事，如果我一直想，那麼我就是正在做。但我不想做，我不想傷害您的孩子。求您！求求您幫助我！主啊，如果您想要我去墮胎，讓我撞上鹿。如果您想要我自殺，如果您想要我去死！如果您想要我懷著您的寶寶！就給我一個徵兆吧，那麼我就會照辦！主啊，我願意為您做任何事。」

瑪利凱薩琳見到前方紅燈亮起，野鹿在路邊盯著她的車。她沒有減速，反倒用力踩下油門，她剛好在號誌轉為綠燈時，衝過十字路口。時速一百三十公里。時速一百四十五公里。

她的手機最後一次嗡響。**妳現在就要死了，蕩婦**。

當時速來到一百六十公里時，瑪利凱薩琳感覺世界安靜下來。她不知道自己為什麼這麼做，但感覺像是別人在推動油門，別人在接起她的手機，別人在狂暴回簡訊給一直霸凌她的不知名人士。

你到底是誰！瑪利凱薩琳打著簡訊。

她放下手機。

她的時速到達時速兩百公里。

她沒能及時看到鹿。

64

克利斯多夫的媽媽在屋子裡匆忙行走，不斷把基本必需品丟進行李箱。食物、保暖衣物、電池、水，其他物品都可以留在這裡，他們隨時可以回來拿其餘東西。情況危險時，她知道走為上策。而這不只是危險，磨坊林有著什麼，正在讓整個城鎮發狂。

而且它就要害死她的兒子。

「我們一分鐘後離開！」她對著走廊大喊。

風兒在屋外呼嘯。克利斯多夫的媽媽拉開衣櫃門，一把抓下所有找得到的冬季衣物，塞進行李箱。正當她準備關上行李箱時，卻瞥見她在暢貨中心買到的那件設計師款洋裝，那件她穿去和警長約會的衣裳。

警長，妳不能離開警長。

又是那個聲音，模仿她，企圖拖慢她的腳步。

「我上路後，會再打給他。」她大聲說，確保這是出於自己的想法。

她略過設計師款洋裝和高跟鞋，抓起一條厚圍巾、還有靴子、手套，以及藏在一眼就看得到的假噴霧罐中的一千美元現金。她把這些東西全丟進行李箱，然後急急穿過走廊，來到克利斯多夫的房間。她發現他坐在床上，他的行李箱空無一物。他還沒打包任何衣物，只放了他爸爸的那張照片。

以及白色塑膠袋。

「你在做什麼？」她問。

「媽，好心人說我們不應該離開，會發生不好的事。」

「告訴他說我很抱歉，但是我們要走了。」

「但是，媽——」
「不用爭論！」她大喊。
她開始收拾他的行李箱。克利斯多夫把白色塑膠袋當成貝殼放在耳邊傾聽，過了一會兒，他點點頭，轉向媽媽。
「他說，當妳大聲說出口時，嘶嚇夫人聽見了。她不會讓你我離開的，媽！」
「看著我！」她叫喊。
一根樹枝刮過窗戶。
「媽，她來了。」
外頭風兒呼嘯，一根樹枝像嬰兒指甲般刮過窗戶。
「克利斯多夫，我們立刻就走。」
克利斯多夫的媽媽啪地合上行李箱，右手拎起箱子，左手牽著克利斯多夫。克利斯多夫看著白色塑膠袋。
「先生，如果她抓到你，你就不能幫助我們了，快走！」
他打開臥室窗戶，把白色塑膠袋扔出去，風兒彷彿吹起風箏般帶起它。後院大約有六隻鹿來回走著，牠們放開啃咬的常綠植物，轉而追逐塑膠袋進入樹林。樓下一聲巨響。
「媽！她來到前門了。」
克利斯多夫的媽媽把兒子抱在懷中，再衝下樓。她撈出車鑰匙，打開通往車庫的門。屋子溫度驟降十度。她跑進車庫，解鎖汽車。她把克利斯多夫放在前座。
「她進屋了！」
屋外捲起一陣風，石子打向車庫門。
她把行李箱扔在行車緊急應變包和始終沒能打開的巨鷹雜貨旁邊，她來到駕駛座那邊，爬進車子，然後按鈕打開車庫門。

「媽，她進來車庫了！」

克利斯多夫的媽媽轉身，沒見到任何人影。她回過頭看兒子，發現他的眼皮開始低垂。

「媽，我好想……睡哦。」

「不！」她咆哮：「醒醒，聽到沒？別睡，等我們離開這裡遠遠的再說！」

她轉動鑰匙，傳動裝置吱嘎吱嘎，卻發動不了。她又試了一次，引擎終於啟動，車子轟隆隆。車庫門打開，克利斯多夫的媽媽倒車，回頭看向後方擋風玻璃。

此時，她見到小木屋的那個老婦人。

「妳要帶他去哪裡！」她尖叫。

老婦人衝向車，企圖打開克利斯多夫那邊的車門，克利斯多夫的媽媽按下自動鎖。

「我的丈夫在哪裡？我們在俄亥俄河一起游泳，他當時真是好美麗的男孩子呀！」

老婦人雙手撲向克利斯多夫的車窗，克利斯多夫的媽媽踩下油門，從車道出發。老婦人的女兒離開小木屋，像狗兒追逐汽車似的，跑向駕駛座的車窗。克利斯多夫的媽媽重踩油門，駛上街道。珍妮從她家跑出來。

「別再來我房間！我會淹死你！」珍妮大叫。

克利斯多夫的媽媽疾駛過街角，經過奧森的老家。吉兒和她的老公克拉克站在外頭，樓上的嬰兒床已被他們搬到門廊，克拉克摟著啜泣不已的吉兒。

「我們跟你要過寶寶！我們的寶寶在哪裡！」她放聲尖叫。

克利斯多夫的媽媽衝出鄰近地區，遠離瘋狂，遠離使命街樹林。她看向油表，發現快沒油了。她知道如果超市的貨品都被搶光了，那加油站必然也差不多。她回頭看著坐在前座的克利斯多夫，他的眼睛已經閉上了。

「不！寶貝！她想要你睡著！別讓她得逞！」

她搖下車窗，外頭空氣冰冷，她的指關節凍得發疼，但這發揮作用了。克利斯多夫睜開眼睛，他們經過小學附近的加油站，但排隊加油的車子已排到十九號公路了。氣急敗壞的消費者互相叫嚷，狂按喇叭。她必須找個偏僻的加油站，她記得在麥莫瑞路的國王餐廳旁有兩個加油站，只有本地人才知道。她從中學附近駛出，奔向那兩個加油站。其中一個打烊了，另一個幾乎空無一人。

這真是奇蹟。

克利斯多夫的媽媽在加油站停好車，下車拿油管加油。她刷了卡，卻拒收；她拿出威士卡，依舊拒收；美國運通卡，拒收。她打開假的噴霧罐，抽出五張二十美元的鈔票。她跑進加油站商店，裡面有個青少年在講電話。

「派對在哪裡？」他問朋友：「黛比．鄧罕還沒到嗎？」

克利斯多夫的媽媽拿了一箱可樂和最後的一加侖水。她把現金丟向櫃台。

「加七加侖的油。」她說：「然後我還要一個汽油桶。」

那個青少年打開加油管，給了她最後一個紅色汽油桶。就在她急急離開商店時，她聽見男孩對著電話大笑。

「那女孩可淫蕩的呢！」

克利斯多夫的媽媽衝回車子，給了兒子一罐可樂。

「寶貝，拿去喝，可以幫助你保持清醒。」

他拉開可樂，開始喝。她開始加油，同時迅速拿出手機。想要打給警長跟他提醒，再打給她的媽媽友、安柏斯、瑪利凱薩琳，以及她在林蔭松的友人。

她低頭看了手機。

沒有訊號格，收不到訊號。

她會上路後再打一次，一路試撥到西維吉尼亞。她加滿油箱，蓋好油蓋。然後，她把剩下一加侖的汽油加進汽油桶。她知道可能還要開好長一段路後，才會再看到加油站。她把汽油桶放進後車廂，爬回車子裡。

「媽？我是醒著還是睡著的？」

「寶貝，你醒著。還不要睡，她想要你睡著。」

「媽，我不知道我在哪裡。」

「嗯，但我知道，我不會讓你離開我的視線。」

克利斯多夫的媽媽發動引擎，她離開加油站，上坡前往街道。有一棵樹被風吹倒在弗特考區路上，所以她轉彎往西行。經過中學後，有一條通往高速公路的捷徑。她可以走這條路，不到一小時就可以到西維吉尼亞。

「喝你的可樂。」

「我喝了。」

「我知道你很想睡，寶貝，但你得撐下去！」

「我只需要到後座睡一下。」

「我們再一小時就會到西維吉尼亞，到時你可以睡上好幾天。」

「媽，嘶嚇夫人永遠不會放我走。」

「繫好你的安全帶！」

「別擔心，好心人說他會找到我，我不會孤單的。」

他虛弱到無法移動到後座，就直接閉上眼睛，而她狂亂地搖醒他。

「不！醒來！醒來！」

她抓起瓶裝水，把它倒在他頭上。他猛然睜開眼睛。她給了他另一罐可樂，但他的手臂無力到拿不住。

「媽。」他說。

「寶貝，什麼事？」她問。

「她會轉彎避開野鹿。」

「什麼？」

「不要對她生氣，這一切注定會發生。」

他摸摸她的手，然後沉靜地打開前座窗戶，此時，野鹿正好跑向瑪利凱薩琳的車子前方。瑪利凱薩琳急轉，避開野鹿，接著，克利斯多夫的媽媽見到兩個車頭燈朝著兒子的前座而來。

克利斯多夫的媽媽往外看著車頭燈，在時間停止的瞬間，她感覺得到兒子在她手上留下的搔癢感。

克利斯多夫說得沒錯。

這一切注定會發生。

她看到每一樁巧合如圍繞耶誕樹的彩燈般串結起來，她原本可以卸下雜貨用品，但是它們仍舊在車上；她原本可能掉了鑰匙，但鑰匙卻好端端在她的口袋。這裡一秒鐘，那裡兩分鐘。加油站可能大排長龍，或是沒汽油了；還有或許刷卡刷得過，而不需要用放在假噴霧瓶的現金。

但是，這一切都沒有發生。

因為它並不想阻止她離開。

它想要她來到路上。

來到這個地點。

在剛好凌晨兩點十七分的這時刻。

當瑪利凱薩琳急轉避開野鹿。

再撞上前座的車門。

第五部 沉睡

65

「克利斯多夫，真高興再次見到你。」那個聲音說。

克利斯多夫睜開眼睛。他躺在醫院的病床上。一個護理師站在床邊，嘴裡輕輕哼唱，準備協助擦澡，她的眼睛看起來很熟悉，但是白色的外科口罩遮住了她的臉龐。

那沉靜的聲音再次說道：「就是這樣，別害怕。」

克利斯多夫無法辨識聲音的來源，他環顧房間，浴室的門關著。他傾聽，但分不出聲音是否從門後傳來，那是呼吸聲？還是抓搔？

「哦，我不在浴室，我就在上面，夥伴。」

克利斯多夫抬頭見到痞子貓在電視裡盯著他，這是他最喜歡的一集，痞子貓會利用消防栓把鄰近街道變成一片汪洋。但是，這一集完全不對，消防栓沒有噴水。

而是噴血。

「嗨，克利斯多夫。」痞子貓說：「天哪！真是過了好一陣子，我超級想念你的，你好嗎？夥伴？」

痞子貓微笑，但牠的牙齒尖銳如利刃，沾滿血肉。克利斯多夫想要坐起來，卻發現自己被緊緊綁住，他看著手腕、腳踝，全都以氣球綁繩綁在輪床上。

「克利斯多夫，別反抗了。我們是想幫忙你的，我們只需要知道他在哪裡，夥伴。」

克利斯多夫驚慌萬分，左顧右盼找尋逃脫的辦法，他看到窗戶被柵欄封住了。這是幻想世界？還是噩夢之中？他在哪裡？他怎麼會到這裡的？

「抱歉，克利斯多夫。我們不喜歡把你關起來，但在找到他之前，不能放你出去。天哪，不，我們不能。」

克利斯多夫看向地板，上面滿是血腳印。有各種形狀、大小、男男女女，不過大多還是小孩的，彷彿先前有人像在動物園觀賞動物那樣盯著他看。

「克利斯多夫，告訴我們他在哪裡，我們就會放你走。」

克利斯多夫視線轉回電視，痞子貓的舌頭噼哩啪拉發出有如撲克牌插進腳踏車輪般的聲音，滴答，滴答。然後，牠居然從電視機伸出爪子，自行轉換頻道。克多斯多夫開始在電視上見到自己，他被綁在床上，護理師把海綿浸入桶子，等她拿出海綿擰乾時，克利斯多夫發現它像心臟般滴著血。在電視上，門開了，痞子貓走到他的床邊。

「嘿，夥伴。」牠湊過來說道：「你知道你在哪裡嗎？你認為你在哪裡呢？」

克利斯多夫認為他在想像側，對吧？他來過這裡，但他是怎麼來的？或者這是在噩夢之中？還是兩者皆是？抑或兩者皆非？

「這是哪裡？夥伴，這就是你心中在想的事，我聞得出來。你沒有睡著，所以這不是夢。不不不，你也沒有進入你的小樹屋。不過，你還是來這裡了，是的是的是的，有四種方式進來，三種方式出去。你知道兩種，我們知道更多。她有鑰匙，但門在哪裡呢？」

痞子貓的腳放上克利斯多夫的額頭，把克利斯多夫當成家貓似地開始輕拍，而不是角色對調。

「夥伴，我會告訴你怎麼出去，但你得先告訴我，他在哪裡。」痞子貓說：「四種方式進來，三種方式出去。」

克利斯多夫飛快轉動思緒，樹屋和噩夢，這是進入幻想世界四種方式中的其中兩種。另外兩種是什麼？他努力回憶自己怎麼來到這裡，只記得一道刺眼的光線，以及尖叫。

「夥伴，這是你最後的機會，我們不想傷害你。天哪，不，我們不想。但要是你不告訴我們他在哪裡，我們就必須從你身體切出這些話。」

「我不知道。」

「夥伴，我認為你知道。」
「我不知道！他逃走了！」克利斯多夫辯解。
「不，是你幫他逃走的，這其中的意義可是大不相同。他去了什麼地方，他必定有說他要去哪裡。」
「我不知道。」
「克利斯多夫，好好認真想想。你們必定有計畫要會合，夥伴，你跟他說要在哪裡碰面？」
沒有會合的計畫，但是他得快點想出辦法，所以他決定說謊。
「在學校。」
「夥伴，你真是不會說謊。」
「我沒說謊！」
痞子貓收回笑容，發出深深無奈嘆息。
「護士，請準備讓他接受手術。」
電視關上，同時帶走痞子貓。護理師拿起血淋淋的海綿，開始擦拭克利斯多夫的手臂和胸口。
「拜託，女士，請救救我。」他壓低聲音對護士說。
護理師沒有回答，只是一直輕哼。她完成沾血海綿擦澡，然後解鎖輪床，把克利斯多夫推進走廊。
「我們要去哪裡！」他問：「這裡是哪裡？是在幻想世界嗎？」
護理師不發一語，只是不斷哼著〈藍月〉這個曲調，把克利斯多夫推過走廊。輪床輪子轉彎，其中一個輪子像畸形足般彎曲，發出軋吱軋吱的聲音。
他們經過一個病房，韓德森先生坐在病床上，捂住流血的喉嚨，想要尖叫。他說不出話，只有鮮血不斷流出，他的脖子汩汩滑下小小泡沫，血泡如氣球般飄浮在空中，最後伴著細微高音破掉。醫院擴音器像是充飽電的舊收音機驟然響起，先是可怕的揚聲噪音，接著一個可怕的聲音迴盪在走廊上。

「滴答，夥伴，你快到了。」痞子貓說。

護士不斷推著輪床，軋吱軋吱軋吱。

「夥伴，這是你最後的機會了。哦，天哪，就是這樣。告訴我們他在哪裡，我們就不會進去接下來的房間。」

「我們要去哪裡？」

「哦，你不會想看到的，夥伴。我數到三，準備好了嗎？一、二。」

護士把輪床推向一扇門，軋吱軋吱軋吱。

「三！」

門開了，克利斯多夫頓時什麼都看不到。他環顧隱身在刺眼燈光下，一張張呻吟、流口水的臉龐，讓眼睛慢慢適應。他見到的臉蛋全屬於孩子，他們的牙齒全都沒了。孩子像在唱〈玫瑰花環〉[35]般繞圈圈坐著，圓圈正中央上面吊著一個明亮大燈，下面是一個放滿器具的冰冷金屬檯面。

他來到了手術室。

一個醫師穿著全套手術服在旁等候，他的臉上戴著白色口罩，克利斯多夫看不到醫師的眼睛。護理師把克利斯多夫推過圈圈，孩子包圍過來，眼睛發出精光。

克利斯多夫驚懼地轉身，孩子開始嗥叫，像動物園的猴子跳上跳下。他們努力高喊：「克利斯多夫！告訴我們，他在哪裡！」沒有牙齒的情況下，他們的聲音駭人。

35. Ring around the rosy，一首英國兒歌，用來玩繞圈遊戲。一說與黑死病流行有關，不過歌曲起源應晚於黑死病。

「克利利利哈夫夫！告蘇我我們他他他在哪哪哪！」

護理師把克利斯多夫推到手術室中央，把輪床固定在冰冷的金屬檯面隔壁。醫師舉起手，示意場上噤聲。孩子聽從指令。醫師緩緩走向躺在輪床的克利斯多夫，他的鞋子隨著每一個步伐，在安靜的房間發出回聲。醫師舉高閃動銀色光芒的手術刀。

「克利斯多夫。」醫師用痞子貓的聲音說：「我們不想傷害你，夥伴，但我們需要有蟲來釣魚。告訴我們他在哪裡，這一次就可以結束。我們真的不想走到這一步，哦，天哪，我們真的不想。」

克利斯多夫放眼望去，見到大衛躺在冰冷的金屬檯面上。大衛閉著眼睛，他睡著了嗎？還是死了？她發現到大衛協助好心人逃走嗎？這是他受到的處罰？大衛有受到折磨嗎？

「克利斯多夫，我們快沒時間了，所以如果你不跟我們說他在哪裡，我們就要切掉你的舌頭。或許它就會開始說話，夥伴。」

克利斯多夫搜尋群眾，希望能找到他的朋友、媽媽，或是好心人來救他，但他的確是孤單無依。

「哦，沒人能幫助你。」醫師說：「除非你跟我們說他在哪裡。」

醫師的眼白開始轉變，就好像有人把黑漆灌進去。

「所以，用用你的舌頭，不然我就把它切下來。」

「我不知道他在哪裡！我發誓！」克利斯多夫說。

醫師嘆息。「很好，護士……把氣體送上來。」

護士點點頭，把氣體桶推過來。她拿出塑膠面罩，打開活門，在長長的滋滋聲響中放出氣體。她把面罩帶到克利斯多夫嘴邊，他不斷轉動頭部。

「不！你們不能讓我睡著！」他尖叫。

「這不會讓你睡著，克利斯多夫。這會讓你格外清醒，我們想要你感覺到這件事。」

護理師把塑膠面罩倏地罩上他的嘴巴和鼻子，旁邊的孩子跳上跳下狂叫。克利斯多夫屏住呼吸，努力掙脫面罩。醫師好整以暇等著他呼吸，克利斯多夫的臉整個脹紅，肺部感覺就要塌陷。他終於一秒鐘也撐不下去了。

克利斯多夫深深吸了一口氣。

氣體進入肺部，他瞬間感覺到清醒！他瞪大了眼睛，有如吃了一百萬根Pixy Stix吸管糖。他試著停止呼吸，但肺部充滿了越來越多的氣體，使得心臟感覺像是就要爆炸。不過，當中還有其他感覺，這氣體提醒他想起了什麼。它聞起來像是……它聞起來像是……

聞起來像舊的棒球手套。

克利斯多夫的視線回到房間，此時他才見到她。

那是他的媽媽。

她穿著開車時的那套衣服。**沒錯，車子，我就是在車裡**。她的額頭受傷了，頭髮有擋風玻璃的碎片。**是車禍**。現在，她像軍人一樣在地上匍匐前進，經過如猴子般尖叫的孩子。她利用他們身體的陰影，隱藏自己不被燈光照到。

就在醫師把手術刀舉向克利斯多夫的舌頭時，克利斯多夫的媽媽跳起來衝向他。

「別碰他！」她尖叫。

克利斯多夫的媽媽用身體撞向護士，同時搶下醫師手中的手術刀，再順手把手術刀刺向他的肩膀。醫師尖叫，他的白袍從白色變成深紅的血色。克利斯多夫的媽媽解鎖輪床，其他孩子追上來，試圖阻止他們逃走，但是克利斯多夫的媽媽動作更快，她把輪床推出手術室。

「寶貝，你還好嗎？你有受傷嗎？」克利斯多夫的媽媽問道。

「我沒事。」他說：「我們趕快到街上。」

「發生什麼事了？他們想怎樣？」

「他們想知道好心人在哪裡？」

「他在哪裡？」

克利斯多夫的媽媽推過轉角，跟著指標往出口奔去。她緊急右轉，衝過急診室。克利斯多夫見到瑪利凱薩琳從真實世界的停車場被推進急診室，渾身是血。

「好心人在哪裡？」媽媽問。

「我不知道，他逃走了。」

克利斯多夫看著接下來被推進急診室的輪床，看到自己失去意識躺在上面。他的手臂有一道可怕的傷口，太陽穴一片瘀青。

「你打算和他在哪裡碰面？」她問。

「我不知道。」他說。

「克利斯多夫！我們在哪裡可以找到好心人？」

克利斯多夫看著緊急救護員推著最後一部輪床進入醫院，眼前的景象令他心生疑惑。輪床上躺的是他媽媽，她穿著開車時同一套服裝，額頭有一道傷口，頭髮有擋風玻璃的碎片。車禍的記憶如潮水湧來，碎裂的玻璃、變形的金屬，在他失去意識的當下，媽媽的尖叫聲。

我就是這樣來到這裡的，不是嗎？

克利斯多夫一直拒絕吃藥，也沒睡覺，他也沒進去樹屋。所以，嘶嘶夫人利用第三種方法把他帶回幻想世界，而這一次，她帶了他媽媽一起來。他們兩人都在車上，兩人都出了車禍，兩人都在醫院不省人事。但如果真是這樣……

為什麼媽媽在真實世界是清醒的？

他見到她，虛弱、血跡斑斑。她對克利斯多夫伸出手，拚命想用自己傷痕累累的身體碰觸到他。當她終於不敵疼痛而倒下時，一個可怕的問題讓他的血液頓時凝結成冰。如果媽媽在真實世界醒著，那麼在幻想世界他身後的人是誰？

「媽？」他說，瞬間恐懼爬上了皮膚。「妳怎麼來到這裡的？」

克利斯多夫抬起脖子往後看，然後他看見她了。是嘶嚇夫人，她露出了微笑。

「我想，我們終究還是得把你的舌頭切下來。」她說。

66

克利斯多夫的媽媽睜開眼睛，剛開始，她什麼也看不清楚。上方有一個明亮的燈光，她的視野模糊，眨了好幾下才發現自己躺在醫院病床。她的食指夾著生命監視器，手臂打著點滴。醫院給她吃止痛藥，使得她現在還有一些眩暈虛弱。

她慢慢起身，陣陣的反胃感從胃部湧向喉嚨。她覺得快昏倒了，但她沒有這種餘裕，她必須找到克利斯多夫。她的雙腳探下床邊，搖搖晃晃地站起來。她立刻感覺到因為身著病人袍，背部傳來的涼意。她伸出手穩住身子，此時，一陣疼痛襲來。

回憶有如拼圖拼塊一片片接起，她的身體狠狠撞向駕駛座的車門，肋骨裂了，最後是救生鉗剪開車身，讓他們脫困。在救護車一路鳴笛到醫院的途中，她的兒子都在昏迷，不醒人事。

「里斯太太，請坐下，妳剛才遇上嚴重車禍。」一個聲音說道。

「我的兒子，我的兒子在哪裡！」她對護士說。

「他在加護病房，但是妳得休息一下。」

「加護病房在哪裡？」

「二樓，只是里斯太太，妳得——」

克利斯多夫的媽媽什麼話也沒說，就扯下手臂上的點滴，強忍著身側的疼痛，走進走廊。

「里斯太太！」護理師在她身後大喊。

克利斯多夫的媽媽找到電梯，上了二樓。當電梯門打開時，她驚愕不已。加護病房超擁擠的，家屬等候室只夠容納十人的座位，現在可能已有四十五人在。

「克利斯多夫．里斯在哪？」她問受理住院的護士。「我是他媽媽。」

「二一七號房。」護士回答，一邊搔撓手臂。

安全門有如憤怒的黃蜂嗡嗡作響，克利斯多夫的媽媽開門，進入走廊。她見到所有病床都有人，刺傷患者、槍傷患者。這種瘋狂、怒氣或隨便說是什麼的現象，在她睡著期間，依舊忙碌不墜。她拖著身子走到長走廊底部的二一七號房，沒敲門就逕自走進去。

此時，她看到他了。

她的小男孩躺在病床上，手臂有一道可怕的傷口，身體因為玻璃粉碎造成無數小傷口。他的眼睛緊閉，嘴巴接著一根大管子，身體連接著如叢林般的監測螢幕。機器在替他呼吸、替他進食，監測從他的心臟到腦部的一切。一名加護病房的護士忙著把數據登記到克利斯多夫的圖表上，其間只中斷一次，以便搔撓自己的肩膀。

「他怎麼了？」克利斯多夫的媽媽問。

護士轉過來，嚇了一大跳。克利斯多夫的媽媽立刻緩和了護士的表情，護士剛開始很納悶眼前女人的身分，等發現是患者的媽媽時，她換上了撲克臉及教堂似的口吻。

「女士，我去找醫師過來。」

護士迅速離去，克利斯多夫的媽媽走到床邊，她握住克利斯多夫的手，感覺像是摸到火爐。她的手覆上克利斯多夫的額頭，認為他的體溫必定超過攝氏四十一度了。她看著監測器，找到埋藏在一堆數字和燈光下的體溫數據。

按照監控器，他的體溫是攝氏三十七度。

克利斯多夫的媽媽從病床邊桌拿起一杯碎冰，把碎冰倒進手中，再輕輕放在他的額頭。碎冰彷彿被放在發燙的柏油路上，快速融化。他的皮膚讓冰化為水，又迅速蒸發。她拿了更多冰，放到他的腋窩、脖子和胸口。

「里斯太太。」一個聲音說。

克利斯多夫的媽媽回頭，見到醫師站在走廊上，臉上戴著外科口罩。

「醫師，你必須讓他醒過來！」

「里斯太太，請坐下。」

「不！」她說：「他必須醒來！你必須馬上讓他醒過來！」

醫師拿下外科口罩，他不像那個護士那麼擅長撲克臉。不管他是要說什麼消息，絕對不是好消息。

「里斯太太，很遺憾，我們盡力了，但都不管用，妳兒子就是持續昏迷。」

「為什麼會這樣？」她驚慌地問。

「克利斯多夫已經腦死，里斯太太。」

這句話落在她的胸口，瞬間帶走了她的呼吸。然後，她憤怒地回嘴。

「怎麼可能腦死！我們需要救醒他！現在就做！」

「里斯太太，妳不明白——」

「不，你才不明白！有人拿下我兒子！」

醫師迅速對走廊的醫護工使了眼色，他們悄悄進來。

「有人拿下妳的兒子？里斯太太，這是什麼意思？」醫師沉靜地問道。

她正準備說出嘶嚇夫人想要她兒子睡著，而兒子的幻想中的朋友叫做好心人，他偽裝成一個白色塑膠袋。然後，她注意到醫師著魔似地搔著耳朵，臉上因為發燒而出汗。她察覺到醫護工站在她後面，保全人員很快就會跟著過來。

凱特，這樣會讓妳聽起來像是瘋子。

她再度思考了一次，確認這是自己的聲音，而不是偽裝的那一個。

這會讓妳聽起來像是神經病。

這是她，而她說得沒錯。她看著病房裡的臉孔，她看過亡夫也得到過同樣的反應，這是一種平靜和緊張的奇妙結合，氣氛一觸即發，大家等著看病人是否會被視為危險不穩定。他們全都在撓著手臂，彷彿這裡是鴉片菸館。醫師、護理師、醫護工、保全人員，全都等著她給他們一個猛撲的藉口。

她知道克利斯多夫意識昏迷回到醫院，這裡正是嘶嚇夫人要他來到的地方。如果嘶嚇夫人力量強大到足以安排這件事，那麼她或許也能夠輕易操縱醫師做出精神病「評估」，把一個悲傷的母親關起來。

「里斯太太，誰拿下妳的兒子？」醫師重複。

「沒人，對不起，我只是……我只是……」她裝作難過到說不出來的模樣。

場上立刻放鬆了，就好像有隱形的小隊長發令說「稍息」。

「里斯太太，我們了解。」醫師溫和地說：「我知道這有多麼難以接受，請慢慢來，我們再來討論下一步。」

克利斯多夫的媽媽知道「下一步」的意思，他指的是悲傷諮詢、律師、一張紙、一支筆和一場葬禮。一旦她在虛線處簽下凱特・里斯，「難以接受醫師」就會終止她兒子身上的所有維生裝置。他們絕對不會相信她說克利斯多夫沒有腦死，絕對不會相信她兒子只是單純迷失了，就在嘶嚇夫人要他在的地方。

「很抱歉，我剛才亂發脾氣。」她懊悔地說：「我知道你們已經盡力了。」

「里斯太太，用不著道歉。我們會給妳一些私人時間，妳慢慢來不要急。」

這群花生米觀眾終於離開了，其中一個結實的保全人員不斷用警棍搔著大腿，看她的眼神就好像她是一個可口的皮納塔[36]。等只剩她一人時，她親吻兒子汗涔涔的發燙額頭，然後附在兒子耳邊低語，不讓其他人，尤其是嘶嚇夫人聽見。

「克利斯多夫，我保證，我會帶你離開這裡。」她說。

36. Piñata，一種紙糊的容器，內裝玩具和糖果，會在節慶活動中懸掛起來，供人用棍棒敲打，讓糖果等內容物掉落。

67

安柏斯睜開眼睛，剎那間，他想不起自己身在何處。他不記得什麼時候睡著的，但他的確睡著了好多次。他到底為什麼這麼嗜睡？當然，他向來會打瞌睡，這在他這種年齡是很正常的事。不過，這種李伯大夢[37]的鳥事就太誇張了。他最後記得的是，整場耶誕盛會都被他睡過去了，活動過後幾小時，他醒來想吃晚餐。但當他到了餐廳，卻空無一人，時鐘顯示此時是凌晨兩點十七分。而不知怎地，牆上的日曆多了一個×，過了整整一天。

安柏斯睡了三十六小時。

「早安，奧森先生。」一個聲音說：「歡迎死而復生。」

安柏斯轉身，發現一個夜班護理師加了另一個×到日曆。

所以是六十小時。

「早安。」他說：「我似乎是錯過晚餐了。」

「還有早餐、午餐，然後又是晚餐。」她開玩笑：「別擔心，我們會放一面鏡子在你眼前讓你看看自己。我來替你準備食物，你何不去交誼廳暖和一下身子？」

護理師端來了一碗剩下的燉牛肉，並且幫他拿到交誼廳電視機前方他最愛的位子，一邊聊耶誕盛會之後的林蔭松趣事。看來安柏斯錯過了好戲，除了往常最受喜愛的〈我看到媽媽親耶誕老人〉及〈老奶奶被麋鹿輾過〉，今年的盛會看來必定是由世界摔角娛樂的兒童新分區贊助，因為發生了一場史詩般混戰，最後在凱特．里斯的兒子被凱澤太太攻擊後結束。男孩嚴重流了鼻血，他媽媽帶他去醫院，不過，這可不是最精采的部分。

「接下來發生什麼事？」他問。

「凱澤太太……她沒有再忘記事情。」她用她的破英文說。

「什麼意思？」

「她不再有失智症了，真是耶誕奇蹟。」

真是耶誕奇蹟嗎？

他忽略這個想法，以及外頭的風，再次打開弟弟的日記。

六月七日

我們今天在學校解剖了青蛙，我把手放在青蛙上，再次感覺到那種奇怪的癢意。老師說，青蛙剛才必定睡了好一陣子，因為牠現在就在桌子上醒來。我裝作就是這樣，但是我昨天離開樹屋時，在回家的步道上見到一隻鳥，牠死掉了，一邊翅膀斷裂，還有一隻蛇正在吃牠。我趕跑了蛇，拾起鳥兒。我閉上眼睛，運用來自幻想世界的癢意，讓牠復生。這讓我流了好多鼻血，嚇壞我。但我知道想像側的力量等同真實側的疼痛，無法只擁有其中一個。所以，我越是讓事物復生，我就越是接近死亡。所以，我流的鼻血，就是世界的鮮血。

安柏斯的脊椎感受到一股寒意，他想到護理師說克利斯多夫碰觸過凱澤太太後流的鼻血，就跟大衛摸了死鳥後流鼻血一樣。安柏斯暗記早上要打給里斯太太，然後又回到日記上。但是，他感覺好像被下藥了一般，就是沒辦法好好睜著眼睛，彷彿有什麼力量不讓他繼續看。這讓他想起朋友丟了一顆藥丸到他的威士忌，然後大笑看他脫掉衣物偷了一部吉普車的事。那一次，他見識到小隊長的怒火及一個月的伙夫工作。

這一次，他見識到了恐怖。

37. 故事主人翁李伯在深山睡著，二十年後才醒來，發現已人事全非。

安柏斯聽到外頭傳來聲響。他還沒吃面前的燉牛肉，它也冷掉了。一小時過去了，設定在地方新聞頻道的電視還開著。新聞報導指出流感大流行，暴力犯罪增加。他往窗外看，見到野鹿跑上了道路。他倒抽了一口氣，這裡不太對勁，某種邪惡的東西。他翻動放大鏡，調整雙焦眼鏡。他的眼睛乾澀疲倦，但他必須解讀大衛的筆跡。他必須發掘事實。

六月十二日

士兵很替我擔心。我把自己逼得太緊，血流得太多。他說真實側的人們不應該擁有這樣的力量，所以我得放慢步調，但我沒辦法。我走到學校，碰了韓德森太太的手臂。我的腦袋好混亂，鼻子流血，我兩秒鐘就清楚她的一切。但這不只是她已經發生過的事，我還知道她未來會做的事，我知道她有朝一日會刺傷她老公。我可以一再地看到這件事，屆時兩人已是老人，他們待在廚房，嘶嚇夫人讓她抓起刀子刺向他的喉嚨。我放聲尖叫，韓德森太太問我怎麼了。我說了謊，因為如果我告訴她實話，可能會被她送進瘋人院。

安柏斯停下來，韓德森，他知道這個名字。但想不起來是在哪裡聽過？他是在哪裡知道這個名字的？他想了一陣子才終於轉向電視，莎莉・威金斯在播放新聞。

「……碧翠絲・韓德森在廚房刺傷她的丈夫，調查發現她在磨坊林小學擔任圖書館員……」

老人手臂的寒毛豎起，立刻收回視線，他感覺像是有人在監視他。但是交誼廳空無一人，他回到手邊的日記，繼續翻頁。聲音哄著他再度入睡，他努力抗拒，繼續閱讀。

六月十五日

我昨晚睡不著，因為我的心思太賣力了。我輾轉反側，就起來閱讀百科全書。我在晚上十點三十分，從A那一本開始看；到了隔天上午五點半，便看完Z了。最嚇人的是，我知道撰寫百科全書的人所犯下的錯誤。真好笑，人們不知道知識其實並不止於特定某一年。人們以為太陽繞著地球轉動，而且地球是平的。在耶穌之前，人們一度認為宙斯是神。人們會因為不同想法而被殺。他們不知道是嘶嚇夫人在那裡讓他們害怕新知識。他們不知道她總是在那裡，讓他們為小事痛恨別人。

「……今晚中東傳出令人悲傷的消息，嘗試把急需的食物和物資送到難民營的四名基督教傳教士，受到攻擊……」

六月十七日

鼻血流個不停，媽媽一直帶我去看醫師，但他們都不知道我怎麼了。我和士兵努力找出告訴安柏斯實情、讓他相信我的方法。我需要他的幫助，我需要他在我失敗時對抗她。但他永遠不會相信我，當我在和士兵說話時，他認為我是在自言自語。他認為我瘋了。

安柏斯拿下眼鏡，揉揉痠痛的眼睛。他忽然好想睡，但是他拍拍臉，就像以前在軍隊站衛兵那樣。什麼事都不能阻止他看下去，他感覺好像這世界就靠它了。

六月二十一日

我不再真的很明白自己在哪裡，我不知道什麼是真實、什麼是想像，但我們不能再等待了。嘶嚇夫人偽裝成流感，無所不在。我們必須在她占據樹屋之前，現在就完成訓練。我問過士兵為什麼嘶嚇夫人這麼想要樹屋，他解釋了樹屋對我的影響，它賦予我嘶嚇夫人想要的力量。就這麼簡單，這解釋了我所經歷的一切。我想要告訴安柏斯我身上的真實遭遇，但我不能再讓他說我瘋了。所以，我一直等到他睡著，然後窩進他的床。我在他耳邊非常小聲地細語，以免嘶嚇夫人在監聽。「安柏斯，我得告訴你一件事。」「什麼事？」他半夢半醒地回答。「我得告訴你樹屋做了什麼事。」「好，說吧。」他在睡夢中說：「樹屋做了什麼？」

安柏斯翻動頁面。

就在此時，事情發生了。

剛開始，他並不明白。頁面好模糊，幾乎像是灰色的。他用力瞇起眼睛，卻看不出形狀，看不出字的輪廓。他把放大鏡舉向眼睛，還是沒有改變。他拿下雙焦眼鏡，也沒有改變。

他終於失明了。

「護士！」他大喊。

安柏斯聽見身邊的地板吱嘎作響，有幼兒的腳步聲。現下寂靜一片，他覺得耳朵附近似乎聽見呼吸聲。他不知道那是什麼，但他感覺得到。有東西在這裡，一種讓他後頸寒毛直豎的輕聲細語。

「是誰？」他說。

沒有回答，只有寂靜。安柏斯再次大聲呼喊護士，終於聽見她從廚房穿過走廊。他原本打算請她唸下一行。

直到她開始因為流感而咳嗽。

「奧森先生，你還好嗎？」護士沉穩地用她的破英文問道。

她的聲音有種異樣感，不太對勁的感覺。如果里斯太太今晚有值班就好了，他知道他可以信任她，讓她看日記。但是她的兒子克利斯多夫在醫院，在他碰觸凱澤太太，流鼻血之後……

就跟大衛一樣。

安柏斯知道他需要找到凱特．里斯，需要找到警長。不管當初發生了什麼事，現在正在發生當中。他弟弟的日記可能是如何阻止它的唯一線索。

「奧森先生，你還好嗎？」護士滿腹疑問又問了一次。

老人以中學教練教他抱持美式足球的方式，雙臂抱住日記。**孩子，就像你的生命仰賴它。**

老人把日記合攏放在膝蓋上，盡力擺出漫不經心的語調。

「我需要妳送我到醫院。」他說。

「先生，為什麼？」她問。

「因為雲朵帶走了我的眼睛。」

68

警長睜開眼睛，他必定是睡著了。他不知道自己身在何處。他環顧房間，卻看不到東西。他聽說過「頭痛到瞎了眼」的說法，但從不知道這會是實實在在的意思。他必須眨眼整整一分鐘，來擺脫迷霧。

他靜下心來，努力用其他感官來確認自己的所在地。他非常確定自己在檔案室，因為有灰塵的味道。他必定是在瀏覽羅索太太的資料時睡著的，但他現在什麼也聽不到。

「哈囉？羅索太太？妳在嗎？」他說。

悄然無聲。警長再次試著回想自己是怎麼下來這裡。他想起自己雖然發了高燒，卻仍好幾天沒離開辦公室。他知道每當他想要去醫院找凱特和她兒子時，總會有其他緊急事件。另一件車禍，另一件刺傷案，另一樁酒吧鬥毆。

就好像世界在陰謀計畫不讓他過去。

警長絕對不是陰謀論者，尤其當理論還包括巧合這種毫無根據的事。但是，當有人在阻礙他，他也有本能得知，而現在本能就提出警告。的確有太多巧合讓他沒辦法去找凱特和她兒子；有太多令人分神的事，讓他在檔案室無法好好工作。有太多聲音讓他無法想起⋯⋯

那個名字⋯⋯那個小男孩⋯⋯他叫什麼名字？

警長記不起來，但是他的本能告訴他這樣不對勁。聲音一直對他說他想不起來，但是警長知道自己有絕佳的記憶力。儘管還不算是照相般的記憶，但重要的事，也近乎是了。而這一次，就很重要⋯⋯不知怎地，這很重要，對於凱特和克利斯多夫和⋯⋯

那個名字⋯⋯那個小男孩⋯⋯他叫什麼名字？

警長的手又開始發癢，天啊，真是太癢了。他低頭看著手，他的眼睛終於開始聚焦了。在昏暗的光線下，他看到他的手被抓到破皮了，皮膚發紅有傷口。指甲有乾掉的血漬。但他的手臂上還有別的東西，就隱藏在他的袖子底下。他隱約記得那裡藏著東西。

他的名字是……那個小男孩的名字是？

警長拉起袖子，見到用黑墨水寫在手臂上的文字。

大衛．奧森

警長猛然想起來他做了什麼，他開始把線索寫在手臂上。剛開始，他使用一般麥克筆，但發燒所流的汗水有如鳥兒啄食麵包屑般沖掉了痕跡。所以，他改用油性墨水。警長把袖子拉得更高。

大衛．奧森是那男孩的名字。

別再睡著了，立刻打電話給卡爾問那些工具的事。

警長想都沒想就直接撥了電話，鈴響兩聲之後，他認出另一頭傳來朋友的聲音。

「卡爾，是我。」警長說。

「搞什麼鬼呀！」卡爾以疲弱的語氣說：「你知道現在幾點嗎？」

警長看向時鐘，現在是凌晨三點十七分。

「我知道現在很晚了，對不起，但這件事非常重要。」警長說。

「你上次就是這麼說。」

「什麼？」警長問。

「你一小時前有打電話給我。」

「是嗎？」

「老天，你是病得多嚴重呀！你一小時前打電話來問那些工具的事，我可沒辦法一直幫你忙。看在老天的分上，明天可是耶誕夜。」

「我知道，對不起，那些工具怎麼回事？」

「開玩笑的吧！你甚至不記得？」

「就直接告訴我吧！」

警長聽得出卡爾在電話的另一頭對他比中指。

「好，但這是最後一次，所以你最好寫下來。我把工具拿給博物館的朋友看過，說是幾百年前的東西，但不是當時礦工或農人的典型工具。」

「什麼意思？」

「那些工具比較像是給孩子使用的東西，而你給我的那個二乘四吋舊灰石不是石頭，而是石化木。」

警長抓起筆，狂亂地寫在手臂上。

工具屬於孩子的。

「所以，就是這樣，最後一次幫你。我可沒辦法一直這樣，尤其現在，我這星期的工作量加倍了。」

警長停止書寫。

「工作量加倍是什麼意思？」

「老天爺，我們要重複剛才同樣的對話嗎？」

「卡爾，對不起，我真的病得很不舒服。」

「就跟我剛才說的一樣。」卡爾說，盡全力扮演一個言語刻薄的混帳。「一定是出現滿月或水裡有什麼，因為整個城市不是生病了就是抓狂了。我已經兩天沒回家，我老婆說如果我沒回家吃她媽媽準備的耶誕晚餐，她今年就不會給我耶誕禮物。我絕不能少了它，這可是我一整年唯一的口交享受。」

警長不由得露出笑容。

「嗯，我真的很感謝你的幫助，卡爾，你是好人。」

「告訴她這件事，別再打給我，耶誕快樂。」卡爾說。

「耶誕快樂。」

這兩個朋友掛上電話後，警長再次拿起筆來寫字。癢意遍及整隻手，強力要求他的注意力，但警長不讓它占上風，這一次絕對不行。

石頭是石化木。

整個城市不是得流感就是抓狂，就像……

當警長醒來，過了一陣子才發現身在何處，這裡是檔案室。羅索太太走了，他一定又睡著了。他的腦袋花了好一陣子來對抗頭痛，才總算想起來自己正在努力找尋城市目前狀況和那小男孩的關係……安柏斯的弟弟……他叫什麼名字來著？

那個名字……那個小男孩……他叫什麼名字？

警長的手突然癢得不得了，他無意識地搔撓它，然後發現制服汗水淋漓，他必定在晚上什麼時候退燒了。他捲起制服袖子，發現手臂上用油性筆寫了一堆筆記。

大衛．奧森是那男孩的名字。

別再睡著了，立刻打給卡爾問那些工具的事。

工具屬於孩子的。
石頭是石化木。
整個城市不是得流感就是抓狂，就像……

警長繼續推開袖子，見到筆記一直持續，持續持續。

就像大衛．奧森失蹤的那一年，最後流感在大衛失蹤那天之後就不再延燒了，是大衛設法阻止了流感嗎？他是怎麼阻止它的？他救了我們嗎？

警長來到手臂末端，見到筆記結束了。他本能地去看另一隻手臂，開始捲起溼掉的右手袖子。這是用左手書寫，所以字跡很凌亂，但還是持續著筆記。

打給安柏斯．奧森！

鎮上大亂，你可沒時間做這種無聊事。

警長對自己點點頭，這太荒謬了。他有更多緊急的事務要處理，他到底在做什麼，居然調查舊檔案和車禍資料？

你都還沒去醫院看凱特和她兒子，你卻要打電話給安柏斯．奧森，談論他五十年前死去的弟弟？這真是太瞎了。

警長繼續捲起袖子。

別再聆聽你腦袋裡的聲音，它在騙你，要讓你忘記。

好喔，這實在太瞎了，你一定是神智不清才會寫下這種東西。

「是誰？」警長大聲說出來。

你知道是誰，這是你，而你像個自言自語的笨蛋。

你不是笨蛋，那聲音在擾亂你，讓你想睡。

「是誰？」他又說了一次。

聲音安靜下來，整個房間溫度驟降。警長認為有呼吸聲傳來，他轉身，發現房間空無一人。他突然間心生恐懼，他把袖子捲到手肘部位。

你知道那工具的用途！立刻去找凱特，大衛的遭遇正發生在克利斯多夫身上，快去！

警長在檔案室醒來，他不知道自己是怎麼又睡著的。但這一次，他沒有聆聽腦海裡的聲音，不讓任何痛到眼睛的頭痛分散注意力。他沒多久就發現了筆記，他看向手臂，袖子捲高到手肘，而他知道襯衫底下還隱藏了一條訊息。檔案室好冷，警長屏住氣息，然後把袖子捲高到肩膀處。

警長，太遲了，我已經讓一輛車撞上他們了。

警長甚至還沒站穩，就匆匆跑過檔案室，他的心跳如鼓，他不在乎是否還有一百件酒吧鬥毆會發生，不在乎是否還有一百人要關進拘留室。現在只有一件真正重要的緊急事件，他要去找凱特和她的兒子，他們會再一起去找安柏斯。因為不知什麼原因，他們是唯一握有訊息的人，知道怎麼阻止從內而外正在摧毀這個城鎮的瘋狂和流感等種種現象。警長跑上樓梯，衝進主要辦公室，經過艾蜜莉．波托維奇的海報。

他在這裡見到了羅索太太和他四名副手。

他們全都遭到槍擊，血淋淋臥倒在地上。

警長環顧四周，辦公室空無一人，拘留室空蕩蕩，罪犯全都不見了。本能和多年訓練掌管了他的身體，他衝向組員，率先查看羅索太太。

他檢查了她的脈搏，謝天謝地，她還活著。警長用羅索太太的上衣進行緊急包紮，同時抓起無線電。

「五名組員受傷，我需要支援！」

無線電只是沙沙作響，警長為四名副手檢傷分類，完全忘記他急著找凱特和她的兒子。

「總部需要支援！即刻回答！」

沒有回應，只有不斷的靜電干擾，聽起來就好像蓋革計數器[38]在宣布警力整個消失。他的內心深處開始著手應變計畫，思考如何找尋副手、追蹤罪犯、和凱特碰面、找到安柏斯。在整場悲劇的唯一好消息是，羅索太太和四名副手全都還活著。

「嗨，警長。」一個聲音從他身後傳來。

警長急急轉身，見到韓德森太太拿著他一名副手的手槍。她的衣服血淋淋，赤裸的雙腳留下深紅色的腳印。

「大衛・奧森很久很久以前碰觸了我的手臂，他知道我會刺傷我的丈夫。」韓德森太太說。

警長退到桌子後頭尋求掩護。

「放下槍！」他大喊。

韓德森太太往他再走了一步。

「夫人說我可以讓我的丈夫再度愛上我，她說他會帶我去旅行，如果他沒有，我可以再度刺傷他，一次又一次刺傷他。」

警長舉起槍。

「韓德森太太，放下槍！」

「我為什麼要放下？警長，這永遠不會結束，你難道不知道現在的狀況？」

「立刻放下那把該死的槍！」

韓德森太太冷靜地把槍放在桌上。

「好的，警長，但這不會有任何差別。她現在已經困住他了，一旦他死去，這就永遠不會結束。」

「妳在說什麼？」

「罪行，我們會不停互相傷害，直到有人結束它。而將會有人做的，你可知道為什麼？」

警長沉默不語，韓德森太太露出微笑。

「因為上帝是殺人犯，爹地。」

說完後，韓德森太太便抓起槍，放聲尖叫衝向警長。警長舉起槍，射擊。

38. Geiger counter，一種用於探測電離輻射的粒子探測器，只要偵測到輻射物就會發出聲響，讓使用者透過聽覺來接受資訊。

69

克利斯多夫被綁在手術室的輪床上，嘶嚇夫人微笑看著他有如甲板上的魚兒痛苦翻騰。這是她的戰利品、她的獎賞，她走向隔壁金屬檯面昏迷不醒的大衛・奧森。她像在對待小狗般，拍拍他的額頭。

「我們需要蟲來釣魚，你的舌頭可以充當蠕蟲。」

克利斯多夫立刻閉緊嘴巴。

「克利斯多夫，張開嘴巴。」

克利斯多夫驚恐地盯著她，見到她脖子上的鑰匙有如食屍鬼的項鍊，埋在她的血肉底下。這是可以讓他們所有人逃脫的鑰匙。

「四種方式進來，三種方式出去。」她哼吟。「你知道兩種，我們知道的更多。我有鑰匙，但門在哪裡呢？」

她抬起覆蓋鱗片的左手，以食指和拇指捏住他的鼻子，阻斷他的空氣。

「好了，讓我們看看舌頭，這是為了你好。」

一分鐘變成了兩分鐘，然後他終於放棄了。克利斯多夫大口喘息，嘶嚇夫人左手伸進他的嘴巴，抓住他的舌頭，她的右手拿起手術刀。

克利斯多夫用力一咬。

「啊啊啊啊！」嘶嚇夫人尖叫。

克利斯多夫的牙齒像在咬麵包棒般，咬住她的食指，他感覺到嘴裡的腐肉。他把她手指吐到地板上，嘶嚇夫人看著她的手指根部血流如注。她轉向他，臉上表情近乎驚奇，還是恐懼呢？她彎腰拾起斷指，把食指放回原處。然後把手和手指舉向額頭，以熱度焊接，看起來就跟全新的一樣。

「好，克利斯多夫。你想要留下舌頭，沒問題，你可以保有它。」

然後，她用膠布封住他的嘴巴。

「我們只想知道他們真正的藏身處。」她輕叩他的額頭說道：「護士，可以給我骨鋸嗎？」

克利斯多夫在膠布底下尖叫。他見到護士給了嘶嚇夫人一把有著參差乳牙的閃亮金屬鋸。它啟動後颼颼作響，發出如牙醫鑽牙器般的尖銳聲音。利刃逼近他的頭皮，他閉上眼睛，等待死亡到來。然而不知為何，他並不害怕，反倒有種近乎得到撫慰的感覺。

媽媽在……

媽媽在……**真實世界和我在一起**。

他可以感覺到她和他一起待在病房，她的雙手撫摸他的皮膚，試著想要找出枕頭的涼爽面。

媽媽在……

媽媽在……**說她會把我帶離這裡**。

就在此時，燈光熄滅，醫院陷入黑暗之中。克利斯多夫環顧周遭，但什麼也看不到。他只聽到尖叫聲，還有跑動的腳步聲，以及有身體撞向嘶嚇夫人的撞擊聲，骨鋸割到她的皮膚。

接著傳來好心人的聲音。

「別擔心，我找到你了。」好心人說道。

克利斯多夫感覺到輪床被推動，衝過黑暗。

「去抓他！他要跑回街道上了！」嘶嚇夫人尖叫。

「別說話，別留下線索給她。」

「別再幫助他！」嘶嚇夫人在黑暗中對著好心人淒厲大喊。

輪床急轉彎，衝到走廊，孩子在他們身後嚎叫。好心人像玩滑板似的，轉動輪床，衝向走廊末端的微弱光線。克利斯多夫感覺到好心人舒緩的手解開他手腕的束縛皮帶。

「孩子，坐起來。」他輕輕說：「我需要你的眼睛。」

克利斯多夫撕下嘴巴的膠布，甩動活絡雙手。然後，他坐起身，解開腳踝的束縛帶，他自由了。

「現在，你看到什麼？」好心人問。

克利斯多夫在黑暗中瞇視，不知怎地，他看得出形狀。郵筒人和野鹿蹲伏在陰影底下，埋伏等待出擊。

「他們封鎖了出口。」克利斯多夫說。

「做得好，孩子。」

好心人轉動輪床，在另一條走廊上越跑越快。他的腳重踩在地板，啪噠啪噠，有如老奶奶的響吻。輪床衝過雙扇門，門片像是暴風雨中的百葉窗般晃蕩。好心人停下腳步，用皮帶綁住門把。郵筒人撞向門片，皮帶有如太妃糖般延展。

但還是撐住了。

他們進入產科病房，輪床突然減緩速度，開始慢慢行進。

「安靜。」好心人低語：「我們不能吵醒他們。」

克利斯多夫在黑暗中瞇視，發現他們的所在位置。

育嬰室。

一排又一排的嬰兒，有些放在保溫箱，大部分是放在玻璃盒中，他們全都在睡覺。好心人有如行船經過沼澤，推著輪床通過，一點一點地前進。克利斯多夫見到有個嬰兒像是做了噩夢有了動靜，然後是另一個。就像煎鍋裡的爆米花，他們開始一一擾動。啵，啵，啵。好心人加快腳步，更多的嬰兒驚醒了。克利斯多夫感覺得到周遭全醒來了，嬰兒很快就會開始哭泣，發出警鈴，彷彿被留在門廊一樣。一個嬰兒睜開眼睛，在黑暗中張望，開始嗚咽。另一個嬰兒也張開眼，接著是另一個。克利斯多夫感覺到輪床加快速度，越來越快，衝向另一頭。第一個嬰兒放聲大哭。

「哇哇哇。」嬰兒大哭。

吵醒了隔壁的嬰兒。

哭聲像撞球一般傳遍全場，一個接著一個吵醒隔壁嬰兒，嬰兒開始齊聲大哭。

「哇哇哇哇哇！」

「是警報。」克利斯多夫說。

「不，是晚餐鈴。」

燈光亮起，克利斯多夫見到他們。小小的嬰兒眼露精光，流口水盯著他們，他們嘴裡長滿鋒利的乳牙。嬰兒開始爬行，爬出嬰兒籃，保溫箱四壁如蛇蛋般龜裂。

現在除了快逃之外，已無能為力。

好心人抬起輪床，用兩輪推動，衝向出口。嬰兒從玻璃容器爬下來，像小蜘蛛般在地面竄行。好心人衝過出口，讓輪床對準走廊末端。克利斯多夫抬頭，見到牆壁上有一個送洗衣物的傾斜槽，像是張開的大嘴。好心人重踩了三步，然後有如雪車比賽的制動手爬上輪床，坐到克利斯多夫身後。

「撐住。」

輪床撞向牆壁，克利斯多夫做好迎接撞擊的準備。送洗傾斜槽打開，輪床剎那間闖了進去，在黑暗中如滑水道上的墊子轉來彎去。克利斯多夫尖叫，部分是恐懼，部分是好玩，所有雲霄飛車都有最可怕和最好玩的地方。他抬頭往前看，見到有東西在舞動。

一種倒影，水中有星辰的倒影。

「準備好。」好心人說，身體緊繃。

克利斯多夫緊抓著好心人，就像看完吸血鬼電影後，他緊貼住媽媽的姿勢一樣。水域越來越近，越來越近，然後……

噗通！

輪床有如落石般撞進水面，它掠過溪床，減緩速度，最後停了下來。冰水舒緩了他發燒的肌膚，他一度認為這冰水可能是媽媽放了冰塊在他身體上。克利斯多夫仰望，見到夜空中的流星和山羊橋的石塊。

他們回到了使命街樹林。

「剛才那是什麼？」克利斯多夫問。

「逃生通道。」好心人說：「我們得讓你離開這裡，他們晚上看得到你。」

好心人在……

好心人在……害怕。

「嗨，克利斯多夫。」一個聲音說。

那是中空圓木裡的那個男人，他站著，神智清醒，眼睛黑如煤石，臉上仍布滿克利斯多夫上次見到野鹿啃食他的傷疤。

「真是久仰了。」那人說道。

說完，他猛然撲向克利斯多夫。

「放我出去！」他尖叫。

好心人抓住克利斯多夫的手臂，拔腿就跑。圓木男倒下來，滾動追趕他們。好心人急轉，來到一條狹窄的步道。圓木中的男人正準備輾過他們時，卻撞到灌木叢的枝條，像卡在蛛網上的蒼蠅般停了下來。好心人帶著克利斯多夫跳進樹木間的狹小空間，克利斯多夫聽見圓木男的尖叫聲迴盪在森林之間。

「放我出去！」

「他發出了警報，其他人會追上來，快走！」

克利斯多夫和好心人來到空地，衝向樹屋。

「你怎麼找到我的？」克利斯多夫問。

「是你的媽媽。」好心人說：「她就在那裡陪著你，我只是悄悄跟著她。她保證說要帶你離開這裡，我現在也是這麼做。」

好心人協助克利斯多夫來到空地的樹，這裡溫暖得就像媽媽的馬克杯咖啡。

「那你呢？」

「我不重要，你才重要。」

「你對我很重要。」

克利斯多夫走過去，抱住好心人，擁抱讓好心人瑟縮了一下。這讓克利斯多夫想起那些聆聽煙火聲音，卻只聽得到砲彈聲的軍人。

「你是我爸爸嗎？」

「不，我不是你爸爸。克利斯多夫，你得走了，快走。」

克利斯多夫點點頭，爬上樓梯。爬到最高梯階後，他伸手握住樹屋的門把，開始轉動。但是它鎖住了。

「克利斯多夫，別再拖延了。」好心人在底下說道。

「我沒有，門鎖住了。」

「什麼？」

「樹屋的門鎖住了。」
「哦，我的天！」好心人說。
好心人爬上樓梯，伸手握住門把，竭盡全力轉動門把。它卻文風不動，好心人臉色發白。
「不！」他尖叫。
「發生什麼事了？」克利斯多夫問：「為什麼會打不開？」
「你還在真實世界的醫院裡，你沒辦法回到你的身體，你醒不來。」
恐懼把這句話推上了克利斯多夫的喉嚨。
「什麼？」
好心人猛拍樹屋門，拍到指關節流血。他握起拳頭，擊向玻璃窗，玻璃卻連彎都沒彎。
「這是陷阱，她安排了這一切。」好心人說：「她把你關在這裡了。」
最後，好心人的雙手放棄了。他不再猛擊樹屋，而是意志消沉握住血淋淋的拳頭。
「但這是什麼意思？」克利斯多夫問。
好心人轉向克利斯多夫，無法掩飾他的絕望。
「這表示你快要死了。」

70

嗶——

凱特．里斯的注意力從兒子身上，轉向讓兒子維生的機器。它們突然間閃現紅燈。

嗶——

她還來不及說什麼，加護病房的護士和醫師就衝進來。

「發生什麼事了！」她問。

「他的血壓下降。」醫師沒理會她，逕自對護士說：「我需要十ＣＣ的……」然後就展開一連串的醫學術語，速度快到讓人跟不上。克利斯多夫的媽媽聽不太懂，卻完全聽得懂醫師「客氣」的請求……

「把她帶出去！」

「不！」她尖叫。

醫護工進入病房。

「沒這個必要。」譚米護理師說：「她正要離開。里斯太太，請吧。」

克利斯多夫的媽媽任憑譚米勸說她去走廊，而幾秒鐘後，她就被醫護工拖出去，她又踢又叫，拚命掙扎。不管肋骨會不會斷裂，她都會站在兒子病房外面，努力希望能讓自己穿過牆壁。

「里斯太太，他不會有事的。」譚米護理師輕聲說：「只是血壓驟然下降，他們會讓他穩定下來。」

經過感覺像是好幾小時的三分鐘，醫師出來重複了譚米剛才的話，只是少了同情心。

「里斯太太，只要妳的兒子留在醫院，我們就受法律約束得讓他甦醒，但我必須鄭重地表示……」

已經拔掉插頭了。

「……妳的兒子已經沒有腦部活動的跡象，他永遠不會清醒過來了。」醫師說。

「我現在可以見我的兒子了嗎？」她不理會他。

他的眼睛生氣地瞇成一條線。

「不可以，里斯太太。護士在清床位，妳半小時之後再過來。」他說。

「清床位半小時？你開玩笑嗎？」

「……不然四十五分鐘後，妳自己選。」醫護工說，一邊撓著手臂。

他想要找到召請保全人員過來的藉口，他想要妳失控，凱特。

克利斯多夫的媽媽見到惡毒小人臉上好管閒事的表情，她真想揍他一拳，但揍人會讓她被拘留，揍人會讓她的兒子被害死，所以她強忍「去你的」的衝動，強迫自己點點頭。

「醫師，謝謝你。」她說。

克利斯多夫，我會帶你離開這裡，我保證。

克利斯多夫的媽媽在手錶上設定三十分鐘後的鬧鈴，她一秒鐘都不想走開，但是她也非常確信不會平白浪費這段時間。她不理會身側的疼痛，急急穿過加護病房，走回長長的來時路。她來到加護病房走廊的末端，等待嗡聲響起。她環顧四周，見到一名護士在跟一名醫護工咬耳朵，他們眼睛盯著她，手搔著癢。眼神浮現這樣的想法：**那就是那個不肯拔掉插頭的可怕女人，我們需要那張床位提供給其他人。**她在其中一個病房，看到學校圖書館員的丈夫韓德森先生。他坐在床上，雙手捂著喉嚨。

門的嗡嗡聲響起。

凱特穿過加護病房的家屬等候室，她環視各處，淨是急切的人們。他們叫嚷著餐廳已經沒有食物了，爭論電視要看哪個頻道，在CNN的中東報導和痞子貓卡通之間轉來轉去。

「我的孩子就是想要看這個！」一個男人大喊。

她見到一個男人兇狠地踢著自動販賣機。

「這混帳東西吃掉我最後一塊錢！」他尖叫。

那男人又往機器踢了三下，最後，塑膠瓶裝的可口可樂嗖地爆裂。然後，他坐下來，像孩子般大哭。

「我老婆生病了，我已經沒有錢了。」他說。

凱特本能地想掏錢幫助那男人，此時才發現自己身上穿著病人袍。她的背部露了出來，她一手掩住自己，另一手按下電梯按鈕。走廊另一頭有些建築工人看著她，她看得出他們的視線交會在她赤裸的雙腿，彷彿在雜貨店裡抽樣食物一樣。

「嗨，寶貝兒，妳叫什麼名字？」一名工人問道。

她伸手去拿手機，不在原處，她沒有口袋。

「等等，別走，美人兒！」那人大喊，往電梯衝過來。

電梯門終於開了，凱特努力按著按鈕，一樓，一樓，一樓。

「高傲的婊子！」那人在電梯門剛好關上時高嚷。

凱特穩住呼吸，保持專注。一定有路可以帶克利斯多夫離開醫院。她看著手錶，還有二十八分。電梯門打開，她走回自己在東翼的病房。走廊擠滿人，沒有空長凳、空椅子，地板上也沒有空間。大家都在搔抓手臂，全都一臉病容，同時帶著怒氣、兇狠，以及絕望迫切。

「他媽的這是什麼意思？沒有枕頭？」一個聲音大喊。

凱特回到她的病房，迅速把病人袍換成外出服，她的外出服現在已破爛不堪，凝結著兒子鼻血的血塊。她在外套口袋找到手機，它還有一些電力，但是病房裡收不到訊號。她走回走廊，沿著走廊繼續走，找尋訊號。她經過凱澤太太的病房，老婦人在病床上仍昏迷不醒，而她的孫子布瑞迪坐在椅子上唸書給她聽。

「親愛的，這樣可以更清楚聽見妳。」他說。
手機還是沒訊號。
她經過準備讓給下一個病人的空病房，幾名醫護工抓著一個死命抓住病床的中年男子。
「我的保險沒有失效！我有權利！」
還是沒訊號。
她穿過急診室的入口。
「我們已經在這裡坐了四十八小時，你這婊子養的！」
「我也是，混帳！現在給我坐下來，乖乖等候看什麼時候輪到你！」
她走到外面停車場。
終於有了一格訊號。
她打給警長，響了一聲、兩聲。或許警長可以要求人家還恩，找到救護車送克利斯多夫離開醫院，遠離磨坊林鎮，遠離嘶嚇夫人。她看了一下手錶，還有二十四分鐘。
電話鈴聲一直響，三聲，四聲，五聲。
他們可以離開這裡，逃到安全的地方。她可以託人賣掉房子，再寄支票給她，她會把每一分錢都用在克利斯多夫的醫療照護上。
我兒子不會在今天死去。
更多鈴聲，六聲、七聲、八聲。
轉接語音信箱。
「鮑比。」她說：「我不知道該怎麼在語音信箱說這件事，所以就請你信任我。」
她聽見救護車的鳴笛聲，便捂住耳朵對著手機大喊。
「我需要帶克利斯多夫離開這裡，你可以找到交通工具嗎？像是救護車或傷救直升機，我會付費的，我不介意。」

救護車高亢的鳴笛聲進入停車場，緊急救護員衝出去。

「但我想要你跟我們一起來，我想要你安全。因為這裡發生了非常可怕的事，而現在，你是我兒子唯一的──」

她正準備說「希望」的時候，卻見到緊急救護員推出的輪床。警長躺在輪床上，眼睛緊閉，割開的襯衫露出包紮著一堆血淋淋繃帶的胸口，臉上罩著氧氣罩。

克利斯多夫的媽媽說不出話來。

她茫然看著急診室醫師衝出來接管輪床，在大家高聲叫喊中，她了解到警長辦公室發生槍擊案。擔任學校圖書館員的韓德森太太從拘留室逃脫，開槍打中警長胸口。警長原本可能會送命，但他還是設法堅持下來。

克利斯多夫的媽媽追在警長後頭，但醫護工制止了她，他們不讓她進入急診手術區。經過一分鐘令人震驚的沉默後，她才發覺自己的手機沒關，她還在警長的語音信箱。她掛上電話，坐在外頭，她的肋骨簡直像是大冷天裡的牙痛。

她不知道該怎麼辦，所以她本能地開始撥打給朋友，任何她認為可能提供協助的人。極品艾德的媽媽和爸爸，麥克和麥特的媽媽，但是沒有人接，也沒有語音信箱，所有簡訊都被退回了，寄不出任何電子郵件。

她徹底孤獨了。

克利斯多夫的媽媽低頭看著手中的手機，時間讓她猛然脫離自憐狀態。再十五分鐘，她就可以見到兒子。她的視線來往穿梭，努力思考下一步。她還可以打給什麼人嗎？一個她還沒想到的人？她回頭看著急診室，見到兩個男人為了爭椅子打了起來。電視上的金髮女性說，雖然才十二月二十三日，但目前車禍已是十一月最高紀錄的三倍量了。

「現在來說說愉快一點的消息，再兩天就是耶誕節了。今年孩子最想要的禮物是什麼呢？是痞子貓的玩偶。」她面帶笑容說道。

「沒錯，布列塔尼。而大人最想要的禮物呢？是槍。」

有人把頻道轉回CNN。

「現在來播報國際新聞，中東的動亂不安日益擴大……」

「我受夠這些鳥事了。」一個聲音大喊：「我才不在乎中東。」

「混帳東西，我家人來自中東。」

「那麼，回去你來的地方，去幫幫忙。」

「安德森，難民已經走投無路，現場的說法是更多流血事件已迫在眉睫。」

克利斯多夫的媽媽閉上眼睛，直到說完，她才發覺到自己是在禱告。

「主啊，懇求您，幫幫我們。」

安柏斯。

忽然間，她察覺到了什麼，與其說是感覺，不如說是氣味，這聞起來像棒球手套。

這個名字不知從哪裡冒出來。

安柏斯·奧森。

上了戰場，就去問軍人。這是誰說的？竟然是傑瑞，他總是醉醺醺，從顆粒粗大的影片中，看著盟軍拯救世界免於毀滅。

安柏斯可以幫助我們。

克利斯多夫的媽媽打電話到林蔭松安老院。在她等待鈴聲響起時，緊急救護員搬運了警長其餘副手，他們全都傷勢沉重，她瞬間出現一個令人膽寒的想法。

沒有警察了，這裡已經不再有法律。

「林蔭松安老院。」電話另一頭說道。

「席拉……我是凱特，我要跟奧森先生講電話。」

「他不在這裡。」

「什麼意思？」
「他在醫院。」
「什麼？」
「抱歉，我得走了，這該死的流感讓本地人都焦躁不安。」
咔。
克利斯多夫的媽媽整整花了五分鐘詢問急診住院的護理師，才發現安柏斯因為失明，被林蔭松緊急送往醫院。多虧他是醫院工作人員喜愛的對象，所以他大約提前三十六小時得到床位。他被安置在加護病房，離她兒子剛好三扇門。凱特知道這可能是命運，可能是巧合，也可能是來自好心人的協助。不管怎樣，她都不會再質疑，她需要任何可以找到的朋友。
即使是幻想中的朋友。
她在安柏斯的病房找到他，他的眼睛纏著繃帶，手中緊抓著他弟弟的日記。她敲敲門。
「奧森先生？」她說。
「里斯太太？謝天謝地，我一直在找妳。」
「我？」她說，覺得意外卻又不是太意外。「為什麼？」
「我需要妳看完我弟弟的日記。」他壓低聲音。
「為什麼你要壓低聲音？」她問。
「妳保證不笑？」他問。
「現在沒什麼可笑的事。」她說：「放馬過來。」
當安柏斯解釋完大衛關於樹屋和嘶嚇夫人的經歷時，凱特旋即察覺到舊事重演了。但這一次是在她兒子身上，她坐下來拿起日記。

＊　＊　＊

當凱特像媽媽唸書給小孩聽時，安柏斯看不到她的神情。不過，聽完她敘述克利斯多夫的車禍以及警長遭受槍擊等種種狀況後，他想像這位五十公斤的美麗女子有點像是暴風眼中搖曳的最後蠟燭。

主啊，求您保護她。

這禱告聲音天外飛來，讓他嚇了一跳。不過，在確認這的確是自己的聲音後，他加倍祈禱。因為在他靈魂深處，他相信要是凱特發生意外，這個世界也就完了。

71

真是他媽的一年。

這是傑瑞躺在床上醒來時，心中閃現的想法。他看著窗外，天已經快亮了。在十二月二十三日，他記不得上次這麼早起床是什麼時候，尤其是在上一場夢境之後。最近，他一直夢到這種邪惡的夢境。他總是在他家或街坊鄰里，或是在墓地找馬子，然後他就會見到凱特·里斯。每一次，她都有些許不同，但總是很美麗，脖子上掛著一把鑰匙，邪邪地微微一笑。她會任他予取予求，不管是暴力、怒氣、下流或憎恨都沒關係，她都熱愛，她也愛他。每個晚上，他睡著後就會遇見他夢中的凱特。然後，每個早上傑瑞醒來，就會在床上輾轉反側，看著原本有著凱特的空蕩蕩位置。接著，那個該死的聲音就會在他耳邊響起。

傑瑞，你想念她。

每天上午，他的心思感覺就像飲酒狂歡後停在前院的車子一樣。草地看起來是你的車道，那些夢也像是你的人生。但是，它們卻不是你的人生。凱特·里斯離開了，永遠不會再回來。他試著好多次就這麼放手，但接著他就會聽到什麼該死的歌曲，或是看見穿著熱褲的可惡女子，就會想起這一次，他原本可以哄騙一個合法的好女人愛上他的。

直到她在午夜離開你，傑瑞。

傑瑞在床上轉身，他今天沒有排班，所以他想著要去「八哩燒烤」。酒吧還沒開門，但他知道有一家下班後俱樂部，可能會讓他從後門進去。他可以喝一杯，或許再找個好摘的果子。當然，現在是早上，但去他的，現在已經沒有賤人會對他管東管西的了。他星期五拿到薪水，他在乎什麼？

他套上牛仔褲，坐進他的雪佛蘭汽車，二十分鐘後就來到八哩燒烤。他把車子停在惡名昭彰的水坑外圍，走進店裡。點唱機播放著一首名曲，是老鷹合唱團的〈加州旅館〉。餐廳煙霧瀰漫，濃厚到讓傑瑞覺得像走在雲霧裡。他坐下來，點了一杯琴通寧。他回頭看向吧檯的女孩，真不敢相信他的運氣。

莎莉。

他打從中學時代就認識莎莉了，她原本是一個規規矩矩的天主教女孩，直到有一天，她非常堅決地不再是了。就像大部分的天主教徒，當有人把鑰匙插進汽車啟動孔，差不多六秒鐘後，她就會從零加速到時速一百公里。一年後，她被抓到在她爸爸的福特汽車後座和兩名美式足球員群交，從此，她就一直被稱為「野馬莎莉」。其實她爸爸的車子是福特的佛克斯車款（Focus），但是「福特佛克斯莎莉」聽起來一點都不響亮。不管什麼款式，莎莉都不是最鋒利的刀，不過她仍舊喜歡痛快玩耍。他的口袋有點錢，而且單身，也還算年輕。他可以揪莎莉坐進他的雪佛蘭老車，直接開到西維吉尼亞的賭場，抹去他腦海裡的凱特．里斯。

「西維吉尼亞？」莎莉說：「你瘋了呀，外頭可是下著大雪，底特律就有賭場了，我們幹什麼要開車到西維吉尼亞呀？」

好問題。

且說這是他的勇氣吧，或說是直覺，或是琴通寧。反正，就像有什麼人告訴傑瑞，他的運氣會在西維吉尼亞轉變；像是有什麼人告訴他，今天是他的幸運日，只要他直接聽從腦海裡的聲音。

你不會輸的，**傑瑞**。

「妳來不來？」他問莎莉。

莎莉跟來了。

一小時後，他的雪佛蘭滑行在白雪覆蓋的高速公路。這是自從感恩節大雪後最嚴重的暴風雪，全球真是暖化了他純白的屁股。放眼望去，車子恍如失速，不然就是發生車禍。但對他來說，卻是很順暢的滑行。莎莉一副竊賊試著打開保險箱的模樣，不斷轉動收音機轉鈕。前四十首暢銷歌曲、嘻哈音樂，還有一個播放〈藍月〉的懷舊電台。他開始後悔帶莎莉同行了，她似乎只知道怎麼亂搞他的收音機，說同事是怎麼暗中聯合對付她。靠，她在傑西潘尼百貨上班，女人除了裝作世界在乎她們之外，難道沒有別的事好做嗎？

「莎莉，妳他媽的快點選定電台。」

「好，好，雕哥。」她說。

她終於選定克利夫蘭市外的一家古典搖滾電台，它正在播放老鷹合唱團的〈加州旅館〉，一天聽到兩次。

他把它當成好兆頭。

抵達賭場之後，他駛過泊車小弟，採取自助停車。看到他這種行為，莎莉狠狠瞪了他一眼。呃，可真對不住呀，他想要省下幾塊錢。他們穿過凍死人的停車場，天空稍稍放晴，改吹強風，吹得他們頭上的雪花如桃樂絲的龍捲風般打轉。他跟凱特和她怪異的兒子在該死的星期五電影夜，看過多少次《綠野仙蹤》啊？

傑瑞，你想念她。

但她不想念你。

那個聲音，那令人討厭的聲音，告訴他，去吧，喝上整晚，賭博，公路旅行，去跟朋友釣魚，去跟親戚打獵。不管你做什麼，都無法擺脫這個想法。

傑瑞，她是你這輩子最棒的女人，但她離開了。

他知道凱特．里斯就在某個地方，可能還認識了新歡，讓他擁有她的身體，又撫摸他全身。這種感覺讓他反胃，讓他的胃部翻騰。他必須到賭場樓層，好好喝一杯，讓這種感覺消失。

「莎莉，妳他媽的快一點。」他大喊。

「你試試踩著高跟鞋走過這鬼地方。」莎莉咆哮。

大門打開，一團氤氳煙霧迎面而來，盤旋在吃角子老虎機和視訊撲克的白噪音之上。莎莉要去尿尿。當然，現在才上午十點，但傑瑞已經坐到吧檯前，狂飲只加一些通寧水的雙份坦奎瑞琴酒。這酒像一場好運動一樣火辣辣，但還是不夠。他需要轉移注意力，來擺脫那個聲音。他環顧四周，發現有人在吧檯上留下一份報紙。

是匹茲堡的報紙。

大約兩個月前的報紙。

傑瑞翻開體育版，但是當然，它已經被窮苦人家拿走了。所以，他翻過其餘破破爛爛的版面。中東危機仍持續發展，老天，這還能當成新聞嗎？告訴我危機什麼時候結束，那麼我就會買報紙。還有難民？我有個主意。起立，開始往北走。靠，找出方法是有多困難呀？當周遭的世界就要來到盡頭時，誰還能坐得住？該死的笨蛋，就是這些人。

傑瑞翻動報紙到生活版，看到一個標題寫著「男孩在森林中發現屍骨」。他正準備往下看新聞照片時，莎莉帶著塗上厚粉的臉龐以及清光的膀胱，走了過來。

「天啊，這裡的氣味可真讓人受不了。」她說。

傑瑞撇下報紙，套上他的黑夾克。這不是他往常玩的遊戲，但像是有一股要他坐下來的力量，先小玩。且說這是一種聲音吧。他分開兩張Q，想起凱特告訴過他，撲克牌上Q的臉是伊莉莎白女王的肖像。他拿到兩張A，贏得一百美元。他又點了一杯琴通寧。凱特說過，這款調酒是英國軍人在戰地之類的地方發明的，而通寧水可用來多少預防瘧疾。

傑瑞，你想念她。

她換跟別人上床，傑瑞。

傑瑞在莎莉的反對下，再點了兩杯酒。莎莉說甚至還不到中午，他就已經喝醉了，但他不在乎，因為那個討人厭的聲音今天的語氣不太一樣。有種他不太能確切說清楚，但是讓他覺得所向無敵的東西。

所以，他決定來嘗試一下。

他看著桌上的牌，荷官給了他討人厭的十三點。但不知為何，他就是覺得沒問題。**該死，一副牌可是有四張八，不是嗎？**他加了牌，拿到八。又一次二十一點，又一次五十美元。他接下來用十二點，又辦到了一次；然後是十八點，再一次。他周圍開始聚集了一堆人，他知道他們心中的想法。這個戴著底特律雄獅隊球帽的下層階級到底什麼來頭？況且他身邊還跟著一個像在小丑學院學化妝的蹩腳騷貨。

混帳東西，我會告訴你們我是什麼人。

我可是今天不會輸的大混蛋。

聲音告訴他下一把下注十美元就好，果然，他爆牌了。他的勇氣告訴他接下來那一把下注五百美元，黑傑克二十一點。有個女孩在他身後拍手，是一個漂亮的印第安女孩——是印第安妞，不是孟買女人[39]。她尖細的紅色指甲中也拎著同樣那份匹茲堡舊報紙，他不懂為什麼大家都有這份到處散發的舊報紙，直到一個聲音讓他回到現實。

「黑傑克！」

他的手氣就這樣進行了好幾小時，賭區主管換了荷官來緩和他的運勢。他們結束牌桌，要他換桌。甚至從一副牌改為六副牌，因為認為他可能在數牌。不管他們怎麼做，都不重要。

你不會輸的，傑瑞。

傑瑞玩到下午五點，醉醺醺的雙腳站起來，隨意走到輪盤區。莎莉告訴他，不要得寸進尺一直碰運氣，但除了腦海的聲音外，他什麼也聽不進去。他選的第一個數字是九，當他押中九時，就連莎莉也閉上她的鳥嘴。酒吧的傢伙跟他說過這種運勢，他從未見識過，即使當旁觀者也沒見過。但是現在，他所向披靡。聲音告訴他在黑色下注二十美元，紅色十美元，一次歇手，果

39. 印度人和印第安人的英文都是Indian，傑瑞補充前面Indian girl的說法。

然球珠落到綠色。那位火辣的印第安女孩悄悄貼近他身邊，她把手中的報紙放在地上，把高跟鞋卡進椅子，準備認真賭一手。

「妳的報紙可以借我看看嗎？」莎莉說，神情無聊的模樣，就像看著男朋友玩電動的高中女生。

火辣的印第安女孩把報紙遞給她，莎莉翻看報紙，沒有好萊塢的新聞，只有四個小男孩在賓州西部森林發現骸骨的無趣報導。

「哦，這個小男孩真可愛。」莎莉指著照片說：「傑瑞，你看看。」

「莎莉，妳能不能閉上鳥嘴？」傑瑞說，一邊下注在三十三。

「三十三！」火辣的印第安女孩大喊。

你不會輸的，傑瑞。

傑瑞閉上眼睛，等待球珠滑過輪盤。他在心中見到凱特的臉蛋，她偷偷離去的那天上午，公寓一片空蕩蕩。他那天晚上是做了什麼事，居然這麼讓人害怕？對，他揍了她，但是他道歉了，而且他是真心誠意。所以，去他媽的，不相信就拉倒，他媽的賤人。

你想念她，傑瑞。

你想要找到她。

「四！」火辣的印第安女孩大叫。

到了午夜，賭區主管請來賭場經理，經理露出政客式的微笑，和他誇張地握手後，當場贈送了傑瑞一間住房。火辣的印第安女孩起身，恭喜他的好運道。她這段時間倒是輸個不停，但不知為何，她一直在他身邊下注。看她似乎有用不完的籌碼，或許她是賭場安插的線人，也或許是妓女，但他只知道她辣得要命。她從牌桌起身，把舊報紙留在他的腳邊。傑瑞拾起報紙，對她大喊。

「抱歉，小姐，妳忘了妳的報紙。」

她走回他身邊，神情微嗔，微微一笑。
「傑瑞，你可知道輪盤上所有數字的總和？」她問。
「不知道，妳何不在早餐時告訴我？」他說。
他真不敢相信自己居然有這種膽量，但他就是說出來了，這個邀請有如瀰漫的煙霧飄蕩在空中。他以為莎莉聽到這句話，可能會用她指甲貼片挖出他的眼珠，但是「野馬莎莉」詭異地默不作聲。火辣的印第安女孩對他展露燦爛的笑容，笑容大到他覺得像是露出了她所有的牙齒。
你不會輸的，傑瑞。
他們三人進入餽贈的套房，開了一瓶免費香檳。火辣的印第安女孩打開電視，因為她說自己可能會「有一點大聲」。在凌晨三點左右，電視台開始播放三州區域的地方新聞。傑瑞聽到新聞主播口沫橫飛報導一樁嚴重交通事故，說車禍涉及九月才為媽媽贏得彩券、十一月發現骸骨的一個小男孩，只是他一直沒回頭觀看真正影片。他忙著欣賞兩名女孩互舔對方的香檳，而外頭狂風吹襲一覽市區摩天輪景色的大面窗。傑瑞盡其所能享受塞滿整晚的性事，但是每當他放緩步調，即使只是一瞬間，那個聲音就會再次出現。
你想念她，傑瑞。
你必須找到她，傑瑞。
傑瑞在天亮前一小時醒來，他可能頂多只睡了三十分鐘，但不知怎地，他卻極度清醒。他喝掉最後已經變溫、沒有氣泡的殘餘香檳，以擺脫頭痛欲裂的感覺。他以前也曾醒來出現宿醉，有時甚至還未酒醒，但這次的頭痛卻不太一樣，像是當面對他發怒之類，就好像頭痛氣憤他搞上了它的老婆。他聽見莎莉在淋浴，但火辣的印第安女孩已經離開了。他原本以為她會偷偷把他洗劫一空，或是如果她真的是專業人士的話，會拿走一千美元當做「服務費」，但是她連一個籌碼都沒有拿。
不過，卻留下了她的舊報紙。

你想念她，傑瑞。
你想要找到她，傑瑞。
她換跟其他男人上床了，傑瑞。
那賤人現在正在嘲笑你，傑瑞。
經過這一連串好運道後，那聲音又重拾如蛇蠍般的惡毒。他唯一可以把凱特摒除腦海之外的方法是，拿起落下的舊報紙來看。他瞄過天氣預報，上面預測今年將有一個不合時宜的暖冬。真是了不起呀，奎斯金。他正要翻到了生活版時，突然想到要直接跳到體育版。他真走運，火辣印第安女郎的報紙沒有缺頁。
大約看了一半關於匹茲堡鋼人隊爭取另一個超級杯（混蛋，給我當個雄獅隊球迷試試）的報導時，莎莉洗好澡出來，她號啕大哭。傑瑞意識到酒醒之後，莎莉「野馬」的那部分也跟著離開了。不管她哪一個部分才是真正的雙性向，都不符合她在弗林特市的天主教學校教養。
「今天是耶誕夜，我得回家。」她說。
「好，莎莉，我們走吧。」他說。
他把報紙留在旅館房間，版面朝下。
在最後一次走過煙霧彌漫的賭場樓層時，他環視四周找尋那位火辣的印第安女郎。他發現自己甚至不知道她的名字。或許她就跟〈加州旅館〉那首歌裡一樣，只是個幻象。他哼著自己版本的〈加州旅館〉，歡迎來到西維吉尼亞旅館，真是個爛地方，真是醜陋的嘴臉。
賭場大門敞開，有如把他們吐到外頭的嘴巴。新鮮空氣聞起來好甜美，在月光透過雲層灑落下來時，顯得純潔、乾燥和乾淨。
他慢慢穿過停車場，風兒迎面吹來，聞起來有特別的氣味。他可能還在宿醉當中，不知為何，他想到了小時候第一次去打獵的情景，森林的氣味中混合著火藥燃燒和啤酒的味道。他不禁想起媽媽的舊時男友，他教他怎麼開槍，他是真正的壞傢伙，還拿棒球砸他的頭，說是在教他不要害怕棒球。

看到眼前車子的模樣，他不由得發出了呻吟。不知哪個混帳東西把這些愚蠢的小傳單夾在他的雨刷上。但仔細一看，他發現那不是什麼商店折價券或是收購舊車的廣告。那是一組四張的索引卡，綁著繩子像是原本掛在某個東西上。風兒把它吹落，傑瑞見到四個沒氣的橡膠玩意兒拍打著他的雪佛蘭車側。

是四個爆掉的氣球。

傑瑞看著卡片。

先生女士：

你發現了磨坊林小學氣球大賽的氣球，請在您方便的時候跟我們聯絡，這樣我們的學生就可以知道他們的氣球飛到多遠的地方。萬分感謝。

克利斯多夫・里斯

傑瑞翻過卡片，見到一堆對他毫無意義的名字。麥特某某某，麥克某某某，還有誰管他叫什麼的艾德。他正打算丟掉卡片時，冷風捲起一道寒流穿過他的夾克，打獵的氣味遍及他全身。腦海裡有個小小聲音告訴他，在把它們丟掉前，看一下最後一張卡片。他雙手顫抖地翻過卡片，看到最後一個名字。

傑瑞，今天真是你的幸運日。

72

好心人領著克利斯多夫穿過濃密枝葉的下方，來到一條年久失修的舊步道。他移開路上的一些枯枝，露出隱藏在它後方的新小徑。克利斯多夫看著使命街樹林上方的雲朵，月光彷彿困在雲層裡的明燈。嘶嚇夫人布下天羅地網，可怕的事就要來臨了。

這表示你快要死了。

好心人的話迴盪在克利斯多夫的腦海裡，直到他們走到一台廢棄冰箱前，它就像媽媽喜歡的老電影裡會出現的那種白色大型家電。上面生鏽的鍍鉻讓克利斯多夫想起傑瑞停在車道上的雪佛蘭舊車。

傑瑞要來……

傑瑞要來……殺掉我媽媽。

克利斯多夫必須離開幻想世界，他必須離開去救媽媽。

「我們到了。」好心人低語。

好心人嘎的一聲打開冰箱門，冰箱沒有背板，只是一大片塵土。

「這是什麼？」克利斯多夫問。

「我最後的藏身地。」好心人說。

好心人跪下來，撥開塵土後，露出一道暗門。他打開它，克利斯多夫見到一道長梯通往像是防空洞的空間。

「她還沒找到這一個。」好心人輕聲說：「我保留它做為緊急狀況使用。」

克利斯多夫爬進裡面，好心人跟著悄悄關上冰箱門。克利斯多夫跟著好心人走下長梯，到達底層後，好心人像在收起閣樓的門那樣，合攏樓梯。彈簧吱嘎作響，樓梯卡住鎖定，使得他們隱身在地底下。好心人點亮一盞煤油燈，然後打開一個可攜式冷藏櫃。裡面有瓶裝水、可樂、水果、乳酪和糖果。

「你從哪裡拿到這些東西的？」克利斯多夫問。

「從節食的人那裡，他們的噩夢全跟食物有關，他們不介意你拿走食物。相信我，你是在幫忙他們。」好心人說。

克利斯多夫像是貪心的購物車，把東西抱滿懷。

「別吃糖果。」好心人告誡。「我們只有在白天來臨前，才會留在這裡，你可能還要好一陣子才能再吃到東西。我們必須在午夜以前讓你離開這裡，你會需要有力氣的。」

克利斯多夫勉強把一條士力架換成蘋果醬，然後坐在地板上。他四下觀望好心人的這個避難所。它很簡陋，只有一張行軍床、一道鎖、幾件衣服，以及牆壁上的一面時鐘，但是時鐘的度量不是小時和分鐘。

而是年代。

克利斯多夫看著上面的數字：二〇二〇。月數是：二四二四〇，天數是：七三七八〇四，這麼多天恐怖及受折磨的日子。他看著好心人雙手雙腳上的傷疤，以及因為這麼多世紀來的多次骨折，造成他彎斜的走路姿勢。

「她帶你來的時候，你多大呢？」克利斯多夫問。

好心人看著他，像是這個問題讓他頗為意外。

「不是她帶我來，是我自願的。好了，快吃吧。」

好心人打開一瓶水，喝了一口。然後，他扭緊瓶蓋，吞下水，水有如冰涼的河流穿透他傷痕累累的身體。

「午夜會發生什麼事？」克利斯多夫問。

好心人緘默不語，只是舉起一根手指放在嘴巴前面，做出「噓」的口型。他指指上方，克利斯多夫停下動作，聆聽上方森林中搜尋他的聲音。

「克利斯斯斯多夫！克利斯斯斯多夫！你在哪裡？」

好心人站起來，蓄勢待發。

「我聞不到他的氣味了，你聽得到他的聲音嗎？」上頭聲音互相喊叫。

克利斯多夫看到好心人守在樓梯附近，準備在他們萬一下來時發動攻擊。他的姿勢讓克利斯多夫有了安全感，如果這一夜狀況有變，好心人打算誓死捍衛克利斯多夫。克利斯多夫見過媽媽曾擺出這樣的姿態，他不知道男人對孩子也會有同樣的感覺。

最後，聲音終於離開了，留下一片靜寂。克利斯多夫正要開口時，好心人又舉高手指。然後，他拿出一張紙，迅速用二號鉛筆草草寫下字。

他們還在上頭，這是試探。

克利斯多夫拿起鉛筆，也寫下一句話，再把紙條交回給好心人。

午夜會發生什麼事？

克利斯多夫端詳好心人的臉龐，看到了沉重和焦慮不安。好心人搖搖頭，無聲說了「不」，寫下回答。

我不要你害怕，我要你堅強。

好心人繼續書寫，但克利斯多夫只感覺到他們的思緒在文字間玩捉迷藏。

好心人在……

好心人在……害怕告訴我事實。

好心人知道……這會嚇壞我。

避難所的溫度下降了兩度，克利斯多夫從好心人手中拿走便箋簿，在紙上寫下。

如果你不告訴我，我就會直接讀你的心。

好心人嘆息，拿回紙張。他用大寫字母寫下句子，但視線一直盯著克利斯多夫的眼睛不放。他寫完之後，克利斯多夫直接上下顛倒看著訊息。

把你的手給我。

克利斯多夫探究好心人的眼神，他的眼睛沒有洩漏任何事。克利斯多夫的胃部翻騰，他忽然覺得不怎麼餓，就連糖果也不想吃了。所以，他拿起鉛筆，兩人像是小學生那樣來回傳紙條。

這是要做什麼？

如果你想讀我的心，我會敞開給你看。

克利斯多夫低頭，看著好心人像是打開書本一般打開雙手。克利斯多夫打量他掌心的皮膚，上面滿是割傷和傷疤，在水中洗過無數次。他感覺到胸口沉重，所有謎題的答案，四種方式進來，三種方式出去。像是看手相似地，全都蝕刻在這個手掌上。克利斯多夫又寫了一次。

午夜會發生什麼事？

好心人深深吸了一口氣，然後寫下兩個字。

一切。

克利斯多夫抓起好心人的手。

73

嗨，克利斯多夫。保持呼吸，我們動作得快一點，不然你的心靈會過熱不支。這是我千年來見識過的事，你不該這麼快就知道。抱歉，但別無選擇。呼吸，不然你會死掉，呼吸！

好心人的話一路發癢到克利斯多夫的手臂，彷彿擋風玻璃的裂痕蔓延到他全身。他感覺像是一股氣流被擠出體外，但不只是氣流，而是一切。他的肺部因為恐懼而僵住了，還是因為知識？慢慢地，他的胸膛開始恢復呼吸。他抬頭看著好心人，好心人露出鼓勵及友善的神情。

就是這樣，克利斯多夫。你現在見識到了，就是保持呼吸。不管你看到什麼，記得保持呼吸。

克利斯多夫眨眨眼睛，環顧四周。不知怎地，他同時在兩個地方。他的左眼仍然和好心人一起待在地堡，右眼卻看著好心人說的事。不是文字形式，而是影像，家庭錄影帶和回憶像花生醬和果醬交纏在一起。彷彿一切正在他眼前發生，這是好心人所看過的世界，真的非常可怕。

呼吸，克利斯多夫。沒事的，它傷害不了你的。呼吸。

克利斯多夫見到嘶嚇夫人折磨幻想世界的人們，街道血流滿地，這是世界的鮮血。

克利斯多夫，這就是上一次事情發生前的情景。你看到她做了什麼，淨是毀滅和瘋狂。看看街道，看看鮮血，當時就是這樣。而這也將是大家的遭遇，直到發生了奇蹟。

他誕生了。

克利斯多夫見到嬰兒搖籃裡的小男孩，他是大衛．奧森。不是他的爸媽，甚至也不是安柏斯認識他的模樣，而是好心人認識他的樣子，好心人疼愛他的模樣。

這裡已陷入黑暗好幾十年，她在真實側和想像側之間的玻璃尋找裂縫，尋找經由她的耳語和各人的夢境，悄悄潛入鎮上的方法。我以為到處都是這樣，但此時，我看到了不一樣的事，一道明亮的光線。那是大衛，自從他出生的那一天起，我就知道了。他與眾不同，當大部分的小孩還在學爬時，他就在說

話了。當大部分的小孩才剛剛會拿蠟筆，他就已經開始畫畫了。他對閱讀感到棘手，因為對於如此活躍的心靈來說，文字就是不肯好好安靜不動。他以為自己是笨蛋，直到發覺到他可能比任何人都聰明。我看著他長大，看著他的同學因為他的與眾不同而欺負他。在我經歷的所有時日，我從未見過如此寂寞的男孩，但他非常強大，她知道這一點，她想得到他。我竭盡全力保護他的安全，但我不是她的對手。就像對付你一樣，她誘使他進入樹林。

好心人聽見上方傳來聲響，便停了下來。回路一度中斷，克利斯多夫就只見到眼前的地堡。好心人仰頭，等待另一個腳步聲，但這只是風聲。然後，他再次握住克利斯多夫的雙手，對他敞開心靈。

剛開始，我試著幫助他。我讓他知道嘶嚇夫人是怎樣採取不同的形體，我教導大衛怎麼停留在街道上，我告訴他可以怎樣運用他的樹屋，趁著白天來暗中查探她，就跟我告訴你的一樣。但是，她比我聰明，她知道我在做什麼，她只是在等待發動攻擊的良好時機。

克利斯多夫的知覺分裂為二。一個眼睛見到好心人眼中的黑暗來臨，另一隻眼睛，他見到了原因。

最後一晚，我在那裡。她抓到我，我雖然設法逃了出來，卻為時已晚。我試著救他出來，大衛以為他醒著，但其實他只是夢遊走過她為他清除的小徑。我見到嘶嚇夫人走到奧森的鄰居，那家人有一個衰老的爺爺。嘶嚇夫人對老人家下手，老人不知道自己身在何處，所以當然也不知道他為什麼要戴棒球手套，又去閣樓拿了舊時的嬰兒提籃。他不知道他為什麼要拿舊錄音機，錄下孫女的哭聲。他不知道自己為什麼要把它拿到鄰居的門廊，按下播放鍵讓安柏斯及他女友發現。嘶嚇夫人向老人承諾，他將會重獲記憶。隔天早上，他卻死了。

克利斯多夫看得到老人的屍體躺在棺木裡，他的家人在尚未蓋棺的棺材前哭泣。他開始感覺到他們的眼淚，他必須把他們逐出心中，以便和好心人同在。

「大衛發生什麼事了？」克利斯多夫透過手指問道。

剛開始，他並不了解。他以前曾經從樹屋逃離幻想世界，不管是白天或黑夜，但這一次樹屋大門卻鎖住了。他不知道自己就快死了，他無法離開。所以，他試著在幻想世界重新打造樹屋大門，但這樣並不管用。他會跟在安柏斯身旁，懇求他到真實世界的樹屋。「安柏斯，去把門打開！」他會這麼大叫。但是嚇嚇夫人也會在安柏斯耳邊低語，帶他走錯方向，這對她來說只是一場遊戲。

克利斯多夫感覺到這一切在他面前上演，大衛的痛苦，安柏斯的悲傷。他一度描繪出自己陷入同樣狀況，他見到自己到處跟著媽媽，懇求她在真實世界打開樹屋大門，見到她夜夜慟哭，他卻無法碰觸她。他幾乎可以感覺到媽媽的哀傷，這讓人難以承受。

我試著給他東西讓他好過些，食物、飲水。我告訴他可以去洗澡的河流，告訴他晚上可以去的安全地方，像這樣的地方。如果有人在節食，他們的噩夢更讓人不費吹灰之力可以得到食物。但是，對一個小男孩來說，不費吹灰之力的意思是，能夠五分鐘內遠離這個恐怖的地方。所以，我教他怎麼自得其樂，我教他如何生存下來，尤其是在夜晚。但是，她終究還是抓到我，她因為我幫助他而折磨我好多年。但是，這和她對大衛做的事相較，根本不算什麼。

「她做了什麼？」克利斯多夫問。

她像馴馬那樣，馴服了他，然後當成她的寵物。

克利斯多夫透過兩隻眼睛，同時見到淚水滑下好心人的臉龐。他感受到數十年的折磨，內疚和悲傷瞬間同時湧向他。他的頭腦不知能不能繼續承受，直到雲層突然散開，黑暗找到細縫讓光線透進。好心人的雙手變熱了。

我以為這是故事的結尾，但是你出現了。

克利斯多夫在他的左眼，見到好心人的表情展露出些微的希望。在他的右眼，他看到媽媽帶他開著他們的舊陸鯊來到鎮上的時刻。媽媽綁著舊頭巾，克利斯多夫坐在前座，他明亮得有如煙火，看起來就跟魔法一樣。

當你出現的時候，就好像有人打開了電燈開關，自從大衛之後，已過了好長的時間。我的眼睛花了

好一會兒的時間才適應，但我一眨眼，你就在那裡，和太陽一樣燦爛奪目。你的光亮帶走了她的陰影，你是如此強大，她害怕你。

「害怕我？我只是個小孩子，我不強大，也不強壯。」

克利斯多夫，你不是因為強壯而強大，而是你善良才所以強大。

克利斯多夫見到他自己的光芒散布在幻想世界各處，見到好心人瞇眼避開它的光輝，然後露出微笑，他的眼睛就跟天空一樣蔚藍。

克利斯多夫，我喜歡所有人類，但是我對他們不抱幻想。在這裡，我們見到他們真正的想法、他們秘密的希望、他們的夢想。人們可能值得憐愛，但也可能是自私的，可能是殘忍的。有人兇猛危險，同樣也有人善良。但是，沒有人比你更良善。她無法碰觸你的善良，善良令人恐懼，是她無法控制、無法預測的。所以，她想要得到它。她到處安排郵筒人，讓我們無法幫助你。我只能透過隱藏的訊息來跟你對話，但是大衛……她不相信他能保持沉默……所以大衛首當其衝。

「怎麼樣？」克利斯多夫問。

她割下了他的舌頭。

克利斯多夫想到她給大衛換上的蛇信，想到大衛對她隱瞞的所有訊息，這個想法讓他打了個寒顫。

如果我們不送你離開這裡，你也會發生同樣的事。

克利斯多夫的眼睛開始充滿淚水，他再也搞不清楚這是屬於誰的眼淚了。大衛？他自己？好心人？或者是三者皆是。

克利斯多夫，我們沒有多少時間，所以仔細聽了。進入幻想世界有四種方法，你已知道其中兩種。樹屋，這是由你控制；噩夢，這是她控制的。還有兩種不受任何人控制的方法，所以她只把它們做為最後手段，就是昏迷和死亡。

克利斯多夫看到好心人所有言語在他眼前顯現。他見到自己走進樹屋，在學校做噩夢，拒絕吃藥，在公路被車子撞上，然後像鳥兒撞擊玻璃一樣陷入昏迷。當他感覺到自己的死亡，他幾乎放開好心人的手。空氣離開他的肺部後，就不再回來。這就像匍匐穿越塵沙的屍體，快點離開，前往光亮處。

有三種方式可以離開幻想世界，第一種是樹屋，現在被她鎖上了；第二種是醒來，而從噩夢遠比從昏迷之中醒來要容易多了。接下來是第三種。

好心人整理思緒時，沉默了片刻。克利斯多夫感覺得到他在小心翼翼衡量每個用字，確保不會把他嚇得太厲害。

「第三種方法是什麼？」克利斯多夫終於壓低聲音問道。

我們必須殺掉嘶嘶夫人。

克利斯多夫恐懼地閉上眼睛，忽然間，他左眼裡的地堡和右眼裡的好心人言語，都被一個景象給取代。嘶嘶夫人，她站在他面前，微笑中露出犬牙，她是他所見過最可怕的人。

只有這個方法，才能拿到她埋藏在自己脖子周圍血肉的鑰匙。這把鑰匙可以讓你回到真實世界，但是我們必須在午夜以前完成行動。

克利斯多夫睜開眼睛，見到開啟這一切的問題。它被匆匆寫在地堡的便條本上，他甚至不需要再說一次，只需要想一遍。

午夜會發生什麼事？

到了午夜，幻想世界和真實世界之間的玻璃會裂開，你會死去。城裡會因為恐懼而陷入瘋狂，大家都會為此指責你的母親，他們會折磨她、安柏斯、警長，還有你的朋友。你已經看過這一切有很多已開始發生，城鎮就像放進冷水的青蛙，已經開始加熱，而熱度來源就是她，只是偽裝成流感。我見過她在人們耳朵像種植種子般植入瘋狂，我見過這些種子發芽成長，而在午夜，這個花園的花兒將會綻放，青蛙會被煮熟。真實世界會像遭遇洪水般，溺死在本身陰影裡。那麼克利斯多夫，午夜會發生什麼事？

一切。

好心人放開他的手，克利斯多夫眨眨眼睛擺脫眼裡的痛苦。他見到一切在他眼前展開，死亡蔓延了整個城鎮。人們因為恐懼、怒氣和憎恨而變得瘋狂，折磨他的媽媽、安柏斯、警長和他的朋友。卻不知道這一切全是她的緣故，不知道他只是嘶嚇夫人遊戲板上的小碎片。好心人聆聽上面的樹林，在確信幻想世界的人們和野鹿都已走開後，他終於大聲說話。

「記住。」好心人以安撫的語氣說：「這一切還沒發生，我們還可以阻止它。我知道你很害怕，我也是。當她變得強大，我就會變得虛弱。我原本有能力接觸真實世界的人們，現在，我就算高喊到喉嚨沙啞，卻只有你聽見我。因為我太愛護人類，所以絕對無法放棄他們可以獲得拯救的希望。我只是再也無法獨自完成，但是我們可以一起做。今晚會有一方死去，不是嘶嚇夫人就是我們所知道的世界。我知道她認為今晚會結束，但是她不知道的是，我們擁有一個秘密武器。」

「什麼？」

「就是你，樹屋已經把你變得非凡卓越。我從未見過來自真實世界的人，可以像你一樣強大。就連大衛也沒有。所以，如果我們能使用這個力量來拯救你，讓你離開這個可怕的地方，你就可以解救你的媽媽和城鎮裡的其他人。你可以幫助我嗎？」

「是的，先生。」

好心人微笑，拍拍克利斯多夫的肩膀。

「謝謝你，孩子。」

克利斯多夫對著好心人微笑，好心人的牙齒斷裂，身體飽受打擊。

「樹屋把我變成什麼？」

好心人停下話來，神情嚴肅。

「如果我告訴你，你必須跟我保證，你會保持謙卑。因為大衛沒有這樣，直到為時已晚。」

「我保證，先生。」克利斯多夫說：「樹屋把我變成了什麼？」

好心人再次伸出他的手，克利斯多夫接過他的手，見到了答案。

74

它讓我變成神。

凱特．里斯停下來，看著紙上孩子氣、大小寫錯亂的潦草字跡。她不敢相信剛才看到的內容，她迅速翻回先前的頁面，確認自己理解正確後，才大聲唸出來給安柏斯聽。他們現在是在克利斯多夫的病房，自從護理師重新確認這病房的病床後，她就一直在這裡看著可憐、害怕的大衛所寫下的潦草字跡。

六月二十一日

我不再真的很明白自己在哪裡，我不知道什麼是真實、什麼是想像，但我們不能再等待了。噝嚇夫人偽裝成流感，無所不在。我們必須在她占據樹屋之前，現在就完成訓練。我問過士兵為什麼噝嚇夫人這麼想要樹屋，他解釋了樹屋對我的影響，它賦予我噝嚇夫人想要的力量。就這麼簡單，這解釋了我所經歷的一切。我想要告訴安柏斯我身上的真實遭遇，但我不能再讓他說我瘋了。所以，我一直等到他睡著，然後窩進他的床。我在他耳邊非常小聲地細語，以免噝嚇夫人在監聽。「安柏斯，我得告訴你一件事。」「什麼事？」他半夢半醒地回答。「我得告訴你樹屋做了什麼事。」「好，說吧。」他在睡夢中說：「樹屋做了什麼？」「安柏斯，它讓我變成了神，樹屋讓人變成神。」

「我的天。」安柏斯說。

克利斯多夫的媽媽放下日記，看著安柏斯。她看不到他的眼睛，但眼睛以外的表情全凝結著哀傷。她的視線轉向身旁昏迷不醒的兒子，想著他知道的事，他感覺到的事，他全對的考試答案，自發性的天才，以及碰觸的治癒能力。

「里斯太太，繼續唸。」安柏斯說。

克利斯多夫的媽媽翻動日記，繼續輕聲讀出來。

「好，你變成神了，回去睡覺吧。」他說。然後，哥哥又睡著了。我一直解釋我不是完全成為神，我無法創造或摧毀世界之類的，但我通曉一切，而且有治癒力量。士兵說，如果我再更進一步，我的頭就會爆炸。頭痛就是這個緣故，就像小雞啄殼，神推擠著我的頭顱。能夠對安柏斯說出這一切，感覺真好。我親吻他的臉頰，告訴他我愛他。我知道他在睡覺，沒聽見我剛才說的事。但是假裝他在聽我說話，不認為我瘋了，真是太美妙了。我想要認定他喜歡我這樣，因為再三天我就要去樹林除掉嘶嚇夫人。如果我不阻止她，她會粉碎兩個世界間的玻璃。現在全看我的了。

畢竟，我是神。（atTEraLL, iAMgod.）

她的背部一陣寒意襲來，感覺就好像有人在監視他們。克利斯多夫的媽媽通常會甩開這種感覺，但唸出大衛的日記給安柏斯聽之後，她覺得自己再也無法就這麼甩開。她認為嘶嚇夫人可能就站在這裡，有如貓兒跟著線團般，徘徊在她失去意識的兒子身旁。

「妳還好嗎？」安柏斯問她。

「沒事。」她說：「等我一下。」

克利斯多夫的媽媽低頭看著她做筆記的紙張，如果被醫護工見到，他們絕對會把她關起來進行四十八小時的精神病「評估」。上面匆匆潦草寫著：有一個幻想世界，裡面充滿嘶嚇夫人，以及嘴巴被縫起、眼睛被拉鍊封住的郵筒人。而她的兒子現在就困在裡面。

六月二十二日

在殺死嘶嚇夫人之前，士兵告訴我說我需要進行一些偵察工作。（BefoRe we kill the hissing lady, the sOldier said we needed to do Some rEcon……）

克利斯多夫的媽媽花了一點時間，眼睛才適應大衛模糊難辨的字跡。她從未見過這麼不安的字跡，就連她死去的丈夫也不曾這樣。這字跡不是出自發瘋的孩子；而是來自恐懼害怕的小孩。她先看過，解譯其中的訊息，然後再清楚輕聲讀出給安柏斯聽。

六月二十二日

殺死嘶嚇夫人之前，士兵告訴我說我需要進行一些偵察工作，就像是安柏斯喜歡的戰爭片裡的任務。士兵擔心我在訓練中太勉強自己，他不想要我的頭腦消耗殆盡。所以不讓我出這次任務，但我還是做了。我這是在白天跟蹤她，我見到她觸及人們，設下陷阱。人們因為她的流感而生病，性情大變。我見到她在人們耳邊低語，讓他們害怕自己的影子，那影子只是沒有光線的人。這個地方開始讓人害怕，即使是在白天，這個城鎮就快要瘋狂。

六月二十三日

我一直問士兵，如果我們失敗的話，我會有怎樣的下場。剛開始，他不肯告訴我，因為他不要我害怕。但是，我現在比他更強大，我把他丟到一公里外，直到他說出來。他說，我會變成嘶嚇夫人下一個寵物。最後的偵察任務是在今晚，士兵說這不安全，因為這時間我不是隱形的。但我告訴他，安柏斯有危險，而我是神，所以我來了。我們找到她的藏身處，我不敢相信居然是在那裡，原來一直在這麼近的地方。

六月二十四日

士兵被嘶嚇夫人抓住了，我犯下可怕的錯誤。我以為我是無敵的，現在我孤立無援，我真是太愚蠢了。我在晚上進入幻想世界，而嘶嚇夫人利用我為餌，設下陷阱抓他。士兵跑來救我，但郵筒人跳到他身上，用拉鍊眼睛劃傷他。我竭盡我所想得到的一切方法去解救他，但每當我沉靜心靈，就要找出方法時，就會感覺到有人撞到野鹿、毆打他們的孩子，或是自殺。就像他說的，我絕對不該在晚上去那裡的，為什麼我沒聽他的話？我應該要保持謙卑，我好慚愧。她現在正在折磨他，即使在真實世界，我也可以感覺到他在尖叫。我必須進去那裡救他，這全是我的錯。主啊，請幫助我。請幫助我擊敗她，拯救我哥哥，因為……

克利斯多夫的媽媽翻頁，目光飄向床上昏迷的兒子。現在是機器替他呼吸，為他進食，替他生活。嗶嗶嗶的穩定聲響成了唯一的希望象徵。她回首看著大衛的日記，瘋狂般的圖畫，可怕的潦草字跡，每一個字都讓她相信克利斯多夫的存活和世界的存活就是同一件事。那時的瘋狂，就是現在的瘋狂。她想到嘶嚇夫人種下的種子，低聲的耳語，做出的承諾，如果這些花朵驟然綻放，他們會有怎樣的結果。

幻想世界就快來臨了。

75

極品艾德在天亮前睜開眼睛，他往下看，發現自己尿床了。他最近時常尿床。然後，他望著外頭的樹木，連他自己也不明白原因，但今天他只想去一個地方。

出奇老鼠餐廳

這沒有道理呀，他只是個小男孩，即使他知道它還有電玩和機器動物樂園的優點，但出奇老鼠餐廳的披薩只比自助餐排名高一格。而今天是耶誕夜，他們在外婆死後，總是會去另一個奶奶家過耶誕夜。他們每年都這麼過節，但他就是無法拋開這個想法，他就是得去出奇老鼠餐廳。

聽外婆的話。

他走到爸爸的房間，試著叫醒他，但爸爸只是低吼說：「老天，天都還沒亮，回去睡覺。」所以艾德離開房間，不過還是聽外婆的話，先偷走了爸爸放在床頭櫃的手機。艾德接著走到主臥室，媽媽睡在床上，她總是對他說，她需要分房睡是因為爸爸會打呼。艾德知道其實是因為媽媽喝太多酒，爸媽為此大吵，她說她隨時可以不喝，爸爸說「證明呀」，她回答「去你的」，要他去睡客房，而他回答「不，妳才是酒鬼，妳去睡客房」，她大哭，然後贏了，後來她在手提包放著外形像香水瓶的瓶子，持續拿它來裝酒喝，以平息腦海裡的悲傷，爸爸終於就按照她的話去睡客房了。

聽外婆的話。

「媽，妳能帶我去出奇老鼠餐廳嗎？」他輕聲說道。

她拿下凝膠睡眠眼罩，據說這玩意兒會讓她保持青春。

「親愛的，今天是耶誕夜，我們要去奶奶家。」

「我知道，我只是真的很想去出奇老鼠。」

「什麼？寶貝，對不起，這實在太瞎了，回去睡覺吧。」

「我們可以在路上去那裡吃午餐。」

「去問你爸爸。」

「我問過了，他說好。」

「好，就這樣。」

但並不好，等艾德的爸爸醒來，發現艾德在說謊，就說要處罰他。尤其是他才在耶誕盛會和布瑞迪大打一架後，爸爸要他適可而止。之前為了慶祝艾德拿到好成績，他房間裝設了HBO頻道，現在要停掉，罰他一個月沒有HBO。

「但是爸爸！你不懂！我一定要去！」艾德抗議。

「別再發神經了，去穿衣服，我們要去奶奶家。」

他們出發時間已經遲了，因為爸爸找不到手機，他要艾德的媽媽打給他，好藉著鈴聲找手機，但她也找不到自己的手機。他們不知道兩人的手機都被兒子拿走，埋在外頭的雪地裡。極品艾德死去的外婆告訴他，他一定要這麼做，不然他永遠沒辦法去出奇老鼠餐廳。

聽外婆的話。

艾德一家終於擠進他們貼著「支持美國貨」貼紙的福特休旅車，前往奶奶家。昨天夜裡的天氣更惡劣了，他們平常走的路線因為樹木倒下，還有幾起車禍，所以封路了。其中一件車禍似乎尤其嚴重，一輛旅行車撞向另一部有點像是凱特．里斯的車子。貝蒂想打給凱特確認她的狀況，伸手去拿手機。

她忘記自己的手機不見了。

沒有手機的地圖功能，艾德家只好仰賴舊的衛星導航系統（GPS），尋找前往奶奶家的替代道路。艾德的爸爸猛按住址，GPS女士告訴他們走七十九號公路。極品艾德知道奶奶佯裝成GPS女士來幫助他，所以他在後座稍稍安心下來。

他看著爸爸在布其利維爾附近走了平常的捷徑，準備開上七十九號公路，但這一次，一隻鹿衝過道路。爸爸急轉彎避開野鹿，結果撞到一個大坑洞，右邊兩個輪胎爆胎。幸運的是，他們就在太陽石油的加油站隔壁，加油站服務員告訴他們，店裡人員大多因為流感沒來上班，店面的零件也銷售一空，但要是他們給他幾小時，他就可以叫表弟帶二手輪胎過來（外加少許費用）。所以，他要艾德家先去吃午餐休息一下。幸運的是，太陽石油加油站隔壁就有個餐廳。

出奇老鼠餐廳

艾德，帶著你的背包，你就要去領獎了。

艾德一家走進出奇老鼠餐廳時，極品艾德開心極了。因為今天是耶誕夜，餐廳除了角落的同卵雙胞胎生日派對外，幾乎空無一人。艾德的爸媽給了他二十美元的遊戲卡，然後點了一個披薩和一大杯啤酒。艾德遊走在電玩機台和機器人之間，不時回頭張望，不懂為什麼會被帶到這裡來。

「艾德。」那個聲音低語：「艾德，噓！我是外婆。」

艾德轉身，見到一隻痞子貓的機器玩偶在對他微笑。

「外婆？」他說。

「對，艾德，仔細聽我說。」痞子貓低語：「有個非常壞的東西停放在停車場上，我要你做好準備，好嗎？」

艾德點點頭，視線挪向餐廳前方。大門開了，一個打扮得像生日派對小丑的胖子，走進出奇老鼠。

「艾德，別靠近他。他老婆剛離開他，聽外婆的話。」

艾德看著胖小丑走到生日派對。

「嗨，各位小朋友！」小丑大喊。

「嗨，快樂叔叔！」孩子回應。

胖小丑拿出一個氣球。

「誰要幫快樂叔叔做動物氣球呢？」

「我！我！我！」孩子說。

小丑吹出長條氣球，吹了一個又一個，再一個。然後，他扭轉這三個有如股骨的氣球，做出動物造型。

「小朋友，這是什麼？快樂叔叔做出了什麼？」

「是鹿！是一隻鹿！」他們開心地尖叫。

小丑拿出一把玩具槍，拿槍指著鹿。

「沒錯，小朋友！現在打獵的時間到了！」

他扣下扳機，射出一條寫著「砰！」的紅色長條旗。旗子打中鹿，氣球就破掉了，孩子尖叫大笑。

「小朋友，要再做一個嗎？」小丑大喊。

「要！」孩子高喊。

「好！但這次我需要你們幫忙，這一次真的很困難。」

「我想要逃走。」極品艾德說。

「艾德，不可以，你來這裡是有原因的。」

艾德看著胖小丑拿出一把氣球，遞給小孩。小孩子像大野狼般用力吹呀吹，吹出氣球。

「好的，小朋友！把氣球交給快樂叔叔！」

「艾德。」痞子貓低語：「躲在柱子後面，現在。」

艾德依言而行，看到孩子爭先交回氣球時，恐懼到動彈不得。

「太棒了，我的小幫手！好了，現在來看看我們的團隊合作可以做出什麼！」

快樂叔叔開始扭轉氣球，氣球互相擠壓刮擦，發出如指甲劃過黑板的聲音。他扯動氣球做出一個扭曲的形狀，然後當成長矛上的人頭舉高它。

「各位男生女生，這是什麼？」

「是小丑。」大家齊口同聲。

「沒錯，我們做了一個小丑！現在該是狩獵小丑的時候了！」小丑大喊。

胖小丑伸手探進他的袋子，拿出另一把槍。

他把槍對準氣球小丑的太陽穴。

孩子停止了笑聲。

「各位小朋友，這個小丑剛剛失去了一切。」

艾德看向痞子貓，機器貓不發一語，只是皺眉頭，露出病態至極的微笑。

「小朋友，這個小丑搞砸了他嘗試去做的每一件事，所以快樂嬸嬸逃離了快樂叔叔！現在快樂叔叔不再快樂了！」

小丑迅速地把槍從氣球移向他自己的太陽穴。

「所以，你們說要怎樣讓小丑脫離這種悲慘狀況呢？」

在座家長措手不及，子彈從槍射出，擊中小丑的太陽穴。孩子尖叫跑開，小丑扭成一團倒在地上。快樂叔叔的袋子就掉在艾德的腳邊。

裡面裝滿了氣球。

還有子彈。

「艾德，你得現在動手，沒人在看。」痞子貓低語。

極品艾德本能地彎下腰，盡可能拿起最多的盒裝子彈。在爸媽拚命跑過來之前，把它們迅速塞進背包（浩克的背包）。艾德真的覺得好幸運，因為在他終於打開爸爸存放手槍的保險櫃時，他沒有找到任何子彈，只有一堆大艾德裝作他沒在吃的娛樂性藥品，就像大貝蒂假裝她沒有喝太多一樣。

「艾德，瞧。」痞子貓說：「我告訴過你，我會讓你拿到獎品。現在，你可以從可怕的布瑞迪手中保護克利斯多夫了。聽外婆的話。」

艾德對痞子貓露出微笑，而機器貓的眼睛倏地暗淡下來。然後，他拉上浩克背包的拉鍊，帶走兩百多發子彈。

76

「布瑞迪。」那聲音低語：「嘿。」

布瑞迪像小鳥般睜開眼睛，見到外婆坐在病床上。自從克利斯多夫在耶誕盛會碰觸她之後，她就一直在沉睡，醫師不知道她是否會再度清醒。

「外婆？」他試探。

「是的，親愛的。」

她聲音非常沙啞刺耳，讓他的皮膚發癢。

「妳感覺如何？」

「好多了，你媽媽在哪裡？」她問。

「餐廳。」他說。

「爸爸呢？」

「可能在工作吧。」

「很好，這讓我們可以單獨聊聊。」

她拍拍床邊的椅子。拍，拍。布瑞迪慢慢走過去坐下。

「看看你居然這麼大了。」她說：「我記得你還非常小的時候，當時我一隻手就可以捧住你整顆頭，你也還沒有牙齒，像個小老頭似的。現在看看你，布瑞迪，你好大了，讓我看看你的肌肉。」

布瑞迪彎曲他的右手臂，她伸出罹患關節炎的手指觸摸他的二頭肌。

「哇。」她輕聲說：「你好強壯。」

布瑞迪露出自豪的笑容，老婦人把小男孩的手握在她瘦骨嶙峋的掌心。兩人的手心溫度開始升高，就像握著熱可可的馬克杯。

「布瑞迪，你爸爸也很強壯。知道嗎？我還記得他和你媽媽結婚的時候，我好高興她就要有一個成功的丈夫了。我有一個失敗的丈夫，他不是好人。你的外公對你媽媽很壞，讓她在後院度過大部分的寒冬，你知道這件事嗎？」

「不。」

「我想要阻止他，但他太強壯了。她不知道這件事，她以為我沒有試過，這讓我很難過。所以，我知道她對你很嚴厲，但不要怪她，好嗎？她以前的遭遇比她現在做的事可怕多了。」

布瑞迪緘口不語。

「布瑞迪，但是你還是恨她，是不是？」

布瑞迪點點頭。

「我知道，這很難，但她努力讓你變得堅強。所以，試著不要太恨她，好嗎？恨意真的很危險，就像那個男孩，他叫什麼名字？跟你在耶誕盛會打架的那個男孩。」

「極品艾德。」

「對，他是個可恨的男孩，對吧？」

布瑞迪點點頭，凱澤太太看向走廊，知道沒人會進來時，她壓低了聲音。

「極品艾德打算殺掉你，你知道這一點，對吧？」

「但我可以先殺了他。」小男孩說。

「很聰明，布瑞迪。」她驕傲地說：「瞧，你媽媽就是這樣造就了你，她讓你變得非常強壯又勇敢。可恨的傢伙就讓他當吧，而你要當好人。對克利斯多夫和他的朋友也一樣如此。」

布瑞迪微笑，兩人手中的溫度暖和得跟營火一樣。

「外婆。」他說：「妳現在記得事情了嗎？」

「是的，布瑞迪。除了我的名字之外，我全都想起來了。」

「什麼意思？妳就是外婆呀！」

她哈哈大笑，露出沒有牙齒的笑容。

「我知道我是你的外婆，但那不是我的名字。我結婚後，名字改為約瑟夫．凱澤的太太，但我不記得之前的名字。你外公偷走了我真正的名字，藏在樹林某處。但我要把它拿回來，你可以幫幫我嗎？」

「當然。」

「好，布瑞迪，你是個強壯的好男孩。」

布瑞迪微笑，老婦人戴上假牙，回報笑容。

「布瑞迪，我們會贏得這場戰爭的，聽外婆的話。」

77

「麥特，他們打算殺掉你哥哥。」那聲音低語。

麥特睜開眼睛，現在是耶誕夜的黎明破曉前。他渾身顫抖，最近他一直在做可怕的噩夢，但這一個尤其恐怖。他不知道自己是否還會想要睡覺。麥特開始恐慌，或許自己仍在噩夢裡，他不想要那些鹿回來。

「哈囉？」他朝著黑暗說：「麥克？」

萬籟俱寂，麥特在床上坐起來，全身是汗。整個週末，不管他翻轉枕頭多少次，仍舊會感覺到額頭上的可怕高燒。但是，他終於退燒了，現在只剩下汗水以及兒童阿斯匹靈的味道，還有就是他又尿床了。

「麥克？」他說。

他什麼也沒聽到。麥特下床，看著床單，上面浸滿尿液。他覺得好尷尬，他不能讓哥哥看到。所以，麥特脫掉黏在身上的冰冷睡衣和內衣，走到浴室，用毛巾清洗身體。擦乾淨後，他走上走廊前往哥哥的房間。他打開房門，躡手躡腳走到床邊。

「麥克？」他輕聲叫喚。

哥哥在被子底下動也不動。

「麥克？我做噩夢了，我可以跟你睡嗎？」

沒有聲音，麥特慢慢拉開被子，只看到捲起的睡袋和一只棒球手套。

麥克不在。

麥特環顧房間，查看是否有異狀。房間有一張復仇者聯盟的海報，上面包括麥克最喜歡的雷神索爾。衣櫃一團亂，地板上散落著各種球類，從射擊用球到威浮球都有。床底下沒有東西，一切都是正常狀況。不過，感覺還是不太對勁，就像是他在噩夢中見到的街道，就是不對勁。

麥特離開房間，小心翼翼經過走廊到媽媽的房間。他心想，或許麥克也做噩夢了，要求睡到媽媽中間。但是，兩個媽媽睡在床上兩側，沒見到麥克。

麥特慢慢爬下樓梯，來到廚房時，他見到流理台上有一盒牛奶。麥特走過去摸了一下，盒子不冰了，可見至少已經被拿出一小時。麥特看著盒子上的失蹤女孩艾蜜莉・波托維奇。不知怎地，他敢發誓她也回視著他。

他離開廚房，走到客廳。他看到茶几上有吃了一半的早餐穀片，湯匙仍放在碗中。電視開著，播放著復仇者聯盟的舊卡通，索爾在說話。

「美國隊長，鋼鐵人有麻煩了。」他說。

麥特走出客廳，來到玄關。他抬頭看向衣帽架，注意到麥克的外套不見了。大門的門栓鎖開著，麥特不敢相信哥哥居然離開房子，他們因為在耶誕盛會打架，還在接受處罰。如果麥克被逮到外出，媽媽可能會把他永久禁足。事情真的十分不對勁。

麥特打開大門。

外頭寧靜無風，昨天夜裡下了大雪，從上方雲層看來，耶誕節可能會有更大的暴風雪。

「麥克？」他低語：「你在外面嗎？」

還是沒有聲音，只有一隻鹿在對街的草地上盯著他。麥特開始覺得非常不安。他急急穿上外套和靴子，看到哥哥的鞋子還在。他就把哥哥鞋子綁在一起，掛在肩膀上。然後，就在他出門前一刻，內心有種感覺叫他回去廚房拿一把刀子——

且說它是一種聲音。

麥特開始走上街道。他低頭查看，即使雪花像甜甜圈上的糖粉覆蓋了街道，他覺得還是可以看出哥哥赤腳走過的輕微足印。通常，因為弱視，他無法看得很清楚。但自從克利斯多夫觸摸他的手臂之後，他的眼睛開始好轉。一星期後，就痊癒了。不過，他的視力不是停留在一點零，而是更加銳利，現在可以看到好幾公里外的地方。就跟外婆一樣好，她說她有遠視，可以拿下眼鏡，在後院看到一、兩公里外的免下車電影院電影。她聽不到電影的聲音，但可以觀賞到所有好電影。當時，戲院都被關閉了。外婆後來死於膀胱癌，麥特不知道為何現在會想起外婆。他跟著腳印，一路走下長長的山坡。

前往使命街樹林。

樹林籠罩著恍如天空雲朵的薄薄晨霧，麥特低下頭，跟著哥哥的腳印，一直走在通往樹林的街道。他越接近樹林，眼睛就逐漸發癢抽搐。

麥特緊緊握住刀子，進入使命街樹林。他跟著步道的足跡，經過山羊橋和小溪，溪流不知為何已不再結凍。他走進空地，感覺到野鹿從常綠植物的空隙盯著他，牠們的呼吸氣息就像人孔蓋升起的蒸氣。麥特穿過煤礦，一直走到另一頭。他經過那個廢棄冰箱，它現在暖和得跟營火一樣。最後，他終於來到森林遠端停放推土機和柯林斯建設公司交通工具的地方。

他就是在這裡找到麥克。

哥哥帶著一把刀，赤腳蹲在泥地。麥特見到哥哥砍擊推土機的後輪胎，又走到前輪，鬆開螺帽，繼續用刀子讓前輪慢慢消氣。麥特輕輕走近背對他的哥哥。

「麥克。」麥特輕喚。

「麥克，你在做什麼？」

麥克從輪胎拔出刀子。

麥克沒有回答，就這樣過了好一陣子。

「今天是耶誕夜。」麥克終於說話了。「推土機今天會到樹屋。」

「所以呢？」

「如果柯林斯先生推倒樹屋，克利斯多夫就永遠沒辦法出來，所以，我們必須解救他。」

「誰跟你說的？」

「你。」

麥特把哥哥轉過來，發現麥克的眼睛閉著，他是在夢遊。

麥特從他手中輕輕抽出刀子。

「麥特，我們必須完成。」麥克在睡夢中抗議。

「別擔心，躺到我的外套上，我會做完。」麥特說。

麥克按照他的話去做，他的頭枕著麥特的外套，開始打呼。麥特拿起鞋子，套在哥哥冰冷的腳上。然後，他拿著兩把刀子走向柯林斯建設公司的艦隊，不一會兒，這些交通工具全都失去作用。如果是其他夜晚，他們可能會被逮到。

幸運的是，保全人員因為這場可怕的流感不在現場。

78

「混帳東西！」

柯林斯太太見到老公把手機摔在自助餐廳的桌子上，而她的媽媽在樓上病房仍未醒來。不知為何，老公的事業又悄悄回到他們的生活，即使是在耶誕夜。

「發生什麼事了？」柯林斯太太聽見自己問道。

柯林斯太太臉上維持盡職的關切表情，佯裝聆聽老公咆哮說幾個「混帳東西」破壞了他的卡車和推土機輪胎。她心不在焉聽到他說，這個「該死的使命街樹林建案」一個月前就該動工了，卻有人跟他過不去。他禁不起這一切的工程延誤，他們的財務槓杆已來到臨界點，貸款就要到期。她最好不要再該死地花這麼多錢。

吧啦吧啦說了一堆。

他開啟這樣的吵架多少次了？一個月五次？查帳期間十次？她大可以播放錄音帶，替自己省時間。「凱瑟琳，妳以為是誰付這些錢的？因為這不是妳該死的慈善事業！」「但是布瑞德，我把林蔭松從避稅機構，變成繁榮的事業。」「繁榮的事業？那個老人院賺的錢還付不了妳的鞋子！」他們什麼時候不再是床頭吵床尾合了？他怎麼能忍受他自己的聲音一整天？天哪，他還在說話嗎？是的，他還在說個不停。

柯林斯太太只是點點頭，輕撓鑽石項鍊底下的肌膚，這癢意就是無法消除。柯林斯太太認為這發癢症狀是因為她被困在醫院等候媽媽醒來的關係，她一身汗，身體黏答答，在醫院這可怕的浴室裡，儘管是個人使用，她還是對她的頭髮無能為力。況且，她不知道自己還能佯裝多久說她不痛恨這個男人。

「妳到底有沒有在聽我說話！」他大吼。

「當然有，布瑞德，這太可怕了。還有呢？」她說。

她的老公繼續咆哮，柯林斯太太則回頭看，看到滿是躺在輪床上的病患。他們開始把病人推進自助餐廳了，就像《亂世佳人》裡面垂死的軍人一樣。她想到媽媽正舒適躺在樓上的單人病房，而那個病房應該可以輕易再容納兩張病床。她不懂這些窮人何不滾出輪床，就直接殺掉他們。她就會這麼做，她無法忍受這種鳥事超過五分鐘，所以她才會變成有錢人，而窮人則是蠢到無可救藥。

柯林斯太太一度幻想輪床上的人起身，齊步進入自助餐廳，過來拔掉她老公的舌頭。天哪，柯林斯太太好希望此事成真。她默默祈禱他們下床，直接殺掉這男人，這樣她就不用討他歡心說這世界就是欺負他，但其實隨便看看現況及他眾多的銀行帳戶，就會證明事實是正好相反。

然後，這群暴民除掉他後，就可以換到她媽媽舒適的私人病房，從使用千針紗被單的病床扯下她，再用被單吊死她。因為她忘記了柯林斯太太永遠忘不掉的記憶——裝滿伏特加的水壺、債務和窮困，那個在十二月用水管噴溼親生女兒，再把她丟進後院的殘暴男人；而那個膽怯矮小的媽媽儘管有幾十次的機會，卻從來不曾採取行動阻止。

「如果妳想當狗，就像狗一樣留在外頭。」他是這麼說的。

而她媽媽有什麼反應？什麼也沒有。

真是感謝有那些記憶。

八年來，柯林斯太太看著媽媽的記憶一個接著一個跳進兔子洞[40]。八年來，柯林斯太太致力於安老院，讓媽媽得到她不曾從媽媽身上得到的照護。為什麼？因為這是柯林斯家的人會做的事，而不是凱澤家的人。凱澤氏躺在走廊上的輪床等死，柯林斯家族則是享受舒適的私人病房。凱澤氏拿伏特加喝到死，而柯林斯氏靠賣伏特加給他們來致富。她現在是柯林斯家族，所以八年來，柯林斯太太為媽媽付出一切，所唯一想要的回報就是老婦人早日死去。早日死去，這樣她就不用再替她記得一切；早日死去，這樣她就用不著到交誼廳坐在媽媽身邊，看著永無止境的受害者列隊出現在永無止境的日間脫口秀，被各種性別、膚色、宗教的主持人訪問受虐經驗，而攝影棚的觀眾心理學家口沫橫飛判定他們的父母必定也有過受虐經驗。早日死去，這樣她就用不著再看到愚蠢的人們流下愚蠢的眼淚。

如果這些鄉巴佬經歷過三個月凱西．凱澤的困難時光，他們可就有大哭的理由了。試試當一天爸爸的菸灰缸，試試每天被叫做醜八怪，試試在厭食的情況下還被說是大胖子，試試每晚渾身溼透站在寒冬裡，盯著自家小房子後面的鋁製壁板。然後，看看你是否能夠決意把那鋁製壁板轉換成為美麗的未來。

凱西，看看那個房子，妳有朝一日會住在更大的屋子。

是城裡最大的房子，凱西，還有一條鑽石項鍊。

還有一個有權有勢的丈夫，看看那個好老公，看看那個漂亮的兒子。

試試每天晚上都努力把指甲掐進手中，免得凍死在後院，卻要看著爸爸在溫暖的廚房裡喝酒。這時候，再告訴我那酒鬼是怎樣也受過虐待。因為，知道嗎？有些虐待孩子的父母，以前不是受虐兒。即使在雞生蛋蛋生雞的宏觀設計中，並非人人都有藉口。總要有人當第一個。而只要一次，只要這八年有那麼一次，她願意付出一百萬美元，只要這些永不著邊際的脫口秀來賓中，出現一個誠實父親。

「我醒來，就說：『我要用香菸燙她。』」

「為什麼？因為你過去受過虐待？」脫口秀主持人會這麼問。

「不，只因為我無聊。」

柯林斯太太會寄支票給那個男人，感謝他的誠實；再寄一張支票給他的小孩，因為他們會了解凱西．凱澤以前生活的真實樣貌。大家只管去吧，試著當一天的凱西．凱澤，看最後是否可

40. down the rabbit hole，出自《愛麗絲夢遊仙境》，主角愛麗絲掉進兔子洞後開啟奇遇，日後引申為陷入紊亂奇異的未知狀態。

能發現，自己不是地板上該死的水坑。

「凱瑟琳，妳到底怎麼回事？」她的老公問。

柯林斯太太看了一眼自助餐廳牆上的時鐘，不知怎地，已經過了十分鐘。

「親愛的，對不起。」她說：「我剛剛只是覺得有點不太舒服，你可以再說一次最後那件事嗎？」

「我說，我得去使命街樹林處理這場噩夢。我知道今天是耶誕夜，但是我們的截止日快到了。」

他像是做好準備，一副她會撕裂他的新高爾夫球衫，只因為他居然敢說耶誕夜這天不陪家人。不過，她只是面露笑容。

「親愛的，當然沒問題。」她說：「等你工作回來，我會為你準備最好的耶誕晚餐。」

「凱瑟琳，妳還好嗎？」他問。

「我沒事。」她說，露出慎重的微笑。

「妳確定。」

「去工作吧，我會等你回來。」

說完，她就親親他的雙唇。柯林斯先生極為困惑，就算她在他們的結婚週年替他吹簫，也至少會先喝下三杯夏多內白酒。柯林斯太太在她的老公面前有多種面貌，但體貼絕對不在其中。

「好。」他說：「如果有需要，就打電話給我。」

她點點頭，他便離開了。等他走出視線外，柯林斯太太低下頭，發現自己的指甲掐得太用力，手心都流血了。她甚至不自覺剛才有做這樣的動作。她看向自助餐廳那些躺在輪床上的骯髒病人。

他們全都盯著她。

她知道她丈夫不在場時，這些人可能會改找她出氣。她學過夠多的歷史，知道在革命中有錢人的太太會有怎樣的遭遇。柯林斯太太知道這些人想用眼神來恐嚇她，但是他們不明白。對她來說，他們只是鋁製壁板。

瞪人比賽持續了大半分鐘，等餐廳最後一個人眨眼低頭，柯林斯太太就離開了。說這是常識，說這是她腦海裡的聲音，總之，就是有東西對她說，她必須帶兒子回家。她需要一杯白酒，好好泡一下熱水澡。她沒辦法再去媽媽病房的私人浴室洗澡，她去了病房，發現媽媽仍未清醒，而兒子在唸書給她聽。

「親愛的，是要用來把妳看得更清楚[41]。」他唸著。

「布瑞迪，我們得走了。」她輕聲說。

「我想跟外婆在一起。」他也輕聲回答。

「外婆還在睡。」她說。

布瑞迪堅持己見。

「不，外婆醒了，我們剛剛才聊過天。」他說。

「別再騙人了，穿上外套。」

「我沒騙人。」他說。

柯林斯太太看著在床上熟睡的媽媽，她知道兒子常說一些殘忍的玩笑，但這次真是刷出新低點了。

「布瑞迪．柯林斯，我數到三。等到三時，你就坐進狗屋吧。」

但布瑞迪沒有行動。

「我發誓，我們剛才有說話。」他說。

「一。」她說。

41. 出自《小紅帽》的故事。

「外婆，醒醒。」他說。

「二。」她嘶吼。

「外婆，拜託！別讓我跟她回家！」

「三！」

柯林斯太太抓起兒子，把他轉過來，然後牢牢盯住兒子的眼睛。

「我對天發誓，如果你在這些人面前大吵大鬧，我就讓你在狗屋住到耶誕節上午。」

布瑞迪眼神一暗，跟她久久對視。不過，他終究跟包括爸爸在內的其他人一樣，和媽媽對峙時——

他先眨了眼睛。

他們一離開病房，柯林斯太太就開始覺得惴惴不安。不是因為穿過醫院的這段路程，儘管下等人民的瞪視還是令人有些慌張。甚至也不是開車回家的路程，雖然車禍、倒下的樹木，以及加油站大排長龍，都讓人驚慌。

不，問題是在布瑞迪。

「媽，妳叫什麼名字？」他問。

「凱瑟琳．柯林斯。」

「不是，妳真正的名字是什麼？在妳認識爸爸以前。」

「凱西．凱澤，你為什麼要問？」

「沒什麼。」

柯林斯太太或許不是世界上最溫暖的母親，但她了解她兒子。他向來不問問題，這方面完全像他爸爸。但現在，他卻再友善不過，只是，這是一種讓人噁心的友善，一種算計的友善。他對她露出史岱福社區[42]裡的微笑，一種假扮成平和的沉默。兩人回到家，駛過柯林斯地產的長長車道。僕人的車子都不在。真是貓兒不在，老鼠就作怪。家裡只剩下他們。

「媽，妳想吃三明治嗎？」

「不用，謝謝你，我只需要泡個澡。還有，你是不是忘了什麼？」

「什麼？」

「我數到三，別想裝乖來糊弄我。你知道規則的，如果你的行為像狗，就會被當成狗，去外面。」

兩人之間的氣氛沉默，柯林斯太太並不喜歡處罰兒子。就這一點，她和她爸爸是截然不同。她永遠不會拿水管沖布瑞迪，也不會要他徹夜露天罰站。她確保他有狗屋可以取暖，但規則就是規則，有它的道理，她需要教導他成為比她更好的人。她需要給他自己的鋁製壁板，讓他繪製自己的夢想。這是為了他好。

「一小時，布瑞迪，還是你要兩小時？」

他不發一語，只是盯著她，像蛇一樣蜷縮著。

「一小時。」他說。

「好，那麼去那裡坐一小時，讓媽媽泡個澡。」

「是的，母親。」他說。

她預期會有些反抗，卻沒見到，這讓她有點內疚。或許這一次他不該受罰，不過，她不想要兒子學到不好的教訓，最後淪落到自助餐廳的輪床上，不是嗎？當然不要。所以，她帶他到後院的狗屋。她見到野鹿看著他們，她讓他穿著他的外套。

「布瑞迪，我愛你。」她說，然後就回到溫暖的廚房，為自己倒了一杯冰涼的夏多內。

42. 電影《超完美嬌妻》裡的社區，這個社區充滿機器人般的完美妻子。

＊＊＊

布瑞迪沒有回嘴，他只是坐在狗屋，擺出他應有的樣子看著她。外婆早就跟他說過會發生這件事，也交代過一切她要他好好做的事，然後才閉上眼睛假裝睡著，說這樣是為了布瑞迪的媽媽著想。外婆不想要媽媽因為有個神智清楚的媽媽這種小事，覺得心煩意亂。

「布瑞迪，等你到了後院，可以幫外婆一個大忙嗎？」

「當然沒問題。」

「等下一次她把你丟進狗屋時，務必讓它變成最後一次，這個家庭需要治癒，好嗎？」

「好的，外婆。」

老婦人露出她無齒的笑容。

「布瑞迪，謝謝你，你真是奇妙的小男孩。我知道這不容易，老人和小孩對世界其他人來說，像是隱形的存在。但是，你想知道一個秘密嗎？」

「什麼？」

「這讓我們在玩躲貓貓時所向無敵。」

當柯林斯太太上樓去洗泡泡浴後，她的兒子潛行回到屋裡，偷偷溜進廚房。他用他凍僵的小小手指頭，從刀具組中抽出長刀。然後，按照外婆的話，悄悄上樓。

79

柯林斯太太脫掉拖鞋和罩袍，走進主臥室的浴室。她打開門，看著由大理石和玻璃打造的美麗浴室。她老公建築公司的工人還在做新的櫃子，所以留下了幾罐油漆和一些汙跡。但是用不了多久，這個浴室又會全部屬於她了。

她幫自己放了一缸舒服溫暖的水，再丟進薰衣草皂屑，看著泡泡浮現。等著浴缸放滿水時，柯林斯太太擦掉聚集在鏡子上有如擋風玻璃霧氣的水氣。她看著脖子上的鑽石項鍊，不禁大感驕傲，小小的凱西．凱澤已經成功脫離那個冰冷後院。透過堅強的意志，她已經把鋁製壁板轉變成為這間美麗的浴室，以及搭配美麗大理石地板的美麗浴缸。

凱西，看看那個房子，妳有朝一日會住在更大的屋子。

是城裡最大的房子，看看那個好老公，看看那個漂亮的兒子。

柯林斯太太在浴缸舒展身體，分不清讓她這麼舒暢的是熱水還是冰酒？她低頭看著手心的傷口，浴缸的水流承載一圈圈蘋果紅的鮮血，看起來彷彿輕飄飄的紅雲。柯林斯太太閉起眼睛，任由熱水深入帶走她骨子裡的寒意。她始終擺脫不了來自兒時後院的寒意，就連去夏威夷家族旅行，她雖然努力忘懷塗了遮瑕膏的手掌底下有著醜陋的菸疤和燙傷，寒意仍如影隨形。

天哪，妳是醜八怪，凱西．凱澤。

她不要聽這個聲音，今晚不要。她不再是凱西．凱澤了，她還記得神父對著會眾說「我現在為大家介紹布瑞德．柯林斯夫婦」的那個時刻，從此，她就改用凱瑟琳這個名字，凱瑟琳．柯林斯太太。

凱西．凱澤就跟她爸爸一樣，對她來說已經死了。

從歐洲蜜月旅行回來後，凱瑟琳．柯林斯便一心想打造她夢想中的房子。她的丈夫想要買野鹿地的房子，因為那裡接近十九號公路及他的辦公室。但是新出爐的柯林斯太太才不想把在後院凍死人的時光，用來購買別人「用過」的房子。她一切都要全新的，她的夢想屋要優雅，還要有現代感，用玻璃和鋼筋，而不是鋁製壁板，屋裡還有大壁爐可以暖和她的骨子，有漂亮的浴室來洗去她一切醜陋的記憶。柯林斯先生同意她所有要求，因為當時他很愛她。對他來說，他的妻子美麗動人，而在他的妻子眼中，那幢房子也是如此。

天哪，妳是醜八怪，凱西．凱澤。

「該死，我的名字叫做凱瑟琳．柯林斯！」她大聲嘶吼。

她聽著自己的聲音迴盪在進口大理石地板上，這是她第三次去義大利旅行帶回來的戰利品，而她爸爸可是連見都沒見過義大利。她閉上眼睛，跟那個聲音激烈爭辯。她以前也這麼做過，而她向來是贏家。

凱西．凱澤，妳永遠也無法掩蓋那些傷疤。

凱西．凱澤，妳永遠也無法得到溫暖。

天哪，妳是醜八怪，凱西．凱澤。

即使在爸爸的葬禮中，她也打敗了這個聲音。她全心全意痛恨躺在棺木裡的那個男人，但是她要自己務必為他該死地流下一滴眼淚，因為柯林斯家族成員會這麼做。她看著他下葬在嚴冬的墓地，他會永遠埋葬在冰冷的後院，和所有秘密一起埋葬，因為她不打算把自己的過去變成脫口秀，然後賣廣告給困在輪床上的人。她不打算成為該死的脫口秀中另一個受害者，抱持虐童的父母本身也曾是受虐兒的想法遊走。她絕對不要土葬，要選擇火葬，她永遠不會再感到寒冷。

「媽？」

柯林斯太太睜開眼睛，見到布瑞迪站在門邊。

「布瑞迪，你在這裡做什麼！」她問。

「我好冷。」他說。

布瑞迪走向她。
「布瑞迪，你背後拿著什麼東西？」
「這是秘密。」
「這不算答案。」
「媽，這是我打算給妳的唯一答案。」
布瑞迪朝她再走了一步。
「先生，夠了。你想要在狗屋待一整晚嗎？如果你的行為像狗，就會被當成狗。」
「媽，妳才是狗，妳的鑽石項鍊就是狗圈，妳只是有錢人的母狗。」
布瑞迪往她又走了一步，她直視他的眼睛，她見過他以前固執的模樣，但這一次不一樣，這一次令人恐懼。冥冥之中像是有人告訴她，這是她和兒子的最後對決，看誰會先眨眼，這是一場戰爭。
而她要獲勝。
「先生，把你的臭腳移到外面，不然就在那該死的狗屋待上一星期，你聽懂我的話了嗎？」
布瑞迪默默不語，只是繼續走向她。他的神情非常平靜，對她不再有懼意。
「布瑞迪．衛斯里．柯林斯，我數到三。」
「很好，我也會數。」
布瑞迪往她再走了一步。柯林斯太太曾經用眼神震懾過她所遇見的每一個人，但是布瑞迪的表情充滿一種陰沉寧靜的怒氣，她見過這種神情，那就好像她在瞪視自己的映像。
「一！」她嘶吼。
布瑞迪露出眉頭深鎖的病態微笑。
「二！」
布瑞迪背後的雙手動了動。

「三——！」布瑞迪放聲大叫。

布瑞迪大叫中，舉刀跳向浴缸。柯林斯太太推開他，跳出浴缸。教訓兒子的一切想法煙消霧散，這是自我防衛。她的雙腳落在滑溜的大理石上，身體一跌，頭部撞向地面。她躺在進口的義大利大理石上，見到兒子走向她，如巨人般居高臨下。她開始暈眩，甚至不知道自己是醒著，還是仍睡在浴缸裡。

「媽？」布瑞迪說：「外婆很抱歉外公做過那些事，但我們現在不能再想著那些，好嗎？」

布瑞迪碰觸她的手臂，她感覺到他的手指如營火餘燼般，傳來刺痛感。布瑞迪把刀子遞給她，她一度想拿刀子劃破自己的喉嚨，或是砍向他。不過，這不是這把刀子的用處，不，它有其他用處。布瑞迪打開她的化妝品抽屜，把她所有愛用品拿給她，眼影、遮瑕膏和唇膏。

「外婆說，是時候了，別再覺得自己醜。妳不再是凱西．凱澤，妳是凱瑟琳．柯林斯。她要我讓妳覺得自己現在非常漂亮，好嗎？」

布瑞迪伸出雙手，扶她起身。她仍感到有些暈眩，但是布瑞迪輕輕握住她的手，等著她站穩。然後，他協助她走向鏡子，兩人望著她美麗的梳妝檯，它配置著跟好萊塢女星梳妝檯一樣的照明。他用她漂亮的絲質長袍罩住她的肩膀，蓋住菸疤。

「媽，外婆說妳不是狗，聽外婆的話。」布瑞迪說。

布瑞迪的手伸到媽媽後方，拿下鑽石項鍊。柯林斯太太看著她長長的脖子，當她還是凱西．凱澤時，那裡的肌膚十分緊緻，但現在柯林斯太太卻有著滿是皺紋的頸部。它開始發癢，她伸手搔撓，卻毫無用處，只是讓她的皮膚更癢。所以，她想到另一個主意，她拿起遮瑕膏，塗上鑽石在她皮膚所留下的醜陋紅色凹窩。

「媽，就是這樣。該是抹去凱西．凱澤的時候了。」

柯林斯太太還看得出那醜陋的紅點，所以她塗上更多遮瑕膏。等脖子上每一吋肌膚都抹上後，她望向臉蛋。她在耶誕節必須看起來體面漂亮，人們會怎麼想？她現在可是凱瑟琳．柯林斯，她不能讓人看到凱西．凱澤。

天哪，妳是醜八怪，凱西．凱澤。

她往嘴唇塗上亮紅唇膏，但看起來不太對。她看起來不像凱瑟琳．柯林斯，而是像愚蠢的小凱西．凱澤，像她第一次化妝的時候，看起來像阻街女郎、妓女、像小丑，像是小丑的臉。

「外婆想要妳覺得自己很漂亮。」布瑞迪說。

柯林斯太太往皮膚抹上厚厚的遮瑕膏，就像在麵包塗抹奶油那樣，一層又一層，但還是不夠。她翻找化妝品抽屜，拿出一瓶液態古銅粉，倒出一堆到手心裡。天哪，她的手心，手心上的傷疤。它們不屬於凱瑟琳．柯林斯優雅的雙手，這是凱西．凱澤的手。

天哪，妳是醜八怪，凱西．凱澤。

她用液態古銅粉抹遍雙手，抹遍疤痕，抹遍回憶。但這樣還是不夠厚，她依然看得到溫暖廚房外頭的那個小女孩。她拿出更多東西，眼影、眼線筆，各種色號的唇膏。不過，這樣不夠，她還是看得到疤痕。柯林斯太太倒出她所有化妝品，擠到點滴不剩，全數塗抹上皮膚，但她還是看得到凱西．凱澤。她在全然的恐慌中到處走動，尋找更多的化妝品。

但是，這裡只剩下油漆。

柯林斯太太拿起工人留下的油漆罐，用兒子給她的刀子撬開罐子。

「媽，就是這樣。」他說。

她走到鏡子前面，把油漆塗在臉上。漂亮的灰色底漆，厚厚的白漆。她把油漆倒在頭髮上，身體上。她止不住脖子底下的癢意，不管往皮膚倒了多少油漆，她就是感覺不到美麗。

那是因為妳的內在是醜八怪，凱西．凱澤。

聲音回來了，她不認為她這次能獲勝，或許聲音說得沒錯。當然，她心想，聲音說得對，我的內在布滿傷疤和醜陋，這裡是凱西．凱澤躲藏的地方，這裡是油漆的歸屬。

「媽。」布瑞迪沉靜地說道。

「什麼事，布瑞迪？」她問。

「妳可記得妳曾經這麼想，在某個地方會有不曾受虐卻虐待自己孩子的父母？」

「是呀？」

「妳說如果有人可以告訴妳這件事，妳就死而無憾了。」

「對。」她的淚水滑下臉頰，沖淡油漆。

「嗯，我確實知道有這樣的人。」他輕輕說道。

一股莫大的解脫湧向她全身。柯林斯太太微笑，用布瑞迪的刀子像攪拌營火上的濃湯一樣，攪拌油漆。然後，她把油漆端到脣邊，心想自己可能是在睡夢中。這一定是夢境，不然還怎麼解釋她兒子的眼睛發出精光，像是留在孩童長襪裡的煤塊一樣黑黝黝。

「所以，媽，妳可想知道第一個不曾受虐卻虐待自己小孩的父母是誰？」

「是的，布瑞迪，請告訴我。」

布瑞迪坐在她前面的大理石檯面，隨著他聲音改變，她的血液也變得像舊時後院一樣冰冷。因為她認得這個聲音，這是她爸爸的聲音。緩慢得有如爸爸四十五轉舊唱片，以三十三轉的速度播放。

「答案是上帝。」

然後，柯林斯太太舉起油漆罐，塗去內在的凱西・凱澤。

80

他們必須殺掉嘶嚇夫人。

他們必須拿到鑰匙。

好心人拉下閣樓梯子，他們爬出避難所，離開冰箱，進入清晨光線之中。克利斯多夫現在已經隱形，只有好心人看得到他，但這並未帶走恐懼。嘶嚇夫人在幻想世界出沒一整晚，設下陷阱，做好準備，等候他們出現。

「來吧。」好心人說：「我們必須趁白天的時候找到她，這是我們最好的機會。」

他們從樹林出發，回溯之前的腳步，走上通往空地、通往樹屋的步道。好心人再次爬上樓梯，確認樹屋是否仍上鎖，他發現門上以鮮血寫下兩個字。

滴答

好心人努力隱藏他的恐懼，但克利斯多夫看得出來，恐懼隨著每一個腳步增加。不是因為他們所發現到的東西，而是他們沒發現到東西。

整座樹林一片蒼涼。

就好像幻想世界整個清空，像是躲在角落，等待出擊。他們花了大半小時在樹林尋找她，卻一無所獲，只看到鹿的足跡。所以，他們跟著這些足跡，最後發現它們像黃磚路的起點一樣，繞成一圈。這全是詭計，全是遊戲，克利斯多夫每一步都可以感受到嘶嚇夫人貓抓老鼠的心態，她像小女孩在玩躲貓貓，等待白天結束，等待夜晚降臨，這樣她就可以大喊……

「遊戲結束，出來吧！」

他們離開樹林，克利斯多夫走在好心人後面，看著他悄然無聲迅速穿梭在灌木林之間。街道空無一人，不見郵筒人，卻有新留下的足跡，路面上有數千個腳印。從高跟鞋的小腳印，到鞋子、涼鞋或赤腳留下的大腳印。有些來自孩童，有些傍著老人枴杖的特別痕跡，有些少了肢幹或腳趾頭。

「郵筒人是從哪裡來的？」克利斯多夫問。

「他們一開始就在這裡，是她的軍隊。」

「或許我們可以策反他們，或許我們可以切斷讓他們串在一起的繩子，放他們自由。」克利斯多夫說。

「我試過，我剪斷過縫住一個小女孩和她姊姊嘴巴的紗線。」

「結果呢？」

「她們想要生吃我。」

好心人走向街角，接近大衛的老家。屋子裡面沒有人，沒有嘶嚇夫人，沒有大衛，沒有郵筒人。只有用鮮血寫在大衛臥室窗戶的兩個字。

滴答

好心人苦澀地盯著那兩個字，克利斯多夫凝視那扇讓嘶嚇夫人在五十年前帶走大衛的窗戶。他幾乎可以看到那個小男孩夢遊進入森林，再也沒有回來。好心人不發一語，但是克利斯多夫感覺得到他的皮膚像是滴水的水龍頭，散發出他的思緒，懷著內疚和悲傷的言語。在好心人上次嘗試殺掉嘶嚇夫人的行動中，大衛．奧森死去。克利斯多夫感覺到這個負荷有如十字架沉沉壓在好心人的肩膀上。

我不能……

我不能……讓這種事再次發生。

好心人看著太陽在天空的位置升高，雲層變暗接近地面。

「克利斯多夫，我們快要沒有日光了。你是這裡的神，你必須沉靜心靈，你必須找到她。」

克利斯多夫試著找到嘶嚇夫人的所在位置，但每當他閉上眼睛，感覺到的全是真實世界逐漸高漲的瘋狂失序。他每一次眨眼，畫面就像旅遊幻燈片般改變。他聽見小丑的子彈擊中頭顱，嘗到油漆滑下柯林斯太太的喉嚨，感覺到韓德森太太血淋淋的睡衣，她開著警長的車子，收聽無線電，鎮上已經沒有警力可以逮捕她。警長的鮮血在手術室滴落，溫暖黏稠，就像小丑頭上槍傷所冒出的血液。子彈滾向極品艾德。**他為手槍上膛，準備應戰**。他的朋友有危險，他必須離開。克利斯多夫感覺到好心人的手放在他肩膀上。

「別讓真實世界讓你分神，保持呼吸。」

克利斯多夫深深吸了一口氣，終於感覺到嘶嚇夫人的存在。但她不是在一個地方，而是無所不在，她在每一個人的腦海裡耳語。有一瞬間，克利斯多夫覺得她對著媽媽的耳邊低語，他可以聞到媽媽的香水，感覺到她溫暖的手放在他的胸口。媽媽就在那裡，在某個地方。嘶嚇夫人毒害媽媽身處的城鎮，如果他不離開，媽媽就會被他們全部包圍。

「我必須離開這裡，解救我媽媽。」克利斯多夫說。

「跟著這樣的想法。」好心人說：「跟著你的媽媽。」

克利斯多夫按照他的話去做，他閉上眼睛，光線如星星般在他眼皮後方舞動。思緒帶來了如麵包般溫暖柔和的回憶，媽媽開車載他參加開學日，兩人坐在舊陸鯊裡。他們假裝住址不一樣，讓他可以上好學校，她就是這麼愛他。她願意為他付出一切，願意為他付出性命。克利斯多夫的眼皮顫動，透過心靈之眼見到學校，學校顯得又大又明亮。

「你的眼睛剛剛抽動，你見到什麼？」好心人焦慮地問。

「我的學校。」

「來吧。」他說。

「嘶嚇夫人就是在那裡嗎？」克利斯多夫問。

「我不知道，我只知道我們必須去那裡。」

好心人走上街道，行動迅速無聲，隨時警戒，隨時傾聽。狩獵她，或是被狩獵。克利斯多夫見到他蹲伏在樹木和灌木後方，研判每一吋道路，查看有無陷阱。沒有陷阱，只有用鮮血寫在大門和公路路面，刮過車身的兩個字。

滴答

好心人帶他爬上山坡，進入學校。他們走到男生洗手間的窗戶，好心人耳朵貼在玻璃上，聆聽學校裡的聲音。克利斯多夫認為像是感覺到裡面有東西，冰冷邪惡的東西。

「我先進去。」好心人說：「如果這是埋伏，你還是可以脫身。」

好心人嘎的一聲打開窗戶，他從窗戶爬進去，踏上冰冷的瓷磚。好心人像軍人一般端詳黑暗，用眼睛聆聽，用耳朵查看。過了好長一分鐘，他抬起頭，對克利斯多夫點頭示意，表示安全，可以跟進。

克利斯多夫爬下窗戶，兩人在滴水聲中，穿過黑暗的男生洗手間。好心人打開門，窺看走廊。走廊靜悄悄，空無一人。他們躡手躡腳走過金屬置物櫃，它們冰冷靜止的模樣，有如陵墓裡直立的棺木。克利斯多夫回想起第一個噩夢，孩子衝過來要生吃他。克利斯多夫見到走廊末端有個熟悉的景象。

圖書館。

他們走向它，克利斯多夫感覺心臟跳上了喉嚨。好心人的耳朵貼近圖書館的門口，仔細聆聽，沒有聲音。他緩緩打開門，裡面漆黑一片，似乎沒人在。克利斯多夫想起跟韓德森太太在這裡聊天的事，她告訴他大衛最喜歡的書，接著就回家刺傷她丈夫。克利斯多夫踮著腳走向書庫，走向那個熟悉的書架，走到那本熟悉的書本面前。

《科學怪人》

克利斯多夫打開書，看到大衛留在幻想世界給他們的東西，不由得露出微笑。

另一張耶誕卡。

兩人默默盯著這張卡片，這是另一個訊息，另一個來自大衛的線索。封面是一幢有著白色尖板柵欄的美麗房子，被白雪籠罩。克利斯多夫打開卡片，裡面沒有大衛的個人筆跡，只有卡片原始的題詞。

越過河流，

穿過森林，

我們去外婆的家。

克利斯多夫又看了一次訊息，困惑不已。這對他不具任何特殊意義，他研究封面，白色尖板柵欄、紅門，然後他轉頭詢問這到底是什麼意思。此時，他才見到好心人的表情，這讓克利斯多夫的腳趾都縮起來了。

好心人嚇壞了。

「怎麼了？」克利斯多夫問。

「我知道她去哪裡了。」

「告訴我。」克利斯多夫壓抑住喉嚨的異樣感問道。

好心人過了一會兒，才輕聲回答。

「克利斯多夫，你可曾做過可怕到讓你醒來後什麼也記不得的噩夢？」

「有。」克利斯多夫說，已經開始害怕即將到來的答案。

「這裡就有一個這樣的地方，就是她帶走你，讓你待了六天的所在。」

克利斯多夫困難地用力吞嚥了一下，努力鼓起勇氣。他試著回憶當時的遭遇，卻什麼也沒見到。

「所以，我們知道她去哪裡了。」克利斯多夫說，努力讓語氣顯得比他感覺得還要勇敢。「我們還是能拿到鑰匙，我們還是可以殺掉她。」

「你不明白，你不能直接上路，她的衛兵包圍了那條路，可能有數百人，甚至是數千人。」

「我是隱形的，我辦得到的，我會讓她措手不及。」

「大衛當時就是這麼說的。」好心人嚴肅地說：「直到她把他的樹屋變成這地方的後門，成了她變態的小笑話，成了對我們其他所有人的警告。」

「大衛一定認為有機會在那裡殺掉她，才會留下線索給我們。」克利斯多夫說：「我們必須拿到鑰匙，還有別的選擇嗎？」

好心人點點頭，這一點沒什麼好爭論的。

「來吧。」他終於說道。

好心人帶領克利斯多夫走到外頭，雲層遮住了陽光，天色變得血紅。氣溫下降，地平線揚起一陣高聲尖叫，襲向天際打散雲層，有如母球的完美開球。這聲音像是一千人被丟向火堆，活活燒死。

「那是什麼？」克利斯多夫問。

「她的軍隊。」

他急急把克利斯多夫帶到學校操場，克利斯多夫看著四方形球場和棒球場，好心人單膝跪地。

「克利斯多夫，仔細聽我說，這可能是最後機會了，我一定要告訴你這件事。幻想世界就像夢境，而你在夢中什麼都辦得到，對吧？請閉上眼睛，沉靜心靈，運用你的想像力。這裡就是這樣運作的，如果你可以在心靈之眼中見到它，你就做得到。你可以像鋼鐵人一樣飛翔，比浩克強壯，比美國隊長勇敢，力量更大……」

「比起雷神索爾？」克利斯多夫問。

「比起雷神之槌。」好心人說：「所以，如果要偷偷溜進閘門，我們就得悄悄進行。你可以試試看嗎？」

好心人不再說話，卻沒有停下思緒，克利斯多夫感覺到那些字在他的皮膚震動。

你可以像鋼鐵人一樣飛翔。

克利斯多夫點點頭，閉上眼睛，沉靜心靈。他感覺到癢意有如螞蟻大軍爬遍全身，熱度從額頭散發出來，它就像熱氣球底下的火焰。他探向心靈之眼，想像自己像氣球大賽的氣球般飄浮。空氣突然變得稀薄，他想像離地面三公尺的世界，離地面六公尺，像美麗的氣球般飛行。

傑瑞發現了氣球！

傑瑞要來殺掉媽媽！

這個聲音劃破他的腦海，克利斯多夫睜開眼睛，見到自己在離地面六公尺處。他一陣恐慌，摔了下來，咚的一聲跌在地上。好心人扶他起身。

「對不起。」克利斯多夫說。

「用不著，你沒接受過足夠的訓練，這是我的錯，我們再想想其他辦法。」

兩人沉默了一會兒，克利斯多夫看向地平線，見到一隻鳥飛向雲際，另一隻鳥從雲層落下。克利斯多夫轉頭去看盪鞦韆，想起他第一次在天空看見雲臉的那一天。他在玩盪鞦韆，他縱身一跳，而海盜隊贏得世界大賽。他還不能像鋼鐵人那樣飛翔。

但或許他可以像他那樣降落。

「用鞦韆如何？」他問。

好心人看著鞦韆以及它們的軌道。

「可行。」他說：「我們走。」

克利斯多夫跳上一個鞦韆，好心人使用隔壁的鞦韆。

「趁白天時，前去嘶嚇夫人的地方。」

克利斯多夫點點頭，好心人伸進口袋拿出一個寬鬆的刀鞘，放進克利斯多夫手中。

「我父親給了我這個東西。」好心人說：「現在，是你的了。」

克利斯多夫解開刀鞘，看見一把銀製鈍刀。它不像電影裡的那種閃亮利劍，只是尋常的刀刃，就像他一樣。

「孩子，善用它。」

克利斯多夫點點頭，他們開始攪動手腳，越盪越高，就像他在密西根和藍尼・柯迪斯可做過上百次的那樣。在那個時候，他們會拚命盪高，然後放手，從一公尺半的高處跳進沙地。但這一次，可不只一公尺半。

這一次是地平線。

克利斯多夫回頭看向好心人，他從未在別人身上看到如此安詳的神情。這是身為父親的驕傲，但他不是一個父親；而除了自己的母親之外，克利斯多夫從未見過有人如此充滿愛意看著他。

「閉上眼睛，沉靜心靈。」好心人說。

克利斯多夫依言而行，他深呼吸，然後閉上眼睛，全神貫注在眼皮後方。克利斯多夫想像自己抓住鍊條，揮動雙腿，擺盪自己一次，兩次，三次。

放手。

克利斯多夫在心靈之眼見到自己放開鍊條，在好心人身旁，像彈弓一樣發射，劃破長空。他幻想世界變慢，而他們衝上雲霄，越來越高，腳下的學校小如孩子的模型。他在心靈之眼看見所有景象，棒球場、真實世界的公路、翻覆的汽車、死掉的野鹿，毀滅之道幾乎已經完成。

他見到自己的身體撞上雲層，接著感覺到雲。

雲不像枕頭，也不柔軟，感覺像是加溼器所噴出的冰涼水霧。當他生病時，媽媽總會拿出加溼器，克利斯多夫不知為何現在會想起她。她必定是在醫院陪他，搓揉他的頭髮說，不會有事的。他等不及要離開這裡，告訴她雲的感覺。

「媽，雲吃起來就像沒加糖的冰涼棉花糖。」

他們越飄越高，身體飄浮在雲層之上。克利斯多夫往下看，見到一大片美麗的雲朵，在城鎮上方慢慢移動。雲朵有如枕頭大戰，互相撞擊，同時裂開，製造出閃電。幾秒鐘內，湧現一股溫暖柔和的臭氧，雷聲作響。雪花開始落下，輕柔細雪洗去恐懼

成為洪水。

克利斯多夫想像移往天際，星兒閃爍如暮光中的雪花，剎那間，他認為天堂必定就是這種光景。坐在雲上，看向星辰，感覺媽媽溫暖的手放在他的額頭，永遠永遠。他想起湯姆神父解釋三位一體就是神有三種位格，就像水可以是水、冰和水蒸氣。

或說是雲。

他們與其說是在空中飛翔，不如說是在水中游泳。現在全都一樣。他的想像力就是他力量的極限，他一度認為這就是嘶嚇夫人需要小孩的理由。成人並不擅長記住自己可以有多強大，因為不知不覺中，他們恥於自己的想像力。

想了就是做了。

「準備。」好心人說。

他感覺他們開始下降，以增快許多的速度再次撞入雲層。克利斯多夫不知道他們飛了多遠，又在天空待了多久，他的想像力迷失了時間。墜落速度越來越快，他離開雲層往下看，他們已越過城鎮。

來到使命街樹林上方。

不過，樹林看起來不一樣，像是變得更大，更有惡意。太陽融化了樹梢的覆雪，但空地仍是一片白雪。坐落在空地正中央的樹木，就像一個黑點，克利斯多夫的腦海過了一陣子才了解眼前的景象。

樹林是一個巨眼。

眼睛仰望天堂，注視星辰、流星。是上升的靈魂，或是垂死的恆星，或是一個瀕死的兒子。空地是眼白部分，樹木是它的瞳孔。是瞳孔，也是門徒[43]。

他們持續墜落，好心人比較重，墜落速度比較快，兩人開始分離。

43. 在英文pupil，具有瞳孔及門徒的意思。

「我來轉移他們的注意力！在夜晚來臨前找到她！」好心人從天空落下時說道：「記住你的本質！」

克利斯多夫在他的心靈之眼中見到好心人重重跌落在街道，而克利斯多夫飛到樹林另一頭。柯林斯先生的建築工人已經把這裡整平，他見到粗大的樹幹一堆堆放在新近挖好的空地。樹木像是被憤怒的雙手拔出牙床的牙齒，樹樁有如墓碑，圍繞著土壤翻起、工具四散的一大片泥濘空地。

就在此時，他見到了嘶嚇夫人。

她站在泥濘的空地中央，被上百隻鹿包圍住。她沒有說話，只是撫摸牠們的頭，牠們像信徒一般垂著頭。數以千計的郵筒人站在牠們外圍，每個人都握著讓他們排列成隊的繩子，這個隊伍綿延到地平線那頭。

這是她的軍隊。

克利斯多夫睜開眼睛，墜落地面。他的身體挾著巨大衝力，撞上泥地。這個力道擠出他全身的空氣，胸口像被壓碎了，他有如跳出魚缸外的金魚拚命喘息。他以為他們必定聽見他了，但郵筒人發出的呻吟淹沒了撞擊聲。克利斯多夫看向天空，太陽已觸及樹梢。

克利斯多夫在敵軍陣營中央。

好心人不見蹤影。

他只剩下十分鐘的日光。

克利斯多夫的媽媽抬起頭，見到兒子在病床上忽然有了動靜。他的眼珠在緊閉的眼皮底下顫動，她握住他的手，全心全意希望他能夠睜開眼睛，張開他完美的眼睛，他爸爸的眼睛。不過，這個希望在他的維生裝置發出殘忍的嗶嗶聲後消散。她望向窗戶，看到太陽開始西下。她打了個寒顫，可怕的夜晚很快就要來臨，她的兒子將會迷失在裡面。

她轉向安柏斯，看到他的眼睛纏著繃帶。她低頭看著手中的日記，大衛經歷過的每件事，克利斯多夫都經歷過。癢意、頭痛、發燒，兩個男孩都知道所有測驗的所有答案。兩人都被嘶嚇夫人追獵，所以她知道，不管大衛做過什麼，這正是克利斯多夫現在要做的事。她翻開日記，心中為之一沉。

這是大衛最後一篇日記。

室內的溫度下降，她的吐息像在空氣中凍僵了，她幾乎可以感覺心跳停止。大衛的字跡現在幾乎無法辨識。

六月二十五日

安柏斯，我要去殺死嘶嚇夫人。如果你看到這本日記，就表示我失敗了。但我想要你知道，我最後一天是怎麼過的。今天早上起床時，我感覺到寧靜平和。我知道這樣很奇怪，但確實如此。感覺像是我整個人生都導向這一刻，像是我活了八年就是為了這個目的。我知道自己必須要做的事，我必須跟蹤她進入我的樹屋。我不知道在另一頭等著我的是什麼。那個地方可怕到讓我們記不得我們的噩夢。但是，如果我不去那裡，我認為大家都會死去。我不知道我明天是否還會活著，我很納悶那會是怎樣的感覺。安柏斯，等你看到這本日記，請不要對自己太嚴苛。我了解你只是十七歲的孩子，別責怪自己說你沒有傾聽，因為如果是我也不會相信我自己。在這裡成為神就是這樣，這讓我通曉事物。我知道如果你在看日記，表示你沒死。我知道這表示我設法把她留在幻想世界了，讓她遠離你。而這樣對我就已經足夠。我知道你是好人，我知道你每一天都會想念我。但是我會在那裡，安柏斯。我會從幻想世界看照你，我會確保噩夢絕對不會接近你。所以，就算你覺得悲傷，你永遠可以在睡眠中得到喘息。每當你聞到棒球手套的氣味，那就是我，安柏斯。我會每一天都留意你，直到你上天堂。我會永遠保護你的安全。我愛你，哥哥。

克利斯多夫的媽媽費力去看懂最後一句話。

你是我最好的朋友

大衛

克利斯多夫的媽媽合上日記。兩人就這樣默默坐了一會兒。她握住安柏斯的手尋求支持，然後望向窗戶。太陽的底部已經觸及地平線，再幾分鐘就會西下，而她的男孩困在夜晚的錯誤那一面。如果歷史就是會義無反顧地重演，她知道嘶嚇夫人會把他帶往一個死胡同。她看著兒子躺在病床上，從嘴巴接出管子。她真想放聲尖叫，尖叫穿透他的維生裝置。

「克利斯多夫，別跟蹤她。」她祈禱。「別進去大衛的樹屋。」

82

太陽就要下山。

克利斯多夫還有十分鐘。

他在敵營中看著嘶嚇夫人，看著她準備作戰。野鹿被帶到她身邊，她在牠們耳邊低語，然後牠們就退回使命街樹林，回到各自的崗位。

等候兩個世界中的鏡子碎裂。

克利斯多夫匍匐穿過泥地，慢慢接近她。他只有白天才會隱形，這是他最好的機會，他必須拿到埋藏在她脖子周圍血肉的鑰匙。

他從皮鞘拔出銀刀。

「那是什麼聲音？」附近一個聲音示警。

克利斯多夫屏住氣息，見到郵筒人擠在嘶嚇夫人旁邊，有如小貓咪依偎在腳邊。郵筒人體型大小不一，包羅各種年紀、性別和膚色，這是她的軍隊。克利斯多夫好奇他們原本是什麼人，現在卻站在這處空地，任由嘶嚇夫人拉開他們眼皮的拉鍊，親吻他們的眼睛。

「克利斯斯斯多夫。」那聲音說：「你在這裡嗎？」

郵筒人和鹿群匯集在他周遭的區域，嗅聞包圍，戳刺地面。克利斯多夫盡可能縮起身子，他們越來越逼近，他舉起銀刀。鹿群來到克利斯多夫面前，面對面注視著他，再往前一步，牠們就會知道他在這裡。

突然間，陣營中傳來一聲響亮的叫喊，牠們全都轉頭去看騷動的來源。

那是好心人。

他渾身是血，倉皇逃命。他竭力擺脫野鹿，他一隻一隻撂倒，直到一隻公鹿的八叉巨角頂進好心人的手腳，鹿角斷裂，鋒利無比的尖端撞向好心人的胸口。野鹿把好心人拖到嘶嚇夫人面前，留下他的身體，就好像貓咪把老鼠呈交給主人一樣。

「不！」好心人尖叫。

這尖叫聲有點太大聲，克利斯多夫了解這是好心人聲東擊西的策略。這是他的犧牲，嘶嚇夫人離開她的棲息地，走向好心人。克利斯多夫往他們的方向匍匐前進。郵筒人讓好心人站起來，嘶嚇夫人抓住一根斷裂在他身體裡的鹿角，從好心人的血肉中扯出它。

「他在哪裡？」嘶嚇夫人大喊。

好心人緘默不語，雙手大張。鹿群啃咬他的腳，郵筒人發出呻吟，伸出指甲抓向他。克利斯多夫見到好心人面露微笑，領受他的懲罰，他知道克利斯多夫在這裡，安安全全隱形當中，準備狩獵她。嘶嚇夫人從他的胸口再拔出一根鹿角，她粗暴地扯出它，順手扔到地上。好心人痛得彎下腰，克利斯多夫手中握著銀刀，繼續爬行。拿掉鑰匙，解救好心人，解救他媽媽，解救全世界。

「男孩在哪裡！」她再度嘶吼。

「妳可以讓我尖叫，但永遠沒辦法逼我說話。」好心人說。

嘶嚇夫人沒有回答，她只是露出扭曲、殘忍而且邪惡的微笑。她舉起雙手，整個陣營都張大了嘴巴。一道驚人叫喊劃破天際，這聲音讓人無法忍受，克利斯多夫放下刀子，捂住耳朵。然後嘶嚇夫人微微點頭示意，整個陣營便整隊，開始前進。

深入使命街樹林。

克利斯多夫拾起刀子，跟在行進隊伍後方，走上一條寬闊的路徑。郵筒人一個一個站在每一棵樹旁邊，野鹿啄咬他們的腳踝，讓他們就定位，使這條路線有如公路上的護欄。克利斯多夫透過樹林仰望天空，他可能只剩下三分鐘的日光。他將不再隱形，他需要拿到鑰匙，現在就要。

克利斯多夫往前看，看到好心人掙扎行走。身體多處被刺穿，傷口汩汩流血。他腳步踉蹌，跌倒在地。野鹿啃咬他，要他繼續前進。

軍隊行軍在一條蜿蜒的長長小徑，克利斯多夫從未見過這條路，還是見過呢？他不確定。這種感覺讓他想起媽媽以前常做的夢境，就是他們的公寓突然多出三個她從未注意到的房間。她就在這裡，在這裡某處，反正就是跟他在一起。

整個群體走向煤礦坑道，它敞開如巨大洞口，木製入口咔嗒咔嗒作響。咔嗒咔嗒咔嗒，鹿蹄的聲音，咔嗒咔嗒咔嗒，克利斯多夫緊緊跟隨。或許他是被帶領的人？他再也分不清楚。這可能是陷阱，但他也沒有別的地方可去。行軍隊伍從另一個出口離開礦坑，這是他從未見過的出口，隱藏在真實世界的地方。眼前的景象讓他驚恐萬分。

這是一個漂亮的小花園。

一個有著青草、花朵和常春植物的完美小花園。樹木茂密，阻擋了雪花落地，卻不影響光線穿透。陽光十分美麗，天氣是不合季節的溫暖。一個美妙的春天日子，又同時混合著清爽宜人的秋天。克利斯多夫從未感受到如此的盡善盡美。

行進隊伍止步。

嘶嚇夫人站在一棵高樹前方。克利斯多夫抬頭望，見到在離地三公尺的茂密枝葉之間，棲居著一個雪白美麗的事物。他見到下方延伸出一道如嬰兒牙齒的階梯，還有一扇鮮紅色的大門。

這是大衛．奥森的樹屋。

「大衛！」嘶嚇夫人大喊：「出來！」

樹屋門開了，大衛站在門邊。他像蛇一般爬下樹，滑行到嘶嚇夫人身邊。她拍拍他的頭，彷彿在說：「乖孩子。」她轉向群眾，抬起一隻手。鼓聲響起，郵筒人拖著好心人上階梯，嘶嚇夫人尾隨在後。

最後進入樹屋的人是大衛，當他站到門口時，他回頭看著樹林。他或許知道克利斯多夫在那裡，或許以為他的訊息沒有及時傳遞給克利斯多夫。無論是什麼原因，他流露出克利斯多夫所見過最為悲傷的眼神。

「大衛！過來！」嘶嚇夫人咆哮。

大衛像隻盡責的小狗跟著她進入樹屋，關上大門。

克利斯多夫透過枝椏看著轉紅的天空。

他只剩下三十秒的日光。

樹木周圍仍然還有數十隻鹿和郵筒人在站崗，在準備作戰，在崇拜。克利斯多夫沒時間可以浪費了。

他跑向樹屋。

「那是什麼聲響？」那些聲音嘶吼。

克利斯多夫沒有放慢腳步，他越跑越快，衝向樹屋。他必須在日落以前，進入樹屋。這是他唯一剩下的出其不意，他繞過郵筒人，越過鹿群。

「他在這裡嗎？他在哪裡？」聲音齊喊。

克利斯多夫跑向樹下，抓住階梯，開始爬上這些小小乳牙。日光就要消失了。

克利斯多夫來到樹屋。

小小的玻璃窗因為天寒而起霧，克利斯多夫看不到裡面，他不知道屋內是什麼狀況。他在門邊傾聽，不見聲音。

克利斯多夫轉動門把，他慢慢打開門，心臟狂跳。他看進樹屋，裡面空無一人，只見牆壁上掛著一張安柏斯的舊照片，其他的裝飾就是指甲的抓痕。大衛試著出去？有東西試著進來？郵筒人和嘶嚇夫人早就不在了，沒有大衛的蹤影，也沒有好心人存在的跡象。這個樹屋是什麼用途？連接門？通往另一個層面的大門？捕鼠器？

他踏入大衛的樹屋。

克利斯多夫轉身眺望地平線，見到太陽最後一線銀光已碰觸到地球上緣。雲層飄移，有如觀眾的臉龐。他可以感覺到整個城鎮，感覺到數千隻的青蛙努力跳出滾水。

克利斯多夫走進樹屋，不知道當他關門進入那個噩夢恐怖到讓人醒來後會記不得的地方，會發生什麼事。

世界安靜下來。克利斯多夫認為他可能正在走向自己的死亡，但是他別無選擇。

克利斯多夫在夜色降臨的剎那，關上門。

83

嗶。

克利斯多夫的媽媽一心沉浸在大衛的日記裡，一開始並沒有聽見機器的聲響。

嗶。

她再次看了最後一篇日記，裡面必定有他們疏忽的訊息，必定有可以用來幫助克利斯多夫的線索。大衛那天晚上去了他的樹屋，大衛進入森林，就此失蹤。大衛在森林發生了什麼事？他在那個夜晚是怎麼死去的？

嗶，嗶。

「那是什麼聲音？」安柏斯問。

克利斯多夫的媽媽看著安柏斯，即使他的眼睛纏著繃帶，她還是看得出他臉上的恐懼。一股沉沉的重量壓向她的胸口，整個病房聽起來像是她躺在浴缸，而整個世界沉入水中。

嗶，嗶，嗶。

第三個聲音無庸置疑，狀況變了。她轉向維生裝置，視線搜索著理由。此時，她見到了，之前她每次查看克利斯多夫的體溫，總是維持在攝氏三十七度，但現在變了。

三十八點九度

她在椅子上坐起身子，觸摸克利斯多夫的手，它燙得跟煎鍋一樣。

「我向你保證，我會帶你離開這裡，但你得為我奮鬥下去，奮鬥！」她說。

三十九點五度

多虧了WebMD醫療資訊平台，以及初為人母時的恐慌，凱特．里斯知道發燒高於四十度就有危險。超過四十二度，腦部就會受損。

嗶，嗶，嗶，嗶。

四十度

病房門開了，醫師和護士連忙走進來。

「里斯太太，我們需要妳立刻離開。」

「不。」她說：「我可以幫忙。」

「保全！」醫師大喊。

保全人員衝進病房，速度快到克利斯多夫的媽媽認為他們必定一直站在外頭，等候這個時機。安柏斯按住她的肩膀，要她鎮靜。

「醫師，沒這個必要。」安柏斯說：「我們會離開。」

「我們才不要！」克利斯多夫的媽媽大喊。

安柏斯捏捏她的肩膀，在她耳邊低語。

「被塞進束縛衣的話，妳可幫不了他。」

克利斯多夫的媽媽看著保全人員，這兩個大個子挺著更大的肚腩，著魔似地猛搔臉龐。一人拿著辣椒噴霧，一人手持警棍。

「醫師要妳離開……」體型較大的那個說，嚥下「賤人」這個字眼，硬生生從喉嚨的怒氣中推出替代的稱呼。「……女士。」

她身上的所有一切都想跟他們抗爭，但知道他們只會把她關起來。

給我們一個理由……賤人女士。

「好。」她盡可能裝出愉快的語氣。「對不起。」

然後，她推著安柏斯的輪椅，鎮靜地離開病房，最後又再看了一眼繼續嗶嗶示警的維生裝置。

四十點六度

嗶，嗶，嗶，嗶，嗶。
四十一點一度。

84

當夜色臨降，情況為之一變。沒有言語，但大家都感覺得到。氣溫陡降，風悄悄吹起，在上千個脖子後方留下小小耳語。

時間到了

「時間到了，艾德，聽外婆的話。」極品艾德坐在他的浴室，手中拿著爸爸的手槍。他望著外面後院的那棵樹，它垂著一根枝椏，像是病態的微笑。裝上子彈，艾德。去樹林的時間到了，艾德。我們去外婆家，艾德。極品艾德填裝子彈，每顆子彈滑入膛室時都會咔的一聲，病態的咔聲。艾德把槍和其他外婆要他準備的補給品丟進背包，拉上外套拉鍊，打開窗戶。他跳出窗外，抓上那根微笑的枝條，枝條像蛇一樣垂降，讓他安全落地。去樹林，艾德。布瑞迪想要占領樹屋，艾德。別讓他們占據樹屋，艾德。布瑞迪。艾德。

「聽外婆的話。」

時間到了

「布瑞迪，你聽見我說的嗎？時間到了，聽外婆的話。」凱澤太太說。

布瑞迪試著扶外婆起身，但她罹患關節炎的關節咔嗒一聲，她又跌回病床。

「布瑞迪，我年紀太大，走不到森林了，但你記得外婆要你做的事，對吧？」

「是的，外婆。」

布瑞迪．柯林斯走到衣櫃，穿上冬天夾克，圍好圍巾。他拿起背包，在等候救護車送媽媽到醫院的期間，他已把背包裝滿補給品。他找到爸爸的獵刀及一把手槍，這是爸爸在二次世界大戰中的收集品。布瑞迪拉上背包，走回病床。

「外婆，我希望妳能想起妳少女時候的名字。」

「如果我們能贏得戰爭，我一定會想起來。」

布瑞迪點點頭，親吻外婆的年老臉頰，就出發了。醫院擠滿了人，沒人注意到這個背著背包的八歲小男孩。布瑞迪輕鬆就溜出醫院，開啟前往使命街樹林的漫長路程。他想跟爸爸說再見，但爸爸陪著在加護病房的媽媽。布瑞迪希望媽媽醒來後就會忘記凱西·凱澤，這是她應得的。畢竟，她犧牲了自己，轉移了布瑞迪爸爸的注意力，這樣就無法在午夜之前鏟平樹林。布瑞迪覺得很遺憾，只能出此下策。但現在時間到了。布瑞迪。珍妮。布瑞迪。

時間到了

「珍妮？」那聲音低語。「時間到了，珍妮。」

這聲音聽起來像是她媽媽，輕柔甜美，像毯子一樣溫暖。珍妮·霍卓克的手伸進枕頭底下，抽出刀子。她看著金屬刀面上映出她的眼睛，心中想著把刀子刺入繼兄的皮膚，就不由得笑了。然後，她穿過走廊來到繼兄的房間，沒敲門就打開房門。他坐在電腦前，長褲拉鍊開著。

「史考特？」她說：「史考特？」

「妳到底想幹什麼？」他大吼，顯然嚇了一跳。

「我要去樹林，你要一起去嗎？」

「靠，我幹嘛跟妳去樹林？」他說。

「因為我會給你任何想要的東西。」

她的繼兄立刻關上電腦。珍妮走向史考特，牽起他的手。她讓癢意順著手臂，進入他的皮膚。就像每個晚上，她趁著他睡覺時做的那樣。連續好幾天，她都用嘴巴呼吸，以免聞起他房間裡的酸臭，以及他的襪子、汗臭和青春痘用藥的味道。連續好幾天，她碰觸那隻卑鄙多汗的手，為今晚做好準備。戰爭來臨，媽媽告訴她說他們需要戰士。媽媽承諾說，等好人贏得戰爭，珍妮就可以切下史考特的臉，餵給他自己。她終於可以用繼兄的鮮血溺死他，讓該死的世界其他人也都淹大水。

時間到了

後頭傳來甜膩溼潤的低語時，勒斯可老師的臉正在馬桶裡。她在酒吧的女用洗手間，讓自己吐出來。不是因為她覺得反胃，不，而是因為她覺得還沒喝醉。她以為如果她吐光胃裡的東西，再灌下一整瓶傑克丹尼威士忌，至少可以讓她有點暈眩。但不管用，所以她開始啜泣。勒斯可老師已經好久沒喝醉了，久到她甚至記不得那種感覺。不是說她沒有喝酒，相反地，她每天晚上都灌了好多酒。但該死的癢意不讓她有醉意。而現在，她感覺到其他所有事。生活變成一種殘忍無情的「乾醉」，這讓她想起自己做過以及遭遇過的每一件可怕的事。這種情況實在太淒慘，所以她跪在馬桶前面，向天主祈禱，讓她可以再度喝醉。突然間，她愉快又欣慰地發現，她的禱告終於有了回應。一個細小聲音告訴她，她終究還是可以再度喝醉，只需要她去使命街樹林一個「下班後的好地方」。

時間到了

這種狀況持續了一個小時左右，整個城鎮的人開始放下手邊的事，走向使命街樹林。道格的手機響起時，他正在吃耶誕晚餐。

道格，她在騙你，她不讓你真的得逞，卻任由其他人予取予求。她就愛這樣，道格。她懷孕了，道格。懷了其他人的孩子，但是樹林會治癒你破碎的心。時間到了。

等所有商品終於全都賣完後，黛比．鄧罕在巨鷹超市的停車場，和保全人員打砲。

黛比，別再跟這男人打砲，樹林可以終止痛苦。時間到了。

老婦人坐在閣樓裡，搖著搖椅。

我們知道你們一起在俄亥俄河裡游泳，他真是好美麗的一個男孩。他現在就在樹林裡，他想要見妳，葛萊迪斯斯斯。時間到了。

麥克和麥特和兩個媽媽圍坐在餐桌前，他們家吃中國菜和電影欣賞的耶誕節傳統提前一天開始，吃完美食後，男孩打開他們的幸運籤餅。

麥克，如果他們占領樹屋，她就會殺掉你弟弟。

麥特，請幫助我，克利斯多夫受困了。時間到了。

湯姆神父在準備午夜彌撒的時候，瑞克里太太突然出現在使命街樹林舉行彌撒的奇怪想法。湯姆神父完全不喜歡這個主意，他說這令人反感。所以，唱詩班就撲上來，咬他、砍他，任由他在聖壇中淌血，然後開始合唱。這是他們從未排練過的歌曲，但不知怎地，他們全都知道旋律。

時間到了

時間到了

時間到了

或許當中最為奇怪的想法是來自譚米護理師，當時她巡過加護病房後，去享受她迫切需要的抽菸休息時間。事實上，這個想法極其怪異，所以剛開始她認為這是因為她在醫院人手不足的情況下，連值七十二小時的班導致的。在過去這一星期，她所見到的槍傷、刺傷和自殺未遂事件，遠比她近乎十年前從匹茲堡大學畢業以來還多。一開始是有個女人拿刀刺向她老公的喉嚨；接著，瑪利凱薩琳開車撞上克利斯多夫母子；警長胸口中槍；小丑往太陽穴開槍自殺；柯林斯太太蓄意喝下一加侖的家用油漆。而且不只如此，酒醉駕駛、酒吧鬥毆、車禍層出不窮。最嚴重的是，校車司機米勒先生在送回參加耶誕盛會的最後一個小孩、把車子開回總站時，整個人被刺掛在鹿角上。這絕對是屠殺。但是，這不是最奇怪的部分。不是。

最奇怪的部分是，沒有人死去。

無論如何，她就是無法確切想起上次有人死去是什麼時候。事實上，驗屍官還開玩笑說，看到大家都這麼努力工作，他覺得有些內疚，因為他最後一次見到的屍體是他們在樹林裡找到的男孩屍骨。他叫什麼名字來著？大衛什麼的。那是什麼時候？可能是一個月前。一整個月沒人死亡，哇。

這是耶誕奇蹟。

譚米護理師貪婪地再吐了三圈煙霧，就返回醫院工作，回去前暗自感謝她終於可以在午夜下班。再幾個小時，她就可以開車回家，和爸爸好好喝一杯梅羅紅酒。再幾小時就是耶誕節。

話又說回來，如果人就是不再死去，這就表示世界末日到了。

85

瑪利凱薩琳張開眼睛，頭部抽痛。她看著外面的日落，肚子裡有一種可怕的反胃感覺。今天是耶誕夜，但是她不會去蓋莉姑媽家喝蘑菇湯，也不會去教堂參加湯姆神父的午夜彌撒。她開車狂飆到時速兩百公里，在野鹿衝到她前面的那個關鍵時刻，瑪利凱薩琳只想著要自救。為了避免下地獄，她轉動方向盤，改而撞上那個小男孩和他媽媽。

妳好自私，瑪利凱薩琳，妳好自私。

這聲音吞食她的胃，而回憶如大洪水般湧來，那可怕的撞擊，金屬猛然撕裂，玻璃爆裂。液壓救生鉗像在剪開罐頭湯般，把兩部車子撬開。緊急救護員把克利斯多夫和里斯太太拉出來，他們是那麼好的人，是那麼善良的人。

妳撞上小孩以避免下地獄，瑪利凱薩琳。

瑪利凱薩琳願意付出一切，和他交換位置。希望不管發生什麼事，只要睡上一覺就能解決。她有安全帶和安全氣囊，她沒事。她真希望安全氣囊會害死她，真希望安全帶會勒死她，她活該在那場車禍死去的。

無論發生什麼事，都是妳活該的，瑪利凱薩琳。

瑪利凱薩琳終於強迫自己低頭看向自己的身體。她見到醫院的病人服，生理監測器夾在她食指；心臟監視器穩定發出嗶聲。當他們把她送到醫院時，疲憊不堪的譚米護理師要她別擔心，就好好休息一下，她不會有事的，醫師原本甚至想立刻讓她出院。

要不是因為有了寶寶。

病房門開了。

「瑪利凱薩琳？」

媽媽走進病房，她急急走過來，不斷哭著擁抱她。

「媽，真的很對不起。」

瑪利凱薩琳無從了解媽媽其實沒對她的十七歲女兒生氣，因為媽媽好欣慰女兒沒有在昨晚的車禍中死去，這可是她親自餵奶到十七個星期大的女兒。瑪利凱薩琳也無從得知不管孩子覺得自己有多像大人，在父母眼中永遠是小孩子。

「謝天謝地，妳沒事。」她的媽媽說：「讚美主。」

瑪利凱薩琳抬起頭，見到爸爸走進病房。持續數小時的盛怒，讓他的下巴緊繃僵硬。他憤怒她不聽話，憤怒她的莽撞，憤怒醫院的帳單、保險理賠和聖母大學的學費等等費用，這就要讓家裡負債累累。

「爸。」她說：「真的很對不起。」

他沉默有如雕像，眼睛不肯看她，只是站在那裡一直抓著頭頂。小時候，她還以為就跟鉛筆頂端的橡皮擦一樣，他的頭髮因為這樣抓搔而慢慢抹去。她等著他說話，但當他就是不願開口時，她問出她目前唯一在乎的事。

「克利斯多夫怎麼樣了？」她問。

「昏迷當中。」爸爸說：「他可能會死掉，瑪利凱薩琳。」

她經歷過的一切罪惡感都只是為此刻預做準備的排演，瑪利凱薩琳羞愧地脹紅了臉。淚水盈眶，聲音顫抖。

「爸，對不起，這全是我的錯——」

「妳凌晨兩點開上那條路到底是要做什麼？」他打斷她的話問道。

她覺得爸爸的聲音聽起來不太一樣，她從未見過他這麼生氣。瑪利凱薩琳沉默不語，看向媽媽。

「別看她，看我。瑪利凱薩琳，妳當時在做什麼？」

瑪利凱薩琳看著爸爸的眼睛，一臉驚恐。

「我去了教堂。」她說。

她一說出這句話，胃部就開始翻騰。她沒有說謊，她的確去了教堂。但那是在她買了三個驗孕棒之後，是在解尿到三個驗尿棒之後，是在三次都陽性反應之後。聖父，聖子，聖靈。

「妳去禱告？」媽媽說，眼神柔和起來。

「是的，媽。」瑪利凱薩琳說。

「禱告什麼？」爸爸問。

「什麼？」瑪利凱薩琳拖延。

爸爸盯著她，怒火更加高漲。

「妳知道家裡今晚會去午夜彌撒，卻非得要在凌晨兩點偷偷開車去教堂禱告？」

「是的，爸。」

「禱告什麼？」他說。

瑪利凱薩琳成了被車頭燈照到的野鹿。

「呃……」

「禱，告，什，麼？」爸爸重複。

瑪利凱薩琳轉向媽媽。

「親愛的，說吧，妳在禱告什麼？」媽媽輕輕問道。

「媽咪……」瑪利凱薩琳說，突然自覺比實際年齡小了十歲。「我不知道怎麼會發生這種事，我必定做錯了什麼事，但我不知道這是怎麼回事。或許是我想過它，因為想了就是做了，但我不知道它會這樣子運作。媽，我向妳發誓，我真的不知道。」

「親愛的，坦白告訴我們妳在禱告什麼。不管是什麼，我們可以一起想辦法。」媽媽說。

淚水開始聚集在瑪利凱薩琳的眼睛，爸爸抓住她的手。

「別再拖延了，回答這該死的問題！」爸爸大吼：「妳在禱告什麼？」

「爹地，我懷孕了。」

說出實情後，她流下了眼淚。在她嗚咽啜泣時，媽媽抱著她。瑪利凱薩琳一度認為，或許這沒關係。媽媽還是會愛她，她還是可以去聖母大學。她可以找到好工作，還爸爸錢，幫助克利斯多夫康復。她向他們保證，她會做到。因為媽媽原諒她了，因為當她什麼都不配擁有時，卻得到了愛。

「妳什麼時候開始和道格發生性關係？」

瑪利凱薩琳抬起頭，看到爸爸非常失望的模樣。

「妳什麼時候開始和道格發生性關係？」他重複。

「我們沒有。」

「什麼？妳和別人發生關係？」

「爸，我沒有。」

「那麼，小孩的父親是誰？」他問。

瑪利凱薩琳緘默不語，媽媽輕輕握住她的手。

「親愛的，小孩的父親是誰？」她問。

「媽，我不知道。」瑪利凱薩琳說。

「妳不知道？是有過多少人？」爸爸問。

「沒有人。」

「妳到底在說什麼！」他說。

「我從不曾有過性經驗。」

「那麼，妳怎麼會懷孕？」

瑪利凱薩琳無法承受他的眼神，困惑壓抑住他的怒火，但也不過只是像是用手指阻止水壩瀆堤。
「我不知道，我剛剛就是這麼說的，我不知道是怎麼回事。」
「告訴我小孩的父親是誰！」他說。
瑪利凱薩琳轉向媽媽。
「沒有父親，這就是我要說的事。我不知道我做了什麼，媽，請幫幫我。」
「親愛的，沒事的，妳用不著保護別人，請告訴我們小孩的爸爸是誰。」媽媽溫和地說。
「媽……沒有父親，這是聖母無玷原罪。」
瑪利凱薩琳轉身，正好迎向爸爸給她的巴掌。
「馬上給我停止這種褻瀆天主的言詞！妳跟誰發生關係？」
「沒有人，爹地。」她哭泣。
「父親是誰？」
「我是處女。」
「瑪利凱薩琳！那該死的父親是誰？」
瑪利凱薩琳做好被打的準備，但是爸爸沒有再動手，只是給了她極為鄙視的眼神，便氣沖沖走向走廊。瑪利凱薩琳跌進媽媽的懷裡，哭得好淒慘，所以她過了幾秒鐘才注意到一件可怕的事。
媽媽沒有摟住她的背。
「媽？」她問：「妳會原諒我嗎？」
她轉向媽媽尋求支持，但媽媽甚至不願看她。
「只有天主能原諒妳。」
瑪利凱薩琳可以面對爸爸接下來揍她一整天，但是她一秒鐘也無法承受媽媽的失望之情。
不一會兒，爸爸帶著瑪利凱薩琳不認識的一名醫師回來了。
「哈囉，瑪利凱薩琳，我是格林醫師。」他說：「我們要給妳輕微的鎮靜劑。」

他對護士使了眼色，護士拿出棉球替她消毒手臂。
「它有助於妳接下來的移動。」格林醫師繼續說道。
「什麼移動？我現在要回家了嗎？」她說。
「不，妳要在這裡待一陣子。」
「爸，怎麼回事。」
爸爸不肯看她。
「媽？」
媽媽保持沉默。瑪利凱薩琳又過了一會兒才了解到，他們全認為她瘋了。她開始掙扎，但醫護工立刻從走廊趕來。
「拜託，媽，別讓他們這麼做。」
「親愛的，我們希望有人幫幫妳。」媽媽說。
「媽，這是聖母無玷原罪，是妳教了我一輩子的事。」
醫護工抓住她，她往後滾，躲開他們的掌控，但是他們太強壯了。
「不！」她尖叫：「求求你們。」
醫師拉開針筒。
「我沒說謊！我以我的靈魂發誓！求求你們！發生可怕的事情了！」
醫師把注射針刺進瑪利凱薩琳的手臂，幾秒鐘後，她便因為鎮靜劑全身無力，而就在她陷入沉睡之前，她看向媽媽。
「媽。」她以沉靜的語氣說：「求妳別讓他們帶走我。」
她見到媽媽別過身去，任由醫護工把她拖出病房。
「瑪利凱薩琳，妳需要幫助。」醫師說：「時間到了。」

86

韓德森太太開著警長的車子去小學，她打開無線電掃描儀，聆聽有無搜捕行動。但完全沒有，事實上，自從她逃出警長辦公室，任由警長和他的副手們流血等死之後，無線電就一直悄然無聲。稍早，這樣的靜默讓她困惑，接著，她就興高采烈起來。她了解到她已完成工作，至少是第一部分。

磨坊林沒有任何警力了。

等開到磨坊林小學，韓德森太太把警長的車子停在她平常的車位。她看著太陽從學校操場消失，真是美麗的夕陽。英文中太陽的發音和兒子一樣，韓德森先生一直沒能給她兒子，他說是她的問題，但在她求醫之後發現，她的身體功能沒問題。但是，她的丈夫可願意接受檢查？哦，不，他忙著和別人胡搞。天哪，她好想再刺他一刀。她好想給他一刀又一刀，讓他永遠死不了。只想永遠這樣刺他一刀又一刀，讓他的鮮血流下學校操場的溜滑梯，就在經過方形球場和邋鞦韆的溜滑梯那裡。

韓德森太太注視學校，走廊空無一人，大門鎖著。所以，她走到後面，用拳頭打破圖書館的窗戶。玻璃嚴重割傷了她的手指，但她不在乎。只要她的手還可以拿刀刺人就好，這才是最重要的。韓德森太太爬進窗戶，走進圖書館。

她不過只進了拘留室一陣子，圖書館看起來就比她的記憶中還小。小小的書桌和長桌，書架放在較矮的地方，讓小手可以找到大大的字。藝術作品是來自可憐酒鬼勒斯可老師的班級，小小手印沾浸油彩形成感恩節火雞的小小圖畫，她見到其中一個是克利斯多夫的作品。

真可惜，他就要遇上那種事。

韓德森太太爬上她的舊辦公桌，挪開天花板一個白色鑲板，拿出一個優雅的皮箱。自從暴風雪過後，她就把行李藏進天花板。當時，她不懂為什麼，感覺很奇怪，但有個小小聲音告訴她，她可能會需要這個。一個小小的聲音對她說，在圖書館藏起度週末的小行李是很浪漫的事，以防韓德森先生想給她一個驚喜，一時衝動帶她去旅行。

有好幾個星期，她都想像著丈夫會說：「親愛的，真想就這麼帶妳去找個附早餐的旅館去玩一下，我想感謝妳奉獻了五十年人生給我。真是太可惜了，我們還沒收拾行李。」

然後她會回答：「收拾好了！」

接著，她就會拿出這小小的週末行李給他看，他會為如此完美的打包工夫感到驕傲，會深深感動有如此體貼的妻子。他會了解到自己真是愛她愛到最高點，因為她為兩人打包的這些東西。

一套換洗衣物

兩套乾淨內衣

一雙登山靴

當然還有一把屠刀、膠帶、繩子、拉鍊、棉線、一打的縫針，以及她在喬安百貨拍賣時買下的三百碼黑紗線。

可以完美地應付週末度假。

當然，這週末度假從未發生。星期五來了又去了，韓德森先生從未說要帶她去附早餐的旅館住宿，享受紅酒、賞鳥和性愛。沒有去賓州海因茲音樂廳觀賞芭蕾，也沒有交響樂和百老匯音樂劇，甚至連首輪電影都沒有。天哪，她好想再刺他一刀。不過，她有事先打包這個浪漫小行李，還是很幸運，因為她今晚需要這些用品。

韓德森太太爬下她原本的辦公桌，向圖書館好好說再見。她在這裡度過五十年時光，知道自己永遠不會再看見它，至少無法再親眼見到它。她經過書架，拿了一本書當作紀念。這是關於永恆的一本書，書名是《科學怪人》，正是克利斯多夫之前看的那一本。

韓德森太太，克利斯多夫在用電腦。

韓德森太太，用電腦寫給克利斯多夫。

韓德森太太，拿走這本《科學怪人》。

韓德森太太，在這些字底下劃線。

韓德森太太，讓他們以為大衛．奧森在幫助他們。

這聲音承諾會給她回報。這一次，她的丈夫會尊敬她；這一次，她的丈夫會感激她；這一次，她的丈夫會愛她。而這依然可能發生，只要她今晚好好辦事。

韓德森太太把這本書和週末行李拿到保健室，她脫下血跡斑斑的衣服，在洗手槽把身體擦乾淨。她清理並包紮了警長子彈在她身側造成的傷口，再清理割傷的手指，然後打開行李，穿上乾淨的衣服。啊！柔軟的棉衣和結實的靴子在肌膚上的感覺實在太棒了。她感覺又像她自己了，重新成為那個帶著所有熱情和教育訓練來到這學校的二十三歲年輕女孩，成為打算經由一次一個學生來改變這世界的年輕女孩，就從她的第一堂課開始。當時她認識了那個特別的小男孩大衛．奧森；而她的最後一堂課，又碰上另一個特別的男孩克利斯多夫．里斯。她還記得他剛來學校時，還沒辦法讀好一年級讀物。而現在，他已不只是天才；現在，他幾乎已成為神。這顆小小腦袋有太多可能，這副小小身體有太多可求。真可惜，他就要遇上那種事。

不過，大家都有自己的工作要做。

韓德森太太把那本《科學怪人》放在其他用品旁邊後，走到打破的窗戶。她跳出去，抬頭看著天空升起的月亮。今天是滿月，月兒又大又藍，她知道它就會是這個模樣。

「女士，打擾一下。」

一個英俊男人倚著停放在學校後頭的一輛卡車旁，她不知道卡車是什麼時候停在這裡的。

「什麼事？」韓德森太太問。

男人走向她，他身上有種非常危險的氣息，讓她的身體緊繃。

「妳在這裡工作嗎？」男人問。

「為什麼要問？」她說。

男人看著破掉的窗戶和她包紮繃帶的手，他研判了一下狀況，露出笑容。

「因為我想知道學校存放資料的地方。」他說。

「那是機密資料。」

「我隨時可以逼妳說出來。」他聳聳肩說道。

「在校長室，就在走廊那一頭。」韓德森太太告訴他。

「謝謝妳，女士。」男人說。

「不客氣，傑瑞。」韓德森太太回答。

「妳怎麼知道我的名字？」傑瑞問。

韓德森太太微微一笑，沒有回答就離去了。她經過他密西根車牌的卡車，離開操場，最後再看了一眼邋鞦韆。不知為何，她想像著克利斯多夫從這鞦韆上跳下來，然後她的腦海出現一個念頭，如耳語般悄然而生。

克利斯多夫是如此可愛的小男孩，他現在就快死了，真是好可惜。

時間到了。

87

克利斯多夫睜開眼睛。

剛開始，他很困惑。關上大衛的樹屋大門時，他期待打開門後，會再次看到樹林。

他卻回到家裡。

躺在床上。

在夜晚。

克利斯多夫環視他的房間，一切似乎都很正常。他視線轉向那個有著棒球手套味道的古董書架，媽媽在上面擺滿了屬於他自己的書。一切都非常井然有序，爸爸的相片安穩放在書架上方。衣櫃門關著，浴室門從內鎖住。他在幻想世界，現在是夜晚，是幻想世界的人們甦醒的時刻，他卻覺得十分安全。克利斯多夫放心地呼出一口氣，他掀開毯子，坐起來，準備挪動雙腳下床。

此時，他聽見了呼吸聲。

來自床下。

克利斯多夫僵住了，他看向床的兩側，等待會出現一隻手，一個爪子，會有東西從床下伸出來抓他的腳踝。但是，什麼也沒有。那個人就這麼等著，呼吸、舔過嘴脣。克利斯多夫心想他可以跳下床，跑出房間。但房門鎖著，這不是要把東西關在外頭，而是要把他關在裡面。

刮——刮——刮——

這聲音讓克利斯多夫嚇了一大跳。他看著窗戶，後院的樹不知怎地離屋子更近了。輪胎盪鞦韆像絞索般懸掛在那裡。樹木伸出一根老枯枝到窗邊，有如關節炎的手指來回刮過玻璃。

刮——刮——刮——

床底下的呼吸聲越來越大，克利斯多夫必須馬上離開這裡。他站在床上，踮著腳站直身體。他看著朝向後院的窗戶，心中想著他可以跳下床、著地，然後爬出去。

但是整個後院都是郵筒人。

他們站立的姿態像是晾在微風的衣服，還有上百隻鹿一旁守候，有些鹿躺在地上，有些在陰影中潛行。

刮—刮—刮—

克利斯多夫狂亂張望他的房間，找尋逃脫的方法。房門鎖住了，後院都是郵筒人，他無路可逃。克利斯多夫沉靜心靈，好心人說他在這裡擁有力量，就發揮出來吧！

克利斯多夫見到床底下伸出一隻手。

就在這隻手伸過來抓他時，克利斯多夫急忙跳下床。他失去重心，絆倒在地。他轉身，見到床底下紛紛伸出手，這些手沒有連接的身體，只有從暗影處尖叫的聲音。

「過來這裡，克利斯多夫！」

它們抓住他的腳和腳踝，開始把他拉回床底下。克利斯多夫胡亂扭動身體，像是躲開背上的蜘蛛一般，甩開它們。當克利斯多夫把這些手踢回陰影，引發十多聲慘叫。他掙扎起身，跑向房門，伸手轉開上鎖的門把。

直到它從另一側開始轉動。

「他聽到我們了嗎？」那些聲音低語。

克利斯多夫嚇呆了，他退回窗戶邊，低頭看著後院。郵筒人把連結他們的繩子，從右手換到左手。接著，他們伸出空出來的右手，像是水上芭蕾的選手那樣舉高手，同時拉開眼瞼的拉鍊。金屬在月光下閃閃發光。

郵筒人醒來了。

克利斯多夫轉身面對房間，發現房門開了。人們站在床邊，雙臂背在後頭。他們露出笑容，而房門的木屑仍卡在他們的牙齒上。

「嗨，克利斯多夫。」他們說。

他們把手臂放在身前，手臂只剩下殘根，露出圓形的肉塊，顯然是被砍下，經過烙鐵燒灼。

「你把我們的手放到哪裡了？」

他們開始跑向他，克利斯多夫猛然推開窗戶，只見野鹿如水槽中的食人魚般繞著圈圈。如果他跳下去，牠們就會把他撕成一片片。無路可逃……

……只剩下屋頂。

克利斯多夫抓住凸形窗上方的窗架，在身後的人們撲過來前，及時抬起身體。他們抓向他的腳，但無手的手臂無法施展，他們滑倒摔進後院。

野鹿旋即衝向他們。

啃咬，撕裂，狠抓。

克利斯多夫爬上屋頂，躲在煙囪後方。隨著夜幕降臨，藍月的第一道銀邊也透出地平線。他眺望鄰里，發現街道的灰色水泥逐漸變成紅色。路面看起來黏稠稠，就像下過雨一般。但這不是雨，味道太像一分錢的銅幣，它有如滑水道般沖過街道落入下水道。

街道在流血。

他見到穿著女童軍制服的男人。

醒過來。

那男人睜開眼睛，他至少有四十歲了，甚至是五十出頭，卻有一雙天真無邪的眼睛，而且很快樂。他打呵欠，像嬰兒一樣揉走睡意。然後，他站起來，開始在街道蹦蹦跳跳，踢著一攤攤的血窪，裸露的腳濺上血。那人一直用口哨吹著〈藍月〉這首曲子。他在灌木叢附近彎下腰綁鞋帶，吹口哨，然後綁鞋帶，吹口哨，然後綁鞋帶——

直到出現兩隻手抓住他。

男人發出令人毛骨悚然的叫聲，當克利斯多夫看到抓住那男人的人時，他簡直不敢相信自己的眼睛。

就是那男人本身。

他們看起來像是同卵雙胞胎，但另一人沒穿著女童軍的制服。他戴著無框眼鏡，脖子上掛著口哨。他頭髮已禿，髮量少到無法梳理，但他還是梳了頭髮。當禿頭男撕裂女童軍男的制服時，克利斯多夫終於聽懂他放聲大叫的內容。

「拜託！讓我離開這裡！」

克利斯多夫見到另一個人跑過街道，一輛車平空出現，駛過轉角撞向他，那男人被撞進草地。汽車軋的一聲煞住，車門打開，結果發現駕駛就是那男人本身。他拿著保溫瓶，看到他對自己做的事後，駕駛跑回車裡，揚長而去。然後，被車撞的男人拍拍灰塵起身，跑回街道。然後同樣的車子平空出現，駛過轉角撞向他。

「讓他停止！」

克利斯多夫環視街坊鄰里，不管他轉向何方，都會看到人們自己獵捕自己，不斷重複。他看到一個男人背著妻子和鄰居偷情，男人和女人熱吻，兩人的手臂纏繞，彷彿蠟燭融化結合在一起。他們就是止不住親吻。

「拜託！拜託！讓它停止！」那對男女大喊，嘴唇淌下鮮血。

這些尖叫聲重擊克利斯多夫的心靈，感覺就好像有人把耳機戴在他頭上，然後把音量調到十，接著是十一，再到十二，永無止境不斷加大。他感覺腦袋就要過熱不支。這超乎發燒，超乎頭痛，超乎他所知道任何可能的疼痛。因為這不是他的疼痛，而是世界的痛，而且它無窮無盡。克利斯多夫的心靈飛快在這堆瘋狂景象中找尋答案。

我在這裡待了六天。

克利斯多夫眺望流血的景觀，郵筒人散開進入鄰近地帶。他們爬上煙囪、排水溝和電線，打破玻璃和大門，而野鹿在一旁嗅聞血淋淋的地面，在陰影底下嗅聞找尋他。他聽見隔壁屋子傳來尖叫聲。

「住手！媽，別打我！」一個女人以小女孩的聲音，不斷對自己說著。

「孩子不打不成器！」她用媽媽的聲音回答，一邊抽出皮帶。

當她一再地鞭打自己時，克利斯多夫感覺到女人的慘叫，以及皮帶打出血肉。克利斯多夫盡可能沉靜心靈，他把慘叫聲推出耳外，迅速思考。

你必須拿到鑰匙。

你必須殺掉嘶嚇夫人。

你必須解救好心人。

他搜索心靈尋找好心人，但尖叫聲不斷傳回，越來越大聲。正當他覺得自己的心靈就要裂成兩半時，四周頓時一片沉寂。彷彿有人按了街道的「關閉」鈕，每個人都像出奇老鼠餐廳的機器人發軟無力，每一個郵筒人、每一隻鹿都是如此。克利斯多夫居高站在自家的屋頂上，屏住氣息等待。

有東西過來了。

是什麼呢？

忽然間，一個熟悉的聲音劃破寂靜。一輛冰淇淋車駛上街道，車子播放著歌曲，但小音樂盒的音調聽起來有些扭曲，就像被放在陽光底下的舊唱片。

就在桑樹林四周
猴子到處追著人
猴子以為在鬧著玩
啵！鼬鼠出來了。

冰淇淋車越開越近，街道房屋的大門打開，小孩子紛紛走到外面。他們像鼹鼠般揉著眼睛，在月光下瞇著眼。小孩蜂擁進入街道，跑向冰淇淋車。他們全都穿著不同衣服，有些孩子打扮得像是出自他和媽媽一起看的老電影，小男孩戴著棒球帽，穿著吊帶褲；小女孩身著蓬蓬裙。有些男孩戴著艾美許人的高帽子；有些女孩穿著像是清教徒。他們走向冰淇淋車，用蛇信般的舌頭一起唱著歌。

一分錢買一軸線
一分錢買一根針
錢就是這麼花
啵！鼬鼠出來了。

冰淇淋車停下來，所有孩子都被吸引過去，喧嘩叫嚷「我！我！我！」爭著要買甜點吃。

「好的，小朋友。」那聲音說：「請付錢。」

克利斯多夫見到小孩子把手伸進口袋，每人都拿出兩個一美元銀幣。所有小孩都在血淋淋的街道躺下，把硬幣放在合起的眼皮上。冰淇淋小販伸出燒焦的骸骨手，走過去一一拾起錢。等收完所有銀幣後，那隻手就伸回車子的陰影底下，丟出冰棒、雪酪球甜筒[44]和冰棍，但它們不是冰淇淋。

而是冷凍鹿腳。

44. Screwball，一種塑膠角錐容器的雪酪冰，底部會放置球形口香糖。

就在桑樹林四周
猴子到處追著人
猴子以為在鬧著玩
啵！鼬鼠出來了。

音樂彷彿卡在捕蠅紙上，越來越慢。小孩像蛇一般，伸出舌頭纏繞他們的冰品。有些小孩拿到甜筒，底下卻沒有口香糖球，而是眼珠。有些孩子拿到撒著糖粒的美味香草霜淇淋，不過那不是糖粒，而是小牙齒。只有一個小孩子沒有銀幣可以給冰淇淋小販。

那是大衛．奧森。

他遠離大家，孤伶伶一個人站著，克利斯多夫這一生從未見過如此悲傷的容顏。大衛走向其他小孩，請求舔一下冰淇淋，每個孩子都推開他。大衛走向冰淇淋車，舉手懇求免費的冰品，骸骨手伸過去拍開大衛的手。然後，冰淇淋車發動，開過街道，一路播放這可怕的音樂。

一分錢買一軸線
一分錢買一根針

冰淇淋車離開後，街道恢復生氣。其他小孩包圍大衛，彷彿狼群包圍小鹿，開始對他嘶吼。孩子露出利齒，眼冒精光，克利斯多夫可以感覺到大衛的恐懼，以及恐慌從他的腹部湧向喉嚨，胸口的重擊。

但是，卻沒有言語。

克利斯多夫無論如何都無法讀取大衛的想法，每當他嘗試，就會流鼻血，眼睛覺得壓迫到像是快被擠出顱骨。他的額頭發燙，汗水直流，就像街道流進下水道的鮮血。下水道顯得暗沉，充滿聲音。

街燈毫無預兆地突然亮起來，街道現在有如騎乘設施叮噹響起古老的遊樂園，街燈照亮了滑行在陰影底下的東西。

是嘶嚇夫人。

她有如滴水嘴獸，站在奧森老家的屋頂，檢視她的王國，注視隊伍行進。孩子有如跟著桃樂絲的龍捲風，跟在大衛後方繞圈行走。

「獵物，你最好祈禱吧。」

孩子異口同聲說道，像是主日彌撒唱詩班的合唱聲音不斷重複同樣的句子。大衛轉身面對他們，發出氣音恫嚇。其他人嚇得倉皇退開，但是恐懼只增添了他們追逐的樂趣。他們開始像旋轉木馬繞著大衛，逼得大衛來到巷底迴轉環道，他的腳跟碰到了街道邊緣。

不要離開街道。

只要不離開街道，他們就沒辦法抓到你。

嘶嚇夫人躍過一個個屋頂，尾隨他們，監視守候。克利斯多夫不懂她為什麼不介入，既然大衛是她的寵物，但或許他們全是她的寵物，或許大衛只是幼崽中最弱的那一個，她打算任由其他人撕裂他或餓死他。

也或許這是她的鬥狗版本。

或者，這只是個陷阱。

針對大衛，或針對我。

克利斯多夫見到大衛踏出街道，走進田野，孩子在他後面咯咯笑。克利斯多夫躲在五十公尺外的暗影底下，見到嘶嚇夫人穿行在各個後院，從另一個角度進入使命街樹林，彷彿在追蹤獵物。

獵物，你最好祈禱吧。

克利斯多夫知道這可能全是陷阱，但是這裡沒有麵包屑做記號的小徑。好心人被關在某個地方，大衛是他在這恐怖地方僅存的朋友，他們只有一個方法可以離開這裡。

我們必須殺掉嘶嚇夫人。

我們必須拿到鑰匙。

克利斯多夫離開煙囪，望向自家後院。野鹿揀食著那些人屍骨上的殘餘血肉，他不能爬下去，否則就會變成下一道菜。克利斯多夫看向對街的小木屋，距離很遠的一跳，但這是他唯一的機會。

而且，他現在已受過訓練。

克利斯多夫閉上眼睛，沉靜心靈，像水泵般準備好他的想像力。在他的心靈之眼中，他全力跑向屋子前面，在屋簷排水溝前用力一踩，縱身飛躍。他見到底下的街道，覆滿湧向人行道的鮮血。克利斯多夫降落在小木屋的屋頂，他睜開眼睛，退回陰影底下，卻險些在結冰的瓦板上滑倒。

他看著眼前聳立的使命街樹林，枝椏在微風中搖曳有如主日彌撒中高舉的手。他迅速掃視下方，確認草地安全無虞。然後，他爬下排水溝，如羽毛輕輕落地，再盡全力跑過田野。他回頭看向街道，瘋狂的嘉年華肆虐。人們一再地傷害自己，他們的尖叫聲有如樹木在樹林當中倒下，無人聽聞。

只除了克利斯多夫。

他傾聽片刻，確保樹後沒有陷阱。他檢查了口袋中那把銀製鈍刀。然後，克利斯多夫跟著大衛・奧森進入使命街樹林。

88

四十一點二度

嗶。

克利斯多夫的媽媽站在兒子的病房外面，她很想空手打破窗戶帶走他。她向自己承諾，如果他的熱度達到四十二度，開始損傷腦部，她就會這麼做。但是醫護工像是哨兵站在門口兩側，拚命搔撓他們發熱冒汗的臉部，找尋拖走她的理由。

四十一點三度

嗶。

大門像馬蜂窩般嗡嗡作響，譚米護理師走回加護病房，菸味彷彿魔鬼氈般纏著她的刷手衣。克利斯多夫的媽媽走向她時，她正好開始洗手，然後塗抹了厚厚的香甜乳液，使她聞起來好像薰衣草菸灰缸。

「護士小姐，打擾一下。」克利斯多夫的媽媽設法盡力採用最為溫和的語氣。「我需要回病房看看我兒子。」

譚米揉揉她疲倦的眼睛，看向窗戶，醫師對她重重地搖頭。就連小孩都看得懂那個回答是堅決的「不」及「妳給我快點進來」。

「親，對不起。」她用親切的西賓州口音回答。

她為克利斯多夫的媽媽感到難過，受過訓練的眼睛透過窗戶研判男孩的維生裝置。

「里斯太太，我知道他的體溫偏高，但不用擔心，他死不了的。」

「妳怎麼知道？」克利斯多夫的媽媽問。

譚米壓低聲音到接近耳語，確保她的同事都聽不到。

「因為一個月來都沒有人死去，我想像不出上帝會從妳的兒子開始，重新啟動死亡。」

「什麼？」

「對，自從在樹林發現那男孩的骸骨後，再也沒有人死去。這是耶誕奇蹟。」

「老天。」安柏斯說。

這句話沒錯，但是譚米的神情像是表示，她覺得老人的語氣很奇怪。

「是的，先生。」她皺皺鼻子說：「讚美主。」

說完後，譚米就走進克利斯多夫的病房，把這兩人留在加護病房外面區域。兩人之間的沉默像是有了自己的脈動。凱特·里斯的心思立刻從兒子的掙扎求生中，來到當前更龐大的東西。她抓住安柏斯的輪椅，開始推著他走過加護病房區。感覺很明顯，在他們看完大衛日記的這幾小時內，湧向加護病房的人便增加為三倍。這裡已經沒有輪床，沒有病床，只有尖叫和疾病。這麼多生病的人，這麼多憤怒的靈魂。流汗的臉，癢意、發燒，止不住的發癢。醫院已到了暴動邊緣。

「它看起來是否跟聽起來一樣糟？」安柏斯坐在輪椅上問。

「更糟。」凱特說：「她無所不在。」

凱特，要當受害者還是鬥士？

她甩開自身的恐懼，集中精神。恐懼對克利斯多夫沒有用處，行動才有，答案才有。自從他們挖出大衛的屍骨後，就沒有人死去。或許日記裡有答案，或許在他們發現他的樹林裡有答案，而最了解這座樹林的人就是克利斯多夫和……

警長。

她不知道是不是這個想法讓她的視線看向他的病房，或是相反過來。但是，凱特發現自己看著警長在加護病房裡的病房。

「警長。」安柏斯說，彷彿他的思緒比她延遲三秒鐘。

凱特看向安柏斯，他或許失明了，卻仍跟圖釘一樣敏銳。她把他推進警長的病房，警長臉色異常蒼白，就連在睡夢中，嘴唇仍在顫抖。她走到床邊，握住他的雙手。在他們首次約會中直冒汗的這一雙手，現在顯得冰冷無比，不是因為溫度，而是因為失血過多。

「他還好嗎？」安柏斯問。

她看著他胸口的傷勢，傷口已進行過或許匆忙卻很熟練的縫合。他的胸膛受到近距離槍擊，其中一顆子彈就在他的心臟正上方，但它仍持續跳動。

「還活著。」她說。

她看著把嗎啡輸入警長手臂的點滴，這隻手受過外科手術團隊死命刷洗，但是她還是隱約看得出上面有用油性筆寫下的字跡。

「他的手臂上有個訊息。」她說。

「是什麼？」安柏斯問。

她像盲人讀取點字般，伸手撫上字跡，然後唸出來給安柏斯聽。

大衛．奧森——那男孩。立刻打——卡爾。工具——孩子。石——木。整個城市——流感。最後流感——大衛失蹤——不再蔓延。大衛——阻止了流感？他救了我們嗎？

突然間，他們聽見走廊傳來尖叫。有個男人肚子餓，不懂為什麼餐點只給病人。他們聽見護士大叫「先生請冷靜」，以及那男人大喊「救救我太太！」，接著是金屬撞倒在地上，那男人又叫又踢仍被保全人員拖走。

「很快就會輪到我們。」安柏斯警告。「繼續唸。」

凱特握住另一隻手臂，辨識模糊的字跡。

打給安柏斯！別再聆聽——聲音——在騙你——讓你忘記。你知道那工具的用途！立刻去找凱特，大衛的遭遇——在克利斯多夫身上，快去！警長，太遲了，我已經讓一輛車撞上他們了。

「你們必須離開這裡。」一個聲音低語。

凱特幾乎尖叫出聲，但這是警長的聲音。他強迫自己清醒，聲音幾乎不可聽聞。

「這裡不安全，現在已經沒有警力了。」

警長試著坐起身，但他實在太虛弱了。凱特關愛地把手放在他的額頭，輕柔噓了一聲要他躺下。

「克利斯多夫就在隔壁，我們不會離開你。」凱特要他安心。

警長放鬆下來，躺回床上。嗎啡有如落在玻璃池塘的雨滴，滴，滴，滴。

「鮑比。」她輕聲說：「那工具是做什麼用的？」

「呃？」他說，受到嗎啡的影響，聲音像風箏般高遠。

「工具。」凱特絕望地重複：「是做什麼用的？」

他口乾舌燥用力吞嚥了一下，克服疼痛。

「建築工人找到工具和石化木，我的朋友卡爾做了檢測。那裡有數十間樹屋，幾百年來，孩子就一直在蓋樹屋。」

「這是什麼意思？」安柏斯問。

「表示不是只有大衛和克利斯多夫。」凱特說。

凱特開始思考，還有其他孩子，她不知道這是好是壞，安柏斯的聲音打破沉寂。

「樹屋都在同一個地方嗎？」安柏斯問。

「不。」警長說：「它們散布在森林各處。怎麼了？」

老兵在繃帶底下皺著眉頭。「或許它們都有關聯。」安柏斯說：「或許她在利用它們打造更大型的東西。」

四十一點四度

嗶。

89

克利斯多夫躡手躡腳走上小徑，彎著身子避開樹枝、枝椏。他在夜晚不是隱形的，他不能發出聲響，嘶嚇夫人就在森林裡的某處。克利斯多夫見到大衛在步道前方約一百公尺，其他小孩把他當成五月柱般包圍著他，拍手蹦跳。克利斯多夫見到大衛留下的腳印，帶著泥濘血汙。他想起第一次跟蹤足跡進入使命街樹林，雲朵對他眨眼睛，他跟著雲朵跟著足跡，然後失蹤了六天。

那六天我做了什麼？

她對我做了什麼？

啪。

一根樹枝在克利斯多夫腳下斷裂，小孩看向身後。大衛趁他們分心，拔腳就跑。小孩轉身，跟了上去。

「大大大衛衛。」他們嘶吼。

大衛埋頭加快速度，努力擺脫他們的聲音。

「你你可可知知道道道你你在在哪哪裡裡裡？」

大衛發足狂奔，兩個小女孩追了上來。

「哦，大衛，你回來了！我們一直在等你！就快結束了！」

大衛尖叫，往右急轉。克利斯多夫只能設法跟上去，大衛跑過山羊橋，跳進冰冷的溪水，努力甩開那兩個女孩。三個郵筒人從溪水現身，睜開拉鍊眼，發出呻吟抓他。大衛跳過他們張開的腐臭手指，落在那段老舊的中空圓木附近。圓木中的男人探出頭來。

「嗨，大衛！就快結束了！」

大衛在兩隻鹿衝出森林時，躍過那個男人。又有三隻鹿追上步道，大衛再次左轉。又多了三隻，大衛右轉。再多五隻，大衛停下腳步，他被包圍了。

「**大衛**，你可知道你在哪裡！」

忽然，數十個郵筒人從陰影底下走出來。他們張開嘴巴，努力掙脫縫線。野鹿逼近，露出牙齒。克利斯多夫撿起石頭，不在乎這樣會暴露他的位置。他必須幫助大衛。他旋轉手臂準備投向帶頭者，野鹿撲向大衛的喉嚨。

事情就在此時發生。

這時刻不過一眨眼，但克利斯多夫卻可以清楚看見每一步。他見到大衛閉上眼睛，感覺到男孩心靈沉靜下來。接著，就在他的心靈充滿想像時，他感覺到空氣中有一股電流。突然間，周遭的聲音平息了，就好像他沉靜的心靈如海綿般吸收了聲音。此刻，這裡只剩下想像力。克利斯多夫聽不到大衛的想法，但從結果中得知。

大衛開始飛翔。

這完全出乎克利斯多夫的意料，大衛不像超人那樣飛行，他不是超級英雄，他只是發現自己凌空的小男孩，就好像飄浮在一個想法上，隱形雲朵取代了披風。

野鹿互相撞頭，卡住鹿角。

你可以像鋼鐵人那樣飛翔。

克利斯多夫閉上眼睛，他沒受過大衛等級的訓練，所以沒有好心人在場，他不覺得自己飛得起來。不過，他還是想像自己毫無重量，努力想像自己乘風飄浮，像是葉片或羽毛。

或是一個白色塑膠袋。

克利斯多夫感覺他的雙腳離地一會兒，他努力像馬戲團走鋼索的人保持平衡，但是這條鋼索不是往前橫跨。

而是向上。

克利斯多夫牢牢閉著眼睛，想像自己行經一根樹枝，再一根，用想像力取代雙手爬上樹。

他見到自己越過樹梢，底下的樹木像是鬆軟的綠色雲朵。月亮又圓又大又藍，月亮上方的天空裡星辰密布。就像時間是永恆的一樣，空間延伸得又深又遠。外太空如海洋，地球是救生艇。沒有流星，星星靜止不動。

星星垂死。

在他的心靈之眼中，克利斯多夫抬起頭往前看，見到大衛飛向空地。克利斯多夫想像自己踩在樹梢，像是水上飄般加速跑過去，腳下的樹葉如花瓣般飄落。身體散發的高熱恍如肌膚上的低語。

大衛．奧森……

大衛．奧森……嚇壞了。

克利斯多夫感覺到前方的大衛開始掉落，就像傑瑞以前往空中射下的鳥兒。不過，讓大衛墜落的不是子彈。

而是空地的東西。

克利斯多夫張開眼睛，放低身子到樹梢下方躲藏。他穿梭在枝葉之間，悄悄移動。他聽見底下步道傳來聲響，跑步聲，細語聲。克利斯多夫來到空地邊緣，停下腳步。他的視線投向地面，搜索大衛的蹤跡，只見到沙土上留下的跌落痕跡和幾個腳印。克利斯多夫抬頭望，努力查看大衛是否重新飛起。

此時，他見到了它。

克利斯多夫一度不明白自己看到了什麼，他來過空地這麼多次，認為對即將看到的景象瞭若指掌。這裡會有一條青草小徑，完美的圓形，還有一棵乾枯老樹，活像罹患關節炎的一隻手。

樹依舊在。

卻巨大無比。

像是相疊起來的兩棟摩天樓。

至於樹的底端，克利斯多夫現在看到樹幹雕鑿出一道門，門上有一個大大的門把和鑰匙孔。數百名郵筒人站在門的兩側，擔任衛兵，管制大門進出。這是監獄嗎？這是什麼地方？

克利斯多夫屏住氣息站著，他找到他和極品艾德、麥特及麥克一起打造的樹屋。但那裡不只這一間，還有其他數百間樹屋掛在巨大的枝幹上，如絞索上的屍體般擺盪。小小的鳥籠，大大的狂暴蜂巢。

他凝視著它，心中某處想起他曾到過這裡。他曾經在其中一個小鳥籠裡待了六天，受到搔弄，受到耳語細訴，像放在保溫箱的嬰兒那樣保暖，是一顆等待孵化的蛋。

你可知道這裡是哪裡？

90

四十一點四度

嗶。

克利斯多夫的媽媽坐在警長病床旁邊，看向另一頭無助躺在病床上的兒子。他的腦部距離受損剩不到一度，她已經分不清楚保全人員和醫護工到底是不讓她進去，還是想把克利斯多夫留在裡面。

警長和安柏斯跟她一起沉浸在這意味深長的沉默之中，他們的心思飛快轉動。人們不再死去；周遭人們因為流感陷入瘋狂；這不是流感，而是她；幻想世界裡還有其他小孩，那些小孩正在打造著什麼，從數百年前就開始；他們的樹屋有關聯，包括大衛的樹屋，包括克利斯多夫的樹屋。這其中必定有答案。

「日記上說了什麼？」警長虛弱地說。

克利斯多夫的媽媽啪地打開日記，翻頁掃視。

「我們已經從頭到尾看過了，沒有訊息。」

「警長，沒提到人們不再死去，也沒提到其他孩子。」安柏斯附和。

「我可以看看嗎？」警長詢問。

克利斯多夫的媽媽把日記遞給他。當警長翻開脆弱褪色的頁面時，皮製封面已有點綻裂。她聽見嗎啡溶液滴進他點滴袋的聲音。

滴，滴，滴。

警長翻動頁面，以受過訓練的專業能力，目光掃視字裡行間。幾分鐘後，他看著安柏斯。

「大衛是個聰明的孩子，對吧？」他問。

「是的，長官。」安柏斯說。

「那麼，為什麼他的筆跡這麼糟，這沒道理呀。」

他把日記交還給克利斯多夫的媽媽，閉上眼睛，又慢慢睡去。她看著他，他的身體極為虛弱無力，她不知道剛才發揮作用的是什麼力量，但她知道警長在這裡有其道理，正如安柏斯，正如她一樣。克利斯多夫的媽媽再次打開大衛的日記。

滴，滴，滴。

她再次查看日記，不是閱讀文字，只是看著筆跡，那種嚇人、令人不安的寫法。

畢竟，我是神。（atTEraLL, iAMgod.）

滴，滴，滴。

「奧森先生，大衛的筆跡一直這麼糟嗎？」

安柏斯回想了一下，然後皺起眉頭，搖搖頭。

「不。」他說。「只有在他開始精神失常時才這樣。」

「但是，他沒有精神失常。」

她翻到下一頁，研究這種大寫、小寫、書寫體和印刷體奇怪結合的筆跡。

在殺死嘶嚇夫人之前，士兵告訴我說我需要進行一些偵察工作。（BefoRe we kill the hissing lady, the sOldier said we needed to do Some rEcon......）

「里斯太太，這是什麼意思？」安柏斯問。

克利斯多夫的媽媽突然覺得皮膚起了一陣寒顫，一個耳語有如蟲子般刷過她的耳際。她翻回先前的頁面。

畢竟，我是神。（atTEraLL, iAMgod.）

再翻。

在殺死嘶嚇夫人之前，士兵告訴我說我需要進行一些偵察工作。（BefoRe we kill the hissing lady, the sOldier said we needed to do Some rEcon……）

滴，滴，滴。

克利斯多夫的媽媽往後翻，只看著縮小字／大寫字母。

畢竟，我是神。在殺死嘶嚇夫人之前，士兵**告訴**我說我需要進行一些偵察工作……就像是**安柏斯**喜歡的戰爭片裡的任務……我**這是**在白天跟蹤她，我見到她觸及人們，設下**陷阱**。（atTEraLL, iAMgod. BefoRe we kill the hissing lady, the sOldier said we needed to do Some rEcon……lIke They do in thoSe wAr movies ambrose loves…… i followed her during the dayTime. i could see her ReAching into People.）

這些縮小字／大寫字母拼出的字句是……**告訴安柏斯，這是陷阱**。（TELL AMBROSE IT'S A TRAP）

91

克利斯多夫接近巨樹。

在他的靈魂深處，他知道他來過這裡。他曾被放在其中一間樹屋六天，像掛在巨大樹枝的耶誕裝飾般擺盪。他在這裡做了什麼？她對他做了什麼？

你可知道這裡是哪裡？

克利斯多夫搜索巨樹，找尋大衛。他的目光從地面到枝幹，樹屋到樹屋，綠色、藍色，樹屋有著不同顏色、不同形式和不同時代。印第安人圓錐帳篷旁邊是一個工匠巧作，它的旁邊是迷你穀倉，它的旁邊是……

一間紅色的樹屋。

他覺得好眼熟，為什麼？她就是把他帶到那裡嗎？克利斯多夫終於找到大衛，他躲在陰影底下，棲居在那個紅門樹屋的屋頂上。他看起來筋疲力竭，流著鼻血，彷彿他自己的想像力把他當成海綿般壓擠。克利斯多夫想起每當他離開幻想世界，在幻想世界的每一個力量都轉變成在真實世界的痛苦。他想到了好心人的警告。

這種力量是需要代價的。

他看著大衛像電池般耗盡電力。對大衛來說，這裡就是真實世界；對大衛來說，這是唯一的世界。大衛悄悄移往窗戶，底下的野鹿和郵筒人一陣騷動，克利斯多夫看著大衛拉開窗簾。

好心人就在樹屋裡。

他遭受狠狠毆打痛擊，現在不省人事躺在地板上，大衛慢慢走向他。忽然間，一聲駭人的尖叫劃破空地。樹林在他們周遭恢復了生氣，星星在高高的雲層上方劃過天際，天空閃現明亮的光芒。等雲朵飄散後，月亮以穿透的白光照亮空地。此時，克利斯多夫看到她。

嘶嚇夫人。

她走進空地，小孩包圍住空地，發出如小豬找奶喝的刺耳尖叫。她帶領他們走向巨樹，克利斯多夫看著在月光下閃爍的那把鑰匙，鑰匙仍埋藏在她的脖子裡。

我們必須拿到鑰匙。

我們必須殺掉嘶嚇夫人。

「大衛衛！」她發出刺耳聲音。

克利斯多夫感覺到大衛從他的棲息處回首，忽然被嚇到，幫助好心人逃走的任何可能念頭迅速消散。大衛衝離紅門樹屋，跑進樹木深處躲藏。

現在就靠克利斯多夫去解救他了。

你可以比美國隊長更勇敢。

克利斯多夫閉上眼睛，想像自己開始奔跑。他的腳踩上樹梢，踢下樹葉。他這一輩子從未如此飛速，就連在公路上也沒有。他見到自己衝向巨樹，鹿群和郵筒人在周圍守衛著它。他不能發出聲響，否則他們就會看見他。如果他全力縱身一躍，他可能就能到達巨木。如果他失手降落在空地，他們就會撕裂他。他的動作越來越快，空地就在他正前方，一步、兩步、三步。

跳。

在他的心靈之眼中，克利斯多夫像彈弓般飛過空地。他盡可能探出身體，他見到眼前有一根低垂的樹枝。他伸出手指，感覺到指關節咔嗒咔嗒作響。

克利斯多夫用伸張的手指抓住樹枝，張開眼睛。

他的一個指關節脫臼，他好想尖叫，但他壓抑住疼痛。他伸出另一隻手，安全把自己拉上樹枝。他把手指推回原處。

克利斯多夫往下看，發現嘶嚇夫人站在底下的地面。她見到針葉紛紛落下，抬頭一看。她朝著克利斯多夫微笑，然後轉身面對低頭站在她後方的孩子。

「他在那裡，爬上去！」她低語。

孩子開始爬樹。

克利斯多夫必須找到好心人，他不理會疼痛的手指，使出全力盡快往上爬。他攀向下一根樹枝，聽見身邊樹屋傳來尖叫聲。克利斯多夫從綠門的小窗戶看進去，見到一個女人把絞索套上自己的脖子。那女人和克利斯多夫四目相接，她跑向他。「救救我！」她尖叫，卻被絞索扯回去。不一會兒，她把絞索套上脖子，從頭又做了一遍。

克利斯多夫往下看，見到孩子咯咯笑地爬上來。他們大概在他底下三十根樹枝的地方，像是孵化的小蜘蛛散布在巨樹各處。克利斯多夫強迫發疼的手指繼續攀爬，一根接著一根樹枝，經過一個又一個樹屋。他從窺看孔見到一個男人，他一再地拿刀刺自己。「賤人，現在誰在笑？」他對自己尖叫。在下一個樹屋中，他見到一個男人吃著一大塊蛋糕，他停不下來，只是一直嚼嚼嚼，直到下巴碎裂，裡面牙齒一顆不留。但蛋糕還是不見變小。「拜託！讓它停止！」

你可知道這裡是哪裡？

他的心思飛快轉動，這一切有種熟悉感，這是什麼地方？嘶嚇夫人的家？她的監獄？她的動物園？

克利斯多夫來到紅門樹屋，好心人失去意識躺在地板上。克利斯多夫試著開門，但它鎖住了。他急急走到邊窗，窗上裝著監獄欄杆。

「先生！快醒來！」

孩子現在只距離他二十五根樹枝了。

好心人身體動了一下，克利斯多夫伸進欄杆裡面，碰觸好心人的手。熱度開始在他的心中升溫，他一口氣傳送了全部能量給好心人，給了電擊般的刺激。

而疼痛瞬間出現。

在他的雙手持續握住好心人的手，試著讓他甦醒時，這股疼痛貫穿他全身。

先生！快醒過來！

克利斯多夫把他的想法深深推進好心人的心中，試著像面對老車一樣，利用接線啟動他。

我們必須殺掉嘶嚇夫人。

他感覺到好心人的心跳，它緩緩跳動，然後加快，越來越快。

我沒辦法自己一人殺掉她！拜託！

好心人的眼皮突然動了，他勉力睜開眼睛，霍地起身。

「克利斯多夫，這是陷阱，快走！」

「不！我不會丟下你！」

「你一定要！你必須在午夜之前殺掉她！」

克利斯多夫往下看，孩子只離他十五根樹枝了。

「你可以脫身嗎？」克利斯多夫屏息低語。

好心人衝向大門，門閂上鎖了。

「沒辦法，你得在沒有我的情況下殺掉她！拿到鑰匙！」好心人催促他離開。「你不能讓他們抓到你！快走！」

克利斯多夫往下看，孩子像老鼠般竄上樹來。他別無選擇，他必須逃走。他離開好心人，開始往上爬，一路爬到樹頂，直到無路可去。

只除了他自己的樹屋。

它位於其他樹屋的上方，就在最頂端，像是耶誕樹上的天使。它是怎麼移來的？它有移動嗎？這可怕的地方究竟是什麼？

你可知道這裡是哪裡？

孩子攀登上來，拉扯他的腳。他抓住樹屋的門把，打開門，查看裡面。但樹屋不再是它原本的樣貌。

它像是克利斯多夫以前的浴室。
慢慢充滿蒸氣。
有個身影坐在浴缸裡，隱身在彌漫霧氣中。
「嗨，克利斯多夫。」一個聲音說。
它聽起來就像他的爸爸。

92

親愛的安柏斯，

我希望你能看見這個訊息，我必須把它隱藏起來，因為隨時有人在監視我，你也一樣，每個人都一樣。不過，這不是你想的那樣，而是更加可怕。我不能說出我們察覺到這裡發生了什麼事，不然我會被發現，而你會永遠受到折磨。我在我唯一知道沒有被監視的地方，告訴了你所需要知道的事。只有你知道那是在哪裡，你以前會把雜誌藏在那裡。安柏斯，請你現在過去那裡。因為如果你看到這個訊息，表示世界就要毀滅了。而如果你不是安柏斯．奧森，請告訴他你找到了他弟弟大衛，告訴安柏斯這是陷阱。但是下一個孩子用不著死去，整個世界用不著毀滅。所以拜託，現在快過去。你沒時間了。

大衛

克利斯多夫的媽媽顫抖地拿著這篇解譯過的日記，她轉向安柏斯，壓低聲音到成為絕望的低語。

「奧森先生，是在——」

老兵搶先說了出來。

「我把雜誌藏在大衛的書架底下。」

「書架現在在哪裡？」

他皺著眉頭，努力思索。她看向走廊，醫護工在監視他們，流露出懷疑的眼神。他們走進克利斯多夫的病房，和醫師討論事情。

四十一點五度

嗶。

「拜託，奧森先生，書架在哪裡？」

「我不知道，我把它賣掉了。」

「賣去哪裡？」

等醫護工說完話，醫師轉向克利斯多夫的媽媽，然後對保全人員低聲說了幾句。照明讓他們看起來像是幽靈，臉色發青，整個病態蒼白，他們全都盯著她。她感覺到跟丈夫死前那晚一樣的偏執妄想。

我聽得到聲音，凱特！讓它們停止！

保全人員向醫師點點頭，就離開克利斯多夫的病房走向她。

「古物店。」安柏斯像燈泡亮起似地說：「大衛毀了書架，但那家古物店的老闆娘認識我媽媽好多年，她出於同情心收購了它。」

「為什麼？他怎麼毀掉它的？」

「他用鴨子壁紙把它包起來。」

克利斯多夫的媽媽頓時安靜下來，當場只聽見警長的嗎啡滴進點滴袋的滴滴聲。

「奧森先生。」她輕聲說：「你可以代替我陪著克利斯多夫嗎？」

「當然。」他疑惑地說：「為什麼？」

「我知道書架在哪裡。」她說。

克利斯多夫的媽媽看向走廊那頭的兒子，受傷的小小身軀，可憐的發燒心靈，按照這樣的速度，他的腦子很快就會到達攝氏四十二度，午夜時開始燒壞掉。而答案在城鎮的另一頭。

「寶貝，你可以選任何想要的書架，但為什麼你會選它呢？」

「因為它聞起來像棒球手套。」

那個書架就在她兒子的房間裡。

93

那身影在浴缸坐直身子，隱身在霧氣之中。

克利斯多夫僵住了，他環視浴室，它就跟他記憶裡一個樣。起霧的鏡子，他皮膚上的Noxzema洗面霜的香味，爸爸的襯衫丟在水槽上，散發菸草的氣息。

「你可知道這裡是哪裡？」那聲音問。

克利斯多夫沒有說話，他搖搖頭，他不知道。

「你想知道嗎？」

克利斯多夫點點頭，他想。

「好，但這是秘密。我可能會惹上麻煩，所以過來這裡，我悄悄跟你說。」

克利斯多夫沒有移動。

「寶貝，別害怕，我永遠不會傷害你的，過來。」

那身影拍拍浴缸，小小的血滴從他的手腕滴落，流下瓷缸形成涓涓紅流。克利斯多夫想要逃跑，腳卻不聽他的使喚。他開始行走，穿過水霧，穿過雲霧。

「就是這樣，寶貝，過來爸爸這裡，一切很快就有它的道理了。」

克利斯多夫往前探了一小步，再二分之一步，三分之一步。那身影對他伸出手，那隻手溫暖光滑，手指間被菸草染色。

「就是這樣，克利斯多夫，過來，給我一個擁抱。」

克利斯多夫感覺到有隻手放上他的肩膀，那身影像毯子般包覆了他。

「爹地，這裡是哪裡？」克利斯多夫問。

克利斯多夫是如此靠近，可以聞到他呼吸中的菸草氣息。

「你離開街道了。」

克利斯多夫視線轉回浴缸，霧氣散去，露出一個微笑的身影。

是嘶嚇夫人。

94

四十一點六度

嗶。

克利斯多夫的媽媽透過窗戶看著兒子，他在走廊的另一頭為性命搏鬥。她必須幫助他，她必須救他，她必須回家拿到大衛・奧森留在他的舊書架上的訊息。

但是瑪利凱薩琳毀了她的車。

那兩個保全人員衝過走廊，打開警長病房的房門。他們搔撓著發紅冒汗的腫脹臉龐，擋住門口，有個克利斯多夫媽媽從未見過的護士跟著他們進入病房。

「里斯太太，一切可好？」

「是，很好。」克利斯多夫的媽媽謊稱。

護士微笑，隨著其實不是流感的流感，咳了幾聲。她盯著克利斯多夫的媽媽，目光似乎留得過久。

「妳剛在唸什麼？」她問。

這個問題瞬間令人緊張地懸在空中，護士搔搔她的手臂。

「這有點難為情。」安柏斯說：「她在唸我死去太太的信件剪貼簿，其中一部分有點鹹溼，如果妳願意的話，等一下可以換妳唸給我聽，里斯太太正要去我車上幫我拿東西。」

然後，安柏斯掏翻他的口袋，拿出車鑰匙。

「妳記得我平常停車的地方吧？就是角落那輛破舊的凱迪拉克，有許多刮痕和凹痕，就跟我一樣。」

「是的，奧森先生。」克利斯多夫的媽媽說。
「很好，那妳不在的時候，我會坐在克利斯多夫的床邊。」
他拿鑰匙跟她交換他弟弟的日記。
「奧森先生，謝謝你。」
「不，女士，謝謝妳才是。」老兵回答。
克利斯多夫的媽媽接過鑰匙，離開病房。她擠過半信半疑的那兩名保全人員，直接走向加護病房的大門，等待開門的嗡聲響起。肋骨傷勢的疼痛讓她瑟縮了一下，藥效已經過了，但沒時間逗留了。
快吧，快開門，真該死。
她轉身見到那護理師推著安柏斯的輪椅，回到克利斯多夫的病房。她的兒子躺在病床上。
四十一點九度
嗶。
大門發出蝗蟲過境般的嗡嗡聲，克利斯多夫的媽媽衝出加護病房區。

韓德森太太感覺到有種令人戰慄的東西穿過身體，一陣可怕的冷風從內而外竄出，就像牙痛一般。她知道自己行程落後了，這無法接受，那聲音這麼對她說。

無法接受。

韓德森太太加快速度，她經過柯林斯建設的推土機和吊車，它們就像她住院的丈夫動也不動躺在那裡，像是維持那混帳東西活著的大而無用的金屬團塊。醫師不懂他為什麼沒死，但她知道。她知道這一切意謂著什麼，知道接下來會發生什麼事，大家會發生什麼事，尤其是克利斯多夫。

韓德森太太停下警長的車子，走進使命街樹林。

她以前從未來過這裡，卻非常清楚要去哪裡。那聲音告訴她去處，在那棵樹左轉，大石頭那裡右轉。

韓德森太太，直接沿著那小徑。

韓德森太太看著腳下的沙土，見到各種尺寸的腳印。它們全朝向同一個地方，那也是韓德森太太要去的地方。

快點，妳得快一點。

韓德森太太抬起她疲憊的雙腿，拔腿快跑。這有點不舒服，因為每個步伐都扯裂了她背部側面的傷口。但就像孩子喜歡說的，天下沒有不「痛」而獲的事。她的登山靴穿過泥濘和雪地，她穿過煤礦坑道，經過像小狗般在她後面蹦蹦跳跳的十多隻野鹿。那聲音在她心中越喊越大聲。

快點，妳沒時間了。

韓德森太太來到空地，停下腳步。

這裡真是美麗，比起她的丈夫站在聖壇，比起她的誓言，比起婚禮之夜，都還要美麗。韓德森太太這一生從未見過這麼美麗的東西，一棵壯觀的老樹，上面的枝條架著一間美麗無比的小樹屋。

數百人圍繞著這棵大樹。

靜謐如教堂。

她認識其中一些來自學校的面孔，像是勒斯可老師、布瑞迪和珍妮。有些是以前的學生，轉眼間就從可愛的小男孩，變成禿頭的中年大叔。但還有她不認識的人，以及她可能在雜貨店、加油站或短暫的拘留生涯中任意見過的面孔。不過，這些人她還是可能全部認識，她覺得再舒服不過。

他們也全都這樣覺得再舒服不過。

她穿過空地，群眾像紅海般分開，所有面孔都轉向她，所有面孔都帶著微笑。他們全都非常開心能見到彼此，這是個美妙的日子，不再疼痛，不再受苦。在她這一生中，韓德森太太從未見過如此美好的耶誕精神。

韓德森太太走向勒斯可老師，兩人相互微笑，點頭致意，然後大笑自己愚蠢的拘泥禮節。接著，兩人有如失散多年的姐妹，互相擁抱。她們不正是姐妹嗎？他們不全都是兄弟姐妹嗎？韓德森太太把勒斯可老師抱在懷中，然後她們各自伸出慈愛的手放在年輕孩子的肩膀上，放在布瑞迪和珍妮的肩膀。他們的感覺全都好多了，在這個時刻，他們全都有同樣的想法。

終於有人了解我。

勒斯可老師知道她用不著再覺得清醒，就像布瑞迪知道他不需要睡在狗屋，就像珍妮知道她不用再脫衣服給繼兄看。而如果有人持不同意見，那麼整個群體就會堅決表明反對的態度，對吧？如果有像克利斯多夫的媽媽、他的朋友、警長或安柏斯這樣可怕的人擋路，就讓他們一再地被刺傷。群體會擺脫任何不了解的人，等到戰爭來臨，他們將會獲勝。

因為好人總是會贏得戰爭。

他們全都跪下來，雙手按向樹木。樹的底部溫暖得有如嬰兒屁股，他們感覺到無與倫比的寧靜安詳，像是涼爽的枕頭面加上熱呼呼的泡澡。在這一刻，他們全都退燒了，手臂全都止癢了。他們終於得到安寧，像是暴風雨前的寧靜。

戰爭前的平和。

「時間到了。」韓德森太太說。

韓德森太太拿起她的週末行李，手中感覺到柔軟皮革。冰冷的拉鍊像是椎骨一一裂開。她打開行李，抽出鋒利的屠刀。

「我可以幫忙嗎？」布瑞迪問。

「當然可以，布瑞迪。謝謝你，你真是太有禮貌了，你的外婆一定會非常驕傲。」她說：「你何不擔任衛兵？」

布瑞迪微笑，拿出他的槍。他開始來回巡邏，從極品艾德手中保護他們，他知道艾德就躲藏在樹林某處。

「我也可以嗎？」珍妮激切地說。

「當然，珍妮。所以妳才會在這裡呀，親愛的。」

珍妮露出驕傲的微笑，然後伸進袋子，拿出一打縫衣針，並且抱了滿懷的黑色紗線。然後，韓德森太太轉向群眾，打量檢視熱切的面孔。

「可以第一個找我的繼兄嗎？」珍妮悄悄地問。

「妳確定妳不要把他留到最後？」韓德森太太問。

「確定，女士。」珍妮說。

「很好，史考特……出列。」

珍妮的繼兄上前，面露微笑。

「是的，女士。」他殷勤地說：「我要做什麼？」

「你可以該死地永遠去感覺你對珍妮所做過的每一件事，而沒有人會阻止。你覺得這聽起來如何？」

「太好了。」

史考特在恍惚狀態中點點頭，而他的繼妹拿出一段黑紗線穿好針，交給韓德森太太。老婦人慈祥地拍拍她的頭，便走向史考特。她用左手掐住他的雙脣，再以經過家政學訓練的熟悉右手，開始縫住他的嘴巴。

韓德森太太在縫合史考特的嘴脣時，從她內心的白噪音，她甚至聽不到他淒厲的尖叫，只是微笑地和自己的回憶共舞。當時，是個較簡單的年代。那個時候，男主外女主內；那個時候，男人對老婆忠貞，從不會想到離婚的事；那個時候，美好的舊日時光還是美好的嶄新日子。那時候比較好，那小小的聲音跟她承諾，現在將重新回到那個時候的風格。這一次，她的丈夫會尊敬她；這一次她的老公會感激她。

她只需要扮演好她的角色。

然後讓他們為自己的角色做好準備。

在她縫合的時候，她仰望樹屋，真是好美麗的樹屋呀。她的丈夫在門的另一頭，她幾乎可以聽見他的低語。

「親愛的，我們週末連假度假去。」

「什麼？」她驚喜地問。

「我想要跟我的妻子共度時光，真希望我打包好行李了。」

「我有，我打包了一個行李！我把它藏在圖書館，我隨身帶來了！就在這裡！」

「妳真是男人夢寐以求的最佳嬌妻呀！」

這一次，他們會把行李丟進車子的後車廂，開車離去。不在乎要去哪裡，因為她回復青春，頭髮是紅的，身材曼妙。她知道她將永遠活在這一天，或許她甚至用不著拿刀刺他。

「親愛的，我們應該去哪裡？」她終於問道。

「樹屋，當然，它在這裡真的好美麗。」

韓德森太太沉迷在嶄新未來的美夢裡，沒發現自己已經做好，把史考特變成郵筒人了。

「史考特，今天是耶誕夜，樹太空洞了，我們需要用裝飾品裝飾一下。」她說。

珍妮遞給史考特一條繩子，勒斯可老師已先用屠刀切出長短適當的繩子。史考特接過繩子，從乳牙般的二乘四吋木板階梯爬上樹。他爬到第一根粗厚的枝幹後，便爬向末端。他把繩子繫在枝幹上，再用繩子另一頭綁在自己的脖子。等他往下跳時，他的脖子像Y型許願骨般斷裂，但是他沒有死。就像韓德森太太知道的那樣，不會再有人死去。

「我什麼時候可以把他淹進洪水裡？」珍妮問。

「珍妮，等我們贏得戰爭就可以。」韓德森太太說，然後微笑說：「下一個。」

韓德森太太轉向柯林斯建設的保全人員，他心中想著在耶誕夜看守產業到這麼晚，可以拿到多少加班費。當老婦人用黑色的粗紗線縫上他的眼瞼時，她沒有聽見尖叫聲，只聽到自己心中焦急想法的吶喊。如果終身投入學校教育有讓韓德森太太學到東西，那就是要設法以手中資源完成事情。她看著數百名等著變成郵筒人的鎮民，她很願意像對待史考特那樣，親自縫合他們，但不幸的是，他們已落後進度。午夜就要到來。他們必須準備好，以迎接克利斯多夫的犧牲。所以，她必須放手，讓人們自行縫住嘴巴和眼睛，而勒斯可老師、珍妮和布瑞迪會分發縫衣針、拉鍊、紗線和縫線。

不然，我永遠無法做完這些縫合工作。

「下一個！」

96

嘶嚇夫人從浴缸起身，她全身赤裸，露出滿身的槍傷、刀傷和燙傷。克利斯多夫放聲尖叫，跑向大門。但嘶嚇夫人踏上地面的潮溼瓷磚。克利斯多夫伸手握向門把，上鎖了。

這是陷阱。

嘶嚇夫人從後面抓住克利斯多夫，她把他抓起來，讓他像魚兒般撲騰。她踢開門，把他丟到樹枝上。他試著爬走，但他的雙手像是碰到捕蠅紙般黏在樹上。

克利斯多夫回頭，看嘶嚇夫人從樹屋現身。她穿上她最好的節日盛裝，上面有一道道血痕，撕裂得有如破布。然後，她關上樹屋門，用死氣沉沉的人偶眼睛打量克利斯多夫。

「克利斯斯斯多多夫，時時時間間到了了。」她說。

嘶嚇夫人慢慢走上枝幹，往他走來。克利斯多夫尖叫。

「不！拜託！」

嘶嚇夫人微笑，從克利斯多夫的耳朵拎起他。她把他摟在懷中，然後像蛇似地蜿蜒滑下樹幹。

嘶

嘶

嘶

嘶

嘶

嘶

嘶

嘶

克利斯多夫往下看著空地，她整支軍隊都在那裡，默默盯著他。嘶嚇夫人不斷往下滑行，經過數十個樹屋。樹屋門關著，窗簾拉上。克利斯多夫見不到裡面，卻聽得到聲音。小孩子咯咯笑著，一個門把開始轉動。

「還沒有，我們來讓他大吃一驚。」小小的聲音耳語。

門把停止轉動，嘶嚇夫人繼續往下。他們經過另一間樹屋，它有粉紅色的大門，他聽見門後有呼吸聲。

「他會成為很好的寵物。」一個小女孩輕聲說道。

她的指甲像刮到黑板似地刮著門板，他經過另一間樹屋，它的藍白格窗簾好像桃樂絲的洋裝。

「他知道他人在哪裡嗎？」一個男人的聲音低語。

「很快就會知道。」一個女人低聲回應。

嘶嚇夫人在樹的底部落地，剛好就在巨樹樹幹雕鑿出來的大門前。她凝視著旗下勝利歡呼的軍隊，然後舉起克利斯多夫的雙臂。群眾有如新年除夕聚集在時代廣場般狂吼。克利斯多夫聽到遠處傳來鼓聲，四名郵筒人拉住克利斯多夫的手腳。他們把他架在樹邊，但這不是樹皮，而是溫暖冒汗的血肉。克利斯多夫開始尖叫。

「拜託！別殺我！拜託！」

「我不會殺你。」嘶嚇夫人冷靜地說。

「那妳要做什麼？」克利斯多夫驚恐地問道。

「我不告訴你。」她微笑。

嘶嚇夫人用骯髒的長指甲挖進血肉，她從脖子扯出鑰匙。她的手推進樹的血肉裡，像是探進廚餘處理機，咯吱作響。有血，有肉，她找到樹木腐爛血肉裡的鑰匙洞，她轉動鑰匙，打開了門鎖……

咯。

上方樹屋裡的人們同時慘叫，聲音劃破克利斯多夫的心靈。他的目光搜查空地，找尋逃脫之路，但郵筒人看守住所有路徑。

「時間到了！時間到了！」聲音異口同聲。

嘶嚇夫人把鑰匙放回脖子，手像是探進溼水泥，血肉立刻癒合了，鑰匙再次受到保護。嘶嚇夫人打開門，光線從樹幹底照射出來，克利斯多夫看進光線，但亮到什麼也看不見，他全身起了一陣寒顫。

「這是什麼地方？我人在哪裡？」克利斯多夫大叫。

「我以為你會記得。」嘶嚇夫人說。

克利斯多夫感覺到能量從樹內散發出來，像是來自上百萬顆氣球的靜電。他想起跟著腳印，樹摸起來像血肉。他想起來了，他曾經被放在這樹上六天，在這裡烹調，在這裡孵化，變得聰明，他被留在這棵樹的頂端吸收一切。

但是他從未進入樹裡。

「克利斯多夫。」她說：「這麼做是為了你好。」

嘶嚇夫人把他推向強光，光線強到讓人無法視物，像是蓬鬆的白雲從樹木裡面散放出來。克利斯多夫尖叫，搔撓、抓挖，死命撐住不肯移動。她抓起他的雙腳，他猛踢，聞出光線裡面的東西。廚房、生鏽的刀子、爸爸浴缸裡的水，醫院的氣味。

「不！不！」他尖叫。

克利斯多夫雙手戳進巨樹的血肉裡，它熱得有如發燒的皮膚。嘶嚇夫人扯開他的手，他扭動身子脫離她的掌握，兩隻腳踩在樹門兩側。郵筒人湧向他，克利斯多夫拚命撐住。他把郵筒人推回去，郵筒人不敵他的力氣。嘶嚇夫人抓住克利斯多夫，她的雙手疤痕累累，粗糙得有如砂紙。她用力抓住他貼向自己的身體，直到兩人面對面，鼻子碰在一起。她盯住他的眼睛，眼神憤怒瘋狂。

「時間到了！」

克利斯多夫低頭看著空地，見到數十個腳印現形，他看不到這些人，但他們確實在這裡，他感覺得到他們。這是真實世界的鎮民，眼睛被縫住，成了郵筒人。整個世界痛苦叫喊，讓人什麼也看不見，真實世界和幻想世界變得模糊，兩者之間的玻璃就要碎裂。

克利斯多夫抬頭望著天空，見到流星劃過，星座如跌落地板的拼圖，分散成百萬片。再六分鐘耶誕節就到了。克利斯多夫閉上眼睛，讓心靈沉靜，然後他低語。

「主啊，請幫助我。」

驀然，克利斯多夫見到地平線浮現一片雲，雲上的臉，就跟天空一樣大。克利斯多夫旋即感受到一股莫大的寧靜漫過全身，就好像有人在他周遭按下「靜音」鍵，不再有喊叫，只有他自己的心跳聲，以及醫院機器的嗶聲，還有風中的聲音。

「克利斯多夫夫夫。」聲音低語。

噝嚇夫人猛推他，他感覺他的左腳進入了光線。

「別進去光線，克利斯多夫，對抗她。」那聲音說。

我辦不到，她太強大了。

克利斯多夫覺得雙臂沉重，他的右腳進入光線。他只想睡覺，他真的好睏。

「你必須在午夜前殺掉她！」風聲說道。

我沒辦法靠自己一人殺掉她。

「不，你辦得到。噩夢只不過是病態的夢境，跟著說，克利斯多夫！」

「噩夢只不過是病態的夢境。」克利斯多夫大聲說出來。

克利斯多夫見到噝嚇夫人的眼睛游移。

「你在跟誰說話！」她問。

「再說一次。」風聲低語。

「噩夢只不過是病態的夢境。」克利斯多夫大喊。

克利斯多夫見到嘶嚇夫人尖叫：「你在跟誰說話！」她一再地重複，但他聽不到她的聲音。她所有喊叫聲都不見了，只剩下一片寂靜，只有平和，空氣清涼新鮮，他只聽得到風中的低語。

「而且我在夢中什麼都辦得到！」風聲說道。

「而且我在夢中什麼都辦得到。」克利斯多夫重複。

「因為在這裡……」風聲說。

克利斯多夫閉上眼睛，在他的心靈之眼，他想像自己在眼皮後面的黑暗中摸索，直到終於找到一個開關。他打開光線，呈現在他面前的不只是知識，還有原始又猛烈的力量。克利斯多夫張開眼睛，直視嘶嚇夫人。克利斯多夫見到她挪開目光，驚恐萬分。

「……我是神。」克利斯多夫說。

克利斯多夫施展全力往後推，嘶嚇夫人向後飛到空中，跌落在一百公尺外的空地外圍，鹿群和郵筒人目瞪口呆。克利斯多夫看著自己的雙手，彷彿這是別人的手，他真不敢相信自己具有這樣的力量。

嘶嚇夫人起身，怒火中燒，但也可能是驚訝。鹿群和郵筒人轉向克利斯多夫，數千道目光，氣憤他傷害了他們的女王。但是，克利斯多夫眼睛眨都不眨，他不跑不躲，只是慢慢伸進口袋，拿出皮製刀鞘。他打開它，露出銀製鈍刀。

「妳離開街道了。」克利斯多夫平靜地說。

他看著埋藏在她脖子的鑰匙，然後克利斯多夫舉高銀刀，朝她奔去。

97

克利斯多夫的媽媽急急開上公路。她花了十五分鐘才跑到安柏斯停放他那輛老舊凱迪拉克的林蔭松安老院，這十五分鐘她經過起火的商店，在駭人群眾趁黑搶劫時，躲藏在被砸毀棄置的車子後方。現在沒有計程車，沒有警察，她孤獨一人，只有周遭的暴力事件。她肋骨骨折，止痛藥早已成了回憶。克利斯多夫的媽媽看著儀表板上的時鐘。

再十分鐘就是午夜。

她開下十九號公路，減低車速緩緩行駛。她預期見到街坊鄰里到處布置著耶誕裝飾和燈光，家人享受耶誕夜最後舉杯的樂趣，孩子會被趕上床，警告說如果不去睡，耶誕老人就不會來他們家。

不過，這不是她見到的景象。

這裡有一種詭異的安靜，所有街燈都熄了，她看著道路兩旁，野鹿如電線桿般站著不動，黑色眼珠在月光下閃閃發光，監視著她，等候著。

她轉上乾草路。

她看進各家屋內，耶誕樹的裝飾燈一閃一閃，但是客廳裡沒人，沒人在收看電視的耶誕特別節目。到處都不見人影。

只有鹿。

她轉上自家街區，經過街角的奧森老家，沒看到吉兒和克拉克。她行經霍卓克的房子，沒看到珍妮和她的繼兄。各車道上都不見車子。她在使命街樹林邊看向街道，什麼也沒見到。

但是，她卻感覺到了。

脖子寒毛整個感覺到，難以忽視。樹林裡有著某種可怕的東西，正在跑動，正在蔓延開來。

她駛過街道。
前往自家車道。
就在此時，住在對街的老婦人跑出小木屋。她穿著蕾絲棉質的白色睡袍，赤裸雙腳，跑到車子前方。車頭燈照到她的臉，她的眼睛和嘴巴全被黑紗線縫住。克利斯多夫的媽媽尖叫，猛踩煞車。老婦人透過縫線呻吟……
「啊四多漂釀的拿孩！」
……然後彷彿用後腳直立的鹿，衝進使命街樹林。克利斯多夫的媽媽盯著樹林，查看是否會有其他東西現身。但什麼也沒有，只有那種感覺，死神來了，死神到了，我們在耶誕節就會死翹翹。克利斯多夫的媽媽看著時鐘。
再六分鐘，就到午夜。
再六分鐘，就是耶誕節。

98

韓德森太太盡可能飛快地舞動手指，不斷縫合，她看著這一長排耐心等待她完工的郵筒人。她抬頭透過枝葉縫隙望著夜空，樹枝因為眼前開運裝飾的重量低垂。他們踢著雙腳，扭動脖子，留下繩子的拉痕。但沒有人死去，再也沒有人會死去。

「下一個。」韓德森太太說。

還有六分鐘就到午夜，這裡只剩下幾個靈魂，他們辦得到，他們會及時準備就緒！韓德森太太回頭看著勒斯可老師，這位年輕老師正在縫合吉兒和克拉克的眼睛，這對可愛的年輕夫妻想讓樹屋像子宮一樣裝滿孩子。他們今晚就會擁有他們要的東西，每個人今晚都能得到想要的東西。

十一點五十四分

勒斯可老師嘗得到，每當她舔自己的嘴唇，這味道就更加強烈，這是酒，但不是隨便的酒，而是她還是小寶寶的時候，媽媽在她長乳牙時，用金屬湯匙餵給她的威士忌。威士忌讓她的牙齦不痛了。勒斯可老師的舌頭舔過嘴唇，這個威士忌變成媽媽帶她去領受聖餐禮的醇美紅酒。勒斯可老師啜飲一口紅酒，等她吞嚥下去時，又變成了香檳。媽媽舉杯恭喜她畢業說：「寶貝，妳是第一個上大學的人。」媽媽就在樹屋等著她，樹屋裡有一個為她慶祝的盛大派對。她會再度喝醉，會再感覺到無可救藥的麻木和快樂。

「下一個。」勒斯可老師縫完吉兒眼睛的最後一針後說道。

十一點五十五分

珍妮．霍卓克領著吉兒和克拉克，來到梯子底下排隊等候韓德森太太完工的長長隊伍末端，珍妮抬頭看著她的繼兄史考特，他的雙腿在最低的枝條上抽動。珍妮視線移到他上方的樹屋，她用鼻子深呼吸，這裡聞起來不再像是樹林了，而是媽媽的氣味，香水、乳液、噴霧髮膠以及她柔軟溫暖的肌膚。她幾乎可以聽到媽媽對她低語：「珍妮，進來。我們可以舉辦一個睡衣派對，做爆米花，在妳的房間看電影。史考特絕對不會再打擾妳，妳將永永遠遠安全無虞。」

「下一個。」韓德森太太說。

十一點五十六分

隊伍裡只剩下兩個人，黛比和道格。道格來樹林見到黛比之前，一直非常悲傷。她對他微笑，這是他所見過最為美味淫蕩和可怕的笑容。她問：「道格，怎麼了？」他說：「瑪利凱薩琳對我不忠。」黛比同情地點點頭。「人家也常對我不忠。」她低語：「你想不想也以不忠回擊？」

道格沉默不語。他想著瑪利凱薩琳，滿腹悲傷逐漸加大，就像某人放在她體內的嬰兒一樣。「道格，你可想看我裸體？」黛比問。他點點頭，希望她可以讓他暫時忘懷一切。氣溫冷冽，但她慢慢脫下巨鷹超市的制服，他看著她彷彿熟透果子般的胴體。她近身過去給了一個久久的舌吻，問說：「道格，你難道不厭倦做對的事，卻總是找錯女孩嗎？」她的話就跟她的氣息一樣甜美，當她往下探，伸手撫過他時，他感覺到的任何羞恥都退到一旁，揭露在它後方玩捉迷藏的東西。是怒火。

這麼多年來，做為一個好男友；這麼多年來，尊重瑪利凱薩琳的道德，順從她的心願，裝作不經意碰到她的胸部而不去做他真正想做的事。結果卻發現這全是謊言，這個好女孩會在車內跪著行事，這個好女孩被某個陌生人搞大了肚子。黛比說：「我們必須進去樹屋，這樣你就可以擁有每一吋的我。」然後，她放開道格的手，讓韓德森太太縫住她的嘴巴。

終於，黛比心想，她終於有個會好好對待她的好男孩。終於，道格心想，他終於有個對他做壞事的壞女孩。在午夜時分，他們會彼此相屬，他會徹底忘記瑪利凱薩琳。

「道格，你是下一個。」韓德森太太說，手中縫著黛比的眼睛。

十一點五十七分

布瑞迪帶著黛比到隊伍末端。他從未看過女孩子的裸體，但他心中只有一個念頭，她一定很冷。他也有好多次在狗屋覺得很冷。布瑞迪脫掉夾克，遞給她。衣服太小件了，但她把它裹在發冷的雙腿上。這個美麗的裸身少女拍拍他的頭，試著微笑，但縫針阻礙了她。布瑞迪少了外套，覺得好冷，但他不擔心。他的媽媽就在上面的樹屋裡，他聽得到她大聲叫他的聲音：「布瑞迪，從狗屋出來吧，媽媽在廚房，進屋來免得著涼。媽媽愛你。」

十一點五十八分

韓德森太太縫完道格眼睛的最後一針，然後，她放下針線，望向樹，發覺他們已經完成任務。除了彼此之外，已經沒有別人了。

他們四人目光交接，露出自豪的微笑，他們在午夜之間完工了。韓德森太太把自己的針線遞給勒斯可老師，年輕老師在縫起自己的嘴巴時，幾乎叫出聲。不過韓德森太太反正也聽不到，她必須幫忙布瑞迪和珍妮縫合。

小孩的手造成草率的成果。

沒多久，韓德森太太就縫好小孩了，現在只剩下她自己。針刺進她的皮膚，就像刺進她丈夫喉嚨的刀子一樣。她的尖叫聲聽起來就像新婚之夜當時，疼痛中混雜著歡愉。好笑的是，她媽媽從未跟她說這有多痛，而她又會有多愛。

「親愛的，我一直在等妳。」她的丈夫從樹屋裡大喊。「我們現在去旅行吧。」

等眼睛和嘴巴都縫好之後，韓德森太太抓住樓梯第一階的二乘四吋木板，第一個小寶寶的乳牙。

她開始爬上通往樹屋的樓梯。

而她的會眾就跟在後方。

再一分鐘，就到午夜。

再一分鐘，就是耶誕節。

99

嗶。

安柏斯坐在輪椅上，聆聽克利斯多夫的維生裝置所發出的聲音。

嗶。

他答應凱特．里斯絕對不會離開她兒子身邊，而他是堅決信守承諾的男人。**幫助他，大衛**。

他悄然做出這個鄭重的想法，沒注意身後的門開了。

嗶。

但他感覺到溫度改變。

「哈囉？」他說。

沒有回應，只有呼吸聲。

「護士小姐，是妳嗎？」

嗶。

「醫師嗎？」他問：「這男孩的手熱得跟煎鍋一樣，現在體溫是多少？」

一段長長的沉默，然後……

「攝氏四十二度。」那聲音低語：「但我不是醫師。」

安柏斯眉頭深鎖，努力保持冷靜。

「他的頭腦就要燒壞了。」安柏斯說：「快找人來。」

「奧森先生，我們已經找人了。」那聲音回答。

安柏斯聆聽那聲音，分不清是誰。男人？還是女人？

「醫師什麼時候會來？」他問。

「很快。」聲音回答。

安柏斯聽得出那人繞著他轉，腳掌發出小小的噗噗聲，然後，是一陣輕微的回音。這裡不只一個人。

「多快？」安柏斯問。

「我不確定，醫院人手不足，大家都得流感。」那聲音說。

聲音接近，更多腳步聲，繞圈圈。

嗶。

「沒關係。」安柏斯鎮靜地說，抓住克利斯多夫的床側。「我了解。」

突然間，安柏斯聽到來自半打的人發出嘲弄的笑聲。

「他了解。」「沒關係。」「他了解。」聲音咯咯笑。

「我猜你們不是那麼人手不足。」安柏斯說。

笑聲停止，顯露出底下一種熟悉的聲音。嘶嘶嘶——

是氣體。

「奧森先生。」那聲音說。

安柏斯的血液頓時發冷，他終於認出這聲音的主人了。

「什麼事，凱澤太太？」他問。

「死神終於來臨，安柏斯，你可不能說我沒警告過你。」她說。

他倏然感覺有十二隻手放在他身上，他舉起雙臂保護自己，但這群暴民抓住他。他感覺到冰涼的塑膠氣體面罩覆住他的嘴巴。氣體從桶子逸出，像蛇一般嘶嘶作響，嘶嘶嘶——

「滾開！」安柏斯尖叫。

老兵推開它，盲目胡亂揮手。他抓著一人的頭髮，挖向另一人的眼睛，但是眾多大軍箝制他，輪椅傾斜，安柏斯翻落在地。暴民不一會兒就壓制住他，他盡全力反擊，但他們太多人了，他感覺到自己的手腳棄守。他是個老人，失明，無助。他竭盡辦法才把面罩推開，但不一會兒就又重新罩上。他無計可施，只能看著肺部哀求。

「好，深呼吸，從十倒數。」那聲音說。

再一分鐘，就到午夜。

他吸入一大口氣體。

然後聽見克利斯多夫斷氣。

嗶嗶嗶嗶嗶

100

克利斯多夫衝向嘶嚇夫人。

她的軍隊像是蜘蛛網般圍住他，野鹿狂咬，郵筒人擋住他的去向。他們的身體製造出颺風，而克利斯多夫就是颺風眼。

「去抓他！」嘶嚇夫人尖叫。

克利斯多夫看著埋藏在她脖子裡的鑰匙，握住銀刀，凌空一躍。他落在一隻鹿上，雙腳踩過鹿背。他在郵筒人的肩膀上跳躍，在他們張手狂抓時，迅速移動。他越跑越快，越奔越遠。他感覺身體隨著每一個步伐改變。樹裡的光線不知怎地與他同在，頭痛大不相同，發燒就是力量，他不敢相信自己的行動可以如此迅速。

「快！我們得抓住他！」嘶嚇夫人尖叫。

鹿從四面八方逼近，但牠們動作太慢。克利斯多夫在鹿腳間竄行，在鹿角上跳躍。他不敢相信樹木會這麼快速掃過，他感覺到自己身體的外在。

而不是內在的疼痛。

隨著每一步，他都感覺到它增強，就像掐住喉嚨的雙手收緊。他開始流鼻血，他想到大衛像是電池耗盡的模樣，他心想在這力量消失和疼痛持續之前，他有多少時間？午夜就要來臨，他不是生就是死。

他見到嘶嚇夫人就在前方，她凝視他手中的銀刀。一瞬間，他覺得像是看到她眼中的恐懼。她用燒灼的手摀住鑰匙。然後，她轉身，退回樹林裡。克利斯多夫在她身後追趕，他低頭看，見到她在泥濘染血的步道上留下行蹤。

克利斯多夫跟著她的腳印進入山羊橋附近的溪流。水浸透他的靴子，他的腳冰冷無比。他一度覺得自己在真實世界的醫院裡發冷，穿著病人袍發冷。

你可知道這是哪裡？

克利斯多夫衝過冰冷的溪水，冰冷很快變成麻木，麻木很快變成灼熱。他的腳就跟額頭一樣燙，他跳出溪流，回到她行走的步道。在遠方的街燈，克利斯多夫看到一條岔路，他低頭查看要轉向哪一條路。

突然間，腳印消失了。

克利斯多夫停下腳步，恐慌不已。這是詭計，這是陷阱，藉由殺時間來殺掉他的另一種方式。他環顧周遭各方向，只見到樹木。嘶嚇夫人可能在任何地方，他現在成了容易攻擊的對象。克利斯多夫傾聽可有她的行蹤，卻什麼也沒聽見，只有風聲和他自己的呼吸聲。

啪。

克利斯多夫望向他上方的樹，見到數百名郵筒人有如冰柱掛在高高的枝條，在暗影中靜靜等待。克利斯多夫轉身就跑，但郵筒人霍然全數跳進小徑。

克利斯多夫被包圍了。

郵筒人從樹上蜂擁而來，野鹿衝向他。克利斯多夫攀上一根枝椏爬出生天，他移往一根枝條，兩根。

但是嘶嚇夫人像蛇一樣盤踞樹上。

她攫住他的手，開始滑行。

克利斯多夫尖叫，跌落步道。鹿在他上方，牠們的牙齒咬進他的皮膚。牠們聞起來像是醫院，像是消毒水。克利斯多夫累到無法尖叫。他知道這就是他死亡的時刻，他閉上眼睛等待不可避免的那一刻，但突然間，他聽見鹿被抓起丟開的聲音。克利斯多夫抬起頭。

是好心人。

「放開他！」好心人大叫。

鹿咬向好心人，從他的肩頭咬下一大塊肉。鮮血流下他的上衣，來到他的手臂。他抓住克利斯多夫的手。

「跟我來！」他大喊。

「不！」嘶嚇夫人尖叫。「別再幫助他！」

嘶嚇夫人從樹上撲過來，好心人和克利斯多夫拔腿就跑，鹿和郵筒人緊追在後。

「你怎麼逃出來的？」克利斯多夫氣喘吁吁地問。

「大衛。」

「他在哪裡？」

「去帶幫手，還有其他人想要自由。快！」

他們沿著小徑一起奔跑，路燈就在他們正前方，藍得有如月亮。他們跳出森林，進入田野。他們衝向街道，克利斯多夫往前看，見到街坊鄰里已布置成馬戲團。幻想世界已徹底瘋狂。

他見到雲朵有如野火在城鎮上方移動，數百人尖叫。穿著女童軍制服的男人進入灌木叢；另一人進入一輛廂型車；那對情侶止不住親吻；還有他從未見過的人。他們全都在尖叫同一件事。

「克利斯多夫，拜託，救我們出去！」

克利斯多夫和好心人衝向街道，郵筒人從起火的後院散開。嘶嚇夫人在樹林間追趕，而野鹿以令人目眩的速度跑向他們。

「把他抓回來給我！」她嘶聲警告。

嘶嚇夫人跳到好心人身上，他即時把克利斯多夫丟出去，越過郵筒人上方進入街道，得到安全。克利斯多夫咚的一聲撞上巷底迴轉道，被路面刮傷身體。他立刻跳起來，見到好心人被嘶嚇夫人撕成片片。她灼傷的雙手有如兩隻爪子，扯裂他的血肉。

「別再幫助他！」嘶嚇夫人尖叫。

好心人推開她，爬向街道。嘶嚇夫人滑行到路面，她的腳開始冒煙起火，在水泥路面留下液態皮膚，接著被血沖走。她立刻跳回車道，尖叫咒罵。

嘶嚇夫人向野鹿示意，牠們像輪盤桌上的籌碼，倒臥在路面。嘶嚇夫人跳到牠們身上，開始走向街道上爬行的好心人。她抓起他的頭，往他的脖子一咬。他的喉嚨像許願骨般嘎吱作響。她生吃好心人。克利斯多夫感覺得到，就是現在，再不做就沒機會了。再十秒鐘就到午夜，再十秒鐘就是耶誕節。

十

鹿群跳向好心人，狂咬撕啃。克利斯多夫知道他必須立刻殺掉嘶嚇夫人，他看著她的身體，上面淨是槍傷和刺傷，還有經歷上百次的燒傷。

她全身簡直是疤痕組織，卻都殺不死她。都還做不到。

九

克利斯多夫抓起銀刀，閉上眼睛，召喚所有力量，卻只聽見尖叫聲。這些聲音撕裂他的心靈，人們一再地傷害自己。

八

他感覺到兩個世界逐漸互相滲透，想像側和真實側之間的玻璃開始破裂。他的媽媽衝去他的臥室。

七

克利斯多夫忽然感覺風颯颯吹過街道。「克利斯多夫，看著我。」克利斯多夫的眼睛注視好心人，好心人身上滿是撕裂的傷痕，臉上卻保持平和的微笑。不再有言語，但是克利斯多夫感覺到搔擾的耳語以及皮膚上好心人的想法。

街道。

六

「別再幫助他。」嘶嚇夫人尖叫，抓向他的眼睛。

她在街道上會燃燒。

五

雲層散開，克利斯多夫見到鑰匙在她脖子血肉底下閃爍，有如在藍色月光下閃耀的鑽石。

四

好心人踢退嘶嚇夫人，更多郵筒人滾進街道，承接跌落的她。她一隻手滑上街道，路面旋即出現滋滋的燒灼聲。

三

克利斯多夫看著嘶嚇夫人燒傷的手，接著，他閉上眼睛，沉靜心靈。一秒即是永恆，上帝建立了一條得救之河進入這個噩夢，他即將讓她在裡面受洗。

二

在他想像的心靈之眼中，他衝向停歇在好心人上方的嘶嚇夫人。克利斯多夫見到鹿群衝向他，但這不再重要。對克利斯多夫來說，牠們也可能是在爬行，現在牠們的速度感覺是這麼慢。

你可以比東尼．史塔克還聰明。

克利斯多夫躍過鹿群。

你可以比浩克還強壯。

克利斯多夫跳過地上的郵筒人。

你可以比索爾的雷槌更有力量。

一

克利斯多夫以全身力道撞向嘶嚇夫人，感覺她的骨頭在撞擊中碎裂。她往後騰空飛起，跌落在街道上。

「不——！」她尖叫

克利斯多夫看著嘶嚇夫人開始燃燒。

101

屋子靜悄悄，死氣沉沉。

克利斯多夫的媽媽原本應該會衝進屋裡，但這裡不太對勁，感覺身邊都是這樣的異樣感。

她不發出任何聲音，開始慢慢往樓梯走去。

凱特，妳要去哪裡？

克利斯多夫的媽媽不理會這個聲音，她感覺得到兒子在為他的性命而戰。空氣冷冽，彷彿世界留了一扇窗沒關。這就在房子裡，無所不在。她必須幫助她的兒子，他需要她。

她走到克利斯多夫的臥室。

凱特，妳要做什麼？

她看著角落的舊書架，上面包著壁紙，就像小孩包著耶誕禮物的方法，用了大把膠帶，沒有彎角。

她走向書架。

凱特，妳把兒子留在醫院，妳算是什麼媽媽？

克利斯多夫的媽媽看著放在書架上層的亡夫照片，他在照片中凝視著她，凍結在時間之中。她幾乎無法呼吸，危險已經逼近她兒子，她感覺得到，就像之前他吞下彈珠那天一樣，當時她在隔壁房間，但她就是知道，便急忙衝過去。他原本很可能會噎死，她救了兒子的性命。

克利斯多夫快死了，凱特，妳必須回醫院！

克利斯多夫的媽媽拿起逝去丈夫的相片，再把書架上的其他東西丟到地板，書散落一地。她的眼睛看向牆壁的時鐘，再十秒鐘就到午夜十二點。

她用指甲剝開鴨子壁紙，揭下書架下第一塊板子，她發現大衛的筆跡寫著三個字，這次沒有混合印刷體和手寫體，而是大衛真正的字跡，一筆一劃都非常清楚。

不要殺

凱特，這是什麼？

嘶嚇夫人

凱特，別再看了。

只有她才能

凱特，妳現在真的應該停止了。

讓惡魔留在地獄

102

你可知道這是哪裡？

克利斯多夫看著嘶嚇夫人燃燒，她尖叫哀鳴，他以為這展現了她的怒火和瘋狂。

但是，感覺卻非常不對勁。

「她是誰？」克利斯多夫問。

這個問題非常簡單，卻讓好心人剎那間措手不及。在嘶嚇夫人的尖叫聲中，他回頭看向克利斯多夫。

「她是誰？」克利斯多夫又問了一次。

「她是邪惡的化身。」好心人說：「我們必須鏟除惡人。」

天空轟隆隆響起雷聲，雲朵有如池塘裡的錦鯉互相碰撞。郵筒人扯下嘴巴的縫線，拚命想對他說話，但他只聽到他們的呻吟。

「孩子，現在去拿鑰匙。」好心人輕聲說道。

你可知道這是哪裡？

克利斯多夫抄起銀製鈍刀，看著嘶嚇夫人奮力拖著她粉碎的骨頭來到草地。他見到她脖子上的繩子著火，還有她皮膚上的化學燙傷。

「但是，她也曾是小嬰兒，她是打哪裡來的？」克利斯多夫問。

「她在這裡出生。」

「我不認為，看看她。」

克利斯多夫再次指著嘶嚇夫人，她的眼神像是滿懷痛苦，而不是怒火和瘋狂。她奮不顧身爬過街道，努力前往草地。不知為何，居然沒有人幫她，郵筒人沒有，鹿群也沒有，全都像是在火光中僵住了。

「克利斯多夫，我知道你為她感到難過，但別被愚弄了。她已經折磨我好幾世紀，就像她折磨大衛一樣。她可能傷害你和你媽媽，不過你可以阻止她，只有你可以。」

克利斯多夫看著好心人。好心人微笑，露出殘缺不全的牙齒，身上的衣物因為數世紀的折磨而殘破不堪。他身上有種親切感，讓克利斯多夫聯想到他的爸爸，可能是衣服上的菸草味。克利斯多夫不記得看過好心人抽菸，但就是有這樣的氣味。

「在她完全燒死前，我們不能讓她離開街道。去吧，孩子，你需要那把鑰匙。」好心人說著，一隻手放在克利斯多夫的頭上。

好心人的手讓克利斯多夫好舒服，有如涼爽的枕頭面。身邊所有尖叫聲全都不見了，空氣變得清新乾淨，味道不再像是噩夢，聞起來像是冬天裡的森林，像是……像是……

像是天堂。

好心人微笑，帶領克利斯多夫走過街道。嘶嚇夫人竭力伸長手指想要搆上草地，克利斯多夫跪下來，擋住她的去路。她往他狂亂摸索，傷痕累累的手指粗糙滑過他的皮膚。

「別再幫助他！」嘶嚇夫人對著好心人大喊。

「克利斯多夫，別讓她離開街道。」好心人沉靜地說。

「她太強大了，我需要你的幫忙。」

「不，孩子，必須由你來，只有你才行，你是這裡的神。」

克利斯多夫舉起銀刀，嘶嚇夫人身上著火，眼神狂亂恐懼。她試著繞過他爬向草地，但她的身體支離破碎。克利斯多夫知道她永遠也到不了草地。

嘶嚇夫人就快死了。

「克利斯多夫，你救了我們大家。」好心人說：「你爸爸一定會很以你為傲，孩子，現在去拿鑰匙吧。」

克利斯多夫感覺到好心人的手放上他的肩膀，搓揉著。克利斯多夫微笑，把銀刀移向她的喉嚨。就在他準備從她傷痕累累、血肉模糊的皮膚挖出鑰匙時，眼角餘光卻瞥見了動靜。

一個暗影。

從樹林裡走出來。

它拖著腳步穿過田野，雙手雙腳不斷顫抖，顯得恍惚錯亂。克利斯多夫盯著身影踏入街燈。

是大衛·奧森。

他的臉色慘白，克利斯多夫看到他脖子上有許多抓傷，臉頰上有一道長長的傷口，他不斷流著鼻血，兩邊手臂都是瘀傷。

「大衛！」克利斯多夫歡欣地大叫：「結束了！你安全了！你自由了！瞧！」

克利斯多夫指著在街道上燃燒的嘶嚇夫人。大衛睜開眼睛，吐出他蛇信般的舌頭，隨後發出極其痛苦的哭喊，克利斯多夫不禁為之戰慄。大衛衝向嘶嚇夫人，拉起她一隻手，用他覆滿傷痕的身體，拚命想把她拖離街道。

「大衛？你在做什麼？」克利斯多夫問。

大衛使盡全力拖行，但他太虛弱了。克利斯多夫凝視嘶嚇夫人的眼睛，在街燈照亮下，他第一次注意到她的眼中充滿淚水。

「別再幫助他。」她懇求。

克利斯多夫忽然了解到，嘶嚇夫人不是在跟好心人說話。

她是在對他說話。

克利斯多夫感覺到肩膀上好心人的雙手不斷搓揉，他的耳朵發紅，心臟狂跳。他旋即轉身，見到好心人一身灰色西裝，看起來毫髮未傷，皮膚上沒有任何痕跡，身體也沒有疤痕。他露出親切的微笑，牙齒完美無缺。他打了一個領結，眼珠時而呈現綠色。

「**嗨**，克利斯多夫。」

他的聲音令人愉快，就好像一杯暖呼呼的咖啡。

「孩子，你媽媽就要安全了，一切都會好轉。」

克利斯多夫後頸寒毛都豎了起來。

「你是誰？」克利斯多夫問。

「什麼意思？我是你的朋友。」

「但你看起來不對勁。」

「別在意我的衣服，你破了她的詛咒，只是這樣。她越虛弱，我就越強大，事情向來如此。」

好心人走過去，亮晶晶的皮鞋在血淋淋的街道留下腳印，每個腳印都不同大小，有小女孩的，有大人的。

你可知道這是哪裡？

克利斯多夫開始往後避開好心人，感覺到整個世界的尖叫聲劃破他的耳膜。穿著女童軍的男人被拖入灌木叢，深吻情侶的臉龐開始流血，以繩索連結的郵筒人有如被鐵鍊鍊起的囚犯。而尖叫聲，始終沒有停止。

這裡根本不是幻想世界。

「這是哪裡？」克利斯多夫驚駭地問。

「這只是夢境，克利斯多夫。」好心人沉穩地回答。

「不，不對。」

「這是噩夢，噩夢只不過是病態的夢境。」

「這不是噩夢。」

克利斯多夫感覺到皮膚發燙，以及每個人體內的流感熱度，這不是發燒，而是火焰。

「這裡是地獄，我在地獄。」

克利斯多夫想起他在樹林失蹤的日子，在那六天裡，他躺在那棵樹上，好心人不斷在他身邊低語，「克利斯斯斯多夫，克利斯斯斯多夫。」沉浸在他小小腦袋所能吸收的大量知識，被變得強大有力，被轉變成為神，或說是士兵，或說是兇手。就只為了一個目的——殺掉嘶嚇夫人，拿到鑰匙，解救好心人。他以為自己睡著了，他以為自己是在做夢。

我在地獄待了六天。

「當然不是。」好心人說著，爬出克利斯多夫的心靈。「這只是一場噩夢，噩夢只是像地獄的幾小時，所以，我們得把你弄出這裡。現在，去拿鑰匙。」

好心人微笑，顯得鎮靜又讓人安心，但他的眼睛卻沒有笑意。克利斯多夫退回到嘶嚇夫人和大衛身邊，好心人說話了，字字斟酌。

「你要去哪裡？」

他沉穩地朝克利斯多夫小步走來。

「孩子，我們需要那把鑰匙。難道你想要兩個世界之間的鏡子破碎？想讓**嘶嚇夫人**脫身嗎？」

克利斯多夫見到躲藏在他語句的想法，世界之間沒有鏡子，沒有可供打破的玻璃。好心人只是想要透過他的樹屋逃脫出去，他只是需要嘶嚇夫人死掉，拿到埋藏在她血肉裡的鑰匙來開門。

「她不想要出去，是你想要出去。」

好心人再上前一步，微笑僵在臉上。克利斯多夫看著大衛，見到他拚命拖著嘶嚇夫人的手；再看進嘶嚇夫人那雙疼痛狂亂、滿是淚水的眼睛。

「別再幫忙他。」她啜泣。

克利斯多夫牽起她的右手，粗糙的皮膚來自數百年來的折磨。他感覺到實情有如低語般從她的手傳送到他的手，他見到好心人是怎麼折磨她，好心人是怎麼把她所有言語變成驚駭恐怖。這整段時間以來，她都不曾想要驚嚇克利斯多夫，而是試著警告他。樹木內在的光線不是死亡，而是生命。

她一直試著拯救他的生命。

克利斯多夫努力扶起她，但她就跟她所保護的這個世界一樣沉重。不管他多麼拚命施展全力，他就是沒辦法獨自把她帶回草地。所以，他和大衛肩並肩，兩個小男孩開始把她拉離燃燒的街道。

「**住**手，克利斯多夫，請不要**這**麼做。」

好心人皺眉微笑。

「攻擊！」嘶嚇夫人大喊。

在她的命令下，數百隻鹿衝向好心人。牠們露出尖牙，有如軍隊衝鋒陷陣，準備把他撕成碎片。

好心人沒有移動。

他只是舉起一隻手，鹿群立刻停下動作，然後一隻一隻走到他身邊。牠們露出利齒，但這次卻沒有撕咬，而是向他鞠躬，彷彿家貓般在他腳邊磨蹭。克利斯多夫見到嘶嚇夫人的表情從希望變成了恐懼。

「親愛的，牠們不是妳的軍隊，而是**我的**，妳忘了嗎？」

好心人平靜地走過街道，鹿群轉身，露出尖牙，跟隨著他前進。克利斯多夫和大衛努力撐起嘶嚇夫人的重量。

「**孩子**，趁我還沒生氣之前，回來這裡。」

克利斯多夫拖著她越過血流成河的街道，他的鼻血流個不停，雲層不斷碰撞，閃電劃破天際，好心人慢慢走向他們。

「回來這裡，免得我必須出手**揍**你。」

克利斯多夫心跳急促，好心人越來越近。克利斯多夫低頭看，士兵的腳很奇怪，居然是鹿腳。

「我不想這麼做，別逼我做出這種事。」

克利斯多夫的腳來到草地，嘶嚇夫人閉上眼睛，她就快死掉了。

「如果你把她拖離街道，我會傷害你。」

再一步。

「如果你救她，我會殺掉你媽媽。」

克利斯多夫和大衛把嘶嚇夫人拉上草地，她的皮膚立即停止燃燒。她起身，雙腳顫抖，依舊遍體鱗傷。她站在兩個男孩和好心人之間，有如母獅保護小獅子，好心人走向他們，憤怒顫抖。鹿群走在他身後，克利斯多夫見到牠們在月光下的影子，牠們不再是鹿，而是眼露精光的獵狗。嘶嚇夫人轉向男孩，從她的血肉扯下鑰匙，放進大衛顫抖的手心。然後，她大喊。

「帶他出去！」

韓德森太太爬上通往樹屋的階梯，身側的槍傷讓她行動緩慢。每一步都帶來劇烈的疼痛。她很想停下來，但是她丈夫正在樹屋裡面呼喚她。

來吧，親愛的，我們週末去度假，我想讓妳知道我有多愛妳。

勒斯可老師舉起手，協助老婦人加快動作。他們必須加緊腳步，她必須協助她，因為它就在樹屋裡等待她。她的雙脣嘗到了冰涼辛辣，肚子裡有著那種亂哄哄的美妙翻騰，臉蛋上還有著潮紅。

妳可以再次感覺到酒醉，它就在那裡等待。

布瑞迪．柯林斯心中充滿感謝，韓德森太太說他做得非常好，讓郵筒人排成一列。而現在，換他爬上樹屋的樓梯了。他聽見媽媽就在那裡，她站在溫暖的廚房裡，熱湯和麵包的香味四溢。

從狗屋那裡進來吧，布瑞迪，媽咪愛你，你永遠不會覺得冷了。

珍妮．霍卓克透過縫住的眼皮之間，見到布瑞迪爬上階梯。他經過第一根樹枝，而她的繼兄還在那裡抽搐。珍妮好高興，只是不懂為什麼史考特還沒死。珍妮抬頭看向樹屋，發現自己聽到媽媽呼喚她的甜美聲音。森林聞起來就像媽媽以前房間，有著香水和奶油爆米花的味道。

珍妮，進來吧，我們可以來場睡衣派對。

我們可以爆玉米花，殺掉妳繼兄，再看看電影。

這樣再也不會有人進去妳房間傷害妳。

我們可以協力讓史考特淹死在洪水裡，洪水裡。

永永遠遠，一勞永逸。

這四個靈魂爬過樹枝，人體有如耶誕裝飾垂掛，使得樹枝低垂。他們就是必須抵達樹屋，他們就是必須走進光線。

然後，他們就自由了。

104

當大衛和克利斯多夫衝向使命街樹林時，嘶嚇夫人擋住了好心人的去向。好心人微笑，露出像小匕首般的牙齒。嘶嚇夫人燒傷流血，仍擺出應戰姿勢，像是蜷縮起身子的動物，準備發動攻擊。

「我離開街道了。」她透過碎牙微笑。

「他讓我變強了。」好心人回以笑容。

兩人互繞圈圈對峙，嘶嚇夫人感覺到鹿群爬向她。她知道窗口正在關閉，她撲向他，用力嘶吼，準備用指甲挖出他的眼珠。

好心人眼睛眨也不眨，只是站在那裡等著她，彷彿她只是以慢動作飄下的落葉。他立定轉身，像是拍蒼蠅一樣往她一揮，她的身體往後飛了一百公尺，撞破克利斯多夫家的大門，木板有如砲彈裂成碎片，鹿群旋即居高臨下啃咬她，抓傷她。

好心人往森林追趕男孩。

＊　＊　＊

克利斯多夫和大衛在小徑上狂奔，大衛握著鑰匙，而他拿著銀刀。他們經過山羊橋，克利斯多夫知道空地就在他們前方。他感覺到大衛握住他的手，把他帶離小徑。

「不！我們必須到空地！」克利斯多夫大喊。

大衛搖搖頭表示不可，他抓住克利斯多夫的手，往右急轉，穿過濃密的樹叢。克利斯多夫回頭望著小徑，見到鹿群有如從蟻丘而來的火蟻，從空地湧現。這是埋伏，大衛知道。大衛知道每一個躲藏地點，每一條捷徑，大衛在這裡待了五十年。

鹿群在他們後方散開，像是追著機器兔的狗兒。

克利斯多夫跟著大衛穿過樹林，行經的樹叢已濃密到只有小孩才能通過。後面鹿群的速度越來越慢，牠們的身體太大難以跟上。但是，牠們沒有停下腳步，依舊拚命擠過灌木叢，直到枝椏劃傷牠們的皮膚。

突然間，天空變暗。克利斯多夫聽見身後的枝椏如小樹枝般斷裂。他轉頭見到遠方有一雙兇殘的綠眼，那是好心人，他扯開樹木追上來。克利斯多夫感覺到大衛抓著他的手，癢意從大衛皮膚傳向克利斯多夫。除了發燒熱度之外，克利斯多夫還感覺到身上每一根寒毛都有如針葉般豎立。

兩名男孩閉上眼睛，沉靜心靈。他們想像自己開始飛翔，鹿群在他們身後尖叫，好心人赤手空拳開路來抓他們。他們想像自己飛得越來越高，更遠更快，穿過雲層，風兒吹拂過頭髮。

他們是兩枚往月球發射的火箭。

直到大衛開始出現嗶剝聲，就好像飛機漏油，他的鼻血不斷流下。他只能設法把鑰匙放進克利斯多夫的手中。

力量有其代價。

克利斯多夫透過男孩的皮膚，感受到疼痛，還有大衛脖子上的割傷和鞭傷。克利斯多夫從大衛視角看到這一切的展現。好心人打破樹屋，殘害男孩要他安靜。大衛脖子上不是砍傷，而是咬傷。

大衛開始墜落。

克利斯多夫竭盡全力，只能勉強讓自己飄浮，根本無法撐起兩人。他抱住大衛，減緩衝力，兩個男孩像是在沒有水的游泳池中玩砲彈跳水般墜落。

他們跌落雲層，進入空地上的天空。克利斯多夫低頭看，見到使命街樹林中央刻劃出的憤怒眼睛。巨樹像是發狂的瞳孔矗立在正中央，散發出激烈怒火瞪視。鹿群衝進空地，有如血絲，讓一片白雪變成充血的眼睛。

男孩落地，揚起一陣風勢。他們離樹三十公尺，離傳送門三十公尺，離活命三十公尺。克利斯多夫急速起身，拉著大衛站起來。兩人衝過空地，前往巨樹。好心人從樹林裡衝過來，樹枝如骨頭般紛紛碎裂。他已來到空地邊緣。

「嗨，兩位男孩。」他說。

兩個男孩轉身，大衛放聲尖叫。克利斯多夫僵住了，而好心人露出非常溫柔的笑容。

「克利斯多夫，對不起，我剛才發脾氣了。我不是有意的，我只是想離開這裡，拜託你。」

好心人的聲音聽起來好絕望，就跟雷聲一樣輕柔。

「我已經在這裡待了一千年，我沒法從這噩夢中醒來，我就在這裡。每一天，每一晚，我從來不曾入睡。所以，把鑰匙給我，我保證不會傷害任何人，我只是想離開。」

他踏著小嬰兒般的步伐，慢慢走向克利斯多夫。

「你認識我，我一次又一次救了你，克利斯多夫。我給了你媽媽一棟房子，我這麼做是因為你是個有仁慈心腸的好男孩，我從未見過像你這樣的人。你可以拯救世界免於自滅，拜託，克利斯多夫。」

他的聲音聽起來好真誠，他說的每一句話都好正確真實。好心人的確救過克利斯多夫，的確給了他媽媽一棟房子，也的確是克利斯多夫認識的人中唯一沒有拋下他的男人。

「你是我最好的朋友。」好心人說。

克利斯多夫感覺像是脫離了身體，像是爸爸死後他常出現的夢境一樣，他會跌倒在街道上，無法動彈。他用一隻手舉高鑰匙，而另一隻手拿著銀製鈍刀。好心人微笑，再上前一步。

「克利斯多夫，就是**這樣**。孩子，就是這樣。」

就在此時，大衛從克利斯多夫的手中搶下銀刀，切斷看不見的繩索，把克利斯多夫推向巨樹。樹皮就像血肉，世界的血肉。

「不！」好心人高喊，開始往他衝來。

大衛的手指顫抖地拿起鑰匙，手移向樹幹。樹皮因為鮮血而滑膩，這是世界的鮮血。他伸進樹木腐爛的血肉，找到鑰匙孔。大衛把鑰匙插進鎖孔，咔嗒一聲轉開。傳送門逐漸開啟，樹木散發出光線。

——死神來了——

韓德森太太爬上通往樹屋的階梯，新製造出來的郵筒人在她身後呻吟，而她的丈夫從樹屋裡面呼喊。「快爬，親愛的！我們週末去度假！快開門，親愛的，我在床上等妳來。時間到了。」

——死神到了——

克利斯多夫看向光線，他舉步跨過門檻。他感覺有東西從另一頭跑向他，他看不見它，聲音卻震耳欲聾。這是大竄逃，他們來了，真實世界的人們，衝過來想要進來。

兩個世界的界限開始模糊不清。

如果他不離開，他們就會全部進來。兩個世界之間的傳送門將會開啟，地獄和地球的分層會一起流血形成「淹水了！淹水了！」。

——我們——

韓德森太太的手握上樹屋門把。「親愛的，妳用不著刺傷我，快進來旅館房間。」她的丈夫在門的另一頭說：「我比以往更加愛妳。」

韓德森太太轉開門把。

——在耶誕節——

好心人衝向巨樹，他的眼睛就像空地上的這顆眼睛。克利斯多夫感覺得到他周遭的冷意，光線就是生命。

「大衛，跟我來！」克利斯多夫大喊。

大衛悲傷地搖搖頭，然後碰碰克利斯多夫的手。兩個男孩四目相接，克利斯多夫旋即了解到大衛無法離開。他沒有身體可以回去了，大衛在好心人衝向巨樹，聲嘶力竭大喊時，把鑰匙放進克利斯多夫的手裡。

——就會——

韓德森太太轉動門把，打開大門。她看進樹屋裡面，見到極品艾德、麥克和麥特，蹲坐在那裡等著她。

「這是我們的，是我們蓋的。」艾德說。

然後，他抽出爸爸的手槍，朝她的眉心開槍。

韓德森太太往後倒，連帶拖著珍妮、布瑞迪和勒斯可老師跟她一起倒下。

——死翹翹！——

大衛把克利斯多夫推進光線，在衝向樹木的好心人眼前關上傳送門。克利斯多夫拿起鑰匙插進門的另一頭，鎖上它。

咔嗒。

克利斯多夫從地獄逃了出來。

105

好心人盯著巨樹，這在地球上只持續了一秒鐘，但對**他**來說，卻是另一個永恆。**他**想得沒錯，這個孩子就是那個孩子，兩千年來，**他**都沒見過像這樣的男孩。**他**需要他，**他**知道等**他**破除這個男孩，**他**就可以出去，而**他**知道怎麼破除這個男孩，知道怎麼拿到那把鑰匙，**他**終究會得到自由。

在鹿群湧向大衛時，**他**轉向森林。**他的寵物**咬著男孩，把他當成老鼠般拖回主人面前。**他**伸手抓住大衛的脖子，把他拎起來，大衛就像套進吊索般扭動身子。**好心人**從大衛手中拿回銀刀，插回自己的口袋。

「**大衛**，**我**告訴過你，如果你背叛我會有什麼下場。」**他**說。

他留下部分的自己來縫合大衛的眼睛和嘴巴，然後，走向**韓德森太太**，甜美的**韓德森太太**。她在真實側的地面，仍因為子彈從她的額頭彈開而震驚不已。她很幸運，因為他使得人們不再死去，不然她就永遠沒機會再見到她的丈夫。

「親愛的，起來。」**他**用她老公的聲音大喊：「我們週末還是可以去度假。」

「可以嗎？」她滿懷希望地說。

「對，**我**想讓妳知道**我**有多感激妳為**我**打理的家，以及跟**我**分享的身體，但是親愛的，**我**需要妳先做一件事，好嗎？」

他留下自己對著韓德森太太低語，然後走向布瑞迪．柯林斯，**他**讓自己變成溫暖廚房的味道。

「**布瑞迪**，快起來，快進來廚房，你就永遠不會再覺得冷了。」

「是嗎？」小男孩問。

「當然啊，媽媽愛你，**我**只需要你替我做一件事，好嗎？」

他跟布瑞迪待在一起，同時為珍妮．霍卓克化身為安全臥室的氣味……

「妳想把史考特淹死在洪水裡嗎？」他以珍妮媽媽的語氣問道。

……他同時為珍妮的繼兄史考特化身為珍妮房間的味道。

「史考特，你可以得到我。」**他**用珍妮的聲音說：「**我**只需要你先替我做一件事。」

他蜿蜒滑上巨樹，來到克利斯多夫的樹屋——這是**他**最新及最珍貴的裝飾品。他透過窗戶看著那三個小男孩，那三隻小豬仔蹲坐在**艾德**爸爸手槍後方，而槍仍在**艾德**手中冒著煙。**他**知道克利斯多夫的愛保護了這些男孩，這就是讓人變成神所出現的風險。然而，**他**還是很驚訝這形勢的轉變。**他**花了好一番工夫才讓**艾德**拿到子彈，**他**把他變成一個狂熱的小哨兵，來保持樹屋大門敞開，而不會關閉。而現在，他有了麻煩，但還是有解決的方法，**克利斯多夫**的保護不是永遠持續，無法轉變的人可以被哄騙。很容易就可以哄騙男孩玩起戰爭遊戲，幾乎就跟哄騙成年男人一樣簡單。事關重大時，樹屋就是他的，只要一直低語，等待，低語等待。

「**艾德**，好人贏得戰爭，聽外婆的話。」

「他們就要殺掉你**哥哥**了，麥特。」

「你必須**保護**復仇者，麥克。」

他讓自己留在樹屋外頭，同時滑行下階梯。

嘶

嘶

嘶

嘶

嘶

他爬行在空地其餘地方，如縷縷雲絮般留下他的印象，對著每個人低語。就像瑪利凱薩琳開車直接撞向克利斯多夫時，**他**對她做的事。**他**對著韓德森太太低語，讓她在書上劃線；在克利斯多夫睡在樹上的六天裡，對著他低語，輕撫他的頭髮，隨時保持笑容，隨時冷靜溫柔，隨時碰觸別人的手臂。那個小小的癢意，人們以為是皮膚乾糙的緣故。但不是，那是**我**。**他**是勒斯可老師嘴裡喝酒的味覺，這個味覺是如此純粹，所以當**他**從她身上奪走酒醉滋味時，她哭了起來。他是黛比·鄧罕在再度浮現羞恥心和孤獨之前，所經常感受到的狂喜。他是道格心中不斷出現的想法。

道格，她對你不忠，她是蕩婦，她對你不忠。

你想要處女嗎？道格，你可以得到處女。

你知道你該怎麼做，你知道你該去哪裡。

他是七十二名處女的承諾[45]，以及第七十三晚的**爽快**大笑。

不再有處女，只有七十二個不快樂的**妻子**和時間。時間到了。

他是他們的回憶、夢境、秘密日記和想法。

正如**他**數百年來的作為。

但是，**換成**克利斯多夫卻不一樣。

換成克利斯多夫**還更好**。

剛開始時，**他**並未認出來，畢竟已是好久以前的事。但是幾秒鐘後，就明確無誤，**他**又可以再度聞到。這不是味覺的記憶，而是真正地聞到，如性欲般新鮮溼潤的松葉。**他**已經好幾十年沒感覺到這樣的栩栩如生，從大衛·奧森以來就不再有。大衛原本可以帶**他**離開這裡，但是**他**犯了錯，讓大衛像沙子般從**他**手指間溜走。所以**他**必須找尋第二個孩子，不是在土地上尋找，而是從時間搜尋。**他**透過玻璃看著真實世界，等待、低語，這一個讓**他**等了多久？就像孩子等待校車那樣等了好幾十年，而校車終於來了，來到**這**一日，來到**他**的男孩。

45. 伊斯蘭教的虔誠者在進入天堂後，獲真主賜予相伴的天堂處女。

好心人回頭穿過空地，感覺到腳下溼潤的草地，吱嘎作響的冰冷雪地。真是太美麗了。**他**經過山羊橋，把妓女埋進中空圓木的男人遭受野鹿啃咬他的臉時，放聲尖叫：「拜託！讓它停止！我很抱歉。」

他走出森林。

他看向被藍月照亮的整個景觀，**他**穿過滑溜的田野，來到**他**創造出來燃燒她的街道。這街道溫暖了他冰冷的雙腳，有如掛在壁爐上方的襪子。穿著女童軍制服的男人從灌木叢抽身，然後尖叫。情侶停下親吻，久到足以透過他們瘋狂的眼睛看著他。

「拜託，我們很對不起。」

他在他們的耳邊低語，他們遺忘，他們繼續對彼此不忠，感受每一個吻對其垂死配偶所造成的心碎。就像替警察打開大門，卻聽見孩子被發現遭人殺害的那個男人。十分鐘的擔憂，十分鐘的毀滅。當孩子出生後，三十秒的歡樂，然後又是十分鐘的擔憂，十分鐘的毀滅。永遠如此。就**他**的計算，殺害小孩的男人至今已經歷過一百三十一萬四千次**他**所帶給那些父母的痛苦。人們以為他們終究會適應永恆，但難道不明白絕無可能適應不記得曾經歷過的事嗎？當然，答案是不可能，但是**他**以為到現在總會有人了解它是怎麼運作的。

在這裡的每一天都是第一天。

而且很快地，地球上也會是如此。

他看著街道兩旁的郵筒人，他們永恆等候著輪流上場，卻不知道讓他們無法視物的拉鍊終於打開時，將永遠會看到什麼，雲層上方，還是這個地方。

然後，他看到——

她。

她爬過草地，拚命想要回到街角大衛的家。她已經開始痊癒，她總是可以如此，總是辦得到。**他**可以讓她發瘋，他可以把她所有警語變成恐怖的尖叫。**他**可以拿走她所有的母親姿態，以及「快跑，他很邪惡，你絕對不可幫忙他」等叫喊，然後扭曲成嘶嚇、噩夢和怒氣，驚嚇她想要拯救的每一個小孩。**他**可以把她所有的親切轉變成恐怖，就跟**他**可以把人類愛情變成人類戰爭一樣容易。但不管他刺傷她多少次，對她開槍多少次。

他都殺不了她。

而她把**他**留在這裡。

永恆永世。

他們就像玩翹翹板的兩個小孩，互相保持平衡；彼此間的能量如海洋潮汐般纏繞。兩人都不擁有這個力量，只是一種傳輸，就像月球重力透過海洋一樣。有時幾十年在她身上，其他在他身上，只除了那些罕見的時候，當他可以找到更是罕見孩子的時候。這些孩子非常純真、非常親切、非常深信不疑，還有足夠的智慧來知曉一切，只除了一件事。而他必須像在帽子裡竭力呼吸的兔子那樣隱藏這件事——

哪一個人才是真正握著繩線的人。

在好幾百年的時間內，**他**嘗試過許多說法，也從錯誤中記取教訓。到頭來，**他**發現有點諷刺的是，誠實才是上策。克利斯多夫非常聰明，不會看不出其他說法的矛盾處。所以，**他**告訴男孩的事大多是真的。世界之間的確有某種像單向玻璃的東西；的確也有辦法對著真實世界的人們耳語；樹屋其實是世界之間的連接門。有四種方式進來，三種出去。

但是——

幻想世界不完全是想像的；第三種離開的方式其實不需要鑰匙以外的東西；而且在他們兩人之間，嘶嚇夫人並不是會被視為邪惡的那一位。

只有**他**這麼認定。

他扶起她，她傷痕累累，血流不止，卻仍向他啐了一口，咒罵**他**，狠狠瞪著**他**。兩人四目相接，彼此對峙。**他**抽出銀色鈍刀，彷彿理髮師在皮革磨剃刀一般，用**他**的牙齒磨利刀鋒。然後，手起刀落，直入她的胸口，再從她的血肉中拔刀。傷口立刻就痊癒了，**他**一再地舉刀刺向她，如啄木鳥般不斷戳入。**他**感覺得到她的骨頭嘎嘎作響，磨鈍刀面，直到不再顯露銀光。就如同，她向來的那樣，永遠不變的那樣。

「妳該死地為什麼不早些死去？」**他**嘆息。

然後，**他**親吻了她。

他留下自我和嘶嚇夫人在一起，同時有如雲朵一般分裂散開，遍布整個城鎮。走進醫院走道，讚嘆牌桌狀況，這都不是巧合。每個人各適其所，所有人都受夠了，有太多的怒氣，太多的流感。在這所有的熱度下，青蛙在水中扭動不安。

你們可知道為什麼你們全都不再死去？

他穿過安老院和教堂。

你們可知道這表示什麼？

他行經十九號公路看熱鬧的人們，坐在每一輛車的前座。對著人們耳語，有如摩擦生熱的兩根木棍般搓揉人們。

你們全都不再死去。

你們可知道這表示什麼？

他已經被單獨監禁了兩千年，**他**注視、等待、測試柵欄，直到**他**發現了這個晚上，以及這個男孩。**他**一度把自我分體全數收回，從下一槍即將挑起無止境戰爭的中東，從歐洲、從非洲收回，到賓州這個偏遠小鎮，這裡從來沒人注意，卻是隱藏**他**後門的完美地點。**他**已好久沒這麼做，**他**透過眼睛望向天堂，越過藍月，看著它有如等待獅子把玩的線球。**他**凝視把自身隱藏在千億星辰裡的父親，千億人們曾經存活又死去，**他**總是把這些人們輸給了父親，總是輸給了這些星辰。人們死去的時候，就會被帶離開**他**，因為上帝是殺人犯，爹地。

但你們全都不再死去。
你們可知道這真正表示的意義？
這表示青蛙會永遠存活。
在滾水裡。
永遠不變。（forEVEr）

這就是永恆
只要不再有死亡
很快，我就會出現
讓你們所有人了解
地獄已降臨地球
現在只需要等待地獄之王。

他就快成功了，**他**知道的，**他**將會離開，離開森林，離開陰影，離開爬上人們脖子的戰慄。這是**他**終於可以直視神的孩子，向他們介紹自己的機會。**他**將會接管**他**父親的小小藍色行星，**他**將會從**他**父親該死的眼睛中，充滿雲朵的眼睛中，直接扯下這一片藍。他所需要做的只是，讓一小群人死去。

克利斯多夫，以及他所愛的每一個人死去。

他行走在整個城鎮，採取一切可行方式，如流感般散播他的言語。低語、暗示、忘卻的夢境、家人的碰觸，讓老人夜間無法成眠的恐懼，中年人揮之不去的怒氣，還有最近這幾個月，慢慢透過艾蜜莉．波托維奇的盒裝牛奶散播。艾蜜莉的父親一擲千金，只希望女兒可以重返。

但是，**他**知道她永遠不會回來。

全鎮的人開始懷念死去多時的摯愛，聽見他們的低語。曾被克利斯多夫碰觸的人，擺脫了這些念頭，對他們來說，這是奇怪的小小耳語，是令人害怕的警示。但對其他人來說，低語卻越來越大，最後變成他們耳裡的尖叫，成了他們可以怪罪的對象，成了他們不快樂的理由，成了人生總是不順遂的原因。事情終於有了道理，終於可以解釋這世界所有問題，這是他們所有禱告的答案。人們終於彼此互相大聲承認……他們不知道為什麼……只知道要怎麼做，才能總算讓地球變成天堂。

「我們必須殺掉克利斯多夫這個小男孩，以及擋住我們去路的所有人。因為他是敵人，這是戰爭，而好人會贏得戰爭。」

他的微笑是如此燦爛，幾乎露出所有乳牙。

第六部 逃亡

嗶。

克利斯多夫睜開眼睛。

他在刺眼的日光燈底下眨動眼睛，他竭力想要弄懂這是哪裡。他的視線看到一個替他呼吸的維生裝置，進進出出，上上下下。

嗶。

聲音傳來，然後隨之而至的是疼痛。他在幻想世界所感覺到的全部力量，如大浪襲來衝撞他的身體。他從不知道有這樣的劇痛，就好像被車撞了一樣——因為他的確被車撞了。他的眼睛疼痛，彷彿車禍過後就沒用過一般——因為的確一直沒使用。他的眼睛一直閉著，一直意識昏迷躺在病床上，一直瀕臨死亡。但是，他仍然活著，暫且如此。

嗶。

克利斯多夫用力吞嚥一下，喉嚨感覺就像砂紙。呼吸管彷彿硬塑膠嘔吐物，把冷空氣推送進入他的喉嚨。他必須拿掉這呼吸管，他環視房間尋求協助，卻只見到病床周圍的白色簾幕。

他見到右邊有護士呼叫鈕，在他伸手準備按下時，卻有東西阻止了他。

嘶嚇夫人的鑰匙仍在他手中。

嗶，嗶。

克利斯多夫聽見外頭走廊傳來模糊悶沉的聲音，知道有事發生了，他可以感覺到它湧向他身邊。

好心人在……

好心人在……挑起戰爭。

嗶，嗶，嗶。

克利斯多夫的心臟開始狂跳，他必須讓心跳減緩下來，不然護士就會知道他醒了。他伸出右手臂，見到車禍造成的損傷瘀青，然後摘下胸口固定感應器的軟膠。

媽媽……在家裡。

媽媽……有危險了。

他抓住呼吸管，把它扯出嘴巴。他立刻翻身，吐光肚子所有空氣。嘔吐物聞起來好像刺鼻的膽汁，帶著可怕的酸味。

嗶，嗶，嗶，嗶。

克利斯多夫維持手指上的夾子，雙腿晃下病床，赤腳踏上冰冷的瓷磚。他把枕頭放在被子底下，佯裝他還在睡覺。然後，克利斯多夫慢慢拉開白色簾幕，見到還有一個人被送進他的病房。

那是柯林斯太太。

她動也不動地躺著，眼睛緊閉。呼吸器讓她的胸部上下起伏，有如噴漆罐裡的珠子一樣嘎嘎作響。

嘶嘶嘶。

克利斯多夫好想拔腿就跑，跑去櫃子，拿走衣服，離開這裡。但是，他的手指還夾著測量夾，如果夾子掉了，護士就會衝進來。只有一個辦法可以騙倒他們。

他必須把夾子夾到柯林斯太太的手指上。

克利斯多夫慢慢撕開繞在他手臂上的血壓器魔鬼氈，再躡手躡腳走到她的床邊。他傾聽門外的聲音。他只有幾秒鐘的時間，他張開她的手指，把她大如櫻桃的食指放在上方。他只需要打開夾子，再重新夾上就好，不過必須馬上進行。他深深吸了一口氣，就是現在，他唯一的機會。

他從手指上拿下指夾，心臟急促跳動。

嗶，嗶，嗶，嗶，嗶，嗶，嗶，嗶。

克利斯多夫把它夾到柯林斯太太的食指。

嗶，嗶。

嘶嘶。

門外的聲音越來越大聲，克利斯多夫把自己病床周圍的簾幕拉回去，再躲進櫃子裡。同時先順手拿走柯林斯太太放在床頭櫃上的手機，還有一半電量，沒有訊號格子，不在服務區域。他迅速脫下病人袍，換上自己的衣服。把手機跟鑰匙一起收進口袋。

病房的門開了。

「克利斯多夫？你醒了嗎？」

克利斯多夫從衣櫃門的縫隙看出去，見到譚米護理師拿著食物托盤走進來。她來到他的病床邊，輕輕拉開白色簾幕，望著被單底下的枕頭。克利斯多夫的偽裝工夫看起來必定很有說服力，只見她小心翼翼放下食物托盤。

「克利斯多夫，我剛跟我爸爸說過話，說是有一頭鹿出現在後院嚇到他，他就失手摔下梅羅紅酒，酒瓶破了，而水酒商店都打烊了。現在，他永遠無法享用他的耶誕梅羅。他上了那些多夜班供我上學，而你卻奪走他最愛的東西。」

譚米從口袋抽出一把手術刀。

「我原本可以買更多梅羅紅酒給他，但我必須連值三個班表。你害大家生病，你害我錯過耶誕節，都是因為你，才讓我不得不留在這裡。」

譚米舉刀猛刺被單，發現沒有血跡流出後，她扯開被單，見到枕頭取代了男孩的位置。她轉身，開始低語。

「克利斯多夫——你在哪裡——？」

嗶，嗶，嗶，嗶，嘶。

克利斯多夫轉向病床上的柯林斯太太，她的眼睛現在倏地睜開，透過衣櫃門盯著他，未乾的油漆在她肺部裡呼嚕嚕作響。

「是——」她呻吟，試著從呼吸管中吐出「克利斯多夫」。

「柯林斯太太，什麼事？」譚米問。

譚米護士急急走到她的床邊，克利斯多夫趁她背對自己時，躡手躡腳爬出櫃子，悄悄走進走廊。

走廊空蕩蕩。

但他知道這只是暫時的。

他感覺得到病床上的人。

開始醒來準備狩獵。

加護病房的大門就要打開，克利斯多夫見到韓德森先生在病床上坐起來，直指著他。韓德森先生喊叫示警，卻發不出聲音。他伸出雙手捂住被他太太刺傷的喉嚨部位，然後推開機器和裝置，以吵醒整個樓層。

沒時間浪費了，克利斯多夫跑向走廊末端的備品室。在走廊的人們擠進加護病房前，他迅速關上門。他轉身查看房間，期待這裡空無一人。但地板中央卻有一個大大的黑色東西，他過了一會兒才弄懂那是什麼。

是屍袋。

它像是微波爐裡的爆米花袋子那樣慢慢膨脹又縮小，有人在裡面，呼吸著。克利斯多夫被困住了，他沒辦法離開這個房間，而走廊上人們來來回回。

「醫師，他就在這裡某個地方。」譚米護士說。

克利斯多夫必須躲起來，他知道他們會檢查這裡，所以只剩下一個地方。他走到屍袋，手移向塑膠，慢慢拉開拉鍊。裡面的人體散發出熱氣，克利斯多夫見到病人袍上的血漬，以及五天沒刮的鬍子。

是警長。

他臉色慘白，沉沉睡去，呼吸微淺。克利斯多夫碰觸他的手，皮膚揚起一陣癢意。

「醒醒。」克利斯多夫低語。

警長沒有動靜。

「這房間裡有什麼？」譚米問。

腳步聲接近，他們就在門外。他別無選擇，只能進入屍袋。克利斯多夫拉開袋子，爬進去躺在警長旁邊，緊接著拉上拉鍊。他感覺得到警長的心跳，以及微弱的呼吸。

「警長，請醒醒。」他低語。

門開了，有人走進房間。

「他在這裡嗎？」一個聲音說道。

「醫師，沒有。」譚米說。

「好，我們繼續找。」

腳步聲走出去，房門帶上。克利斯多夫正準備拉開屍袋時，突然發現自己還是聽得到呼吸聲。

他們還在房間裡。

經過漫長的沉寂之後，一個男人透過被劃開的喉嚨發出呻吟。

「韓德森先生，你說得對，屍袋在動。」譚米說。

腳步聲靠近。

「嗨，克利斯多夫，你在裡面嗎？」

克利斯多夫屏住氣息，感覺到屍袋被抬起。

「好重，警長最近這小時必定多了二十三公斤。」

克利斯多夫感覺到屍袋被放在堅硬的檯面上，檯面開始移動。他們在輪床上，不知道會被推到哪裡。

嘎吱，嘎吱，嘎吱。

「各位，來吧，我們來把克利斯多夫帶到其他人那裡。」譚米說。

克利斯多夫聽見有人按下加護病房區牆壁上的按鈕，安全門開啟，低沉的交談聲傳進走廊。克利斯多夫抓住警長的手，全神貫注，額頭高燒迸現，他讓熱度從身體傳遞給警長。治療了傷口，讓蒼白的皮膚增添了血色。

警長，醒醒。

輪床進入電梯。

「韓德森先生，能否麻煩你按下地下室的按鍵？」

韓德森先生透過劃開的聲帶發出呻吟，電梯嗶了一聲，開始往下降。

拜託！他們就要殺掉我們了！

輪床吱的一聲停下來。

「各位，我們到了。」譚米護理師宣布。

一隻手伸過來，拉開屍袋。冷空氣襲向克利斯多夫的肺部，他見到器械、金屬桌，牆壁上有像是巨大資料櫃的大型抽屜。

這裡是停屍間。

107

克利斯多夫的媽媽站在兒子的房間，盯著大衛．奧森的書架，以及小男孩像是嚇壞了的潦草文字。

不要殺

嘶嚇夫人

只有她才能

讓惡魔留在地獄

她脖子上有種刺痛感，屋內像是電流竄動；手臂上的寒毛豎起，就好像有人拿著氣球摩擦隱形毛衣。

嗨，凱特，記得他嗎？

她轉向亡夫的照片，已失去生命的丈夫在銀製相框裡回視著她，同樣的微笑，同樣的姿勢，凍結在時間之中。

不過，卻有了些許變化。

他的法蘭絨襯衫溼掉了。

手腕開始變紅。

他開始走向她。

凱特，妳的丈夫在我手中。

她的丈夫始終保持著微笑，不斷走向相框的玻璃，在相片裡越來越大。他伸出雙臂，拚命地敲擊玻璃。放我出去！放我出去！

妳的兒子也在我手中。

克利斯多夫的媽媽跑出房間，衝下樓梯，她必須對抗這個聲音，她必須回到克利斯多夫身邊。她經過樓梯旁一排相片。

妳讓妳的男人都死去了。

在每一張相片中，她的丈夫都朝她走來，對著相框玻璃舉起手，準備敲擊。他的手腕被劃開了，鮮血流下裡面的玻璃。

敲，敲，敲。

克利斯多夫的媽媽停下腳步，有人在她家門廊上。她看著各張相片裡的丈夫，他敲擊玻璃，而房屋大門同時傳來敲擊聲。

敲，敲，敲。

叮咚。

克利斯多夫的媽媽躡手躡腳遠離大門，她必須離開這裡，她必須回到克利斯多夫身邊。門把轉動，但門鎖擋住來者。她往後退回客廳，但視線始終盯著大門不放。

直到她撞上一堵身體。

她轉身，見到他，以及手中的槍。

「嗨，凱特。」傑瑞說。

108

男孩們被包圍了。

麥特往下看著空地，見到韓德森太太。他原本患有斜視的眼睛像是剛被醫師點了眼藥水，開始灼痛。這隻眼睛的斜視已被克利斯多夫治癒，他透過這隻眼睛見到空地上有個人影穿梭在一個又一個人之間，不斷低語。

群眾雜亂的動作開始變得一致。掛在低垂枝椏的人們，鬆開吊索釋放脖子，他們如橡實般落地，聚集在韓德森太太身邊。她躺在地上，額頭正中央有一道被極品艾德子彈打中的深深傷口。

「老天，她還活著。」麥克說。

「不可能。」艾德說，走向窗戶。

男孩悄悄看著城鎮群眾輕輕扶起她，韓德森太太向郵筒人點頭表達謝意。然後，她慈愛地把手放在最靠近她的肩膀上，接著有如抽開毛衣的毛線，拉掉嘴唇上的縫線，冷靜地開口說話。

「殺掉克利斯多夫，帶他回到這棵樹。」

群眾有一半的人開始默默從樹林跑開，另一半的人留下，等候下一道命令。韓德森太太挑斷道格和黛比的嘴脣縫線。

「去找瑪利凱薩琳，她在嘲笑你們兩人，讓她住口。」

兩名青少年點點頭，轉身跑過森林。韓德森太太放下刀子。她從針線盒拿出針線，仰望樹屋。她的眼睛盯住艾德不放，開始縫合額頭的槍傷，這個傷口有如在聖灰星期三所按下的灰印。

然後，韓德森太太帶著她的手下開始爬上階梯。

「哦，我的天。」麥特說。

艾德檢查他的槍，彈膛裡還有五發子彈，而背包裡還有兩百顆子彈。他拉開門，舉槍往下瞄準。這就好像是發狂錯亂的電玩場景，有數十人在爬樓梯，還有數百人等著上來。艾德開槍，減緩了潮水上漲的速度，群眾往後倒，卻沒有人死去，沒有人停下腳步。

麥特看著這樣的瘋狂場面，斜視眼睛火辣辣，他看得出影子男無所不在，對著人們耳語。他的影子變形成為溫暖的廚房、旅館的房間、夢幻的屋子，以及終於回應他們的愛的男孩，終於說好的女孩，許久不見的父親，揮霍的兒子。不斷低語，他們需要做的只是打開那扇門，奪下樹屋，傷害那三個阻礙他們的小男孩，然後，他們就可以從此幸福快樂。

永遠如此。

「我們的彈藥絕對不夠。」極品艾德說。

麥特往下看，艾德說得對。兩百發子彈總會用完，而壞人卻一直上來。麥克抓起鎚子，開始往下爬。

「掩護我。」他對艾德說。

「不，麥克！」麥特尖叫。

「沒樓梯的話，他們就爬不上來，我不會讓他們傷害你們。」

麥克迅速往下走了十階，底下的空地狀況已是一片狂亂。麥克揮動鐵鎚，敲開第一片二乘四吋的木板。麥特拿走艾德的手槍，等待第一個郵筒人伸向麥克的腳。

此時，他開槍了。

第一個郵筒人倒下，後面的人有如骨牌般應勢倒下。麥克把那片二乘四木板丟向樹屋，讓艾德去接。接著，麥克爬上一階，敲開另一片木板，再丟給他們，就這樣逐步拆掉樓梯。

「把他打下來！」韓德森太太高喊。

空地的人們拿起大石頭、小石頭，任何可以找到的東西，不斷往麥克身上砸，但都無法阻止他。他又拆掉另一片木階，又一片，來到最後一片二乘四木板，最後一道木階。現在距離底下的高度是三米六，沒有人可以從那裡直接跳上樹。他們可以等待克利斯多夫帶援手過來，等待警長過來，他們贏了。

直到布瑞迪掏出他的槍。

麥特驚駭地看著那個影子男扭轉身子，有如樹根般盤據布瑞迪。

「布瑞迪，就是這樣。」聲音低語：「從狗屋出來。」

麥克敲開最後一片木板時，布瑞迪舉起槍。

「把那男孩弄出我們的廚房。」

麥克把鐵鎚交給他弟弟。

「你絕對不會再覺得冷了。」

布瑞迪開槍。

＊　＊　＊

好心人微笑看著空地群眾爭先恐後爬上樹屋，注視子彈打中麥克的肩膀，瞧見麥克摔下來，韓德森太太帶著針線走過去。**他**對著麥特低語說，他哥哥還是可以獲救，見到麥特放下秘密繩梯，往下爬入迷霧之中。**他**目睹麥特發現哥哥變成郵筒人帶著針線衝過來時，臉上所出現的表情。一分鐘後，他看著艾德聆聽遠方傳來的呼喊。

艾德。

「麥特，是你嗎？」

是，放下梯子。

「口令？」

巧克力牛奶。

他看著艾德放下繩梯，繩子變得緊繃，以及黑暗中往上爬的雙手，然後艾德神情大變，因為他發現上來的人不是麥特。

而是**布**瑞迪。

好心人微笑看著兩隻因為隱形哨笛而狂吠的狗兒，**他**很快就會讓牠們在樹林間互相追趕。拔槍，只是兩個在玩戰爭遊戲的小男孩。讓人類為了領土互相殺戮，是多麼容易的事，但其實只有時間才能真正擁有領土。讓他們認為自己全是好人，又是多麼簡單的事。

如此一來，樹屋如他所願，變得空無一人，毫無防備。在嘶嚇夫人還活著的情況下，**他**無法來到地球，但是連接門已經大開。

現在，**他**需要的只是克利斯多夫。

以及他放在口袋裡的**鑰匙**。

他只需要暫且先照料其他人。

109

「主啊，救救我。」

瑪利凱薩琳雙膝跪地，仰望這軟墊病房唯一一扇窗戶。她白色棉質睡衣底下的雙腳覺得好冷。這裡是醫院。

不，這裡是精神病院。

瑪利凱薩琳甩開這個聲音，自從爸媽讓醫師把她拖到精神病房區之後，這個聲音就像病毒如影隨形。醫師對她注射了鎮靜劑，等她醒來之後，她就置身在這個軟墊病房。三公尺見方，四堵白牆，只有一扇窗，而她好餓。

因為妳懷孕了，妳爸媽不相信妳。

瑪利凱薩琳，他們把妳丟在這裡。

瑪利凱薩琳呼喊要人送水和食物過來，她肚子裡的寶寶餓壞了，踢著她的肚子。但是沒有人回應，沒有護士出現，沒有醫師，沒有爸媽。她孤單一人。

「主啊，救救我。」

瑪利凱薩琳凝視在窗戶外頭閃耀的藍月，然後，她踮著腳站起來，望向整個城鎮。地平線上有火光出現，建築物在燃燒。

有可怕的事情發生了。

對，妳爸媽把妳丟在療養院，妳永遠出不去了。

瑪利凱薩琳努力在恐慌中保持呼吸，提醒自己「療養院」還有別的意思，它代表著安全。她比兩千年前的聖母瑪利亞在馬槽時的狀況好多了，不是嗎？她應該要對此心懷感激，不是嗎？天主幫助了她，不是嗎？祂愛她，不是嗎？冷靜，瑪利凱薩琳，冷靜下來，妳現在置身在安全室。

妳感到安全嗎？

瑪利凱薩琳聽見走廊傳來腳步聲。

「哈囉？」她說。

她等候回答，但沒有回應，只有越來越大聲的腳步聲。

「哈囉？誰在外面？」她大喊。

那人就駐足在厚厚的軟墊房門外頭，瑪利凱薩琳看著門把，看到它轉動。她認為必定是醫師來了，護士準備給她打另一針鎮靜劑。她好想尖叫。房門開了。

是她的媽媽。

瑪利凱薩琳的眼淚奪眶而出，她跑過去，緊緊抱住媽媽。在心中，她精確說出每一句想說的話。

「媽，我得吃東西，寶寶好餓。但我發誓，我真的沒有跟人發生性行為，我不知道我怎麼會懷孕。謝謝妳過來看我，謝謝妳幫助我，謝謝妳救了我，謝謝妳依然愛我。」

但是，說出來的話卻夾雜在嗚咽和鼻涕之間，難以辨識。對媽媽來說，她聽起來必定像是瘋了，因為她像是把媽媽當成枕頭涼爽面一般抱住她。

「瑪利凱薩琳，我們得走了。」

瑪利凱薩琳終於穩住呼吸，能夠清晰說出話。

「媽，我們要去哪裡？」她問。

「去教堂，時間到了。」

110

傑瑞走進光線底下，他一手拿著酒瓶，另一手拿著槍。

「妳為什麼從我身邊逃走？」他問。

凱特往後退，傑瑞吞下最後一口威士忌，小心翼翼把酒瓶放在流理台。

「我不想要妳害怕。」傑瑞說：「我已經改過自新了，對不起。嘿，克利斯多夫在哪裡？我想要跟他玩接投球。」

她的心思飛快轉動，她必須離開，必須去醫院找克利斯多夫。傑瑞拿出四疊鈔票，每一疊都以白色綁鈔帶方整捆起。

「我知道妳不相信我，但我保證……我不再是魯蛇。我可以照顧你們兩人，我贏了四萬一千美元，大部分的錢都還在我手上，我只買了這把槍。」

叩，叩，叩。

叮咚。

「凱特，妳在裡面嗎？」屋外有個聲音大喊，是艾德的媽媽。

「貝蒂！我在這裡！」她大叫。

傑瑞上前一步。

「凱特，不要開門。」傑瑞語調含糊。「別再逃走，對不起，我以前真是瘋了。我已經在這裡坐了好幾小時，我的腦海裡淨是這些想法，所以來到這裡。氣球帶我去了學校，校長室被弄得一團亂，但我找到了妳的住址。」

叩，叩，叩。

叮咚。

「快開門！城裡有狀況！」貝蒂大叫。

傑瑞遞出手中的鈔票。

「拜託，凱特。我想要為妳變成一個更好的男人，妳的兒子很棒，我可以當他的爸爸，我可以好好教他。在他不乖的時候，我不會像我爸爸，我會和善對待他。」

傑瑞比她重了四十五公斤，但她有一個優勢，傑瑞在密西根所認識的那個女人早已經不在了。

不想當受害者，就做鬥士。

她的雙手伸進口袋，胡椒噴霧罐在哪裡呢？在包包裡。包包又在哪裡呢？車上。她拿的是安柏斯的車鑰匙。

尋車鍵。

他又上前一步。她在口袋裡按下尋車鍵，警報大響。傑瑞回頭往外看，她衝過他身邊，猛然拉開大門。

卻被防盜鏈條卡住了。

她出不去！她從七、八公分寬的門縫，看到艾德的媽媽。她身後還有更多人，包括艾德的爸爸，麥克和麥特的兩個媽媽。

「凱特，我們的孩子在哪裡？」貝蒂問。

「對，我們醒來後，艾德就不見了。」

「麥克和麥特也是。」

「我不知道，救救我！」她大喊。

「救救妳？凱特，妳兒子帶走我們的孩子，他到底在哪裡？」

「對，交出克利斯多夫，免得他害死我們的小孩。」貝蒂哭喊。

兩家家長走向大門，不斷猛拍、尖叫，推扯防盜鏈條。凱特合上門，把他們關在外頭。

傑瑞站在那裡，凝視著她。

手中拿著槍。

「我告訴過妳，不要再跑開，妳就是不聽。」他揉著血絲密布的眼睛，冷淡地說道：「妳有新歡了嗎？是這樣嗎？他比我好嗎？你們兩人在嘲笑我嗎？他上妳的時候，妳就是這樣嗎？妳在笑我嗎？別再嘲笑我了！」

凱特聽見後院玻璃拉門的聲音。她轉身，見到後院滿是從樹林而來的人。閣樓的老婦人帶著一把屠刀站在那裡。

鏗，鏗，鏗，她的屠刀敲著玻璃。

傑瑞舉起槍。

「凱特，滾出我的腦海。別再嘲笑我，妳以為妳是誰？我從密西根一路開來，就只為了跟妳在一起，而妳卻認為我配不上妳？賤人，妳想要大笑嗎！」

傑瑞扳動擊錘。

「傑瑞，你說得沒錯！」她大喊：「我是賤人，我在考驗你，我讓你找不到我。但你找到了，我們現在就回密西根吧。」

「什麼？」

「我之前認為你不在乎，但是你通過考驗了。傑瑞，你是男子漢大丈夫，我想要你帶我回密西根，現在就走，你的卡車在哪裡？」

叩，叩，叩。

鏗，鏗，鏗。

「卡車在外面。」他愣頭愣腦回答。

「那我們先去接克利斯多夫，就回密西根。」

「妳在騙我。」傑瑞說。

「我沒有騙你。我之前很生氣，你打我，我得讓你付出代價。」

門上防盜鏈條開始裂開。

後院拉門的玻璃開始碎裂。

「傑瑞，這是你最後的機會，如果你不立刻帶我走，就永遠不會再擁有我。」

郵筒人從後院破門而入，玻璃劃傷他們的手，老婦人帶著屠刀衝過碎裂的玻璃。

砰！

傑瑞射中老婦人的腳。

他們身後的防盜鏈條裂開，貝蒂跌進玄關，其他家長跟著進來。凱特拉住傑瑞的手，帶他進車庫，鎖上身後的門。她按下車庫門的開關，縮著身子，準備拔腿就跑。

鉸鏈發出刺耳的呻吟，車庫門拉起。凱特見到車道上有一雙雙的腿，她耳朵的血脈僨張。克利斯多夫獨自置身在這樣的瘋狂之中，現在她的存活就是克利斯多夫的存活。她必須去找她的兒子。

「傑瑞。」她說：「帶我回家。」

傑瑞笑容滿面，等候車庫門拉開。他帶她穿過群眾。

砰！砰！砰！

他開槍打中一個人的手，以及另外兩個人的胸口。凱特見到安柏斯的凱迪拉克還在車道上，但輪胎已被亂砍，擋風玻璃碎裂。她跑向傑瑞停在街道上的卡車，拉開車門，傑瑞也滑進駕駛座。

「傑瑞，開車。」她說。

他拿出鑰匙，在手中甩動鑰匙。

「該死，快點啟動車子！」

勒斯可老師從樹林裡奔出，眼神瘋狂卻又清醒。卡車轟隆隆發動，現在沒時間倒車了，傑瑞推上一檔，直接開進巷底迴轉環道。數十名郵筒人在勒斯可老師率領下衝了過來，傑瑞嗖地繞過迴轉道，輪胎打滑，接著回到路面，他順勢開出迴轉環道，把這一片瘋狂景象拋諸車後。

體內的腎上腺素驟然消退，這對分手情侶彼此互看，而傑瑞笑個不停。凱特臉上維持著笑容，感覺身側的疼痛又回來了。她的視線投向傑瑞握著的手槍。

再十分鐘，醫院就到了。

111

克利斯多夫從驗屍檯上往上看。

停屍間裡的所有人都盯著他，韓德森先生、譚米護士、拿著解剖刀的那個醫師，還有握著槍枝的保全人員，大家像排隊買熟食般，等著克利斯多夫接受千刀洗禮後死去。

克利斯多夫環顧四周尋求幫手，他左邊的檯面都躺著人，有來自警長辦公室的副手，也有林蔭松的老人。他們的眼睛全都閉著，全都還有呼吸，全都還活著。

老人慢慢坐起，發出呻吟。

克利斯多夫轉向他隔壁的停屍檯，見到有一個人的粗糙皮膚上刺有褪色的老鷹刺青，眼睛包著繃帶。是安柏斯・奧森，老人看起來像是被刺傷了。

「奧森先生！醒醒！」克利斯多夫呼喊。

他抓住安柏斯的手，試著治療老人，他跟著流鼻血，但安柏斯卻仍陷入沉沉的睡眠之中。

「克利斯斯斯多夫夫夫。」聲音在他身後低語。

各個老人從屍檢檯上紛紛起身，眼睛流露苦於癌症的模樣。他見到他們一個接著一個站起來，虛弱的雙腳踏上冰冷的瓷磚地板，臀部像昆蟲咔嗒咔嗒作響。

「你為什麼不讓我們死？我們好痛苦。」

所有老人往他走來，他感覺到他們的身體狀況，抽痛的關節、滿是黑色濃稠物的肺部。他感覺到額頭傳來老人的氣息，聞到上了年紀的酸臭味。老朽的手指剝開他的眼皮，衰弱的雙手把他扯離安柏斯。他們把他轉向，面對全室。

「醫師，我們要怎麼進行？」譚米護士問。

「就直接把克利斯多夫交給他們吧！」他說。

「對！就把他交給他們！」老人附和。

保全人員走到陳列一排排冰冷金屬停屍抽櫃的牆壁，用槍托拍擊抽櫃。

「醒來！快醒來！」

老人包圍克利斯多夫，把他從屍檢檯上抬起來。

「不！」他尖叫。

克利斯多夫使盡全力抵抗，右手抓住警長，左手抓著安柏斯。死命撐住不放，同時使出最強烈的低語貫注到兩手手臂，電流在日光燈管裡面嗡嗡作響，房間充斥著臭氧氣味，有著雲層互撞的味道。

警長！快醒來！

奧森先生！我們還可以救下你弟弟！

老人一根一根扳開他的手指，直到他放開手，克利斯多夫雙腳胡亂踢踩。停屍櫃開始開啟，一雙雙的手抓住金屬，裡面的屍體開始扭動，尖叫著：「讓我們死！」克利斯多夫見到中間抽櫃有一具覆蓋著白色布單的屍體。

大家把他塞進這個抽櫃後上鎖，抽櫃變得一片漆黑。克利斯多夫的嘶喊迴盪在冰冷的金屬四壁。他什麼也看不到，但感覺得到抽櫃裡的屍體。它在移動嗎？在呼吸嗎？克利斯多夫往後摸，碰觸到落在白布外頭的屍體手部皮膚，感覺冰冷、毫無生氣，沒有電流竄動。還有那個氣味，他記得在爸爸葬禮上聞過這個味道，像是滑石粉的死亡氣味。這屍體還活著嗎？還是死了？克利斯多夫集中精神，他必須找到脫身的方法。他往下拍拍自己的身體。

手機。

他幾乎忘了柯林斯太太的手機，它還在他的口袋，就跟嘶嚇夫人的鑰匙放在一起。克利斯多夫打開手機，金屬抽櫃反射了手機光線，照亮了內部。他看向身側，見到一雙枯乾的雙手，而手機收不到訊號。

光線熄滅。
克利斯多夫再次打開手機，他往下看，發現那雙手手掌往上翻，屍體在黑暗中動了起來。
手機變暗，克利斯多夫再度打開，見到那雙手開始移動。
屍體的雙手抽動，伸出手指，掠過克利斯多夫的頸背。
「克利斯斯斯斯多夫。」聲音低語。
克利斯多夫尖叫，屍體坐起來。
「我叫什麼名字？把我的名字還給我，克利斯多夫。」
凱澤太太的雙手圈住克利斯多夫的脖子。克利斯多夫努力擺脫老婦人，但她的手殘忍地繼續縮緊，他感覺到身體裡的空氣逐漸消失，直到停屍間轟然響起一個聲音。
「不！他是我的！」
停屍間頓時一片沉寂，克利斯多夫感覺到脖子上凱澤太太的雙手撤退了。抽櫃咔的一聲打開，然後緩緩滑入房間。克利斯多夫往上看，見到停屍間中央有一雙死盯著他的充血黑眼珠，表情一派惡毒。
是警長。
「克利斯多夫，你為什麼殺了她？」
克利斯多夫震驚萬分，眼前的警長看起來是那麼憤恨，皮膚慘白。低語搔撓著他的手，他已經抓裂皮膚，就快抓到見骨。
「她只是個小女孩，你為什麼要殺她？」
「先生，我沒有，求求你。」
「你為什麼殺了他？他只是個小男孩。」一個聲音說道。
克利斯多夫轉頭，見到安柏斯從輪床上起身，眼睛漆黑充滿怒火。
「先生，我沒有殺害大衛。我們還是可以拯救他！」克利斯多夫懇求。

警長和安柏斯伸出強而有力的手臂，從抽櫃中把克利斯多夫舉起來，克利斯多夫使勁希望他們恢復神智。

「每次我入睡，你就一再殺害她，我沒辦法再看到她死去了。我必須在你再次殺死她之前阻止你！」警長大喊。

「每次我入睡時，你就殺死大衛，我沒法再看到弟弟死去了，我們必須在你再次殺掉他之前阻止你！」安柏斯嘶吼。

警長對著群眾伸出手。

「槍給我。」他說。

保全人員把他的槍交給警長，韓德森先生抓住克利斯多夫的右手，醫師和譚米護士抓住左手。凱澤太太從抽櫃坐起，她的脊椎如禿鷹般彎曲。安柏斯往後退，穿過群眾，來到警長身邊。兩人背對出口，其他人站在克利斯多夫後方，警長舉起槍。

「這是你自找的。」警長說：「現在必須有所了斷。」

說完之後，警長扳動擊錘，開了四槍。克利斯多夫感覺到子彈從他耳邊呼嘯而過，擊中醫師、譚米、韓德森先生和凱澤太太。四人跌落在群眾之中，擋住他們的去路。警長抓起克利斯多夫，帶他走出門口，安柏斯迅速把群眾鎖在停屍間裡面，轉向克利斯多夫，一隻手輕輕搭在男孩的肩膀上。

「來吧，我們得帶你離開這裡。」

112

瑪利凱薩琳坐在爸爸賓士車的後座，望著窗外。外頭悄然無聲，路上空蕩蕩。家家戶戶及商店都閃耀著耶誕燈飾，但感覺卻不像耶誕節，而是一片詭異怪誕。目光所及，空無一人，只有遠方失火的味道。她原本想說出這樣的想法，但爸媽自從把她帶出醫院後，就沒說半個字，她害怕說錯話，會讓他們改變主意。

「到了。」爸爸沉靜地說。

賓士車轉進教堂停車場。

瑪利凱薩琳仰望教堂，它今晚顯得格外美麗，成了這片怪異夜空中的綠洲。耶誕節對她家來說，一直是非常特別的時刻。她的爸媽每一年在這一天會好好放鬆，媽媽會享用紅酒，爸爸喝著蛋奶酒，再醺醺然到給她一個擁抱。

賓士車停進她家常用的位置。

「走吧。」爸爸說。

「但是——」瑪利凱薩琳說。

「但是什麼？」爸爸粗暴地問。

瑪利凱薩琳想說她還穿著病人袍，想問說能不能給她外套和鞋子。但是她不敢破壞現狀，唯一能說的只有……

「沒什麼。」

他們三人下車，瑪利凱薩琳走在爸媽身後，停車場好冷，地面和髒雪凍僵了她赤裸的雙腳。

瑪利凱薩琳知道事態非常不妙，但她不想回到醫院，只想再次得到爸媽的愛。所以她把思緒放在教堂，儘管停車場上有滿滿的車子，但教堂裡面好安靜，而裝飾好美麗。她想起小時候會替花窗玻璃裡的人物創造故事，他們是她的幻想中的朋友。

三人走到教堂。

推開教堂大門。

瑪利凱薩琳看過去，教堂裡洋溢著溫暖柔和的燭光，聚集了整個會眾，像是等著進行午夜彌撒。但是他們不發一語，沒有一起唱詩歌，甚至沒有跪著禱告。

他們只是盯著她。

瑪利凱薩琳掃視全場，找尋和善的面孔。她在年輕族群中認出老同學，以及打從教區學校以來就認識的孩子及其父母。而其中只有道格是她現在還會交談的人，道格坐在黛比身邊，握住她的手。道格的臉龐有點異樣，嘴巴周邊像是有針縫的痕跡。這一切都很不對勁，瑪利凱薩琳本能地往大門後退。

直到撞上她身後的人。

「瑪利凱薩琳。」那聲音說。

她轉身，發現是瑞克里太太，這位她以前教區學校的老師露出愉快的笑容。

「別害怕，我們在這裡是要幫助妳，我們甚至替妳保留了座位。」瑞克里太太示意。

瑪利凱薩琳點點頭，擠出微笑。她不知道該怎麼辦，所以就走向他們家在第二排的老位子。

「不，親愛的，不在長椅。」瑞克里太太指正。「是在祭壇。」

瑪利凱薩琳轉身向爸媽尋求指引，爸爸一臉嚴肅，媽媽緊張地別過頭去。瑞克里太太抓住瑪利凱薩琳的手，緩緩帶她走上祭壇。瑞克里太太的皮膚因為高熱而起了水泡。

「親愛的，跪下。」瑞克里太太說。

瑪利凱薩琳轉頭看向媽媽，發現媽媽不敢回視。

「瑪利凱薩琳，請跪下。」媽媽懇求。

瑪利凱薩琳跪下來，更加焦慮恐懼，皮膚迸現癢意。

「謝謝妳，瑪利凱薩琳，現在……請告解。」瑞克里太太說。

瑪利凱薩琳準備起身，但瑞克里太太發燙的手按上她的肩膀，要她繼續跪著。

「妳想去哪裡？」她問。

「告解室。」瑪利凱薩琳回答。

「不，就在這裡告解。」瑞克里太太說。

「呃……好，瑞克里太太……但是湯姆神父……在哪裡？需要他來聽我告解。」

「不用在意湯姆神父，妳可以對我們大家告解。」

瑪利凱薩琳點點頭，她置身莫大的危險。她如同過去每一個星期天那樣，仰望十字架上耶穌的美麗雕像。

「告解。」瑞克里太太溫和地說。

瑪利凱薩琳吞嚥了一下，越發緊張憂慮。從眼角餘光，她見到瑞克里太太走到一旁，拉開教堂側門。瑪利凱薩琳見到湯姆神父倒在外頭嚴寒的人行道上，身上被重複刺了好多刀，熱氣從各個傷口散出，有如下水道格柵冒出的蒸氣。

「瑪利凱薩琳，寶寶的爸爸是誰？」瑞克里太太平靜地問道。

瑞克里太太從湯姆神父手中抽出捐獻籃，走回教堂，傳遞捐獻籃。

「我不知道爸爸是誰。」瑪利凱薩琳說。

瑪利凱薩琳轉向她媽媽，看到媽媽一臉驚恐。

「拜託，告訴他們，瑪利凱薩琳。」她懇求。

「我沒辦法告訴他們我不知道的事。」

「拜託！快告訴他們，爸爸是誰！」

「我不知道，我是處女。」

瑪利凱薩琳轉身，看到捐獻籃開始在教堂中傳遞。只是這次，會眾不是把錢放進捐獻籃。

這一次，他們從籃中拿出石頭。

「拜託！告訴他們！」瑪利凱薩琳的媽媽尖叫

「媽，我是處女，就跟瑪利亞一樣。」

「瀆神！」會眾大喊：「告解！」

「瑪利凱薩琳，就跟他們說個名字吧！」媽媽哭喊。

「媽，拜託，別讓我在教堂裡說謊。」

「對我們告解！不是對她！」瑞克里太太大叫。

瑞克里太太猛然轉頭，看向祭壇。瑪利凱薩琳穿著病人袍跪著，背部毫無防備對著整個教堂。她就跟瑪利亞當時在馬槽時一樣寒冷，住院服底下只有一件單薄的內衣。她聽到會眾從長椅上起身，站到她身後。捐獻籃一排排傳下去，石頭彷彿蘋果般被一一拾起。

「哦，主啊，請幫助我。」她祈禱。

「告解！」瑞克里太太大喊，丟出第一顆石頭。

石頭擊裂她前方的花窗玻璃。

「告解！」會眾呼應。

這個字一再地吟唱。告解，告解，告解。瑪利凱薩琳雙手高舉過頭表示投降，她面對會眾，看到大家手中拿著石頭，外頭的湯姆神父渾身浴血。群眾接掌了一切，就像是瘋子接管了療養院，準備用石頭把她砸死。

「好！我告解！我告解！」瑪利凱薩琳尖叫。

會眾安靜下來，等候她開口。瑪利凱薩琳轉向她媽媽。

「媽。」她的聲音顫抖。「那天晚上我回家其實已經晚了。」

說出實話後，瑪利凱薩琳眼淚奪眶而出。

「什麼？」她媽媽問。

「我找到克利斯多夫的那天晚上，我來不及在午夜前趕回家，我對妳和爸爸說謊了。我只是不想失去駕照，所以我騙了你們。但這不對，我要為此受罰。」

「妳的罪不是這件事，孩子的父親是誰？」瑞克里太太大喊。

「媽，如果來不及回家這件事，我沒有騙你們的話，你們就會拿走我的駕照。我就不會再開車上路，就不會為了逃離鹿群，撞上坐有小男孩的那輛車。我害怕下地獄，所以讓一個小男孩受傷了，我自私，這是我的罪。但我發誓……我不知道孩子的父親是誰。我以我的靈魂發誓，我是處女，妳相信我嗎？」

她透過淚水看向媽媽，媽媽像是回想起她養育的那個小女孩，神情變得柔和，她點點頭。

「我相信，親愛的。」

「爸爸呢？」她問。

「瑪利凱薩琳，我相信妳。」爸爸說。

她內心潰堤，而會眾越來越接近，舉高石頭準備砸死她。

「丹恩！」媽媽尖叫。

她爸爸立刻拾回本能，他跑過來保護他的小女孩，但是會眾撲到他身上，打得他血流不止。

「別碰我的家人！」媽媽尖叫，會眾把她扭倒在地。

瑪利凱薩琳跑過去幫忙爸媽，但瑞克里太太和黛比抓住她。她們拉她起身，站到十字架前。

「道格。」她們嘶喊：「時間到了。」

道格走出長椅，眼睛黑黝疏離，帶著瘋狂，他雙手舉起石頭。

「道格！拜託幫幫我們！」

道格不發一語，只是走向她。瑪利凱薩琳噙著淚水看著她的男朋友，看著她十一歲就愛上的臉龐。她見他嘴巴周圍的痕跡，皮膚掛著紗線線頭。他局促不安捂住嘴巴，直到發現她並沒有把他當成怪物。

「道格，他們對你做了什麼？」她關切地問。
「別聽她的話，道格，她害你被當成傻瓜。」黛比說。
「道格，拿石頭丟她。」瑞克里太太嘶吼。「往這蕩婦丟石頭！」
會眾異口同聲。「丟她石頭，丟她石頭。」他在教區學校和青少年團契的朋友一起吟誦他的名字。道格舉起石頭，和瑪利凱薩琳對視。
「道格，我愛你。」她說：「我原諒你。」
他流著淚用他的黑眼睛看著她，他把石頭高舉過頭，使盡全力扔出去。
正中瑞克里太太的額頭中央。
「快跑！」他尖叫。
道格把他的車鑰匙丟進她的手中，轉身擋住會眾。瑪利凱薩琳從側門跑到停車場，停車場停滿了車，她找不到道格的車子。教堂裡面傳來可怕的尖叫，她聽見石頭砸破了花窗玻璃。她按下尋車鍵，道格的車子在停車場最遠端閃動。
瑪利凱薩琳跑向車子，赤裸的雙腳被石子砂礫割傷。她打開車門，在啟動孔轉動車鑰匙，但引擎凍得無法發動。會眾從教堂大門湧進停車場，高聲尖叫往她跑來。她再次轉動鑰匙，引擎終於轟隆隆啟動。她立刻重踩油門，疾駛過停車場。會眾丟石頭，砸裂擋風玻璃。瑪利凱薩琳駛上道路，從後照鏡看著會眾，見到車門被一一打開，車子大燈亮起，有如發出精光的病態眼睛。
「主啊，求求您。」她說：「拯救我們。」

113

安柏斯和警長跑過走廊，克利斯多夫軟弱無力躺在警長懷中。安柏斯聽到被鎖在身後停屍間裡的人聲，他們撞擊大門，空手敲擊玻璃。警長更加抱緊克利斯多夫，兩人快跑，而安柏斯這一生的腳步從沒這麼快過。這不只是因為恐懼，不只是腎上腺素。他以前也曾拚命逃亡，但這個速度不是來自他。

而是來自克利斯多夫。

一小時前，警長因為胸口中槍，躺在醫院病床上，而安柏斯眼盲跛行躺在停屍間驗屍檯。現在，安柏斯行動敏捷，彷彿年輕了一半，警長全力衝刺有如身體再好不過。他們唯一接觸過的東西就是克利斯多夫的手，只是一個碰觸，他們就好像可以獨自面對一支軍隊。

但是，克利斯多夫看起來卻像是快死掉了。

「我們需要車子！跟我來！」安柏斯大喊。

安柏斯跑在前方，為克利斯多夫和警長開門。他仍舊不敢相信現下的狀況，他最後記得的事是嘴巴被罩上了塑膠口罩，而隨後察覺到的是，手中有一隻小孩的手往他的手臂到脖子推送熱度，最後來到他的眼睛。

雖然沒有動過手術，他現在卻仍看得到亮如日蝕的光環，感覺自己再度像是軍人，他像是研判戰場那樣，研判醫院。他從未想過自己會感激之前多次就診眼科醫師，不過他如此詳知此處，幾乎可以當上間諜。他熟知各個後門、捷徑，通往洗衣房的地下室走廊。雖然敵眾我寡，他仍可以誘使敵軍陷入瓶頸。

他以前就這麼做過。

安柏斯帶他們到後方樓梯，跑上通往車庫樓層的階梯。

上方的出入門咔的一聲。

柯林斯先生站在那裡，握著從自家建築工地拿來的釘槍，而至少有兩打人站在他身後。下方的出入門咔的一聲。

從停屍間而來的人們仰望樓梯，雙手因為打破玻璃脫困而血跡斑斑。

安柏斯帶著警長往上走，他們必須先到達停車樓層。柯林斯先生開始全速衝下樓，而停屍間的人們往上跑，使樓梯間迴響尖銳刺耳的聲音。

安柏斯來到停車樓層，拉開緊急出口，醫院頓時警鈴大作。他們跑下空無一人的廊道，兩群暴民在他們身後擠成一排，兩個陣線會合成一個，完美的瓶頸。安柏斯帶著他們來到走廊的一處岔路。他正準備往右轉時，克利斯多夫突然發出低語。

「往左。」

警長往左急轉，安柏斯跟隨在後。他回頭看，見到伏兵衝進後面的走廊。不知怎地，男孩已提前得知。安柏斯轉向克利斯多夫，見到鮮血彷彿淚水般從男孩鼻子和眼睛流下。他們來到另一個岔路。

「往右。」他虛弱地說。

安柏斯右轉，克利斯多夫帶著他們走過如迷宮的後面廊道和側門，讓他們和暴民拉開了些許距離。他們終於抵達通往停車樓層的後門，旋即反手關上門。

停車場空無一人。

這種寂靜顯得有些詭異，他們的腳步聲迴盪在水泥牆壁之間。警長本能地開始跑向出口坡道。

「他們正在那裡等著我們。」克利斯多夫說。

「那麼，我們去屋頂。」安柏斯說。

「他們也在那裡。」克利斯多夫說。

「我們需要來個聲東擊西。」安柏斯說：「跟我來。」

他深吸了一口氣，雙腳蓄勢待發，開始準備衝刺。安柏斯跑過停車場，踹了車子，牽動車子防盜鈴。他過去曾有多少次點燃彈藥來轉移敵方注意力呢？他從未想過會再這麼做，尤其還是利用福特汽車。弄響半打車子的警報器後，他帶著他們進入產科病房區，三人跑過走廊，經過嬰兒室，聽到所有寶寶都在放聲大哭。他們來到第一個岔路。

「克利斯多夫，往哪邊？左還是右？」

＊　＊　＊

克利斯多夫閉上眼睛，他不再需要用眼了，只需要像感覺皮膚上的白熾熱度一樣，去感覺人們的怒氣。暴民搗毀停車場發出警報的車子找尋他們，這種憤怒的呼喊也同時劃過他的腦海。他的頭陣陣抽痛，彷彿血液就要衝破血管。幻想世界和真實世界現在對他來說都一樣，他不知道自己身在何處。

「克利斯多夫，往哪邊？」警長大喊。

克利斯多夫睜開眼睛，但除了漆黑發狂的空間外，什麼也看不到。現在有太多聲音，人們跑過停車場，還有人散布在醫院，暴民像是腫瘤出現在他們周遭的廊道。這裡有太多黑暗，他不知道要逃往哪個方向。

「他昏過去了。」克利斯多夫聽見安柏斯說。

「克利斯多夫，你聽得到我們的聲音嗎？」

克利斯多夫說不出話來，這裡有太多怒火，他很難帶領他們走出去，他們已被黑暗包圍，世界已經沒有光的存在。

只除了一個地方。

就在這片憎恨惡意當中，他感覺到一道光，一道和善溫暖的光往醫院奔馳而來。

是他的媽媽。

他追隨到媽媽的光。

「我媽媽過來接我們了，我們去急診室。」克利斯多夫低語。

「但是——」安柏斯警告。

「相信我。」克利斯多夫說。

他們的確這麼做了。他們直接回頭，深入險地。克利斯多夫感覺光線越來越接近，媽媽就快到了，他也感覺得到柯林斯先生衝進他們後頭的產科病房。他們轉彎進入急診室。這裡擠滿了人，因為等候了一個星期的病床，卻始終不再有空床位，而累積了怒氣。自動販賣機已經成了地上的殘骸，人們在這堆廢鐵找尋食物，找尋飲料，找尋出氣的管道。見到克利斯多夫現身，整個急診室發出原始的吼聲，加入追趕的行列。

三人衝過群眾，來到外面天寒地凍的停車場。暴風雪在他們上方呼嘯，遼闊發怒的天空堆積厚厚的雲層，巨大的面孔發出呻吟。

「奧森先生！小心！」克利斯多夫尖叫，只見凱澤太太衝了過來。

「幫幫我女兒忘掉她的名字！」她高喊。

老婦人舉起手術刀，安柏斯在她刺中克利斯多夫之前，出手制住她。凱澤太太滑倒在黑暗的冰雪上，屁股著地，髖骨像是許願骨般碎裂。另一個方向傳來尖叫聲，柯林斯太太呼哧呼哧從她覆著油漆的肺部喘息。

「看你對我媽媽做了什麼！把我媽媽的名字還給她！」

柯林斯太太從另一個方向坐著輪椅衝來，警長連忙轉彎。她的雙手飛快轉動輪椅，接著雙腿一蹬，全力跑來。她高舉手術刀，警長側面挨了一刀，身體瑟縮了一下。他跪倒在地，放開克利斯多夫，血流滿地。柯林斯太太逼近克利斯多夫，她一邊咳，一邊胡亂砍著白色泥雪。沒有人可以制止她。

只除了克利斯多夫的媽媽。

凱特伸向方向盤，讓傑瑞的卡車在黑暗的冰雪上轉向。卡車衝過來，把柯林斯太太往後撞飛過冰雪的停車場。克利斯多夫的媽媽打開車門，衝到兒子身邊。

「傑瑞！幫我！」她尖叫。

傑瑞沒有熄火，直接跳下車。他跑到凱特身後，在凱特拯救她的兒子時，拔槍填裝子彈，朝大家開槍來拯救凱特。她抱起克利斯多夫，衝回卡車，安柏斯和警長跟隨在後。她把克利斯多夫放在前座後，便跳進駕駛座，警長和安柏斯跟著傑瑞爬上載貨貨斗。柯林斯先生率領暴民衝出醫院，跑向前座的克利斯多夫，舉起釘槍。

砰！

警長發射出手槍最後一顆子彈，柯林斯先生往後臥倒在他的太太和岳母身旁。卡車呼嘯穿過黑暗的冰雪，克利斯多夫的媽媽帶著她的兒子遠離醫院。

「你還好嗎？」她問。

克利斯多夫抬起頭，對著媽媽微笑，看著沐浴在千億顆星星光芒底下而不自知的媽媽。

114

警長往後看，見到醫院人群傾巢而出，如響尾蛇展開蛇身般衝進停車場。他轉頭見到凱特左手握著方向盤，她的兒子坐在她的右方。她低頭看著她的小男孩，男孩顯得蒼白病弱。

「你要撐住。」她說。

凱特伸手到前座置物盒，找到一盒子彈，往後遞給坐在卡車貨斗的警長。她沒有說話，只是透過後照鏡對他點點頭。警長也點點頭，看著她的視線重新回到道路。

他對自己承諾，如果他們活下來，他就會向這個女人求婚。

警長忽然感覺到安柏斯以戰地包紮的方法，包紮了他身側的手術刀傷口。警長瑟縮了一下，牙關發顫。

「你覺得冷嗎？」安柏斯問。

「不，我反倒覺得熱。」警長說。

「你快休克了。」

安柏斯急急翻找傑瑞的卡車，找到工作服和老舊的工地外套。

「你呢？」警長問。

「我沒事。」

警長知道老人說的是實話，安柏斯穿著病人服應該會覺得寒冷，但不知為何卻不為所動。彷彿周遭世界陷入瘋狂，他和安柏斯卻不知怎地對瘋狂免疫。他不知道這樣的保護是來自克利斯多夫或大衛。

還是兩者兼具。

無論如何，他只感覺到來自新衣服的溫暖，以及對前座小男孩和駕駛座的男孩媽媽出現的一種忠誠感。安柏斯沒有提到他那位沒能救下的弟弟，警長沒有提到塗了指甲並且叫他爸爸的那個小女孩，但兩個男人有一種共識。

儘管種種失敗，他們都會拯救克利斯多夫和他的媽媽。就算是付出性命。

「嗨，克利斯多夫。」一個聲音說。

警長看著克利斯多夫抬頭看向傑瑞，傑瑞蹲在貨斗，下巴抵著隔間小窗，手中拿著槍。

「貓咪吃掉你的舌頭了呀？」他大笑說道：「別擔心，我已經和你媽媽說好了。我們會成為一家人，我和她和你會直接開回密西根，凱特，是吧？」

警長看到克利斯多夫嗆到了。

「對，傑瑞，我們要回密西根。」她說，身體緊繃。

傑瑞微笑，他回頭看著逐漸變少的追車暴民，再轉頭看著在毯子底下發抖的警長，以及穿著病人服的安柏斯。

「嗨，凱特，他是誰？」傑瑞問。

「奧森先生。」她心不在焉地回答。

「不，我不是問老人。他是誰？」他用手槍指著警長。

「警長。」

「呃，妳怎麼認識他的？」傑瑞問。

「他幫過我們。」

「為什麼？」

「那是他的工作。」

「嗯。」傑瑞撇嘴一笑。「他時常過來嗎？」

警長感覺到一種詭異又黑暗的沉默。

「傑瑞，沒有。」她說。

「克利斯多夫，警長時常去你們家嗎？」他問。

「別吵他。」她說。

傑瑞頷首，默默微笑。然後，他轉向警長和安柏斯。

「很棒的家人，對吧？」他說。

警長和安柏斯對著和他們同在貨斗的男人點點頭，警長立刻認出這張臉。他記得克利斯多夫九月第一次失蹤時，他在調查嫌疑犯時，搜尋過這個人的資料。他想起家暴、暴力行為，這就是毆打他所愛女人的那個畜生。警長看著傑瑞右手的手槍，而警長的槍已經沒了子彈。

「最棒的家人。」警長說：「你是誰呢？」

「我是傑瑞，是凱特的未婚夫。」

警長伸出手，傑瑞把手槍換到左手。兩個男人的眼睛眨也不眨，視線都不曾離開對方。

「你叫什麼名字？」傑瑞懷疑地問道。

「安柏斯．奧森。」安柏斯說，他把手塞進兩人中間，就好像推銷員伸腳卡住大門一樣。

「老人，我不是在跟你說話。」傑瑞說：「我是在跟他說話。」

「我是湯普森警長。」警長回答。

接著，他握上傑瑞的手，兩人握握手。

「警長，你有搞她嗎？」傑瑞問。

傑瑞還弄不清楚是什麼揍上來時，警長就出手了。他用手掌底部撞向傑瑞的喉嚨，傑瑞倒在貨斗上，痛得打滾，接著憤怒地舉槍站起。

「我知道妳搞上他了。」傑瑞尖叫。

然後，警長見到後照鏡中凱特的眼神。

「再見，傑瑞。」她說。

她猛踩煞車，卡車倏地停住，但傑瑞慣性移動，身體撞上了駕駛座，他疼得彎下腰。

「該死的賤人！」他說。

凱特刻不容緩又猛踩油門，警長看著傑瑞滾下貨斗，跌到路上，再滾到路邊。

後方有數十輛車追上來，這支來自醫院的大軍很快經過他，寧靜時刻結束。

暴風雪來了。

115

克利斯多夫的媽媽抬頭望，一陣狂風讓雲層籠罩了整個城鎮，吹彎了樹，枝椏如斷臂般落下，擋住了前方道路。她往左急轉，穿過一處前院；後方的車子困在林間，減緩追兵的速度。她腦子飛快轉動，他們必須前往高速公路，所以她打開了收音機，迫切搜尋路況報導。

「……強烈暴風雪襲擊三州地區……」

「……痞子貓３Ｄ電影現在已發行影帶，這會是耶誕節最後一刻的完美禮物……」

「……藍月，我見到你獨自佇立……」

「……被稱為中東的難民戰爭……」

「……從整點每十五分鐘的當地路況……」

她停止選台，轉大音量。

「皮特堡隧道的路況已經完全堵塞，做得漂亮，我們不能讓他們逃脫。他們想要駛往七十九號公路，那麼就在中學附近尋找他們。」

克利斯多夫的媽媽立刻一百八十度轉彎，駛離中學。一定有路可以離開，她必須找出來。

「他們掉頭了。」電台聲音說：「他們離開中學了。」

克利斯多夫的媽媽透過擋風玻璃細看，見到後面車子又追上來了，飛快衝向卡車，她始終擺脫不了它們。

「媽，關掉大燈。」克利斯多夫虛弱地說。

「什麼？」她說。

「別擔心，我會告訴妳往哪裡去。」

克利斯多夫的媽媽毫不猶豫，即刻關上車頭燈，收音機沙沙傳來ＤＪ的聲音。

「我們失去他們的行蹤了，他們可能聽到我們的訊息，切換到另一個頻道。」

收音機一片死寂，克利斯多夫閉上眼睛，開始描述他看到的光景。克利斯多夫的媽媽幾乎像是親眼目睹，眾多車子有如小精靈遊戲的幽靈，充斥在巨大的街道迷宮中搜尋他們。傑瑞抹去摔車造成的流血，搭上追兵的便車，決意要找到她，然後在警長面前殺掉她。

「左轉。」克利斯多夫說，一邊咳血到手心。

克利斯多夫的媽媽左轉，再往右急轉。不管他說什麼她就是照做。她看著後照鏡，發現開始甩開醫院那些暴民。這招管用，他們一定會成功，她看向前面的擋風玻璃，眼睛適應藍月的月光。她重踩油門，發現鹿群開始爬上前院和車道，聚集在灌木叢和樹木的後方，等候突擊的命令。

一隻鹿衝到車子前方。

她緊急煞車，卡車在雪地裡打滑。克利斯多夫的媽媽順勢轉動方向盤，穩住車身，駛往十九號公路。她見到匝道就在前方，還是有機會。

「媽，加速往前。」克利斯多夫說。

鹿群從前方的庭院衝出來，克利斯多夫的媽媽把油門踩到底，努力在鹿群封鎖住匝道前率先搶進。車速攀升，外頭狂風呼嘯，車子紛紛駛上街道，準備匯集在十字路口。

克利斯多夫的媽媽重踩油門，感覺簡直像要踏穿了車底。他們加速往匝道前進，但其他車子卻趕上來，不斷相撞，玻璃、金屬和血肉四濺。

他們的逃離出路已被封鎖。

「克利斯多夫，現在要往哪裡去！」她問。

克利斯多夫沒有回答。

「我們必須上高速公路，現在要怎麼走！」

「公路不通了。」他說。

這個消息打擊了他們所有人，公路不通，城鎮就等於是孤島，他們困在磨坊林鎮。凱特·

里斯急急思考，平面道路必定有路離開，他們可以前往鄰近城鎮。彼得斯鎮、貝塞爾園或加農斯堡的狀況一定比較好。

凱特，我永遠不會讓他離開。

她甩開這個聲音，繼續往前開。雪不斷落下，使路面滑得跟玻璃一樣。不管她往哪個方向去，都是新造成的死路，廢棄車輛、倒下的樹擋住了去向，道路變成了停車場。不管她怎麼開，車子就是會回到她已經熟悉萬分的街道。

他們開回了他們家附近。

往使命街樹林前進。

凱特，我會殺了他。

「克利斯多夫，我們要往哪裡去！」

「媽，已經無路可走了。」他虛弱地說。

「不，一定有！」

克利斯多夫碰觸她的腿，他的手燙得像是有攝氏四十二度的高燒。

「媽，他絕對不會放我離開。」克利斯多夫說。

鹿群像是受到隱形騎師驅使，如馬兒般奔馳過來。數十隻鹿突破草地，數目眾多，克利斯多夫的媽媽仍拒絕接受這必然的結果。

鹿群就要趕上卡車。

凱特，我現在就要殺掉妳兒子。

克利斯多夫的媽媽往十字路口疾駛，而鹿群衝到車子前方，還有數十隻從後方追上來。

無路可逃，已經結束了。

他們絕對存活不了。

116

瑪利凱薩琳重踩油門，引擎高速運轉，已經沒法再換檔，無法再加快車速。她看著後照鏡，會眾追了過來。他們按著喇叭，手中拿著石頭。

「主啊，請救救我們。」她哭喊。

一隻鹿從森林竄出，瑪利凱薩琳尖叫。她往左急轉，驚險避開鹿，驚險避開地獄。恐懼揪住了她的心臟。

「主啊，為什麼會發生這種事？」

天空不斷下著雪，風中傳來哀鳴，世界就要滅亡。她知道，這就是結束。她急轉朝著十九號公路前進，這是她從未獲准行駛的道路。又有一隻鹿衝到她前方，瑪利凱薩琳往右打滑，千鈞一髮避開牠。

「主啊，您為什麼要讓這一切發生？」

又有兩隻鹿衝上道路，擋住她前往十九號公路。天主這次不打算讓她逃脫，她罪孽深重，祂準備迫使她撞上鹿，準備迫使她下地獄。她踩下油門讓車子爬上山坡，看到藍月有如憤怒的眼睛高掛在天空。

「我是做了什麼，居然受到這種報應？」

這個想法從一個小小深色種子在她心中發端，她回想了每一個不敢問出的問題，每一個曾經有過的懷疑。

「我跟媽媽說過實話了，我還做了什麼？我什麼也沒錯呀。我知道我有想過，但是想了跟做了又不一樣。這不公平，為什麼您要賦予我們不准使用的身體？甚至連想都不能去想？我不明白。我已經告解過我犯下的所有罪，這樣還不夠好嗎？」

車子在她身後飛快追上來，喇叭狂鳴。她見到鹿從道路兩旁房屋後頭悄然出現，她的嘴唇憤怒地噘起。

「好，這一切到底是要怎樣？我很抱歉，但是您為什麼要訂下這些沒有人能遵守的規則？為什麼要給予這些我們只會失敗的考驗？好，您想知道我的想法嗎？我認為夏娃咬下蘋果時，她並沒有犯下原罪，而是您！」

瑪利凱薩琳怒火中燒，她不知道怎麼停下來。一字一句讓她越來越害怕，但同時也讓她越來越入迷。

「您用不著驅逐她！她愛您！您是她的父親！愛一個人，是不需要試探，而是要相信，要對話。您始終沒跟我對話！您只是靜靜坐在那裡，一直只有我在說話。我包辦了所有事，您什麼也沒做！而我卻應該為您感到難過？」

瑪利凱薩琳仰望天空，雲朵就像一張張憤怒的面孔。

「我做了一切您告訴我的事！我相信您說的每一件事！我每天都對您禱告，而您回報的卻是，讓我爸媽帶我來被人丟石頭？您要我在您面前下跪？您為什麼要我下跪？為什麼不要我站著？您到底在怕什麼？」

瑪利凱薩琳駛進下一條街道。

「主啊，請讓我了解，因為我已經開始在憎恨您，而我從來不想恨您！我需要您這次跟我說話！我沒辦法自己辦到！我知道您因為自由意志而一直保持沉默，但這次不行！我已經失去一切。我的媽媽、爸爸、男朋友、神父、教堂，我的家、城鎮，還有自由。我理應得到答案。告訴我，該死，您為什麼就是不告訴我！」

瑪利凱薩琳，因為我不愛妳。

這聲音是如此沉靜，如此確信，如此溫柔。

「什麼？」瑪利凱薩琳問。

我不愛妳。

瑪利凱薩琳感覺一陣寒顫竄下脊背，她看到鹿群從樹林衝到前方，準備撞向她的車子。

「你不是神。」她說。

我是神，瑪利凱薩琳。

「神愛世人，所以你不可能是神，你是惡魔。」

瑪利凱薩琳想到她的困境，頓時有所領悟。

「我也不是聖母瑪利亞。」她直率地說：「我是約伯[46]。」

瑪利凱薩琳抬頭看向前方，見到一輛卡車疾駛過一條巷道。數十隻鹿在追趕這輛卡車，而她的車子以九十度角衝向十字路口。不知怎地，她就是知道卡車裡面是誰。

是那個小男孩。

克利斯多夫。

瑪利凱薩琳了解到這全是一種試探，她三次開車接近克利斯多夫，三次都帶領到十字路口。第一次，她停在停看標誌；第二次，她撞上小男孩。而這是第三次，神聖的三位一體。

聖父，聖子和聖靈。

冰、水，雲層。

她不知道天主為什麼要試探她，卻知道世界末日就要到來，而祂的士兵已所剩不多。在祂巨大的油畫布上，她只是畫上小小一點。

而這不是關於她，不是嗎？

瑪利凱薩琳得以存活不是因為她自己，而是為了克利斯多夫。她一明白這件事，聲音就撤離了，騙子退散。

46. 上帝容許撒但給予約伯種種苦難，約伯被奪去財富、子女和健康，雖然痛苦難耐，卻仍未質疑上帝。

她感覺到一個莫大的安慰。

她了解到，自己現在生活在她過去所恐懼的一切事物上。她懷孕了，被厭棄，被追捕。地獄降臨地球，她就在死亡幽谷裡。

但是她不懼邪惡，因為天主與她同在。

車子衝向十字路口，已無路可退。她要嘛就是撞上鹿，不然就是任由牠們把克利斯多夫撕裂成一片片。瑪利凱薩琳壓低頭部。

「主啊，我有罪，我愛慕虛榮，我自戀。而我最大的罪是，我一直非常懼怕您，使得我直到此時才真正愛您。但是，我不再害怕，因為天堂和地獄不是目的地，而是一種決定。」

克利斯多夫的卡車衝過十字路口，她的車子疾馳過街道。

「主耶穌，我愛您。」她說。

瑪利凱薩琳轉動方向盤，高速駛過奔騰的鹿群。車子因為重擊而變形，鹿角刺穿擋風玻璃和車窗。接著，牠們撕裂她的血肉。車子翻滾了十多圈，四顆扭轉的輪胎才終於落地。瑪利凱薩琳透過流過她眼睛的鮮血，看著克利斯多夫和他媽媽駛離。就目前來說，他們安全了。

瑪利凱薩琳微笑。

「主耶穌，好好照顧他們。」她說。

在陷入昏迷之前，她感覺到祂坐在她身邊。祂的手溫暖有如流過她手臂的鮮血。她感到平和，因為接下來的人生中，她會永遠相信祂，不是出自畏懼，而是出自於愛。

瑪利凱薩琳自由了。

117

克利斯多夫的媽媽透過後照鏡，看到瑪利凱薩琳的車子在路上翻滾。那女孩拯救了他們免於鹿群的攻擊。

他們仍有機會逃脫。

她踩下卡車油門，使命街樹林籠罩在前方。她見到房屋大門紛紛打開，數十名郵筒人放聲尖叫，從屋子跑上街道。

「……把把他交交給我我我們……」

她看著後照鏡，郵筒人開始爬上坡頂，他們從四面八方而來。有如致命心臟病發作過後的血管，每一條道路都被堵塞了，現在已沒有街道可言。

只除了一條路。

蒙特雷路。

她剎那間想起九月時，和房地產仲介開進這條路的事。當時，她就要首度擁有自己的房子。終於可以給她的小男孩一個安全的家，以及好學區和好朋友。她低頭看著克利斯多夫，他蒼白得像幽靈一樣，鼻血直流。

「我絕對不會讓他們帶走你。」她說。

她看著前方的使命街樹林，上方雲層彷彿腫瘤在天空擴散移動。霧氣即將占領地球，再以洪水淹沒它，整個世界開始被自身的陰影取代。除了擔心兒子之外，她已經無所畏懼。她將為他生，為他死，為他殺戮；她願意做任何事，只求他能活下去。

他們來到巷底迴轉道，她急踩煞車，抱起小男孩虛弱得有如破娃娃的身軀。

我們可以徒步逃走。

還是有機會。

克利斯多夫的媽媽從卡車抱下他，安柏斯跳下貨斗，協助警長站起來。警長身側傷口撕裂，不禁退縮了一下。四個人站在巷底迴轉道，天空雲層有如戰艦般朝他們奔騰而來。她從未見過如此濃厚的霧氣，遠方的車子隱沒消失，車子大燈像是幽靈燈籠般照亮街道。各家車庫大門紛紛開啟，郵筒人在地平線現身，他們放聲尖叫，如響徹街道的電話鈴聲，然後全速朝他們奔來。他們被包圍了，困於一隅。

除了使命街樹林之外，他們已無路可逃。

他們跑離巷底迴轉道，越過田野。雲層產生濃霧，在藍月底下顯得閃閃發光，但也封鎖了所有能見度。克利斯多夫的媽媽聽到聲音越來越大聲，人們從四面八方湧進樹林。

「克利斯多夫，我們要往哪裡去？」她問。

她的兒子害怕得把她摟得更緊了。

「柯林斯家的車子停在工地附近。」他沙啞地低語：「韓德森先生跟著醫師和譚米護士從北邊進入森林；讓傑瑞搭便車的車子剛停下，媽，傑瑞帶著槍跑進樹林了。」

克利斯多夫的媽媽抱著兒子加快腳步，安柏斯和警長陪在她身邊。樹木斷斷續續拍打著他們，她看不出他們要往哪裡去，但知道克利斯多夫辦得到。所有眼睛，所有人都在監視，還有林地裡的生物、鳥兒，好心人的耳目無所不在。

除非奇蹟發生，他們才可能逃脫。

118

安柏斯從眼睛的光暈看出去，見到眼前冰凍的路徑。他一步步踩著雪地，有什麼力量迫使他加快速度奔跑，是棒球手套的氣味，以及腦海裡的聲音。

我的弟弟五十年前進入這座樹林。

我還是有辦法拯救我的弟弟。

霧濃得不像塵世，他幾乎看不到眼前的景象。但是身為老兵，他知道迷彩偽裝是雙向的，如果他看不到他們，他們也看不見他。他終於看到前方小孩奔跑的身影，安柏斯轉身。

「警長，你看到了嗎？」他問。

但是警長已不見蹤影。

「警長？」他又叫了一次。

安柏斯停下腳步，卻只聽見自己的心跳。他從眼睛的光暈中仔細搜尋，但除了周遭的濃霧外，什麼也沒看到。

「里斯太太？克利斯多夫？」

一片死寂。他看不到里斯太太和她的兒子。安柏斯不知怎地跑得太快太遠，和他們失散了。現在，他獨自一人。忽然間，他感覺到風吹拂他的脖子。

「安安安柏柏柏柏斯斯斯。」風聲低語：「我我是是是大大大大衛衛。」

安柏斯傾聽風聲，內心同時被恐懼和希望攫住。

「大衛？」他問。

「是**是是**。」風聲低語。

「你在哪裡？」

「這這這裡裡。」風聲說。

安柏斯感覺皮膚一陣戰慄，雲霧在路徑舞動，霧氣像是從爸爸舊菸管浮現的煙霧。

「安安柏柏斯斯，**救救**救我我。」霧氣懇求。

安柏斯跟著聲音走，即使他眼中的光暈只見到無所不在的霧氣。他聽見周遭的低語，這裡有東西，不知道那是什麼，但他感覺得到，以及在他後頸寒毛上的細語。

他聽見一個腳步聲。

「安安安柏柏斯斯，他們來了。」聲音在枝椏間喘息。

又一個腳步聲。

安柏斯加快腳步，他穿過濃霧，而周遭的風聲越來越大，聽起來有如樹林在從滿是油漆的肺部深呼吸。

再一個腳步聲。

有東西朝他直奔過來。

樹枝突然消失了，他上方不再有樹木，只剩下一輪藍月，它有如懸掛在巨大空地的一盞燈照著濃霧。安柏斯見到了蹤跡，還有身體的輪廓，可能是鹿，也可能是郵筒人。他從眼睛的光暈中瞇視，終於看清楚是什麼。

一個小男孩跑過他身邊。

「大衛！」他尖叫。

小男孩卻沒有停下來，他不是大衛。另一個小男孩跑過他身邊，叫嚷著追趕第一個男孩。

「那是我們的！是我們蓋的！」

男孩們跑向空地，經過霧中一個巨大的陰影。剛開始，安柏斯看不出那是什麼，只覺得難以置信的巨大。他再靠近了幾步，終於認出它來。

是一棵樹。

安柏斯身上的每一個本能都要他遠離這棵樹，但他的腳卻不由自主走向它，走向聲音。

「大衛？」

「在**在上**上上面面。」風聲呼嘯。

他知道自己可能中了埋伏，知道這可能不是真的，聲音不是大衛。但不知怎地，他就是不由得繼續往前走，因為克利斯多夫深植在他心中的這個想法。

我還是可以拯救我的弟弟。

狂風吹襲枝葉，安柏斯隱約看出一道繩梯的輪廓，通往像是樹屋的東西。

「救救**救救**我！救救救救我我！」低語從上方傳來。

安柏斯開始往上爬，他抬頭看到一道暗門。光線從樹屋裡面透出來，大衛可能就在門後，在某處，他可能在樹屋裡面。安柏斯終於可以得知弟弟的遭遇了。

「救**救命**命命，安安安柏**柏斯**斯斯，救救救救我。」微小的聲音喊道。

安柏斯來到樹屋，從暗門爬進去。有東西扯動了他底下的繩梯，咯咯笑著爬了上來。安柏斯猛然關上暗門，樹屋頓時一片漆黑。他在屋內什麼也看不到，他的雙手摸索牆壁，希望能找到燈或手電筒。

他聽見屋內傳來呼吸聲。

「安安柏**柏斯**斯斯……」聲音從黑暗中低語。

「大衛？」他說。

聲音沒有回答，安柏斯的手顫抖地滑過牆壁，最後終於摸到一處凸起的塑膠，是電燈開關。他脖子上的寒毛豎起，沒有道理，樹屋裡怎麼會有電燈開關？

「安安柏**柏斯斯**斯斯……」聲音低語：「你**你想想**想知知道道嗎？」

安柏斯在黑暗中搜尋，風聲不再呼嘯，開始嘶嗚。

「你**你想想**想看看看他**他在**在哪哪裡裡嗎嗎？」

安柏斯用力吞嚥乾啞的嗓子。

「打**打開開**開燈燈。」

安柏斯環抱身體，臉龐驚駭得發紅。

「**開開**開燈燈，安安柏**柏斯**斯斯。」

安柏斯開燈，他不再置身樹屋之中。

119

克利斯多夫緊緊攀住媽媽，聽任媽媽抱著他、踩著泥地穿過濃霧。警長在一旁跑著，因為體側的疼痛縮著身子。

「克利斯多夫，我們要去哪裡？」她問。

克利斯多夫閉上眼睛，找尋出路，但除了黑暗之外，什麼也看不到。安柏斯不見了，他們被逼入困境，像是被迫行走迷宮的老鼠。黑暗中只剩下媽媽的光。

「媽，過橋。」他低語。

克利斯多夫感覺到山羊橋就在前方，儘管他看不到，卻知道橋那邊有路可以走出樹林。他們還是可以辦到，他還是可以拯救媽媽。他們經過山羊橋，克利斯多夫看進媽媽的光，那裡有一條回家的路。只要有樹屋，他就可以找出離開森林的方法。

但現在樹屋是我的。

聲音輕拍他內心的玻璃，突然間，世界一片寂靜，媽媽的腳步聲消失了。

我等著你。

克利斯多夫低頭看著小路，他們又過了一次山羊橋。

「我們才剛走過這座橋。」媽媽疑惑地說。

「這是哪裡？」警長問。

「媽，回頭。」克利斯多夫說。

她再次跑過山羊橋，加快速度朝著通往他們家的小路。

直到他們再次經過山羊橋。

克利斯多夫，你永遠無法離開。

不管他們轉往哪裡，最後都會回到樹林，而且更加深入林中。他們周遭淨是暗影，還有濃霧中的聲音，都在追捕著他們。他想起雲朵第一次誘惑他走入樹林，想起孩子時哭時笑的情景，以四腳跑動的孩子。

就像是一頭鹿。

他們前方的小徑上有兩個孩子，他們動也不動，只是站在那裡。

「麥克！麥特！是我！」克利斯多夫大喊。

男孩轉身，他們的眼睛和嘴巴都被縫住了，透過縫線間尖叫指點。

「……斯多夫！」

雙麥兄弟朝他們直奔而來，克利斯多夫的媽媽轉換路徑。他聽到追趕過來的沉重腳步聲，數百個鎮民像在追捕兔子追了過來。珍妮和她的繼兄持刀跳出來，勒斯可老師拿著敲碎的酒瓶在後頭追趕，像是吸毒者不斷搔撓皮膚。克利多夫斯的媽媽在小徑急奔，但已經無路可逃。現在只剩下求生本能，人們置身濃霧，無所不在。克利斯多夫感受得到他們的怒火，樹林跟著燒灼起來。聲音逼近，風聲帶來吟誦。

「死神來了！死神到了！你們在耶誕節就會死翹翹！」

他感覺到傑瑞持槍竄過森林，柯林斯一家從工地帶來鋸子和鐵鎚。好心人的聲音像一把刀扭曲了人們的心靈。克利斯多夫的鼻子和眼睛流出鮮血，隨著每一個聲音，每一個新加入跑進森林的人，他的身體也越來越熱。

「媽。」他虛弱地說：「妳必須先救救妳自己。」

「不！」她尖叫，重新加快腳步。「告訴我往哪個方向去！」

「媽，無路可去了。」

但她還是一直跑，她不會放棄的，她找尋可以躲藏或爬上的樹木，但突然間，樹林全都不見了，只剩下月光和濃霧。克利斯多夫抬頭望，見到偏藍的明亮滿月。

周遭不斷傳來樹枝斷裂聲，吟誦的聲音從四面八方而來。
「死神來了！死神到了！你們在耶誕節就會死翹翹！」
一個人影陡然出現，撲向警長。克利斯多夫的媽媽轉身，警長已失去蹤影，她大聲呼喊著他。
「死神來了！死神到了！你們在耶誕節就會死翹翹！」聲音繼續吟誦，越來越逼近。
克利斯多夫尋找媽媽的光，卻只見到雲層，只剩下一片黑暗。吟誦變成風中單一的聲音。
死神來了！死神到了！你們在耶誕節就會死翹翹！
聲音化為吹過樹林的風，帶走濃霧。巨大的龍捲風像是重重吐出一口氣，讓雲霧回到天空。不再有枝葉，不再有樹木，只剩下眼前一棵樹。
他們來到了空地。
他們被整個城鎮包圍了，警長被丟在樹旁地面，鎮民占據了空地每一吋土地。
樹屋已經失守。
已無路可逃。
郵筒人拿出刀子和石頭，槍枝從各個角度對準了克利斯多夫。克利斯多夫的媽媽擋在他身前。
「退後！」她尖叫。
暴民不斷向前，韓德森太太上前站在群眾前方，柯林斯太太走到她丈夫身邊，她的肺部依舊溼潤，不斷喘息。凱澤太太支著摔裂的髖部，一瘸一拐走著。克利斯多夫在媽媽懷中開始顫抖。
「媽！他們不要妳！只要我！拜託，快跑！」
她堅持立場，把他抱得更緊。暴民逼近，她後退到樹木那邊，警長蹣跚起身。
「大家後退！」警長大喊：「我仍是執法人員！」

暴民更加逼近，他們同時上前，同時呼吸。克利斯多夫看著這群沉浸在自身恐懼和憎恨的人，疼痛太過強烈。他踉蹌靠著樹木，往後摔倒，因為看到了其中最為駭人的景象。

那是極品艾德和布瑞迪．柯林斯。

兩個男孩拔出槍，衝到空地中央，眼神兇殘，兩人都以外婆的聲音說話。

「艾德！布瑞迪就要殺掉你媽媽了，開槍打他！」艾德說。

「布瑞迪！艾德就要殺掉你媽媽了，開槍打他！」布瑞迪說。

在最後關頭，兩人舉起槍，自以為對準彼此。

但是，他們的槍卻是朝著克利斯多夫的方向。

「聽外婆的話！」他們異口同聲。

兩個男孩扣下扳機。

克利斯多夫閉上眼睛，等著被子彈打中。

但是子彈沒有打中他。

有人擋在他身前。

是警長。

他衝到克利斯多夫和他媽媽前面，肩膀和背部挨了兩顆子彈，摔倒在地。警長對克利斯多夫的媽媽伸出手，眼神迷惘有如被單獨留在家中的孩子。他試著喊出她的名字，但嘴裡的鮮血卻讓他發不出聲音。他為她、也為她兒子，努力保持清醒，努力活下來。在他失血倒下，失去意識時，她大喊他的名字。暴民異口同聲叫喊，傑瑞衝到群眾前方，看著克利斯多夫，面孔因為妒火而扭曲。

「你從我身邊帶走她。」他說：「她只能愛我們其中一人。」

傑瑞舉槍瞄準克利斯多夫。

克利斯多夫的媽媽抓住他，把他推到地上。克利斯多夫感覺到傑瑞開槍時，媽媽有如毛毯用身體包住他，子彈射進她的身體。
但沒有東西碰到她的兒子。
只有她的光。
克利斯多夫見到她的光在他面前閃動，世界丟開了一千億張小女孩的畫面。這個小女孩憑藉頑強的意志力，變成一個年輕女子；年輕女子遇上一個對她親切的男人；女人發現男人在浴缸放棄了他的生命，但給了她一個兒子。
她的兒子就是她的光。
克利斯多夫看進媽媽的眼睛，她的光讓他看見，他看到了答案。只要她擁有那道光，就會有機會。
光線開始暗淡。
「不，媽！」他哭喊。
她的身體開始滑下，鮮血從她的鼻子流出。
「拜託，別走！」
燭光在暴風雨中搖晃。
「克利斯多夫，我愛你。」她低語。
然後，一千億顆星辰的光芒熄滅。

120

克利斯多夫閉上眼睛，他的淚水是唯一聲音。

「媽，醒醒，拜託，醒來。」

他把她的身體抱向自己，祈禱他的高熱能夠溫暖到治癒她。暴民仍不斷上前，克利斯多夫聽見他們同時為槍枝上膛。

「別走。」他啜泣。「拜託，別走。」

暴民霍然從他懷中拉走她的身體，讓他起身倚著樹木。他們不再是人類，成了蜂群，怒氣促使他們的手指扣上扳機，但他們的槍沒有對著克利斯多夫，而是指著他的媽媽。克利斯多夫舉手尖叫。

「別碰我媽媽！」

克利斯多夫的聲音在空地轟隆隆作響，暴民嚇得僵住了，扣著扳機的手指瞬間停住。然後，克利斯多夫感覺毛髮上有種小小的刺痛感，就跟來自氣球的靜電一樣。他驚恐地看著韓德森太太有如腹語術師的人偶，以一種奇異的沉著，開口說話。

「克利斯多夫，你說別碰她是什麼意思？」韓德森太太說。

但這不是韓德森太太的聲音。

而是好心人的聲音。

「你不懂嗎？這永遠不會停止。」好心人透過珍妮開口。

「這是永**恆**。」布瑞迪模仿。「我可以讓他們做任何事。」

布瑞迪衝向克利斯多夫的媽媽，扳動手槍擊錘。布瑞迪就要扣下扳機時，行動卻凝結住了。所有人同時說話，每一個聲音都是屬於好心人，整個城鎮就是他的渠道，成了一千個音響喇叭。

「我會讓他們永遠這樣做下去。」他說：「我會一再地殺掉你媽媽，這世界的子彈永遠也用不完。」

克利斯多夫感覺發燒熱度升高，他終於了解到這是什麼。地獄在他皮膚底下沸騰冒泡，他見到艾德和麥克、麥特穿過群眾，三人同時張開嘴巴。

「我拿下你所有朋友，還有你的樹屋。現在這全屬於我，就見識一下我可以藉此做什麼吧。」好心人說。

艾德走到警長身邊，拉他起身。警長的眼睛始終沒能睜開，但他望向克利斯多夫的方向，拚命地想要撐開眼睛。

「克利斯多夫，請不要再讓我睡著了。每當我入睡，她都在等著我，但我沒能救下她，我每次都晚了一步。請阻止這件事，我沒辦法再聽她叫我爹地了。」

警長努力抗拒自己的身體，卻不由自主。他爬上樹，和意志背道而馳。小小的二乘四吋木板以參差不齊的角度又回到樹上，有如破碎的微笑。

「不！我不想去！」警長尖叫。

克利斯多夫想要幫他，但群眾壓制住他。

「不！住手！」克利斯多夫大喊。

隱形的雙手像是操縱牽線木偶般，移動警長的四肢。他爬到樓梯上方，打開進入樹屋的大門。

「拜託！我沒辦法再看到她死去！」

「放開他！警長！醒醒！」克利斯多夫大叫。

但警長不見了，樹屋發亮。警長走進去，關上門，幾乎立刻發出尖叫。

然後，就是一片寂靜。

好心人旋即說話，他的聲音在克利斯多夫心中嗡嗡作響，音調尖銳到像是傳入補牙的填充物。

好了，下一個是誰？

克利斯多夫看著鎮民移向媽媽的身體，像是抬棺者抬起她的身體走向樹木。

「不！」克利斯多夫大喊。

克利斯多夫掙扎穿過群眾，想要走到媽媽身邊，但柯林斯夫婦卻各抓住他一隻手，兩人嘶吼。

「可知道你媽媽醒來後會見到什麼？」

「不！不可以！求求你！」克利斯多夫尖叫。

克利斯多夫掙脫兩人的掌控，跑向媽媽，卻被傑瑞擒倒在地。

「她會跟著傑瑞一起醒來，猜猜接下來會發生什麼事？」

克利斯多夫踉踉蹌蹌起身，伸手去抓住媽媽，身上熱度升高。

「她會注意到有人在浴缸裡看著她，那是你的爸爸，他會拿著刀子從浴缸起身。」

「你不可以，不可以對我媽媽這樣，求求你！」

「但他拿刀子不是要殺你媽媽，而是要殺掉你。」

群眾抓著他媽媽的頭髮，把她拖上樓梯，她的身體如懷錶般垂掛。

「她會看到你死去，而隔天上午，她會跟著傑瑞一起醒來。她會注意到有人在浴缸裡看著她，那是你的爸爸，他會拿著刀子從浴缸起身。但他拿刀子不是要殺你媽媽，而是要殺掉你。她會看到你死去，而隔天上午……」

「不！」

克利斯多夫跑向樹木，抓住媽媽的腳，死命留下她。克利斯多夫跪下來，沉浸在痛苦之中，他留不住她。麥克和麥特走上前來，兩人關愛地把手放在他的肩膀上，異口同聲說話。

「克利斯多夫，我受夠一直追逐你。為了逃離這個監牢，我已經等了兩千年。你可以把鑰匙給我，並且殺掉嘶嚇夫人，不然我就會把你媽媽當成我的寵物，永遠留在這裡。沒有其他選項，有人會在耶誕節死去。不是嘶嚇夫人，就是你的媽媽，現在……」

「選吧！」

柯林斯夫婦拉開樹屋大門，準備把她丟進去。

「好！住手！我做！你放她走！」克利斯多夫哭喊。

剎那間，一片死寂。接著，上千張嘴巴傳出一句低語。

「謝謝**你**，克利斯多夫……」

鎮民輕輕把克利斯多夫的媽媽抬下樓梯，放到地面上。克利斯多夫看著她躺在樹旁，一臉平和。儘管承受了這一切，承受了生活對她的種種磨練。

他跪在她的身邊，撫過她的額頭，這是他以前發燒時她會對他做的事。他握住她的手，就算還有脈搏，他也感覺不到。

「媽，我得走了。」他輕輕說著。

熱度啟動，跟以往的感覺完全不同。他脖子上的寒毛豎起，腹部變暖，因為電流噼啪作響。低語搔撓，讓他全身升溫，這是為了他媽媽，它不是從他腦海，也不是從他手中開始。

而是從他心中開始。

他閉上眼睛，把她抱在懷中。低語搔撓在他體內流動，有如天空飄動的雲朵。他聞到他生病時，她抹在他胸口的Vicks VapoRub，還有他的冰塊加啤酒，這就像瑪利凱薩琳聖餐禮的紅酒，也像克利斯多夫鼻子流出的鮮血。

已經沒有區別。

克利斯多夫感覺自己像是已耗盡全身血液，但他不會放手。不管有多痛，不管還留下什麼，他都會全數給她。低語搔撓讓克利斯多夫感覺到她體內的子彈，以及扣下扳機的所有希望和恐懼，所有破滅的承諾和破碎的人生。

他的熱度升高，克利斯多夫的頭部像在放聲吶喊，頭顱像是要裂成兩半。他現在了解一切，了解媽媽所經歷過的一切，以及她為他所付出的一切。他看著她的人生，他內心終於了解這種感覺。

這種感覺不是痛苦。

而是力量。

他無所不知，無所不能。他成了凡人中最接近神的模樣，他治癒了她骨折的肋骨、每一顆蛀牙、每一條皺紋，每一個微小疼痛和不適。它流竄他全身，消失進入雲端。

克利斯多夫的媽媽睜開眼睛，她活下來了。

「克利斯多夫？」她低語：「發生什麼事了？」

「媽，沒事，妳沒事了。」

他繼續捂著她的胸口，賦予她更多的生機。他看見她所有的回憶，不只是事實狀況，還有其中的感覺、淚水、怒氣、自我憎恨，以及無形的傷痕。

「媽，我可以帶走妳所有的痛苦，妳願意我這麼做嗎？」

「什麼？」她輕柔地說。

「妳用不著再覺得痛了，妳願意我為妳這麼做嗎？」

「好，親愛的，隨你想要。」她說。

他的手移向她的肩膀，碰觸鎖骨和胸部之間的皮膚，她剛開始不覺得有什麼不同。

然後，就開始了。

她抬頭看著她的兒子，發現他鼻血直流。

「親愛的，怎麼了？」她問克利斯多夫：「你流鼻血了？」

「媽，我沒事的，妳看著。」他說。

她本能地抬起手，拭去他臉上的血。他握住她的手，露出微笑。他的溫暖擴散到她的皮膚，她的人生在她眼前展開。每一次她隱藏起淚水，只因她不想讓兒子學會害怕；每一次她為了讓他有安全感而強顏歡笑，卻在隔壁房間數著僅剩的三十一美元。她為了他所承受的打擊，為他所放棄的一切。還有每一次她在晚上為他掖好被子，以及每一次她強拖著身子下床，因為她永遠不會像她所認識的人放棄她那樣，放棄克利斯多夫。她一再地，重新感受到和兒子共度的時光。

但不是她看到的模樣。

而是他看待的模樣。

剛開始，她沒有認出這種感覺，但等察覺之後，她開始流下眼淚。她了解到被放在心尖上是怎樣的感覺；被更強大的人無條件愛著、保護著，導正一切是怎樣的感覺。她是她的父母，她很安全，她這一生從未如此快樂，但這不只是快樂，不只是安全，這不是她的感覺，而是她不會再感受到的感覺。

不再有痛苦。

全都消失了，所有的罪惡感、恐懼，她因為他的閱讀障礙所受到的責怪，他們的貧困、他們的狀況，全都消融不見。不再有失敗，她只以他看待她的模樣見到自己，她是英雄，無所不能，無所不知，是行走在地球路面最了不起的人。

她望著兒子低頭對她微笑，這就像在每次的週五電影夜，像他在為她挑選書本，像是他為她裝作喜歡某部電影，像是他為她做出冰塊加啤酒那樣，對她露出笑容。她感覺到自己的微笑、自己的擁抱、自己做的食物，以及自己的美麗。在他們抬頭望著千億顆星辰的光芒時，一個永恆的時刻在他們眼前展開。

「媽。」他說：「這就是妳真正的模樣。」

那一刻，克利斯多夫閉上眼睛，把媽媽所曾給予他的愛全部回報給她。

她置身天堂。

克利斯多夫的鼻子不再流血，他溫暖的手覆上她的額頭，她有如小女孩般蜷縮身子準備入睡。

「媽，睡吧。」他說：「這只是一場噩夢，早上起來就好了。」

「好，親愛的，晚安。」她說。

「晚安。」

克利斯多夫彎下腰，親吻她溫暖的額頭，她現在已墜入夢鄉。

「我永遠不會讓他們傷害妳。」他說。

然後，他站起來。克利斯多夫吸收她所有的痛苦，他的關節腫脹，膝蓋嘎嘎作響，手臂感覺乾癟虛弱。他往空地看去，鎮民死氣沉沉的眼睛回視他。除了他媽媽之外，好心人掌握了所有人，沒有人留下，克利斯多夫孤單無依。

他抬起破碎虛弱的身體，踱著腳步走向那棵樹。

鎮民有如紅海般分開，像是數百隻不明白為何突然覺得如此不舒服的青蛙。克利斯多夫知道自己正走向他的死亡，但除了往前走，他別無選擇。為了她，為了他們，為了他們所有人，他走到樹底。他伸出瘦弱的手臂，爬上有如嬰兒乳牙的二乘四吋木材。

克利斯多夫來到樹屋。

他打開門，看著屋內。這只是一個小房間，冰冷空洞，除了警長和安柏斯外，別無他物。他們躺在地板上，在睡夢中驚恐呢喃，無意識地抽搐。這裡的味道完全不對勁，光線太過明亮，有東西改變了。好心人現在控制了連接門。克利斯多夫不知道等他關上門後，會有什麼不同。他只確切知道一件事，少了他，好心人就沒辦法殺掉嘶嘶夫人。

所以，唯一能讓地球遠離地獄的只有克利斯多夫。

克利斯多夫踏進樹屋，像是幸運兔腳般，握住口袋裡嘶嘶夫人的鑰匙。他轉身，看著在地面沉靜入睡的媽媽，她是世界上僅存的光。

「媽，我愛妳。」他說。

然後，克利斯多夫關上門，走進地獄。

第七部　死亡暗影

121

克利斯多夫睜開眼睛。

他仍在樹屋裡，他見到自己實際的身體仍躺在安柏斯和警長旁邊，無意識地抽搐。不過，還是有點不同，有什麼事改變了。克利斯多夫走向大門，附耳聆聽，聽取可有好心人的跡象。他只聽見低語，他從未聽過的聲音以氣音叫喚他的名字。

「克利斯斯斯多夫。」

「我們知道你聽得到我們的聲音。」

他轉向窗戶，想看看是誰在低語，只是窗戶布滿霧氣，他看不到外面。雲霧圍繞著窗戶，有如蒙眼布把世界兩側遮住了。

「克利斯斯斯多夫……你快沒空氣了。」

聲音說得對，樹屋裡的空氣變得灼熱沉重，就好像在毛毯底下呼吸一般。低語抓搔著樹屋。

「這就是棺木裡人們的感受。」

「沒有空氣。」

「克利斯多夫，他們仍在這裡活著。」

「他們在蠕動。」

「如果你不出來，你就會跟他們一樣死去。」眾多聲音低語。

克利斯多夫別無選擇，他握住門把，打開剛好足以讓新鮮空氣進入的程度。外頭的微風彷彿棉花糖在烤肉叉上燒烤，有著木炭的芳香。他用一隻眼睛從門縫窺看，眼前的一切讓他驚駭萬分。

幻想世界真是美麗。

綠草青翠，天空蔚藍，同時又漆黑清澈，帶著滿天星斗，太陽與旁邊的月亮爭輝。一陣微風沙沙吹過如果子熟透的碧綠樹葉，天氣是溫暖涼爽、滋潤乾爽的完美混合。美好的春日結合著清爽的秋夜，四季最美好的時節，各時期最美好的時分。不完全是白天，也不完全是夜晚，兼具兩者至善，而無兩者至惡。

使命街樹林有如天堂。

克利斯多夫往下看著這美麗的世界，他見到：

數百隻鹿，

在空地上，

凝視著他。

聲音隱藏在風中。

「嗨，克利斯多夫。」

「嗨，朋友。」

「快下來，我們不會吃了你，這次不會。」

克利斯多夫感覺後頸的低語，他倏地轉身，見到一根枝椏像梅杜莎髮蛇般伸來。輕盈如羽毛的樹枝對他伸出援手，協助他走下階梯。

「克利斯多夫，走這邊。」那和善的聲音說道。

這聲音無所不在，也無所存在。他抬頭看著橘色太陽旁的藍月，它們有如明燈照亮空地上方的雲層，更上方的星辰有如耶誕燈飾閃動。

克利斯多夫握住樓梯，感覺它既溼潤又滑溜，看起來白色閃亮，二乘四吋的木板現在成了嬰兒乳牙。他爬下樓梯。

爬下巨木。

每一個腳步都讓克利斯多夫的身體更為疼痛，治療過媽媽後，他覺得虛弱不堪，唯一僅存的只有心靈。他知道警長迷失在這裡的某處，安柏斯也一樣，他們都快沒時間了。他低頭看著空地，見到鹿群站在那裡。牠們盡力站好，不讓餓到骨瘦如柴的皮膚顯露出肋骨的形狀，令人刺癢的長長舌頭舔過鼻子。

「就是這樣，克利斯多夫，要小心。」一聲音說道。

克利斯多夫為了媽媽、為了朋友、為了他的城鎮，不斷往下走。他來到地面，凝視鹿群走向他，向他鞠躬，輕咬他腳邊的地面，以鼻子磨蹭他的雙手。

克利斯多夫虛弱到跑不贏牠們，虛弱到無法飛行，但是他強迫自己行走。牠們有如守衛般包圍他，保護他的安全，讓他往前邁步。他看向森林，枝椏如貓尾巴滑動，像在微笑，如病態的皺眉。

微風竭力掩飾聲響，但他還是可以感覺到遠方的尖叫聲。幻想世界中此起彼落「讓它停止！」的呼喊，夾雜著真實世界傳來的「我們來了！」的叫聲。兩個世界開始一起流血，青蛙開始發癢。

勒斯可老師打開一瓶威士忌，湊近鼻子，酒聞起來好醇美。她把酒瓶移向嘴巴，但她的嘴巴被縫住了。

克利斯多夫感覺到勒斯可老師透過縫線哭喊，他時間所剩不多。克利斯多夫走進美麗的樹林，樹枝摩擦他的肩膀，撥亂他的髮絲，輕輕把他推向小徑。

「媽？」他感覺到柯林斯太太的叫聲：「媽？妳現在為什麼不讓我進廚房？妳答應過的！拜託！我好冷！」

克利斯多夫一瘸一拐走上小徑，低頭看到腳印，每一個腳印都不一樣。男人、女人、男孩、女孩，腳越來越小，人類開始消失。

「媽？」他感覺到布瑞迪在哭喊：「媽！妳現在為什麼不讓我進廚房？妳答應過的！拜託！我好冷！」

克利斯多夫走過山羊橋，感覺到真實世界的小溪裡濺起水花。

珍妮．霍卓克剛把她的繼兄推進溪裡，想要淹死他。她不懂溪流為什麼變成了他的床。

「媽！拜託！讓它停止！」

克利斯多夫看著山羊橋，現在全靠他了，他必須拯救珍妮，必須救下他們所有人，溪流的水花聲音越來越大。

住在對街的老婦人剛和她的丈夫去游泳，但她不懂他為什麼一直覺得疲憊。「親愛的！你得要游泳，哦，主啊！他就快淹死了！」

克利斯多夫知道他必須擊敗好心人，不然這將成為世界的永恆現況。空地的人們會互相指責，互相攻擊。好心人把他們聚集在一起，準備玩一場臨時約定的戰爭遊戲，著衣隊對抗赤膊隊，部族可以藉由小如體育隊伍的團體形成。它將在這個空地展開，鄰居毆打另一個鄰居，而這鄰人會有某處的表親來加入，接著又是另一個，再一個。直到每一個人都認為有個媽媽、爸爸、兄弟、姊妹、配偶、兒子或女兒，受到其他媽媽、爸爸、兄弟、姊妹、配偶、兒子或女兒的無理對待。雙方將會打起來，而且永遠不會停歇，也永遠不會死去。他們只會一直流血，地獄將會來到地球。

克利斯多夫望著前方，只見離開使命街樹林的小徑兩旁開滿了花朵。

克利斯多夫走到街道。

見到眼前情景時，他停下腳步。他的鄰里、房子、小木屋，以及結合了美麗夜霧和清晨霧珠的巷底迴轉道，全都竭盡呈現出幸福的景象，只是這裡卻在燃燒。他聽見兩旁屋內傳來模糊悶沉的尖叫，還有數千人困在縫線底下，嘗試發出歡欣的聲音。

「他回來了！他回來了！哈囉，克利斯多夫。」他們說。

他見到穿著女童軍制服的男人推推頭上的壘球帽；唔唔出聲的情侶仍持續親吻，直到他們的牙齒有如小石子掉落在街上。郵筒人像是擠在火車裡的乘客，肩並肩站著，沒有大門，沒有座位，沒有希望。街道就這樣無止境延伸下去，郵筒人排在兩旁，讓所有人就定位，而笑容底下不斷發出同樣的該死尖叫聲。

「讓它停止！主啊，拜託。」

只有一個人沒有笑容，她躺在街道旁的草地上，手腳被綁住，鹿群包圍住她。

那是嘶嚇夫人。

「你離開街道了。」她挫敗地說。

克利斯多夫踏上巷底迴轉道，鹿群開始繞著迴轉道行走，有如大蛇護著幼蛇一般。一個若隱若現的身影走向克利斯多夫，它伸出手，然後，像其他人經過漫長的一天，脫去衣物那樣，慢慢脫下身上暗影。

是好心人。

他的模樣好俊俏，好乾淨，身著灰色西裝的魅力男子。他的笑容是那麼快活，嘴裡滿是嬰兒牙齒。

「哈囉。」他說：「抱歉打擾了，但你現在就得殺掉她，時間**到**了。」

克利斯多夫看著他，好心人手中沒有武器，只有愉快的表情，以及父親式的頷首。

「因為上帝**是**殺人犯。」

122

爹地。

警長打開門。

他往一棟老舊套房大樓的走廊看過去，有一瞬間，他不懂自己為什麼不在樹屋。他確定自己打開了樹屋大門，但這絕對是老舊套房大樓，房門在他身後咔的一聲沉沉關上。

叮咚。

走廊上的電梯開了，一對青少年情侶走出電梯。男孩大約十六歲，女孩十七歲。男孩是黑人，女孩是白人，她抱著兩人的寶寶。

寶寶在哭。

「爹地！」

警長停頓了一下，感覺像是來過這裡，像是這件事已經發生過了，但他迅速甩開這種感覺。

他有工作要做。

「打擾一下，我接獲投訴說二一七號房傳出異味，你們知道誰住在——」

小情侶急急轉開視線，不發一語溜進他們的公寓。警長聽見他們鎖上門栓，咔，咔，咔。

警長已經很習慣人們不想和執法人員打交道，但是打從搬到郊區後，他還沒聽過三道鎖，這讓他胃部一沉。

他往電梯方向走過走廊，電梯是老式的升降梯，採用鍍金的機械數字顯示。它的樣子像是時鐘的上半部，搭配從九移到三的箭頭。

但是，這次箭頭直指著六。

一定是壞掉了。

警長按下按鈕，看著鍍金的箭頭以錯誤的方向在半圓中移動。

叮咚。

電梯門打開，他看到裡面有一對中年夫婦。男人是黑人，女人是白人，兩人跟他們的小女孩一起走出來，女孩穿著上教會的美麗白色洋裝。小女孩哭著，因為她的洋裝弄髒了，像是沾到葡萄汁，或是血漬。

「爹地！」她哭喊。

「打擾一下。」警長說：「我接獲投訴說二一七號房傳出異味，你們知道誰住在那裡？」

「不知。」那位媽媽說：「但你**知道**。」

那個媽媽露出笑容，她沒有牙齒。她的丈夫的手輕輕放在家人身上，要她們迅速回到公寓，然後鎖上門。咔，咔，咔。

警長走進電梯，按下二十一。電梯門關上，背景音樂響起，〈藍月〉。這個聲音幾乎讓他分神不去注意屎尿的臭味。警長已習慣單位大樓有大小便的氣味，但這一次卻聞起來像是在嬰兒尿布裡面，是一個放聲大哭的嬰兒。

電梯門在二十一樓打開。

警長走出電梯，進入黑暗之中。燈光閃動，地毯的線頭已被磨平。他轉身，見到二一七號房就在走廊最底端。

大門半開。

警長走向它，他聽見每一間公寓大門後面都有刮搔聲。他聆聽有沒有狗兒或貓咪的熟悉聲音，但是沒有，只有刮搔聲和呼吸聲。

他來到二一七號房。

警長試著看清屋內，但是裡面一片漆黑。

「哈囉，這裡是警方，我們接獲異味的投訴。」

悄然無聲。警長推開大門，聞到一種讓他不禁懷念起電梯的氣味。這混合著甜膩菸味、腐肉及發臭牛奶的味道，警長反胃作嘔，捂住臉部。他的眼睛被薰得流淚，感覺像是透過霧氣在看東西。他剛才不是才置身濃霧嗎？他認為應該是，但記不太清楚。

他開燈。

他看向冰冷的廚房，桌上有一瓶盒裝牛奶、幾個菸蒂、一盒Cheerios早餐麥片圈，還有一個碗。

此時，他見到了那個女人。

她面朝下倒在一碗麥片裡，身體腫脹腐爛，手臂上插著一根針管，皮帶仍垂掛在脖子上，看來她已經待在這裡好幾天，完全無人聞問。

只除了那隻家犬。

警長衝到那女人身邊，推開瘦骨嶙峋的狗，讓牠別再把她的腿當點心吃。接著，警長從麥片碗裡抬起她的頭，迅速檢查脈搏，確定這女人已經死去。

臥室傳來一個聲音，吱嘎，吱嘎，吱嘎，吱嘎。

警長起身，全身起了雞皮疙瘩。

「哈囉？」他說。

警長走向房門。

吱嘎，吱嘎，吱嘎。

「哈囉？」他說。

警長慢慢打開房門，探看房內，然後見到她了。她的四肢被領帶綁在老舊的生鏽床架上，全身骯髒汙穢，就快餓死了，體重可能只有二十五公斤。她掙扎許久，手腕腳踝血跡斑斑，但不知怎地，她的手腳依舊乾淨。

這是塗了指甲油的女孩。

剛開始，他以為她被綁架了，直到見到一張舊照片明顯證實她是廚房那個猝死毒蟲的女兒。警長用不著怎麼調查，就可以猜到她被賣給性變態，以支付媽媽手臂上的那管毒品。

警長趕向小女孩，她的脈搏微弱，但她還活著！他這次可以救下她！他以前來過這裡嗎？他伸手去拿無線電對講機，卻撲空。他找尋電話，卻沒看到。他沒辦法撥打緊急求助電話，他解開她的雙手，再彎腰解開她的雙腳。突然間，他感覺到她的小手搭上他的手臂。

「爹地？」她低語。

警長回頭，望向臥室窗外，見到從她在慈恩醫院病房窗戶看出去的查理布朗聖誕樹。不太對勁，他們是在她的房間，還是醫院病房？這裡是哪裡？

「爹地？」她低語。

「親愛的，不，我是警察，是發現妳的人。」

「你不能捉弄我，我一直知道你一定會拯救我，爹地。」她說。

他解開她的腳，抱起她。她像破娃娃般躺在他懷裡，他把她放回醫院病床，替她塞好被子。她聞起來好溫暖，好清新。

「你可以唸故事給我聽嗎？從來沒有人唸故事給我聽過。」她說。

警長拿起被忘在醫院病房的書，這是一本破舊的《小紅帽》。當他開始唸時，小女孩抬頭看著靜音的電視，問他畫面為什麼這麼清晰。她從來沒走出她家公寓外頭，從沒有去過學校，從沒學過怎麼寫她的名字。

他聽見嗎啡持續輸入她的手臂。

滴，滴，滴。

他翻到故事最後一頁。你的牙齒好大哦。

「爹地，你能不能拿些牛奶給我？」

「不行，親愛的，不可以。」他說。

「為什麼？」

「因為妳就是那個時候死掉的。」警長說。

「這次不會，我保證。」

「但是妳一定聽過故事結局，一定知道大野狼沒有贏。」

「拜託，爹地，拿些牛奶給我。」

警長低頭看著這雙美麗的大眼睛，聽見嗎啡有如雨滴般滴下。

滴，滴，滴。

警長把書交給她，走進走廊。他很快就找到護士，請她帶一瓶盒裝牛奶。等待的時候，他決定好等一下要做的事。警長是小女孩首次認識沒有傷害她的成年男子，所以她以為他是她的爹地。那麼，有何不可？他不是會禱告的人，但就這麼一次，他可以導正世界。他可以及時帶她回家過耶誕，他可以買一些禮物給她，他可以收養她。經歷她所遭受過的一切，她依舊天真無邪，她是他所見過最棒的孩子。

「先生，牛**奶**給你。」護士說。

警長看著這一小盒牛奶，上面印著艾蜜莉・波托維奇小學二年級的微笑模樣。

警長走回病房。

「好，親愛的，我們來看完故事吧。」他說：「親愛的？」

小女孩毫無生氣躺在床上。

「不！」他大喊。

他跑過去，把她抱在懷中，放聲大喊要護士過來，但沒有人出現。

「拜託！」

他開始啜泣。警長驀然想起所有事，他曾經來過這裡，做過這件事。他今晚已目睹她死亡五十次了。

「讓它停止！」

警長跑向房門，知道接下來會發生什麼事。他會跑到走廊，找尋醫師來搶救小女孩，結果他開門之後，卻會回到單位大樓。他已經這麼做五十次了，但這一次，他跟自己保證，他一定會記得。克利斯多夫有重大危險，他的媽媽和安柏斯也都一樣。他必須去幫助他們，他必須快點去找到她，他這一次必須救下她，讓她離開這裡，他沒辦法再看見她死去了。

但是，上帝是殺人犯。

爹地。

警長打開門。

他往一棟老舊套房大樓的走廊看過去，有一瞬間，他不懂自己為什麼不在樹屋。他確定自己打開了樹屋大門，但這絕對是老舊套房大樓，房門在他身後咔的一聲沉沉關上。

警長轉身離開大樓，但是門鎖住了。

叮咚。

123

安柏斯打開燈，環顧周遭，預期會看到樹屋，但他已不再置身樹屋。

他回到了舊家。

回到地下室。

事態很不對勁，安柏斯本能地得知這件事，他來到敵人封鎖線後方。他環視地下室，這裡有東西在，他看不見，即使透過眼睛的光暈，他還是看不到它，卻可以感覺到它。現下的一切實在太熟悉了，他後頸的寒毛有如天線般豎起。

安柏斯走到樓梯。

他爬上樓，木製樓梯隨著他的腳步吱嘎作響。他感覺到身後的地下室有東西存在，他迅速轉身，卻什麼也看不到，只見有一年夏天他和爸爸鋪貼的木鑲板。弟弟懇求他們兩人說他要一起幫忙，爸爸說不可以，而安柏斯說好。

安柏斯打開地下室的門。

他走進媽媽的廚房，見到媽媽用鉛筆標示他身高的門框。安柏斯是一百八十公分，大衛停留在一百零六公分。爐上的鍋子裡燉著東西，味道聞起來像是……像是……鹿肉。

叮咚。

大門有人來了。安柏斯的血液立刻變冷，他慢慢走向大門，站在媽媽的客廳，看到角落那台放在縫紉機旁的老舊RCA Victor留聲機。

「哈囉？」他低聲說道。

嬰兒就是此時開始放聲大哭。

安柏斯急急走到窗戶，吱的一聲順著黃銅桿子，拉開媽媽的舊窗簾。他伸長脖子探看是誰來了，但只見到嬰兒提籃。了解到發生了什麼事後，安柏斯的心跳停拍。他不知道自己身在何處，卻知道自己身在什麼時刻。

就是大衛失蹤的那一晚。

「大衛？」安柏斯對著樓上大喊：「大衛，你在樓上嗎？」

沒有回應，只聽到……

咚，咚，咚。

就好像棒球慢慢滾下樓梯。

安柏斯跑去接球，它聞起來有大衛棒球手套的氣味。安柏斯以他這雙衰老雙腿所能負荷的速度，盡快跑上樓。他經過全家照和婚禮照，奧森家族的百年歷史有如褪色的失蹤海報，在牆上腐朽。已經沒有人想念他們，只有他碩果僅存。他走到樓梯頂端，前往大衛的房間。安柏斯打開房門，查看漆黑的房間。

「大衛？你在裡面嗎？」他說。

他打開燈，房間空蕩蕩。四方牆壁滿是當初爸爸把大衛關在房間，讓他只以恐懼為伴時，他因為瘋狂而留下的塗鴉。房裡沒有人，只有被子底下塞了兩顆枕頭，用來蒙騙大人。

「大衛？是你嗎？」他低語。

安柏斯端詳床上棉被底下那團高起，它在動嗎？在呼吸嗎？趁恐懼還沒讓他改變主意之前，他走到床邊，掀開被子。沒有人在，只有用來蒙騙大人，塞在被子底下的兩顆枕頭。

以及大衛的寶寶成長紀錄小書。

安柏斯緩緩拾起它，皮製封面有舊棒球手套的味道。它聞起來仍像他的弟弟，他打開成長書，手指滑過在醫院的小小識別環。D．奧森。他端詳收藏的小腳印，以及像是每個家庭必拍的照片。

大衛光著身子在浴缸裡大笑。

大衛怪模怪樣漂浮在泳池裡。
大衛在耶誕節早晨打開禮物。
安柏斯時常翻看這些照片，已經不需要再看，他知道成長書最後一張照片。大衛和哥哥棒球手套的合照。安柏斯凝視這張照片，然後翻到下一頁。
但是這一次，相簿繼續延伸，裡面還有更多相片。
大衛爬出窗戶。
大衛跑過森林。
大衛在墳中尖叫。
安柏斯轉向窗戶，見到玻璃上有弟弟的指紋。風吹動老樹一根枝椏刮過窗戶，安柏斯打開窗戶，往下看著爬牆的常春藤。弟弟失蹤的那個晚上，就是利用常春藤爬下去，今天就是那個晚上。
我還是可以拯救我弟弟。
他爬出窗外，攀著常春藤下去，雙腳踏上苔蘚似的青草。安柏斯低頭看，見到弟弟的腳印留在草地上。儘管知道這可能是詭計，但他別無選擇。他跟著足跡，他必須找到弟弟，這一次一定要救下他。
有人活埋了我的弟弟。
安柏斯加快腳步，除了弟弟壓擠在潮溼街道上的腳印外，他什麼也沒見到。他彷彿聽見風中遠遠傳來大衛的聲音，大衛在哭。安柏斯跟著弟弟的足跡往前衝，直到見到遠方的巷底迴轉道。以及使命街樹林。
老兵打起精神，走過田野，感覺到樹林在他面前恢復生機。風兒從隱形的嘴巴不斷進進出出，製造雲霧。
安柏斯跟著腳印，進入森林。
小徑立刻變暗了，要是沒有眼裡的光暈，安柏斯早已失明。他的心臟像是跳到了喉嚨，這裡就是他弟弟被殺害、被誘拐來的地方，大衛就在這裡某處。

我還是可以拯救我弟弟。

安柏斯尋找可有誘拐的蛛絲馬跡，地上有一個坑洞，有一道掀門。但是，他眼中只有弟弟的腳印，它一直往舊煤礦坑前進。安柏斯走進黑暗，有如孩子依附夜間照明那樣緊握住回憶。他聽說過這個礦坑的故事，他爺爺的爺爺曾在這裡當過童工，從事給硬漢做的艱辛工作。別說大家族了，安柏斯將是最後一個奧森家的人，除非他可以救下弟弟。

「大衛！你在裡面嗎？」

他的聲音在礦坑牆壁間迴盪，他感覺到黑暗裡有東西，是一種悄然無聲的存在，它監看著，等待著，滑行著。安柏斯武裝好自己，面對這片黑暗，他不斷往前走，直到來到另一頭透出的光亮。小路通往一個天橋，一個隱藏的空地，安柏斯跟著腳印進入一個小花園。他抬頭看，看到它時，他在小路上愣住了。

那是大衛的樹屋。

安柏斯從濃霧中看過去，見到一個抱著東西走向樹屋的小男孩身影。

「大衛？」安柏斯呼喊。

這個字就在安柏斯心中，但等他說出口時，卻是無聲沉寂。

小男孩沒有回頭。

安柏斯拔腿想要跑向他，雙腳卻變得好沉重，他無法動彈，無法言語，只能原地動也不動就這樣看著。小男孩轉身，安柏斯終於見到他的臉，一張美麗的臉蛋及完美的髮型，那是大衛。我的天，真的是他，他還活著。

他在哭泣。

安柏斯試著喊叫，言語卻像彈珠般卡在他的喉嚨。大衛聽不見他，大衛以為他孤單無依，大衛一隻手拭去鼻血，另一隻手從樹屋邊的一堆工具中抓了一把鐵鎚。安柏斯看著他的弟弟拆掉樹屋，彷彿狗兒堆起骨頭般，把木板一片一片堆成一堆。

直到只剩下梯子。

男孩試著獨自拆掉梯子，但是他太虛弱了，他脆弱的小手舉起鐵鎚，努力把梯子橫桿撬離樹木，但是鐵鎚太重了。他終於沒抓好，咚地掉在地上。小男孩起身，抱住陣陣抽痛的頭。

「誰來幫幫我呀！」他大叫：「我得把它全部拆掉。」

「大衛！」安柏斯大喊：「我在這裡。」

安柏斯不斷叫喊，直到喉嚨灼痛，卻還是寂靜無聲。他努力站起來，卻只能無助地看著一個男人走進花園。那人穿著灰色西裝，帶著微笑，看起來帥氣完美。唯一讓這人顯得有些異樣的是，他只站在陰影裡，聲音有如風聲。

「哈囉，大衛。」他說：「你在做什麼？」

大衛後退到樹木那裡，驚懼萬分。

「我……我……」大衛結結巴巴。

「別怕，我們還是最**好**的朋友。」

那人慢慢走向大衛，大衛把鐵鎚藏在背後。

「**大衛**，你背後藏著什麼呀？是鐵鎚嗎？你正在拆樹屋嗎？」

「對。」大衛終於找到他的聲音。

「但這是我們一起蓋的呀。」男人說，一副委屈的模樣。「這樹**屋**是我們的**屋**子，記得嗎？」

大衛迅速擦掉淚水，佯裝自己不曾流淚。

「真實世界的人永遠不會知道它在這裡。」大衛挑釁地說。

男人走路的模樣像是立起後腳的巨蛇，他嗤下了臉上的微笑。

「但你怎麼能摧毀它？這樹屋讓你**變成神**，我給了你殺掉她的力量。」男人以友善的語氣說。

「我不會替你殺掉嘶嚇夫人。」大衛說：「我不會讓你逃離。」

說完，大衛就走向樹木，像牙醫拔牙似的，拆下梯子，再把二乘四木板丟在木堆上方。男人的微笑消失，他跟在大衛後方，態度沉穩卻又危險。

「**大衛**，你知道規則，一定有人**要死**。不是嘶嚇夫人就是你哥哥，別無選擇。」

「不，還有。」大衛說：「還有別人可以死去。」

安柏斯看著弟弟把最後一片二乘四木板丟向木料堆，然後拿起鏟子。

「你是在真實世界。」那人大笑說道：「你現在甚至看不到我，我只在你的心中，你要怎麼拿鏟子殺掉我？」

「我不是要殺掉你。」大衛說。

說完，大衛把鏟子往下，鏟進土中。男人的笑聲停止了，沉穩的聲音動搖了。

「你要做什麼？」

大衛不發一語，只是不斷挖出更多泥土，那人跑向他。

「住**手**！」

但大衛不放手，細瘦手臂的骨頭像是就要因為鐵鏟的重量而碎裂了。

「如果你不**住手**，我就去殺掉你哥哥。」

「不，你不會。如果我死了，你從我身上拿走的力量也一樣會消失。她會再度比你強大，而她不會讓你接近安柏斯。」

安柏斯無助地目睹這一切，他聞得到棒球手套的氣味，但它越來越微弱。男人走上前，親切地把一隻手搭在大衛的肩膀上。

「拜託，大衛。」那男人用安柏斯的聲音說：「我會永遠找不到你，這會毀了我，你怎麼能對你的親生哥哥做出這種事？」

「你不是我哥哥。」大衛說：「你什麼也不是。」

這句話就像讓鳥兒從天空墜落，那人憤怒地閉上眼睛，亮光有如螢火蟲透過他的皮膚舞動。星座星辰爬上他全身，他舉起一根手指，有如細針般戳進大衛的皮膚。

「這就是嘶嚇夫人的永恆，而如果你不殺掉她，這會是你的永恆。」

大衛的鼻子開始流血，接著是眼睛、耳朵。他像是烈火焚身般，放聲尖叫，但他不肯歇手。他一直挖，直到挖出一個坑洞。然後，他把鏟子丟向木堆，再從後面口袋拿出東西。是打火機油。

他打開蓋子，把油品澆在樹屋的殘骸，再一路澆到坑洞。男人在大衛耳中尖叫，大衛痛苦地跪倒在地。小男孩現在只能爬行，拖著殘破的身子往坑洞前進。

然後，大衛拿出哥哥的火柴，包裝上面寫著好彩頭。他劃下火柴棒。

嘶。

男人看著火柴棒，眼睛映出火焰的顏色。他說話的語氣，像是警察對著站在窗台上的人說話。

「大衛，如果你自殺，就會在這裡醒來，永遠無法離開這個地方。」他說：「你會不斷經歷這一晚。」

「你也是。」大衛說完，就扔下火柴棒。

火苗穿過花園來到樹屋，火焰熊熊燃起，投射出光芒，讓他弟弟像是置身夕陽的照耀之下。

安柏斯原地動彈不得，就這麼看著大衛站在他的墳穴裡，撥回泥土。為了那些忽視他的家人，為了將會忘記他的城鎮，他犧牲了自己。灰西裝男人不敢置信地看著小男孩把世界擺在自己的首要地位。

「大衛，你為什麼這麼做？」他問。

「因為我愛我哥哥。」

說完，大衛就抓了最後一把泥土，覆上嘴巴和眼睛，淹溺在泥土和世界的血液之中。安柏斯搜尋氣味，但是棒球手套的味道已永久消失。

大衛把自己活埋了。

「不！」安柏斯大喊，但他的聲音卻被男人咒天罵地的聲音給淹沒。

「不！」

灰西裝男人猛撞大衛的樹木，本身也跟著燃燒。大塊大塊的柴火撕裂了男人的血肉，最後這裡只剩下那棵樹，以及讓它周遭的空地更大的空曠空間。

等樹屋化為木炭，樹木化為塵土，那男人拖著耗損的身體離開花園。帥氣的外表不復存在，他顯得蒼老憔悴，外套在安柏斯眼中忽然間看起來像是灰色囚衣。

等那男人離開之後，安柏斯終於又可以掌控自己的身體了。他跑向弟弟的墳墓，雙手鏟進剛剛翻過的泥土裡，瘋狂地挖掘。他的弟弟就在這裡，還不算太遲。

我還是可以拯救我弟弟。

安柏斯挖起泥土，一呎呎挖出來，尋找弟弟的身影，但就是找不到。他不斷挖掘，越挖越快。他感覺到嘴巴、眼睛都是泥土，蟲爬上身體，肺部迫切想要得到空氣。這就是弟弟的感覺，這就是他的永恆。

永**永遠**遠，永恆不變。（forEver and eVer and evEr）

眼前倏然一片黑暗，他伸進泥土裡，碰到堅硬冰冷的東西。是塑膠，是電燈開關。安柏斯打開燈，環顧四周，預期會看到樹屋。但是，他已經不在樹屋裡了。

他在他的舊家。

在地下室裡。

克利斯多夫的媽媽睜開眼睛。

她躺在溫暖宜人的床上，被單才從烘乾機取出，顯得乾淨清爽。她仰望白色天花板，看著每天早上都會出現在她眼前的裂縫。她伸展身子，打了呵欠，感覺輕微的疼痛如熱鍋上的奶油化開了。

「傑瑞？」她呼喊。

沒有回答。經過昨晚，這樣正好。如果他在，她可能早就看到那難為情的笑容，就跟第一次發生後的隔天早上她所見到的一樣。在他揍她的第一個晚上，她想過要離開他。但經過深思熟慮，她的心情又平復下來。男人是可以改變的，男人是可以拯救的，媽媽不是常這麼說的嗎？

克利斯多夫的媽媽下床。

她低頭凝視如雲朵般潔白鬆軟的枕頭，不知為何，彷彿煩人歌曲的副歌，她就是無法擺脫那第一晚的事。為什麼她沒有在第一晚就離開他？直接打包東西，拿走抽屜裡他不知道的簽帳卡和藏起的現金，就這麼一走了之呢？

因為就是這樣。

這句話落在那裡，就好像他停在車道停車位上的汽車。如果在他揍她的第一個晚上，她就離開的話，會發生什麼事？誰知道呢？媽媽老是說，壞事發生時，就往最壞處去想。如果輪胎爆胎，就是天主拯救你逃過二十秒後的致命意外事故。這句話讓她的媽媽忍受（或是說容許）二十年，讓男人在她人生中匆匆來去，她還因此笑稱自己應該裝個迴轉門，替他們省下麻煩。克利斯多夫的媽媽不知道如果她真的離開傑瑞的話，會有怎樣的意外，但世界上是有比一個或兩個瘀青眼睛更糟的事。

對吧？

沒錯。又不是世界末日，而且，她提醒自己，她的媽媽還認識比傑瑞更糟的人呢。小凱特早就透過他們小套房的浴室牆壁，聽取過夠多的暴力愛情。那個還是小女孩的她，痛恨男人，尤其是當她被留下來跟他們獨處。但成為女人後的她，卻更恨她的媽媽。凱特自己的標準或許不高，但是沒有人可以碰她的兒子，誰都不許碰。

要是克利斯多夫能夠認可她就好了。

克利斯多夫的媽媽走到窗邊，看著玻璃上自己的映像。玻璃有些霧氣，剛好柔化了標示歲月的皺紋，感謝天主的小小恩惠。她拿出放在床頭櫃的遮瑕膏。

然後，熟練地掩飾新出現的瘀青眼睛。

她告訴自己，看起來還不算太壞，至少在模糊的玻璃上是這樣，而且又不是說她今天要離開家。昨晚事發後，他哭了，流下真實的眼淚。傑瑞不是壞男人，他的童年幾乎就跟她的一樣糟。或許他們正是因為這樣更加互相了解，或許這正是讓他之所以求婚，而她多年以前說好的原因。

等她塗完遮瑕膏，她低頭看向後院的盪鞦韆。這是她懇求他買的，現在已經生鏽了，但風兒吹動了鞦韆，就好像多年以前克利斯多夫和好友藍尼在上面玩一樣。

當時，她的兒子仍會跟她說話。

克利斯多夫的媽媽穿上她最愛的居家洋裝，走出房間。她看向走廊上兒子的舊房間，是在多久以前傑瑞終於堅持要她清空他在房裡的東西呢？她表明了立場，他也一樣。那真是一個糟糕的夜晚，她不希望再想到它了。

她走下樓，注視和她的頭髮一起灰白的整段人生照片。他們的結婚照，還有在西維吉尼亞賭場的蜜月照，那賭場叫什麼名字來著？她記不太起來，她已經不太記得這房子外頭的任何東西。她看著更多的照片，擺脫這樣的感覺。克利斯多夫的畢業典禮、中學，接著是軍校、婚禮，再來是她第一個也是唯一的孫子。然後，就在這段人生道路的某處，他和他的妻子決定，最好還是別再讓傑瑞出現在他們的生活。

「媽，有他就沒有我。」他說，這句話晚了二十年。

她走到樓梯下方，當她終於爭辯不過傑瑞後，克利斯多夫的東西就被丟在這裡。

不要爭辯！要爭鬥，媽！醒來！

她忽然出現了一種可怕感覺，就好像躺在寒冬的地面上，她的背部起了一陣寒顫。回憶事情時，她就會這樣，快忘記。

克利斯多夫的媽媽甩開過去，為自己煮了一壺咖啡，以便度過這個上午。傑瑞把客廳弄得凌亂不堪，又是這樣。她像他該死的老媽那樣，用了人生的黃金時光在他身後收拾東西，而她告訴過他上百萬次，她來到這人世，可不是為了像他該死的老媽，就這麼跟在他身後收拾東西。但是，婚姻就是這麼回事。衣服只會新一次，誓言也是，親吻也一樣，她媽媽不總是這麼說的嗎？

克利斯多夫的媽媽先是忙著整理客廳，接著收拾用他退休金買來的餐廳餐桌，桌上堆滿喝光的啤酒罐和溢滿的菸灰缸。她為自己煎了蛋，收看電視節目。不知為何，她永遠記不得昨天劇集的內容，但看電視總比安靜無聲好。她吃完蛋，趁廣告時間，把紙盤丟進垃圾桶。

擺放在抽屜旁的那個垃圾桶。

她對自己承諾，這次不會再這麼做。不要打開它，這只會讓妳哭泣。但她就是情不自禁，這已是她所擁有最接近他的東西了。她打開廚房抽屜，看著那疊信件。她寫第一封信時是生氣的，第二封是絕望，第三封是辱罵。

各式各樣的情緒，都只表達了一個相同的訊息。

「克利斯多夫，拜託讓我們回到你的生活。」

每一個沒有拆封的信封，從泛黃到嶄新的潔白，都蓋著同樣的冷漠郵章。

退回寄件人。

克利斯多夫的媽媽啪地關上抽屜，她不會讓自己流淚，今天不會。她有太多事要做，像是坐在溫暖的廚房，看著外面的寒冷天氣，然後回憶兒子過去還會跟她咬耳朵的小男孩模樣，而不是以鄙視眼神看著她的成人模樣，就跟她以前看待自己親生媽媽的目光一樣。

這些人生時刻彷彿圓筒唱盤在蠟筒末端不斷轉動，卡在她的心中，無處可去。她難道不曾待在這裡嗎？她不曾單獨坐在這溫暖廚房，凝視窗外，等候他從寒風中歸來嗎？甚至滿足於只是捎來訊息的郵差？盼望、祈禱能有一次帶給她一封沒有標示「退回寄件人」的信。一封來自她成年兒子的親筆信。媽，對不起。媽，我知道這對妳很不好受。媽，妳為我放棄了妳的人生，而我不再為此恨妳。我諒解妳，妳仍舊是一個小男孩心中的英雄。

克利斯多夫的媽媽埋在雙手之中，開始啜泣。她的聲音迴盪在廚房牆壁間，而她一度覺得自己的眼淚就像樹木在森林中央倒下，無人聞問。

叩，叩。

克利斯多夫的媽媽抬起頭，心中雀躍。她跑向大門，她在門上裝了投信口，因為再也無法忍受走到信箱。抑或只是因為傑瑞不讓她在沒他的陪同下單獨外出？她記不得了。

「哈囉？」她大喊。

郵差沒有回應，他從來不說話。他只是像學生交筆記本那樣，把郵件投進投信口後就走開。她甚至從沒看過他的臉。

克利斯多夫的媽媽跪下來，抄起散落在地板上的一堆信件。她從優惠券廣告本和型錄中翻找，最後看到她找尋的東西。她的希望和夢想在她的喉嚨就定位，她翻過信件，見到了標示。

退回寄件人。

彷彿老人眼睛裡的白內障，淚水模糊了信封。為什麼發生這件事時，她總是會想到老人呢？她拾起僅存的尊嚴，打起精神。她走到廚房，打開抽屜。她準備往失望人生的火焰，添加新的柴火後，就上樓午睡，期盼這一次她不會再夢到克利斯多夫的爸爸拿刀刺傷他的噩夢。

此時，她頓了頓。

她再次望向屋外，看著寒冷的後院。溼鞦韆在微風中擺盪，提醒她克利斯多夫的事，提醒她有件重要的事，他的手放在她的胸口。那是什麼時候發生的？她看向溼鞦韆後方的光線，太陽已經升起，不知怎地，這讓她想起耶誕節早晨。克利斯問說，陽光是不是從兒子的光衍生而來的[47]？如果是，那母親的光會是什麼？

克利斯多夫的媽媽拿起信封對著陽光，像小孩子在耶誕卡裡尋找支票一樣，盯著信封裡的暗影。她想起寫這封信的事，想起傑瑞說不值得為此花費郵票，然後他就在兩人最後爭辯中給了她一個瘀青的眼圈。

不要爭辯！要爭鬥，媽！醒來！

她想起她放了一張信紙在信封裡。

但是裡面卻有兩張紙。

然後，克利斯多夫的媽媽做了一件在這失望的許多年中，從未想到要做的事。

她打開了信封。

她抽出她原始寫下的信，然後抽出第二張信紙，見到兒子的筆跡時，她哭了起來。這是他以前的筆跡，當時他還是小孩子，還有閱讀障礙，當時他還需要她，而她依舊是她的小男孩心中的英雄。

媽，我愛妳。現在，把信全都打開，信中有妳需要知道的一切。

47. 兒子的光（son's light）的英文發音和陽光（sunlight）近似。

125

克利斯多夫站在巷底迴轉道中央，看著好心人，而鑰匙在他的口袋。好心人非常沉穩，非常溫和，非常有耐心和禮貌，沒有可怕的神情，只有令人安心的微笑，露出了兩排完美潔白又平整的嬰兒牙齒。

「你所要做的只是殺掉嘶嚇夫人，我向你保證，一切都會安然無恙。」他說。

克利斯多夫看向街道，穿著女童軍制服的男人一副天真愉快的模樣。

「克利斯多夫，我不想傷害任何人。」好心人說：「我只想要我的自由，只是這樣。」

穿著女童軍制服的男人躲進灌木叢。

「我只是想要離開這個監獄，這樣我就能做一些好事。看到灌木叢那個男人了嗎？你知道他對一個小女孩做了什麼嗎？」

「讓它停止！」穿著女童軍制服的男人尖叫。

「非常可怕，而他現在知道了。我只是想要壞人別再傷害好人，我現在就是努力在做這件事。」

郵筒人呻吟，扯動他們的縫線。街道好嘈雜，克利斯多夫再也聽不到樹林裡人們的聲音，但是他知道他們就在那裡。他感覺到真實側的韓德森太太，她看到丈夫坐在廚房，高興得哭了出來。他在家裡！她的丈夫終於回家了！她跑過廚房，緊緊擁抱他。然後，不知為何，她就是忍不住要拿刀子刺他。

「不！我現在不想他死去！他終於回家了！」

克利斯多夫抬起頭，發現當好心人的眼睛變換成漂亮綠色時，街道跟著安靜下來。他聞起來像是菸斗的菸草味，這是克利斯多夫記憶中的那個人，那個讓他媽媽擁有房子的人。

「鎮民怎麼了？」克利斯多夫問。

「你想要拯救傷害你和你媽媽的人？」好心人問。

「是的，先生。」克利斯多夫說。

「永遠不會再有你這樣的人。」好心人微笑。他看著小男孩，接著點點頭。

「等你讓我自由，我就會讓他們自由。」

克利斯多夫看進好心人的眼底，他的眼睛顯得悲痛又睿智。

「我怎麼能信任你？」克利斯多夫問。

「你用不著相信我，你現在無所不能、無所不知，你是這裡的神。你可以拯救任何想要拯救的人，但是要讓其他人活，就得有人死去。不是嘶嚇夫人，就是你媽媽。很遺憾，沒有其他選擇。」

他說完話後，就陷入沉默，神情莊嚴肅穆。但是，克利斯多夫感覺得到玩著捉迷藏的那些想法，他不會讓克利斯多夫像大衛那樣自殺，他已訂出選擇。

不是嘶嚇夫人，就是他媽媽。

克利斯多夫看著好心人，再望向街道旁他家院子裡，被綁成一團的嘶嚇夫人，她就像被車撞的鹿那樣用力喘息。

「對不起。」他對她說。

克利斯多夫開始走向嘶嚇夫人，她在束縛中痛苦掙扎，驚恐地放聲尖叫。

「不！不要！住手！」她懇求。

克利斯多夫走到草地，抓起嘶嚇夫人。

「你離開街道了！」她大喊。

克利斯多夫抓住她時，感覺到世界的命運，以及她所做過的努力掙扎。他感覺到她的折磨和世界的折磨，以及嘶嚇夫人想要嚇走他的所有時刻。她待在這裡一輩子了，已筋疲力竭，已被折磨到面目全非。克利斯多夫開始把她拖向街道。

「不！不！」她尖叫。

街道有如滾熱的煎鍋，整個甦醒過來。穿著女童軍制服的男人以瘋狂的速度躲進灌木叢；那對情侶越吻越用力，直到開始互相咬食。青蛙跳不出鍋子，路面熱得有如千億顆太陽，千億個兒子，開始燃燒。

「別再幫助他！」她懇求。

克利斯多夫低頭，見到她眼裡映出的影像。她跑過森林，拚命搜尋，發現大衛埋在地下。她赤手挖出他，把他抱在懷裡。大衛非常害怕，而她保護他的安全，給他食物，告訴他往哪裡躲藏、睡覺及沐浴。整整五十年，他們都一直在一起。她是他的守護者。在這裡，大衛是她的兒子。

「妳是誰？」克利斯多夫問。

「你離開街道了！」她尖叫。

「拜託，告訴我妳是誰。」他懇求。

「別再幫助他！」她大喊，這句話幾乎已難以辨識。

克利斯多夫把她帶到草地邊緣，離街道咫尺之遙。

「妳得要告訴我！」克利斯多夫說。

她伸出手，輕輕碰觸他的手。她再也說不出話，她已被折磨得無法言語。但他感覺得到，他轉身，透過她的眼睛見到鄰近區域，不是它現下的模樣，而是兩千年前，這裡還沒有人跡，還沒有房子的時候。只有一片寧靜，星星在未受人類影響的清澈天空中閃爍，雲朵潔淨純白。轉瞬之間，克利斯多夫見到世界成長，人們有如樹木般遍及各個大陸。

天主有一個在地球服侍的兒子。

嘶嚇夫人看著他，眼中閃現認可的神情。

但祂也有一個女兒。

克利斯多夫握住她的手，感覺真相有如電流竄入他的皮膚。

而她自願在這裡服侍。

克利斯多夫以他僅存的力量，感受到她最後的痛苦。他已經沒有多少力量了，身體開始失溫。他站起來，顯得空洞、精神不濟，然後他面向好心人。

「不。」克利斯多夫說。

好心人轉向克利斯多夫。

「你剛**說**什麼？」他沉靜地問道。

克利斯多夫沒有回答。好心人走向他。

「樹屋讓你變成了神，我給了你殺死**她**的力量，你是在拒絕我嗎？」

他露出笑容，努力不讓他的乳牙看起來像是森然利齒。

「克利斯多夫，要是我就不會拒絕。」他和善地說：「我可以讓情況更加惡劣。」

他摟住克利斯多夫，給了一個父親般的溫暖擁抱。

「不！」嘶嚇夫人無助地喊叫。

他微笑，像是看著被解剖的青蛙，打量克利斯多夫。

「孩子，你以為你已經見識過這個地方了，但是你還沒有。可知道幻想世界沒有我的保護會是什麼模樣？」

好心人的怒火竄過全身，他的皺紋開始從眼角散播，有如土壤在乾旱中龜裂。

「這**才是**它**真實**的模樣！」

克利斯多夫驚恐地抬頭，見到渴求鮮血謀殺的靈魂造成白雲燃燒。雲朵扭曲變成永世受罰的面孔，那些人不是尖叫著：「讓它停止！」而是尖叫著：「再來！再給我多一點！」

「我**會把**你交給**兇殘至極**的人，告訴**他們**說，你是來自**天堂**的**禮物**，並且讓你媽媽**親眼目睹**。

我會讓他們**折磨你**，直到神也**認不出**你。」

好心人撇撇嘴，轉向克利斯多夫。小男孩注視好心人的眼底，見到裡面燃燒著不同顏色的火焰。高山崩解，永世戰禍，這將會猛烈擴散，但沒有人會死去。他們只會殺戮，無助地看著地球的每一吋土地就像火車塞滿牛隻那樣，人類遍布。大門上鎖了，高熱將永遠在他們的皮膚裡面燃燒。

「**我給了**你得以**殺死**她的**神的力量**，馬上**施展**，讓**我離開**這裡**！**」

「先生，但我殺不死嘶嚇夫人，我已經沒有任何力量了。」

「你**做了**什麼？你把它**放到哪裡**了？」

「我送出去了，所以你得不到它。」

「它在**哪裡**？你把它**藏在哪裡**？」

「我沒有藏，我運用它來讓別人比你更強大。」

好心人大笑。

「比我更**強大**，是**什麼**？神**嗎**？」

「不，先生。」克利斯多夫說：「是神的母親。」

克利斯多夫見到好心人止步，他察覺到身後的存在。好心人轉身，立刻見到她。

是克利斯多夫的媽媽。

她的眼睛發出千億顆星星的光芒，聲音轟然作響。

「**別碰我兒子！**」

126

在我還是小女孩的時候，我充滿怒火，我以為我可以閉上眼睛就摧毀整個世界。

凱特跑向**他**。

就像之前聽說過有個女人移開困住自己孩子的車子那樣，她的本能也掌管了一切，但她感覺到的不只是腎上腺素。

而是無所不能。

她淩空一躍，兩人身體相撞，好心人往後倒，放開了克利斯多夫。

「媽！」他大喊。

「快逃！」她下令。

好心人擒倒她，兩人倒進血流成河的街道。她又撓又抓，全身湧現母獅般的怒火。她這輩子遇到的畜生，打她、拋棄她的畜生，每個羞辱她的人，每個棄她不顧的人，現在全共有了一張臉。

「來吧，混蛋。」她說：「挑一個知道你本尊的人。」

她全力衝向他，現在不再有言語，只剩下本能。她的十指伸張，指甲利如刀刃，有如農夫犁地般抓破他的臉。好心人放聲尖叫，鮮血流下他的脖子。他轉身面對她，身體拚命揮舞，拳頭打中她的下巴，牙齒跟著鬆動。不過，她很久以前就已學會怎麼承受重拳。

現在，她學著怎麼施加拳頭。

* * *

克利斯多夫轉身準備去幫忙嘶嘶夫人，突然一聲令人膽戰的低語，彷彿微風中飄蕩的落葉，傳遍街道。這是好心人，他的身體在和克利斯多夫的媽媽戰鬥；但他一小部分的聲音卻乘風細語。

醒來……

克利斯多夫看到穿著女童軍制服的男人停下戳刺自己的動作。

各位，醒來……

那對情侶不再親吻，小孩子放下冰棒和鹿腿，站在門口的男人剛得知死去孩子的訊息，一個女人低頭看錶，等候她的盲約對象。時鐘在七十五年來，只移動了一秒鐘。

你們想要它停止嗎？

「是的！」他們呼喊。

克利斯多夫扯開捆綁嘶嚇夫人雙手的繩子，她一臉驚懼。

「你站上街道了！」她警示。

你們想要折磨停止嗎？

「是的！求你！」他們懇求。

你們看到在那邊的那個小男孩嗎？

所有眼睛都轉向克利斯多夫，嘶嚇夫人尖叫，狂亂地扯開繩子。

「離開街道！」她要求。

折磨你們的人就是他。

「克利斯多夫，快逃！」他的媽媽大喊。

克利斯多夫的媽媽跳到好心人身上，手摀住他的嘴巴要他安靜，但他咬上她手心。

不讓你們離開的人就是他。

克利斯多夫看到那對偷情的情侶轉身面向他。

「嗨，**克利斯多夫**。」他們說。

克利斯多夫的媽媽兩腳纏住好心人，用力夾緊。好心人大喊，嘴巴咳血，但還是不斷傳出低語。

因為神是殺人犯。

穿著女童軍制服的男人走出灌木叢，舉起刀子。

「嗨，**克利斯**多夫。」他說。

所以你們現在就得殺掉他！

克利斯多夫鬆綁嘶嚇夫人手上的繩結，她掙脫繩子，轉向腳上的繩索。

第一個殺掉神的人就可以自由！

穿著女童軍制服的男人把偷情男女推開。

「克利斯多夫，過來，我想讓你見識一下。」

好心人直盯著克利斯多夫的媽媽，他不再低語。他張開嘴巴，大聲咆哮，連地面都為之震動。

「殺掉神，你就自由了！」

好心人伸手一揮，就把藍月轉變成火紅顏色。街道上的鮮血沸騰，青蛙跳出鍋子，眼神狂亂轉向克利斯多夫。街道兩旁的屋子裡傳出尖叫，大家伸手敲碎窗戶，大門敞開，所有永世受罰的人都衝到外面。

「嗨，**克利斯**多夫。」各個聲音說：「我們可以跟你**談談**嗎？」

他們開始互相推擠，爭先恐後跑向他。

克利斯多夫的媽媽衝過來解救兒子，好心人把她擒倒在地。她轉身，咬下他肩膀一塊肉，好心人大喊，顯得痛苦狂喜。鹿隻從森林中竄出，受罰的人們跑向克利斯多夫，現在只有一個群體沒有行動。

郵筒人。

他們有如包圍街道的圍籬，靜靜站在那裡。眼睛被縫合，嘴巴動也不動。每個人都拿著細繩，井然有序排列，街道完全被封鎖住了。

克利斯多夫被包圍了。

嘶嚇夫人終於掙脫身上的繩索，在好心人的大軍逼近時，站到克利斯多夫身前。她飛快轉移視線，尋找逃脫的道路。

無路可逃。

只能往下。

嘶嚇夫人彎腰，抓起下水道格柵。她一隻腳踩在街道邊，腳底滋滋燒灼，肩膀肌肉纖維撕裂，格柵終於鬆動了。她撬開它，金屬發出刺耳刮擦聲，底下腐臭的空氣湧現。克利斯多夫低頭看著下水道，裡面一片漆黑。

「離開街道！」她說，把他推進黑暗之中。

克利斯多夫的腳吱的一聲踩到血泊，他馬上了解到這根本不是下水道，而是煤礦坑。它像穿過屍體的血管，穿過街道下方。他抬頭看，見到嘶嚇夫人轉身，落入好心人大軍手中。他見到鹿群和受罰的人們攻擊，又咬又抓。她竭力對抗，不讓他們靠近克利斯多夫。但是他們的數目太多了，淹沒了她。克利斯多夫看著嘶嚇夫人耗盡最後一絲力氣，就在眾多隻手探進黑暗，尖叫中把她拖走之前，及時把格柵拖回原處，哐的一聲合上。

克利斯多夫在煤礦坑中奔跑，雙腳幾乎發軟摔倒。他聆聽有無聲響，只聽見腳步移動的聲音。他置身全然的黑暗之中，下面這裡有什麼？他彷彿沒有拐杖的盲人，伸手探向黑暗。

碰到那隻手時，他倏然停頓。

克利斯多夫放聲尖叫，聲音在水泥牆壁間迴盪。

「他在**這裡**下面！」上方的聲音高喊：「**聽！**」

克利斯多夫在黑暗中摸索，感覺到另一隻手臂，另一隻手。他轉身，大約三十公尺的後方，塵土飛揚，受罰人們挖著通道下來。一道月光照亮坑道，他見到受罰人們的身影跑過礦坑。

「快！他**就在**這裡的某個**地方**！」

克利斯多夫伸出雙手繼續往前跑，更加深入坑道。他聽見周遭有身體移動，一隻赤裸的腳像是蟋蟀般摩擦牆壁，一根手指伸過來碰觸他的頭髮，另一隻抓住他的手。

後面有更多挖掘，底下也有更多挖掘的動靜。坑道充滿受罰的人們，鹿蹄噠噠走過他上方的染血街道。克利斯多夫感覺有更多手碰觸他的身體，不停發出呻吟。他的眼睛慢慢適應黑暗，終於見到伸手抓他的是誰。

是郵筒人。

他們有如倒掛在洞穴的蝙蝠，肩並肩站著。他們握著一條長繩，讓彼此各就各位。

繩子。

他靈光一閃，或許他可以順著繩子走出這裡。克利斯多夫看到繩子通往坑道各個方向，坑道互相交錯，他置身迷宮之中。

「克利斯多**夫**？」聲音在他後頭響起：「我們看得**到你**！我們**聞得到**你了！」

他回頭，見到穿著女童軍制服的男人帶頭衝刺。克利斯多夫順著繩子更加深入黑暗，他跑過散發臭味的地方。腐爛味道、泥土、煤礦和木材全都像是水泥般混合在一起。他抬頭，透過坑道的裂縫，見到人們屋子的底部。管道處和地下室，還有爬行空間[48]，成了鼠輩和眼睛發亮生物的躲藏處。接著，樹根取代了屋子，垂下的樹根有如洞穴上方的鐘乳石。他現在來到使命街樹林下方。更加深入迷宮之後，見到前方有一處像是缺口的空間。他穿過它，發現地下坑道鑿出一個臥室。它看起來骯髒汙穢，令人厭惡，還有被香菸燒灼私密處的裸女和裸男圖片。

一個男人在床墊上睡著了。

旁邊是一個兒童的夜明燈。

48. crawl space，建築物地板下方的空間，通常高度不足以供人行走。

克利斯多夫見到臥室的另一頭有一扇門，這男人必定是守衛。那扇門的後面似乎有東西，他必須到那裡去，這是他唯一的逃脫出路。他躡手躡腳經過床墊，接著經過一面鏡子。他看著自己的映像，卻沒有看到自己的臉，而是看到自己的後腦勺。床上的男人在他身後翻身。

「克利斯**多夫**，我現在在**獵捕**警長。」男人在睡夢中說：「安柏斯一再地**活埋**自己，猜**猜你**會有什麼**遭遇**！我就**要來來**來了了！」

克利斯多夫轉身，看到受罰者的身影爭先想要成為率先殺掉他的人。

他需要一支軍隊才可能逃出去。

克利斯多夫來到守衛房間另一頭的房門。他打開門，厚重的金屬使得鉸鏈吱嘎作響。他砰然關上門，在沉重的咔嗒聲中鎖上它。

然後，他踏進他所到過最為黑暗的地方。

周遭的空氣驟然改變了，感覺像是置身烤爐。他屏住氣息駐足一陣子，聆聽四方。他聽見有如昆蟲在紗門移動的沙沙聲，他大喊，想要得到更精確的看法，卻只聽見聲音以巨大的回聲在牆壁間迴盪，這讓克利斯多夫想起人們遠離戰場的戰爭老片。在好幾公里外，人們痛苦掙扎。但對他來說，這世界是一片寂靜。

直到他的眼睛適應了黑暗。

他抬起頭，發現他有生以來所見過最為可怕的情景。

這是郵筒人的巨大巢穴。

巢穴就跟空地一樣大，克利斯多夫望著他們，察覺到他們是在那棵巨樹底下。這些人是樹根，守衛著通往地面的唯一門戶。他被困住了。克利斯多夫的視線順著讓郵筒人固定位置的繩子望去，他必須找到握住繩子的第一個人。繩子起點在哪裡？這或許可以帶他離開這裡。

克利斯多夫沿著繩子走過去，每一個人都握著繩子，身體彷彿樹木般擺動，手臂如枝椏在病態的微風中舞動。木偶和牽繩，他們全都連結在一起。克利斯多夫一路跑過去，見到握住繩子的下一隻手、下一個人，接著又是下一個人。成人、孩子，各種年齡、各種性別都有。他必須找到主人，找到操縱這些牽線木偶的人。他不斷跑著，不斷加快腳步，急切想要找到出口。他聽見身後上鎖的門傳來巨響，了解到自己又回到入口。

這是個圓圈。

一個鎖鏈。

沒有主人。

他們全都握著同一條繩子。

克利斯多夫凝視黑暗，這裡沒有生命，沒有死亡，只有永恆，是停止死去的人們的無期徒刑。

他置身死亡的幽谷。

克利斯多夫閉上眼睛，屈膝跪地。他緊扣雙手，祈禱得救。這是為了他的媽媽、也為了嘶嘶夫人、大衛、警長和安柏斯，祝禱名單不斷增加，延伸像郵筒人的隊伍一樣長。凱澤太太、柯林斯太太、柯林斯先生、布瑞迪、珍妮、艾德、麥克、麥特，甚至是傑瑞，尤其是傑瑞。

「主啊，懇求您，如果您需要我，我願為您效命，只求您拯救他們。」

突然間，黑暗中伸出一隻手，握住克利斯多夫的手臂。克利斯多夫尖叫，急急轉身。那隻手不肯放開，他過了一陣子才了解到這次有點不同。這隻手沒有撕扯，也沒有抓撓，只有輕柔的碰觸。克利斯多夫看到這隻手和手腕上的疤痕，他的目光移向來者的身體，直到見到巢穴中最後一位郵筒人的臉龐。

那是他的父親。

127

他的眼睛被縫上了。

克利斯多夫的爸爸站在陶瓷浴缸裡，身著醫院的衣服，睡褲溼掉了，但不是因為沾上水，而是因為鮮血。

你爸爸瘋了。

克利斯多夫再靠近一步，爸爸手腕的傷疤仍然溼潤，仍在滴血，永恆不斷地注入浴缸。

哐啷，哐啷。

金屬門在他們身後不斷傳出重擊，永世受罰者就要來了。

「爸？」克利斯多夫說。

克利斯多夫伸出手，牽住爸爸的手。他想起了葬禮，在那個滿是菸灰缸的房間瞻仰遺容，他親吻了爸爸遺體的額頭。當時是那麼死氣沉沉，毫無電流，手冰冷無比。

但現在，他的手卻是溫暖的。

「爸，真的是你嗎？」克利斯多夫說。

爸爸抽動了一下，透過縫住的嘴巴發出呻吟，克利斯多夫感覺耳邊燃起好心人的警告。

我剪斷過縫住一個小女孩和她姊姊嘴巴的紗線。

她們想要生吃我。

克利斯多夫的手伸進口袋，找尋可以切斷縫線的東西，他找到了鋸齒狀的粗糙物件。

那是嘶嚇夫人的鑰匙。

他踮起腳，把鑰匙拿到爸爸嘴邊。他鋸開縫住爸爸雙唇的紗線，爸爸鬆動下巴，他的下巴因為多年來的束縛顯得僵硬緊繃。

「克利斯多夫？」他虛弱地問：「是你嗎？」
「是的，爸。」克利斯多夫說。
「你還活著？」
「對。」
男人哭了起來。
「我目睹你死去上千次。」他說：「你不斷在浴缸裡溺斃。」
「不，爸，那不是我。」
爸爸思考了一陣子，眉頭深鎖，直到找到了記憶。
「死在浴缸裡的人是我？」
「對，爸。」
「真對不起，我留下你。」
「我知道你在的。」
「親愛的，讓我看看你。」
克利斯多夫把鑰匙拿到爸爸眼前，鋸斷讓爸爸失去視力的粗線。他從爸爸眼皮扯掉縫線，把線頭丟在地上。爸爸睜開眼睛，目光茫然，像是這個黑暗洞穴是他所見過最為明亮的太陽。他有如新生兒般地眨動眼睛，直到適應光線。他低頭看著兒子，然後露出了笑容。
「你長大了。」
爸爸伸手想要擁抱他，但手臂被繩索固定在原處。克利斯多夫動手來幫助爸爸，等終於碰到爸爸手中的繩子時，他驚訝萬分。繩子沒什麼特別，不是鋼鐵製造，倒是讓他想起和媽媽一起看的一部關於馬戲團的老電影。他看到一隻小象被鋼鍊綁在柱子上，小象抓撓、撕扯，拚命掙脫，但鋼鍊就是不為所動。接著，他又看到一頭成年大象只用一條小繩子被綁在柱子。他問媽媽說，這一小條繩子怎麼能綁住大象。她解釋說，他們用鋼鍊綁住小象，直到牠們放棄掙脫。

大象認為細繩仍是鋼鍊。

克利斯多夫出現這個想法，不知道管不管用，但他就是得試試看。

「爸。」他說：「我認為你可以放下繩子。」

「可以嗎？」

克利斯多夫輕輕握住爸爸的手，他感覺到爸爸死亡的時刻，爸爸改變主意的最後一刻，他想要活下來，他無法忍受離開家人，但是太遲了。不，這還不太遲，永遠不會太遲。

克利斯多夫的爸爸放開繩子。

他靜靜佇立了一陣子，等著天塌下來，但是沒有動靜。他踏出鮮血淋漓的浴缸，屈膝跪地，展開雙臂擁抱兒子。他的襯衫有菸草的味道，克利斯多夫抱住爸爸，一邊環視這個有數百名郵筒人的巢穴。他們全都串在一起，城鎮和坑道，全都被隱形繩索連接在一起。沒有人在控制郵筒人保持原位，他們是自己控制了自己。郵筒人不是好心人的士兵。

而是他的奴隸。

克利斯多夫聽到呻吟聲四起，所有郵筒人其實都在請求得救。克利斯多夫終於了解到那些尖叫聲、那些怒氣、瘋狂，所有他可以聽到的都是在說「救救我」。他感覺到熱度增強，深陷沸水鍋子裡的青蛙並不了解，火焰其實是牠們皮膚底下的熱度。他們置身死亡幽谷，但這幽谷不是外在，而是在他們的內在。

幽谷就是我們。

克利斯多夫拾起爸爸的繩子，雙手緊緊握住。他把繩子舉到嘴邊，深深吸了一口氣，然後像孩子拿著繩子連接的錫罐當話筒般，放聲對著繩子說話。

「你們現在自由了！」

128

警長感覺到血液衝上了太陽穴。他看到塗了指甲油的女孩死在病床，然後就跟他已做過上百次的那樣，他轉身跑出房門去找醫生。他是在輪子上跑動的倉鼠，努力想要跑贏總是在他正前方的過去，他從未想過自己用不著跑動。

直到現在。

「你們現在自由了。」

他不知道這聲音是從哪裡來的，但它就好像土壤裡的種子，出現在他的心中。警長停下腳步，他轉身走回病房。他面對她，心臟像是卡在喉嚨。他跪下來，體型像熊的男人突然自覺渺小。警長閉上眼睛，有如身為人父一般抱著她，見到光線在他的眼皮後方舞動。

等警長張開眼睛，看向塗了指甲油的女孩時，她不再是小女孩了，而是成年女子。她年約三十歲，有一雙明亮的眸子和溫暖的笑容。她穿著白色病人袍，懷裡抱著熟睡的寶寶。

「這是哪裡？」警長問。

「我們在慈恩醫院。」她說：「你當爺爺了。」

「我嗎？」

她露出耐心的微笑，他見到她藍眼睛裡的顏色，裡面小小的光點延伸進入自身的宇宙。

「你不記得嗎？」她問：「你拿著我的牛奶回到病房，為我唸完了故事。你帶我回家，讓我度過生平第一個耶誕節；為了我的安全，你讓我搬離那座城市。我在磨坊林鎮的小屋裡長大，我去了真正的學校唸書，參加學校的戲劇表演，甚至有一天晚上在瑪麗．科斯柯生病時，代演了安妮。高中畢業後，我就讀匹茲堡大學，你在我每個畢業典禮都哭了。在我的婚禮，你領著我進場，我們還跳了舞。你都不記得嗎？」

她挽住他的手臂，她的手臂溫暖柔軟，宛如天使。

「我現在想起來了。」他說：「我全都想起來了。」

「那麼，你可想起我告訴你，你就要當爺爺的時候；還記得我告訴你那是男孩的時候；以及我和我的丈夫決定把他取名為鮑伯……以救了我性命的人來命名。」

警長低頭看著平和熟睡的孫子，這一生的回憶湧向他。關於她可以擁有的全部人生，她每天都這麼生活著，就這麼永遠持續下去。警長抬頭看著他的女兒，她對他報以笑容。她伸手覆上他的手，慢慢按摩他手上已被他搔到見骨的部位。癢意瞬間消失，皮膚痊癒。

「爹地，上帝不是殺人犯。」她說。

警長點點頭，感覺到臉上的淚水，他不知道自己原來一直在流淚。

「我可以跟妳留在這裡嗎？」他問。

「爹地，還不行，你必須先過完你的人生，才能過你的天堂人生。」

警長抱著她啜泣。

「爹地，我們需要你的幫忙。這是一場戰爭，好人這次必須獲勝。你現在必須立刻醒來，你必須幫助她，她就在你身邊，你必須睜開眼睛。」

「我睜開著。」

「不，爹地。我是在你的眼皮後面，你必須睜開你的眼睛。」

警長慢慢伸出手，碰觸讓他眼皮合起的紗線。他感覺到紗線也讓他的嘴巴閉起，而他的手中握著繩子。

「爹地，放下繩子。她就站在你旁邊，救救她。」

警長對他的養女點點頭，面露微笑。他放下繩子，抽掉讓他眼皮閉起的紗線。

「你現在自由了。」

警長睜開眼睛，他真實的眼睛。他環顧樹林，見到綿延到地平線數以千計的郵筒人。他們發出呻吟，身體抽動，努力找出脫身的方法。他放下繩子，轉向右邊，以為會看到凱特．里斯。

結果，他看到的卻是一個眼睛和嘴巴都被縫起來的小女孩。他跪下來，輕輕抽走她手中的繩子，扯下她嘴巴的紗線，拿走眼睛的縫線。

「親愛的，我是警察，我是來這裡幫助妳的。」

小女孩張開眼睛，撲進他的懷裡哭泣。警長抱著她，不管在哪裡他都認得她。

她的名字是艾蜜莉．波托維奇。

她抱住他，她手上的溫暖奔流過他全身。他立刻見到畫面在眼前顯現，在車道上帶走她的男人，她感受的恐懼和痛苦，埋藏她屍體的地點。最後終於是，安詳。

「你可以跟我爸媽說這一切嗎？」她問。

警長點點頭，熱淚盈眶。

「好，艾蜜莉。」他說：「妳現在自由了。」

129

安柏斯的雙手伸進弟弟墳墓的泥土，他感覺自己就要迷失在這冰冷的土地。泥土進入他的嘴巴、眼睛，蟲爬上他的身體，他在活埋自己，卻停不下來。他必須找到弟弟，他這一次可以救下大衛，終於可以再次擁抱弟弟。

「你們現在自由了。」

安柏斯不知道這聲音是從哪裡傳來，是在他上方的樹林嗎？還是下面的泥土？抑或是在他的心中？他不知道，所以不予理會。他的雙手不斷挖掘，他不能再讓弟弟死去。他不能讓——

「你們現在自由了。」

這一次的聲音無庸置疑，非常清晰，穿過枝椏而來。這是孩子的聲音，輕柔無邪，迫使他做出近五十年來他怎樣也不肯去做的事。

放手。

安柏斯停下動作，他默默跪在泥土裡，雙手不再挖開泥土，而是捂住臉，開始啜泣。回憶重現時，悲傷和罪惡感湧向他全身。媽媽從醫院帶回來的小寶寶，「他的名字叫做大衛。」弟弟先是爬行，然後走路、跑步，最後爬下了有常春藤攀爬的牆壁，前往樹林去拯救一個徹底辜負他的世界。

「大衛，對不起，我當時沒能救下你。」

老人起身，泥土從他肩膀落下。他的臉浮現出地面，讓肺部呼吸新鮮空氣。他從眼睛的光暈看出去，見到影子裡出現了東西。

一道光。

它停在他前方，有如帶著雷雨胞的雲朵般飄浮。安柏斯顫抖的手指移向唇邊，從嘴角抽出縫線。他感覺到嘴唇被輕微地扯痛、夾痛。然後，他的下巴鬆開，這才發現他的嘴巴之前被縫起來了。安柏斯伸手，摸索眼睛，它們被同樣邪惡的縫線給縫上了。

安柏斯抽開縫線，總算讓眼睛解脫。他見到自己真正的所在地，這裡沒有花園，沒有樹屋，也沒有墳墓。這裡只有樹林，以及數千名其他人。他們全都扯開縫線，釋放自己。有如巨大的拼布被子自行拉開成了紗線。而站在他面前的光根本不是光線。

那是大衛。

他仍舊是小男孩，瘦巴巴，缺了兩顆門牙，只是舌頭被蛇信取代。安柏斯看到弟弟不好意思地捂住嘴巴，就好像跟他一起服役的弟兄，因為戰火砲彈失去手腳或更多，在照鏡子時覺得陌生的反應一樣。安柏斯搖搖頭，輕輕把弟弟的手從嘴巴移開。

「沒有什麼好羞恥的，你可是英雄。」

大衛微笑，安柏斯敞開雙臂，弟弟立刻撲進他的懷裡。大衛聞起來像是棒球手套，而且還是有一頭漂亮的頭髮。

「對不起，大衛，對不起。」

大衛抽身退開，然後搖搖頭。不會。然後，他跪下來，伸出手指劃過泥土。安柏斯見到六個字，無論在哪裡，他都認得出弟弟真正的字跡。

你現在自由了

130

那句話乘著風，穿過雲間和空地，從幻想世界散播到真實世界。

凱澤太太站在空地中央，自以為在霧中見到了她丈夫。

「請告訴我。」她向他懇求。「認識你之前，我叫做什麼名字？不知道我的名字，我就活不下去。」

「妳確定妳不想再當凱澤太太了嗎？」那聲音問。

「是的！」她高喊。

她的丈夫停下來，面露微笑，然後打了響指。

「好，妳不是凱澤太太。」

他立刻帶走了凱澤這個名字，讓她沒有任何名字。她從未結婚，從未擁有她美麗的女兒凱西。她的身體開始萎縮，感覺到關節炎的雙手和骨折的髖部。她覺得自己像是在五十秒內，老了五十歲。她的聽力開始下降，還有她的心智、她的記憶。凱澤太太站在空地中央，自以為在霧中見到了她丈夫。

「請告訴我。」她向他懇求。「認識你之前，我叫做什麼名字？不知道我的名字，我就活不下去。」

「妳確定妳不想再當凱澤太太了嗎？」那聲音問。

但這一次，凱澤太太沒聽見。她聽到了別的聲音，風中傳來的話語，還是從她心中而來的呢？

「你們現在自由了。」

凱澤太太停下動作，這個時刻感覺是那麼熟悉。她確定自己五分鐘前才做過這件事，她已經說過，是的，然後她丈夫就帶走凱澤這個名字。她從未結婚，從未擁有她美麗的女兒凱西。

「妳確定妳不想再當凱澤太太了嗎？」那聲音重複。

凱澤太太轉身，她看向空地，看著那在後院受寒的小女孩。

「不，我想要當凱澤太太。」她說：「我女兒受寒了。」

然後，她打起精神，走向她的凱西。

「什麼？如果妳**讓她進廚房**來，我就**打斷**妳該死的**脖子**，琳恩。」

凱澤太太沒有理會她的丈夫，這一次他可以揍她一整天，她再也不在乎了。她的女兒在後院快凍死了，她的女兒將永遠不會再覺得寒冷。

「如果妳**讓她進廚房**來，就滾出**這個家**，妳可以**再回去**當那個**愚蠢無用**的**小賤人**，琳恩——」

「威京森。」她大喊：「我原本的名字叫做琳恩．威京森。」

她打開門，把她受凍的小女孩帶進溫暖的廚房。

「凱西。」她說：「妳現在自由了。」

柯林斯太太回視她的母親，忽然自覺又像是小女孩。她想起洗完澡後，媽媽用浴巾包住她的感覺。淋浴間的蒸氣讓鏡子起霧，柯林斯太太不再覺得寒冷，但是有別人覺得冷，在她家後院的人。

她轉身，見到她的兒子布瑞迪待在狗屋，冷得渾身顫抖。她打開門，把她受凍的兒子帶進溫暖的廚房。她的丈夫加入她，他們又是一家人了。

「布瑞迪，對不起。」她說：「你現在自由了。」

這句話散播在空地之間。韓德森太太放下刀子，抱住她的丈夫。勒斯可老師放下酒，傑瑞不再晃動手臂毆打自己。

珍妮．霍卓克聽見媽媽甜美的聲音。「珍妮，住手！別再要他溺死了！」珍妮不再推她的繼兄，雙手改而抽開嘴巴的縫線。她的嘴巴立刻對爸爸傾吐實情，爸爸拿下眼睛的紗線。一切開始癒合。

這句話散播在空地之間，從極品艾德到麥特，再到麥克，然後是他們的父母，以及鎮民。釋放了他們的心靈，接著是他們的身體。高熱退燒，癢意消失。恐懼隨著瘋狂逐漸散去。青蛙安全地離開滾水的鍋子，而這其實是牠們各自從皮膚底下帶來的。這裡也不再有流感。

「你們現在自由了。」

131

克利斯多夫的媽媽和好心人跌向街道，她的雙手抓向他的眼睛，他的手指撕裂她的血肉。她努力回擊，卻已快耗盡力量。克利斯多夫的警告迴盪在她心中。

力量是需要代價的。

她蹣跚後退，好心人的身體像蛇一樣纏住她。在準備針線送她進入永恆時，他的皮膚伸張覆住她的嘴巴，並在她耳邊低語。她感覺到世界的瘋狂，感覺到讓神在夜間哭泣的邪惡。隨著這一字字，她變得越來越虛弱。

「凱特，妳的兒子就要被生吞活剝了，現在**只有**一**個**方法救他。」

她看到嘶嚇夫人，鹿群如餵食狂熱中的鯊魚，不斷湧向她。永世受罰者一個接著一個跳上她的背，不斷啃咬、抓撓。

「克利斯多夫把他的**力量**交給妳，如果妳運用它來**殺掉她**，我就放妳走。」

克利斯多夫的媽媽感覺到眼皮後方讓她淚眼汪汪，高熱和視覺使她的眼睛滾燙。她無所不能，但這是他的世界。她看得見他，他驚恐萬分，卻也令人心驚膽戰，同時燃燒著冰冷的怒火。

「我認識太多像你這樣的男人。」她說。

「不，凱**特**，妳沒有。」

然後，他縫住她嘴巴。

「妳從**不認識**像我這樣的人。」

說完，好心人就從克利斯多夫媽媽的脖子上咬下一塊肉。他處處存在，無所不在；他既是凡夫俗子，又非一般人。

「所以，如果妳不肯殺掉她，妳就會變成**她**。」

她竭盡全力反擊，遍體鱗傷，渾身浴血。最後，他像是擠出海綿裡的水一樣，扼出她的血，然後把她當成垃圾往街道一扔。路面刮傷她的皮膚，她全身無力被丟在草地上的嘶嚇夫人旁邊。鹿群和受罰者開始圍繞這兩個女人，她們無法自行對抗整個地獄，她們需要軍隊。但至少，她兒子離開了，這才是最重要的。

「媽。」

克利斯多夫的媽媽轉身，見到她的兒子。

他走出樹林。

獨自一人。

「不！」她尖叫，扯開嘴巴上的縫線。「別管我！快逃！快逃！」

鹿群衝向他。

「媽，沒事的。」克利斯多夫說。

「離開街道！」嘶嚇夫人高喊。

「別擔心。」他說：「我來了。」

克利斯多夫的媽媽拚命想要採取行動，只見穿著女童軍制服的男人和其他受罰者爬出坑道，衝向她兒子。

＊　＊　＊

克利斯多夫完全不在意他們，他只是走出樹林，勇敢無懼。他感覺到聲音透過繩子傳回，這些聲音不再撕裂他的腦袋。不再頭痛，不再高燒。他所做的只是傾聽繩子上的聲音，它傳來每一個人的過去、秘密、失去的純真、痛苦、身分、失望、憤怒、疑惑、悔恨、罪惡感、愛情、失去，來自所有人類。這不是痛苦，而是力量。恐懼不是恐懼，而是擔憂自身光芒的興奮之情。整個世界在他面前展開，還有地球上所有的人。克利斯多夫從未感受過這樣的愛、這樣的希望和這樣的感激之情。在那條線上每一個單獨的靈魂，他都知道他們的名字、他們的希望和他們的夢想。他認識他們，他就是他們，就如同他們就是他。

「你們現在自由了。」

克利斯多夫感覺到郵筒人扯開縫線，彷彿突然想起繩索並不是鐵鍊的大象。他們睜開眼睛，有如生活在地下一百年的礦工見到太陽；他們扯掉嘴巴上的縫線，語言充滿了整個山谷、森林和空地。這場戰役還未結束，好心人還沒獲勝。這裡仍有戰爭，好人會一直為這場戰爭奮戰，直到戰到最後一個好人。他們不需要軍隊。

他們就是軍隊。

132

克利斯多夫從樹林現身，身後跟著安柏斯、大衛、警長，以及上千名郵筒人。他們看向街道，目光所及，其他郵筒人的隊伍不斷延伸。他們嘴巴上的縫線現在掉落在腳邊；他們眼睛的拉鍊拉開，終於就要睜眼。

他們默默把視線投向好心人，他們閃現數世紀的怒火，因為這所有的苦難，以及這上百萬次他一再讓他們見到親愛的人死去，媽媽受苦，孩子受傷害。克利斯多夫把繩子放進手中，在他說話時，能量貫注他全身。

「我們現在自由了。」他說。

繩子落下。

郵筒人衝向好心人。

克利斯多夫的爸爸一馬當先。

凱特說不出話來，一度忘記自己身在何處。即使她已見識過這一切，她仍舊不知道他是不是真的。直到兩人目光相接，她感覺到他的凝視傳來低語。她知道他很抱歉居然忘記他對她的意義；她知道他認為警長是好男人；她知道他在說再見。暫且道別。

「等等，你要做什麼？」她問。

「我這一次要保護我的家人。」他說：「凱凱，我愛妳。」

說完後，他親吻妻子，她所有的遺憾和迷失都在這一瞬間的平和中消逝了。接著，他轉身奔向好心人，口中對著其他郵筒人大喊。

「跟著我進入光！」

他直接撞向好心人，接觸到皮膚的剎那，克利斯多夫的爸爸變成了光，炙熱燃燒如太陽，如子，如星辰，如靈魂，上升到天堂。

好心人尖叫，他的皮膚開始燃燒。骨牌倒下，其他郵筒人跟隨克利斯多夫的爸爸，全速往好心人奔去。他們像是狗兒身上的跳蚤，跳上他的背，接著化為光，有如營火餘燼飄向天際。訊息在所有人之間傳開。

「我們自由了！」

郵筒人前仆後繼，蜂擁踐踏永世受罰者。好心人回擊，他每一次揮舞強力的手臂，就有數十人迸散成火花。但是，他們還是不斷上前，速度越來越快。內部的光讓他們迸裂，拉向天空，得到永遠的自由。好心人揮動拳頭，但這裡有太多郵筒人了，他們跳上他的身體，變成光來燃燒他，使天空流星四散。

每一個靈魂、每一個太陽、兒子、女兒、爸爸、媽媽，讓好心人越來越虛弱。艾蜜莉對著警長微笑，就直接撞向好心人的心臟，接著碎裂成百萬片光芒。天空燦爛明亮，震懾了鹿群，牠們動也不動凝視這巨大的車頭燈。郵筒人的身體越來越快襲來，直到再也見不到好心人。他痛苦地放聲尖叫，萬丈光芒埋葬了他。

克利斯多夫仰望天空，見到一朵雲開始聚合。

「媽？」他害怕地說。

警長看著鹿群眨動眼睛，牠們適應了光芒，開始嘶吼，受罰者也搖搖晃晃站起來。安柏斯感覺到弟弟在拉他的袖子。

「大衛，怎麼了？」

大衛指著天空，安柏斯透過眼睛的光暈看著雲層，發現它們開始形成一張臉。它看起來像在微笑，露出巨大牙齒，形成灰色西裝的男人。

「媽！我們必須立刻離開！」克利斯多夫尖叫。

他還沒說完話，克利斯多夫的媽媽就抱起她的小男孩，啟程跑回樹林，警長跟在後頭。大衛和安柏斯隨著嘶嚇夫人一起奔跑，而憤怒的烏雲開始在他們身後旋轉。

「克利斯斯**多夫！**」聲音轟隆作響。

克利斯多夫回頭看向媽媽肩膀後方，見到許多火龍捲以驚人的速度襲來，每一道龍捲風都像是好心人嘴裡的利牙。

「你**永遠**無法**離開**我！」

一道火牆如浪潮般滾滾而來，房屋簡直像是以稻草搭建，鄰近區域頓時陷入火海。一陣刺耳的聲音傳來，接著是轟然一砰，只見好心人起身，四處散落的郵筒人身體彷彿黃昏的螢火蟲。他見到克利斯多夫母子、警長、大衛、安柏斯和嘶嚇夫人跑進森林，便雙腳踏上他美麗的街道，往下爬進他的坑道。

進入沒有其他人知道的通道。

133

克利斯多夫的媽媽懷裡抱著兒子不斷奔跑，鹿群和受罰者在後頭追趕。克利斯多夫感覺到嘶嚇夫人的內心恐慌，她的視線掃視每一條路徑。情況不對勁，她知道，森林不一樣了。

傳送門在哪裡？

克利斯多夫感覺到大衛的恐懼，五十年來，他從沒見到樹林是這個模樣。樹木甦醒，探出枝椏，像是誘捕獵物數世紀的狂暴手臂。他可以感覺到大衛努力沉靜心靈，帶領安柏斯飛越樹冠層，但是樹枝攜手封鎖了上方，形成隧道。他們現在就像被趕向屠宰場的牛群。

克利斯多夫回頭望，雲朵不再只是雲朵，成了熊熊烈火散發的濃煙。他感覺熱氣襲來，他努力找尋他的心靈之眼，但是繩子和郵筒人讓他筋疲力竭，只能無助地窩在媽媽懷裡。他感覺到媽媽和好心人戰鬥後，身體變得虛弱不堪，只憑藉母性本能驅動雙腳全速奔跑。

「傳送門在哪裡？」媽媽大喊。

克利斯多夫望著路徑，見到前方矗立一道樹牆。整座樹林封鎖住他們，他們跑進死胡同，他感覺到腳下地面震動。

「可**知道**我們為什麼要把**屍體**埋在六呎之下？」聲音問道。

克利斯多夫看到塵土在媽媽腳下移動。

「這樣他們**醒來**時，我們才**不會聽到**，克**利斯**多夫，他們現**現在**全全都醒**醒來**了！他們來**來來**了！」

他可以感覺到地底下的所有人們，樹根犁過土壤。

「傳送門在哪裡？」媽媽重複。

克利斯多夫沉靜心靈，找到記憶。他來過這裡，在這裡待過六天，他知道這個地方。

「繼續跑。」他說。

大家看著前方的樹牆，樹枝有如巨矛等著刺穿他們。

「這是死路！」媽媽說。

「不，這是詭計，相信我。」

克利斯多夫的媽媽毫不遲疑就相信了兒子，她朝樹牆直奔而去，做好被枝椏撕裂身體的準備。

但是，那裡根本沒有樹。

它們只是水霧的映像，是好心人迷宮裡的幻影。大家快步穿越瀑布似的濃霧，來到森林另一頭的空地。火紅月亮照亮了空地，他們抬起頭，看到了它。

空地中的巨木。

這棵知識之樹，支離破碎，飽受折磨；它的枝椏有如牽線木偶般移動，每一根樹枝都有一間樹屋，屋裡的形影搔抓著樹屋大門。橡實裡的小小種子蠕動，即將誕生。

「鑰匙！」嘶嚇夫人大喊。

克利斯多夫從口袋拿出鑰匙，她抄起鑰匙，帶領他們到鑿進樹幹的傳送門。雲層下降，雲臉有如幽魂般在他們之間移動。

風吹走她手中的鑰匙。

「不！」嘶嚇夫人尖叫。

鑰匙乘著風，繞著巨木打轉。克利斯多夫看著大衛閉上眼睛，感覺大衛強迫自己忍受苦痛，找到心靈之眼。他想像自己在鑰匙後方飛行，在樹枝間跳躍。樹屋大門在他身後紛紛敞開，形影爬出樹屋，竄行巨木，加入追趕行列。

「大大**大衛**衛……」

更多樹屋大門打開，影子滲入樹枝。有些移向大衛，有些往下滑行。

「克利利斯**斯斯多夫夫……**」

濃霧從樹林四面八方瀰漫而來，像是一種保護色，掩護在霧中躲躲藏藏的鹿群和受罰者。這是好心人最後的軍隊，中空圓木裡的男人、情侶、穿著女童軍制服的男人，他們的眼睛發出精光，像是在火裡燒得通紅的煤炭。克利斯多夫感覺到他們從空地各方向逼近。

他們完全被包圍了。

在鹿群和受罰者發動攻擊時，克利斯多夫被大人圈在中心。兩個女人背對背，護住克利斯多夫。鹿群蜂擁而至，牠們用鋒利的牙齒嘶咬嘶嚇夫人的血肉，女童軍制服男跳上凱特的背，舔舐她的脖子。安柏斯透過眼裡的光暈看出去，發現影子有如樹液從樹上滴到地面，往他們爬行而來。

「警長！」他叫喊。

警長轉身，見到地面裂開。許多骸骨的小小手骨從土壤攀上來，這是數百年來打造這些樹屋的迷失靈魂。這些孩童的屍骨接近警長。

「警長長長……」孩子咯咯笑。

孩子軍團衝向他，張口狂咬，在他的皮膚上留下他們的骸骨牙齒。警長跌倒在地，更多手骨破土而出，開始把他往下拉。

克利斯多夫，幫幫忙！

克利斯多夫感覺到風中傳來大衛的懇求，他抬頭看到鑰匙飛快穿梭在空中，大衛飛行速度不及。克利斯多夫必須替大衛抓到鑰匙，但他虛弱到跟不上。他需要有千呎手臂，他需要許許多多的手。

他需要這棵樹。

克利斯多夫已經把所有力量給了媽媽。

不過，他還是擁有他的心靈。克利斯多夫閉上眼睛，任由低語帶走他的身體。他觸摸巨木，感覺到它傳來如心跳的脈動。這觸感不像樹皮，而是血肉。

我在這裡待了六天。

克利斯多夫從心靈把低語推進巨木的血肉。他張開手指，就像手指套著手套那樣，移動上方的枝椏。克利斯多夫見到鑰匙高飛穿過樹枝，大衛在後追趕，影子緊接而至。一切都放慢下來，風、空氣、上方的樹枝，鑰匙在風中奔馳，幾乎就要到了頂端，再不出手就來不及了。克利斯多夫有如釣魚線般，伸出樹頂枝椏。

克利斯多夫從空中勾下鑰匙。

他把鑰匙舉向大衛，大衛在身後影子急追的情況下，從樹枝一把抓下來。克利斯多夫張開眼睛，看到大衛高居樹冠。

好心人就飄浮在那裡。

「嗨，大衛。」

他伸手一揮，有如施展霹靂，擊中大衛。小男孩像是陶靶，從空中摔落。大衛重重跌落在安柏斯腳邊，眼睛和嘴巴流出鮮血。

「不！」嘶嚇夫人痛苦地失聲尖叫，只見大衛鬆開了鑰匙。

134

鑰匙掉落在地上。雲層下降，安柏斯驚恐地看著它。他隱身濃霧中，從眼裡的光暈看著好心人。好心人騰空躍下，靜靜降落地面，然後伸手去拿鑰匙，安柏斯盛怒中撞向這個帶走他弟弟、折磨他五十年的男人。

但是他根本難以匹敵。

好心人抓住他的手臂，拇指劃過老人的眼睛。安柏斯頓時全身無力，手指因為關節炎而萎縮，他的背部、膝蓋和雙腳經過壕溝戰變得麻木。克利斯多夫所治癒好的身體已不復存在，他再度成為那個失明無助的老人。

好心人伸手去拿鑰匙。

安柏斯聽到嘶嚇夫人甩開鹿群，把好心人撲倒在地。兩人爭鬥，她的尖叫聲讓夜色染上鮮紅。當受罰者攻擊克利斯多夫母子時，他無能為力，只能一旁傾聽。咯咯笑的小孩骸骨把警長拖進墓穴。

安柏斯盲目地摸索鑰匙，雙手耙過泥土，最後發現它埋藏在血泊之中。他抬起弟弟的身軀，靠著脆弱不堪的膝蓋走到傳送門。他用罹患關節炎的手握住鑰匙，透過眼裡的雲霧找尋鑰匙孔。

「老頭，你**絕對**找不到的。」風聲奚落他。

「混帳東西，我可是知道怎麼當盲人。」安柏斯說。

安柏斯的雙手摸索到鑰匙孔，他插進鑰匙，咔嗒一聲轉動。安柏斯打開這扇門，通往了……光。

「大衛，快來！」他大喊。

安柏斯抱住弟弟，衝進光芒。隨著腳步，他眼中的光暈也回來了，還有歡欣鼓舞的心情。

他找到弟弟，就快要救出他，就要帶他離開這個可怕的地方。突然間，安柏斯感覺撞到了隱形的牆壁，弟弟從他懷裡跌下。他轉身，看到大衛踉蹌起身，一臉絕望。

「大衛，快過來！」

大衛搖搖頭。不。

「你沒辦法離開？」安柏斯問。

大衛點頭稱是。他推開哥哥進入光芒，讓哥哥得救。

「我花了五十年來尋找你，我不會離開你。」安柏斯說。

大衛開始哭泣，他推動如橡樹般的哥哥，但是安柏斯不肯讓步。

「大衛，住手，我絕對不會再離開你。」

老人輕輕放下大衛的手，直到小男孩不再用力推。安柏斯屈膝跪下，手搭在大衛的肩膀上。他感覺到弟弟內在的光，再透過眼睛的光暈仔細瞧。

「大衛……你可以上天堂嗎？」安柏斯問。

大衛點點頭，可以。

「那麼，你為什麼還沒去那裡？」

大衛看著安柏斯。

「你是為了我留在這裡的嗎？」安柏斯問。

大衛點點頭，是的。

「你一直在保護我？」

大衛再次點頭。安柏斯回頭看著空地，見到好心人不斷撕裂嘶嚇夫人，影子和骸骨爬上警長的身體。鹿群不斷攻擊，而受罰者從克利斯多夫媽媽的懷裡拉下小男孩，事態一籌莫展。

「大衛，你想不想見爸爸和媽媽？」

大衛停下動作，他知道安柏斯這麼問的意思。小男孩點點頭，是的。

「大衛，來吧。」安柏斯說：「我們回家。」

他牽起大衛的手，他們奔向好心人。每一個腳步，都讓安柏斯的身體感覺像是回到十七歲的那個晚上。受損的膝蓋、關節炎、來自戰爭的傷疤，以及所有小毛病和病痛，全都消逝了。不再有疼痛，因為不再有血肉承受。

兩個奧森男孩衝過空地。

然後……撞擊。

他們撞向好心人，好心人痛苦倒地。他們的光芒有如大型鉛彈穿透他的皮膚，光芒耀眼到影子全數蒸發。攻擊克利斯多夫母子的鹿群頓時看不見東西，骸骨和受罰者有如紙牌做的屋子，從警長和克利斯多夫身上被打散。

時間似乎變慢了，安柏斯睜開眼睛。他的眼裡沒有光暈，而是全部化為一個光暈，所有的悲傷、擔憂，五十年來空蕩蕩的房間，盡數消失。他終於找到弟弟，他現在可以不再迷失。轉瞬之間，他見到大衛轉向嘶嚇夫人，她是弟弟的保護者、守護者，她做到安柏斯所做不到的事，守護了弟弟半個世紀的安全。他露出缺了門牙的笑容，揮手向她道別。看到兩人永遠離開此地，她開心地哭了。她的大衛終於要回家。兩個奧森男孩起身，兩個兒子，兩個太陽。光芒是安柏斯前所未見的耀眼，卻不會讓他眼睛疼痛。光線來到他的臥室，安柏斯從床上抬起頭，見到弟弟站在電燈開關旁。

「嗨，安柏斯，你要不要來玩接投球？」大衛問。

135

克利斯多夫見到他們最後的光芒在風中搖曳，接著，黑暗降臨。樹林就要復甦。克利斯多夫跑向渾身浴血倒在地上的媽媽，協助她站起來。她把重心放在腳上，她的腳已被鹿群咬到韌帶。克利斯多夫扶著媽媽走過屍骨所留下的各個墓穴，嘶嘶夫人抓起警長，像軍人一般，讓他的手臂摟著她的脖子。

四個人跛著腳走到巨木。

傳送門通往光芒，嘶嘶夫人把警長丟進樹幹，讓他甦醒，讓他回到真實世界。她轉向克利斯多夫的媽媽，一個眼神道盡了一生。

「快走！」她說。

克利斯多夫的媽媽帶著兒子走進光芒，克利斯多夫回首看著嘶嘶夫人，忽然間，他看到好心人撞過來。克利斯多夫知道他們無法兩人都離開，只能是他，或是他媽媽。他把媽媽拋進光芒。

「不！」她尖叫。

好心人抓住克利斯多夫，把他拉回空地。嘶嘶夫人衝向好心人，他狂怒地把她摔在地上，像是鹿群的嚼食玩具。

「克利**利斯**斯多夫夫——」他說：「如果我**沒辦法**離開，你也**不能離開**。」

好心人猛推克利斯多夫靠向樹幹。

「你**帶走我**所有的**寵物**。」

好心人鎖上傳送門，把鑰匙舉在克利斯多夫的面前。

「我就由你**從頭**開始。」

他把鑰匙放進嘴巴，吞了下去。克利斯多夫見到金屬鑰匙從他喉嚨的皮膚凸起浮現。傳送門鎖住，鑰匙沒了，克利斯多夫被困住了。

克利斯多夫找尋逃脫之路，但無路可逃。他把所有力量都給了媽媽，大衛也不在了，嘶嚇夫人被鹿群交到受罰者手中。穿著女童軍制服的男人拔刀，熱吻情侶的牙齒重生成正常的兩倍大，中空圓木的男人咯咯笑得跟孩子一樣。他們全都站著，等候輪流上場。

「**你永遠無法離開我這一邊**。」

死神來了。

克利斯多夫看向地平線，見到樹木上方開始透出柔和的光線。太陽升起，黎明中事物會有所改變。他身體周遭都感覺到了，還有吟唱的聲音。

死神到了。

你在耶誕節就會死翹翹！

克利斯多夫見到太陽在地平線升起，突然間，他感覺到一個聲音。一個小小的聲音劃破所有人之間，無論在哪，他都認得這個聲音。

這是他自己的聲音。

「我原諒你。」他說。

「什麼？」好心人問。

克利斯多夫在破曉微光中看著好心人，了解到他是個魔術師。他總是要人們看著一隻手，然後把東西移到另一隻手。這是他唯一真實的力量。

克利斯多夫低頭看著他的手，見到一條繩索，隱形的繩索。他這一生都拿著這條繩子，卻從不知道它就在那裡。他並未給媽媽全部的力量，因為神的力量並非無所不知，神的力量並非無所不能。

神的力量是愛。

「我原諒你。」他重複。

克利斯多夫跪在好心人面前。他愛所有人，以上皆是，也以下皆同。他知道這是他的命運，他必須死在這座樹林，不讓好心人知道要離開只需要往內心看，因為裡面就是外面；同時還要保有送出的力量。殺死邪惡不靠暴力，而是需要善。

「我原諒你。」克利斯多夫重述。

好心人像是嚎叫的狗兒衝向他。

「別別再**說**了！」他嘶吼。

「你可以殺掉我。」克利斯多夫說：「我可以代替他們所有人。」

克利斯多夫垂下頭，準備受死。

「我**不會**讓你死！你永遠**逃不**了！我已經**鎖上門**了。」

「你鎖不住門的。」克利斯多夫說。

「怎麼**會！**」好心人大笑。

克利斯多夫看著嘶嚇夫人，露出微笑。一切顯得寧靜安詳。

「因為根本沒有門。」

克利斯多夫伸出手，撫摸自己的眼睛。看見別人是那麼容易，看見自己卻是那麼困難。他的眼睛被縫住了，克利斯多夫伸手扯開眼睛的縫線。他在清晰的日光下，看著一切。眼前的空地，現在看起來好小。就好像回到以前的學校，看著小小的置物櫃。影子並不可怕，它們是光亮存在的證據。烈火和硫磺全是幻影，雲層不過是浴室裡霧氣，他所要做的只是把鏡子擦乾淨。

他不需要鑰匙。

他就是鑰匙。

克利斯多夫用他真正的眼睛轉向好心人，他首次看到了……

惡

魔

他顯得沉著平靜，隨時準備出擊，又一副遭受遺棄的瘋狂模樣，困在一個**他**看不到的陷阱，孑然一身。**他**的眼睛被縫起，嘴巴被拉鍊緊緊拉上。**他**握住圍繞自身脖子的繩子，一籌莫展，只能凝視鏡子和自身煙霧的映像，稱之為雲霧。**他**不是神，而是懦夫。

克利斯多夫伸手拉開嘴巴的拉鍊，鬆動下巴，第一次大聲說出口。

「我現在自由了。」

克利斯多夫放下繩子，樹裡的門敞開。

「不**不不！**」惡魔叫喊。

樹往四面八方打開，光芒穿透樹皮的裂縫，從巨大樹幹裡傾洩而出。鹿群和受罰者狂奔逃離光芒，眼神驚恐狂亂。克利斯多夫在這一片瘋狂中，在這一片尖叫聲中只聽見兩個字。

「救我。」

光芒吸收了他們全體，一批一批帶走他們。當中有的流淚，有的尖叫，接著忽然間，全都消失了。只留下嘶嚇夫人安然躺在地上，而光線開始治療她。

克利斯多夫看著好心人。

「我愛你。」

然後，他轉身走進光芒之中。

* * *

好心人殺氣騰騰奔向他。

「你哪裡都**不許**去。」

他盲目跑進光芒，伸手去拉克利斯多夫的背。在碰到無形的圍籬時，**他**的皮膚燃燒起來，**他**大發雷霆想要擠過去。

「傳送**門**在哪裡？」

他烈火焚身，卻不肯撒手。克利斯多夫留下了缺口，就在某個地方，**他**感覺得到。那在哪裡？**他**可以離開！**他**從喉嚨扯下鑰匙，不斷測試圍籬，身體跟著不斷燃燒。他尋找傳送門，在哪裡？在哪裡！

「**放我**出去！」

他見到克利斯多夫走回地球，克利斯多夫回到他在真實世界的樹屋。**他**聞得到清新的冬天空氣和松樹的氣味。克利斯多夫離開樹屋，**他**看到它了。

樹屋的大門開著！

「讓我出去！」

他感覺得到外在湧現的能量，溼潤的青草和冬季。**他**出得去！**他**讓身體擠過圍籬的缺口，**他**的皮膚灼得遍體鱗傷。**他**來到真實世界的樹屋。克利斯多夫砰然關上門。**他**從窗戶看著真實世界，眼神瘋狂，自由就在門的另一頭。**他**跑向樹屋大門，**他**就要脫逃了。

「我現在自由了！」他尖叫。

克利斯多夫用身體抵住門，**好心**人在另一頭用力推，有如困在牢籠裡的野獸，不斷狂抓，撕裂木頭。

「**放我**出去！**放我**出去！」

警長加入克利斯多夫的行列，整個城鎮都一起阻擋。好心人呻吟，狂抓玻璃窗。

「你們全都會**燒死**死死！」

突然間，**他**見到水流一道道流過窗戶，**他**以為是雨水，但**他**沒帶雲來。直到**他**深吸了一口氣，才知道這是什麼。長了苔蘚的松樹和冬天空氣的味道被另一種氣味給取代了。

汽油。

他看到克利斯多夫的媽媽帶著汽油罐從屋頂爬下樓梯，油罐外面標示著「柯林斯建築公司」。她的手中握著一根火柴，好心人狂亂地抓著窗戶，想要熄滅火焰。克利斯多夫的掌心抵著玻璃，低語搔撓碰觸**好心人**的手。

「你現在自由了。」他說。

克利斯多夫的媽媽把火柴丟向樹屋。

惡魔尖叫。

克利斯多夫注視著**好心人**，眼神中沒有惡意，沒有憎恨，只有同情和寬恕。克利斯多夫握住**他**的手，把**惡魔**給予世界的一切還給**他**。**他**是待在廚房、孤獨沒人要的韓德森太太。**他**是縫上弟弟眼睛的麥克。**他**是在洪水中溺水的史考特和珍妮。**他**代替勒斯可老師不斷酗酒。**他**和布瑞迪或柯林斯太太一起待在嚴寒的後院受凍。**他**是第一個虐待親生孩子的家長，造成隨後每一個孩子受虐。

「讓它**停止**！」

烈火吞噬了窗框、大門。**他**四處逃竄，想要擺脫這種感覺。**他**透過樹屋窗戶叫喊，每一字都轉換了一種聲音。

「把**火滅**掉！好人贏得戰爭，聽外婆的話！」

好幾世紀前的一個寧靜聲音傳來。

「以神為名的殺戮就是服侍惡魔。」

光芒照向**他**的眼睛，讓**他**什麼也看不見。**好心人**感覺光線圍繞著**他**。樹屋成了木製的束縛衣，火焰燃燒猛烈，嘶嚇夫人從光線拉回**他**，回到血流成河的空地上的巨木。

惡魔回到了地獄。

他看著嘶嚇夫人，她伸手從**他**燒焦的手中拿回鑰匙，咔的一聲鎖上門。然後，她把鑰匙掛回脖子。這裡不再有傳送門，不再有逃脫之路，不再有鹿群，不再有受罰者，不再有暗影。

這裡只有他和她。

「你離開街道了。」她微笑。

他看著她，覺得挫敗、心力交瘁。受淚水洗禮的怒火讓**他**視線模糊。**他**帶著心中所有恨意跑向她。嘶嚇夫人心平氣和，靜靜佇立。

「給我**死**！」**他**尖叫。

他使出地獄所有力量，揮拳給她一擊。

* * *

她不覺疼痛，只聽到一個聲音，一個溫和輕柔的聲音。

「回家吧，對不起，父親愛妳。」

她的兄弟在地球死去，在這裡死去是她的選擇。嘶嚇夫人粉碎成為百萬束光芒，**好心人**看著嘶嚇夫人上天堂。星星劃過天際，我們全變成了海洋，我們全變成了星辰。

「請妳回家，妳已經付出太多，父親非常想念妳。」

嘶嚇夫人走近父親的屋子，這是一個在後院受凍的成年女子。她敲門，等候祂來開門。她感覺溫暖的廚房氣息，嘶嚇夫人仰頭看著父親，祂敞開雙臂擁抱她。

「很抱歉，我做過的事。」她說。

「我知道妳抱歉，我也很抱歉。」祂說。

「我愛您，天父。」她說。

「我也愛妳，夏娃。」祂親吻她的額頭說：「歡迎回家。」

尾聲

好心人在嚴寒的後院從廚房窗戶看進去，當下，**他**感覺到強烈的恨意，**他**以為**他**可以破門而入，殺掉他們兩者。**他**跑到門口，用力拍擊。

「放我**進去**！放我**進去**！」

一片靜寂。**他**一再地用力拍擊，直到雙手血肉模糊。但沒有人聽見**他**，**他**成了森林中央的樹木。**他**所能做的只是看著流星，每一顆星星都是一個太陽，每一個太陽都是一個靈魂。片刻之間，所有星星都消失了，地球周圍的行星不再有光。

現在，**他**孤單無依。

好心人忽然害怕起來。

他了解到自己已經在這裡千億次。

面孔不斷改變，但永遠不會結束。神已經把**他**遺棄在這個陷阱。**他**必須找到逃離這種折磨的方法。**他**檢視宇宙的浩瀚，只見到一個六呎見方的牢室。**他**環顧自己的白色牆壁，卻沒見到只有**他**握著繩子。**他**永遠不會伸手觸摸眼睛的縫線，永遠不會感覺到自己嘴巴上的拉鍊。

「你現在自由了。」那聲音說道。

但**他**聽不到，只能坐在自己單獨囚室，監視城鎮，找尋下一個孩子。

他走過空地，凝視他們。青蛙仍舊醒著，腳步蹣跚，保持清醒。他們看著**他**的樹屋，見到它燃燒成為煙霧，消失成為——

雲朵。

他知道有些人會把這場經歷當成噩夢，不予理會。有些人甚至可能強迫自己忘懷。但是**他**將永遠在這裡，在他們的耳邊，在他們的夢裡。

「韓**德森**太太……噓……韓**德森**太太……」

他挨著老婦人的耳邊低語，靠近到她誤以為**他**的氣息是一陣微風。她抓抓耳朵，但依舊沒有聽見**他**。她太專注在丈夫的身上，她的丈夫看著樹，發現自己牽著妻子的手。現在，噩夢結束了，他只想帶她外出去週末旅行。真幸運，她已打包好行李。

「**珍妮**，**親愛**的，史考特**還**在這裡，我們讓他掉進**洪水**裡淹死吧！」

不過珍妮聽不到**他**，她現在安然待在爸爸懷中，被帶離她的繼兄。她對自己承諾，她會向警方舉報史考特，因為她理應得到公平正義，而不是沉默。她所不知道的是，那天晚上稍後史考特就會向警長自首，而這是唯一讓他不會再落入溪流、在洪水裡溺水的方法。

「**布瑞**迪……殺掉那男孩……聽**外婆**的話。」

布瑞迪忙著傾聽他真正外婆的聲音，根本聽不到這個聲音。琳恩．威京森為過去沒有阻止亡夫的做法，向女兒道歉；而柯林斯太太向兒子保證，永遠不會再把他丟在後院。

「**艾**德……噓……聽**外婆**的話……」

極品艾德搔搔耳朵，然後繼續享受眾多的親吻、各種蛋糕、餡餅，以及他的房間會永遠裝設HBO和Showtime的許諾。那天晚上，他會把爸爸的手槍放回盒子裡。他會溜回被子底下，看著屋外像是露出病態微笑的樹枝。那棵樹會嚇到他，他會跑去媽媽的房間，然後看到媽媽又和爸爸睡在同一張床。艾德那天晚上會睡在他們中間，等他閉上眼睛，他會夢到外婆，他真正的外婆。

「艾德，我真為你感到驕傲，你贏得戰爭。」

好心人走過空地，越來越生氣，因為其他孩子都被家人捧在心上。**他**見到麥克和麥特的兩個媽媽把兒子抱在懷裡。**他**知道麥特和麥克將會一起長大，永遠互相扶持。麥特將會一直運用他的「神奇眼睛」守護哥哥，永遠不會有人再讓雙麥兄弟分離。

「聽**我說**……」

他對著勒斯可老師的肌膚耳語，訴說如同蝴蝶振翅的美好感覺，但她再也不需要了，而這會讓譚米護理師更有機會買到梅羅紅酒。譚米不太記得自己怎麼會在工作中睡著，卻在偏遠地方跟醫師一起醒來，他們認為這必定是流感導致的發燒夢境。她打電話給爸爸說，等她和醫師幫忙城鎮恢復健康後，就會回家過耶誕。她爸爸打趣說：「是那個妳一直提到的帥醫生嗎？」「爸，閉嘴。」

「**聽我說！**」

他對著他們的耳朵尖叫，但是他們只是把**他**撥開，得到他們所需要擁有的寧靜。吉兒和克拉克返回家中，而老婦人回到小木屋，那天晚上她會坐在房間，望著外頭閃爍如俄亥俄河上陽光的美麗星辰；她會見到丈夫召喚她跟他一起下水，這樣兩人就可以永遠相守；她很快就可以和他團聚，他是多麼美麗的男孩呀。

「**傑瑞！**她就要**跟警長**上床了，傑瑞，那賤人在**嘲笑**你。」

但就連傑瑞**他**也無法掌控，在**他**上窮人間下黃泉引誘傑瑞來這裡之後，**他**所能做的只是眼睜睜看著傑瑞吐出簡單一句沒有骨氣的話……

「再見，凱特。」

傑瑞對克利斯多夫點點頭，就帶著在賭城贏得的錢回到密西根的家，回去野馬莎莉的老家。

「但是，**警長**，上帝依舊是**殺人犯**，上帝殺害了**你所愛**的女人……」

警長看向渾身汙泥、血跡斑斑的凱特，覺得這是他這一生所見過最美麗的女人。他知道他們沒有全世界的時間，所以不想浪費任何時間。他想要和她共創回憶，想要和她孕育孩子，想要餘生都跟她及克利斯多夫度過耶誕和每一個假日。

「**凱**特，他會**離開**妳，就跟妳的**丈夫**一樣。」

凱特．里斯轉向警長，示意要他過來加入他們一家人。她一度想到了去世的丈夫，她這一生的回憶重現，痛苦卻沒有隨之而至。她看著身邊的克利斯多夫，他的神智清醒，現在也已經退燒；她也一樣。孩子不會因為美好結局而哭泣，他永遠不會從她身上學會喜極而泣。她親吻警長，知道自己會和這個男人結婚，知道他們會成為一家人。每個人都會有個結局，是不是美好結局就靠自己。

「我在**注視**你。」

他注視著警長和凱特吻別，回到工作崗位，協助鎮民回家，不再出現更多意外。警長對自己承諾，到了早上，他會開車到伊利市，讓艾蜜莉・波托維奇的家人安寧。但目前來說，他現在的所在地需要他。好心人注視著警長協助群眾疏散，安全回到自己的家。人們總是做得到這件事，讓**他**大感驚奇。不管戰爭規模有多大，戰事有多麼血腥。到最後，青蛙總是會不斷離去，就像小小種子從野火燒過的森林土壤裡發芽。他們總是會回家。

看熱鬧的人。

「我在**注視**你。」

他注視著全鎮離開空地，穿過使命街樹林走回去。**他**環視自己的世界，它變得空洞、安靜，森林中央的樹木已經倒下，沒有人留下來傾聽。

只除了克利斯多夫。

他直視著**他**。

「我在**注視**你，克利**斯斯**多夫。」**他**說。

克利斯多夫看向他，透過**他**看著雲層、面孔、藍月、日月蝕、末日。流星劃過清爽的天空，一顆，又一顆。每一顆都是一個女兒，一個兒子，一個太陽，一個靈魂。上帝眼睛裡的一抹色彩。

「我也在注視著你。」克利斯多夫說。

他見到克利斯多夫的媽媽轉身，以天堂的所有狂怒直視**他**的眼睛。

「我也是。」她說。

然後，她牽起她的小男孩的手，兩人一起走出使命街樹林。**好心人**留在樹上一陣子，樹屋殘骸現在成了地上的木炭。輕煙裊裊升起，**他**跟隨著它。

他飄浮進入樹林上方的雲朵，越升越高，直到看到空地和樹林以其憤怒巨眼回視著**他**。

他見到地平線，唯一的太陽。地球是巨人身體的頭部，人類是爬在**他**臉上的蟲子，他望進世界，注視、等待，找尋下一個靈魂。

他盤旋在城鎮上方，跟著警笛，**他**見到救護車在路上疾馳。**他**一路跟著它，回到醫院，看到醫護人員急急推著輪床通過走廊，進入手術室。

在醫師竭盡全力扮演上帝時，**他**飄過走廊，見到湯姆神父躺在病床上，瑞克里太太在床邊握住他的手。**他**聽見婦女禱告，感謝天主，讓他活下來，感謝天主，他們全都活下來了。那位母親、那位父親和青少年男孩，全都活著。這是耶誕奇蹟。

等女孩的手術結束後，**他**靜靜飄進病房，躺在天花板。**他**見到她安寧地沉睡，在世界忙著轉動時，她熟睡了一天一夜。

當瑪利凱薩琳醒來，她抬頭看到病床上方明亮的白色燈光；低頭見到她手腳包紮的繃帶紗布。她霍然想起那場意外，鹿角撕裂了她的身體，但她救了克利斯多夫的性命。在她心中，她就是知道克利斯多夫還活著。

房門打開。

瑪利凱薩琳見到一個醫師和一個護理師走進病房，她的視力仍然有些模糊，但看得出護士名牌上寫著「譚米」。在護士身後，她的爸媽連同道格走進病房。他們全都從教堂逃出來了，噩夢結束。

「這裡是天堂嗎？」她問。

房間裡的所有人都笑了。

「不，親愛的。」媽媽和善地說：「這裡是醫院。」

「親愛的，妳真是千鈞一髮。」爸爸說：「但我們辦到了。」

爸爸克制住淚水，握住女兒的手。瑪利凱薩琳突然覺得有如置身媽媽的廚房一樣溫暖。醫師上前，開始向她解釋手術狀況，但是她的思緒已乘著止痛藥的雲朵飄走。她斷斷續續聽著，她太專注於家人的「失血」，沒辦法完全把注意力「斷裂」在其他地方。她只是覺得好感激能夠活著，能在這裡和家人及道格在一起。美好的道格，或許她終究還是可以就讀聖母大學。人生的可能性突然像無止境地「完全康復」。瑪利凱薩琳閉上眼睛，精神開始神遊天際，此時她感覺到媽媽關愛的手。

「瑪利凱薩琳，我們會幫助妳的。」媽媽說。

「沒錯。」爸爸附和：「我們一家人會同舟共濟。」

「瑪利凱薩琳，我也會在，妳並不孤單。」道格說。

瑪利凱薩琳困惑不已，她睜開眼睛看著媽媽。

「媽，幫助什麼？」她問。

媽媽流下歡欣的淚水。

「他們保住寶寶了，妳的身孕還在。」

他注視著女孩聽到這消息的表情變化，看著她抱住她媽媽，看著年輕人公開表達他的愛意，承諾會把這孩子視如己出。**他**注視著那個父親揣測他的孫子會是怎樣。

女兒

兒子

太陽

靈魂

幾分鐘後，醫師帶著她的家人離開病房，讓瑪利凱薩琳得到她迫切需要的休息。畢竟，她現在是一人睡兩人飽。躺在枕頭上時，她覺得後頸微微刺痛，認為應該是空調的關係。她搔搔脖子，蜷縮在毯子裡。她閉上眼睛，就在快要睡著之際，她敢發誓自己聽見了耳邊一個溫柔的呢喃。

「瑪利凱薩琳……」溫柔的聲音說。

「妳就要有個兒子了。」

國家圖書館出版品預行編目資料

幻想中的朋友 / 史蒂芬・切波斯基著 ; 陳芙陽譯.
-- 初版. -- 臺北市 : 皇冠, 2020.09 面; 公分. --(皇冠叢書 ; 第4874種) (CHOICE ; 332)
譯自 : Imaginary Friend

ISBN 978-957-33-3575-7 (平裝)

874.57 109012066

皇冠叢書第4874種
CHOICE 332

幻想中的朋友

Imaginary Friend

作　　者—史蒂芬・切波斯基
譯　　者—陳芙陽
發 行 人—平雲
出版發行—皇冠文化出版有限公司
台北市敦化北路 120 巷 50 號
電話◎ 02-27168888
郵撥帳號◎ 15261516 號
皇冠出版社（香港）有限公司
香港上環文咸東街 50 號寶恒商業中心
23 樓 2301-3 室
電話◎ 2529-1778　傳真◎ 2527-0904
總 編 輯—許婷婷
責任編輯—蔡維鋼
美術設計—嚴昱琳
著作完成日期— 2019 年
初版一刷日期— 2020 年 9 月

法律顧問—王惠光律師

讀者服務傳真專線◎ 02-27150507
電腦編號◎ 375332
ISBN ◎ 978-957-33-3575-7
Printed in Taiwan
本書定價◎新台幣 660 元 / 港幣 220 元